83e

SOMMAIRE

LES FORMALISTES RUSSES

POUCHKINE, TCHEKHOV

LA JEUNE POÉSIE RUSSE

DIRES & DÉBATS

CHRONIQUES

NOTES DE LECTURE

Notre couverture : Malevitch, dessin pour un costume de l'opéra *Victoire sur le soleil*, 1913 (D.R.)

Maquette de François Féret

UN TRIO PRODIGIEUX

Ceux que — contre leur gré — on a nommé les « formalistes » russes comptaient de nombreux talents, voire des génies. On peut, par exemple, considérer Polivanov comme un génie de la linguistique. Nous avons choisi de consacrer ce numéro à trois d'entre eux : Viktor Chklovski (1893-1984), Boris Eichenbaum (1886-1859) et Iouri Tynianov (1894-1943). Ce choix n'est pas arbitraire. Et si nous n'avons pas à nous en justifier, il convient cependant de l'expliquer.

Vladimir Novikov les a appelés « les trois titans de la pensée en théorie de la littérature de notre siècle ». Ajoutons que leur pensée s'est formée et a évolué par un constant échange d'idées entre eux, et qu'ils ont tous trois la même *alma mater* : ils ont été étudiants de l'Université de Saint-Pétersbourg et ont fréquenté le séminaire sur Pouchkine du professeur Sémion Venguérov.

Lorsque l'Institut d'histoire de l'art de Saint-Pétersbourg est devenu l'Institut d'État d'histoire des arts de Léningrad et le foyer institutionnel du « formalisme », Eichenbaum et Tynianov ont dirigé ensemble la section de littérature contemporaine. Lorsque l'Institut célèbre son quinzième anniversaire, Eichenbaum y fait une communication remarquée sur « La vie littéraire » et Tynianov sur « L'évolution littéraire ». En 1924 Chklovski lit à la section de littérature contemporaine des extraits de ses romans *Voyage sentimental* et *Zoo*, accompagnés de commentaires techniques et fait un exposé sur « La prose russe contemporaine ». En 1926, il intervient sur l'œuvre de Mikhaïl Zochtchenko. Il figure aussi sur une photo du séminaire de Tynianov à côté de ce dernier en 1925. En 1929 Tynianov publie le seul recueil de ses essais de théorie et de critique qui sera édité de son vivant, *Archaïstes et novateurs*. Il écrit à la fin de la préface : « Je suis profondément reconnaissant à ceux qui m'ont aidé dans mon travail. Et avant tout à Viktor Chklovski et à Boris Eichenbaum. » De plus le premier essai (« Le fait littéraire ») est dédié à Chklovski et le suivant (« Sur l'évolution littéraire ») à Eichenbaum. De son côté Chklovski, publiant en 1970 *La Corde de l'arc*, un livre dans lequel il renoue avec les théories formalistes, en consacre le premier chapitre à Boris Eichenbaum et le sixième à Iouri Tynianov. Quant à Eichenbaum, il terminait la rubrique « Littérature », la première de son étonnant livre-revue *Mes annales* (1929), par une sorte de poème en prose dans lequel il saluait Chklovski et Tynianov, deux rencontres parmi les plus déterminantes de sa vie. Et l'avant-dernier chapitre du livre — que l'on pourra lire dans ce numéro — est consacré à Chklovski écrivain. En 1944, peu après la mort de Tynianov, Eichenbaum lui a également consacré un essai où il montre à quel point son travail de théoricien est intimement lié à celui de l'écrivain novateur qu'il fut.

Nous n'avons pas, nous ne pouvons pas avoir d'enregistrements des conversations des trois amis. Mais, heureusement, nous disposons, malgré les destructions de la Seconde Guerre mondiale, d'importants vestiges de leur correspondance. On peut y saisir comment leur pensée se formait et se développait dans l'échange. On y perçoit la chaleur de l'amitié, la vivacité, l'humour, la gaîté de ces découvreurs de nouvelles voies pour la théorie et la création littéraires. Mais c'est aussi un monument épistolaire souvent éblouissant. Nous en publions des extraits dans le présent cahier.

Dans son article « La correspondance des Formalistes », Catherine Depretto montre de façon solidement étayée et convaincante toute l'importance de cette correspondance pour l'histoire du « formalisme russe » et aussi sa valeur proprement littéraire tout à fait considérable. De son côté, Sergueï Tchougounnikov, persuadé lui aussi, pour reprendre l'expression de Catherine Depretto, que « la lettre était pour eux un genre littéraire », cherche à définir la généalogie de ce genre. Il le fait avec beaucoup d'érudition et de conviction : il y voit une résurgence de la pratique épistolaire des romantiques allemands. Et les similitudes qu'il relève avec minutie sont frappantes. On a souvent de manière analogue voulu voir dans le surréalisme un avatar du romantisme et on n'a pas manqué d'arguments pour soutenir cette thèse. La difficulté, c'est qu'on risquait ainsi d'effacer tout simplement la spécificité surréaliste (et l'Histoire !). Mais l'objection essentielle vient de Chklovski lui-même qui faisait remarquer qu'une même forme, une même structure, une même fonction, un même genre aussi, prennent dans une autre époque et un autre environnement une signification différente. Quoi qu'il en soit, le travail de Sergueï Tchougounnikov a le mérite d'ouvrir un débat de portée générale et de nous pousser à cerner de plus près la spécificité des « spécificateurs » — qui est la désignation que nos « Formalistes russes » auraient préférée pour eux-mêmes.

Oui, ce trio est étonnant d'intelligence, de virtuosité et d'aptitude incomparable à *jouer ensemble*. Mais en même temps, quelles fortes personnalités ! Et si différentes !

Viktor Chklovski est à la fois l'initiateur du « Formalisme russe » — sa conférence sur « La renaissance du mot » date de la fin de l'année 1913, il est alors étudiant de première année à la Faculté de lettres ! — et celui des trois qui a la plus longue vie, puisque né en 1893, il meurt en 1984 à l'âge de 91 ans, plus de soixante-dix ans après sa première intervention publique. De ce fait, son œuvre est la plus abondante et la plus multiforme. Et cela suffit à expliquer sans doute que les articles qui lui sont consacrés dans ce numéro soient les plus nombreux. Mais cela tient aussi au fait que des trois il est le seul que les russisants de ma génération et de la génération suivante aient pu connaître personnellement. Et puis quelle personne, et quel personnage ! Sanguin, puissant, polémiste cinglant, improvisateur inspiré, à la mémoire inépuisable, cultivant le paradoxe et produisant la métaphore à jet continu, plein d'humour… À propos de *personnage*, rappelons ici qu'il a été le pilotis des héros de deux romans : *Le Faiseur de scandales* de Véniamine Kavérine (1928) et *Le Vaisseau fou* d'Olga Forch (1931).

Jean-Claude Lanne, l'éminent spécialiste de Khlebnikov que nos lecteurs connaissent bien, et Jean-Philippe Jaccard à qui l'on doit une importante thèse sur Daniil Kharms ainsi que la traduction de ses œuvres, ont tous deux choisi de s'attacher aux premiers travaux théoriques de Chklovski en rapport avec l'émergence du cubo-futurisme de Khlebnikov, Kroutchonykh et Maïakovski. Ils traitent des mêmes faits et souvent s'appuient sur les mêmes citations, mais d'un point de vue sensiblement différent, le premier s'attachant davantage à cerner les limites du « premier formalisme » de Chklovski et à marquer ses antécédents proches ou lointains, le second soulignant surtout la fécondité des premiers concepts et principes du formalisme naissant sous l'impulsion de Chklovski. Cela a l'avantage de nous donner une vision stéréoscopique de ces questions qui n'ont pas perdu leur actualité et de susciter la discussion. Certains lecteurs seront peut-être tentés d'y repenser en lisant la verveuse contribution de Vladimir Novikov écrite sous la forme d'une lettre à Tynianov où ils trouveront ce passage : « … les enseignements, les doctrines sont de deux types : les uns cherchent dans leur objet leur spécificité unique en son genre, leur noyau exclusif ; les autres ramènent l'objet étudié à un dénominateur commun quel qu'il soit. »

Dans son étude sur « Théorie formaliste et création littéraire chez Viktor Chklovski », Manon Waller met en rapport avec beaucoup de précision la théorie de la prose de Chklovski et son écriture romanesque et en fait voir avec netteté la texture singulière et la tonalité incomparable. Quant à Andreï Ariev, qui a fréquenté Chklovski dans les dernières années de sa vie, il nous livre à la fois un précieux témoignage et une analyse pénétrante du style de pensée et d'expression de l'écrivain et théoricien. Il note : « Le style de Chklovski, c'est la poésie de la langue orale traduite sur le papier. » Il observe encore : « *La Marche du cheval*, c'est le titre d'un livre de Chklovski, mais c'est aussi l'expression de l'essence de sa méthode. » Et il relève toute l'importance de l'épithète *oblique* dans son œuvre.

C'est en 1967 que j'ai vu Chklovski pour la première fois. Pas à Moscou, à Paris. Il était venu chez moi. J'avais emménagé depuis peu dans un studio spacieux — d'autant plus spacieux qu'il n'y avait encore que très peu de meubles. Chklovski avait déjeuné de grand appétit et parlé avec vivacité des travaux en théorie de la littérature et de ce qui s'écrivait alors en URSS. L'après-midi, il avait rendez-vous aux éditions du Seuil avec l'équipe de *Tel Quel*. Il me demanda de l'accompagner et de lui servir d'interprète. Nous retrouvâmes Sollers, Kristeva et les autres « telqueliens » dans un bureau, ainsi que Vladimir Pozner qui était lié à Chklovski depuis le temps où il était à Pétrograd le plus jeune des « Frères de Sérapion ». Chklovski se mit à parler du livre auquel il travaillait, *La Corde de l'arc*. Et ce fut ma première épreuve : il fallait suivre et restituer son monologue en feu d'artifice, sa marche du cheval, son vol oblique de la pensée et des images. Je m'en tirai comme je pus. J'étais épuisé, mais l'auditoire en redemandait et il fut convenu que l'entretien reprendrait chez moi le lendemain. Le lendemain, les gens de *Tel Quel* arrivaient par paquets, s'asseyaient sur la moquette, posaient des questions, sortaient, rentraient, faisaient des objections, tandis que Chklovski poursuivait son éblouissant poème théorique improvisé que j'attrapais au vol et renvoyais en français. Puis soudain Chklovski devint tout rouge et s'écria avec colère : « Avant de me discuter il faudrait peut-être m'avoir lu ! » Je ne savais s'il fallait que moi aussi je devienne rouge et crie. La séance fut levée. Quelques années plus tard — les événements de 1968 avaient entre-temps eu lieu, la revue *Change* était née et élargissait son influence —, je participais aux Journées de littérature de Belgrade. J'y retrouvai Chklovski. Au cours d'une séance où il devait intervenir, l'interprète serbe déclara forfait au bout de quelques minutes : le torrent Chklovski l'emportait dans ses tourbillons, il se noyait… Je dus alors traduire en français et un collègue serbe retraduisait dans sa langue. J'avais beau tirer Chklovski par la manche, il partait comme une fusée et ne s'arrêtait qu'à bout de souffle, le temps de notre périlleuse double traduction.

Lorsque j'ai eu à parler de Chklovski à l'occasion de son 90e anniversaire à l'Institut d'études slaves, fort de mon expérience de la traduction orale de ses improvisations orales, j'ai rappelé ce qu'il écrivait dans *L'Énergie de l'erreur*, le dernier livre publié de son vivant : « Je ne sais pas écrire ainsi : voici la première réponse, voici la deuxième, la troisième. […] Je suis un poète sans rime, sans rythme, au dense vrombissement du cœur, à moi audible. » Et j'ai essayé de définir le *genre* de Chklovski comme un théâtre théorique à un seul acteur prononçant un soliloque shakespearien où s'entremêlent la théorie littéraire, les œuvres de tous temps et de tous pays, l'autobiographie, l'anecdote, les citations de la Bible, l'air du temps, le monde comme il va, les objets de tous les jours, les cailloux-coquillages-brindilles-babioles et les grands problèmes de l'existence humaine et de la vie cosmique. Tous ces éléments si divers entrent dans la composition de ces éblouissantes tirades qui, cousues les unes aux autres — leur décousu est une illusion ! — constituent le « rôle » de Chklovski.

On a retrouvé dans les papiers de Tynianov le brouillon inachevé d'un essai sur Chklovski où l'on peut lire ceci : « Je pense assez souvent à Viktor Chklovski et ce n'est pas parce que nous sommes liés par l'amitié, dans le grand sens et même parfois dans le sens hostile de ce mot. Je pense à lui comme à un écrivain de nouveau type. Il a des données pour cela. Les phénomènes entièrement nouveaux, entièrement nus ne survivent pas. Leur destinée est féconde pour les autres, les autres la dévorent. C'est ainsi qu'on a dévoré comme un totem Khlebnikov. Il faut un certain méli-mélo, un fouillis même, pour ne pas se retrouver en dehors de la littérature, rester lié à elle. Ensuite peu à peu s'écalent et tombent les "couleurs anciennes", les "erreurs" et apparaît le visage. »

Tynianov, je ne n'ai pas pu le connaître directement, bien sûr. Seulement par l'intermédiaire de son beau-frère Kavérine, de Jakobson son ami et de son élève Andronikov. Tous évoquaient les extraordinaires dons d'imitateur de Tynianov. Andronikov en avait « hérité » et à côté de ses travaux d'histoire littéraire — sur Lermontov en particulier — et de ses récits quasi policiers sur la recherche d'archives et de documents disparus, il s'était fait une grande réputation par ses récits oraux truffés d'imitations, surtout depuis qu'il se produisait à la télévision. Or un jour qu'Andronikov était venu à Paris, il a fallu que je traduise une de ses joyeuses improvisations d'imitateur surdoué et que, vaille que vaille, je donne à percevoir dans ma traduction, par la voix, les attitudes, les mimiques, ses imitations. Rude tâche !

Vladimir Novikov qui a écrit en collaboration avec Véniamine Kavérine un excellent livre sur Tynianov, *Une nouvelle vision*, est tout à fait dans l'esprit de notre trio dans sa « Lettre à Iouri Tynianov » où il défend brillamment les idées de son maître et montre qu'elles restent jusqu'à nos jours les plus efficaces pour l'étude du mouvement littéraire et l'analyse des textes, tout en s'en prenant avec une ironie féroce aux théories structuralistes et post-structuralistes et aux institutions littéraires en Russie dans les années quatre-vingt-dix du siècle passé.

Marc Weinstein — que Novikov évoque et fait parler dans sa lettre — semble répondre dix ou quinze ans plus tard à son collègue tynianoviste russe en nous proposant son étude sur *La Mort du Vazir-Moukhtar*. Il le fait avec une belle vivacité de style et audace théorique, n'hésitant pas à forger de nouveaux termes et concepts *(miacroscopique, sobjectivité...)* et se livrant à une analyse à la fois très vivante et très savante de ce chef-d'œuvre du roman russe du XXe siècle.

L'œuvre proprement littéraire et plusieurs textes théoriques de Tynianov et de Chklovski sont traduits en français et ont trouvé des lecteurs fervents. Il n'en va pas de même pour Eichenbaum.

Pourtant, dans sa jeunesse, ses poèmes avaient été remarqués par Goumilev qui avait essayé de le recruter dans sa phalange des acméistes. Mais Eichenbaum était allergique au recrutement. Et puis, comme il le notera plus tard : « J'écrivais des vers pour me familiariser des yeux et des oreilles avec le langage. [...] J'exerçais mes muscles. Les vers étaient une gymnastique de l'esprit. » Soit. Il aurait donc écrit des poèmes pour mieux se préparer à l'analyse des œuvres littéraires. Et ses études musicales — violon, puis piano — lui auraient facilité le travail sur son livre *La Mélodie du vers*, publié par l'OPOÏAZ en 1922. Il n'en reste pas moins que pour Eichenbaum, comme pour Chklovski et Tynianov, la relation entre théorie et création est essentielle.

J'ai fait à l'Institut d'études slaves des exposés sur « Théorie et création » chez Tynianov, puis chez Chklovski. L'exposé sur Tynianov a été publié dans le tome 55, fascicule 3 de la *Revue d'études slaves* en 1983. Je m'efforçais de démontrer que Tynianov instaurait une position nouvelle de la théorie par rapport à la création, l'une ne pouvant se passer de l'autre : la théorie a chez lui un rôle générateur dans la production littéraire, et la pratique de l'écriture de fiction intervient efficacement dans les travaux historiques et théoriques. Et j'appuyais cette argumentation sur une rapide analyse de quelques-unes des œuvres essentielles de Tynianov.

C'est l'exemple de Tynianov qui a imposé dans la modernité littéraire ce qu'on a pu appeler la « fiction théorique » et qui lui a valu une assez vaste postérité, en Russie, en France et ailleurs, avec des œuvres telles que celles d'Oljas Souleïmenov, de Jacques Roubaud, d'Umberto Eco, de Milorad Pavic ou encore le « roman-reconstruction » de Iouri Lotman sur Karamzine.

J'envisageais de faire une communication, pour le colloque consacré à Eichenbaum, sur ce même thème « Théorie et création », en étudiant son livre *Mes annales* que j'avais pu lire en bibliothèque. Les circonstances m'ont empêché de la prononcer. Ce livre très singulier est construit comme une revue rédigée d'un bout à l'autre par le même auteur — il en existe un certain nombre d'exemples en Russie au XVIIIe siècle — et le terme utilisé pour le titre, *Vremennik*, est celui-là même qui définit *Poetika* comme la *revue* de l'Institut d'État d'histoire des arts. Le livre paraît en 1929 au moment où les Formalistes tentent de réorganiser leur mouvement et de trouver un second souffle. D'autre part, cette démarche « archaïsante-novatrice » répond à une réflexion sur les genres et sur le rôle des revues littéraires dans le système de la littérature qui est menée à l'Institut, tout particulièrement par Tynianov. En écrivant *Mes annales*, Eichenbaum fait une démonstration, il construit un objet théorique et littéraire qui constitue par lui-même un genre nouveau de la littérature de son temps. Il le fait en se référant à la tradition du XVIIIe siècle, avec laquelle les Formalistes ont souvent appelé à renouer, ou plutôt qu'ils ont appelé à se réapproprier en enjambant le XIXe siècle. Et il le fait de manière on ne peut plus personnelle. Le livre se divise en quatre parties indiquées dans le sous-titre : « Littérature », « Science », « Critique », « Mélanges » — mais comme le note lui-même Eichenbaum, *mélange* au XVIIIe siècle a le sens de *billet satirique*, et en effet cette rubrique est sous la plume d'Eichenbaum pleine d'esprit et de mordant. La rubrique « Littérature » est sous-titrée « Par les ponts et les avenues — Extraits d'une autobiographie. » Elle commence — paradoxalement, en apparence — par le récit pittoresque de la vie du grand-père de Boris Eichenbaum. Né dans un *shtetl* de Galicie dans les dernières années du XVIIIe siècle, enfant doué et acharné au travail, il apprit en autodidacte la langue hébraïque, le jeu d'échecs, les rudiments des mathématiques, les règles de versification et se rendit célèbre dans le monde des lettrés juifs en composant un poème intitulé *Hakrab* (« La bataille ») dans lequel il décrivait en style épique une partie d'échecs très précise. C'est à ce grand-père que Boris Eichenbaum doit son patronyme, choisi lorsque vers 1818 il fut fait obligation aux juifs de déclarer un nom de famille, le *chêne* lui paraissant bien plus noble et beau que le *jaune* de son père nommé *Gelber*. De ce grand-père lui vient aussi le goût de la poésie.

Il narre avec beaucoup d'humour son enfance provinciale, ses études abandonnées de médecine — ses deux parents étaient médecins —, puis de musique et enfin celles de littérature à la Faculté des Lettres de l'Université de Saint-Pétersbourg. C'est dans les dernières pages de cette rubrique qu'il publie un certain nombre de ses poèmes de jeunesse. Le dernier chapitre se termine sur une sorte de poème en prose :

La guerre (un mois avant : la mort de ma mère).
La révolution (un mois avant : la mort de mon père).
Octobre 1917.
Le froid, la faim, la mort de mon fils.
La vie auprès d'un poêle de tranchée.

La viande touchée à la Maison des Savants, l'arche de Noé de la Maison des Écrivains.

Les cabines et les ponts des Éditions d'État, la maison glacée et noire de l'Institut d'histoire des arts.

La mort de Blok, la mise à mort de Goumilev.

Viktor Chklovski qui m'a arrêté dans la rue.
Iouri Tynianov dont je me souvenais depuis le séminaire sur Pouchkine.
L'OPOÏAZ.

Ce n'étaient rien que faits inattendus et fortuits de l'histoire. C'étaient des mouvements musculaires de l'histoire. C'était la force des éléments.
Le moment était venu de dépenser ses forces.

La deuxième rubrique, « Science », contient le célèbre texte sur « La vie littéraire ». La troisième, « Critique », traite de Gogol, Tourgueniev, Nekrassov, Leskov, Tolstoï et Gorki. La quatrième, « Mélanges », comporte le texte sur Chklovski que nous avons déjà mentionné. Le livre se termine sur des « Remarques et réflexions » d'une ironie percutante et d'un courage remarquable — 1929 est l'année du *grand tournant* stalinien ! Qu'on en juge ici par ce paragraphe : « L'écrivain dans notre actualité est un personnage dans l'ensemble grotesque. On le lit moins qu'on ne le juge, parce que d'ordinaire il ne pense pas juste. N'importe quel lecteur lui est supérieur, ne serait-ce que parce que le lecteur, en tant que citoyen de son métier, est supposé avoir une idéologie élaborée, solide et nette. Quant aux auteurs de comptes rendus (de critiques, il n'y en a pas chez nous, pace qu'il n'y a pas de différence dans les jugements), il ne vaut pas même la peine d'en parler: ils sont également supérieurs et plus importants que n'importe quel écrivain, autant qu'un juge l'est par rapport à un inculpé. »

J'ai dans ma bibliothèque un très vieux dictionnaire en assez mauvais état ; une plume appliquée a indiqué en belle calligraphie dans l'ancienne orthographe qu'il s'agit du *Dictionnaire russe-français, édition de Makarov*. J'ai possédé aussi, comme d'autres russisants de ma génération et des générations précédentes, le grand dictionnaire français-russe du même Makarov. Jusqu'au jour où on me l'a emprunté sans retour. L'un et l'autre m'ont bien servi. J'ignorais tout de leur auteur, j'ignorais qu'Eichenbaum lui avait consacré un réjouissant roman biographique intitulé *L'Itinéraire vers l'immortalité, Vie et exploits du noble de Tchoukhloma et lexicographe international Nikolaï Petrovitch Makarov.* Je ne l'ai lu que grâce à la réédition, soixante-quinze ans après sa première publication, dans un volume où il côtoie *Mes annales* (Moscou, 2001). Mais au fait, j'ai eu tort de parler à l'instant de roman biographique puisque dans son « Avertissement » Boris Eichenbaum écrivait : « Ce livre n'est pas un roman sur un grand homme, n'est pas un portrait psychologique, n'est pas un roman historique et n'est pas davantage une satire (il y est question de quelque chose de révolu depuis longtemps), mais plutôt une caricature historique ou une farce historique. » Eichenbaum raconte cette « farce historique » sur un ton d'ironie jubilatoire. La vie de Makarov est une suite d'ambitions démesurées et de rudes échecs, caractéristiques des nobliaux de province de l'époque. Échecs lamentables de la carrière militaire, des spéculations, de la carrière de guitariste, des tentatives manufacturières, de la recherche de la gloire littéraire — il se ruine à publier à compte d'auteur des romans dont pas un exemplaire ne se vend et que la critique éreinte férocement. La cinquantaine passée, il entreprend la rédaction de son grand dictionnaire russe-français et après des mois et des mois d'un travail herculéen il trouve enfin la voie qui mène à l'immortalité. Il élabore ensuite son dictionnaire français-russe — nous sommes en 1869 — qui sera dédié au tsarévitch. Puis ce furent les dictionnaires abrégés à usage scolaire, russe-français et russe-allemand. Makarov reçoit subsides et décorations. Mais il aspire toujours à la « haute gloire » et en 1874 entreprend d'écrire une série de pamphlets satiriques. Le premier est contre la Commune de Paris, avec texte russe et français juxtalinéaire, plein de furieuses invectives. Le deuxième s'en prend à Wagner et au wagnérisme. Le troisième aux Proudhon, Ledru-Rollin, Bebel et autres ennemis de l'ordre social. Mais ces opuscules ont beau ne coûter que trente kopeks, ils ne trouvent pas d'acheteurs. Cependant ce travail n'est pas tout à fait vain. Makarov est prié de se rendre à la fameuse IIIe Section de l'administration impériale — celle de la police politique. Et il trouve enfin un emploi digne de lui…

Le livre se lit avec délectation et il est plus que souhaitable que les lecteurs français puissent un jour s'en régaler, comme aussi de son autre ouvrage si original et au style si vif et si plein d'humour : *Mes annales*. On verrait alors que les trois membres du trio Chklovski, Tynianov et Eichenbaum ont su chacun à sa façon réunir dans leur œuvre avec une profonde originalité théorie, critique, autobiographie, histoire, invention poétique, innovation formelle et que leur « musique » de l'esprit est toujours puissamment apte à émouvoir, réjouir, faire penser et à dispenser au lecteur une irrésistible impulsion créatrice.

Léon ROBEL

ORIENTATION BIBLIOGRAPHIQUE

Théorie de la littérature. Textes des formalistes russes réunis, présentés et traduits par Tzvetan Todorov, Préface de Roman Jakobson, Paris, Le Seuil, 1965, réédition « Points / Essais » n° 457.
Michel Aucouturier, *Le Formalisme russe*, « Que sais-je ? », PUF, 1985.

VIKTOR CHKLOVSKI

Voyage sentimental, trad. Vladimir Pozner, Paris, Gallimard, 1963. Une nouvelle édition augmentée, annotée et traduite par Valérie Pozner et Paul Lequesne est à paraître aux éditions Phébus.
Zoo, trad. Vladimir Pozner, Paris, Gallimard, 1963. Nouvelle trad. par Paul Lequesne, Paris, L'Esprit des péninsules, 1998.
Capitaine Fédotov, trad. Elsa Triolet, Paris, Gallimard, 1968.
Léon Tolstoï, tome 1 : *1828-1870*, tome 2 : *1870-1910*, trad. Andrée Robel, Paris, Gallimard 1969-1970.
Sur la théorie de la prose, trad. Guy Verret, Lausanne, L'Âge d'homme, 1973.
La Marche du cheval, trad. Michel Pétris, Paris, Gérard Lebovici, 1973.
Résurrection du mot, suivi de *Littérature et cinématographie*, trad. Andrée Robel, Paris, Gérard Lebovici, 1985.
Le Voyage de Marco Polo, trad. Marc Slonim, Paris, « Petite Bibliothèque » Payot, 1993.
Technique du métier d'écrivain, trad. Paul Lequesne, Paris, L'Esprit des péninsules, 1997.
La Troisième Fabrique, trad. Valérie Posener et Paul Lequesne, Paris, L'Esprit des péninsules, 1998.

IOURI TYNIANOV

Le Disgracié, trad. Henri Perreau, Paris, Gallimard, 1957, réédition « Folio » n° 1485. Nouvelle traduction par Lily Denis, Gallimard, coll. « L'Imaginaire » n° 429, 2001.
Le Lieutenant Kijé précédé d'*Une Majesté de cire* et de *L'Adolescent-miracle*, trad. Lily Denis, Paris, Gallimard, 1966, rééd. « L'Imaginaire » n° 113. *Le Lieutenant Kijé* a également fait l'objet d'une édition russe-français dans la collection « Folio bilingue » (Paris, 2001).
La Mort du Vazir-Moukhtar, trad. Lily Denis, Paris, Gallimard, 1969, rééd. « Folio » n° 1073.
Le Vers lui-même, trad. Y. Mignot et L. Robel, introd. H. Deluy, Paris, U.G.E. «10 / 18 », 1977.
La Jeunesse de Pouchkine, trad. Lily Denis, Paris, Gallimard, 1980.
Formalisme et histoire littéraire, trad. et présenté par Catherine Depretto-Genty, Lausanne, L'Âge d'homme, 1991.
« Pouchkine », trad. et présenté par Marc Weinstein, in *Europe* n° 842-843, juin-juillet 1999.
On trouvera également des textes de Tynianov dans les n° 63 et 77 d'*Action poétique*.
Sur Iouri Tynianov, en français, signalons les titres suivants : Dossier pour le centenaire de la naissance de Tynianov (articles de M. Weinstein, V. Kavérine, Vl. Novikov, J.-C. Lanne) dans *Littérature* n° 95, Larousse, oct. 1994, p. 52-92 ; Marc Weinstein, *Tynianov ou la poétique de la relativité*, P.UV., 1996.

Aucun livre de Boris Eichenbaum n'est à ce jour traduit en français. On déplore également que plusieurs titres de Chklovski et Tynianov mentionnés dans la bibliographie soient actuellement épuisés.

Viktor Chklovski en famille (1930).

DES LIVRES, COMMENCÉS AU PRINTEMPS

Il est des gens auprès desquels on peut se renseigner sur beaucoup de choses, des encyclopédies ambulantes, en quelque sorte. Plus rares sont ceux desquels on peut apprendre quelque chose, desquels on peut retirer quelque chose. Et ils se comptent sur les doigts de la main ceux qui révèlent chez leur interlocuteur une pensée latente, qui le guident vers une réflexion autonome.

Viktor Borissovitch Chklovski était l'une de ces rares personnalités qui vous obligent à penser. Ma première conversation — au téléphone — avec lui s'est achevée sur cette réplique, tout à fait caractéristique : « Je n'ai pas de temps libre. Je suis toujours occupé. » Et, après une courte pause : « C'est pourquoi je peux vous rencontrer quand vous le désirez. »

Je compris, me semble-t-il, ce que cela signifiait : « Venez, si votre visite a un but précis. Et n'oubliez pas : quand on dérange quelqu'un, il faut essayer d'être à la hauteur. Comme vous le voyez, je ne me dissimule pas. Faut-il en abuser ? »

Mais ce n'est rien, un trait de vie quotidienne.

Ce qui véritablement dérange, ce sont les monologues polémiques de Viktor Borissovitch, les livres de Chklovski, l'exigence de sa recherche littéraire que la vie n'a pas pu plier.

Dans les années vingt, les jeunes critiques, les amis du jeune Chklovski, parlaient de lui comme d'un génie. C'était une période comme on en rencontre rarement en science, une période où la parole vivante régnait dans la théorie de la littérature et même dans son histoire. C'est que l'on était en train de réinventer et la théorie et l'histoire.

Cela n'intéressait pas grand monde de savoir où plongeaient les racines. L'essentiel était de choisir avec qui l'on voulait croître.

C'est seulement à un âge avancé que Chklovski commença à qualifier de « grand » Alexandre Vessélovski, à envisager d'un regard bienveillant le travail de S. A. Venguerov et celui des grands noms de la critique russe qu'il rejetait dans sa jeunesse.

Les camarades de Chklovski, durant la période révolutionnaire, rataient brillamment les examens que leur faisaient passer de vieux professeurs, ils les rataient intentionnellement. Ils voyaient la science académique prérévolutionnaire comme une cage, une cage aux barreaux pourris. Ils voulaient savoir non ce qui avait été mais ce qui serait. L'art s'inspirait de la construction de la vie, du pressentiment de changements globaux et de cataclysmes purificateurs. Et Chklovski a conservé jusqu'au bout cette conception de l'art comme système ouvert sur l'avenir. Il l'a conservée en dépit de cette règle amusante qui fait que « demain sera à son tour aujourd'hui ».

Les termes « futur » et « art » étaient pour lui des synonymes. « J'ai souvent voulu me souvenir de l'avenir » affirmait-il dans son livre *Sur la théorie de la prose* [1]. « Je voulais comprendre ce qu'est l'art. » Et, à la suite de cela, il constatait avec une intonation mélancolique, rare sous sa plume : « Il existe des gens dont la faute est de n'être pas assez fidèles au futur. »

Chklovski, bien entendu, n'est pas un utopiste.

C'est un homme de l'espoir.

Chklovski ne connaît pas d'antonyme au mot « espoir ». C'est dans ce noyau de folie que convergent toutes les lignes de son esthétique, qui n'a rien de déraciné. Son credo est une pure périphrase de la formule de ce raté de la poésie russe qu'est Konstantin Batiouchkov : l'espoir, c'est « le souvenir du futur ».

Même si le but que se proposent les hommes est souvent en complète contradiction avec le résultat, pense l'écrivain, « l'homme est grand jusque dans ses échecs ».

Il faut aller plus loin : c'est précisément dans ses échecs que l'homme est grand.

L'un des livres les plus brillants de Chklovski, *Zoo, ou des lettres qui ne parlent pas d'amour* est né du tourbillon d'un désastre amoureux, multiplié par la séparation d'avec la Russie.

Dans la littérature mondiale, l'échec le plus riche de sens pour Chklovski est celui de Don Quichotte, qui n'a pas perdu l'espoir, qui n'a pas trahi le futur.

Être ouvert sur le futur, pour Chklovski, cela a toujours signifié être actif et actuel aujourd'hui, quotidiennement. Dans *La Troisième Fabrique*, un livre dont Vladimir Maïakovski n'était pas le seul admirateur, il écrivait : « Il y a désormais deux voies. S'en aller, se retrancher, gagner sa vie par d'autres moyens que la littérature et écrire chez soi pour son propre compte. Une autre voie consiste à décrire la vie et à chercher consciencieusement un nouveau mode d'existence et une juste vision du monde. Il n'y a pas de troisième voie. C'est celle-là qu'il faut choisir. L'artiste n'a pas à suivre des rails de tramway. La troisième voie, c'est d'écrire dans les journaux, les revues, de ne pas se protéger mais de protéger le travail, de changer… » De cette route indiquée par Chklovski, Maïakovski disait : « La troisième voie, c'est la voie où l'on fait table rase des canons, des clichés. »

Chklovski avait beaucoup de choses en commun avec Maïakovski, ils ont souvent fait des interventions publiques ensemble, ils ont édité une revue. Après la mort du poète, en ces temps où les canons et les clichés étaient devenus la règle absolue en art, Chklovski lui consacra des pages libres et affranchies. Le livre *Sur Maïakovski*, paru en 1940, compte encore actuellement parmi les meilleurs travaux consacrés au poète.

J'en parle parce que « les gens du futur » sont enclins à séparer des amis en les rangeant dans différents recoins de leur époque, à différents coins du ring de Hambourg.

Il n'est pas nécessaire de revenir sur le talent d'orateur de Maïakovski ; Iouri Tynianov, lui aussi était un brillant improvisateur — encore un autre grand artiste du cercle auquel appartenait Chklovski.

En ces temps de spontanéité, les écrivains s'inspiraient dans une mesure non négligeable du public lui-même. Ce qui ne manquait pas à la jeunesse du début des années vingt, c'était la faculté d'écouter de manière créatrice. Dans *Le Décompte de Hambourg* Chklovski affirmait avec un joyeux sens du paradoxe : « Si l'on n'est pas obligé de chercher des gants, on a beaucoup de temps pour soi et le royaume de la liberté est immatériel comme un pressentiment, mais pourtant en trois dimensions. On peut aller où l'on veut, ouvrir une école de souffleurs pour la Flotte de l'Armée Rouge, exposer une théorie du rythme dans un hôpital militaire, il y aura des auditeurs. À l'époque, les gens avaient de l'attention à revendre. »

Chez Chklovski, les mots « montent la garde, attendent ». Ils sont toujours prêts à se lever au moindre signal d'alarme. Ils se dispersent et encerclent l'adversaire. Ce sont les mots du polémiste.

Toutes les conquêtes du jeune Chklovski, entrées dans la terminologie de la théorie de la littérature (le concept de « distanciation », l'opposition entre « la vision » et la « connaissance progressive », la description des mécanismes de « freinage » ou de « retardement » et d'autres encore) sont nées dans le combat mené contre les conceptions d'A. A. Potebnia, D. N. Ovsianiko-Koulikovski, des symbolistes…

On ne saurait dire que dans la polémique conduite par Chklovski se fît jour une seule et même vérité pour tous. Par cette polémique, il anéantissait les préjugés, faisait place nette pour un art nouveau, pour une nouvelle théorie. Même lorsque Chklovski se défendait, il faisait seulement semblant de se défendre. Il attaquait.

L'attaque a été sa malédiction. Dans les derniers temps, il lui est arrivé d'attaquer des gens qui étaient persécutés. C'est-à-dire qu'il n'a pas dédaigné les trophées d'autrui, qu'il s'est repu à la table des vainqueurs.

L'attaque verbale de Chklovski est toujours gratuite, son origine a un caractère impulsif. « La parole libère l'âme de sa tension », résumait-il. Peut-être que seul un individu saturé d'émotions pouvait proclamer, comme le faisait l'écrivain dans les années vingt, que l'art est anémotionnel.

En fait, l'esthétique de Chklovski est expressive, aussi bien dans ses productions personnelles que dans sa conception de l'art en général. L'art ne « reflète » pas la réalité mais l'« éclaire ».

Chklovski lui-même estimait que ce qu'il disait oralement était meilleur, plus substantiel, que ses écrits. C'est l'oralité qui a, plus que tout, marqué de son empreinte les particularités de son style. Cette empreinte est significative. Ces mots dans un essai sur Mandelstam sonnent comme un compliment : « C'étaient des œuvres pour la conversation. »

Je n'ai jamais entendu le jeune Chklovski s'exprimer en public mais, franchement, même lorsqu'il allait sur ses quatre-vingt-dix ans et qu'il reprenait sans s'en apercevoir des considérations déjà exposées dans ses livres, ses paroles ne produisaient pas une moindre impression que ses textes. En écoutant Chklovski, j'ai observé pour la première fois le processus de formation de la conception artistique, c'est-à-dire, pour utiliser sa terminologie, le processus de développement de la convention littéraire.

Ce processus était extraordinairement émotionnel. Lorsque Viktor Borissovitch en arrivait dans ses monologues aux destinées de Tolstoï, de Don Quichotte ou du Roi Lear, ses yeux s'emplissaient d'un large éclat bleu transparent.

Du reste, dans leurs vieux jours, les grands artistes sont enclins aux larmes.

Il est difficile de dire si Chklovski, dans des monologues de ce type, reproduisait ses textes ou s'il les pensait de nouveau. En tout cas, ce qui est clair, c'est que ses derniers textes ont été dictés. C'est de cette manière, selon ses propres paroles, qu'a été rédigé *Zoo*.

La réflexion par écrit tend au monolithisme, à la cohérence logique. La réflexion à l'oral, elle, est toujours à plusieurs niveaux, elle n'a pas de cohérence logique immédiate. C'est le propre de la parole vivante que de franchir sans relâche les zones grammaticales, de se replier puis de s'envoler, de s'affaisser puis de franchir les gouffres. « Une langue se corrige par les erreurs », disait Chklovski.

Sa célèbre méthode par associations a été forgée dans un dialogue brûlant avec son interlocuteur, le public, et l'époque. Ce n'est pas avec une proposition subordonnée que l'on convainc définitivement qui que ce soit.

Un jour Chklovski a utilisé à ce sujet cette comparaison : l'art, c'est « comme qui dirait un débat judiciaire ». Par son expression favorite « comme qui dirait » (impensable dans un discours scientifique rigoureux), il retire au discours écrit ses droits civiques. Pour Chklovski, ce qui est important en art, ce sont les circonstances dans lesquelles les mots sont prononcés, le labyrinthe des « connexions » dans lequel ils se situent. « C'est ça, la vie », résume-t-il [2].

Cette parole-là, cette parole dans la vie, c'est la parole orale *par excellence* [3].

Parler est chez l'homme un besoin primordial et jamais assouvi. C'est ce besoin qui crée l'art. Dans l'art, le discours se condense, en fixant l'histoire de l'humanité sous une forme resserrée et que le regard peut embrasser. Cette situation explique on ne peut mieux le phénomène Chklovski.

À travers Chklovski, c'est un système discursif achevé qui se manifeste au monde, en s'incarnant. Un système compréhensible pour tout le monde du fait justement qu'il est incompréhensible à l'écrit, un système indépendant, qui ne ressemble à rien, fermé sur lui-même.

Mais Chklovski le savait : la « non-ressemblance » ne se manifeste que lorsque l'on peut désigner sa « ressemblance » avec autre chose.

À l'instar de Socrate, Chklovski éprouvait la résistance de tout ce à quoi il pensait, de tout ce qu'il rencontrait. Et il avait assez de force pour constater : dans le domaine de la culture, il n'y a rien d'univoque ou d'intangible.

Je parle de Socrate et non du prédécesseur le plus évident de Chklovski, Vassili Rozanov, pour dégager l'archétype de l'écrivain sans m'arrêter au problème des « influences ».

La réalité, pour Chklovski, c'est un système de relations dialogiques en perpétuelle mutation. À une époque de culture écrite fixée, il est difficile de rester fidèle, au jour le jour, à cette position.

Pour Chklovski, l'idéal aurait été le refus socratique de coucher ses idées sur du papier. Ni sur du parchemin ou sur du marbre, d'ailleurs. Dans la Grèce de Socrate, c'est évident qu'il n'aurait jamais pris le stylet en main. Certes, Socrate ne l'aurait pas plus pris à notre époque. Chklovski n'était pas philosophe à ce point.

Mais tout de même, avoir l'adversaire sous les yeux lui était cent fois plus naturel que d'avoir devant lui une feuille blanche. À cet égard, sa connaissance approximative de l'orthographe est révélatrice, même si elle ne l'a gêné d'aucune façon (sa célèbre « étrangéisation », ou *ostranenie*, aurait dû, selon toutes les règles de la langue russe, s'écrire avec deux *« n »*).

Les recherches de Chklovski concernant le cinéma, l'intérêt bienveillant qu'il montrait pour l'écran de télévision, qu'il comparait à « un petit garçon qui a fait une bêtise » et a été envoyé au coin de nos foyers (chez nous, le coin, c'est à la fois le coin aux icônes et le coin « rouge » [4]), témoigne de son insatisfaction inconsciente par rapport à la culture écrite.

En analysant le *Phèdre* de Platon, Chklovski soulignait la position de Socrate, son opinion sur la valeur comparée de l'expression écrite et de l'expression orale. « Il estime que les signes constituent non pas une mémoire mais un moyen de se souvenir, et que ce n'est pas la véritable sagesse mais l'apparence de la sagesse. Et les gens qui utilisent les signes ne sont pas tant des sages que des pseudo-sages. [...] En revanche, la parole, la conversation, ce n'est pas un effort pour se souvenir mais une communication immédiate avec la source de la sagesse — c'est la sagesse elle-même... »

Mais pour parler, il ne suffit pas de vouloir ni de pouvoir. Norbert Viner a eu cette plaisanterie amère sur les cybernéticiens triomphants : il n'y a rien à transmettre, par nature, à des gens qui s'intéressent à la conservation et à la transformation de l'information. L'explosion de l'information, qui a assourdi l'humanité, a déversé dans les resserres de la mémoire de l'individu les ordures d'autrui, sans pour autant l'aider à surmonter ses propres cauchemars.

Pour que le monde reste entier, il doit conserver son intégrité y compris dans la conscience des hommes.

La méthode associative de Chklovski reflète cette lutte pour la connaissance concentrée.

Dans tous ses travaux de maturité, l'érudition globale de l'écrivain dans le domaine de la culture est mise en œuvre dans son ensemble. Pour Chklovski, il ne s'agit pas d'apporter une précision scientifique à tel ou tel problème, mais d'éclairer les contradictions auxquelles ces problèmes donnent lieu et qu'ils modifient au cours du temps. Une fois que l'on sait comment une chose est faite, il faut admettre qu'elle est chaque jour différente. « Même en rêve, on cherche la vérité dans des comparaisons », tel est le bilan des observations que l'auteur de *L'Énergie de l'erreur* fait sur lui-même.

La métaphore rend notre discours plus concis, plus énergique et plus complet. Chklovski est métaphorique parce que pour lui, l'essentiel, en art, c'est l'unité contradictoire. La création, c'est la réalisation de la métaphore sur les grains et l'épi.

Dans l'expression artistique, les significations qui, d'association en association, débordent l'une sur l'autre, se dévoilent dans l'instant. C'est dans la réaction provoquée par la synthèse de ces associations que ressuscite le passé et que naît l'avenir.

Le texte de Chklovski possède les caractéristiques du discours oral et il est fonctionnellement métaphorique.

En plus de soixante-dix ans d'activité, Chklovski s'est consacré à tout, excepté à l'écriture poétique. C'est-à-dire que les vers étaient la seule chose qu'il n'écrivait pas bien, ce qu'il n'a jamais déploré. La poésie est confinée à l'intérieur d'un genre créé par le chercheur et protégée par une enveloppe prosaïque. C'est pourquoi sa pensée est artistique et porteuse de tant de significations différentes et qu'elle se prête si mal à un recadrage logique. On peut dire que Chklovski est le fondateur d'une sorte de « critique suggestive ». La quantité de thèmes traités dans la littérature mondiale et dénombrés « mathématiquement » par Chklovski dans sa jeunesse n'est rien d'autre que le nombre de branches sur l'arbre de la littérature tel qu'il avait poussé à l'époque dans son verger poétique.

Le style de Chklovski, c'est la poésie du discours oral transcrite sur le papier. Comme dans la poésie, beaucoup de choses sont transmises dans les travaux de l'écrivain, mais quant à ce qui est transmis, cela reste un secret.

Chklovski était perpétuellement à l'écoute de lui-même, il se faisait confiance, il ne doutait pas de ses associations. C'est le droit et la vérité, me risquerai-je à noter, d'un lyrique mélancolique. Je ne pense pas qu'il y ait rien de particulièrement original dans cette réflexion. Irakli Andronikov, par exemple, a parlé de Chklovski comme d'un poète lyrique. Tynianov parlait même du « sentimentalisme » de Chklovski, pétri non de sentimentalité, bien sûr, mais de finesse d'esprit.

Se faire confiance, voilà ce qui fait le créateur. Ce n'est pas croire en soi, tendance propre à de nombreux artistes.

Pendant la longue discussion que j'ai eue avec Viktor Borissovitch en mai 1982 (j'avais besoin de renseignements pour préparer son quatre-vingt-dixième anniversaire) je n'ai pas reçu une seule réponse aux questions que j'essayais de lui soumettre. Plus exactement, je n'ai pas reçu de réponse directe. Chklovski n'aimait pas dire « oui » ou « non ». Il plaçait la contradiction interne beaucoup plus haut que la correction.

Presque dès les premiers instants, notre dialogue est devenu un monologue de Chklovski. Il a duré une heure au moins. La spirale ascendante des associations a débouché sur une hauteur d'où se dévoilait un panorama de la littérature universelle.

Chklovski réfléchissait tout haut au *Don Quichotte*, « le seul roman réussi de la littérature européenne ». Par une association naturelle, l'écrivain y avait pensé après une discussion sur Tolstoï et sur la célèbre phrase de l'écrivain concernant l'instabilité du genre romanesque. Particulièrement en Russie.

Il a aussi été question de ce poète et savant russe du XIXe siècle, Nikolaï Ostolopov, selon lequel il n'existait pas de romans, à part *Don Quichotte*, et que la réussite de ce dernier était due au fait qu'il s'agissait d'une parodie de roman. En même temps, Viktor Borissovitch demandait qu'on n'oubliât pas qu'étymologiquement le terme « Ostolop » désignait en Russie ancienne une sorte d'arme et non un grand dadais [5] et que le paradis avait été assez bien décrit par la Chine ancienne…

Chklovski a écrit pendant plus d'un demi-siècle sur *Don Quichotte.* Son premier article consacré au roman de Cervantes, « Comment est fait *Don Quichotte* » a été publié en 1921. Une grande partie des livres les plus connus du critique, *L'Art de la prose — Réflexions et analyses, La Corde de l'arc, L'Énergie de l'erreur* sont aussi consacrés à ce roman.

Pendant les dernières années de sa vie, Chklovski préparait un scénario d'après Cervantes, qui devait se terminer sur une scène intelligente et spectaculaire : Dulcinée s'approche du lit de mort du héros, lui soulève légèrement la tête et dépose un livre sur lequel est gravé : « Don Quichotte ».

Ce film n'a pas été tourné, l'idée du scénariste n'a pas été perçue. Chklovski pensait que *Don Quichotte* n'avait toujours pas été véritablement lu. On n'a pas élucidé la solitude du héros, que la fidélité de son écuyer Sancho Pança ne fait que souligner et renforcer, on ne comprend toujours pas que les oripeaux du bon sens tombent plus vite en lambeaux que la vieille armure du chevalier, et l'on n'a que faiblement conscience de la victoire de Don Quichotte, qui avec les siècles prend de plus en plus de sens.

À l'heure actuelle, *Don Quichotte* est plus largement ouvert sur l'avenir que l'année de sa publication.

Dans la tradition littéraire russe, l'image de Don Quichotte est ancrée plus profondément que celle de tout autre héros venu de la littérature occidentale. Il est révélateur au plus haut point qu'il ait essentiellement revêtu pour nous des traits nobles, idéaux, et non parodiques.

Dans la prose russe, l'image de Don Quichotte devient l'image de l'arbitre moral du prince Mychkine. Mais Chklovski entretenait avec Dostoïevski des relations plus complexes qu'avec Cervantes… Dans la littérature russe, l'écrivain distinguait tout particulièrement Hadji Mourat, un Don Quichotte qui offre sa vie pour les « moulins à vent » de sa patrie.

Hadji Mourat est parmi les œuvres de Tolstoï la préférée de Chklovski. C'est peut-être même son livre préféré dans toute la littérature russe (à côté de la *Douchetchka* de Tchékhov qui lui est opposée par son contenu et par son atmosphère).

Le critique s'est consacré à Tolstoï plus qu'à tout autre écrivain. Il a écrit sur lui pour la collection *La Vie des Hommes illustres* une monographie, dont il estimait lui-même que c'était un condensé.

Elle comporte près de sept cents pages, c'est le travail le plus vaste de tous ceux qu'a publiés Chklovski.

Il ne l'a certainement pas composée en ayant en tête les canons de la collection. On peut à peine la considérer comme une biographie de Tolstoï. Chklovski a écrit la biographie d'un génie pour montrer comment la véritable création fouette et emporte les rivages de la vie. Elle a une signification qui dépasse une destinée humaine.

Chklovski a trouvé chez Tolstoï la confirmation d'une de ses idées de prédilection. Elle figure dans le titre du livre *L'Énergie de l'erreur*.

Dans une lettre de 1878 à Nikolaï Strakhov, Tolstoï fait cet aveu : « On dirait que tout est prêt pour écrire, remplir son devoir sur terre, mais il manque l'impulsion de la foi en soi, en l'importance de la tâche, il manque l'énergie de l'erreur ; cette énergie terrestre organique qu'il est impossible d'inventer. »

D'après Chklovski, c'est ainsi qu'il faut comprendre cette idée de « l'énergie de l'erreur » : dans l'énergie créatrice, il n'y a pas d'égarement pour l'artiste. L'égarement ouvre à l'écrivain une multitude de variantes pour résoudre un motif. Et parmi elle se trouve la meilleure. Mais trouver précisément celle-là, l'unique, voilà ce qui est difficile. Quant à trouver la variante idéale, c'est impensable.

La création reste ouverte. Ouverte sur les possibilités futures de l'humanité.

Les meilleures œuvres, pensait Chklovski, ne sont pas achevées. Le grand style, en art, est toujours une béance. Il garde la bouche grande ouverte pour la descendance.

Hadji Mourat, même s'il est dans l'œuvre de Tolstoï un point culminant, n'est pas fini. Mais selon Chklovski, tous les grands livres sont inachevés, en dépit de tous les épilogues que les auteurs peuvent y adjoindre. Ni *Anna Karénine*, ni *Crime et châtiment*, ni *Eugène Onéguine* ne sont terminés.

Rares sont les contradictions qui peuvent être résolues « ici et maintenant ». L'art est donné aux hommes pour les résoudre dans le temps et les déployer dans une époque, en montrant sous une forme concentrée le cours du temps à l'intérieur d'un système artistique donné.

C'est ainsi qu'aucun des livres de Chklovski n'est terminé. Plus exactement, aucune de ses pensées. Même au sujet d'un livre dans lequel il élaborait et formulait les fondements d'une nouvelle théorie de la prose, il déclara à Roman Jakobson : « Il est donc resté inachevé ». Mais il fut rapidement édité.

Les associations l'entraînaient vers l'avant, vers l'avenir. Dans leur confrontation contradictoire, comme dans un montage, elles surgissaient les unes après les autres sur les cercles d'une spirale sans fin.

Parfois se produisait chez Chklovski comme une « parade des idées », à l'instar de la « parade des planètes ». Les idées se mettent en rang, suivant l'ordre des livres essentiels du critique, les œuvres de jeunesse comme celles de la maturité : *Résurrection du mot* (1914), *Théorie de la prose* (1925), *Le Décompte de Hambourg, Le Pour et le Contre* (1957), *L'Art de la prose — Réflexions et analyses* (1959), *La Corde de l'arc* (1970), *L'Énergie de l'erreur* (1981), *Théorie de la prose* (1983).

Bien sûr, Chklovski évoluait parce qu'il « ne se lassait pas de grandir ». « Seul l'épi dont les grains sont tombés se tient droit » a-t-il dit en parlant de sa vie, pour répondre à ceux qui l'accusaient d'avoir reculé sur certains points. Seul « le squelette dans sa tombe » reste le même.

En fait, Chklovski a trompé tout le monde. Certes, il s'en est excusé.

Il fut une plante vivace, capable de donner des fruits par n'importe quel temps. Mais qui ne pouvait supporter les transplantations.

Il n'y a pas de littérature sans erreurs. Sans erreurs, elle péricliterait. « L'alternance de la sagesse et des égarements chez un homme audacieux nous révèle la véritable nature de Don Quichotte », disait Chklovski. Ces mots constituent une définition de la vie de l'artiste. Il n'est pas nécessaire d'insister sur le fait qu'ils font inconsciemment le bilan de l'expérience personnelle de l'écrivain.

Je le répète, la dialectique de Chklovski a un caractère poétique, c'est une dialectique lyrique. Malgré l'aspect catégorique de certains de ses jugements, il n'y a pas dans ses livres de position univoque. Je me risquerais même à faire remarquer que l'on n'y trouve pas d'affirmation (même si je sais bien que, formellement, tout son style aphoristique est une « affirmation » continue). Chklovski laisse le choix. Il enseigne l'indépendance. C'est-à-dire la liberté.

Pour développer cette idée, disons les choses un peu autrement : les affirmations de Chklovski ont quelque chose de fugitif, d'éphémère, de provisoire. « … Des idées particulièrement claires » écrivait-il dans le livre *Il était une fois*, « ce sont parfois des idées banales, qui ont déjà été pensées jusqu'au bout, mais le processus de réflexion, on le sait, ne s'arrête jamais. »

La méthode de Chklovski est fondée, en dernière analyse, par son intuition poétique et philosophique. Il estimait que ses idées ne se contredisaient pas l'une l'autre, mais se « débordaient » l'une l'autre. C'est par cette réflexion, qui s'avéra conclusive, que se termine le dernier livre publié de son vivant, *Théorie de la prose*.

Cela signifie que même les conclusions sont « débordées » par les sources. La conception de la création comme « canonisation des erreurs » a toujours été vivace chez Chklovski.

En parlant de « l'alternance de la sagesse et des égarements », Chklovski parlait de leur fusion. Lorsque le travail d'un artiste, son projet « commence à se diviser en maillons sans signification », c'est que le malheur n'est pas loin.

Opposer un « premier » et un « second » Chklovski est tout simplement stupide. La couleur du drapeau planté au sommet de la forteresse de l'art le préoccupait pour autant que cette forteresse existât. Qu'importent ceux qui la conquièrent, elle est plus durable que les étendards qui flottent au-dessus d'elle.

À ce sujet, je demandai à Viktor Borissovitch qui selon lui était plus apte à estimer la valeur d'une œuvre d'art, des contemporains ou de la postérité. En principe, répondit Chklovski, ce sont les premiers qui devraient être plus lucides, mais ils laissent souvent passer beaucoup de choses sans les remarquer, les fondements mêmes. Il faut donc donner la préférence aux seconds. Cette opinion a une explication naturelle dans l'esthétique de Chklovski : la création porte en elle un projet qui dépasse la biographie du créateur, qui déborde le temps biographique.

Au sujet du jeune Vsévolod Ivanov, Chklovski écrivait : « Il ne craignait pas les erreurs parce qu'il ne connaissait pas les règles. » Chklovski a étudié toutes les règles afin de prouver qu'elles ont pour l'art une valeur toute relative. L'artiste tend vers le « régulier », pour rivaliser avec lui.

Pour Chklovski, mesurer l'harmonie à l'aune de la symétrie et de la ligne droite fait partie des illusions inacceptables. Parler « rectiligne » ne permet pas de maîtriser le spectre arc-en-ciel de l'existence. Cela réduit l'œuvre à l'unité, puis au néant. Pour l'artiste qui reflète la réalité de manière frontale, qui la copie, l'existence elle-même est hors de portée.

Chklovski a toujours été secrètement un partisan de Léontiev, son esthétique est une esthétique de la plénitude florissante de la vie et de tout ce qui est colossal.

Cela ne se perçoit pas immédiatement, justement parce que dans la méthode de Chklovski, il n'y a pas de projections frontales. Pour montrer les choses, il évite la perspective centrale.

« La Marche du cheval », c'est à la fois le titre d'un ouvrage de Chklovski et la formulation de l'essence de sa méthode.

Il suffit de pointer l'épithète à laquelle Chklovski recourt le plus volontiers pour faire apparaître les objets dans le monde. L'image chargée de sens est toujours présentée chez lui comme l'image d'une chose disposée « de biais ». Et même « de travers ».

La langue poétique, c'est une langue « de travers », une langue « freinée », écrivait-il dans un article devenu célèbre, « L'art comme procédé ». Et dans un autre article de cette période, il affirmait que l'art en général doit suivre une route « de travers ».

Telle était la manière de voir de Chklovski dans les années dix et vingt, telle était sa manière de voir dans les années cinquante et quatre-vingt.

Chklovski accorde de la valeur à la pensée qui vole « de biais », comme les vers de Maïakovski, son contemporain en littérature, qu'à aucune époque il n'a laissé vilipender.

La première chose qu'a remarquée Chklovski dans l'architecture de Saint-Pétersbourg, c'est l'ange, « planté de biais », sur l'aiguille de la cathédrale Saint-Pierre et Saint-Paul. Chklovski a ensuite transmis sa manière de voir à un génie russe. Au début du livre *Le Pour et le Contre*, Dostoïevski regarde par les fenêtres du Château des Ingénieurs au loin, par-delà la Néva, et voit « … à côté de la croix sur l'aiguille l'ange de biais ».

Et voici un morceau de *La Corde de l'arc*, ouvrage qui avait la préférence de Chklovski lui-même. On y trouve une transformation de l'image tout à fait caractéristique : « Je me souviens, dans le brouillard, derrière le pont Nikolaïevski se dresse un fantôme inconnu, de biais, un ange de biais. C'est, derrière le chantier naval, derrière le frémissement de la Néva, comme argileuse, semblable à l'empreinte sur le pavé, la première grue qu'on ait jamais vue. » Sur cette rivière « flottent de biais des barques vertes, au long nez ».

Dès la première ligne de *L'Énergie de l'erreur*, on a un aperçu des horizons de l'ouvrage : « La maison de Tolstoï, à Iasnaïa Poliana, est un peu de biais. »

L'idée de la nature asymétrique de l'art, sans laquelle ce dernier ne saurait susciter un sentiment de vérité, a aussi été énoncée par Tolstoï.

Mais Chklovski ne l'a pas empruntée.

À propos : c'est assis de biais, tourné vers son grand bureau dans un coin de la pièce à côté des étagères de livres, que Viktor Chklovski a passé ses dernières années dans son appartement moscovite de la rue Tcherniakhovski, à penser que le monde est un montage, que ce sont les gens qui savent s'étonner qui inventent la langue de l'art, que la littérature restaure la perception de l'existence et que le drapeau de la poésie ne saurait être sans couleur.

C'est la réalité, la vie.

« Mais une question se pose, écrivait Chklovski, qu'est-ce que la vie ? On sait que la vie, c'est quelque chose qui évolue, que la vie à une grande échelle, c'est l'histoire, les évolutions ; alors nous devons dire que le réalisme, c'est l'évolution des procédés destinés à connaître la vie qui évolue ; sinon, on en arrive à cette description par Saltykov-Chtchédrine de la vie dans la ville de Gloupov : à un moment donné, “l'histoire arrête son mouvement”. »

C'est pourquoi il n'y a pas de littérature sans erreur, c'est pourquoi il n'y pas de symétrie en art, il n'y a rien d'achevé.

Tous les grands livres restent ouverts.

L'art, selon Chklovski, c'est le « faire » et non le « fait ».

Pour lui, le déplacement lyrique, le mélange des strates de l'existence, le vol des « Tableaux de biais, qui volent de travers / Tombant de la chaussée qui a éteint la chandelle… », c'est tout cela qui est source de vie.

L'art « parle de quelqu'un qui n'est pas à sa place ».

Le héros d'une œuvre, c'est celui qui sans cesse explore le monde, l'interroge.

L'idée qu'en art, les formes signifiantes se heurtent et se cèdent mutuellement la place a été propre à Chklovski dès ses premiers travaux. L'importance attribuée aux structures artistiques y paraissait hypertrophiée. Leur transformation était envisagée comme la transformation des catégories qui dominent l'existence, le cours réel du temps. D'un point de vue philosophique, la connaissance se séparait de l'existence et s'élevait au-dessus d'elle.

L'art était déclaré *anémotionnel*.

Tout devenait pareil à tout. Bounine ressemblait à la fois à Tourgueniev, à Dostoïevski et à Andreï Bolotov, et les contemporains les plus jeunes étaient simplement assis sous les portraits des classiques, ils « s'acclimataient ». En fouillant une étagère de livres, on pouvait énumérer tous les thèmes de la culture mondiale.

Cette position n'est sans doute pas fiable. C'est-à-dire qu'elle est grossière, qu'elle conduit à substituer à l'objet d'analyse la démonstration de l'instrument d'analyse.

L'harmonie artistique est régulée par l'existence et par l'histoire, et non par une connaissance à part (bien entendu, cela ne veut pas dire qu'il soit *impossible* de séparer *la connaissance* de la vie, particulièrement de la *vie de l'art* ; lorsqu'il s'agit de l'analyse concrète d'une œuvre concrète ou de ses « motifs », cette distinction est bénéfique voire indispensable).

L'équilibre entre l'art et la réalité, la connaissance et l'existence, est avant tout dynamique et non statique. Dans le processus même de connaissance de l'art, le second terme attire vers lui celui qui cherche à connaître, tandis que le premier cherche à le désarmer.

De manière tout à fait naturelle, le désir de connaissance des débuts a finalement cédé la place chez Chklovski à l'attraction de la vie. « Le monde ordinaire, réfléchissait-il dans *La Corde de l'arc*, dans le fait même de la connaissance, engendre autre chose, autrement dit, le fait de s'étonner, le fait d'une sorte de supériorité de sa propre essence sur notre connaissance. »

L'authenticité, l'originalité d'un artiste, ce sont ses « erreurs » par rapport à la norme, au schéma, au savoir. Et en ce sens, l'affirmation par Chklovski de la nature « de biais », « asymétrique » de l'art découle toujours de cette conception primitive « surmontée » de la création comme « canonisation des erreurs ».

« La question fatale » pour Chklovski était de savoir pourquoi l'art « dit la vérité », pourquoi en dépit de toutes les erreurs, il n'est pas mensonger.

C'est à cela que Chklovski a réfléchi toute sa vie.

La représentation artistique n'est jamais identique à l'objet de représentation. Son « objectivité », sa « fidélité réaliste » sont des leurres, même si c'est en grande partie vers cela que tend l'artiste.

On ne saurait fonder une théorie de la connaissance sur une image artistique : voilà à quoi tient le caractère antinomique de toute théorie de l'art. Même par rapport à la vie, l'image ne donne que le sentiment de la connaissance, et non la connaissance elle-même. Il est peu probable que l'on puisse surmonter cette difficulté en disant que les principes de la connaissance, les moyens par lesquels elle se réalise, se pensent de manière identique quel que soit le sujet.

De toute évidence, il est impossible de découvrir la vérité de l'art en dehors d'une aspiration consciente ou non à ne faire qu'un avec l'existence. Cette vérité, en effet, se vérifie par la vie, et par la vie d'aujourd'hui.

En tant que théoricien, Chklovski savait que l'on peut comparer tout à tout. C'est pourquoi tout pouvait ressembler à tout. Le semblable était recherché dans le dissemblable.

C'est un travail intéressant, brillamment mis à distance par l'ironie et le sens du paradoxe propres à l'écrivain.

Sans ce ciselage préalable, l'esthétique de Chklovski aurait été anémique, et son évolution lymphatique. Sans l'audace de ses premiers travaux, il n'y aurait pas eu cette analyse finale de « la dissemblance du semblable », sa *Corde de l'arc*. Sa position principale consiste à dire qu'« en art, le général existe dans une incarnation concrète, nouvelle, différente ».

Il a fallu la vie pour vivifier, « distancier » cette position qui d'un point de vue philosophique est tout à fait traditionnelle.

Bien entendu, la ressemblance, la répétition existent. Elles continuent d'exister. Ce qui a changé, c'est le point de vue à partir duquel la continuité et la tradition doivent être envisagées en art.

« Il me semble, écrit Chklovski dans *La Corde de l'arc*, qu'en dépit de la diversité des *causes* d'un phénomène, il faut s'arrêter sur les causes de la *permanence* de ce phénomène. Il faut comprendre non seulement *de quelle manière* la situation détermine les phénomènes, mais aussi *dans quel but* cette situation ressort avec une telle constance de l'énorme réservoir des phénomènes les plus divers. Les structures de l'art sont créées et choisies. Il faut expliquer les raisons de cette sélection. Savoir non pas *comment*, mais *à quelle fin* cela est fixé. »

Et à un autre endroit du livre : « Le mouvement illusoire de l'art repose sur ce qui semble être des répétitions, mais ces répétitions ne sont qu'apparentes. Nous ne nous contentons pas d'évaluer la pulsation de l'essence en transformation, mais nous choisissons dans le temps les supins d'une répétition apparente et nous les comparons. »

Chklovski pensait par systèmes littéraires entiers, en les confrontant et en les heurtant, au niveau de différentes époques comme de la nôtre, cette ligne étroite qui défile sur l'écran du moniteur. Les phénomènes uniques se mettaient chez lui à tourner dans le chœur de « l'universel ».

Sans la largeur de vue et l'imagination de la jeunesse, sans les amis de ces années-là — Tynianov, Eichenbaum, Jakobson,

Polivanov, les autres « formalistes » et les membres de l'OPOÏAZ, il n'aurait pas accédé à « l'universel ».

Quelle importance cela a-t-il si le travail du jeune Chklovski et de ses compagnons faisait parfois penser à la construction d'un moteur sans fin pour la littérature ?

Chez Chklovski, il fonctionnait !

« Au fond de l'art, comme un nid de fermentation, repose la gaieté », disait l'écrivain dans les années vingt. Si elle est difficile à comprendre, cette déclaration est facile à accepter. Tout ce qui est nouveau sourit.

Il y a autre chose qu'il est difficile (mais indispensable) de comprendre. Il est difficile de se pénétrer de l'idée qu'en art ce qui est nouveau ne vieillit pas, que « les tragédies de l'humanité sont gaies parce que c'est le chemin qui va du passé vers le futur ».

Même quand Chklovski se rendait, il le faisait — gaiement.

« Soyons optimistes, disait-il, l'histoire de l'humanité, c'est l'histoire d'un faux échec. » J'ai entendu ces paroles de la bouche de Chklovski lorsqu'il avait quatre-vingt-dix ans. Et ce sont les dernières paroles que je lui ai entendu dire…

La vie de Chklovski s'étend sur de longues années et de nombreuses décennies. Elle est enveloppée par la brume de plusieurs époques. Il a eu plus d'une fois l'occasion d'assister à un changement de conventions artistiques.

L'unité de sa destinée d'écrivain se situe dans les égarements et les quêtes, dans « l'égarement de la quête », comme aurait dit Viktor Borissovitch lui-même.

Pour conserver cette acuité du regard et de l'expression, la force de la jeunesse, comme l'a fait Chklovski, ce n'était même pas de la bravoure qu'il fallait, mais un courage de tous les instants.

Et je ne sais pas ce qu'il fallait pour faire, finalement, de la Douchetchka de Tchékhov sa Dulcinée. Nous nous rappelons la profondeur avec laquelle Tolstoï a réinterprété cette figure. Et il avait raison : seule Douchetchka aurait épousé Don Quichotte.

Chklovski, avec une simplicité pleine de sagesse, a fait subir une transformation encore plus forte à cette figure. Il disait de son *Énergie de l'erreur* : « Le livre que j'écris n'est pas contourné ; c'est le livre d'un homme qui est amoureux du monde, comme Douchetchka, qui y cherche des rapprochements, et même qui ne les cherche pas mais y trouve chaque matin quelque chose de nouveau. Un homme qui portait le nom de formaliste comme un collégien porte son manteau d'enfant, puis devient trop grand pour lui et passe dans la classe supérieure. Mais qui est en même temps Douchetchka, au moins pour lui-même. »

Comme Douchetchka, Viktor Borissovitch s'éprenait de tous les horizons sans cesse nouveaux de l'avenir. Il s'éprenait de ce présent dans lequel l'avenir pointe son bec, et cela jusqu'à l'exagération.

C'est ainsi, par exemple, qu'est arrivée l'histoire de la réforme de la langue russe que l'on se proposait de mettre en œuvre dans les années soixante. Sa tendance à la phonétisation (dans le cadre de la lutte contre l'analphabétisme), selon laquelle il aurait fallu écrire « conconbre » et « lievre », ne gênait pas Chklovski (ici, c'est aussi son indifférence invétérée pour la chose écrite qui se faisait sentir). Même si c'est avec un certain flou, Chklovski soutenait les initiateurs de ce projet.

Un homme de l'oralité est contaminé *ab ovo* par la modernité.

Il y avait là, bien sûr, un aspect mille fois plus sérieux : le révolté avait décidé de devenir un sage, il s'était mis à professer la philosophie de la « nécessité consciente », c'est-à-dire de la « liberté » entre guillemets. En témoignage de son détachement suprême à l'égard des opinions et des passions du monde.

Cela étant, lorsqu'il en arriva, par exemple, à refuser d'apposer sa signature en défense de Soljénitsyne, les habitants de Peredelkino en vinrent à le soupçonner du conformisme de la vieillesse, voire de lâcheté.

Oui, en 1967, pour Chklovski, Soljénitsyne n'était déjà « plus nouveau ». La seule chose qui puisse l'excuser est qu'à son âge, en soutenant un écrivain persécuté, il aurait couru peu de danger. Le risque réel était faible. Mais Chklovski avait oublié ceci : en art, personne ne pardonne rien à personne.

« Auparavant, il était "rejeté", maintenant il s'est "autorejeté" », a résumé Véniamine Kavérine. C'est peut-être vrai — la vieillesse a été pour Viktor Borissovitch une tentation insurmontable : le navire est entré au port et s'est amarré. Sans religion, du moins sans confession, il n'attendait aucun renouveau de la mort. Il lui restait à « aimer la vie » avec une ardeur de plus en plus grande. Je l'ai vu y parvenir, à quatre-vingt-dix ans…

Chklovski avait une fois noté qu'il aimait commencer des livres au printemps. Et son premier récit avait été publié en 1908 dans la revue *Vesna* (*Le Printemps*). C'est une coïncidence qui ne doit pas être généralisée. Mais qui est agréable.

Tout ce sur quoi écrivait Chklovski était la confession d'un rénovateur. Cela ne fait rien si une bonne moitié des gens n'a besoin ni de rénovateurs ni de renouveau. En Russie particulièrement, l'on veut que tout finisse par marcher tout seul. Mais cela même serait pour nous une nouveauté, sur laquelle nous aurait ouvert les yeux un homme au regard de biais.

Beaucoup de ce qui fleurit impétueusement au printemps fane sur-le-champ. Mais même de cela, il ne faut pas avoir peur.

« Dans n'importe quel travail, écrivait Chklovski, ce qui est important, c'est quand quelque chose ne fonctionne pas. Derrière une apparente erreur se cache parfois une nouvelle loi. »

C'est ainsi que toute sa vie Chklovski s'est trompé de manière productive en essayant de définir ce qu'est un sujet en art. Ces erreurs ont finalement débouché sur l'élaboration d'une nouvelle théorie générale du sujet.

Il n'est pas difficile de deviner que cette théorie était en rapport non seulement avec l'art mais avec l'existence en général. Parce que « le sujet est une manière d'aborder différemment la vie ». C'est un moyen compliqué. Le sujet est « une difficulté, une énigme », il est « la contradiction mise à nu »...

J'en suis certain : Viktor Borissovitch Chklovski a surmonté les contradictions de sa vie par la création.

En voyant le film d'Antonioni, *Blow up*, il avait longuement réfléchi à l'un des épisodes, un match de tennis sans balle.

C'est ce que, par bonheur, il ne savait pas faire.

Sa balle était toujours en jeu.

Il est dommage que la plupart des ses frappes rapides comme l'éclair soient restées invisibles pour les spectateurs.

Andreï ARIEV

Traduit du russe par Coralie Vauchelles

1. Édité en 1983. Sous ce titre est paru en 1925 un des ouvrages théoriques les plus connus de l'écrivain.
2. Voir le chapitre « Le conte et le mot » dans *Théorie de la prose* (1983).
3. En français dans le texte (N.d.T.).
4. En russe, l'adjectif *krasny* signifiait « beau » avant de signifier rouge, la même épithète désigne donc l'endroit où l'on posait les icônes et celui où l'on faisait la propagande de l'idéologie communiste (N.d.T.).
5. Ce qui est le sens de ce mot en russe actuel (N.d.T.).

UN CLASSIQUE À VENIR

Ce texte de Boris Eichenbaum est extrait de Mes annales *(1929).*

Viktor Chklovski est l'un des rares écrivains de notre époque qui a réussi à ne pas encore devenir un « classique ». Cela se manifeste non seulement par le fait qu'il n'a pas été jusqu'à présent publié en œuvres complètes, et que l'on ne propose pas ses livres, avec ceux de feu Tourgueniev et Dostoïevski, aux abonnés d'une revue, mais également en ce qu'il fait l'objet de discussions nombreuses, acharnées et empreintes d'irrespect.

Il publie depuis déjà quinze ans et pendant ces quinze années son existence a nourri les controverses. S'il existait aujourd'hui un bureau chargé de fournir sur demande des coupures de journaux, et que Chklovski avait l'idée de s'adresser à lui à son propre sujet, il faudrait assigner une demoiselle spécialement à cette tâche, et qu'elle soit des plus dégourdies. Chaque jour, que ce soit dans l'entrefilet d'un journal ou l'article d'une revue, on s'en prend à Chklovski. Au point que l'on finit par étudier Chklovski pour apprendre à mieux l'« insulter ».

En outre les débats ne portent pas tant sur ses idées, son style ou ses théories que sur quelque chose d'autre — son comportement, son ton, ses allusions, sa manière d'être. Il n'existe pas seulement en tant qu'auteur, mais plutôt en tant que personnage littéraire, héros d'un roman non-écrit — et d'un roman problématique.

Car c'est bien de cela qu'il s'agit : Chklovski n'est pas seulement un écrivain, mais également une figure particulière de l'écrivain. En ce sens sa situation et son rôle sont exceptionnels. En d'autres temps il eût été un libre-penseur de Saint-Pétersbourg, un décembriste, il aurait vagabondé dans le Sud en compagnie de Pouchkine, se serait battu comme lui en duel ; homme de notre temps, il habite bien entendu Moscou et écrit sur sa vie, quoique, pour citer Dante, il ait à peine atteint le milieu du chemin. En d'autres temps on l'aurait appelé « maître de la pensée » ; à notre époque sévère et austère on l'appellera vraisemblablement « maître de la phrase » — tant sa manière d'écrire a imprégné non seulement la littérature, mais les échanges épistolaires, la vie quotidienne, la conversation, les exposés d'étudiants.

On entreprend rarement de louer Chklovski dans la presse, car toute personne qui écrit (y compris le critique, quel que soit le nom dont il signe son article — Georges Elsberg ou Ja. Nikolaïev [1]) doit en premier lieu se libérer de lui. On se plaint de lui comme d'une injustice du sort. Il a offensé bien des gens : les uns parce que, ne sachant ni l'anglais ni l'allemand, il est parvenu à ressusciter Sterne, les autres parce que, ayant écrit de remarquables travaux sur la théorie de la prose, il s'est révélé non moins remarquable dans la pratique de cette même prose. Cela irrite particulièrement les « littérateurs ». Tant qu'une personne est comptée parmi les théoriciens, les gens de lettres la considèrent tranquillement et avec quelque hauteur. Chklovski a su ne pas devenir un littérateur, mais par ses livres il leur a causé bien des désagréments. Ceux qui ne sont pas liés à lui par une amitié professionnelle ou historique ont bien du mal à supporter son existence dans la littérature.

Chklovski ne ressemble pas du tout au traditionnel écrivain russe membre de l'intelligentsia. C'est un professionnel jusqu'à la moelle des os — mais pas comme l'est ordinairement l'écrivain russe membre de l'intelligentsia. Il est même difficile de déterminer ce qu'il est — homme de lettres, savant journaliste, ou encore quelque chose d'autre. C'est un écrivain, au véritable sens du terme : quoi qu'il écrive, tout le monde reconnaît que c'est du Chklovski. C'est physiologiquement un écrivain parce qu'il a la littérature dans le sang, mais pas du tout dans le sens où il serait « homme de lettres » jusqu'au bout des doigts — c'est précisément le contraire. La littérature lui est inhérente au même titre que la respiration, la démarche. Elle est un élément de son appétit. Il la goûte, il sait de quels ingrédients elle est faite, il aime la préparer lui-même et en varier la composition. C'est pourquoi il lit des livres de manière professionnelle, converse avec les gens de manière professionnelle, vit de manière professionnelle. Ce n'est que lorsqu'il dort qu'il n'est pas professionnel — et c'est la raison pour laquelle (malgré les grincements de plume de la critique) il dort d'un sommeil de plomb, et non pas comme dorment d'ordinaire les gens de lettres et ceux qui, en Russie, s'occupent de littérature.

Chklovski, en son temps, a menacé la vieille génération de l'intelligentsia russe avec l'OPOÏAZ — tout comme, cent ans auparavant, les futurs « classiques » russes avaient menacé les académiciens et les personnages importants avec leur « Arzamas ». La nouvelle génération combat Chklovski parce qu'elle doit inventer quelque chose qui lui soit propre. Cela démontre sans doute mieux que tout le reste à quel point Chklovski a incarné l'esprit de sa génération. S'il n'est pas encore un « classique » (ne serait-ce que comme, par exemple, Léonid Grossman), c'est seulement parce qu'il fait partie des classiques russes non pas actuels, mais à venir.

Boris EICHENBAUM

Traduit du russe par Macha Robel

1. Cf. le compte rendu du livre de V. Chklovski *La Matière et le Style dans « Guerre et Paix » de Léon Tolstoï* dans la revue *Au poste de garde de la littérature*, avril 1927 (n° 7).

DU FUTURISME AU FORMALISME

Chklovski en 1913 *La résurrection du mot*

Ce ne seront pas les théoriciens mais les artistes qui marcheront en tête.
Victor Chklovski

Un jour, à la fin de l'année 1913, le peintre Nikolaï Koulbine, grand organisateur d'expositions et de soirées futuristes, annonçait les yeux brillants à Boris Pronine, le propriétaire du célèbre café littéraire *Le Chien errant* où se réunissait le tout Pétersbourg culturel, qu'il avait rencontré dans le tram un « jeune homme inhabituel », un véritable « homme d'art », étudiant de première année à l'université, et que celui-ci avait accepté de venir faire un exposé au café [1]. Le nom de ce jeune étudiant d'une vingtaine d'années, Viktor Chklovski, résonnait ainsi pour la première fois dans le milieu littéraire. Il faut dire que malgré l'intérêt que pouvaient présenter les cours de Baudoin de Courtenay, la faculté des lettres de l'Université de Saint-Pétersbourg ne pouvait satisfaire cet enthousiaste de la recherche dans le domaine littéraire.

Cet exposé, dont le titre était « La place du futurisme dans l'histoire de la langue », fut présenté le 23 décembre 1913 au *Chien errant.* Il fit sensation : Pronine se souvient des « visages enthousiasmés » de Mikhaïl Kouzmine et Lev Goumiliov écoutant ce tout jeune « Vitia », « à moitié étudiant, à moitié encore gymnasien [2] ». Dans son livre de souvenirs, *Rencontres,* le poète symboliste Vladimir Piast semble un peu moins enthousiaste : il se rappelle les attaques en règle qu'eut à subir ce nouveau venu, à qui il fut reproché d'être un ignare, « dans le même wagon que les futuristes [3] ». Mais quoi qu'il en soit, ce 23 décembre 1913 représente la rencontre historique du futurisme et du formalisme, d'un formalisme qui n'était pas encore né, bien sûr, mais pour lequel le terrain était bien préparé. On ne prend pas toujours la mesure de cette rencontre, et l'on n'en comprend pas nécessairement la logique, ni l'importance, historique autant que théorique. Chklovski, qui, à l'époque, prenait également des cours de sculpture dont il disait qu'ils lui avaient appris « ce qu'est la forme », reconnaît tout ce qu'il doit au futurisme, quand il écrit, dans *La Troisième Fabrique* (1926) : « Avec le futurisme et la sculpture, on pouvait déjà apprendre beaucoup. Je conçus l'art, à cette époque, comme un système autonome. [4] »

À la suite de son exposé, Chklovski en prépara l'impression, qui parut en février de l'année suivante sous le titre « La résurrection du mot » : c'était une brochure de trente-deux pages, dont certains exemplaires avaient été illustrés par Olga Rozanova et d'autres par Alekséï Kroutchenykh, ce qui, d'une certaine manière, mettait ce livre sur le même plan que les nombreuses productions littéraires des futuristes à cette époque, tout en représentant le premier pas de la grande aventure du formalisme. C'est avec elle que Chklovski se rendit chez Baudoin de Courtenay qui, ayant déclaré qu'« il ne comprenait pas cette question [5] », l'orienta sur un autre de ses élèves, Lev Iakoubinski. Avec Evguéni Polivanov quelques mois plus tard, la « Société pour l'étude de la langue poétique » (OPOÏAZ) était sur le point de voir le jour.

Chklovski ne reniera pas ce premier texte. Dans l'introduction à l'édition de ses œuvres en 1990, il écrit : « Ce livre a soixante-dix ans aujourd'hui. Mais il me semble qu'il n'a pas vieilli. Maintenant encore, il est plus jeune que moi. [6] » C'est dire toute l'attention qu'il mérite.

*

Que futurisme et formalisme soient étroitement liés n'est bien sûr un mystère pour personne. Il est toutefois plus facile de s'en convaincre quand on est anglophone et que l'on a pu lire dès les années cinquante les premiers livres consacrés au formalisme, à commencer par les « classiques » que sont les études de Victor

Erlich, *Russian Formalism* (1955, 1965), et, surtout, de Krystyna Pomorska, *Russian Formalist Theory and its Poetic Ambiance* (1968), lesquelles n'ont pas été traduites en français. Cela est dit dans les histoires du futurisme également, notamment dans le « classique » de Vladimir Markov, en anglais également, et jamais traduit non plus, *Russian Futurism : A History* (1968). Parmi ceux qui ont le plus travaillé sur ces liens transversaux, il faut signaler l'étude de Aage Hansen-Löve, *Der russische Formalismus* (1978) [7]. En français, Tzvetan Todorov y consacrait quelques pages dans *Tel quel* en 1968 [8], puis futurisme et formalisme seront encore mis en regard par Gérard Conio [9], avant que, beaucoup plus tard, Agnès Sola n'évoque ces liens dans son étude sur le futurisme russe [10], ou que Michel Aucouturier n'ouvre son « Que sais-je ? » sur le formalisme en évoquant précisément cet épisode [11]. Mais d'une manière générale, ces contributions sont connues essentiellement des russisants et ne semblent pas vraiment intégrées dans la conscience des théoriciens de la littérature qui n'ont pas d'autres contacts avec la culture russe de l'époque.

On connaît bien sûr l'intérêt *post factum* des formalistes pour les expériences modernistes du début du siècle. On peut le voir dans les écrits de Iouri Tynianov sur le poète Vélimir Khlebnikov [12], dont il éditera les œuvres à la fin des années vingt. Et puis il y a, bien entendu, les écrits de Roman Jakobson sur le sujet, ses articles de 1919 sur « La nouvelle poésie russe » (sur Khlebnikov également), ou, plus tard, sur Vladimir Maïakovski [13]. Mais tous ces auteurs ont écrit les articles en question *après* la révolution, comme un critique écrit sur un objet du passé, même si ce passé est très récent. Cette remarque est valable pour les travaux ultérieurs de Chklovski lui-même sur la question dans les recueils publiés par l'OPOÏAZ en 1916 et 1919 [14], année où il dit encore, dans son article « De l'art et de la révolution » : « *nous autres, futuristes,* mettons notre œuvre en lien avec la Troisième Internationale » et où il affirme que « le futurisme a été l'un des résultats les plus purs du génie humain » [15]. Elle est valable également pour les collaborations ultérieures, dans les années vingt, entre les formalistes et la revue *LEF (Front gauche des arts)* de Maïakovski et Ossip Brik.

Plus significatives, certainement, sont les expériences poétiques de Jakobson en 1914-1915, ces poésies « transrationnelles » publiées sous le pseudonyme de R. Aliagrov dans le petit *Rivre*

[sic] *transrationnel,* en collaboration avec Kroutchenykh. Moins connu, même si Jakobson en parle volontiers dans les interviews, cet épisode montre bien la proximité de ces jeunes philologues avec les futuristes qui, au-delà de leurs provocations, étaient en train de révolutionner le mot poétique [16].

Mais même si l'on sait tout ça, il ne semble pas que cette proximité soit véritablement intégrée, surtout en Occident, où l'engouement pour les grands textes du formalisme s'est développé indépendamment de la (re)découverte de l'avant-garde russe, découverte qui, de plus, et pour des raisons bien compréhensibles, s'est focalisée sur les arts visuels (peinture, photo, cinéma) plutôt que sur les textes d'un mouvement dont il est difficile de mesurer l'importance quand on ne connaît pas la langue. On a tendance en effet à dater les débuts du formalisme aux premières publications, en 1916, de l'Opoïaz, fondée 1914. C'est dans le second volume des *Recueils pour l'étude de la langue poétique* en 1917 que Chklovski fit en effet paraître son célèbre article qui est considéré aujourd'hui comme le texte fondateur et la plate-forme du formalisme : « L'art comme procédé [17] ». Et pourtant, les principales thèses défendues dans cet article se trouvent déjà dans l'exposé prononcé au *Chien errant.*

Or, à ce moment, l'essentiel de la révolution futuriste était achevé : les futuristes avaient imposé la notion de *zaoum*, cette poésie « transrationnelle » affranchie de la raison et des contraintes des significations, dont la forme la plus extrême est la poésie phonétique. C'est dire s'il était plus que nécessaire, ne serait-ce déjà que pour des raisons historiques, de porter ce premier article de Chklovski à la connaissance de tous ceux qui s'intéressent à l'école formelle. C'est finalement en 1985 qu'il a paru en français, avec, en annexe, l'un des textes théoriques les plus importants sur la révolution poétique qui se jouait en cette année 1913, signé par Kroutchenykh : « Les nouvelles voies du mot [18] ». Vingt années ont bientôt passé depuis cette publication, mais il ne semble toujours pas qu'on ait mesuré à sa juste valeur cette contiguïté des deux mouvements qui, à la veille de la Première Guerre mondiale, plaçaient la Russie à l'avant-garde des recherches formelles aussi bien en littérature et dans les arts plastiques qu'en analyse théorique. Et c'est au carrefour de ces deux mouvements que nous trouvons, en ce soir de décembre 1913, le jeune étudiant Chklovski.

Afin de mieux comprendre la nature de la « résurrection » dont il parlait, il n'est pas inutile de revenir sur les quelques mois qui ont précédé cette soirée, même si le futurisme ne représente en fait que la phase finale d'un processus qui avait amené tous les mouvements littéraires du début du siècle à réévaluer totalement la nature du discours poétique, seul capable, d'après Andréï Biély, de dynamiser le mot, de le rendre « *vivant* [19] ».

*

En décembre 1912, soit un an tout juste avant la fameuse soirée, paraissait à Moscou *Une gifle au goût public,* recueil qui regroupait ceux qui resteront dans l'histoire de la littérature sous le nom de « cubofuturistes » (David et Nikolaï Bourliouk, Alekséï Kroutchenykh, Vladimir Maïakovski, Vélimir Khlebnikov, Benedikt Livchits et, par accident, Vassili Kandinsky). Si certaines œuvres avaient de quoi surprendre le public d'alors, c'est surtout la violente déclaration qui les accompagnait qui retient aujourd'hui encore l'attention. Attaquant autant les classiques que les symbolistes, cette déclaration énumérait les nouveaux « droits des poètes », parmi lesquels celui « d'augmenter le *volume* du lexique par des mots arbitraires et dérivés (le mot-nouveauté) » et celui « d'éprouver une haine irrépressible envers la langue qui existait avant eux », avant de se terminer sur ces mots : « Et si *pour l'instant* il y a encore dans nos vers la marque impure de votre “bon sens” et de votre “bon goût”, sur eux déjà frissonnent pour la première fois les Fulgurations de la Nouvelle Beauté Future du Mot Autonome (du mot pour Soi). [20] »

En introduisant cette notion fondamentale qu'est le « mot autonome », le « mot pour soi », ou, un peu plus tard, « le mot en tant que tel », c'est-à-dire un mot libre, puisqu'il n'entre plus dans des rapports contraignants avec son entourage, les futuristes accomplissaient une révolution esthétique sans précédent, même si, rappelons-le, cette révolution avait été préparée par ceux dont se moquait ce manifeste (les symbolistes) avec une violence née certainement davantage d'une proximité que d'un antagonisme, si ce n'est dans les réalisations poétiques, tout au moins dans les théories esthétiques.

Bien sûr, le futurisme n'est pas né avec cette déclaration. Khlebnikov ne s'était pas privé, dès 1908-1909 déjà, d'explorer les dérivations morphologiques possibles de la langue à partir d'une racine, comme dans l'emblématique « Conjuration par le rire » :

Ô, ériez, rieurs !
Ô irriez, rieurs !
Ceux qui rient de rires, ceux qui riessent rialement
Ô, irriez riesquement !
[...] [21]

Il y aura d'autres écrits et recueils que l'on peut considérer comme les prémisses du futurisme, mais *Une gifle au goût public* reste la première manifestation des futuristes en tant que groupe constitué, et constitué précisément autour de ce projet de *résurrection du mot* que commentera un an plus tard Chklovski. C'est d'ailleurs également en termes de *résurrection* que Livchits, un des signataires de la déclaration, se rappelle la découverte des manuscrits de Khlebnikov : « ce que nous avions réussi à extraire des grandes eaux khlebnikoviennes vous faisait tourner la tête, renversait toutes les notions habituelles sur la nature du mot ». Et ce n'est pas la hardiesse de la nouveauté qui lui faisait tourner la tête, c'était quelque chose de beaucoup plus profond qui, selon ses mots, le paralysait d'un « effroi apocalyptique ». Et il a cette formule extraordinaire : « Car je vis de mes propres yeux le langage *reprendre vie.* Je sentis sur mon visage le souffle du mot préhistorique. Et je compris que j'étais muet de naissance. [22] »

L'exploration des ressources du langage, qui passait par un intérêt soutenu pour toutes les possibilités combinatoires phonétiques et rythmiques (y compris, par conséquent, pour le langage enfantin ou pour les litanies extatiques de certaines sectes religieuses), a tout naturellement mené à l'invention d'une poésie abstraite, c'est-à-dire sans contenu sémantique préalablement établi. C'est ce que fera Kroutchenykh, également au début de 1913, en publiant dans son « recueil » *Pomada* (en fait une toute petite brochure tirée à quelques exemplaires et illustrée par Mikhaïl Larionov), la première poésie composée exclusivement de mots inventés :

dyr boul chtchyl
ubechtchour
skoum
vy so bou
r l êz

Avec ce poème était créée la *zaoum*, cette langue d'au-delà (*za)* de la raison (*oum*), « transrationnelle », qui représente pour la poésie l'aboutissement d'un itinéraire semblable à celui qui a mené les peintres à l'abstraction : on sait que le suprématisme de Malévitch sera salué comme l'équivalent pictural de la *zaoum* par Kroutchenykh. De fait, celui-ci réalisait pratiquement ce qui était la revendication essentielle exprimée dans *Une gifle au goût public,* à savoir la création d'un mot réellement *autosuffisant*, d'un *mot en tant que tel.* Dans le courant de l'année 1913, les fondements théoriques de ces premières manifestations se formaliseront, notamment dans le recueil *Le Vivier des juges II*, où l'on pouvait découvrir les principes de la nouvelle « verbocréation » (*slovotvortchestvo)* des futuristes (ébranlement de la syntaxe et de la métrique, mise en avant du graphisme et de la phonétique, de la valeur sémantique des lettres, invention d'un rythme libre, justification d'un lexique arbitraire, etc.).

L'autonomie du mot, libéré de ses contraintes habituelles et prêt, par conséquent, à ressusciter, sera la préoccupation constante de Kroutchenykh, qui rédige en 1913 sous forme de tract sa célèbre *Déclaration du mot en tant que tel* [23]. Ce texte est composé de huit points, donnés dans le désordre, qui résument le programme des futuristes :

> 4. LA PENSÉE ET LE LANGAGE N'ARRIVENT PAS À SUIVRE L'ÉMOTION PROVOQUÉE PAR L'INSPIRATION, *c'est pourquoi l'artiste est libre de s'exprimer non seulement dans la langue commune (concepts), mais aussi dans sa langue personnelle (le créateur est individuel) et dans une langue qui n'a pas de signification précise (non figée, transmentale* [= transrationnelle]). *La langue commune ligote, la langue libre permet de s'exprimer plus pleinement.*

La *zaoum* est donc une manière de s'exprimer plus pleinement et, surtout, de revenir à une pureté originelle de la langue, idée qu'on retrouve dans le point suivant de la déclaration :

> 5. LES MOTS MEURENT, LE MONDE EST ÉTERNELLEMENT JEUNE. *L'artiste a vu le monde d'une manière nouvelle et, comme Adam, il donne à toute chose son nom. Le lis est beau, mais le mot « lis » est affreux, galvaudé, « violenté ». C'est pourquoi j'appelle le lis* iéouy *: la pureté originelle est reconstituée.*

Et c'est grâce à cette pureté retrouvée que l'on obtiendra ce que Kroutchenykh, comme Khlebnikov, appelle une « langue universelle ». Mais si le « mot en tant que tel » est un mot d'avant Babel, Kroutchenykh va plus loin, en considérant qu'avec cette nouvelle langue, le poète parviendra non seulement à exprimer le monde dans sa totalité, mais encore à créer le monde. La *zaoum* acquiert par conséquent une véritable force téléologique :

> 1. *La nouvelle forme verbale crée le nouveau contenu et non le contraire.*
> 6. EN DONNANT DE NOUVEAUX MOTS *j'apporte un nouveau contenu,* OÙ TOUT *s'est mis à glisser* […]

Le poète, théurge, devient donc le créateur de mondes nouveaux, ce qui permet à Kroutchenykh de déclarer en conclusion qu'ainsi, « l'art ne se rétrécit pas, mais acquiert de nouveaux champs ».

Cette même année 1913, Kroutchenykh signe encore deux textes qui approfondissent ces idées. Dans le premier [24], « À propos des œuvres artistiques », cosigné par Khlebnikov, il déclare que les « futuriens verbocréateurs » l'ont emporté sur tous les autres et que, dans son « Dyr boul chtchyl... », il y a « davantage d'esprit national que dans toute la poésie de Pouchkine ». Il énumère avec dédain les exigences de la poésie passée : « clarté, pureté, honnêteté, sonorité, agrément (douceur) pour l'oreille, force d'expression (arrondi, pittoresque, saveur) », qualités qu'il trouve plus applicables à la femme qu'à la poésie :

> *en effet : claire, pure (oh bien entendu !) honnête (hm ! hm !), sonore agréable, tendre (tout à fait exact !), enfin-savoureuse pittoresque arron... (qui est là ? entrez !).*

L'attaque est, bien entendu, dirigée contre les symbolistes et le « caramel mou » de leur poésie, notamment celle d'Alexandre Blok qui, en chantant l'éternel féminin de la « Belle Dame », se serait adonné à une mystique du jupon… mais qui, surtout, reste dans une démarche « figurative », alors que la langue doit exister pour soi : « Quant à nous, nous pensons que la langue doit être avant tout *langue* et si elle doit vraiment rappeler quelque chose, que ce soit plutôt la scie ou la flèche empoisonnée du sauvage. »

Il convient donc, par toutes sortes de procédés, de libérer la langue de ce qui l'empêche d'être ce qu'elle est, de la libérer de la Psyché « des passions et des sentiments », pour qu'elle redevienne *langue* (c'est-à-dire « langue en tant que telle ») :

> *quant aux créateurs de langage aveniristes ils utilisent les mots hachés, les demi-mots et leurs combinaisons (langue transmentale),*

> *grâce à cela la plus grande force d'expression est atteinte, et par cela précisément se distingue la langue de l'époque contemporaine qui file de l'avant après avoir anéanti la langue figée qui l'a précédée.*

Toutes ces idées seront exposées, toujours de manière agressive, mais avec plus de substance, dans l'article paru la même année 1913 dans le recueil *Les Trois,* qui réunissait Kroutchenykh, Khlebnikov et Elena Gouro, laquelle venait de mourir et auquel le recueil était dédié. Le titre de l'article en résume le contenu : « Les nouvelles voies du mot » (avec pour sous-titre : « langue du futur mort au symbolisme »)[25]. Après une attaque contre les critiques du futurisme (ces « fossoyeurs » et ces « parasites » à « grosses lèvres »), Kroutchenykh déclare brusquement :

> *avant nous, il n'y avait pas d'art verbal*
> *il y avait de pitoyables tentatives de la pensée servile de reconstituer la vie quotidienne, la philosophie et la psychologie (ce que l'on appelait des romans, des nouvelles, des poèmes, etc.), il y avait des petites poésies pour chaque usage domestique et familial, mais*
> *d'art du mot*
> *il n'y avait point*

Il y a même pire, dit Kroutchenykh, tout était fait « pour étouffer le sentiment originel de la langue maternelle », « pour la châtrer et la lâcher dans le monde comme cette "langue russe claire pure honnête sonore", alors que ce n'était déjà plus une langue, mais un eunuque pitoyable incapable de donner quoi que ce soit au monde ». Le point le plus bas de la dégradation de la poésie russe depuis la geste épique du *Dit de l'ost d'Igor* a été atteint par Pouchkine, qu'ils avaient bien eu raison, par conséquent, de « jeter par-dessus bord du bateau de l'époque contemporaine[26] ».

Kroutchenykh explique leur révolution par l'idée suivante : auparavant, on allait de la pensée au mot, et les futuristes ont pointé cette erreur en inversant la proposition : il faut « aller au mot par une compréhension immédiate » que Kroutchenykh appelle une « intuition supérieure ». Le mot ne peut être réduit à une « pensée étroite », à une logique au service d'un raisonnement, il est « plus large que le sens ». La poésie transrationnelle est par conséquent le plus sûr moyen d'aller vers un sens supérieur, en évacuant *les* sens : c'est en fait *le* sens contre les significations que véhiculent obligatoirement les mots de la langue usuelle. Tout ça est nouveau, et cette nouveauté est garante d'une nouvelle conscience : « Nous sommes les premiers à avoir dit que pour représenter le nouveau et le futur, il faut *des mots tout à fait nouveaux et de nouvelles combinaisons*. »

Ces nouvelles combinaisons auront leurs propres lois, des lois internes, étrangères à celles de la logique et de la grammaire, comme cela se faisait jusque-là.

Kroutchenykh s'emploie ensuite à faire le parallèle avec la peinture : les peintres ont découvert qu'une « perspective incorrecte » donnait une nouvelle dimension, la quatrième, et, de la même manière, les nouveaux « bardes » ont découvert que la construction incorrecte d'une proposition donnait *« un mouvement et une nouvelle perception du monde »*, et, inversement, qu'« un mouvement et un changement de psychisme engendraient des combinaisons de mots et de lettres absurdes », c'est-à-dire « sans significations » (*bessymslennye)*. D'où la conclusion : « C'est pourquoi nous avons ébranlé la grammaire et la syntaxe, nous avons compris que, pour représenter la vie vertigineuse de l'époque contemporaine, et celle encore plus impétueuse du futur, il fallait assembler les mots d'une nouvelle manière, et que plus nous introduisions de désordre dans la construction des propositions, mieux c'était. »

La suite de l'article reprend des parties du programme des futuristes, notamment sur les incorrections et les dissonances, lesquelles seraient la meilleure expression de ce « désordre », dont on comprend bien maintenant qu'il ne s'inscrit pas tant dans un programme de destruction que dans une vaste et grandiose entreprise de construction d'un *sens,* et, parallèlement, d'un système esthétique capable d'exprimer ce sens. Ce n'est donc pas pour provoquer le lecteur qu'ils écrivent ce qu'ils écrivent, mais pour proposer de nouvelles voies de compréhension et d'expression du monde, en insistant sur la nécessité de *re-voir* le monde, comme pour la première fois, de le voir « de part en part », en changeant les angles de perception :

> *Nous avons découpé l'objet !*
> *Nous nous sommes mis à voir le monde de part en part.*
> *Nous avons appris à suivre le monde à rebours, et ce mouvement inverse nous remplit de joie (en ce qui concerne le mot, nous avons remarqué que l'on* peut le lire à rebours, ce qui lui confère un sens plus profond !).

> *Nous pouvons modifier le poids des objets (cette* éternelle attraction terrestre*), nous voyons des édifices suspendus et le poids des sons.*
>
> *De la sorte, nous donnons un monde avec un contenu nouveau...*

On le voit une fois de plus, il ne s'agit plus de reproduire le monde, mais au contraire de le produire. Et cette *production* passe par la forme, laquelle *est* le nouveau contenu du monde nouveau : « Une fois qu'il y a une nouvelle forme, il y a un nouveau contenu, ainsi la forme détermine le contenu. »

*

C'est donc avec un sérieux bagage que Chklovski s'attaquait à son étude de la nouvelle langue poétique, d'autant plus qu'il avait assisté au début de décembre, soit peu avant son exposé, à l'opéra futuriste *La Victoire sur le soleil* : écrite par Kroutchenykh, avec un prologue de Khlebnikov, sur une musique de Mikhaïl Matiouchine et dans des décors et des costumes de Malévitch, cette « œuvre totale » marquait le point culminant de cette année 1913 [27].

Dans les brouillons de Chklovski, on trouve la note suivante : « Le but de cet exposé est d'expliquer les procédés de l'art d'aujourd'hui et de montrer qu'il ne faut pas du tout en voir l'origine dans le désir d'être excentrique. [...] Les fous [les futuristes] sont des clairvoyants, ils souffrent des nerfs et pressentent la catastrophe qui s'approche. [...] Vous refusez l'art nouveau sans le connaître, au nom de l'ancien que vous ne comprenez pas. Nous n'avons pas besoin des formes anciennes pour exprimer nos sentiments. [...] Vu depuis les cours étroites, le ciel semble différent. Le train sur le pont exige de nouveaux rythmes. [28] »

L'idée que le futurisme est en phase avec son époque et qu'il nécessite, pour rendre cette époque, de nouveaux procédés, seuls à même de ressusciter à la fois la langue et le monde que cette langue décrit, cette idée est davantage un slogan futuriste qu'une découverte. Ce qui est intéressant dans l'article issu de l'exposé au *Chien errant*, en revanche, c'est d'abord la volonté de fonder philologiquement le nouveau mouvement, et, ensuite, l'élargissement des conclusions obtenues à une théorie esthétique plus vaste, qui deviendra le formalisme.

L'article [29] s'ouvre sur la constatation que le *mot*, qui représente l'acte de création poétique le plus ancien de l'homme, le mot est mort et que « la langue ressemble à un cimetière ». À l'origine pourtant, le mot était « vivant, imagé » : « Chaque mot est à la base un trope », dit Chklovski, mais, avec le temps, l'image s'est perdue, et le mot n'est devenu qu'un outil auquel on ne prête plus attention.

Chklovski décrit l'agonie de l'image dans les mots, agonie due au fait que nous nous sommes trop habitués et que nous ne voyons plus ces images. Les mots sont ainsi devenus des « signes algébriques », dont la « forme interne » n'est plus perçue. L'« image » est devenue habituelle, et ce qui est habituel ne pénètre pas dans la conscience :

> *Nous ne ressentons pas ce qui est habituel, nous ne le voyons pas, nous le reconnaissons. Nous ne voyons pas les murs de nos chambres, il nous est si difficile de repérer une faute de frappe dans des épreuves, surtout si le texte est écrit dans une langue que nous connaissons bien, parce que nous ne pouvons pas nous forcer à voir ou à lire le mot habituel, et non pas le « reconnaître ».*

Ainsi, une forme poétique doit-elle être « ressentie », alors qu'il suffit à une forme usuelle d'être « reconnue ». La langue serait donc poétique *a priori,* mais serait en permanence menacée de devenir prosaïque : elle doit trouver en elle les ressources de sa régénération permanente, c'est-à-dire sauver en elle l'« image ». L'épithète, par exemple, a été un moyen de « rénover » le caractère imagé du mot. Mais, peu à peu, elle est devenue elle aussi habituelle, nous avons cessé de la « ressentir », et la langue a dû trouver d'autres moyens [30]. Ce processus, qui voit les images poétiques contenues dans les mots s'effacer de notre conscience à cause de l'habitude, comme s'efface « le bruit de la mer pour ceux qui vivent sur son rivage », va peu à peu dépasser la limite du mot et contaminer des propositions, et, finalement, des œuvres entières, qui vont se « pétrifier » (« s'automatiser » diront plus tard les formalistes) et qui ne seront plus « ressenties », mais seulement « reconnues ».

Ce glissement de la poésie à la prose explique, selon Chklovski, le fait que « les écrivains soient souvent jugés du point de vue de la quantité de pensées nobles qu'il y a dans leurs œuvres » :

> *L'apothéose de la sensation de l'« art » du point de vue de la « noblesse », on la trouve chez ces deux étudiants du* Vieux Professeur *de Tchékhov* [il s'agit d'*Une histoire ennuyeuse*] *qui,*

> *au théâtre, se demandent : « Qu'est-ce qu'il dit, là ? Est-ce que c'est noble ? », « Oui, c'est noble », « Bravo ! ».*
>
> *Il y a là le schéma du rapport de la critique aux nouveaux courants artistiques.*

C'est donc tout l'art du passé qui est mort, et, avec lui, les choses : « nous avons perdu la sensation du monde », dit Chklovski, et il faut trouver de nouvelles formes d'art pour ressusciter ce monde [31]. C'est ce qu'a fait la *zaoum*, dont il dira encore des décennies plus tard que c'était une tentative d'« exprimer la sensation du monde en évitant les systèmes linguistiques constitués » :

> *La sensation du monde n'est pas linguistique. La langue transrationnelle, c'est une langue d'avant l'inspiration, c'est un chaos de poésie qui frémit, un chaos prélivresque et préverbal, duquel tout naît et vers lequel tout s'en va.* [32]

Seule la création de formes non familières peut ressusciter le monde, dans le sens que nous pouvons le « ressentir » et le « voir ». Si les futuristes sont à l'avant-garde de cette renaissance de la sensation primitive du monde, c'est parce qu'ils ont réinventé une langue de la poésie :

> *Et voici qu'à présent, aujourd'hui, alors que l'artiste a voulu se frotter à une forme vivante, à un mot vivant, et pas mort, il a brisé et estropié ce mot dans son désir de lui donner un visage.*
>
> *Sont nés les mots « arbitraires » et « dérivés » des futuristes. Les futuristes créent un nouveau mot à partir d'une racine (Khlebnikov, Gouro, Kamenski, Gnedov), ou bien ils sectionnent le mot par la rime (Maïakovski), ou bien encore ils l'affublent à l'aide du rythme d'un accent incorrect (Kroutchenykh). Ce sont des mots nouveaux qui sont créés, des mots vivants. Les anciens diamants du mot retrouvent leur éclat passé.*

Bien entendu, cette langue nouvelle est plus difficile à lire que le journal de la Bourse ; avec ses consonances étrangères à la langue russe, elle est même parfois totalement incompréhensible. Mais qui a dit que c'était là la tâche de l'art ? demande Chklovski : « Nous sommes trop habitués à considérer que la poésie doit impérativement être compréhensible », alors que « l'histoire de l'art nous montre que la langue de la poésie (en tout cas souvent) n'est pas une langue compréhensible, mais une langue semi-compréhensible ».

Les futuristes sont donc sur la bonne voie, par opposition à leurs prédécesseurs, qui écrivaient de manière « trop lisse, trop douce », car « ils ont jugé correctement les anciennes formes » et ils ont compris qu'il fallait créer une nouvelle langue en fonction de la nécessité de rendre le monde de nouveau « visible », et non pas seulement « reconnaissable ». Ils ont esquissé « les voies de l'art nouveau », et sur ces voies, « ce ne seront pas les théoriciens qui marcheront en tête, mais les artistes » : « Leurs procédés sont ceux de la pensée linguistique commune, seulement ils ont introduit ces procédés dans la poésie, tout comme y avait été introduite, aux premiers siècles du christianisme, la rime qui, probablement, avait toujours existé dans la langue. »

Chklovski avait donc parfaitement compris qu'il se produisait, au-delà des tapageuses soirées qui défrayaient la chronique, une véritable révolution poétique, qu'il saluait avec grandiloquence dans une variante par la suite abandonnée de sa conclusion : « Leur voie est la bonne, et s'ils doivent périr avant d'avoir atteint leur but, ils auront péri en accomplissant une grandiose entreprise. [33] »

*

C'est donc précisément l'observation des futuristes qui a amené Chklovski à développer l'idée centrale de sa théorie sur l'art, exposée plus tard dans « L'art comme procédé » (1916). En effet, toutes les idées les plus importantes contenues dans ce célèbre article se trouvent déjà dans « La résurrection du mot », soit de manière explicite, soit sous une forme embryonnaire, à commencer par l'idée que la grande différence entre langue usuelle et langue artistique réside dans le fait que la première est régie par la « loi d'économie des forces », qui permet d'assurer une communication efficace, alors que la seconde, au contraire, doit ralentir la perception par une « forme compliquée », afin de donner à *voir* (et non *reconnaître*), donc à assurer pour les objets représentés une « perception esthétique ». Dans son article de 1913, nous l'avons vu, Chklovski affirmait déjà que l'art est une forme de résistance à l'« automatisation » de la perception de l'objet. Ce sera la ligne conductrice de « L'art comme procédé », qui se développe autour de la notion centrale d'« étrangéification » (ou « défamiliarisation », « singularisation », « représentation insolite », selon la traduction adoptée du mot *ostranénié*). Cette idée, on la trouve très clairement exprimée dans une note préparatoire à son exposé au *Chien errant* :

« Il faut *retourner le tableau*, afin de *voir* les couleurs, voir comme le peintre voit la *forme*. Le mot est enchaîné par l'habitude, il faut le rendre étrange, afin qu'il accroche l'âme, afin de l'arrêter. [...] Nous enlevons la saleté qui recouvre les pierres précieuses, nous réveillons la Belle au Bois dormant. Autosuffisance du mot. [34] » Le mot « étrangéification » n'est pas utilisé, mais le concept est là : il faut « rendre étrange », « dés-automatiser », afin de donner à *voir*. Et quand Chklovski disait que la langue n'avait pas à être « compréhensible », il induisait déjà l'idée de la « forme compliquée », cette « loi de difficulté » qu'il développera plus tard. On se rappelle qu'il écrivait en 1913 que « nous avons perdu la sensation du monde ». Dans « L'art comme procédé », il reprend cette idée : « Et voilà que pour rendre la sensation de la vie, pour sentir les objets [...], il existe ce qu'on appelle l'art. Le but de l'art, c'est de donner *une sensation de l'objet comme vision et non pas comme reconnaissance.* [35] »

De manière un peu plus discrète, il y a dans « La résurrection du mot » une autre idée que l'on retrouvera dans les articles ultérieurs non seulement de Chklovski lui-même, mais également chez les autres formalistes et, plus particulièrement, chez Tynianov, c'est celle d'*automatisation* d'une œuvre littéraire entière. En effet, quand il dit que « la destinée des œuvres littéraires écrites par les anciens artistes du mot s'identifie à la destinée du mot lui-même » et accomplit « le parcours qui va de la poésie à la prose », et que, par conséquent, « on cesse de les voir et on commence à les reconnaître », Chklovski donne là en germe toute la réflexion à venir des formalistes sur le problème de l'évolution littéraire et, notamment, l'idée selon laquelle cette évolution se passe en trois étapes : avec le temps, une forme littéraire s'automatise, puis vient le temps de la parodie de l'ancienne forme (par la « mise à nu du procédé ancien », par exemple), qui ouvre la voie, lorsque le caractère parodique s'estompe, à une forme nouvelle [36]. Cette perspective diachronique, qui viendra au centre de la réflexion des formalistes plus tard, est elle aussi déjà présente chez Chklovski en 1913.

Chklovski avait donc instinctivement trouvé certaines notions fondatrices du formalisme, et il est très significatif que cette école, qui allait révolutionner la pensée critique, soit née de l'observation d'une pratique littéraire qui suscitait les pires quolibets. Les futuristes furent d'ailleurs eux-mêmes les premiers étonnés de se voir ainsi élevés, en cette soirée de décembre 1913, au rang de sujet « académique » et de se voir mettre en rapport avec Aristote, les troubadours et la langue sumérienne.

*

L'ensemble des éléments historiques et théoriques que nous avons rappelés permet d'affirmer le caractère séminal de la « performance » de Chklovski, qui fait de lui à la fois un acteur actif de l'aventure du futurisme et un véritable précurseur en matière de théorie littéraire. La notion d'« étrangéification » est certainement *la* grande découverte du formaliste, mais on a trop tendance à considérer ce procédé de la manière restrictive qui consiste à en faire un simple point de vue narratif inhabituel. En effet, cette notion introduisait des perspectives beaucoup plus larges, que Chklovski a bien pressenties, quand il disait, dans « L'art comme procédé », que « presque partout où il y a image il y a étrangéification ». En fait, c'est bien ce procédé qui est à l'origine de la « résurrection du mot » qu'il s'appliquait à décrire en 1913 : la lecture de la poésie de Khlebnikov, pour ne prendre que le plus important des acteurs de cette résurrection, ne pouvait en effet que l'amener à entendre dans cette langue radicalement nouvelle ce qu'elle avait de radicalement « étrange », donc d'« artistique ». Avec l'article de Chklovski, le futurisme, qui avait trouvé par le scandale son assise sociale et historique, se trouvait maintenant fondé esthétiquement et théoriquement : la *zaoum* pouvait être désormais considérée comme une forme extrême d'« étrangéification ».

Mais ce n'est pas tout. Si le critique avait vu juste en pointant la signification essentielle qu'il y avait dans la création des poètes futuristes, il avait instinctivement pressenti ce qui fait la caractéristique de la poésie moderne en général, à savoir que le mot, dans cette poésie, récuse totalement les rapports horizontaux de sens qui régissent la langue courante et qui avaient contaminé toutes les formes d'art, que ce mot avait une valeur « en soi » et « pour soi ». Roland Barthes ne dira pas autre chose, beaucoup plus tard : « [Dans la poésie moderne] le Mot poétique ne peut jamais être faux parce qu'il est total ; il brille d'une liberté infinie et s'apprête à rayonner vers mille rapports incertains et possibles. Les rapports fixes abolis, le mot n'a plus qu'un projet vertical, il est comme un bloc, un pilier qui plonge dans un total de sens, de réflexes et de rémanences : il est un signe debout. [37] »

Et c'était bien là, au-delà des effets d'annonce, la grande revendication des futuristes : un « signe debout », telle est bien l'idée qui se cache derrière les notions de mot « autonome », « autosuffisant » et, finalement, de « mot en tant que tel », autant de notions qu'avait parfaitement assimilées ce « jeune gamin, écarlate comme une pomme, qui semblait avoir plongé de l'école enfantine directement dans le futurisme. [38] »

Jean-Philippe JACCARD

1. D'après les souvenirs de Pronine, conservés au Musée Maïakovski (Moscou), cités par A. Galouchkine *in* : V. Šklovskij, *Gamburgskij ščet : stat'i, vospominanija, èsse (1914-1933)*, Moskva, Sovetskij Pisatel', 1990, p. 486.
2. *Ibid.*
3. Vl. Pjast, *Vstreči* (1929), Moskva, NLO, 1997, p. 183-4.
4. V. Chklovski, *La Troisième Fabrique,* Paris, L'Esprit des Péninsules, 1998, p. 61 (traduction : V. Posener et P. Lequesne).
5. Chapitres inédits de *La Troisième Fabrique,* cité in : V. Šklovskij, *Gamburgskij ščet,* op. cit., p. 487.
6. *Ibid.,* p. 33.
7. On en trouvera les thèses principales en français dans : A. Hansen-Löve, « Le formalisme russe », *in* : *Histoire de la littérature russe. Le XXe siècle**. La révolution et les années vingt,* Paris, Fayard, 1988, p. 618-656.
8. T. Todorov, « Formalistes et futuristes », *Tel Quel,* 35, 1968, p. 42-46.
9. *Le Formalisme et le futurisme russes devant le marxisme,* Lausanne, L'Âge d'Homme, 1975. G. Conio parle des premiers pas de Chklovski dans l'article qu'il lui consacre dans l'*Histoire de la littérature russe,* op. cit., p. 656-667.
10. A. Sola, *Le Futurisme russe,* Paris, P.U.F, 1989.
11. M. Aucouturier, *Le Formalisme russe,* Paris, P.U.F, 1994, p. 4-6.
12. Iou Tynianov., « Sur Khlebnikov », in : *Le Formalisme et le futurisme russes devant le marxisme,* op. cit., p. 118-131.
13. R. Jakobson, « La nouvelle poésie russe », « Qu'est-ce que la poésie ? », *in* : *Questions de poétique,* Paris, Seuil, 1973, p. 11-24 ; « Maïakovski », *in* : *Russie folie poésie,* Paris, Seuil, 1986, p. 123-156.
14. V. Šklovskij, « O poèzii i zaumnom jazyke », *in* : *Sborniki po teorii poetičeskogo jazyka. I,* Petrograd, 1916, p. 1-15 ; *Poètika,* Petrograd, 1919, p. 3-26.
15. V. Šklovskij, *Gamburgskij ščet,* op. cit., p. 79.
16. R. Jakobson., « Réponses », *in* : *Poétique* et *Russie folie poésie,* op. cit., p. 19-47. Cf. également : D. Vallier, « Jakobson poète », *Poétique,* 57, 1984, p. 26-36 ; R. Jakobson, K. Pomorska, *Dialogues,* Paris, Flammarion, 1980. Pour un tableau complet de cette période de la vie de Jakobson, cf. : B. Jangfeldt, *Jakobson-budetljanin,* Stockholm, 1992.
17. Il existe deux traductions de cet article : *Théorie de la littérature,* Paris, Seuil, 1965, p. 76-97 (traduction : T. Todorov) ; V. Chklovski, *Sur la théorie de la prose,* Lausanne, L'Âge d'Homme, 1973, p. 9-28 (traduction : Guy Verret).
18. V. Chklovski, *Résurrection du mot,* Paris, Lebovici, 1985 (traduction : A. Robel).

19. A. Belyj, « Magija slov » (1909), *in* : *Simvolizm kak miroponimanie,* Moskva, Respublika, 1994, p. 131-142. Certaines thèses énoncées dans cet article recoupent directement certains concepts de base des futuristes, comme, par exemple, l'idée que « lorsque je nomme un objet par un mot, j'affirme son existence » : « le mot créateur crée le monde ».
20. « Poščečina obščestvennomu vkusu », *in* : *Literaturnye manifesty,* München, Wilhelm Fink Verlag, 1969, p. 77-78.
21. V. Khlebnikov, *Zanguezi et autres poèmes,* Paris, Flammarion, p. 81 (traduction : J.-C. Lanne).
22. B. Livchits, *L'Archer à un œil et demi,* Lausanne, L'Âge d'Homme, 1971, p. 57-58 (traduction : E. Sébald, V. et J.-C. Marcadé).
23. Cf. *L'Année 1913. Les formes esthétiques à la veille de la Première Guerre mondiale,* Paris, Klincksieck, 1973, p. 370-371 (traduction : J.-C. et V. Marcadé). On notera avec intérêt que c'est à partir de cette déclaration que Chklovski écrit son deuxième article sur la *zaoum,* publié en 1916 (V. Šklovskij, « O poèzii i zaumnom jazyke », *op. cit.).*
24. *Ibid.,* p. 361-367.
25. A. Kroutchenykh, « Les nouvelles voies du mot », *in* : V. Chklovski, *Résurrection du mot,* op. cit., p. 75-90. Nous retraduisons.
26. « Poščečina obščestvennomu vkusu », *op. cit.,* p. 77.
27. A. Kroutchenykh, *La Victoire sur le soleil,* Lausanne, L'Âge d'Homme, 1976 (traduction : V. et J.-C. Marcadé).
28. Cité par A. Galouchkine in : V. Šklovskij, *Gamburgskij ščet,* op. cit., p. 486.
29. V. Chklovski, *Résurrection du mot,* op. cit., p. 64-74. Nous retraduisons.
30. Ce sont là des réflexions tirées des travaux de A. Vesselovski sur l'histoire de l'épithète, à laquelle Chklovski renvoie.
31. Piast, quand il évoque l'exposé de Chklovski, croit se rappeler que le titre en était « La résurrection des *choses* », par confusion avec le titre de l'article qui évoque la résurrection des *mots*, ce qui est un lapsus très signifiant (Vl. Pjast, *Vstreči,* op. cit., p. 166).
32. V. Šklovskij, « O zaumnom jazyke : 70 let spustja », *in* : *Russkij avangard : dokumenty i issledovanija,* Trento, 1990, p. 254.
33. Cité par A. Galouchkine *in*: V. Šklovskij, *Gamburgskij ščet,* op. cit., p. 487.
34. *Ibid.* Cf. *supra* ce que dit Kroutchenykh de la « perspective incorrecte ».
35. V. Chklovski, « L'art comme procédé », *in* : *Théorie de la littérature,* op. cit., p. 83.
36. Par exemple de Tynianov : « L'ode comme genre oratoire » ; « Les archaïsants et Pouchkine » ; « Dostoïevski et Gogol », « Les formes du vers de Nekrassov », « De l'évolution littéraire », « Le fait littéraire », etc. ; d'Eichenbaum : « Nekrassov » ; de Chklovski : « Le roman parodique » ; « Le roman à mystères », et bien d'autres. On trouvera certains de ces articles en français dans les ouvrages : *Théorie de la littérature,* op. cit. ; V. Chklovski, *Sur la théorie de la prose,* op. cit. ; Iou Tynianov., *Formalisme et histoire littéraire,* Lausanne, L'Âge d'Homme, 1991.
37. R. Barthes, *Le Degré zéro de l'écriture,* Paris, Seuil, 1972, p. 37.
38. Vl. Pjast., *Vstreči,* op. cit., p. 183.

VIKTOR CHKLOVSKI, THÉORICIEN DU VERBE POÉTIQUE FUTURIEN

On a beaucoup écrit sur l'apport singulier de Viktor Chklovski à la constitution de l'école formaliste ainsi que sur les différentes étapes de son évolution de théoricien et d'écrivain. Je me propose d'examiner les premiers articles de Chklovski, tout particulièrement *Voskrešenie slova* (*La résurrection du verbe*) et de montrer en quoi ces travaux de jeunesse qui préfigurent les postulats fondamentaux de la future doctrine formaliste, s'articulent sur la pratique poétique du *« budetljanstvo »* (futurianisme), en extrapolant certains thèmes de ce dernier, mais en en assumant simultanément les défauts (excès polémiques, absence de réflexion critique). Je voudrais également indiquer les modèles théoriques sur lesquels s'appuie alors Chklovski pour tracer les linéaments de ce qui allait tantôt devenir la marque spécifique de son activité dans l'élaboration du formalisme. En dernier lieu enfin s'imposera une critique de certains concepts de ce « préformalisme » chklovskien, concepts que le formaliste de la maturité ne révisera jamais complètement et qui constituent l'horizon historique de l'école des « spécificateurs ».

Chklovski a donné lui-même rétrospectivement un témoignage sur ses débuts comme théoricien de l'art verbal dans deux ouvrages de la maturité, *O Majakovskom (Sur Maïakovski)* et *Žili-byli (Il était une fois)* :

> *J'avais ma propre théorie, ma propre fenêtre sur le monde, comme disait Baudoin de Courtenay. Je considérais que l'art n'est pas un mode de penser, mais un moyen de restaurer la perceptibilité du monde, que la forme de l'art change afin que se conserve la perceptibilité du monde. Je m'occupais de la philosophie elle-même du changement, d'abord sur le matériel de l'architecture, puis sur celui de la philologie. Je fis une conférence au « Chien errant ».* [1]

> *Je voulais trouver à tout une explication, car j'étais jeune. J'écrivis un opuscule* La Résurrection du verbe, *minuscule brochure, composée en caractère de dix. J'y citais le cas de la glossolalie, paroles, exclamations, gestes sonores qui ne reçoivent pas de sens et parfois anticipent, pour ainsi dire, la parole.*
>
> *C'était cela qui passionnait les cubo-futuristes à l'époque, quand ils mettaient en avant « le verbe en tant que tel », « le verbe autotélique ».*
>
> *J'avais rassemblé dans la brochure beaucoup de déclarations de poètes, beaucoup d'exemples de jeux sur les sonorités chez les enfants, des exemples tirés des proverbes ainsi que des cas concrets de suites sonores dépourvues de sens chez les sectaires.* [2]

L'article *La Résurrection du verbe* imprimé sous forme de « brochure » en 1914 et qui reprenait expressément la conférence tenue dans le caveau « Le Chien errant » durant l'hiver 1913-1914, se voulait donc, de l'aveu même de Chklovski, une tentative pour « tout expliquer » dans un phénomène, qui, aux yeux de la majorité des contemporains tout au moins, paraissait scandaleux et inexplicable, à savoir le futurianisme (le *budetljanstvo*), l'aile la plus avancée de l'art d'avant-garde du moment. À une époque donc (1914-1915) [3] où le futurianisme est encore, si je puis dire, au futur, où il n'a pas développé toutes ses potentialités créatrices, Chklovski analyse la méthode et les tendances que révèle cette école caractéristique de la modernité pour extrapoler ses observations en une théorie du fonctionnement de l'art et l'établissement du système de lois qui le régissent. Ces conditions déterminent à la fois l'audace de l'entreprise, et ses limites, comme l'indique Boris Eichenbaum dans son article sur « la théorie de la méthode formelle [4] ». En effet, la tentative d'explication des traits distinctifs de l'art futurien débouchait sur leur coarticulation en un système de principes qui prétendait définir une nouvelle esthétique, une nouvelle poétique, voire une nouvelle théorie de l'art.

Si l'érudition et les modèles théoriques extra-artistiques viennent appuyer à l'occasion la démonstration de Chklovski, le point de départ réside dans la pratique et les manifestes de l'école futurienne. Les articles et proclamations de Kroutchenykh et Khlebnikov, leur poésie en *zaum'* sont présentés comme des phénomènes qui questionnent l'art et l'esthétique. Chklovski donc, en un premier temps, déduit ces principes — les principes de la poétique futurienne — des œuvres et de la réflexion théorique qui, chez les futuriens eux-mêmes, accompagnent l'opération artistique : « Et voici qu'à présent, aujourd'hui — écrit-il dans *La Résurrection du verbe* —, quand l'artiste veut avoir affaire avec la forme vivante et le verbe vivant, et non point le verbe mort, dans son désir de lui donner un visage, il le casse et le mutile. C'est ainsi que naissent les vocables "arbitraires" et "dérivés" des futuristes. Ou bien ils créent un nouveau vocable à partir d'une racine ancienne (Khlebnikov, Gouro, Kamenski, Gnedov), ou bien ils le fendent par la rime, comme Maïakovski, ou bien, par le rythme du vers, ils lui confèrent un accent incorrect (Kroutchenykh). De nouveaux vocables vivants sont créés. On rend leur ancien éclat aux antiques diamants des vocables. Ce nouveau langage est incompréhensible, difficile. On ne saurait le lire comme le *Journal de la Bourse*. Il ne ressemble même pas au russe, mais nous sommes trop habitués à poser la compréhensibilité comme exigence absolue vis-à-vis de la langue poétique. [5] » Et vers la fin de son article : « Les écrivains du passé écrivaient avec un style trop poli, trop joli. Leurs productions rappellent la surface polie dont Korolenko disait que le "rabot" de la pensée y passe sans rencontrer d'aspérité. Il est de toute nécessité de créer un langage nouveau, "dur" (l'expression est de Kroutchenykh) non point pour être reconnu, mais pour être vu. Et beaucoup de gens ressentent inconsciemment cette nécessité. Les voies de l'art nouveau ne sont qu'esquissées. Ce ne sont pas les théoriciens, mais les artistes qui s'y engageront pour y marcher à la tête de tous les hommes. [6] »

Il est aisé de mettre ces affirmations en rapport avec les proclamations fracassantes des futuriens-*budetljane* ; il n'est pas jusqu'aux termes clefs de ces textes, ou plutôt aux slogans, que Chklovski ne reprenne à son compte : nous lisons par exemple dans *Slovo kak takovoe* (*Le verbe en tant que tel*) de Kroutchenykh et Khlebnikov :

> *Sur les œuvres d'art*
> *1. que l'on écrive et que l'on regarde en un clin d'œil* [...]
> *2. que l'écriture soit dure et dure la lecture, plus inconfortable que des bottes graissées ou qu'un poids lourd dans un salon.* [7]

Il serait possible de multiplier à volonté les exemples en citant des extraits de *Vzorval' (Explosoire)* ou de la *Déclaration du verbe en tant que tel*.

Conséquemment, la théorisation chez Chklovski se trouve, dès le départ, conformément aux suggestions de Kroutchenykh, doublement orientée : à la fois vers le créateur et vers le percepteur. Elle conjugue donc logiquement une poétique et une esthétique.

Quels sont les moments-clefs de cette théorie ?

D'abord, l'établissement d'une nouvelle sensibilité qui restaurerait la perception virginale des temps adamiques :

> *À présent l'art ancien est mort, le nouveau n'est pas encore né ; et les choses sont mortes, nous avons perdu la sensation du monde ; nous ressemblons à un violoniste qui aurait cessé de sentir avec ses doigts l'archet et les cordes, nous avons cessé d'être des artistes dans la vie ordinaire, nous n'aimons ni nos maisons, ni nos vêtements et nous quittons aisément une vie que nous ne sentons pas. Seule, la création de nouvelles formes d'art peut rendre à l'homme la sensation du monde, ressusciter les choses et tuer le pessimisme.* [8]

Ces phrases font évidemment écho au point 5 de la *Déclaration du verbe en tant que tel* de Kroutchenykh :

> *Les vocables meurent, le monde est éternellement jeune. L'artiste voit le monde d'une manière neuve, et, comme Adam, donne à chaque chose son nom. Le lys est beau, mais hideux est le vocable « lys », souillé par l'usage et « violenté ». Aussi nommé-je le lys « eoui » et la pureté primitive est restaurée.* [9]

C'est le point de départ de la conception de l'art comme nouvelle vision de l'art, comme métaphore structurale de la nouvelle vision du monde :

> *Nous ne sentons pas ce qui est habituel, nous ne le voyons pas, mais le reconnaissons. Nous ne voyons pas les murs de nos chambres, il nous est bien difficile de voir une coquille dans une épreuve, en particulier si le texte en est écrit dans une langue que nous connaissons bien, parce que nous sommes incapables de nous forcer à voir, à lire, et non point à reconnaître un mot familier.* [10]

Ensuite, c'est la position de la poésie comme langue séparée, sacrée, qui tend, dans le phénomène limite qu'est la *zaum'*, à s'arracher au système linguistique usuel et à l'absolutiser en « langue » *sui generis*, indépendante, une sorte de discours intrinsèque à l'état pur (*samovitoe slovo*) :

> *L'histoire de la poésie nous montre que (du moins la plupart du temps) la langue de la poésie n'est pas une langue compréhensible, mais à demi compréhensible.* [...] *Dans sa* Poétique *(ch. 22) Aristote conseille de donner à la langue le caractère d'une langue étrangère.* [11]

Cette thèse fait écho au principe du « samovitoe slovo » des manifestes futuristes, du « verbe en tant que tel », à l'élaboration de la langue universelle d'outre-entendement de Kroutchenykh, à la création d'une nouvelle langue, « spécialement faite pour la poésie [13] » chez Khlebnikov.

Ces thèses extrêmes, déduites de la pratique et de la théorie futuriennes, s'inscrivent chez le jeune théoricien Chklovski dans un modèle, ou plutôt une série de modèles interprétatifs dont certains dépassent les cadres étroits du futurianisme militant et, de ce fait, tendent à justifier et fonder la valeur opératoire des concepts dégagés de l'analyse du phénomène futurien.

*

En ce qui concerne le thème de la « nouvelle vision » qui sera simplement développé par la suite, et pas seulement chez Chklovski [14], le modèle interprétatif qui le sous-tend est triple : pictural, linguistique et psychologique.

Le modèle pictural

Ce modèle est dérivé de toute évidence de la révolution cubiste elle-même et de la conscience particulièrement nette qu'avaient les poètes cubo-futuristes eux-mêmes (les Hyléens ou *budetljane*) d'utiliser le paradigme pictural dans leur création poétique. L'homologie entre les deux modes opératoires — peinture, poésie — est clairement posée dans des manifestes comme *Le verbe en tant que tel (Slovo kak takovoe)* et *Les nouvelles voies du verbe (Novye puti slova)* [15].

Le modèle linguistique

L'article *La Résurrection du verbe* s'ouvre par des considérations sur l'usure de la figuralité du mot, considérations destinées à fonder et justifier le « théorème » de l'usure de la figuralité dans l'œuvre d'art :

> *La création poétique la plus ancienne a été chez l'homme la création de vocables. À présent, les vocables sont morts et la langue ressemble à un cimetière, alors que le vocable nouveau-né était vivant et imagé. Chaque vocable est fondamentalement un trope. Ainsi, par exemple, le mois* (mesjac) *: la signification primitive de ce vocable est « le mesureur »* (meritel') *; le chagrin* (grust') *et la tristesse* (pečal'), *c'est ce qui brûle* (žžët) *et embrase* (palit), *le mot « enfant »* [en français dans le texte] *tout comme le mot vieux-russe « damoiseau »* (otrok) *signifie littéralement « celui qui ne parle pas ». Des exemples de ce genre, on peut en citer autant qu'il y a de mots dans la langue. Et souvent, quand on parvient à atteindre l'image, à présent perdue et effacée, qui jadis était au fondement de tel ou tel vocable, on est frappé de la beauté qui avait été la sienne et qui a disparu maintenant.*
>
> *Les vocables, en étant utilisés par notre pensée à la place de notions générales, quand ils servent, pour ainsi dire, de signes algébriques et doivent être informes, en étant employés dans la conversation quotidienne, quand on ne les prononce ni les écoute jusqu'au bout, les vocables sont devenus ordinaires, et leurs formes intérieure (imagée) et extérieure (sonore) ont cessé d'être perçues.* [16]

L'évolution — la trajectoire « descendante » — du mot, de l'image (la figure) vers le signe algébrique [17], pur symbole arbitraire, constitue un *topos* de la linguistique et, en particulier, des théories linguistiques et poétiques de Potebnia auxquelles se réfère expressément Chklovski [18]. Et, derrière l'image de la genèse, de la vie, puis de la sénescence et de la mort des vocables, des formes du langage et de la langue elle-même, on voit se profiler le modèle biologique (« darwinien ») du positivisme linguistique et littéraire de la deuxième moitié du XIXe siècle (de Comte, de Brunetière, de Taine, d'Arsène Darmesteter...) [19].

Résumons brièvement cette théorie linguistique basée sur la métaphore biologique de l'« usure » des signes et nous verrons par la suite à quel point elle a déterminé le modèle formaliste de la relève des formes littéraires (et, plus généralement, artistiques) : parmi les besoins fondamentaux qui commandent le fonctionnement des langues figure celui de l'expressivité. L'usure sémantique des signes constitue pour la langue un déficit que celle-ci cherche à compenser par des procédés expressifs. Plus le signe est employé fréquemment, plus les impressions qui se rattachent à sa forme et à sa signification s'émoussent (ou pâlissent). La langue cherche donc à renouveler sémantiquement ou formellement le signe, voire à le remplacer par un signe plus frappant capable d'éveiller ou de retenir l'attention de l'interlocuteur. L'essence de l'expressivité réside dans la déformation que le locuteur fait subir au système « normal » de la langue, dans le jeu avec la norme sémantique ou formelle du système. C'est une lutte perpétuelle contre la tendance du signe à glisser vers l'arbitraire, une tentative constante de remotivation du signe. On peut dire que cette idée de l'expressivité comme forme de l'expression perçue sur le fond des habitudes et contraintes synchrones du système est à la base de la théorie de la perception de la forme, telle que nous la trouvons déjà formulée dans les premiers écrits de Chklovski (en particulier *L'art comme procédé — Iskusstvo kak priëm*, 1917). Ce modèle est donc intrinsèquement lié à une théorie de la perception, constituant le modèle psychologique dont je parlais plus haut.

Le modèle psychologique

En faisant le relevé systématique de tous les termes employés par Chklovski pour signifier la perception de l'œuvre d'art, on peut reconstituer l'esthésiologie (au sens propre de doctrine de la perception, de l'*aisthèsis*) qui enveloppe cette nomenclature. Dans *Sur Maïakovski* [20], Chklovski souligne la remarquable convergence entre la théorie du premier Opoïaz et les travaux de Pavlov. Mais, pour paraphraser sa formule, il y avait dans « l'air du temps » d'autres idées qui composaient ensemble l'environnement historique capable de fonder le modèle de l'esthésiologie chklovskienne : sans prétendre faire l'archéologie [21] de ce modèle psychologique, on peut citer les *Principles of Psychology* de William James (1890), l'*Essai sur les données immédiates de la conscience* de Bergson (1888) (et son essai sur « le rire »), « l'épiphanisation » du réel, célèbre surtout dans sa réfraction joycienne mais fondée par Walter Pater, la *Gestalttheorie*, ou psychologie de la forme (travaux de von Ehrenfels, vers 1890, puis ceux, vers 1911, de Wertheimer, Koffka, Köhler), et les travaux de la phénoménologie allemande (Husserl).

Il faut souligner, à propos de cette émergence multiple d'une nouvelle théorie de la perception, qu'elle s'articule sur une nouvelle conscience théorique de l'univers, à la charnière des deux siècles, qui remet en cause, dans les sciences de la nature (en physique notamment), l'ancien ordre du monde et les principes qui structuraient l'ancienne vision du monde (le principe de causalité, le principe de contradiction, etc.).

*

En ce qui concerne la conception du langage poétique comme ordre séparé, le modèle linguistique qui le sous-tend (le modèle glossolalique) s'inscrit dans une polémique complexe contre la doctrine de l'image élaborée par Potebnia, ses disciples et les symbolistes. Au départ, les positions de Chklovski sont proches de la vulgate potebnienne et les premières pages de *La Résurrection du verbe* reprennent, sans les critiquer, les propositions de Potebnia sur la figuralité originaire du mot *(obraznost' slova)*, l'équation entre poéticité et figuralité, la comparaison approximative entre l'œuvre d'art verbal (le poème) et le vocable (le *slovo*), mais dès *L'art comme procédé* (1917) s'annonce la révision de ces axiomes et la figuralité n'apparaît plus désormais que comme une espèce du genre « défamiliarisation » *(ostranenie)*, procédé privilégié de l'œuvre qui tend à « rafraîchir » la perception de la forme comme construction. C'est dans l'article « Potebnia » (article de 1916, republié dans *Poètika, sbornik po teorii poètičeskogo jazyka* [*Poétique, recueil d'études sur la théorie de la langue poétique*], Petrograd, 1919) qu'est clairement posé le principe selon lequel le langage poétique se distingue du prosaïque par la perceptibilité de sa construction.

Ces modèles, ainsi que la foisonnante érudition qui les accompagne (et dont les fréquentes citations d'Aristote constituent l'exemple le plus remarquable) sont convoqués pour fonder la pratique futurienne, ou, comme le porte le titre d'un article de Chklovski paru en 1915 dans *Golos žizni* (*La Voix de la vie)*, pour en établir les « prémisses ». Les conclusions des deux articles de

Chklovski — *La Résurrection du verbe* et *Sur la poésie et la langue d'outre-entendement* (*O poèzii i zaumnom jazyke*) résument assez bien le bilan de ses investigations théoriques sur la spécificité de l'art d'avant-garde :

> *Les poètes futuriens ont une méthode juste : ils ont correctement évalué les vieilles formes. Leurs procédés poétiques sont ceux de la pensée linguistique commune, qu'ils n'ont fait qu'introduire dans la poésie, comme l'avait été dans la poésie aux premiers siècles du christianisme la rime qui a dû toujours exister dans la langue.*
>
> *Prendre conscience de nouveaux procédés de création, qui se rencontraient également chez les poètes du passé, chez les symbolistes, par exemple, (mais seulement de manière fortuite), faire cela, c'est déjà une grande chose. Et cela, les futuriens l'ont fait.* [22]

> *L'histoire de la littérature consiste en ce que les poètes consacrent et introduisent dans la littérature les formes nouvelles qui, depuis longtemps, étaient l'apanage de la pensée linguistique et poétique commune.* [23]

En somme, les futuriens ne font que systématiser consciemment les procédés latents du *Sprachdenken*.

Nous voyons donc se constituer progressivement entre 1914 et 1916 les définitions essentielles qui vont servir de règle au jugement dans l'étude de l'œuvre littéraire et qui seront exposées systématiquement dans *L'Art comme procédé* (1917) et que, non sans raison, Boris Eichenbaum a appelées une sorte de manifeste de la méthode formelle.

D'abord, le recentrement de la notion potebnienne d'image (de figure) et son dépassement comme cas particulier de la défamiliarisation dans la perspective d'une théorie fonctionnelle de la poésie, conçue non plus comme activité cognitive *sui generis*, mais comme réalité autonome régie par ses propres lois.

Consécutivement est affirmé avec force le primat de la construction comme telle et l'artificialité *(xudožestvennost')* de l'œuvre est définie comme une construction destinée à être perçue en tant que telle. Cette spécularité ou réflexivité de la forme qui organise elle-même sa propre perception apparaît comme la propriété caractéristique d'un « message qui transmet, entre autres choses, son propre code ». Plus tard, les analyses du *Tristram Shandy* de Laurence Sterne (1921) souligneront le rôle capital de la mise en évidence de l'artificialité de la forme comme condition indispensable pour son efficacité.

Enfin, et surtout, la perception se voit confier une place stratégique dans le complexe du phénomène esthétique (c'est-à-dire dans l'appréhension de l'œuvre d'art en tant qu'œuvre) relayé par une compréhension plus générale de la vie comme système de perceptions continuellement renouvelées. La théorie esthétique (de la réception de l'œuvre d'art) s'ouvre ainsi sur une esthésiologie physique, une physiologie du sentiment, de la sensibilité et une philosophie sensuelle et vitaliste de l'existence. Le paradigme glossolalique explicite fort bien cette synthèse de sensation, de plaisir, d'immanence et de vie qu'opère l'acte pur et gratuit du « parler en langues » :

> *Dans la délectation que procure un vocable « d'outre-entendement » qui ne signifie rien, il est certain que l'aspect phonatoire de la parole joue un rôle important. Il est même possible que ce soit dans cet aspect phonatoire, dans la danse singulière des organes de la parole que réside l'essentiel de la délectation apportée par la poésie.* [24]

Je voudrais conclure ce bref aperçu des premiers essais théoriques de Chklovski par quelques remarques sur leur portée philosophique et leur place dans l'histoire de la théorie littéraire.

En se solidarisant avec la pratique poétique d'une école déterminée, celle des « Futuriens » (qui sont loin de représenter le futurisme dans son ensemble), Chklovski a pris le risque de s'engager dans des querelles littéraires qui limitent singulièrement la portée scientifique de ses thèses. Il opère avec des concepts mal définis (« slovo » / mot, parole, discours ; « prose », « poésie ») qu'il projette dans un absolu intemporel en les arrachant à un système esthétique historique, évolutif. Les modèles pictural et glossolalique ne sont jamais questionnés quant à leur validité théorique pour expliquer la pratique futurienne. De même, n'est jamais réellement mis à distance le paradigme littéraire et linguistique hérité du romantisme allemand par l'intermédiaire de Potebnia et qui véhicule des notions et une série de configurations théoriques contestables (la figurativité du vocable primitif, l'effacement ou l'usure de l'image, la dévalorisation de la « prose » par rapport à la « poésie », l'une et l'autre étant considérées comme des qualités naturelles du discours ou des substances intemporelles, etc.). Malgré ces défauts dûs à la fougue de l'engagement « futurien » du jeune philologue, il n'en reste pas moins que, pour la première fois, est pensée une catégorie nouvelle et fondamentale dans l'œuvre de l'art verbal moderne : le futur comme propriété esthétique, comme facteur constructif dominant dans la poésie ou la prose justement nommées « futuristes ». L'intuition artistique du jeune chercheur ainsi que son indubitable érudition universitaire lui ont permis de retrouver les principes du « formalisme » aristotélicien et de présenter une originale synthèse théorique entre l'actualisme du Stagirite et le vitalisme bergsonien. Le formalisme russe, en la personne de Chklovski, s'annonçait donc dès sa naissance comme une théorie de l'œuvre ouverte, de l'œuvre vivante, de l'œuvre « opérante », en acte. C'est sans doute là l'apport le plus fécond du « préformalisme » chklovskien, et, non sans quelque paradoxe, dans la mesure même où cet « entéléchisme » de l'œuvre ouverte ne sera jamais complètement théorisé par le formalisme de la maturité.

Jean-Claude LANNE

1. *O Majakovskom* (*Sur Maïakovski*) dans : V. Šklovskij, *Sobranie sočinenij*, T. 3, M. 1974. p. 50.
2. *Žili-bili* (*Il était une fois*), ibid., T. 1., 1973, p. 103.
3. Cf. V. Markov, *Russian Futurism : A History*, Berkeley-Los Angeles, University of California Press, 1968, p. 141.
4. In *Théorie de la littérature*, Paris, Seuil, 1965, p. 43-44.
5. « Voskrešenie slova », dans *Texte der Russischen Formalisten*, T. 2, München, 1972.
6. *Ibid*., p. 16.
7. Cité d'après *Manifesty i programmy Russkix futuristov*, München, W. Fink, 1967, p. 53.
8. « Voskrešenie slova », *op. cit*., p. 12.
9. *Manifesty i programmy...*, op. cit., p. 63.
10. « Voskrešenie slova », *op. cit*., p. 2.
11. *Ibid*., p. 14.
12. Cf. *Manifesty i programmy...*, op. cit. p. 63.
13. Selon l'expression même de Chklovski dans « Iskusstvo kak priëm » (1917), in *Texte der Russischen Formalisten,* T. 1, München, 1969, p. 32.
14. Que l'on songe par exemple à l'utilisation que fera plus tard de cette métaphore Iouri Tynianov dans ses articles théoriques et critiques.
15. *Manifesty i programmy...*, op. cit., p. 57 et 68. Il serait intéressant d'examiner plus profondément la connexion de la « nouvelle vision picturale » avec la

« nouvelle intuition » du théosophe-occultiste Piotr Demianovitch Ouspensky dont le *Tertium organum* influença certains futuriens.

16. « Voskrešenie slova », *op. cit.*, p. 2.

17. On trouve chez Kroutchenykh, dans *Novye puti slova* (1913), l'idée de l'algébraïsation du langage : « Les lecteurs russes sont habitués aux vocables émasculés et voient désormais en eux des signes algébriques qui accomplissent mécaniquement la tâche de petites pensées ; or, tout ce qui est vivant et inconscient dans le vocable, tout ce qui le rattache aux sources de l'être, cela on ne le remarque pas. » (*Manifesty*..., op. cit., p. 66-67). La source de cette vue est la même que chez Chklovski : Potebnia, par l'intermédiaire, probablement, d'Andreï Biély.

18. « Voskrešenie slova », *op. cit.*, p. 4. « Ainsi le vocable, en perdant sa forme, accomplit immanquablement le chemin qui mène de la poésie à la prose » (Potebnja, *Iz lekcij po teori slovesnosti*).

19. Cf. A. Darmesteter, *La vie des mots étudiée dans leurs significations* (1887), rééd. Paris, Champ libre, 1979, p. 116 (« Concurrence vitale ») et p. 150-151.

20. *O Majakovskom,* op. cit., T. 3, p. 82-83.

21. « L'archéologie » pourrait mener, bien au-delà des doctrines contemporaines, à une tradition rhétorique et physiologique attestée par Quintilien dans ses remarques sur le « freinage » de la diction des vers « âpres » (*Institutio oratoria*, lib. I, 1, § 37) : « Il ne sera pas préjudiciable d'exiger des enfants de cet âge, pour que leur bouche soit plus déliée et leur langage mieux articulé, qu'ils débitent le plus vite possible des noms ou des vers d'une difficulté recherchée, formés d'un enchaînement de plusieurs syllabes qui se heurtent très durement entre elles et qui soient, pour ainsi dire, rocailleuses (c'est ce que les Grecs appellent des χαλινοί). » (Trad. J. Cousin, Paris, Les Belles Lettres, 1975, T. 1. p. 65), Cf. aussi la note 37 sur les « freins » dans la diction (*ibid.* lib. l. 37, p. 155). C'est, avant la lettre, « l'écriture difficile » *(tugoe)* de Kroutchenykh *(čtob pisalos' tugo)* et le principe de l'écriture rugueuse (*šerexovatost'*) qui irrite et accroche (*zadeval'*). On peut appliquer à Chklovski ce qu'il dit lui-même des futuriens : il érige en principe constructif, en procédé théorique (en théorème) ce qui existait déjà à l'état latent dans les anciennes *artes rhetoricae*. Il est également curieux de constater que Quintilien recommande la diction des « vers difficiles » pour « l'hygiène » de la langue, comme, vingt siècles plus lard, Ossip Mandelstam loue les vers de Pasternak pour leur « salubrité » laryngologique (cf. « Zametki o poèzii », dans Mandel'štam, *Sobranie sočinenij*, v 2-x tomax, T. 2, Inter-Language Literary Associates, 1966, p. 306-307).

22. « Voskrešenie slova », *op. cit.*, p. 16.

23. « O poèzii i zaumnom jazyke », dans *Poètika. Sborniki po teorii poètičeskogo jazyka*, Petrograd, 1919, p. 26.

24. *Ibid.*, p. 24.

THÉORIE FORMALISTE ET CRÉATION LITTÉRAIRE CHEZ VIKTOR CHKLOVSKI

Viktor Chklovski occupe une place particulière au sein de l'école formaliste de critique littéraire, en tant que futuriste et que fondateur de l'OPOÏAZ (Société pour l'étude de la langue poétique), mais aussi en tant qu'écrivain. Il est en effet l'auteur de trois œuvres littéraires : *Voyage sentimental, Zoo* et *Troisième Fabrique*, publiées de 1922 à 1926, c'est-à-dire à une période où la théorie formaliste était pleinement constituée, l'apogée de l'OPOÏAZ se situant vers 1922.

Contrairement à Tynianov, par exemple, chez lequel l'activité littéraire (romans historiques) succéda à l'activité critique, les deux moments sont chez Chklovski concomitants — la somme de ses articles théoriques (1914-1924) parait en 1925 sous le titre de *Sur la théorie de la prose* [1]. Nous verrons que cette concomitance, loin d'être simplement chronologique, est une caractéristique essentielle de la création littéraire chez Chklovski : les deux démarches sont indissolublement liées, la pratique littéraire venant animer la théorie, la théorie se faisant matériau même de l'œuvre.

Trotski écrivait en 1923 dans *Littérature et révolution* : « Viktor Chklovski est le théoricien du futurisme, et en même temps le chef de l'école formaliste. Selon sa théorie, […] le futurisme représente le premier art conscient de l'histoire, et le formalisme — la première critique scientifique de l'art. » Chklovski avait joué un rôle primordial dans les premières années de l'OPOÏAZ, celles de l'aventure intellectuelle collective, de la passion poétique et de l'anticonformisme ; par l'originalité de ses vues et de ses formulations, son sens aigu du paradoxe, son talent d'orateur et sa peu commune vitalité, il avait insufflé son âme à la Société. Au début des années vingt, l'OPOÏAZ est passé à une phase de plus grande maturité ; la tendance cubo-futuriste est approfondie par une recherche de type plus universitaire. Le rôle de Chklovski devient moins prépondérant et commence à céder à l'autorité croissante d'Eichenbaum et surtout de Tynianov, l'OPOÏAZ restant un centre d'études collectif ou les divers chercheurs pouvaient appliquer une même approche méthodologique à des champs d'investigation distincts.

« Ce qui nous caractérise, écrit Eichenbaum, c'est le désir de créer une science littéraire autonome à partir des qualités intrinsèques des matériaux littéraires. [2] » Cette spécificité de l'œuvre littéraire en tant qu'objet fabriqué constitue la prémisse majeure de la théorie formaliste. La jeune science a « soif de concret », elle s'inscrit en faux contre l'éclectisme universitaire, le subjectivisme de la critique littéraire traditionnelle embourbée dans les « idées générales » (psychologie, politique, philosophie) ou le biographisme stérile.

Sur le plan du corpus théorique de l'OPOÏAZ, nous nous en tiendrons essentiellement ici à la théorie de la prose, non seulement parce que Chklovski en est le principal initiateur, mais parce qu'il l'utilise dans sa création littéraire à la fois comme matériau de base et comme norme. On sait que les recherches initiales de l'OPOÏAZ étaient principalement tournées vers la poésie ; et c'est à partir de l'opposition entre « langue poétique » et « langue pratique », analysée par Jakobson et Tynianov, que vont se dégager les caractéristiques de la « langue poétique », à savoir de la langue littéraire en général. Dans son article fondamental « Problèmes de la langue poétique » (1924), Tynianov met en lumière la fonction du rythme comme « facteur constructif », c'est-à-dire comme principe organisateur « déformant » des éléments syntaxiques. Élargie à la prose, cette thèse définit le facteur constructif comme dominant et le matériau comme dominé en introduisant le concept d'« intégration dynamique » de ce matériau (facteurs extra-littéraires entre autres). Les « spécificateurs » de l'OPOÏAZ affirment donc l'autonomie de la forme poétique, de la « littéralité », qu'ils définissent comme une « violence organisée exercée sur le langage [3] ». C'était déjà sur cette idée qu'était axé l'article de Chklovski « L'art comme procédé » (1917), considéré comme le manifeste de l'OPOÏAZ première période. Dans la « langue pratique », l'expression est automatisée. La fonction de l'art est d'en libérer la perception usée, de rendre la sensation de la vie : « Le procédé de l'art, c'est le procédé de défamiliarisation des choses, celui qui consiste à obscurcir la forme, à augmenter la difficulté et la durée de la perception. [4] »

Dans son essai de 1921 « La construction de la nouvelle et du roman », Chklovski reprend cette idée de passage, grâce au procédé artistique, de la simple identification de l'objet à sa vision originelle : « Pour transformer une chose en fait artistique, il faut l'isoler de l'ensemble des faits de la vie, [...] l'extraire de la série de ses associations habituelles. [...] Le poète opère ainsi un déplacement sémantique, en transportant le concept dans une série nouvelle. Le mot nouveau habille la chose comme un vêtement neuf. [...] L'écrivain est toujours l'instigateur d'une révolte des choses. » On voit donc que cette notion chklovskienne de « défamiliarisation » a une portée beaucoup plus vaste que celle d'une simple technique de renouvellement artistique : la « résurrection du mot » conduit à la « révolte des choses », c'est-à-dire à la renaissance d'un vieux monde usé. Chklovski (et l'OPOÏAZ en général) prône ainsi un nouveau rapport entre art et réalité, dans lequel la forme n'est plus conçue comme l'enveloppe d'un contenu, mais comme une entité représentant en soi son propre contenu. En ce sens, l'idée maîtresse de la théorie de la prose narrative chez Chklovski repose sur la notion de « construction du sujet », élaborée dans son livre de 1919 *Liens des procédés de construction du sujet avec les procédés généraux du style*. Cette notion s'appuie sur la distinction entre « sujet » et « fable », le « sujet » représentant l'ensemble des procédés littéraires spécifiques et immuables structurant l'ensemble du matériau, ce dernier constituant la « fable ». « Il n'est aucun besoin de concept de contenu quand on analyse une œuvre littéraire du point de vue de la construction du sujet », écrit l'auteur en conclusion de son essai. Ainsi, au même titre que le rythme dans l'œuvre poétique, c'est bien la « construction du sujet » qui remplit la fonction de « facteur intégrant » de l'œuvre en prose.

Pour illustrer ce grand principe, Chklovski passe ensuite à la description des différents procédés de « construction du sujet » : la construction « en gradins » (répétitions verbales ou rythmiques), le ralentissement (cf. les péripéties du roman d'aventures), l'« emboîtement », caractéristique de la poétique indienne, persane et arabe (par exemple les *Mille et une nuits*), ou encore l'« enfilage », permettant la réunion d'une série de nouvelles autour d'un personnage commun (naissance du roman). Passant de la création populaire à la création individuelle, Chklovski va mettre en lumière les procédés de la construction romanesque dans son étude du roman de Sterne *Vie et opinions de Tristram Shandy* (1921). Il y démontre comment le romancier anglais brise le schéma traditionnel du développement de l'intrigue en utilisant, outre le procédé de « défamiliarisation » (largement exploité dans l'évocation des choses érotiques), toute une série d'autres moyens narratifs, comme le bouleversement chronologique, la « concrétisation » de la métaphore (dada / cheval de l'oncle Toby, par exemple), et surtout la digression, l'ensemble de ces techniques constituant une « mise à nu » du procédé et accusant la facture du roman. Chklovski considérait *Tristram Shandy* comme « le roman le plus caractéristique de la littérature universelle » ; on peut donc appliquer son jugement sur Sterne à l'écrivain en général : « C'est la conscience qu'il nous fait prendre de la forme, en la détruisant, qui constitue le contenu de son roman. [5] »

Faisant ainsi éclater la notion de contenu, Chklovski part en guerre contre la thématique, les « thèmes » n'étant pour lui que de simples « motivations » de la construction du sujet. Même refus du « type », dans le roman comme dans la tragédie : « Le type est une invention de la poétique non scientifique. [...] Pour moi, le contenu du *Roi Lear* n'est pas la tragédie du père, mais une série de situations et de boutades. [...] Le roi Lear doit être joué comme un clown et un faiseur de calembours », peut-on lire dans *La Marche du cheval* [6]. De la même façon, le personnage d'Hamlet est défini comme « une création de la technique de scène », et celui de Don Quichotte comme « le résultat de l'action exercée par l'architecture du roman ».

Semblables définitions strictement fonctionnelles du type ou du thème sont sans nul doute les thèses les plus contestées de la théorie formaliste de la prose, surtout dans les formulations brutales de *La Marche du cheval,* où l'on peut encore lire : « En art, le bien et le mal sont affaire de texture. » Mais il convient de replacer ces énoncés dans leur contexte polémique : ils étaient importants non seulement comme principes scientifiques, mais aussi, précise Eichenbaum, « comme slogans accentués jusqu'au paradoxe dans un but de propagande et d'opposition ». Il s'agissait là du timbre d'une génération qui affirmait avec stridence à la fois son positivisme (analyse scientifique des textes et rien que des textes) et son nihilisme (rejet de l'impérialisme de la signification et des idées générales). Même Pouchkine se verra décanonisé. La désacralisation de l'art et de ses idoles était corollaire, pour les formalistes, d'une conception mécanicienne de la recherche littéraire : ils « déboulonnaient », selon le célèbre jeu de mots de Chklovski *(razvenčivaem / razvinčivaem)*. Ce plaisir du démontage « pour voir comment c'est fait », cette joie du grand dépoussiérage sont toujours présents dans les écrits, les discussions, la correspondance des *opoïazovtsy*. À leurs adversaires qui les appelaient par raillerie « les joyeux historiens de la littérature », le très sérieux Eichenbaum répondait : « Savoir travailler gaiement, [...] ce n'est pas si mal. Nous avons eu assez de chercheurs lugubres — n'est-il pas temps d'essayer autre chose ? »

*

Après ce survol de l'apport de Chklovski à l'élaboration d'une théorie formaliste de la prose, voyons comment les grands principes de cette théorie ont été mis en œuvre dans les trois romans de l'écrivain : *Voyage sentimental, Zoo* et *Troisième Fabrique*.

VOYAGE SENTIMENTAL

Voyage sentimental est un livre de souvenirs relatant l'activité de Chklovski pendant la guerre, la révolution et la guerre civile (1917-1922). Il est la réunion de trois livres séparés : *La révolution et le front*, écrit en été 1919 et publié en 1921, *Épilogue : fin du livre « La révolution et le front »*, écrit fin 1921 et publié début 1922, et *La table de travail*, écrit en mai 1922. *La révolution et le front* forme la première partie de l'œuvre, la seconde étant constituée de *La table de travail*, encadrée par les deux moitiés disjointes de *Épilogue : fin du livre « La révolution et le front »*.

La biographie de Chklovski est, bien sûr, très mouvementée pendant cette période. Notons simplement qu'entre 1914 et 1917 il sert comme instructeur dans la division de réserve des automobiles blindées. Après la Révolution de Février, il est envoyé comme commissaire militaire sur le front autrichien (Ukraine et Galicie), puis en Perse. Démobilisé en 1918, il revient à Petrograd, où il mène une activité à la fois clandestine (il entre dans une organisation SR) et officielle (instructeur à la division blindée). Il survit au terrible hiver

1919-1920. L'année 1921 le retrouve en Ukraine, où il participe à la lutte contre les Blancs en tant que mobilisé menchévik. Fin 1921-début 1922 à Petrograd : « vie sans événements, de la prose soviétique ». Entre 1917 et 1921, Chklovski est grièvement blessé deux fois ; il perd quatre membres de sa famille (son frère Nicolas, SR fusillé en 1918, son frère Evgueni, chirurgien tué lors de l'évacuation d'un train de blessés ; sa sœur et sa tante, victimes de la famine). Février 1922 : arrestation des membres du parti SR. Mars 1922 : on vient arrêter Chklovski à son domicile pendant son absence ; il fuit en Finlande, où il commence la rédaction de la deuxième partie de *Voyage sentimental* ; le livre sera terminé dix jours plus tard à Berlin, début de son exil.

Voyage sentimental est un document historique à la première personne, et cette première personne est un « conteur professionnel », comme le reconnaissait modestement Chklovski en quittant, relâché, les locaux de la Tchéka où le responsable de l'interrogatoire venait d'écouter dans un silence fasciné le récit de ses aventures persanes.

Fidèle au principe de « perception renouvelée », Chklovski décrit événements et personnages de manière proche, vivante, directe. Ainsi Lénine, qui « prononçait son discours avec fougue, en faisant rouler sa pensée comme une énorme pierre ; lorsqu'il disait combien il était facile de faire la révolution sociale, il balayait tous les doutes, comme un sanglier piétine les roseaux. [...] J'emportais au front la sensation de cette puissance impétueuse, écrasant tout aveuglément. [7] »

La composition de *Voyage sentimental* est souple, elle recourt principalement au procédé du contraste (décalages abrupts, absence de transitions), l'effet maximum étant produit par l'inclusion du matériau littéraire. Rare dans la première partie, celui-ci occupe dans la deuxième partie une place de plus en plus importante : passant de « la révolution et du front » à sa « table de travail », l'auteur décrit son milieu professionnel — la vie littéraire de Petrograd entre 1919 et 1922 — et est naturellement amené à parler de ses amis de l'OPOÏAZ (Eichenbaum brûlant sa bibliothèque, écrivant son livre *Le jeune Tolstoï* dans une chambre tempérée par la chaleur animale de sa famille), ainsi que des écrivains qu'il étudie ou côtoie — les Sérapion, Mandelstam, Goumilev, Rozanov, Blok, et surtout Gorki, dont le portrait de quatre pages (p. 264-268), complexe et pénétrant, se termine sur ces lignes : « Gorki était sincèrement bolchévik [...], d'un bolchévisme ironique et doutant de l'homme. [...] Il fut le Noé de l'intelligentsia russe. Les arches *Littérature mondiale*, *Éditions Gržebin*, *Maison des Arts* la sauvèrent du déluge. »

Mais Chklovski ne se contente pas d'émailler son récit de portraits d'écrivains (pratique en soi assez banale) ; il y fait entrer des éléments de théorie littéraire proprement dite, et d'une théorie révolutionnaire qui était en train de se faire : invraisemblablement, les articles « Liens des procédés de construction du sujet avec les procédés généraux du style » (1919), « Le développement du sujet », « *Tristram Shandy* de Sterne », et « Le sujet comme phénomène de style » (1921) [8] sont écrits en pleine tourmente, et hantent l'œuvre comme d'étranges revenants d'un autre monde. Chklovski joue d'ailleurs à plusieurs reprises sur leur potentiel « défamiliarisant », en greffant directement sur le récit les passages scientifiques, dans toute leur rugueuse technicité.

Parallèlement au matériau littéraire théorique, perçu précisément comme « non littéraire », Chklovski utilise aussi le matériau technique, et en particulier mécanique, dans le double but de ralentir le récit et de renouveler la perception en décalant les associations habituelles. On est ainsi plongé brusquement dans la description détaillée d'un obus ou le processus de déclenchement d'une bombe ; mais c'est la technique automobile qui fournit la réserve la plus riche en procédés de freinage et de distanciation.

Un des morceaux de bravoure narratifs de *Voyage sentimental* est l'étonnante comparaison entre les avatars du moteur « Gnome » et l'implantation du mouvement bolchévik. La « fiche technique » du dit moteur occupe une page entière : ce moteur « est inhabituel et paradoxal, le tuyau d'essence et le tuyau d'huile y arrivant tous les deux par l'arbre coudé, d'où la confusion des mécaniciens. La machine tournait, avec de l'essence en guise de lubrifiant, pendant environ cinq minutes, puis s'arrêtait à jamais [...]. Les bolchéviks entrèrent dans une Russie déjà malade... [...] Mais le mécanisme qui tomba entre leurs mains [...] était si imparfait qu'il pouvait fonctionner approximativement dans un sens ou dans l'autre. Avec le lubrifiant à la place du combustible. [...] Toute cette digression est bâtie sur le procédé qui, dans ma "poétique" s'appelle le retardement. » (p. 257-258).

En réalité, même lorsqu'elle ne recourt pas aux procédés spécifiques répertoriés par le théoricien formaliste, l'œuvre est toute entière distanciée. Ce parti pris s'affirme avec une force particulière dans l'évocation des scènes d'horreur, lesquelles abondent dans le récit, comme elles abondaient dans la plupart des œuvres des années vingt relatant des épisodes de la guerre ou de la guerre civile. Le lecteur n'oublie pas aisément le bébé kurde supplicié lentement, l'ami Gorban amputé avec un canif, ou encore le bolchévik collecteur d'impôts que les paysans de la région de Perm mirent à mort « en le couvrant de planches sur lesquelles ils firent rouler un tonneau plein de kérosène » (p. 178).

L'examen de la facture narrative ne saurait toutefois épuiser le roman. Certes, Chklovski affirmait, en même temps qu'il écrivait ses souvenirs, qu'« une œuvre d'art est égale à la somme de ses procédés » ; on observe néanmoins ici que le procédé, même lorsqu'il est mis à nu, est toujours motivé par le sens du matériau. Ainsi, le principe de distanciation apparaît moins comme un procédé en soi que comme la seule attitude possible de l'intellectuel confronté à l'absurde de la guerre, comme la matérialisation artistique d'une ironie essentielle.

Si l'on prend l'œuvre sous un autre angle, pour tenter de déterminer ce « point fondamental de vision des faits » que Chklovski jugeait indispensable à l'art du bon essayiste, on distingue un premier niveau de généralisation, donné par le commentaire direct du fait observé ; la situation des juifs dans l'armée, par exemple (Chklovski, à moitié juif par son père, est particulièrement sensible à la question juive, un des thèmes récurrents de ses souvenirs) : « l'armée a une proportion de 40 % de juifs aux postes les plus responsables, tout en restant imprégnée d'un antisémitisme "viscéral" et en organisant des pogroms » (p. 255).

Le *Voyage sentimental* est ainsi jalonné de pauses — l'auteur s'abstrait momentanément de la tornade d'événements où il est plongé, et réfléchit sur le sens de l'histoire, sur la destinée humaine, sur les notions de culture et de civilisation. À cet égard, le grand chapitre consacré à la campagne de Perse (82 pages) est particulièrement significatif. Tout d'abord parce qu'il déplace dans une contrée exotique, fortement marquée par sa propre histoire, le foyer des événements historiques qui reçoivent de ce choc un éclairage nouveau. Mais surtout parce qu'il forme comme un « voyage dans le Voyage », ce voyage vers l'Orient, mythique ou démystificateur, qui, depuis la « crise de conscience européenne » du XVIIIe siècle a hanté notre culture. L'exotisme constitue la « défamiliarisation » par excellence, la remise en question de nos valeurs occidentales. C'est cette volonté de relativité — ce chapitre est une manière de *Lettres persanes* — qu'affirme Chklovski en se définissant comme « homme de l'Orient ». Par la pérennité de ses traditions, mais aussi par la fascination de sa puissance « dévorante », l'Orient, « cimetière des empires et berceau des religions », représente pour Chklovski, en tant qu'individu mais aussi en tant que Russe, un champ d'activité d'un immense potentiel, où la complémentarité des deux civilisations, l'occidentale et l'orientale, devait pouvoir créer une forme de communauté originale, différente de l'État européen, établir un nouvel équilibre des forces, et par là apporter un soulagement à la misère des hommes. Ce projet ne s'exprime jamais directement dans *Voyage sentimental*, mais il affleure à plusieurs reprises, dans la manière dont Chklovski décrit la situation des Persans et des minorités ethniques de la Perse — Kurdes, Aïssors, Arméniens —, dans ses tentatives (vaines) pour faire ravitailler les populations locales, les masses d'enfants mourant de faim en particulier, dans son intervention (également infructueuse) auprès des Cosaques du Baïkal pour qu'ils autorisent le rapatriement des Kurdes sur leurs terres, enfin dans son sentiment de responsabilité envers les Aïssors « qui avaient lié leur sort à celui de la Russie » (p. 154).

Le tableau que fait Chklovski de la Perse occupée depuis dix ans par son pays se solde par un réquisitoire sans appel contre l'impérialisme russe. Destruction inutile, autogénération du massacre, folie meurtrière, et soudain, paradoxe — la guerre est un vide, rien d'autre qu'une béance absurde.

Les grands points d'orgue méditatifs que Chklovski ménage dans un récit bourré d'événements sont comme les pulsations de l'instinct de conservation de l'intellectuel charrié par le flux de l'histoire et qui commente sa propre impuissance :

> *Je ne suis qu'une pierre qui tombe.*
> *Une pierre qui tombe et qui peut en même temps allumer une lanterne pour observer son trajet.* (p. 187)

Cette impuissance éclairée est à la base même du sentimentalisme de l'œuvre, au sens humaniste que le XVIIIe siècle donnait à ce terme, l'exemple le plus frappant en étant peut-être ce télégramme envoyé par Chklovski à son chef : « Ai inspecté régiments du Kurdistan. Au nom de la Révolution et de l'humanité, exige retrait des troupes. » (p. 143)

L'affirmation (polémique) de Tchoujak selon lequel Chklovski, dans *Voyage sentimental*, nous entretient d'automobiles, de Sterne, de poux, de tout sauf de « sentiment », est en fait contredite par toute l'œuvre : « Je ne veux pas pleurer dans la solitude, et vais raconter encore quelque chose de trop pénible pour être tenu caché. » (p. 141) Compassion ou indignation humanitaire prennent parfois la forme de développements lyriques qui tranchent, sur un fond de style dénudé à l'extrême, par leur structure répétitive et leur charge émotionnelle. Pour exemple la toute fin du roman, relatant l'exploit du docteur Shed, consul des États-Unis à Ourmia, qui partit dans son char à bancs sur les traces du peuple Aïssor en fuite, et ramena à leurs pères trois mille cinq cents enfants abandonnés dans la montagne : « Docteur Shed, je suis un homme de l'Orient, car l'Orient commence à Pskov. [...] Docteur Shed, les escaliers de l'exil sont amers ! Docteur Shed ! » (p. 390-391).

Un autre des leitmotiv de *Voyage sentimental* est le thème bolchévik, lequel n'est pas sans lien avec le sentimentalisme de l'œuvre : en effet, tout comme ce dernier engageait une réaction préromantique face au culte de la raison, il cristallise pour Chklovski une forme d'opposition au rationalisme totalitaire des vainqueurs d'Octobre. Un des thèmes souterrains de la première partie de *Voyage sentimental* est l'irrésistible ascension du bolchévisme, qu'on sent sourdre des profondeurs d'une Russie chaotique, hagarde, traumatisée. Cette montée est rendue dans le roman de manière contradictoire, comme mouvement allant à la fois dans le sens du courant et à contre-courant des masses, celles-ci opposant leur inertie à la minorité agissante. En fait, les bolchéviks sont portés par l'« inertie révolutionnaire » du peuple ; ils sont profondément russes, mais sont en même temps des « bacilles organisateurs... venant d'un autre monde ». Le thème affleure dans la deuxième partie, où il devient (en particulier dans la section de 90 pages hélas absente de la traduction française) un des thèmes principaux. Sur le plan tactique, Chklovski reproche avant tout aux bolchéviks d'avoir mis la Russie à feu et à sang, « parce qu'ils croyaient aux miracles ». Le propos de Chklovski n'était pas toutefois de faire le procès de la stratégie bolchévik, mais plutôt d'expliquer l'apparition du mouvement en tant que phénomène socioculturel ; et l'interprétation qu'il en donne est saisissante : « Le peuple russe s'est expliqué la débâcle du pays en inventant le bolchévisme comme on invente un rêve » (p. 85).

Arrêtons-nous un instant sur cette notion de rêve, un des fils conducteurs de *Voyage sentimental*. D'abord parce que la vie, hantée de cadavres et de mort, y est perçue comme un cauchemar, un « voyage au bout de la nuit ». Mais surtout parce qu'il permet l'expression de l'inconscient. En effet, le romancier fait à plusieurs reprises entrer en jeu le psychisme profond de l'homme, et les traumatismes que lui inflige l'épreuve des atrocités. Prenons l'exemple de ce condamné à mort, qui écrivait à son ami Chklovski :

> *J'étouffe en moi le désir de vivre, je me suis interdit de penser à ma famille. Mais il y a une chose qui m'effraie, j'ai peur qu'on me dise : « Enlève tes chaussures ».*
>
> *J'ai les bottes lacées jusqu'au genou, j'ai peur d'embrouiller les lacets.* (p. 335-336)

Chklovski explore les limites de la folie, comme dans cet autre exemple, plus terrible encore :

> *Lorsqu'on torture un homme longtemps, il finit par « perdre le sens » ; l'homme est là dans le martyre, et autour de lui il n'y a que le bois froid et dur ; et les mains du bourreau* [...], *bien que dures, sont tièdes et humaines.*
>
> *Alors l'homme frotte sa joue contre ces mains tièdes, qui le tiennent pour le supplicier.*
>
> *C'est mon cauchemar.* (p. 229)

Il est curieux de noter que c'est sur cette dimension onirique et psychanalytique que s'appuie, dans *Voyage sentimental*, l'analyse du bolchévisme.

> *Les troupes allaient au bolchévisme comme un homme effrayé par la vie se réfugie dans la psychose.* (p. 85-86)

« Je ne suis pas socialiste, je suis freudien », affirme par ailleurs Chklovski, et c'est l'ignorance de la nature profonde de l'homme, donc des masses, qu'il reproche essentiellement aux bolchéviks :

> *Ils voulaient tout organiser, ils voulaient que le soleil se lève d'après l'horaire, et que le temps se fasse dans les administrations.*
>
> *L'anarchisme de la vie, son caractère inconscient, le fait que l'arbre sait mieux que tout autre comment il doit pousser — tout cela leur était étranger.* (p. 266)

Ce parallèle entre psychisme individuel et psychisme collectif est une des grandes forces du roman. Mais les bolchéviks ont pris en main les destinées du pays, ils sont les héritiers de la Révolution, Chklovski, qui proclame maintes fois son amour pour la Russie, en est réduit, *nolens volens*, à travailler dans leur sens. Dans la situation d'impasse où se trouvaient les SR, « démocrates » mais sincèrement révolutionnaires comme Chklovski, les bolchéviks représentaient la seule issue :

> *Je prononçais un discours. Mais je suis un peu balourd sur toutes ces questions, j'appartiens à une autre série sémantique, je suis comme le samovar dont on se sert pour planter des clous.*
>
> *Je dis : « Rallions-nous à ce trois fois maudit pouvoir soviétique ! Nous n'allons tout de même pas, comme au jugement de Salomon, exiger la moitié de l'enfant, laissons-le aux autres, qu'il vive ! »* (p. 232)

Il faut certes faire ici la part de l'élément d'autojustification, plus ou moins sensible tout au long de l'œuvre : Chklovski est écorché vif par l'émigration et, dans la perspective du retour désiré en Russie, il s'efforce de présenter les faits de la manière la moins défavorable pour lui. Il ne faut pas cependant donner trop d'importance à cet aspect de *Voyage sentimental* : les faits ne sont pas falsifiés, jamais l'auteur ne s'abaisse à la flagornerie ou au désaveu de ses engagements. Tout au plus en montre-t-il l'inutilité.

Voyage sentimental est une œuvre de la conscience dédoublée : la « pierre qui tombe » éclaire en même temps sa propre chute, le démocrate SR se résout à reconnaître les bolchéviks, l'écrivain sternien met en forme le sentimentalisme — c'est une œuvre ironique, au sens où Chklovski entend l'ironie, c'est-à-dire « non pas comme “moquerie”, mais comme procédé de perception simultanée de deux phénomènes contradictoires ou comme le classement simultané du même phénomène dans deux catégories sémantiques distinctes. » (p. 337) Chklovski précise, dans le portrait de Gorki, que « l'ironie dans la vie, peut tout lier. Elle remplace la tragédie. » (p. 270) Cette tragédie dévoyée, c'est la « schizophrénie contrôlée » de la modernité. En ce sens, *Voyage sentimental* est une œuvre étonnamment contemporaine.

La forme discontinue, apparemment « incohérente », de l'œuvre semble être l'expression naturelle d'une époque chaotique, et celle d'une voix humaine recherchant la continuité de son identité morcelée : « La vie s'écoule par bribes, par fragments dépareillés appartenant à des systèmes différents. [...] La folie, elle, est systématique. [...] Et avec les morceaux de ma vie, je comparais maintenant devant la conscience cohérente des communistes. » (p. 260)

L'auteur a donc fait appel à une technique d'intégration thématique, pour exprimer le morcellement de l'expérience et de la conscience de l'homme projeté dans une suite discontinue d'événements cataclysmiques — rêve et folie, fuite (fuite de Perse, fuite devant la Tchéka, fuite finale en Finlande), système logique des bolchéviks face à l'anarchisme de la vie, conscience individuelle et conscience de masse, travail intellectuel et amitié (liés au thème de la Ville).

Individu impuissant devant l'atroce et l'absurde, Chklovski ne cède pas pourtant à la passivité ou au désespoir. Face au processus réducteur d'une histoire-Jaggernaut, il préconise l'action individuelle, limitée, mais concrète, le travail continu et honnête, la camaraderie et, nous l'avons vu, la gaieté créatrice. Dans l'extrême précarité de la vie, dans l'écroulement général, survivent quelques valeurs : la fraternité et l'ingéniosité humaines, la capacité de survie intelligente de l'*homo faber* — chauffeur, sapeur, imprimeur ou artisan de la littérature, qui maîtrise une technique, mais qui est aussi façonné par elle. Avec une foi presque naïve, l'auteur revient à plusieurs reprises sur l'idée de la dignité et de la valeur morale de l'artisan : « Les hommes qui s'accrochent à leur établi ont toujours raison. Ces hommes pousseront comme de la bonne graine. » (p. 382)

Dans *Voyage sentimental*, c'est autour de cette notion de métier que se rassemblent les « moments dépareillés » de la vie de l'auteur, et si sa vie « est elle-même reliée par une folie [...] dont il ne connaît pas le nom », cette « folie » est peut-être la recherche scientifique et l'écriture. Ce métier, on le voit s'affirmer au cours du roman. *Voyage sentimental* est une œuvre inchoative, non seulement parce que l'auteur a été transformé par les événements qu'il raconte — en ce sens il s'agit d'une « éducation sentimentale » —, mais aussi parce qu'une théorie de la littérature prend forme sous nos yeux, et que prend forme avec elle une conception du monde où elle tient une place centrale. L'image la plus poignante est peut-être celle de cet homme qui, au milieu de la famine et de l'horreur, au cœur de la mort, écrit patiemment, ses livres sur ses genoux, un article aussi ésotérique que « Le lien des procédés de construction du sujet avec les procédés généraux du style », comme s'il conjurait, par l'élaboration d'une théorie de la forme littéraire, le principe même de destruction.

Voyage sentimental est une tentative de mise en forme du chaos.

Zoo

En 1922, Chklovski, recherché par la Tchéka en tant que SR, évite de justesse une souricière tendue à son domicile et fuit la Russie en traversant à pied les glaces du lac Ladoga ; il arrive en Finlande, puis gagnera Berlin, où il séjournera de juin 1922 à septembre 1923. Exilé, Chklovski est très malheureux (« une ombre parmi les ombres ») et très productif (il publiera en 1923 *Voyage sentimental* et *Zoo*). Berlin lui inspire entre autres une série de feuilletons et de portraits d'écrivains et de membres de l'intelligentsia russe émigrée (Berlin était alors la capitale de la diaspora russe), et ce sont ces « essais berlinois » qui fourniront la base du futur roman *Zoo*. L'auteur précise en effet dans sa préface : « D'abord, j'avais l'intention de rédiger une série de descriptions du Berlin russe, ensuite il me sembla intéressant de relier ces reportages par un sujet commun. Je choisis pour cela *La Ménagerie (Zoo)* ; le titre du livre venait de naître, mais il n'en reliait pas les divers fragments. J'eus alors l'idée d'en faire une sorte de roman épistolaire. [...] Les lettres sont écrites par un homme amoureux d'une femme qui n'a pas de temps à lui consacrer. [...] L'essentiel du livre ne concernant donc pas la passion, j'eus recours à l'interdiction de parler d'amour. D'où le sous-titre : “Lettres qui ne parlent pas d'amour.[9] »

Il s'agit donc au départ d'une œuvre assez hétéroclite, faite de bric et de broc, avec motivation rajoutée après-coup : l'auteur choisit de ne pas parler d'amour pour pouvoir parler de tout le reste, puisque c'est de tout le reste qu'il veut parler !

Certes, le thème amoureux est en partie autobiographique : Chklovski s'était épris de l'une des filles Kagan, Elsa Triolet (Alia dans le roman), récemment séparée de son mari et de passage à Berlin — l'autre sœur, Lili Brik, alimentant de son côté la flamme de Maïakovski. Mais ce thème amoureux est traité dans *Zoo*, avec toute l'impertinence formaliste, de manière archi-conventionnelle : élément littéraire préfabriqué, il impose un certain type de développement et de figures stéréotypées (attente angoissée près du téléphone, plaintes, reproches, etc.) : « J'ai prononcé le mot “amour”, et j'ai mis la machine en marche... où est l'amour, où est le livre, je ne sais plus » (Lettre 18). Quant aux procédés narratifs analysés dans sa *Théorie de la prose*, Chklovski les déploie largement dans son roman épistolaire. Une place de choix est réservée à la « mise à nu du procédé », qui apparaît par exemple dans la scène d'inondation de la lettre 10, où l'eau personnifiée clame sa fonction de « concrétisation de la métaphore », ou encore dans la préface à la lettre 19 barrée-de-rouge-et-qu'il-ne-faut-pas-lire :

> *Comment comprendre cette lettre du point de vue de la composition ? Car elle est tout de même incluse.*
>
> *Mais, dites-moi, que diable avez-vous besoin de composition ? Si vous insistez, alors voilà : pour l'ironie de l'œuvre, une double interprétation de l'action est nécessaire.* [...] *J'utilise un procédé de rehaussement pour donner une deuxième interprétation de la femme à laquelle j'écris ; je propose en outre une seconde interprétation de moi-même.*

Semblable intervention du machiniste nous entraîne constamment dans les coulisses de l'œuvre : l'attention est tenue en haleine, la perception renouvelée par l'effet de basse prévisibilité et de défamiliarisation.

Mais un autre procédé contribue à cette impression de relief, voire de percussion, c'est le principe d'incongruité. Incongruité, en premier lieu, du matériau littéraire théorique exploité comme teneur d'une correspondance amoureuse, dans la lettre 9 par exemple :

> *Poste Numéro Trois,* [...] *près du téléphone. Fonction : aimer, ne pas te voir, ne pas écrire de lettres. Et se rappeler comment est fait* Don Quichotte.
>
> Don Quichotte *a été fait en prison par erreur. Le héros parodique... etc.*

L'exemple le plus extrême est celui de la lettre 22, constituée presque exclusivement d'un cours de théorie littéraire sur l'évolution des œuvres d'art, le héros romanesque, la motivation psychologique, l'usure des liaisons, le tout butinant de Shakespeare à Dostoïevski en passant par Stendhal et Tolstoï.

Un deuxième foyer d'incongruité est constitué par l'utilisation de la technique automobile. En bon futuriste, Chklovski était convaincu que l'entrée de la machine dans toutes les sphères de la production allait aider à transformer la conception de l'art, et que l'écrivain contemporain se devait de connaître un autre métier. Cet « atelier parallèle » avait été fourni à Chklovski, on l'a vu dans *Voyage sentimental*, par sa fonction d'instructeur de division blindée : « Tu as entraîné ma vie, écrit-il à sa bien-aimée, comme la vis sans fin entraîne le pignon. Le pignon, lui, ne peut pas commander le volant. En mécanique, cela s'appelle transmission irréversible. Irréversible est mon destin. » (Lettre 13).

Comme Babel qui parlait conjointement « des étoiles et de la chaude-pisse » (l'expression est de Chklovski), l'auteur use d'un langage traditionnellement étranger à l'expression lyrique, créant ainsi un puissant décalage sémantique et un effet d'étrangeté maximum.

Le livre est écrit dans un style nouveau, résolument à contre-pied, avec sa syntaxe hachée, ses abruptions continuelles, son parti pris d'obscurcissement, sa « surface à rugosité variable », comme disait Tatline ; un style tout en manques, dérangeant. Et pourtant, au-delà de cette impression de décousu, la narration possède une texture très dense, et cela grâce à un système complexe de parallélismes : parallélisme entre culture européenne et culture russe / révolutionnaire, entre la trahison de Khlebnikov par l'auteur (il publie ses propres livres et pas ceux du poète) et celle du Christ par Pierre, entre les émigrés russes et les animaux du zoo, ce dernier parallélisme constituant un bon exemple de la construction du sujet. Dès les premières pages, en effet, le thème du zoo est présenté comme une image aux ramifications multiples — souffrance muette des bêtes, cruauté humaine, destruction de la richesse intérieure de l'animal emprisonné, dégénérescence des vocations, chacune de ces variations faisant à son tour tache d'huile. Ainsi le quartier russe de Berlin devient-il, par contamination de l'image, une vaste cage où tournent des captifs déracinés. L'auteur s'identifie, par exemple, au grand singe incarcéré : « Toute la journée, ce pauvre étranger se morfond dans son zoo intérieur. » (Lettre 6).

On rejoint allusivement ici le thème de l'amour : le simiesque grand aïeul s'ennuie dans sa cage tout comme l'écrivain amoureux rejeté par la femme aimée. Cette première contamination en entraîne une autre : le grand singe, c'est aussi Remizov, le Roi des Singes, à la tête de son facétieux « Grand ordre des Singes », confrérie imaginaire à la Sérapion où il faisait entrer tous ses amis, affublés de surnoms parodiques. Mais là, par un brutal retournement du thème du zoo, le grand singe devient symbole de la liberté de l'artiste : « Notre grande armée de singes vit indépendante, comme le chat de Kipling "qui s'en va tout seul". [...] Nous voulons tous la liberté. » (Lettre 5).

On voit donc se tramer en filigrane un réseau souterrain de correspondances qui relie entre eux les fils du récit à plusieurs niveaux. Le roman en offre d'autres exemples, celui des larmes, notamment : les larmes de l'amant éploré se transforment en véritable crue (rappel de l'inondation de Berlin, des grandes eaux de la Néva) : « Je nage, salé et alourdi de larmes. Je crois que je vais bientôt me noyer, pourtant, même sous l'eau où le téléphone ne sonne pas [...], où l'on ne peut te rencontrer, je t'aimerai. » (Lettre 2).

Mais il est d'autres larmes dans le roman, celles de l'exilé traumatisé par le déracinement, comme le folkloriste Bogatyrev, que Jakobson emmena au restaurant. « Il se retrouva installé entre des murs non éraflés, au milieu de plats variés, de vins et de femmes. Il se mit à pleurer... Pas par sentimentalité, mais comme pleurent les vitres dans une pièce où l'on refait du feu après un long intervalle. » (Lettre 11).

Même entrelacs serré, même transmutation métaphorique dans le traitement du thème vestimentaire, lui aussi récurrent dans l'œuvre : il symbolise d'une part le choc des deux cultures — le luxe européen d'Alia et la maigre garde-robe de l'émigré, d'autre part le non-amour de la cruelle, qui repousse l'homme qui l'aime comme elle le ferait d'une robe tombée en disgrâce ; il symbolise enfin, dans la lettre adressée au TsIK, la dignité du révolutionnaire injustement banni, contraint au compromis, mais pas à la compromission, face aux nouveaux dirigeants de la Russie.

Examinons, pour finir, cette fois du point de vue de la démultiplication de l'image, la métaphore automobile mentionnée déjà comme facteur de défamiliarisation. Elle aussi est protéiforme, elle aussi se rattache à tous les grands thèmes du roman : Alia possède une superbe Hispano-Suiza dont la carrosserie tape-à-l'œil met en fureur le spécialiste qu'est Chklovski (« Ton Hispano-Suiza est dopée, [...] elle a reniflé de la cocaïne, [...] elle doit plaire aux gigolos. ») Plus secrètement, la métaphore mécanique vient alimenter le thème de l'exil, comme dans la lettre 26, où son incongruité même donne toute sa poignance au désespoir de l'émigré :

> *Le plus triste est de se déplacer dans une voiture à moteur électrique. Son cœur ne bat pas, il est chargé, rempli de lourds accumulateurs, mais il suffit que les plaques se déchargent, et il s'arrête.* [...]

> *Pauvre émigration russe !*
> *Son cœur ne bat pas.* [...]
> *Voiture morte à accumulateurs, erre dans la ville, sans bruit ni espoir. Déroule, sans respirer, ce que tu possédais, et une fois au bout du rouleau, meurs.*

Curieusement, le relais mimétique automobile / exil va s'opérer par le truchement de Pasternak dans la lettre 17 (une des plus belles du roman, avec la quatrième, dédiée à Khlebnikov) : évoquant la *tiaga* — la traction — des bonnes voitures, l'auteur embraye brutalement sur un souvenir pétersbourgeois lié à Pasternak, poète « que Tsvetaieva comparait à la fois à un Arabe et à son cheval » : « Pasternak semble toujours vouloir se précipiter quelque part, mais il ne le fait pas de façon hystérique, il avance comme un cheval puissant et fougueux. » On est passé elliptiquement et humoristiquement du cheval / vapeur au cheval / muscle, et cette image du cheval-Pasternak permet d'accéder à un autre plan, celui de la littérature et de l'histoire. Il est clair pour Chklovski que Pasternak sentait la « traction de l'histoire », non seulement en tant qu'homme, mais en tant que poète, et qu'à Berlin il était inquiet :

> *Il me semble que Pasternak ressent l'absence de traction parmi nous.* [...]
> *Le Berlin russe ne va nulle part. Il n'a pas de destin.*
> *Pas de traction.*

La lettre s'achève sur un ultime retour au thème amoureux par le déroulement d'un nouvel anneau métaphorique : les hommes russes n'ont pas cette *tiaga* qu'Alia perçoit intuitivement chez les étrangers : « Nous perdons nos femmes [...] Nous, les hommes, sommes des moteurs à combustion interne. Notre tâche est de haler. La traction révolutionnaire est épuisée. »

On voit donc que dans *Zoo* le récit avance, comme tout récit en prose, par procédé métonymique, procédé renforcé par l'interdiction de parler d'amour ; l'amant annexe tous les autres sujets par associations d'idées — le monde entier se fait l'intercesseur de sa passion. On note aussi que chaque étape de cette progression par contiguïté engendre un effet de miroir de métaphores polyvalentes et interactives où les éléments disparates du matériau, mis en contact les uns avec les autres, semblent échanger leur prédicat et entrer dans une nouvelle configuration esthétique globalisante, leur récurrence même assurant le rythme interne et l'unité profonde de l'œuvre.

De manière un peu surprenante, cette parfaite interaction de la trame métonymique et de la chaîne métaphorique n'est pas sans rappeler la définition que donnait Proust — l'incongruité est à son comble — de la « beauté absolue » de certaines pages de prose : « [C'est] une espèce de fondu, d'unité transparente, où toutes les choses, perdant leur aspect premier de choses, sont venues se ranger les unes à côté des autres dans une espèce d'ordre, pénétrées de la même lumière, [...] sans un seul mot qui soit resté réfractaire à cette assimilation. [10] »

Gérard Genette, refusant d'appeler « poème en prose » ou « prose poétique » cet « état mixte » de l'écriture, propose le terme absolu de « Texte » [11]. Le roman *Zoo,* petit bijou formaliste, est un parfait exemple de ce « texte ».

Mais en cette année 1923, le roman est par ailleurs porteur d'une mission spécifique : ne supportant pas l'exil, l'auteur adresse sa dernière lettre au TsIK, lui demandant l'autorisation de rentrer en Russie. La critique a généralement interprété cette démarche comme une capitulation de Chklovski devant le régime bolchévik. À première vue, cette supplique constitue effectivement un spectaculaire Canossa :

> *Tout ce qui a été n'est plus, jeunesse et assurance m'ont été enlevées par les douze ponts de fer.*
> *Je lève les bras et me rends.* (Lettre 29)

Mais sitôt après l'aveu de « capitulation », Chklovski fait réapparaître le thème vestimentaire :

> *Laissez-moi rentrer en Russie, moi et mon maigre bagage : six chemises* [...], *des bottes jaunes cirées en noir par erreur, un vieux pantalon bleu que j'ai soigneusement repassé en essayant de lui donner un pli.* [...] *Et le pantalon — avec pli — que je porte sur moi. Le pli s'est formé lorsque j'ai été écrasé au rouleau compresseur.*

Ce thème, on le sait, symbolise la liberté et l'allégeance à la Révolution, et reprend métaphoriquement la phrase d'ouverture : « De tout mon être [...] je suis lié à la Russie d'aujourd'hui. [...] La Révolution m'a régénéré, je ne peux pas respirer sans elle. » Avec toutefois un détail supplémentaire — le pli du pantalon : Chklovski se présente devant ses juges en arborant ce pli détesté, synonyme de convention sociale étriquée ; on le force à plier, lui aussi, mais sa requête n'en dégage pas moins une forte odeur d'anticonformisme.

Une autre contradiction à la thèse de la reddition pure et simple est apportée par le dernier paragraphe de la lettre, évoquant le massacre des Turcs par les Russes à Erzeroum :

> *De chaque côté du chemin gisaient les Turcs égorgés. Les coups de sabre les avaient tous touchés au bras droit et à la tête. Mon ami demanda pourquoi.*
>
> *On lui répondit : « C'est très simple, les Turcs, en se rendant, lèvent toujours le bras droit ».*

C'est sur cette parabole chargée de défi, cette mise en garde courageuse contre la tentation de la répression que s'achève *Zoo* [12].

Troisième Fabrique

Chklovski est rentré en Russie en 1923. Grâce à la reprise de ses activités à l'Opoïaz, chez les Frères Sérapion et au LEF (créé par Maïakovski cette même année), grâce aussi à l'enseignement de plusieurs membres de l'Opoïaz au GIII, les théories formalistes jouissent d'une influence croissante. Mais le succès même de cette vulgarisation n'est pas sans danger, comme le remarquera amèrement Eichenbaum : « Nous sommes entourés d'éclectiques et d'épigones qui transforment la méthode formelle en un système figé. [13] »

Les critiques marxistes ne restèrent pas indifférents devant cette propagation des théories formalistes, même dénaturées, et les années 1923-1925 virent se déclencher une contre-attaque de grande ampleur qui débuta, en haut lieu, par le livre de Trotski *Littérature et révolution.* Dans le long chapitre consacré aux formalistes, l'auteur semble faire à ces derniers d'importantes concessions, mais n'en assimile pas moins la théorie formaliste à celle de l'art pour l'art, face à la théorie de l'art comme produit social avancée par les marxistes. Parallèlement, un grand débat sur la méthode formelle s'ouvre en 1924 dans la revue *Presse et révolution* [14]. Sans tomber dans la brutalité des jugements à l'emporte-pièce d'un Kogan ou d'un Polianski, Lounatcharski, par exemple, frappe l'école formaliste d'une condamnation sans appel : « Avant Octobre, le formalisme était simplement un légume de saison, mais il n'est plus maintenant qu'un vestige tenace du passé. » Et en conclusion : « Le formalisme est le plus puissant concurrent de l'art révolutionnaire en développement. »

On voit donc se dessiner, à partir du milieu des années vingt, un très net durcissement de la critique marxiste par rapport à l'école formaliste, celui-ci s'inscrivant dans un schéma plus général de bipolarisation de la scène littéraire soviétique, et menant à une opposition artificielle, dictée par des considérations idéologiques, entre « compagnons de route » et écrivains prolétariens. Cette bipolarisation sera entérinée par la Résolution du Comité Central de 1925. Malgré une apparente tolérance pour les « formes idéologiques transitoires », ce texte du Parti n'en consacre pas moins le « droit à l'hégémonie » de la littérature prolétarienne.

Nommément visé en tant que chef de file de l'école formaliste, Chklovski ne pouvait que ressentir très vivement l'évolution amorcée et la dérive sectariste qu'elle laissait présager. C'est dans ce contexte chargé de menace qu'il écrit *Troisième Fabrique*.

Parue en 1926, l'œuvre présente au premier abord de nombreux points communs avec *Zoo* : un assemblage apparemment hétéroclite de souvenirs, d'extraits d'articles théoriques, de détails de la vie quotidienne, le tout assaisonné de mots d'esprit et enchaîné de la manière la plus imprévue. Si, dans *Zoo*, l'unité de l'ensemble était assurée par la présence d'un semblant d'interlocuteur, le fil reliant les éléments disparates de *Troisième Fabrique* est beaucoup plus ténu et tient exclusivement au prétexte autobiographique : « La première fabrique a été ma famille et l'école. La deuxième a été l'OPOÏAZ. Quant à la troisième, elle est en train de m'élaborer en ce moment. [15] »

L'enfance est évoquée par touches fugitives ; pas de pèlerinage psychologique ; une « autobiographie ironique », selon le mot de Grits. C'est en réalité dans un certain type de composition organisée autour du « moi » littéraire de l'auteur que les quarante-trois courts chapitres de cette non-biographie trouvent leur unité :

> *Je n'ai pas envie de faire de l'esprit.*
> *Je n'ai pas envie de construire une intrigue.*
> *Je vais parler de choses et d'idées.*
> *Faire un recueil de citations.* (p. 8)

Semblable compilation, basée sur la digression et l'association d'idées représentait pour Chklovski l'issue à la crise de la grande forme littéraire. Dans cette optique de « littérature du fait », le matériau « extra-esthétique » est agencé, « déformé » de telle sorte qu'il crée à lui seul son espace littéraire propre. Ainsi, dans *Troisième Fabrique*, le principal protagoniste est-il sans conteste la littérature elle-même, si bien que tous les hommes de lettres mentionnés au cours du récit (plus d'une vingtaine) apparaissent presque comme des personnages de roman, épinglés par un trait caractéristique, biographique, théorique ou artistique, qui leur confère une présence quasi-physique. Cette atmosphère d'intimité est renforcée par la structure épistolaire de certains chapitres, où Chklovski fait part à ses amis de ses travaux en cours ou de ses projets. Mais même les chapitres présentés sous forme de monologues ou de pages de mémoires parviennent à créer, grâce au procédé de « dialogue unilatéral » déjà cher à Viazemski, l'illusion de la conversation entre écrivains.

Littérature au centre de l'œuvre, disions-nous. Un des exemples les plus frappants en est le long et étrange chapitre intitulé « La baie de l'envie », entièrement consacré au problème du *« skaz »* [16], procédé littéraire très débattu au sein de l'OPOÏAZ, et que Chklovski illustre précisément par un récit — très drôle — en forme de *« skaz »*. C'est un texte parodique, de facture brillante, voire acrobatique, par lequel Chklovski clame la vitalité et la combativité des thèses formalistes, à savoir que le procédé stylistique (ici le *« skaz »*) est bien un élément constitutif de l'intrigue.

Mais, au-delà de ces questions techniques, la littérature est aussi abordée dans le roman en tant que sphère culturelle reliée organiquement aux problèmes de son temps et de la société dont elle est issue. L'évolution est de taille, et c'est justement cette reconnaissance d'une interférence de l'époque sur l'écrivain et sur sa production qui nous paraît constituer la problématique centrale de l'œuvre ; une œuvre où pèse plus lourdement le *Zeitgeist*, sous la forme non plus du raz-de-marée révolutionnaire ou de la souffrance de l'exil, mais sous la forme d'une véritable crise d'écrivain. *Troisième fabrique* est en effet tout entier traversé de réflexions amères sur la difficulté d'écrire, sur le temps gaspillé dans la routine d'un gagne-pain fastidieux (Chklovski est employé dans la troisième fabrique de Goskino). La révolte devant cette oisiveté forcée des énergies créatrices s'exprime parfois avec brutalité : « En art, certains versent leur sang et leur semence. D'autres urinent. La vente se fait au poids. » (Lettre à Eichenbaum)

Mais le malaise n'est pas qu'individuel, il est traité dans le roman comme un fait d'époque, une époque sourde, marquée par le philistinisme, et surtout par la pression de l'idéologie mécaniste officiellement proclamée en matière d'art :

C'est une période difficile pour l'art, la restauration est dans l'air. [...]
Qu'ils brûlent les livres, qu'ils en interdisent l'impression.
Tout vaut mieux que la restauration rouge. (p. 89)

Tout au long de l'œuvre, l'auteur affirme avec véhémence son droit à la différence : qu'on le laisse « s'occuper de cultures spéciales » (p. 89). Cette volonté de démarcation prend souvent la forme d'allusions ironiques ou de jeux de mots sur les idées-clé de la théorie marxiste, par exemple : « J'écris que l'être détermine la conscience, mais que les problèmes de conscience n'en sont pas réglés pour autant. » (p. 15) Le foyer d'ironie le plus vivace est alimenté par le thème de la soupe, qui répond à l'image réductrice du « légume de saison » utilisée, on l'a vu, par Lounatcharski. Une série de métaphores démultiplie le thème : la soupe est dispensée au peuple par l'État pourvoyeur, qui distribue aussi les cuillères. D'ustensile ménager, la cuillère devient outil politique — accepter de la prendre symbolise l'abdication d'une certaine liberté en échange d'une nourriture assurée par le pouvoir. Or, ce geste d'obédience, Chklovski se réserve le droit de ne pas l'accomplir, sans toutefois en rejeter catégoriquement l'éventualité : « Nous ne sommes pas marxistes, mais si, dans les besoins de notre ménage, cet ustensile s'avère nécessaire, nous n'allons pas nous mettre à manger avec nos mains. » (p. 88) L'écrivain non-aligné se trouve donc pris en étau entre une volonté d'indépendance et le désir d'être en phase avec son époque : « je veux parler avec mon époque, comprendre sa voix » (p. 16).

C'est une image surprenante, celle du lin (Chklovski a été employé au Centre du lin à Moscou), qui cristallise l'interrogation angoissée de l'auteur : « Le lin s'il avait une voix, crierait pendant qu'on le travaille. On le prend par la tête et on l'arrache de la terre. Avec ses racines. On le sème très serré pour qu'il s'étouffe lui-même. [...] On le rouit dans des fosses et des rivières. [...] Ensuite, on le broie et on l'écangue. » (p. 81)

L'image de l'huître, également inattendue, exprime elle aussi avec force le sentiment d'impasse douloureuse qu'éprouve l'écrivain formaliste en ce milieu des années vingt :

Par la tension de ses muscles, l'huître rapproche les valves de sa coquille. Celles-ci une fois fermées, elle cesse de fonctionner ; le blocage des valves est assuré.

La poésie et la prose sont enserrées dans le même étau mortel.
Coquille de trente-trois ans, je suis aujourd'hui malade.
Je connais cette pression terrible sur les valves. (p. 40)

Notons au passage que tout le système métaphorique du roman s'articule autour d'objets : outre le légume, la soupe, le lin et l'huître, il y a aussi le couteau (l'art), la pierre (l'écrivain) sur laquelle s'aiguise le couteau, ou encore le petit éléphant de caoutchouc piaulant (l'artiste privé de voix). Cette convergence crée tout au long de l'œuvre une sourde impression de passivité, de réification ; car c'est bien à l'état d'objet qu'en est réduit l'écrivain, immobilisé sur la ligne d'affrontement de deux principes antinomiques — la nécessité d'opposition et la nécessité de conformité.

Comment sortir du dilemme ? Deux voies, selon Chklovski, sont ouvertes à l'écrivain non marxiste : ou bien « s'enterrer, gagner sa vie avec un métier autre que la littérature, et écrire chez soi pour soi », ou bien « décrire la vie, partir consciencieusement à la recherche de la nouvelle société et de la juste conception du monde. Il n'y a pas de troisième voie. Mais c'est justement celle-là qu'il faut choisir. » (p. 84)

Au-delà du paradoxe, Chklovski décrit cette voie impossible et pourtant la seule ouverte comme une volonté inlassable de « travailler dans les journaux, les revues, tous les jours, sans s'épargner, avec le plus de sérieux possible, se transformer dans le processus, croiser le fer avec le matériau, [...] et produire ainsi de la littérature ». (p. 84-85). Mais un danger guette ce choix de la porte étroite, celui de l'usure, de l'enlisement dans le compromis, de l'abdication pure et simple. Chklovski « a peur de trop céder à son temps », comme le fait son ami Brik, lequel, « si on lui coupe les jambes, trouvera le moyen de démontrer qu'il est plus à l'aise comme ça ». (p. 62)

La contradiction fondamentale ne sera jamais résolue dans *Troisième Fabrique*, et c'est sans doute la principale raison pour laquelle le livre fut mal reçu des contemporains, qui taxèrent tour à tour l'auteur de pose malsaine, de duplicité, d'incohérence ou de trahison. Car tout se passe comme si au « je veux / il le faut » s'opposait un irréductible « je ne peux pas » (ce que Dostoïevski appelait « l'inévitabilité de l'impossible »).

Troisième Fabrique est une œuvre de transition. D'une part, c'est une œuvre formaliste, non seulement par sa dimension militante, mais par sa forme même, exemple de renouvellement du genre romanesque. D'autre part, c'est une œuvre qui subit le choc en retour du matériau qu'elle traite : ouvrant dans son roman un dialogue avec son époque, s'interrogeant sur la fonction des « facteurs non-esthétiques » dans la création littéraire, Chklovski a jeté son art dans la bataille, et son art s'en est trouvé transformé. Au-delà de sa complexité et de son ironie, *Troisième Fabrique* est un témoignage original et juste d'accent sur une période de crise de la littérature soviétique ; comme à l'insu même de son auteur, elle dépasse sa « conception géométrique de l'art », elle exprime le réel. Elle marque en outre une étape importante dans l'évolution de Chklovski par rapport au formalisme et à ses détracteurs entre 1926 et 1930.

La période 1926-1930

Dans la deuxième moitié des années vingt, le formalisme traverse incontestablement une crise profonde, liée au caractère clos d'une théorie qui, grosso modo, risquait d'aboutir à une description statique de l'œuvre littéraire, en coupant celle-ci de son contexte historique. Tous les théoriciens de l'Opoïaz, avec une conscience aiguë du problème, vont donc s'attacher à faire évoluer la méthode formelle vers sa « deuxième étape », en y intégrant scientifiquement les « facteurs extra-esthétiques » (sociologiques, historiques) jusqu'alors délaissés. L'article de Tynianov « De l'évolution littéraire » (1927), celui d'Eichenbaum « La vie littéraire » (1929) et surtout les « Thèses de Prague » (1928), écrites par Tynianov en collaboration avec Jakobson, tous ces écrits, à des niveaux différents, ont pour objectif le renouvellement de la théorie formaliste et la relance de l'Opoïaz. Ainsi, la dernière « thèse de Prague » (n° 9) stipule-t-elle : « Vu l'importance d'une élaboration collective des problèmes théoriques et des objectifs concrets ci-dessus mentionnés, nous jugeons indispensable une reconstitution de l'Opoïaz sous la présidence de Viktor Šklovskij. »

Chklovski, de son côté, était également arrivé à la conclusion qu'une révision de la théorie formaliste était nécessaire. En réponse aux articles de Tynianov, il reconnaît son erreur, celle d'avoir « sous-estimé les facteurs extra-esthétiques »[17].

Son axiome fondamental — l'indépendance de l'ordre esthétique, étant infirmé par les faits, il devait par conséquent être abandonné, et la théorie devait être repensée dans une perspective historique. Nécessité que Chklovski souligne par une boutade dans son article « À la défense de la méthode sociologique » : « Si les faits démolissent la théorie, tant mieux pour la théorie. Elle a été créée par nous, elle ne nous a pas été donnée en garde. [18] »

Cette nouvelle orientation de la pensée formaliste ne reste pas théorique, elle prend corps dans la critique littéraire proprement dite, avec deux ouvrages importants sur Tolstoï : la monographie (inachevée) d'Eichenbaum *Léon Tolstoï* (1928-1931), et l'étude concomitante de Chklovski *Matériau et style dans le roman de Léon Tolstoï « Guerre et Paix »* (1928). L'un comme l'autre font une large part au matériau extra-littéraire, le premier en situant le romancier au sein des confrontations idéologiques et philosophiques de son temps, le second en axant son analyse sur le conflit entre classe et genre. Cette étude de Chklovski nous paraît beaucoup plus qu'une simple tentative d'accommoder le plat formaliste à la sauce marxiste. On y retrouve les grands thèmes de la théorie chklovskienne — teneur spécifique du procédé littéraire dans la déformation du matériau, évolution littéraire comme lutte contre la tradition, importance du « contingent » dans l'apparition de mutations du genre, etc. Mais on y perçoit aussi une pensée moins provocante, plus mûre, embrassant d'un mouvement plus large les phénomènes que les formalistes n'avaient pas suffisamment pris en considération jusqu'alors, et les analysant à leur point d'articulation le plus délicat. Les critiques, dans leur ensemble, n'ont pourtant vu dans *Matériau et style dans le roman de Léon Tolstoï « Guerre et Paix »* qu'une « synthèse non viable », la « superposition mécanique du formel et du sociologique [19] », bref, un collage raté de deux principes incompatibles.

La critique marxiste, *a fortiori*, réserva un accueil très mitigé, sinon hostile, à cette évolution de la théorie formaliste, dans laquelle elle ne vit qu'une conversion insuffisante, voire un dangereux camouflage. Les formalistes, en cette fin des années vingt, sont donc pris à parti à la fois pour avoir tourné le dos à leurs principes et pour continuer à s'y tenir. Mais si, vers 1928, la discussion entre marxistes et formalistes était encore réelle, fût-ce sous forme de polémique violente, elle prendra fin au seuil des années trente. 1928-1930 : « l'épisode prolétarien ». Les derniers groupes littéraires — LEF, Pereval, l'école formelle —, font l'objet d'attaques acharnées de la part des critiques marxistes, RAPP en tête. Non seulement la littérature, mais tous les secteurs des sciences et des arts sont touchés ; le lancement du premier plan quinquennal, les programmes d'industrialisation et de collectivisation s'accompagnèrent en effet d'un vaste mouvement de révolution culturelle destiné à mettre en place, face aux anciens « spécialistes bourgeois », la nouvelle intelligentsia soviétique. Contrairement à celle de 1925, la Résolution du Comité Central de 1928 est sans ambiguïté ; elle s'appuie ouvertement sur les communistes au sein des organisations d'écrivains, elle exige des belles-lettres une représentation directe et immédiate de l'actualité politique, économique et sociale, ainsi qu'une mobilisation « contre les influences bourgeoises, le philistinisme, la décadence ». On sait que Pilniak et Zamiatine furent les premières victimes de cette vindicte. Chklovski, quant à lui, essaie de faire face en publiant en janvier 1930 dans le journal *Literatournaïa Gazeta* l'article « Monument à une erreur scientifique », généralement considéré comme un total reniement du formalisme et une capitulation sans condition devant le pouvoir. Viktor Erlich écrit par exemple que Chklovski « est maintenant prêt à reconnaître la dialectique marxiste comme l'alpha et l'oméga de la science littéraire [20] ». De toute évidence, le théoricien formaliste est amené à lâcher beaucoup de lest (concessions à la nécessité de la lutte de classe en littérature, affirmation que le formalisme est une « étape dépassée »), mais le corps de sa démonstration, porte sur la constatation d'une évolution historique essentielle. Il en veut pour preuve ses propres travaux de 1928-1929 : « Je me suis efforcé de passer à des recherches historico-littéraires parce que je ne voulais pas devenir un monument à ma propre erreur. »

Une lecture entre les lignes de « Monument à une erreur scientifique » révèle donc une position nécessairement très complexe, déjà amorcée dans *Zoo* et dans *Troisième Fabrique*, et consistant en un défi exprimé avec et à travers une apparente soumission. Ce procédé, que Richard Sheldon a nommé « la capitulation de façade » (« ostensible surrender ») [21], est à la clé de l'attitude de Chklovski en 1930. Curieusement, ceux qui ont perçu le plus justement la véritable teneur de cette prise de position historique de Chklovski sont ses ennemis les plus acharnés, en particulier le critique communiste Guelfand qui, dans un article d'une extraordinaire violence, vilipende le théoricien formaliste pour son obstination à « défendre et justifier son passé », recommande « l'anéantissement idéologique de l'école de la réaction triomphante en critique littéraire », et conclut sur cette exhortation : « Feu nourri sur les "modestes neutralisateurs" ! [22] »

Chklovski ne passa pas toutefois par le peloton d'exécution prolétarien — le pays allait être secoué par le suicide de Maïakovski —, et le réquisitoire contre le fondateur de l'Opoïaz en resta là.

Quant à la carrière littéraire de Chklovski après 1930, précisons, pour infirmer la thèse selon laquelle il aurait tout bonnement adhéré à la ligne du Parti après cette date, qu'il continua au contraire, pendant les années trente et quarante, à défendre dans la mesure du possible l'héritage de l'Opoïaz, en écrivant par exemple, pendant la trêve de la période 1932-1934, « des articles intéressants sur des personnalités aussi controversées que Mandelstam, Olecha, Tynianov et Eisenstein, au point que la *Literatournaïa Gazeta* fut taxée d'irresponsabilité pour avoir laissé paraître dans ses colonnes des textes d'orientation aussi formalistes [23] ». Sans compter le beau livre *Maïakovski*, publié par Chklovski en 1940, et accueilli négativement par les critiques marxistes qui y virent une exagération de l'orientation futuriste du poète (!) et une tentative de réhabilitation des théories formalistes. Relevons en outre le témoignage de Nadejda Mandelstam, cité par Richard Sheldon, selon lequel « en 1937, il n'y avait à Moscou qu'une maison où les réprouvés pouvaient toujours aller — celle de Viktor et Vassilissa Chklovski ».

Si l'on peut dire que l'activité littéraire de Chklovski a été gelée pendant les vingt années de la période stalinienne (à déplorer toutefois ses sinistres *Remarques sur la prose des classiques russes* de 1953), au profit essentiellement de son activité cinématographique, il n'en reste pas moins qu'il a jusqu'au bout [24] suivi l'exigeante « troisième voie » esquissée en 1926 dans son dernier roman.

Manon WALLER

1. V. Šklovskij, *O teorii prozy*, M., Federacija, 1925. Traduction française (G. Verret), L'Âge d'Homme, 1973.
2. B. Ejxenbaum, « Teorija "formal'nogo metoda" », 1925 ; republié dans *Literatura*, L., 1927.
3. R. Jakobson, « O češskom stixe… », Berlin, 1923, in *Questions de poétique*, Seuil, Paris, 1973.
4. V. Šklovskij, « Iskusstvo kak priem », *Sborniki po teorii poetičeskogo jazyka*, P., 1917, republié in *O teorii prozy*.
5. V. Šklovskij, « Parodijnyj roman — Tristram Šendi », in *O teorii prozy*.
6. V. Šklovskij, *Xod konja*, Berlin, 1923. Traduction française (M. Pétris), *La Marche du cheval*, Paris, 1973.

7. V. Šklovskij, *Sentimental'noe putešestvie — Vospominanija 1917-1922*, Berlin, 1923, p. 35. Toutes les citations se réfèrent à cette édition. La traduction française de V. Pozner (1925, réédition Gallimard 1963) est tronquée de 118 pages parmi les plus fortes et les plus contestataires de l'œuvre.
8. Tous ces articles seront republiés dans *O teorii prozy*, op. cit.
9. V. Šklovskij, *Zoo*, Berlin, Gelikon, 1923. (Traduction française : *Zoo*, trad. Paul Lequesne, L'Esprit des péninsules, Paris, 1998.)
10. M. Proust, cité par G. Genette, « Métonymie chez Proust », in *Figures III*, Paris, Seuil, 1972.
11. G. Genette, *ibid.*
12. La censure, elle, ne s'est pas méprise sur le sens de ce passage, qu'elle a supprimé des 4e et 5e éditions (Moscou, 1964 et 1969).
13. B. Ejxenbaum, *op. cit.*
14. *Pečat'i revoljucija*, 1924, n° 5, « K sporam o formal'nom metode ».
15. V. Šklovskij, *Tret'ja Fabrika*, M., Krug, 1926, p. 16. Toutes les citations se réfèrent à cette édition. (Traduction française : *La Troisième Fabrique*, trad. Valérie Posener et Paul Lequesne, L'Esprit des péninsules, Paris, 1999).
16. Boris Eichenbaum définissait ainsi le *skaz* : « J'appelle *skaz* la forme de prose narrative qui dans son vocabulaire, sa syntaxe et le choix des intonations est orientée vers le dicours oral du narrateur. » Cf. p. 207 du présent numéro d'*Europe*.
17. V. Šklovskij, *Tret'ja fabrika*, « Lettre à Tynjanov », p. 100.
18. « V zaščitu sociologičeskogo metoda », *Gamburgskij sčet*, L., 1928, p. 30. L'article fut d'abord publié dans *Novyj Lef*, 1927, n° 3 et 4.
19. V. Erlich, *Russian Formalism. History. Doctrine*, The Hague, Mouton, 1969, p. 122.
20. V. Erlich, *op. cit.*, p. 137
21. R. Sheldon, « Viktor Šklovskij and the device of ostensible surrender », *Slavic Review*, 1975, vol. 34, n° 1.
22. M. Gelfand, « Deklaracija tsarja Midasa, ili čto slučilos' s Viktorom Šklovskim », *Literaturnaja Gazeta*, 1930, 9.
23. R. Sheldon, *op. cit.*, p. 107.
24. Paraissent, en 1981 son dernier recueil d'articles de critique littéraire *Energija zabluždenija* (republié en 1983), et en 1984, quelques mois avant sa mort, une ultime *Théorie de la prose*.

LE VOYAGE DE VIKTOR CHKLOVSKI

Il est des hommes bénis. Contre eux, les époques maudites sont sans pouvoir. Ils les traversent dans une innocence singulière. Mêlés aux guerres et aux révolutions, appartenant à des milieux directement engagés dans les excès et les crimes de l'histoire, ils y demeurent sans tache. Ils aident les persécutés sans en pâtir, les malheureux, sans se compromettre et servent les causes les plus dangereusement ambiguës sans donner prise au soupçon ni au blâme. Tel fut, en URSS, le fabuliste Korneï Tchoukovski, tel Boris Pasternak jusqu'au *Docteur Jivago*, et tel Viktor Chklovski. En le relisant comme il le mérite, on parviendra peut-être à surprendre le secret de cette grâce.

Deux livres peuvent nous guider. Ils représentent les deux pôles de l'œuvre : *Voyage sentimental* paru à Berlin en 1923 (Gallimard, Paris, 1963) où un jeune homme raconte guerres et révolutions, *La Théorie de la prose* (L'Âge d'homme, 1973) où « le père du formalisme russe » expose sa vision de la littérature sans craindre, bien que l'on soit à Moscou en 1929, qu'elle soit en radicale opposition avec les théories marxistes qui dominent l'époque. On ne saurait trouver deux genres plus différents : autobiographies violentes, ici, où les massacres tiennent lieu d'éducation sentimentale et, là, un recueil d'essais d'un professeur éminent sur « le problème du changement des formes littéraires ». Pourtant, un même style s'impose ici et là, avec une vigueur qui frise l'arbitraire. Si grande son originalité, si directement liée à la force d'une personnalité que l'on est conduit à se demander si la théorie formaliste est issue d'une vision et d'une expérience ou si, au contraire, celles-ci ont été élaborées et interprétées pour satisfaire aux dogmes de celle-là.

Que l'on accepte le voyage ou l'invitation à la recherche des formes, le ton frappe avant tout chose. Il est d'une singulière liberté par rapport à la chanson — qu'elle évoque les cadavres mutilés des combats de rue ou les méandres de *Tristram Shandy*. Plus neuve qu'ailleurs dans les lettres russes, sa désinvolture a peut-être pour antécédents Onéguine et ses considérations sur les plaisirs du duel. Elle s'affirme par le contraste qu'elle forme avec le tragique du *Voyage* ou l'érudition de la *Théorie*. Ici et là, on a choisi librement le sujet et l'expérience. Rien n'obligeait le jeune Chklovski (il a vingt-quatre ans) à s'engager comme commissaire politique aux armées — pas même la foi politique ; rien n'obligeait le professeur à peine plus âgé à choisir ou créer une vision poétique qui le contraignait à prendre le plus au sérieux la désinvolture même, telle qu'elle se manifeste dans la digression, l'insolite, l'incongru. Dans un cas comme dans l'autre, il s'agit d'évidence d'une attitude morale que l'on peut nommer le *détachement*.

Elle ne ressemble en rien à l'indifférence. *Voyage sentimental* est bien le récit d'un engagement, mais qui refuse l'identification et garde ses distances. Chklovski est du parti de la révolution par humanisme ; mais cet humanisme reflète une conception de l'homme qui contredit l'histoire, s'écarte de la réalité et la juge. Il prend, excellent mécanicien, le commandement des automitrailleuses de Pétersbourg, dans le ferme et paradoxal espoir qu'elles ne tueront personne. Il espère aussi que sous l'égide de Kérenski, bien qu'on le devine « à bout de force et condamné », la guerre sera poursuivie jusqu'à la victoire et une paix « sans annexion, ni contribution » que les Alliés refusent : « Qu'ils soient maudits » s'exclame l'auteur dans l'un des rares moments du livre où il perd son détachement. Pour les horreurs de la guerre, comme à l'égard des luttes intestines qui déchirent les bolcheviques, menchéviques, socialistes-révolutionnaires, il garde une distance morale tout en se jugeant tenu de participer activement au combat social et d'accepter, pour une cause qu'il se refuse à définir, tous les dangers.

Cette attitude crée un style à sa mesure. L'incohérence des choses et des événements auxquels on demeure cependant fidèle, trouvera à s'exprimer dans le choix des incidents relatés, dans les répétitions qui sont comme des ancrages au sein d'une tourmente, dans les digressions qui miment la réalité ou, au contraire, expriment la liberté que l'on garde à son égard en refusant un rationalisme respectueux de l'ordre et des lois d'apparition et d'exposition de l'événement. « Je proclamerai avec une énergie farouche que nos vies appartenaient à la révolution » avoue l'auteur pour se reprendre aussitôt : « À l'époque, je ne méprisais pas encore les mots comme je le fais aujourd'hui. »

Le professeur Chklovski, miraculeusement préservé, va pourtant consacrer sa vie aux mots. D'évidence, il ne les méprise pas. Grièvement blessé, il ressent le bonheur d'avoir « porté sa charge jusqu'au bout ». C'est aussi que « quand on porte sur les épaules un blessé, il ne voit que le ciel et les arbres ». On ne saurait proposer une image meilleure du détachement.

De même qu'il a inventé et imposé un style, le détachement impose une vision de l'histoire : « Le peuple russe s'est expliqué la débâcle du pays en inventant le bolchevisme comme on invente un rêve. Les bolcheviques ne sont pas responsables de ce qu'on les ait rêvés. » Il semble que, pour reprendre la distinction freudienne, la suite des événements manifestes est seulement la révélation d'événements latents. Latente, la débâcle de l'ancien régime ; latente, la révolution que bolcheviques et péripéties militaires manifestent. On ne peut se soustraire au rêve manifeste, mais le détachement et son style nous enseignent à écouter, deviner, surprendre et mimer le rêve latent. Le changement de paysage n'est que changement de décors. La pièce demeure la même en Azerbaïdjan et en Ukraine : sous la manifestation du cauchemar se trouvent les mêmes vérités. On pille, on brûle, on tue. Si le sens des affrontements et des crimes demeurait saisissable en Galicie où ils reflétaient des conflits nationaux et sociaux modernes, il devient imperceptible dans le Caucase où ces mêmes violences expriment des haines ethniques et religieuses dont les causes se perdent dans la nuit des temps. Le style se voit confirmé dans sa vision. Un exposé logique et construit ne pourrait que trahir le chaos insensé qu'il faut relater. À l'égard des lois d'exposition et de communication, il faut garder le même détachement — brûlant par l'émotion, l'engagement, la pitié ; glacé par le refus d'identification et de participation sentimentale — que l'on a observé face aux événements. « Le spectacle qui portait le titre de “Russie” prenait fin au Caucase. »

En 1922, en Finlande, Chklovski émigré mais préparant son retour, regarde « passer le printemps » en se reprochant de n'avoir pas su « laisser passer » de même la révolution ! « Les mobiles qui me faisaient agir, m'étaient extérieurs. » Au moment où il sautait sur une bombe qu'il désamorçait, une pensée, dont il croyait que c'était la dernière, l'avait traversé : « *Le sujet en tant que phénomène de style...* sans moi, qui l'écrira ! » Ce sera bien lui. Il a survécu.

*

On l'a dit : il serait vain de s'interroger pour savoir si l'expérience dictait la vision, de telle sorte que le détachement serait l'enfant de guerre et de révolution, ou bien si, au contraire, une vision ayant des racines plus archaïques précédant l'expérience, l'aurait structurée. On ne peut que souligner que la plus cruelle des guerres et des révolutions a été vue, représentée, relatée par *Voyage sentimental* dans un style qui emprunté, par l'aveu de l'auteur et le choix de son titre, aux calmes retraites des clergymen anglais du XVIIIe siècle, paraît le moins propre au sujet traité. Comme elles le furent dans le domaine moral, cette distance et cette opposition sont à l'origine de la réussite esthétique. Même le formaliste convaincu devra convenir que parler des massacres du Caucase, des bombardements de l'Ukraine, sur le ton et dans un style hérité des digressions de Sterne, n'est pas conforter ou imiter le vicaire de Coxwold, mais bien le contredire. La blessure de l'oncle Toby au siège de Namur n'est évoquée par celui-ci que pour éliminer la tragédie en la prenant dans le filet si dense d'un bavardage irresponsable, qu'elle disparaît derrière l'horizon de l'esprit et de la sensibilité pour devenir inconcevable ou, mieux, ne relever que des détestables manières des continentaux. Le succès de Sterne parmi ses contemporains, malgré la nouveauté de son style et, avouons-le, l'ennui de ses digressions sans fin, s'explique, en partie au moins, par la nouvelle démonstration qu'il donnait de l'intuition majeure de la sensibilité anglaise : toute réalité est faite du tissu où se taillent les rêves — *« Such stuff as dreams are made on... »* D'évidence, c'est la vérité opposée que Chklovski affirme quand, après une digression digne du bon vicaire, consacrée aux détails atroces d'une amputation, il conclut sur un ton que Sterne pourrait lui envier : « Si cette description vous déplaît, ne faites pas la guerre. »

On peut lire dans la *Théorie de la prose* que « le contenu idéologique de l'art est... une manifestation de la forme » et que l'« on oppose une pensée à une autre comme un mot à un autre mot ». À première vue, *Voyage sentimental*, si soucieux de morale et de justesse de pensée, démontre le contraire. Son style n'en demeure pas moins provoquant et ressemble non tant aux auteurs que le critique analyse qu'aux analyses qu'il en fait. Quand on apprend que « l'art est le moyen de vivre la chose en train de se faire », on reconnaît le voyage que l'on vient d'accomplir. Guerres et révolutions étaient bien en train de se faire et de se défaire sous nos yeux, en évitant toujours, comme le récit de Sterne, d'être faits. De même « la représentation insolite » a permis en Galicie ou au Caucase, d'accuser le trait en lui donnant un sens inattendu, ou en l'en privant, de telle sorte qu'on ne le reconnaisse pas trop vite et qu'il puisse blesser. Il faut se *détacher* pour sentir et voir afin de donner à sentir et à voir. L'adhésion, la participation étouffent le spectacle. Faire voir serait le contraire de faire reconnaître. L'incongru joue un rôle essentiel pour rompre les habitudes de la perception, brusquer l'intelligence et la sensibilité — tout comme « le tour insolite », en privant l'événement de son sens, le fait surgir dans sa neuve nudité. La digression enfin permet de révéler la nature même de la narration dans son étrangeté et, en imposant sa liberté, en dénonçant et secouant le joug des conventions narratives, ou même le despotisme du sens, de dévoiler dans sa fraîcheur en même temps que l'objet du récit sa nature propre. Dans « la destruction des formes courantes » le souci esthétique de faire surgir et voir rejoint les préoccupations morales qui poussent à retrouver sous le poids des conventions, un rapport juste entre les hommes.

Il semble bien que toutes ces notions puissent être ramenées au concept, qui deviendrait alors central pour le formalisme, d'*ostraniénié*, soit : rendre étrange, écarter pour rendre étranger. Afin de parvenir à cet écart avec le réel dans l'œuvre, l'auteur doit commencer par s'écarter de ce qu'il a à dire ou représenter et à reconnaître son étrangeté. Il convient donc de prendre ses distances par rapport au réel, mais non pour le fuir ou le trahir. Tout au contraire pour lui demeurer fidèle. Le détachement se propose de le reconnaître lavé de ses conventions, de le dévoiler, de le servir, de le consacrer par la représentation. Même s'il prétend l'ignorer, l'*ostraniénié* esthétique devient un détachement moral et bientôt une morale du détachement, qui se propose de tenir le réel à une juste distance de la conscience, là où il peut être vu, jugé, servi sans confusion avec le témoin, sans qu'on lui prête des sentiments, le corrompe par des préjugés, le limite par les conventions intellectuelles et sentimentales que, prisonnier de sa propre histoire, de son époque, de son idéologie, l'homme cherche à lui imposer.

Sans doute l'*ostraniénié* esthétique et son détachement moral, parce qu'ils ont pour moyen la distance, peuvent paraître assez proches, tant pour le mode de vivre que pour celui de peindre et raconter, de la distanciation de Brecht ou des principes que développe Diderot dans son *Paradoxe du comédien*. L'écart proposé est identique. Le rôle qu'on lui attribue est le même. Mais les fins poursuivies sont très différentes. La distanciation n'est prise que pour mieux désigner et dénoncer. L'espace affectif qu'elle ménage est celui qui est nécessaire à l'index de l'accusation. Elle se propose en imposant une perspective sentimentale, de mieux désigner le coupable. De son côté, le comédien de Diderot, s'il abjure la sensibilité pour faire du sentiment qu'il doit non pas ressentir mais représenter, un objet d'étude, c'est en vue d'un succès personnel. Comme le montre le parallèle auquel l'auteur du paradoxe a recours, l'homme qui « se possède » est l'homme supérieur. Il va bientôt dominer les autres. « Tous les hommes de génie sont au parterre » pour mieux observer, car dans le monde comme sur scène « le manque absolu de sensibilité prépare les acteurs sublimes ».

Le détachement de Chklovski au contraire, ne se propose ni l'accusation, ni la domination, mais seulement la découverte ou la révélation. De même que la digression rend sensible à l'existence du récit en tant que tel, que l'insolite fait apparaître l'altérité du réel, l'*ostraniénié* rend à la sensibilité et à la morale, le monde dans sa fraîcheur et dans sa nouveauté. En le dégageant des voiles de la convention, en le libérant des chaînes de la causalité, des règles de la construction et de la communication, le détachement rend au monde sa douloureuse et, parfois, terrifiante innocence. C'est pourquoi le *Voyage sentimental* en libérant la guerre et la révolution des normes de la morale, de l'échelle des valeurs des conventions narratives, de tout l'ordre enfin que l'homme impose au réel pour s'en protéger, nous les fait revivre dans une redoutable fraîcheur.

Pourtant, n'en déplaise au « formaliste » auteur de ce chef-d'œuvre, son inspiration n'a rien de formel. Le but proposé par le détachement n'est-il pas la découverte du monde dans son innocence ? Pour le découvrir tel, il faut lui ressembler — c'est-à-dire retrouver un rapport innocent aux hommes et aux choses. Ce n'est certainement pas un hasard, ni un caprice de forme qui conduit Chklovski à conclure son voyage sur l'éloge de l'homme qui sauva des enfants et de celui qui sauva les automobiles — c'est-à-dire sur l'éloge de la pitié et du travail. On aimerait croire que c'est dans cette innocence redécouverte par la vertu du détachement que résidait la grâce qui aura protégé Chklovski des horreurs de la guerre et de celles du stalinisme.

Jean BLOT

LA CORRESPONDANCE DES FORMALISTES

Malgré le long interdit dont il a été frappé en URSS, le formalisme russe (1915-1930) a largement survécu à son époque et a connu une seconde vie surprenante aussi bien dans son pays qu'à l'étranger. Grâce à la médiation de Roman Jakobson et porté par la vague structuraliste des années soixante, il fut assez largement diffusé en Occident et figure aujourd'hui parmi les courants majeurs de la théorie littéraire du XXe siècle [1]. Il a semble-t-il assez bien résisté à certaines distorsions dont fut entourée sa redécouverte et, malgré le recul généralisé des préoccupations théoriques en sciences humaines, le mouvement continue à fasciner. La revue de critique littéraire russe la plus prestigieuse, *Le Nouveau Panorama littéraire*, vient de lui consacrer un important dossier critique dans le numéro anniversaire (n° 50) de ses dix ans d'existence.

Une des raisons de cet intérêt tient peut-être au caractère véritablement collectif de la recherche du groupe, ce dont témoigne l'usage persistant du mot même de formalisme. Le terme, on le sait, est impropre et avait été donné au mouvement dans un but largement dépréciatif. Historiquement, il serait préférable de parler de la « Société d'étude du langage poétique » de Petrograd (OPOÏAZ) et du Cercle linguistique de Moscou (MLK), mais il semble plus commode de garder l'appellation collective de formalisme. Elle renvoie à un véritable groupe, réunissant plusieurs chercheurs de même envergure, travaillant à partir de postulats communs, chacun gardant pourtant son individualité. Cette impression concerne en priorité le noyau pétersbourgeois du groupe, Viktor Chklovski (1893-1984), Boris Eichenbaum (1886-1959), Iouri Tynianov (1894-1943). Leurs travaux contiennent des références constantes aux écrits de chacun d'entre eux et portent des dédicaces éloquentes. Ils interviennent publiquement ensemble en plus d'une occasion et abordent souvent au même moment et en termes semblables les mêmes sujets. Or, cette proximité intellectuelle reposait sur une solide amitié qui s'apparente à un véritable « fait littéraire » et dont leur correspondance comme le journal d'Eichenbaum apportent aujourd'hui une preuve exemplaire [2].

Ce qui reste aujourd'hui des lettres échangées par Chklovski, Eichenbaum, Tynianov n'est sans doute qu'une partie infime d'un ensemble épistolaire beaucoup plus vaste [3]. Cependant, même réduite, la « correspondance des formalistes » présente un intérêt scientifique inestimable, nous renseignant sur la genèse de nombreux travaux du groupe et nous éclairant sur les véritables rapports de ses principaux membres. Ces lettres sont aussi de très belles pages de prose et surtout un remarquable témoignage humain, preuve de l'attachement très fort qui unissait les trois hommes, mais où l'on devine aussi la marque impitoyable du temps et de l'histoire [4].

À quand remonte le début de leur amitié ? Sans doute à l'année 1918, si l'on en croit l'autobiographie de Tynianov, et c'est Chklovski en tant que figure de proue de l'OPOÏAZ qui en est le principal artisan. Dès 1919, Eichenbaum publie dans la revue du groupe *Poetika*, son étude désormais classique, « Comment est fait *Le Manteau* de Gogol », sa profession de foi formaliste en quelque sorte et, dans les années à venir, c'est lui qui assumera le rôle de défenseur officiel du mouvement. Le premier travail de Tynianov à paraître sous la griffe de l'OPOÏAZ en 1921 est son étude *Dostoïevski et Gogol. Pour une théorie de la parodie*, datée de 1919 dans *Archaïstes et novateurs* (1929). À la différence d'Eichenbaum, plus âgé, qui avait déjà derrière lui tout un passé critique et des années d'échange intellectuel avec Viktor Jirmounski (1891-1971), son rapprochement de l'OPOÏAZ n'a certainement pas été vécu en termes de rupture, ce qui ne signifie pas pour autant que l'attachement à Chklovski ait été moindre.

Quand ils rejoignent l'OPOÏAZ, Eichenbaum et Tynianov sont des philologues de formation, spécialisés dans l'étude de la littérature russe, et auxquels l'émancipation des Juifs de l'ex-Empire offre désormais la possibilité d'embrasser une carrière universitaire. Ils n'ont pas fait partie du noyau initial du groupe qui s'est constitué en 1915-1916 [5] autour de Chklovski et rassemblait essentiellement des linguistes, Lev Iakoubinski et Evguéni Polivanov, et des figures proches du futurisme, comme Ossip Brik. Pourtant, leur arrivée (comme celle de Boris Tomachevski) sera déterminante et assurera au groupe un large rayonnement, grâce à leurs publications et à leur enseignement à l'Institut d'Histoire des Arts, la « citadelle » du formalisme pétersbourgeois dans les années vingt. En même temps, leur spécialité imprimera forcément sa marque au mouvement qui s'oriente alors davantage vers les études littéraires. Leur formation universitaire ne doit pas nous faire voir en eux des personnalités ternes et académiques. L'Université de Saint-Pétersbourg dans les années 1910 était toute pénétrée par la formidable renaissance artistique du début du siècle et par de nombreuses tendances préformalistes. Comme Chklovski, Eichenbaum et Tynianov étaient très liés à la vie artistique de leur temps, connaissaient de nombreux écrivains et poètes, eux-mêmes écrivaient des vers. Tout leur parcours, en plus de leur origine culturelle commune, les destinait sans doute à se rencontrer et à se comprendre, mais leur amitié a vraiment constitué quelque chose d'exceptionnel et est restée pour chacun un fait majeur de leur biographie. L'installation de Chklovski à Moscou après son exil berlinois [6] a été par eux tous douloureusement ressentie, ce qui explique le ton unique de ces lettres, émaillées de protestations d'amitié répétées.

Chklovski à Tynianov : « Je t'aime beaucoup et ne vais pas à Pétersbourg quand tu n'y es pas. » (15 novembre 1928). « Je t'aime, Iouri… » (février 1934). « Je m'ennuie beaucoup de toi et de Boris [Eichenbaum]. » (mai 1935). « Je t'embrasse. Tu sais combien je t'aime. » (28 mars 1937). « Je t'aime beaucoup, Iouri. » (22 octobre 1938).

Tynianov à Chklovski : « Tu sais combien je t'aime. » (26 octobre 1923). « Tu es mon premier amour et on ne peut rien y faire. » (fin 1927-début 1928). « Je t'aime beaucoup et suis constamment fier de toi. Ma vie n'aurait pas été réussie si je ne t'avais rencontré. » (20 août 1929).

Chklovski à Eichenbaum : « Je t'aime beaucoup. » (11 décembre 1928). « Ainsi nous sommes amis et nous nous querellons depuis 25 ans. » (21 février 1940).

Eichenbaum à Chklovski : « Nous sommes tous trois tellement soudés par l'histoire que nous n'avons pas l'esprit à nous faire des objections réciproques. » (25 juin 1925). « Je ne vois pratiquement que Ioura. » (30 décembre 1927). « Vous deux mis à part, je n'ai personne. » (8 février 1932).

Bien sûr, ces déclarations peuvent être considérées comme de simples formules, mais elles s'ajoutent à bien d'autres signes.

Chacun suit très précisément le travail des deux autres, le commente, le critique à l'occasion, y apporte sa contribution. Ils ont de nombreux projets communs, se font part de leurs trouvailles et partagent leurs possibilités éditoriales, sans oublier bien entendu leurs appels à l'aide pour toutes les choses de la vie (voyage de Tynianov à Paris en 1936) ou les drames de l'histoire (démarches pour le frère de Kavérine arrêté en 1937, renseignements sur le sort du fils d'Eichenbaum pendant la guerre). La correspondance Chklovski-Tynianov est traversée d'allusions parfois voilées au sort de Vladimir Chklovski (exécuté en 1937 [7]).

Entre eux trois, les relations n'étaient pas tout à fait de même nature. Le pôle attractif principal était Chklovski auquel Tynianov et Eichenbaum étaient l'un et l'autre très attachés, chacun à sa manière (ils avaient un projet de livre sur lui en 1929). En ce qui concerne Tynianov et Eichenbaum, il est sans doute plus exact de parler d'estime réciproque que d'amitié. Les rapports entre Eichenbaum et Chklovski étaient vraisemblablement les plus constants et se sont trouvé renforcés par la mort prématurée de Tynianov en 1943, par la disparition au front de leurs fils pendant la Seconde Guerre mondiale. Quant à Tynianov et Chklovski, ils étaient liés par une « amitié au sens fort, voire hostile du mot [8] ». Ainsi toutes les déclarations d'affection citées plus haut interviennent-elles souvent après des brouilles qui, en certains cas, pouvaient prendre des formes assez violentes, comme après l'article de Chklovski de 1932 « La fin du baroque » (presque deux ans d'interruption dans la correspondance) qui, critiquant l'évolution récente de la littérature russe, n'épargnait pas Tynianov et son dernier récit, *Une majesté de cire* [9]. Dans un de ces « récits non-écrits », Tynianov nous a peut-être livré la façon dont il voyait ses rapports avec Chklovski.

> *Mon ami V. C.* [Viktor Chklovski] *se promenait avec moi à Moscou. Ici et là des braseros étaient allumés, des policiers s'y réchauffaient les mains.*
>
> *— Iourik, tu seras plus célèbre qu'Alexis Tolstoï dans trois ans.*
>
> *À l'angle du boulevard de Tver et de la rue de l'Annonciation, il a commencé à se plaindre :*
>
> *— J'ai affreusement faim, j'ai envie de manger.*
>
> *Il m'a très habilement arraché le bras et a commencé à le faire rôtir au-dessus d'un feu, l'air absent et ayant visiblement oublié mon existence. Je le regardais et je n'avais pas mal.* [10]

De façon très significative, ce projet qu'on a peine à dater avec exactitude avait d'abord été précédé de l'indication « rêve », barrée, par la suite ! Cependant l'attachement de Tynianov à Chklovski restait extrêmement fort, y compris après l'épisode de 1932 [11].

La « correspondance des formalistes » étant incomplète, il est un peu aléatoire de se livrer à des remarques générales. Cependant, le caractère de leurs lettres change à partir de la moitié des années trente. Dans les années vingt, ils se livrent à de véritables échanges scientifiques. Leur dialogue est extrêmement dense et nourri de nombreux projets communs, pas toujours réalisés. Ensuite, le ton est plus neutre, simplement informatif et la part d'indications simplement pratiques, matérielles et familiales y devient prépondérante [12]. Ainsi, après un pic entre 1927 et 1930 au moment des projets de relance de l'OPOÏAZ, la correspondance entre Tynianov et Chklovski, qui chute en 1932-1934, reprend-elle en 1935-1936, quand Tynianov essaie de partir se faire soigner à Paris et fait appel à l'aide de son ami. Comme souvent d'autre part quand on a affaire à des documents privés, correspondance ou journaux d'intellectuels russes de la même époque, on trouve, pour des raisons parfaitement compréhensibles, peu d'allusions politiques [13]. Eichenbaum informe bien Chklovski des menaces qui pèsent sur son travail à la fin des années vingt. Chklovski ou Tynianov parlent des réprimés. Mais, plus généralement, la correspondance comporte peu de renseignements sur la vie culturelle du pays et tourne autour d'un cercle assez restreint de préoccupations et de connaissances communes (Andronnikov, Kaverine, Kazanski, Khardjiev…). Les deux seuls événements littéraires majeurs évoqués par Chklovski sont la mort de Maïakovski et celle de Gorki. Indépendamment de considérations de prudence politique, il faut sans doute voir ici une illustration supplémentaire du repli sur la sphère privée, caractéristique de la vie intellectuelle de l'entre-deux-guerres en URSS et aussi peut-être tout simplement la marque de la très grande proximité des interlocuteurs. Entre amis, il n'est pas besoin d'être explicite : on se comprend à demi-mot. De ce point de vue, il faudrait soumettre ces lettres à une analyse stylistique serrée qui mettrait certainement en évidence la signification spécifique, ou même codée de certaines expressions, par exemple chez Tynianov « je m'ennuie » ou chez Chklovski « je suis fatigué ». Aussi l'essentiel de cette correspondance concerne-t-il ce qui est pour eux capital : leur recherche, l'OPOÏAZ au sens le plus large.

Une des raisons de l'existence de ces lettres est l'installation de Chklovski à Moscou après son exil berlinois et la volonté de Tynianov et Eichenbaum, restés à Petrograd, de continuer avec lui leur dialogue. Ils l'informent donc de ce qu'ils ont écrit, lui demandent à l'occasion de les aider à publier et lui font aussi des propositions de collaboration à des entreprises léningradoises. Mais, comme on sait, après le retour de Chklovski, l'OPOÏAZ n'a jamais vraiment repris d'existence. Chklovski s'est rapproché du LEF [14] de Maïakovski et a vite été absorbé par son activité cinématographique (sa « troisième fabrique »). Ses travaux de critique littéraire de la fin des années vingt révèlent, en outre, des tentatives pour associer analyse formelle et approche sociologique. Aussi avait-on tendance à considérer qu'après 1922 Chklovski ne jouait plus un rôle central dans l'histoire de l'OPOÏAZ [15]. Il se serait même engagé dans la voie douteuse d'un compromis avec le marxisme qui allait le conduire tout droit à son autocritique de janvier 1930, « Monument à une erreur scientifique [16] ».

Or, la lecture attentive de ces lettres nous donne un peu une autre image. Certes, le comportement et les déclarations de Chklovski peuvent laisser l'impression qu'à partir du milieu des années vingt il n'a plus la même assurance que lorsqu'il prenait la parole au « Chien errant » en 1913.

> *Je vis mal. Ma vie est terne et blafarde comme à l'intérieur d'un préservatif. À Moscou je ne travaille pas. La nuit, je fais des rêves coupables. Je n'ai pas de temps à consacrer à un livre.* […]
>
> *Je suis employé à la troisième fabrique de Goskino à remanier des films. Ma tête est tout entière encombrée de bouts de pellicule. Comme le chutier de la salle de montage. Existence fortuite.*
>
> *Gâchée peut-être. Je n'ai pas le courage de résister à l'époque et peut-être n'est-ce pas nécessaire. Peut-être l'époque a-t-elle raison. Elle m'a façonné à sa manière.* [17]

Cependant, il n'est pas le seul à s'interroger sur ce que doit être sa place dans la vie intellectuelle de la NEP. Au même moment, Boris Eichenbaum connaît un accès de découragement. Il est lassé par leur approche formaliste et aspire à du neuf. D'une façon générale, il semblerait que le potentiel des premières déclarations du groupe soit épuisé et que, pour poursuivre, il faille redéfinir, modifier ou compléter les prémices : « Vitia a raison de dire que nous devrions écrire à nouveau des livres incompréhensibles. Pas sur l'intrigue, pas sur la composition, mais sur quelque chose d'autre. » (Eichenbaum, Journal, janvier 1925)

Ce « quelque chose d'autre » se dessine rapidement comme l'ensemble des problèmes relevant de l'histoire littéraire. Un premier pas avait été esquissé par Tynianov dans l'article de 1924, « Du fait littéraire », qui posait la question de la succession des étapes en littérature et de leurs rapports avec les autres séries de phénomènes. Désormais, la réflexion sur l'évolution littéraire est au cœur de leur correspondance. Il est même envisagé d'écrire une histoire de la littérature russe en commun : « Vitia est venu pour deux jours. Nous avons passé la soirée chez moi, avec Iouri. Nous avons beaucoup parlé. De notre future histoire de la littérature. Ce serait vraiment quelque chose ! » (Journal d'Eichenbaum, 15 mai 1928).

Aussi, les livres de Chklovski, *Matériau et style dans le roman de Tolstoï « Guerre et Paix »* (1928), *Matveï Komarov, habitant de la ville de Moscou* (1929), les études d'Eichenbaum sur la « vie littéraire » (*lit. byt*), parues dans *Mes annales* (1929), son *Tolstoï* (1928), le grand article théorique de Tynianov sur l'évolution littéraire (1927) etc. sont-ils un peu les premières pierres de leur futur grand travail collectif et sont-ils à interpréter comme relevant d'un même projet de réflexion sur l'histoire de la littérature. Malgré des différences incontestables, tous ces travaux ont en commun de réintroduire le hors-texte et de cesser d'envisager la littérature comme une série parfaitement autonome de phénomènes. Certains voudront y voir une « capitulation » devant le sociologisme, une façon de céder à la pression de l'époque. D'autres insisteront au contraire sur le caractère inévitable de cette évolution : il est sans doute impossible de répondre à cette question, les pressions extérieures finissant souvent par être parfaitement intériorisées. Mais, il me semble important de souligner que ces publications formalistes de la seconde moitié des années vingt, souvent interprétées par la critique comme la manifestation d'une crise ou d'un essoufflement intellectuel, s'appuient néanmoins sur un regain de réflexion théorique et peuvent tout autant être considérées comme point de départ d'une nouvelle étape de recherche du groupe [18]. Les lettres de la fin des années vingt nous révèlent aussi l'existence d'une tentative très sérieuse de relance du groupe, autour d'une base théorique nouvelle dont le célèbre texte, écrit en commun par Tynianov et Jakobson à Prague en 1928, « Problèmes des études littéraires et linguistiques », traçait les contours. Dans son édition russe originale, l'article s'achevait de façon explicite par un appel à la « restauration de l'OPOÏAZ sous la présidence de Viktor Chklovski [19] », passage supprimé (comme l'ensemble du point 9) dans les traductions en français et anglais de cet article.

Ce n'était pas la première fois qu'Eichenbaum et Tynianov avaient incité Chklovski à reconstituer leur groupe, mais jusqu'à présent leur proposition était restée lettre morte, ce qui n'avait certes pas empêché le maintien des bonnes vieilles traditions de l'OPOÏAZ. En 1928, deux éléments poussent Chklovski à envisager très sérieusement de redonner à leur amitié un « caractère statutaire [20] » : sa rupture avec le LEF, qui, selon lui, leur ouvre des possibilités éditoriales, mais surtout la reprise des échanges avec Jakobson et l'éventualité de son retour en URSS [21]. Ce n'est qu'après avoir reçu sa lettre historique du 14 novembre 1928, véritable acte de foi en la fécondité théorique du formalisme, que Chklovski semble définitivement acquis à l'idée d'une relance (lettre à Tynianov du 5 décembre 1928). Jakobson avait écrit à Chklovski : « Je me languis de toi jusqu'à en être physiquement mal. Est-ce vraiment sûr que tu ne puisses venir en Occident ? […] En vérité, le travail des formalistes ne fait que commencer […], avant, nous travaillions à l'aveuglette, pour nous tous ce furent des années d'apprentissage et maintenant alors que les problèmes sont terriblement clairs, c'est la débandade. Le plus terrible, ce sont les désaccords […]. Et les départs qui ne signifient pas une crise de méthode — il n'y en a aucun symptôme, au contraire les convergences avec les méthodes de tous les novateurs de tous les domaines scientifiques d'aujourd'hui […] montrent que notre voie était exacte, tout à fait en accord avec l'orientation de toutes les sciences actuelles. Les départs ne signifient pas une crise du formalisme mais une crise des formalistes […] [22] ».

Parmi les événements qui ont contribué à l'affaiblissement du formalisme figure très certainement en première place le départ de Jakobson pour Prague en 1920. Le linguiste était en effet président du Cercle linguistique de Moscou, qu'on peut considérer comme une société, très proche dans ses objectifs, de l'OPOÏAZ de Petrograd. Entre les deux groupes, il n'y avait pas vraiment de barrière ; nombreuses étaient les rencontres et interventions réciproques. Chklovski et Jakobson étaient surtout depuis 1916, date de leur première rencontre chez les Brik, deux très grands amis : « Toi et moi, nous étions comme les deux pistons d'un même cylindre. [23] » Au début des années vingt, le contact semble maintenu. Les travaux du linguiste sont recensés en Russie par les formalistes ; il publie deux ouvrages, dont un en collaboration avec P. Bogatyrev, sous la griffe OPOÏAZ / Berlin-Moscou. L'année d'exil de Chklovski permet aussi quelques rencontres. Cependant, les liens semblent ensuite se distendre, tant les contacts sont difficiles à maintenir. Après 1923, de l'entourage formaliste, seuls Brik et Maïakovski peuvent circuler en Europe. Jakobson cependant n'est pas oublié. Il est le grand absent, toujours présent en pensée dont le retour est ardemment désiré :

> *Je m'ennuie beaucoup sans toi.* […]
> *Pourquoi ne m'écris-tu pas ?* […]
> *Toi, Roman, tu es vrai. Tu connais bien le tchèque, tu connais beaucoup d'autres langues encore. Tu ne fais pas commerce de la science. Tu la préserves.* […]
> *Pour la deuxième fois, je t'invite à rentrer à la maison. Je n'irai pas te chercher.* [24]

Pour toutes ces raisons, la réapparition de son nom dans la correspondance des formalistes n'a pas de quoi surprendre, mais cette reprise de contact avait bénéficié d'un événement en apparence anecdotique, le voyage de Tynianov à Berlin pour raisons de santé à la fin de l'année 1928 [25]. Des lettres sont échangées. Une rencontre est organisée. Le 16 décembre, Tynianov fait au Cercle Linguistique de Prague un exposé sur l'évolution littéraire et surtout rédige avec Jakobson la nouvelle plate-forme du groupe, publiée *in extremis* dans le dernier numéro de la revue *Novyj Lef* de 1928 (parution effective début 1929) et distribuée aux principaux membres pressentis pour faire partie du nouvel OPOÏAZ (entre autres Boris Iarkho, Evguéni Polivanov, Sergueï Bernstein, Boris Tomachevski, Lev Iakoubinski, Ossip Brik). Chklovski espérait que leurs réponses permettraient de publier un livre, preuve de la vitalité de leur « bon sens collectif ». Mais, comme on sait, Jakobson n'est pas rentré, il n'y a pas eu de nouvel OPOÏAZ, ni de livre théorique, ni d'histoire collective de la littérature russe.

Fin 1928, début 1929, le climat n'était pas des plus sereins en URSS. Si la lutte contre les boukhariniens ainsi que le recours aux réquisitions à la campagne pouvaient à la rigueur ne pas les avoir touchés, la « révolution culturelle » avait bel et bien déjà commencé avec la prolétarisation des facultés dès 1927, le durcissement des attaques dirigées contre les compagnons de route. Suite au procès de Chakhty en mai 1928, les premières mesures de persécution des cadres étaient perceptibles. Le démantèlement des cercles religieux et les premières purges de l'Académie des sciences avaient commencé fin 1928. En 1929, la situation continua à se détériorer. La campagne déclenchée contre les écrivains Pilniak et Zamiatine rendait caduque toute possibilité éditoriale. Les formalistes de Leningrad furent définitivement exclus de leur institut en 1930 comme « idéologiquement impropres à des fonctions de direction dans la préparation des cadres ». Quant à Polivanov, son intervention contre Marr en février 1929 l'avait contraint à se réfugier en Asie centrale. Il n'était donc plus question d'une relance de l'OPOÏAZ ou de tout autre groupe. Bien au contraire, le parti avait lancé une vaste campagne d'épuration de toutes les organisations et sociétés savantes existantes. Si Jakobson avait encore eu des hésitations, le suicide de Maïakovski en avril 1930 dut lui ôter toute illusion. Quand sous le choc de cette disparition, il écrit « La génération qui a gaspillé ses poètes », il rend bien sûr un vibrant hommage à la mémoire de son ami, mais adresse aussi un message indirect aux formalistes de Russie. Son adieu à la génération marque en termes voilés son renoncement définitif à un retour en URSS [26].

L'échec de cette relance tient donc sans doute en priorité à des raisons extérieures, mais il n'est pas sûr non plus, à en juger par certaines réponses, que les membres pressentis pour faire partie du dernier OPOÏAZ aient tous adhéré à sa nouvelle plate-forme (S. Bernstein, par exemple). On ne peut pas non plus ignorer que les thèses Jakobson-Tynianov de 1928, outre une attaque polémique ouverte contre Viktor Jirmounski (point 1), dénonçaient aussi en sourdine l'orientation récente de Boris Eichenbaum. Pour Chklovski et Tynianov, ses études sur la « vie littéraire » négligeaient une distinction, essentielle à maintenir selon eux, entre ce qui relève de la genèse accidentelle des phénomènes et ce qui fait système. La même erreur réapparaissait dans son *Tolstoï*, en particulier lorsqu'il croyait voir en Proudhon une des sources de *Guerre et Paix*. Plus généralement, Eichenbaum leur semblait revenir à un type de critique essayiste qu'ils avaient pourtant combattu. Ce moment fut douloureusement ressenti par Eichenbaum qui croyait avoir trouvé une issue à ses interrogations et pourtant se heurtait à la froideur de Tynianov et aux critiques de Chklovski. D'une façon tout à fait symptomatique, Chklovski ne parle qu'à Tynianov de son projet de relance, même si lorsqu'il propose la liste des futurs membres, Eichenbaum figure en 3, avec toutefois la précision « son livre sur Tolstoï ne me plaît pas [27] ».

Plus généralement, les lettres des années vingt nous renseignent sur de nombreux projets non réalisés, comme cette histoire de la littérature russe des XVIIIe-XIXe siècles qu'ils projetaient d'écrire en commun ; elles sont aussi émaillées de réflexions critiques ou théoriques qui jettent de précieux éclairages sur les recherches du groupe et sont autant de versions raccourcies de possibles articles théoriques.

Mais plus globalement, l'épisode du projet de relance de 1928-1929 comme l'ensemble épistolaire des années vingt font surtout apparaître la place de Chklovski sous un jour différent. Il reste bien le leader, celui qui sait donner corps aux idées, ne cesse de penser à une reprise du travail collectif et reste d'une impitoyable perspicacité critique. Eichenbaum et Tynianov ne veulent d'autre autorité que la sienne. Ils analysent très sérieusement ses dernières publications et c'est toujours à lui qu'ils s'adressent pour toute question d'importance. Ce rôle « interne » de Chklovski ne correspond pas vraiment à son image publique, distorsion qui aura tendance à s'accroître avec les années où de plus en plus, sa pensée donne l'impression de « se scinder en deux sphères absolument distinctes, une formaliste et l'autre pas [28] ». La correspondance fait précisément partie de cette sphère « formaliste » et ce jusqu'au bout. Ainsi oblige-t-elle à tempérer les jugements globalement les plus répandus sur Chklovski « ayant rendu les armes [29] ». Même Ju. Oksman qui, on le sait, ne passait pas pour être tendre, refuse d'opposer la production de Chklovski des années dix-vingt à celle des années trente-quarante et même cinquante-soixante : « Il a continué à donner des œuvres de première importance. Il s'est affirmé. [30] » Malgré les silences difficilement excusables des mémoires de Chklovski [31], c'est quand même à lui que s'adresse Viktor Jirmounski à l'aube des années soixante-dix pour qu'il consigne l'histoire de l'Opoïaz : « Tu restes aujourd'hui le dernier témoin de la glorieuse histoire de l'Opoïaz, lui écrit-il. Roman Jakobson déforme sciemment cette histoire, en la dessinant à son avantage dans les publications occidentales : comme si au départ, il y avait eu le Cercle Linguistique de Moscou, qui avait reçu en 1914 la bénédiction de… Chakhmatov ; ensuite seulement en 1916-1917 serait apparu l'OPOÏAZ. Très souvent je reçois la visite d'"historiens", soviétiques et étrangers, s'intéressant à nos jeunes années et soucieux d'établir des faits précis, mais moi je n'ai été qu'un observateur marginal, et encore pas toujours. En général, je leur conseille de s'adresser à toi, en leur disant que tu es le seul à savoir tout cela avec *précision*. Cependant tes mémoires (*Il était une fois…*) comportent une série d'inexactitudes, dues à ta volonté de "construction". Ne devrais-tu pas malgré tout (nonobstant tes goûts et tes habitudes) établir la liste chronologique des faits, des événements et des personnes, rédiger en quelque sorte "les travaux et les jours" de l'OPOÏAZ pour que soient conservés ces renseignements précieux qui bientôt seront perdus pour la mémoire historique ? [32] »

Quant à Chklovski, il n'a jamais cessé de croire à la force de ses premières idées. Comme il l'écrit à Eichenbaum le 21 février 1940 : « Et ainsi nous sommes amis et nous nous querellons depuis vingt-cinq ans. Le temps a passé, nous avons construit une science, de temps en temps nous l'avons oubliée, le sable l'a recouverte. Les élèves de nos élèves, les élèves de ceux qui nous contestent, nous redécouvriront. Quand on lavera les bibliothèques, on verra que nos livres pèsent lourd, qu'ils lancent des étincelles, d'or je l'espère, et ils se fondront tous ensemble. Et alors toi et moi, pour autant que je m'y connaisse, nous n'aurons pas à rougir devant la grande littérature russe. [33] » Chaque fois que Chklovski a cru voir se dessiner une possibilité de reconnaissance, il a agi, comme en 1932 [34], ou beaucoup plus tard pour les cinquante ans de *Poetika* en 1969.

Mais cette correspondance n'est pas seulement intéressante comme document, elle est aussi partie intégrante de l'héritage artistique des formalistes qui, très doués, ont pratiqué tous les genres, y compris la fiction. La lettre était pour eux un genre littéraire, occupant une place spécifique dans le système de leur œuvre comme de la littérature de l'époque, écho supplémentaire de leur propension à s'assimiler à la période pouchkinienne [35]. Lorsqu'ils jouissent encore d'une certaine reconnaissance sociale dans les années vingt, la lettre constitue pour eux une sorte de laboratoire qui recueille leurs idées les plus neuves avant même qu'elles se réalisent dans des études précises et qui bénéficient ainsi, grâce à l'échange épistolaire, des remarques de leurs plus proches interlocuteurs. Plus tard, lorsque se ferment toutes les possibilités d'exercice public de leur activité théorique et critique, la lettre prend sa signification forte de document personnel, propre à la sphère privée, échappant au contrôle de l'État et lieu où se poursuit en sourdine et de façon de plus en plus allusive leur dialogue formaliste. C'est ainsi que l'étude systématique de cette correspondance devrait permettre d'élargir considérablement l'étude de ce qu'on pourrait appeler le post-formalisme (années trente).

Pour Chklovski en particulier la lettre semble avoir toujours constitué un mode privilégié d'expression, à la fois scientifique et littéraire. Son slogan le plus constant : Écrivez des lettres ! Très tôt, il publie des lettres personnelles, comme celle à Jakobson en 1922 et n'hésite pas à en faire tout un livre, *Zoo*. En 1924, il pense déjà se servir de la lettre comme base d'un nouveau recueil théorique. Une partie de ses « lettres à l'OPOÏAZ » est ensuite utilisée dans *La Troisième Fabrique* (1926) et l'on pourrait multiplier les exemples. On retrouve là son physiologisme littéraire, sa capacité à tout transformer en littérature, si bien qu'il est difficile de délimiter dans son œuvre des genres différents. « La littérature lui est inhérente, comme la respiration, la démarche. Elle fait partie de son appétit. Il la goûte, il sait de quoi elle est faite et aime la préparer lui-même, en lui donnant les formes les plus variées. [36] » Et, comme premier « ingrédient », Chklovski prend ce qu'il a sous la main : lui-même, sa vie, ses relations professionnelles, amicales, sentimentales même. Et tout, de la moindre phrase au traité le plus savant est « esthétiquement significatif [37] ». Il ne s'agit pas seulement de son goût du paradoxe, de sa façon inhabituelle d'aborder les sujets. Sa manière de s'exprimer est absolument unique. C'est un système, une sorte de dialecte qui fonctionne constamment, quels que soient la question, le genre concernés et constitue pour la littérature russe un phénomène majeur auquel, on le sait, le premier à avoir rendu hommage est cet autre grand novateur, Mikhaïl Zochtchenko : « Il [Chklovski] a brisé le premier la vieille forme de la langue littéraire. Il a raccourci la phrase. Il a "mis de l'air" dans ses articles. C'est devenu facile et agréable à lire. J'ai fait la même chose. [38] » Pour cette raison, ses lettres forment une sorte de sous-système à l'intérieur de cette correspondance et mériteraient un traitement spécifique, purement littéraire et interne à son œuvre. Elles constituent des textes parfaitement achevés qui devraient figurer aux côtés de ses meilleures pages de prose, suivant le vœu de Tynianov : « Ah, si on éditait les lettres de Vitia, tout le monde verrait quel grand écrivain il est ! [39] »

Magnifique document humain et remarquable source pour l'histoire de l'OPOÏAZ, cette correspondance devrait peut-être aussi à terme être intégrée à l'histoire de la prose russe du XXe siècle, à l'histoire de sa « seconde prose », prose atypique, marginale, secrète, mais pourtant essentielle.

Catherine DEPRETTO

1. Sur le mouvement, on consultera en priorité Tzvetan Todorov, « L'héritage méthodologique du formalisme », *Poétique de la prose*, Paris, Seuil, 1971, p. 9-31 et son anthologie désormais classique, *Théorie de la littérature. Textes des formalistes russes*, Paris, Seuil, 1965 ainsi que le « Que sais-je ? » de Michel Aucouturier, *Le Formalisme russe*, Paris, PUF, 1994.
2. Voir par exemple ce couplet de l'hymne des formalistes, « Notre père est le bouillant Chklovski. / Le sévère Tynianov est notre gouvernante / Eichenbaum, lui, est bien différent, / il est notre tendre petite maman. » Cf. aussi Ewa Bérard « L'OPOÏAZ et la tradition pétersbourgeoise de l'amitié littéraire », *L'Étoile*, 3, 2001, p. 188-194.
3. Auquel devrait être associée la correspondance avec Roman Jakobson. C'est aux chercheurs russes, M. O. Tchoudakova, A. P. Tchoudakov, E. A. Toddes que l'on doit la première utilisation systématique de ces documents dans leurs commentaires à la réédition de Tynianov parue en 1977, *Poétique. Histoire de la Littérature. Cinéma* (plus loin *PHLC*) qui est devenue à la fois un texte de référence pour l'histoire du groupe et un modèle d'édition commentée. Dix ans plus tard, ils poursuivaient leur travail avec un volume de conception identique, consacré à Eichenbaum, *De la littérature*, 1987. Depuis, le relais a été pris par A. Galouchkine qui a donné en 1990 la première réédition commentée de textes de Chklovski (1914-1933), *Le Décompte de Hambourg* et a réalisé plusieurs autres publications de son héritage épistolaire, en particulier dans la revue *De visu* dont il était le rédacteur en chef. Récemment, il vient de commenter l'intégralité de la correspondance entre Chklovki et Jakobson, *R. Jakobson : teksty, dokumenty, issledovanija*, H. Baran i S. I. Gindin éds, M., 1999, p. 104-135 (désormais abrégé en *Jakobson*).
4. La « correspondance des formalistes » a fait l'objet de nombreuses publications mais attend toujours une édition complète et annotée. Pour une orientation bibliographique en ce domaine, voir infra p. 127-128.
5. Nous retenons cette date comme la plus vraisemblable (les premiers recueils de l'OPOÏAZ sortent en 1916-1917), étant bien entendu que l'OPOÏAZ a toujours été un groupe très informel. Après la révolution seulement, il a dû se faire enregistrer comme société scientifique. R. Jakobson situe lui la fondation en 1917, juste après la révolution de février, chez les Brik, mais, il ne faut pas oublier que, suite à sa brouille avec Chklovski dans les années soixante, le linguiste a eu tendance à minimiser son rôle et à souligner en revanche celui de Brik. Il a surtout voulu donner la prééminence au Cercle Linguistique de Moscou (MLK), alors que c'est vraisemblablement Chklovski qui l'a initié à la « nouvelle religion », *La Troisième Fabrique*, M., 1926, p. 68. Sur la brouille entre Jakobson et Chklovski, cf. A. Galouchkine, in *Jakobson* 1999, p. 136-143.
6. Membre de l'organisation secrète de combat des Socialistes Révolutionnaires de droite, Chklovski était menacé d'arrestation en 1922 et avait fui par le Golfe de Finlande. Amnistié en 1923, il put revenir en URSS, mais ne fut pas autorisé

à résider à Petrograd (« Vous nous avez échappé trop facilement »), cf. *Le Décompte de Hambourg*, op. cit., p. 504-505.
7. Polyglotte et érudit, spécialiste de langues romanes, le frère de Chklovski fut arrêté plusieurs fois et purgea en particulier une peine de camp sur le chantier du canal Mer Blanche-Baltique. En 1940, ignorant tout du sort de son frère, Chklovski entreprit des démarches et demanda à Tynianov et Eichenbaum d'écrire des attestations à son sujet (RGALI, Moscou, f. 562, op. 1, 1030). Il obtiendra sa réhabilitation en 1963. Pendant la guerre civile, Chklovski avait perdu ses deux autres frères (Nicolas, exécuté par les Bolcheviks, et Eugène, médecin, tué par les Blancs ou les Rouges) ainsi que sa sœur Eugénie. À son sujet, voir L. Stepanova, *Martyrologe de Leningrad 1937-1938*, SPb, 1998, p. 547-549.
8. Tynianov, projet d'article sur Chklovski, *PHLC*, p. 569.
9. Tynianov était surtout outré que Chklovski ne lui ait accordé que trois lignes, contre plus d'une page au romancier Iouri Olecha. L'article que Chklovski lui consacra l'année suivante, ne réussit pas vraiment à le satisfaire ; il fallut attendre ses jugements très positifs sur *Pouchkine* (*Literaturnyj kritik*, 8, 1937) pour que son ire soit définitivement calmée.
10. Cité par E. Toddes, « Textologie et biographie de Tynianov », *Recueil Tynianov* 7, Riga-M., 1995-1996, p. 339.
11. Témoignage de Oksman, *Recueil Tynianov* 1, Riga-M., 1984, p. 96 et K. Tchoukovski, *Journal 1930-1969*, M., 1994, p. 73-74, 93, 130.
12. Une exception concerne la reprise des échanges entre Eichenbaum et Chklovski au moment du dégel que nous n'envisagerons pas ici, nous limitant à la période où les trois savants sont en vie.
13. Cela ne s'appliquerait toutefois pas au Journal d'Eichenbaum, au moins pour la période révolutionnaire, cf. publ. O. B. Eichenbaum et V. V. Nexotin, 1 (2), *De visu*, 1993, p. 11-27. Visiblement, des rôles différents étaient impartis au Journal et à la correspondance.
14. LEF : abréviation russe pour « Front gauche de l'art », mouvement et revue du même nom (1923-1925 paraissant ensuite sous le titre *Novyj Lef* 1927-1928), rassemblant autour de V. Maïakovski des représentants de l'avant-garde artistique, poètes futuristes comme Aseev, Kamenski, Kouchner, critiques et philologues comme Brik, Vinokour, Chklovski, des constructivistes, des cinéastes comme Eisenstein, Vertov ou encore le photographe Rodtchenko… Dans la seconde moitié des années vingt, sous l'impulsion de Brik, Tretiakov, Tchoujak, le mouvement proclame la fin des belles-lettres traditionnelles et défend la « littérature du fait », reportage, essai journalistique, appelés selon eux à supplanter toute forme de fiction.
15. C'est un peu cette image qu'en donne Kavérine dans son roman à clefs, *Skandalist* (1928, tr. fr. *Le Faiseur de scandales,* Paris, 1974).
16. Le débat reste ouvert aujourd'hui entre ceux qui, comme V. Pozner, A. Galouchkine, insistent sur la signification double de ce texte ou ceux qui, comme G. Freïdin, continuent à y voir un « archétype des déclarations de repentir ». Selon V. Pozner en outre, le texte ne prendrait toute sa signification que replacé dans les débats sur le cinéma. R. Sheldon avait sans doute été le premier en Occident à contester cette image négative de Chklovski, dont il attribuait l'origine à V. Erlich et à son célèbre *Russian Formalism*, première édition 1955. Cf. R. Sheldon, « V. Shklovsky and the Device of Ostensible Surrender », *Slavic review*, March 1975, p. 86-108 ; réponse de V. Erlich, *ibid.*, March 1976, p. 111-118 et réponse de Sheldon, p. 118-121.
17. V. Chklovski, *La Troisième Fabrique*, trad. V. Posener et P. Lequesne, Paris, L'Esprit des péninsules, 1998, p. 103.
18. Dans cette perspective, il est très important que commence à être étudiée de façon systématique la jeune génération formaliste (*« mladoformalisty »*),

L. Guinzbourg, B. Boukhchtab, N. Stepanov…, maillon essentiel de l'histoire de la critique littéraire en Russie et dont la production scientifique à partir de la seconde moitié des années vingt est un bon indicateur de la productivité de la démarche formaliste ; à ce sujet cf. les publications récentes de D. Oustinov, lettres de L. Guinzbourg à B. Boukhchtab, *Nouveau panorama littéraire*, 49, 2001, p. 325-386 et « Le formalisme et les néoformalistes », *ibid.,* 50, 2001, p. 296-321. Voir aussi B. Boukhchtab, *Fet et les autres*, M. D. El'zon éd., SPb, 2000.

19. *PHLC*, p. 283.

20. Lettre à Tynianov, 15 novembre 1928, citée dans *PHLC*, p. 531.

21. Cet épisode a déjà été largement étudié et nous ne le présentons ici que dans ses grandes lignes ; voir M. Tchoudakova, A. Tchoudakov, E. Toddes, *PHLC*, p. 530-535 ; C. Depretto « Jakobson et la relance de l'Opojaz 1928-1930 », *Littérature* n° 107, oct. 1997, p. 75-87 et A. Galouchkine, *NLO*, 44, p. 136-158.

22. *Le Décompte de Hambourg*, op. cit., p. 519.

23. *La Troisième Fabrique*, op. cit., p. 76.

24. Chklovski, « À Roman Jakobson », *La Troisième Fabrique,* op. cit., 76-79. « Pour la deuxième fois » renvoie à une lettre précédente de Chklovski, publiée en 1922, dont le leitmotiv était « Reviens ! ».

25. Tynianov avait ressenti les premiers symptômes de la sclérose en plaques qui allait l'emporter en 1943 et avait obtenu à grand-peine l'autorisation de partir consulter des médecins étrangers. C'est pour cette même raison qu'il entreprendra son voyage à Paris en 1936.

26. On est quand même très perplexe devant les propositions très sérieuses que lui avait faites Chklovski de rentrer en URSS. À ce sujet, cf. G. Freïdin, *Stanford Slavic Studies*, vol. 4 / 2, 1992, p. 177-189 et la publication de S. I. Gindin dans *Jakobson,*1999, p. 161-166.

27. Lettre à Tynianov du 5 décembre 1928, *PHLC*, p. 532. Cet épisode a été pour la première fois analysé dans une perspective large par M. O. Tchoudakova, « Pratique sociale, réflexion philologique et littérature dans la biographie scientifique de Eichenbaum et Tynianov », *Revue des études slaves* LVII / 1, 1985, p. 27-43, repris dans *Recueil Tynianov 2*, Riga-M., 1986, p. 103-131.

28. A. P. Tchoudakov, introduction au *Décompte de Hambourg*, op. cit., p. 29.

29. Variante encore bienveillante de ce schéma, Véniamine Kavérine, *Épilogue*, 1989, p. 32-45, chapitre intitulé « Je lève les mains en l'air et je me rends ». Il n'est bien entendu pas question d'affirmer ici l'absence totale de compromission chez Chklovski, ni de cautionner certaines de ses déclarations les plus choquantes, comme au moment de l'affaire Pasternak. Simplement, l'approche purement morale de la question se révèle insuffisante pour rendre compte de la complexité de sa position et de son rôle réel dans la vie intellectuelle russe.

30. Extraits de la correspondance Oksman-Chklovski, *L'Étoile*, 8, 1990, p. 128.

31. Absence par exemple du nom de Jakobson, difficilement explicable par des raisons de censure. Sur ce sujet, cf. correspondance avec Iou. Oksman, publ. citée et article de Galouchkine, déjà cité.

32. Lettre de Jirmounski à Chklovski, 6 septembre 1970, publ. E. A. Toddes, *Recueil Tynianov* 3, Riga, 1988, p. 320.

33. *PHLC*, p. 571.

34. Publ. de Galouchkine, *Recueil Tynjanov, Matériaux*…6, M., 1992, p. 210-214.

35. Cf. E. Kourganov, *L'Opoïaz et l'Arzamas*, SPb, 1988.

36. B. Eichenbaum, *Mes annales*, op. cit., p. 130.

37. L. Guinzburg, *L'Ancien et le Nouveau*, L., 1983, p. 386.

38. M. Zochtchenko, *Articles et matériaux*, L., 1928, p. 11.

39. K. Tchoukovski, *Journal 1930-1969*, M., 1994, p. 130.

TROIS LETTRES DE VIKTOR CHKLOVSKI

À Iouri Tynianov et Boris Eichenbaum [1]

2 octobre 1924

Chers amis,

Je vous parle d'une voix enrouée à force de silence. [2]

Je ne sais par où commencer.

J'ai acheté un appartement sur l'Arbat, ce qui devrait me permettre d'avoir une pièce pour travailler. Espérons. Ce n'est pas avec mon nouveau-né que je vais vous étonner. [3]

Pour les amis, il y aura où passer la nuit.

Passons maintenant à la méthode formelle.

1° Histoire extérieure :

Aux obsèques de Brioussov [4], Boukharine aurait parlé à Abram Efros [5]. D'après ce Juif fourbe, la conversation aurait porté sur la méthode formelle. Boukharine aurait dit : aujourd'hui, la Russie, c'est nous (les marxistes) ou eux (les formalistes).

---

1. Publication d'Alexandre Galouchkine, dans *Recueil Tynjanov. Matériaux*...6, Riga-Moscou, 1992, p. 210-211.
2. Expression qui revient souvent sous la plume de Chklovski, cf. par exemple *Troisième Fabrique*, lettre à Eichenbaum de 1943...
3. Le fils de Chklovski, Nikita, est né en automne 1924.
4. Les funérailles du poète symboliste Valéri Brioussov (1873-1924) avaient eu lieu le 12 octobre.
5. Abram Efros (1888-1954) : historien d'art et critique littéraire.

Efros aurait immédiatement proposé une synthèse.

2° Kamenev a parlé de nos articles sur Lénine avec Maïakovski ; il n'en revenait pas qu'Eichenbaum et Tynianov aient si bien compris la personnalité de Lénine, sans le connaître [6]. Il a dit que tout ce que nous avions écrit correspondait étonnamment à Lénine vivant. Cela fait bien plaisir indépendamment de toute autre considération.

Nous sommes dans le vrai. C'est notre voie et non celle de la biographie et du marxisme qui permet de trouver la formule.

En outre, on pourra sans doute publier un recueil avec une préface de Kamenev.

Ainsi l'Opoïaz, grâce au mandat que nous lui avons signé, jouit-il de beaucoup de temps et d'espace.

Et tout irait pour le mieux. Boris [Eichenbaum] est connu partout, Ioura [Tynianov] est célèbre auprès des masses laborieuses, Tomachevski force le respect.

Mais moi, je n'arrive pas à travailler, mon livre *La Prose russe contemporaine* glisse entre mes doigts et part dans tous les sens.

C'est la faute à Moscou. [7]

Mais, on s'en sortira les amis.

J'ai à vous proposer un plan de livre.

Son titre : *Lettres sur des hommes obscurs* ou *Lettres de Leningrad* ou encore autre chose.

Son contenu : la correspondance théorique de l'Opoïaz sur l'actualité littéraire. Nous nous écrivons à la suite et en chœur. Les lettres descendent en flammes nos contemporains et ainsi on a une revue. Tout est possible. Objectifs, pronostics, questions les plus larges.

Ce n'est pas Lermontov [8] qui compte pour nous mais la science de l'art.

Qu'en pensez-vous ?

Nous sommes six.

Faisons le livre en six semaines, non ? Et nous y mettrons aussi des nouvelles sur la vie académique, sur la vie tout court, sur nos femmes et tout le reste.

---

6. Allusion au numéro de la revue *Lef* (Maïakovski), contenant des articles des principaux formalistes sur la langue de Lénine.
7. Leitmotiv de ses textes après son retour d'exil.
8. Allusion au livre sur Lermontov qu'avait publié Eichenbaum la même année.

Nous trouverons un éditeur. J'ai vendu tout ce que j'avais écrit et encore autre chose (au fait, j'ai écrit un roman) [9].

Je viendrai bientôt à Moscou [10]. Il faut au plus vite avertir Roman [Jakobson] à Prague. Toute recrue supplémentaire ne sera pas de trop. On y ajoutera aussi Brik. Pétersbourg lui a écrit une lettre pleine de reproches et il doit y répondre.

Je ne sais pas comment rédiger mon article sur l'intrigue. Ce serait mieux si c'était Jirmounski qui le faisait. Moi, je ne me suis pas auto-étudié. Je vous embrasse tous. Vous tous. Je vais venir pleurer sur votre cœur.

Écrivez des lettres théoriques. Nous sommes responsables devant l'époque.

Viktor

Traduit du russe par Catherine Depretto

À Iouri Tynianov

Mon cher Ioura [11],

Je t'écris une deuxième lettre. J'ai perdu la première. Je ne commencerai pas par les affaires mais par raconter qui a grossi et qui joue du violon.

C'est moi qui ai grossi. Il fait nuit. J'ai dépassé le seuil de la fatigue et je suis dans un état qui ressemble à l'inspiration. En fait j'ai deux chiffres inscrits dans la tête comme un signal domestique lumineux. L'un, univoque, combien il me faut d'argent, l'autre, ambivalent — combien j'en dois.

De quoi je rêve ? D'une revue à deux mille abonnés dans laquelle nous pourrions écrire et définitivement éclaircir nos idées pour nous-mêmes. Pour ce qui est de la vie privée, tout mon appartement est rempli par le quotidien, et moi, je vis entre deux portes. Nous vivons

---

9. Il s'agit de *Iprit*, écrit en collaboration avec Vs. Ivanov.
10. Vraisemblablement une erreur de Chklovski.
11. Cette lettre fait partie d'une correspondance avec l'Opoïaz dont Chklovski eut le projet à l'automne 1924. Elle a été publiée par A. Galouchkine dans *Le Décompte de Hambourg* (Moscou, 1990, p. 302-303) et figure sous une forme différente dans *La Troisième Fabrique*.

tous bizarrement. Je crois que nous sommes la dernière génération qui vivra en famille.

Ce serait dommage qu'elle soit l'avant-dernière. La situation est très grave, il faut penser ne serait-ce qu'en marchant mais penser quand même. J'aime beaucoup ton article sur le fait littéraire. Tu observes de façon excellente que la notion de littérature est mobile. L'article est très important, peut-être décisif par sa portée. Je suis incapable de paraphraser les pensées d'autrui. Tu m'écriras toi-même les conclusions de ton article et moi, je t'écrirai sur mon art de ne pas joindre les deux bouts. Nous affirmons, semble-t-il, qu'on peut analyser et évaluer une œuvre littéraire sans sortir de la série littéraire. Nous avons donné dans nos travaux précédents beaucoup d'exemples montrant que ce qu'on considère comme un « reflet » est en réalité un procédé stylistique. Nous avons prouvé que l'œuvre est entièrement construite. Elle ne contient pas de matériau qui soit libre par rapport à la construction. Mais la notion de littérature est constamment changeante. La littérature s'accroît par la périphérie en absorbant le matériau non-esthétique. Il faut prendre en considération ce matériau ainsi que les changements qu'il subit au contact avec un matériau déjà esthétiquement travaillé. La littérature vit en débordant sur le non-littéraire. Mais la forme littéraire accomplit une sorte d'enlèvement des Sabines. Le matériau cesse de reconnaître son maître. Il est élaboré selon la loi de l'art et peut être perçu déjà en dehors de son origine. Si vous ne comprenez pas, nous vous expliquerons. L'art jouit de quelques libertés par rapport à la vie quotidienne : liberté d'ignorer, liberté de choisir, liberté de faire revivre (le fait se trouve conservé dans l'art après avoir disparu dans la vie). L'art utilise les qualités des objets pour créer les perceptions de la forme. La difficulté de la situation des écrivains prolétariens consiste dans le fait qu'ils veulent transporter les choses dans leurs travaux sans en avoir changé les proportions.

Pour moi, j'ai grossi. Boris [Eichenbaum] joue toujours du violon. Il fait beaucoup de fausses notes. La première consiste — comme c'est le cas aussi dans mes travaux — à ne pas considérer la signification des séries non-esthétiques. La deuxième erreur est la beauté de sa mélodie et de la sélection habile des faits. Une citation succède à l'autre et le livre est bâti. Les problèmes sont effacés, perdus dans le jeu. Il n'apprécie jamais les contradictions des faits. Il est déjà puni de cela : il plaît à Vinokour [12]. Je considère aussi comme erronée l'utilisation des journaux intimes. Si l'un ou l'autre des anciens membres de l'Opoïaz, X, Y ou Z commence à écrire un travail, il ne se référera certainement pas à nous mais à Walzel ou à un autre encore. Il ne manquera certainement pas de mentionner nos noms mais sur des points insignifiants. En général les écrivains, quand ils signalent dans leurs journaux leurs sympathies littéraires, mentent : alors que Pilniak dépend de Biély, il se réfère à Remizov. C'est involontaire. Il est tout aussi faux d'utiliser les journaux intimes pour expliquer l'origine des œuvres. Il y a là un mensonge secret comme si l'écrivain créait et écrivait seul et non dans un genre, dans le contexte de la littérature tout entière avec tous les courants qui s'affrontent en elle. Une monographie sur un écrivain est une tâche impossible. En outre les journaux intimes nous ramènent à la psychologie de la création et à la question du laboratoire du génie. Or c'est l'œuvre qui nous intéresse. Les relations entre la production et le créateur ne sont pas non plus fonctionnelles. L'art possède trois libertés par rapport à l'écrivain : 1° la liberté de la non-appropriation de sa personnalité, 2° la liberté du choix à l'intérieur de sa personnalité, 3° la liberté du choix dans tout autre matériau. Il faut étudier non pas les liens problématiques mais les faits. Il faut écrire non pas sur Tolstoï mais sur *Guerre et Paix*. Montre ma lettre à Boris, je lui ai déjà parlé de tout cela. Réponds-moi mais ne m'entraîne pas dans l'histoire de la littérature. Nous nous occuperons de l'art, conscients que toutes ses grandeurs sont des grandeurs historiques. Si ce passage n'est pas clair, barre-le.

P.S. Il est curieux que Boukharine cite la *Marseillaise* comme exemple de l'art révolutionnaire alors que la *Marseillaise* a été écrite par un non-révolutionnaire et que sa musique est empruntée à une hymne catholique.

On aimerait bien être le disciple de quelqu'un mais il n'y a pas de maître.

Ton Viktor

Traduit du russe par Sergueï Tchougounnikov

---

12. Grigori Vinokour, linguiste et poéticien, était un des « compagnons de route » du cercle formaliste.

À Iouri Tynianov [13]

Février 1934

Cher Iouri,

Six mois sans nous voir.

Maïakovski disait que les chevaux ne se suicident jamais parce qu'ils ne savent pas parler et qu'ils n'ont jamais d'explication entre eux.

Au téléphone, ils doivent dire qu'ils sont occupés.

Les fleuves, mon ami, ne sont pas salés. La Volga se jette dans la Caspienne, or la Caspienne est salée.

Dans les fleuves, il y a à peine de sel, un goût salé que le palais ne perçoit pas. Les fleuves non salés transportent le sel dans les mers. L'eau s'évapore, le sel reste.

D'après le degré de salinité des océans, on peut déterminer l'âge de la terre.

Notre amitié est ancienne et salée.

Les eaux de printemps, les eaux de fonte des neiges ne salent pas les fleuves. Les fleuves sont salés en automne.

Il y a beaucoup de bonnes choses accumulées dans le sel que nous mangeons en ce moment, et le meilleur, c'est notre désaccord littéraire.

Par la voix du cheval qui parle alors qu'il ne devrait pas le faire, je peux te dire que, si j'ai des ennemis, ils peuvent dormir tranquilles parce que moi, ça ne va pas très fort.

Je ne suis littérairement pas d'accord avec toi.

Depuis le jour où nous nous sommes rencontrés, je ne suis pas d'accord avec toi.

En art, il y a visiblement deux lignes. Tu vois la littérature dans la continuité, tu es un archaïste et c'est en archaïste que tu perçois Maïakovski, Khlebnikov. De ce point de vue, le travail des historiens

---

13. Publiée dans *Voprosy literatury*, 12,1984, p. 203-204. Il s'agit d'une des lettres de Chklovski faisant suite à la brouille de 1932 avec Tynianov (provoquée par son jugement très négatif d'*Une majesté de cire*). Réapparaît ici également un de leurs débats précédents, concernant leur divergence d'appréciation de Khlebnikov (première édition critique parue en 1928 avec une préface de Tynianov).

de la littérature ressemblerait à un jeu, par exemple les portes d'or, où, après avoir interrogé un joueur, on le fait entrer dans une équipe et ensuite on fait un tir à la corde pour savoir qui est le plus fort.

Les futuristes ne sont plus, les rapports que nous avions avec eux sont éclaircis.

Je peux sortir, regarder les amis avec lesquels j'ai mené des combats, plus personne n'est debout, ils sont morts, les autres, couchés, jouent visiblement au 21.

Des édifices à colonnes recouvrent ma terre, l'Académie édite des livres. Le classicisme triomphe.

Mandelstam Ossip Emilievitch sait qu'il est un adversaire de Khlebnikov. Biély Boris Nikolaevitch le savait.

Ton édition de Khlebnikov dissimule cette opposition, elle établit de fausses généalogies, elle éteint les rivalités à venir.

Nikolaï Ivanovitch et Trenine [14] sont jeunes.

Toi aussi tu as été jeune, à cette époque tu étais commis dans l'édition et tu n'étais pas moins bon et il n'y a pas de quoi se flatter d'être aujourd'hui de vieux écrivains, célèbres et trop salés.

Pouchkine et Gogol me sont incompréhensibles, mais Pouchkine au moins est resté jusqu'à sa mort un journaliste, il a bien essayé de se faire historien, de devenir quasiment Moussine-Pouchkine [15].

Mon ami, je ne suis absolument pas d'accord avec tes livres et je sais pourquoi mon époque les aime et je sais ce qu'il y a de bien en eux mais nous n'allons pas amenuiser notre querelle et réduire les limites de notre désaccord.

Notre désaccord ne vient pas de ce que certains d'entre nous sont bons, d'autres mauvais, ni de ce que nos talents ne sont pas de même ampleur, ni de ce que certains sont journalistes, d'autres écrivains, ni de ce que nos maladies sont différentes, ni de ce que nous nous sommes brouillés pour des femmes, ni de ce que nous évaluons

---

14. N. I. Khardjiev (1903-1996) et V. V. Trenine (1904-1941), deux élèves de Chklovski, qui venaient de publier leurs premiers travaux, jugés avec réserve par Tynianov. Deviendront l'un et l'autre des critiques célèbres, en particulier Khardjiev, spécialiste de l'œuvre de Maïakovski et de toute l'avant-garde.

15. A. I. Moussine-Pouchkine (1744-1817) : archéologue, connu surtout pour avoir rassemblé une masse considérable de sources ayant trait à l'histoire de la Russie. Allusion probable au travail d'historien professionnel mené, dans les années trente, par Pouchkine, dont sont issus principalement *L'Histoire de la révolte de Pougatchev* et l'*Histoire* (inachevée) *de Pierre le Grand.* L'écrivain avait largement consulté la collection de Moussine-Pouchkine.

différemment notre rapport à l'époque, ni de ce que nous avons chacun notre façon de cohabiter en famille, mais il vient de ce que nous appartenons à des lignes différentes de la culture, et pourtant nous étions dans le même groupe, réunis par une même formule et nous étions plus que des compagnons de route, nous étions le ciment et l'armature en fer d'une même construction. Et on nous a annihilés.

Nous sommes peu de notre espèce et de moins en moins nombreux et Maïakovski a fini ami avec Kataiev. Ces gens qui nous sont étrangers, qui ne se comprennent pas, mais pas comme toi et moi, cette confrérie d'écrivains patentés, cette île et ses pseudo-connaissances, cette Sainte-Hélène, où les promenades sont de plus en plus courtes, où on va de moins en moins loin pour ne rencontrer que ceux qui sont d'accord pour dire que c'est une prison.

Ainsi, il y a peu de nouvelles. J'ai quarante et un an, on m'a courbé, j'ai redressé l'échine mais mon âme, tu t'en doutes, s'est usée à la pliure.

Je parle rarement avec moi-même, cela m'arrive surtout dehors et aussi en ce moment.

Tu as tort de redresser Khlebnikov, de présenter sa destinée comme une erreur, de proposer une seule voie, une seule façon de s'habiller. C'est Chpet [16], semble-t-il, qui dans une édition de Byron a fait une note au mot crocodile pour dire comment cela se disait en latin.

Tu n'as sans doute pas le numéro de *Vzial* [17], cette brochure de 1915, à laquelle j'ai participé, c'était notre premier article parlant de nos futurs éditeurs.

Je t'aime Iouri, j'aime ta voix, ta façon de comprendre la littérature et les hommes. Mais je ne suis absolument pas d'accord avec toi.

Avec moi non plus je ne suis pas d'accord.

Donner des conseils, changer la couleur du deuil et les moyens d'être malheureux, je n'en ai pas l'intention.

J'aime quand un homme ne comprend pas ce qu'il écrit, quand il écrit comme au hasard, j'aime les navires égarés qui découvrent

---

16. G. G. Chpet (1879-1937) : philosophe, influencé par Husserl et proche du Cercle linguistique de Moscou. Arrêté en 1935, exilé à Omsk, arrêté à nouveau en 1937 et vraisemblablement fusillé peu de temps après, M. K. Polivanov, *Questions de philosophie*, 6, 1990, p. 160-164. Cette réflexion assassine de Chklovski épingle l'érudition académique dont se targuaient les Moscovites face à un certain dilettantisme pétersbourgeois

17. Almanach futuriste (vers de Maïakovski, Khlebnikov, Kamenski, Asseev, Pasternak), auquel avait participé Chklovski (poème et article à propos du *Nuage en pantalons* de Maïakovski).

des continents et leur donnent des noms inexacts. Ils traversent les mers vertes d'algues, tracent dans ces mers un chemin et ces eaux chaudes et immobiles soulèvent les vents.

En ce moment, mes enfants sont malades, moi je souffre d'une grippe à plusieurs étages, parfois j'en émerge, puis j'y replonge. L'hiver se termine et si j'ai des ennemis suffisamment énergiques, ils peuvent être satisfaits.

Viktor

Traduit du russe par Catherine Depretto

PRINCIPALES MENTIONS, citations et publications de la correspondance des formalistes, Boris Ejxenbaum (1886-1959), Viktor Šklovskij (1893-1984), Jurij Tynjanov (1894-1943). Autres correspondances et documents annexes.

I- *Rééditions commentées*

Ju. TYNJANOV, *Poétique. Histoire de la littérature. Cinéma* (*Poetika. Istorija literatury. Kino*), M., Nauka, 1977. Comm. M. O. Čudakova, A. P. Čudakov, E. A. Toddes (quelques références à la correspondance Tynjanov-Šklovskij dans le volume Ju. Tynjanov *Pouchkine et ses contemporains*, *Puškin i ego sovremenniki*, M., Nauka, 1968).
B. EJXENBAUM, *De la littérature* (*O literature*), M., 1987, comm. M. O. Čudakova, A. P. Čudakov, E. A. Toddes.
V. ŠKLOVSKIJ, *Le Décompte de Hambourg* (*Gamburgskij sčet*), M., 1990, comm. A. Galuškin.

II-*Publications spécifiques*

« Extraits de la correspondance Eichenbaum, Tynianov, Chklovski » (« Iz perepiski B. Ejxenbauma i Ju. Tynjanova s V. Šklovskim »), *Voprosy literatury*, 12, 1984, p. 185-218, publ. de O. Pančenko.
Ibid. 1927-1930, *Literaturnaja Rossija*, 26 sept., n° 39, 1986, p. 18-19.
B. EJXENBAUM « Lettres à Chklovski » (« Iz pisem k Šklovskomu [1928-1959] »), *Neva*, 5, 1987, p. 156-164, publ. O. Ejxenbaum, comm. M. O. Čudakova.
A. GALUŠKIN, « Neudavšijsja dialog », publication commentée de deux lettres de Šklovskij, 1924 et 1932, *Tynjanovskie čtenija. Materialy...*, 6, Riga-M., 1992, p. 210-217.
« Lettres Chklovski-Eichenbaum » (« Ja idu s tuza. Iz perepiski V. Šklovskogo s B. Ejxenbaumom »), *Novoe literaturnoe obozrenie*, 6, 1993-1994, p. 241-249, publ. O. Pančenko.
« Lettres de Tynianov à Chklovski » (« Iz pisem Ju. N. Tynjanova V. B. Šklovskomu [1927-1940] »), n° 30, *Soglasie*, 1995, p. 178-214, publ. de G. G. Grigorieva.
« Correspondance Chklovski-Jakobson » (« V. Šklovskij i R. Jakobson. Perepiska [1922-1956] »), éd. et comm. A. Galuškin, in *R. Jakobson : teksty, dokumenty,*

issledovanija, H. Baran i S. I. Gindin éds, M., 1999 (extraits publiés auparavant dans les rééditions citées en I et en partie dans *Letters and Other Materials from the Moscow and Prague Linguistic Circles*, J. Toman éd., Michigan Slavic Publications, Ann Arbor, 1994, p. 46-69).

III-*Correspondances complémentaires*

Boris Ejxenbaum :
Extraits de son Journal se rapportant à son travail sur Tolstoï, *Voprosy literatury*, 3, 1978, p. 308-314, publ. O. Ejxenbaum ; ibid., *Kontekst 1981*, M., 1982, p. 263-302, publ. de S. A. Mitroxina.
Lettres aux parents 1905-1909, *Vstreči s prošlym*, M., 1984, p. 117-138, publ. de G. D. Endzina ; *ibid.* 1905-1911, *Revue des études slaves*, LVII, 1, 1985, p. 11-25, publ. O. Ejxenbaum.
Corr. Ejxenbaum-Žirmunskij, *Tynjanovskie čtenija* 3, Riga, 1988, p. 256-329, publ. N. A. Žirmunskaja et O. Ejxenbaum, intr. E. A. Toddes, comm. N. A. Žirmunskaja et E. A. Toddes.
Corr. Ejxenbaum-G. L. Ejxler, *Tynjanovskie čtenija. Materialy*...,5, Riga, 1990, p. 250-274, publ. V. V. Ejdinova et B. S. Vajsberg.
Extraits du Journal, *Kommunist*, 5, 1991, p. 52-59.
B. Ejxenbaum « Journal 1917-1918 » (« Dnevnik 1917-1918 »), publ. O. B. Ejxenbaum et V. V. Nexotin, *De visu*, 1(2), 1993, p. 11-27.

Roman Jakobson :
N. S. Trubetzkoy's letters to R. Jakobson, The Hague-Paris, Mouton, 1975.
Correspondance Vinokour-Jakobson (« Perepiska G. O. Vinokura i R. O. Jakobsona »), *Novoe literaturnoe obozrenie*, 21, 1996, p. 72-111, publ. S. I. Gindin et E. A. Ivanova ; article introductif de S. Gindin « Amis dans la vie-adversaires en linguistique » (« Druz'ja v žizni-opponenty v nauke »), *ibid.*, p. 59-70.

Viktor Šklovskij :
Corr. Šklovskij-Oksman 1947-1969, *Zvezda*, 8, 1990, p. 128-140, publ. A. Gromov.
Lettres de Šklovskij à Gor'kij 1917-1923, *De visu*, 1(2), 1993, p. 28-46, publ. de A. Galuškin.
Lettres de Šklovskij sur Majakovskij, *Literaturnoe obozrenie*, 6,1993, p. 55-57.
Lettre de Šklovskij à S. M. Ejzenštejn, *De visu*, 11(12), 1993, p. 25-38, publ. de A. Galuškin.
Lettres de Šklovskij à son oncle et articles de la période berlinoise, *Tynjanovskie čtenija* 5, Riga-Moscou, 1994, p. 279-297, publ. de A. Galuškin.
Lettres de Šklovskij à Tynjanov, années trente, publ. de O. Pančenko, *Družba narodov*, 4, 1996, p. 175-188.

Boris Tomaševskij :
« B. V. Tomaševskij v polemike vokrug 'formal'nogo metoda' », publ. de L. Fleishman, lettre de Tomaševskij à Šklovskij du 12 avril 1925, *Slavica Hierosolymitana*, III, 1978, p. 384-388.

Bibliographie établie par Catherine Depretto

ÉTAT DE SIÈGE

La métaréflexion au sein du cercle formaliste

Toute vraie lettre est poétique par nature.
NOVALIS, *Grains de pollen*

En octobre 1924 Viktor Chklovski expose à Iouri Tynianov et à Boris Eichenbaum le projet d'un livre dont le titre serait *Lettres sur les gens obscurs* ou *Lettres de Léningrad* [1]. Ce livre serait constitué par un ensemble de lettres théoriques et critiques, fruit des échanges épistolaires entre les membres de l'OPOÏAZ « sur les questions d'actualité ». « Nous nous écrivons l'un à l'autre, chacun à la chaîne », précise Chklovski. « Ces lettres éreintent nos contemporains et constituent une revue. Toutes les formes sont acceptées. » Selon Alexandre Galouchkine et Alexandre Tchoudakov, les « Lettres » de Chklovski marquent la première tentative de réévaluation de la conception de l'OPOÏAZ, introduisant la notion de « séries non-esthétiques » au moment même où cette idée apparaît dans les travaux de Boris Eichenbaum et de Iouri Tynianov [2].

Les « Lettres » continuent cette « ligne brisée » (Chklovski) que suit l'invention formaliste d'une nouvelle poétique. Le passage au genre épistolaire est significatif comme l'est toujours un changement de forme pour le cercle de l'OPOÏAZ. Car, selon le célèbre slogan des années futuristes, la nouvelle forme cherche à exprimer son sens et anticipe sur le sens à venir. Plusieurs facteurs entrent en jeu dans cette modification morphologique : la pression idéologique accrue sur l'activité de l'école formelle dès les années vingt ; un isolement théorique et personnel dans le contexte soviétique de cette période ; mais aussi le sentiment d'une certaine impasse méthodologique, ce que Roman Jakobson dans une lettre à Chklovski appelle « la crise des formalistes ». L'analyse immanente d'une « forme pure » s'avère impossible à maintenir : se heurtant aux limites de l'analyse purement formelle, le formalisme russe cherche à élargir son espace vital par une fuite en avant, en dehors de la clôture de la forme qu'il avait naguère posée comme le seuil ultime de toute analyse.

Dans *La Troisième Fabrique* (1926) Chklovski évoque les « lettres doubles » que, selon lui, Marc Twain a écrites sa vie durant : l'une destinée à être postée et l'autre écrite pour sa propre gouverne, afin de consigner ce qu'il pensait en réalité [3]. La lettre se scinde : le texte envoyé a toujours son double. Désormais le clivage entre le texte réellement écrit et le texte virtuel — celui des lettres absentes — resserre les lignes de force entre les membres de l'Opoïaz assiégé. À en juger par les lettres rédigées par Chklovski lui-même, le thème autour duquel celles-ci gravitent est la « non-liberté de l'écrivain ».

Ces lettres ne se bornent pas à décliner les thèmes de la « non-liberté » : elles apparaissent aussi comme une « motivation » de cette contrainte. L'image du « lin qu'on rouit et qu'on brise », si fréquente sous la plume de Chklovski, devient une métaphore de cette « non-liberté » que le porte-parole de l'Opoïaz propose de penser désormais comme « procédé ». Il s'agit en fait d'une forme d'écriture sous contrainte. Ainsi, Chklovski écrit : « Le lin a besoin d'être violenté [...] Je veux la liberté. Mais si je la trouve, je vais chercher la non-liberté auprès d'une femme ou d'un éditeur. Cependant une distance de deux pas, l'illusion du choix est nécessaire à l'écrivain comme au boxeur pour porter son coup. [4] » L'« illusion du choix » apparaît en soi comme « matériau suffisamment solide [5] ».

On lit dans la « lettre à Roman Jakobson, traducteur de la représentation politique de l'URSS en Tchécoslovaquie [6] » : « Je suis le lin qu'on rouit et qu'on brise [7]. Je regarde le ciel, je sens le ciel et la douleur [...] Romka [8], je m'occupe de la non-liberté de l'écrivain. J'étudie la non-liberté comme des appareils de gymnastique. Mais ici il y a pourtant des gens dans la rue, et peu importe que je ruisselle comme un tuyau percé. La terre où je m'écoule est la mienne... [9] » Cette lettre se termine par la formulation d'un nouveau programme : « Il faut chercher des méthodes. Trouver une approche pour étudier les non-libertés de toute sorte... [10] »

Le procédé étant associé au champ de la liberté (la combinatoire, la construction, bref la forme) et le matériau au champ de la non-liberté (loin d'être passif, le matériau « artistique » contient en soi les limitations de son traitement), cette nouvelle formule de Chklovski semble fondre la forme et le matériau dans une alliance ambiguë.

Il s'agit pour les formalistes de modifier leur projet. Inauguré comme quête des lois d'une liberté artistique, d'une liberté constructive illimitée, le projet est reformulé en tant que recherche de « non-liberté ». Singulièrement cette recherche de « non-liberté » reçoit le nom de « croisement » (*skreščenie*). Il s'agit du croisement d'une « série esthétique » ou « littéraire » avec d'autres séries (politique, économique, quotidienne) initialement exclues du champ de l'analyse formelle. Ce terme est à la mode : emprunt de la jeune philologie aux sciences naturelles, il sera fondamental pour la « nouvelle théorie du langage » ou *japhétologie* [11] de Nikolaï Marr. Ainsi, c'est à l'aide d'un terme fortement ancré dans le marrisme anti-formaliste que le formalisme russe baptise son renoncement à la « forme pure », à la belle pureté de la doctrine du « premier OPOÏAZ ». Il opère ce virage au nom du « croisement » de la forme avec le matériau. La logique de ce retournement est limpide. La liberté combinatoire du procédé par rapport à tout matériau cède la place à une liberté nouvelle — que le marxisme soviétique appellerait « dialectique » : liberté limitée au choix du matériau à l'intérieur du cadre universel de la « non-liberté » de l'écrivain. Et Chklovski de conclure :

> *Il est impossible de rien créer sans introduire le hasard dans l'œuvre,* […] *sans provoquer de croisement avec le fait non-esthétique.* […] *Il existe actuellement deux voies. La première, c'est partir, se retrancher, gagner sa vie par d'autres moyens que la littérature et écrire chez soi pour son propre compte.*
>
> *L'autre voie consiste à sortir pour décrire la vie, chercher consciencieusement un nouveau mode d'existence et une juste vision du monde.*
>
> *Il n'existe pas de troisième voie. C'est donc par elle qu'il faut passer. Un artiste ne doit pas suivre les rails du tramway.*
>
> *La troisième voie consiste à écrire dans les journaux, les revues, tous les jours,* […] *à changer, à se croiser avec le matériau, à le travailler de nouveau et c'est alors seulement qu'on aura de la littérature.* […]

Changez votre biographie. Profitez de la vie. Brisez-vous vous-mêmes sur votre propre genou.

Que seul reste intact le sang-froid stylistique.

Nous autres, théoriciens, devons connaître les lois du hasard dans l'art.

Le hasard, c'est bien cela la série non-esthétique.

Il n'est pas lié à l'art par une relation causale.

Mais l'art vit du changement de la matière première. Du hasard. Du destin de l'écrivain. [12]

Pour connaître la loi du hasard il faut, selon la nouvelle idée formaliste, se tourner vers la série non-esthétique, entrer dans cette série. Bref, il faut s'occuper du hasard, c'est-à-dire de son propre destin. Avec le hasard les formalistes découvrent la série non-esthétique. *Grosso modo*, c'est tout ce qui n'est pas proprement littéraire ou encore « autonome », ce qui n'est pas guidé par les lois de l'« évolution littéraire » (I. Tynianov). Cette découverte tardive contient un élément existentiel. Les formalistes semblent percevoir leur propre destin comme contrainte. Ils se trouvent mis hors de la série morphologique pure, dans la série où règne le hasard ou la « loi du non-esthétique » [13].

*

Mais revenons-en au projet épistolaire de l'Opoïaz. Le renouveau de ce genre est ambigu. Les formalistes sont passés maîtres dans l'art d'emplir les vieilles formes d'un contenu inouï. Ne sont-ils pas à l'origine de l'idée d'une dérive fonctionnelle de vieux termes — des unités vides en soi, mais dont la plasticité illimitée est propice aux métamorphoses ? N'ont-ils pas parlé de « branche cadette » à propos du renouveau des « vieux genres » refoulés à la périphérie du système littéraire en devenir ? Marginalisés par les codes dominants, chassés aux confins du système par les lois immanentes de l'évolution littéraire, ces débris des anciens codes sont toujours présents. Après avoir ressuscité le mot (*Résurrection du mot* est le titre du manifeste publié par Chklovski en 1914), les formalistes entendent ressusciter les genres : les « lettres critiques » seraient justement un exemple de cette alchimie romantique des genres.

Conçues comme quête d'une nouvelle forme, d'un genre en gestation qui se veut intime et clos mais aussi public et ouvert, ces lettres ont des précurseurs singuliers. La démarche du premier romantisme allemand, qui avait abouti à la création de la revue *Athenaeum* (1798-1800), correspond à un projet typologiquement homologue à l'entreprise métapoétique formaliste qui est à la fois la manifestation d'une nouvelle poétique et d'une nouvelle littérature. La nouvelle poétique doit incarner cette dualité où l'exigence proprement « formaliste » (analyse des formes) reste profondément associée à l'exigence fictionnelle, à la fictionalisation de la critique littéraire.

La comparaison de l'entreprise formaliste au projet d'une revue synthétique chez les romantiques de Iéna est loin d'être arbitraire [14]. Pour les romantiques le but de la revue est de créer une « union très intime » et une « communauté » entre les coauteurs. Le choix du genre épistolaire est lié aux particularités de la poétique romantique. Quand August Wilhelm von Schlegel avance l'idée des « lettres critiques », il a devant lui un modèle générique bien établi. Selon Roger Ayrault, le choix de cette forme est déterminé par le fait que « l'une des fictions formelles qu'utilisait le plus couramment la réflexion critique, voire la pensée philosophique en Allemagne, et qui depuis Lessing y avait donné des chefs-d'œuvre, était soit une correspondance entre amis, soit des lettres d'un même auteur à quelque disciple ou confident [15] ». Pour Friedrich von Schlegel qui refuse « la monotonie d'une forme unique », la valeur des « lettres critiques » consiste plutôt dans la dynamique qu'elles instaurent et dans la croissance autonome des textes échangés. Ainsi, sa correspondance avec son frère est conçue sur le mode des relations du Moi et du Non-Moi dans la doctrine fichtéenne [16]. Friedrich von Schlegel voit la valeur essentielle de ce genre dans sa nature fragmentaire. Le genre pilote de la nouvelle revue romantique sera une synthèse de la « lettre critique » et du fragment. Or, la morphologie du genre qui émerge chez les formalistes fait apparaître la même tendance.

Le romantisme de Iéna et le formalisme russe naissent de l'alliance théorique et critique d'auteurs qui se veulent à l'avant-garde de la vie littéraire de leur temps. Les deux courants élaborent un « jargon de groupe » qui tend à devenir un métalangage. On assiste à la naissance de la « rage taxonomique » qui sera aussi celle de diverses « nouvelles critiques » futures : la modernité littéraire commence sous le signe du métalangage. La dynamique des groupes est à l'origine d'une poétique fondée sur l'échange immédiat. Les concepts délimitent un espace clos, leur interaction articule leur objet, à savoir la modernité en question. La communauté de l'esprit et de la pratique se renforce dans les affinités des concepts.

Le sens de l'ironie romantique consiste à produire des séries de mondes successifs sans y investir le « moi créateur », le moi de l'artiste ou du critique. Ce monde est parfaitement « défamiliarisé » dans le sens où il s'agit d'un jeu de possibilités pures qui ne concerne ni les destinataires ni les auteurs des messages. La production ironique vise à disposer les mondes ainsi créés en dehors du Moi-créateur. Ce clivage entre l'instance productrice et les produits « refroidis » de sa création exprime l'essence même de l'ironie au sens romantique. C'est une notion littéraire radicalement moderne, car elle pose toute œuvre littéraire en même temps comme œuvre critique. La littérature ne sera désormais plus qu'une entreprise critique ; inversement toute critique se donne comme une œuvre littéraire. La modernité littéraire se manifeste comme volonté de confondre le langage-objet et le métalangage.

Les historiens du premier romantisme allemand établissent des liens entre le fragment, cette découverte générique du romantisme, et la correspondance que pratiquent les romantiques. Ce lien vient renforcer la parenté entre le fragment et le journal intime, car cette correspondance prend « la forme d'un journal intime en commun » où « l'autre, à qui la lettre est destinée, devient le médiateur entre le rédacteur de la lettre et sa propre identité [17] ». En effet, c'est sous la forme épistolaire que les théoriciens romantiques entendent parler de la poésie. C'est en 1793 que les frères Schlegel engagent leur projet de « correspondance poétique » : ils s'écrivent une série de « lettres sur la poésie » qui les amène à découvrir des divergences théoriques importantes [18]. La lettre perçue comme « une forme d'expression de la vie en commun [19] » est liée au projet « symphilosophique » des romantiques : c'est l'expression même de la communauté qui fonde leur manière de penser, de vivre, de créer.

Le fragment romantique marque l'érosion de la notion de propriété littéraire ou encore de celle d'auteur. Expression communautaire, le fragment est le point dynamique où les pensées se croisent. La poétique de l'éclatement s'oppose à la poétique classique des transitions échelonnées et des gradations. Ainsi, le principe romantique de l'ironie rencontre-t-il le principe formaliste de défamiliarisation.

La filiation entre l'inspiration romantique et la méthode formaliste passe par le fragment ou par le montage, compris comme refus de l'œuvre achevée et surtout comme « matériau à l'état brut » : cette « facture matérielle » de l'œuvre — ruine, miettes ou débris — constitue le point de départ des deux poétiques.

Cette communauté théorique et la découverte du savoir partagé est aussi la découverte de la *Stimmung*, de la jonction ou de l'interpénétration, accord spontané qui mène à l'alliance, fruit des « affinités électives ». Dans les deux projets la suprême liberté du moi critique et créateur apparaît comme une capacité de détachement à l'égard de sa propre activité. Le jeu infini de non-coïncidence entre l'artiste (le Moi) et l'œuvre créée (le Non-Moi) situe la défamiliarisation au sein même de l'activité artistique. Les deux projets — romantique et formaliste — reflètent la quête de l'expressivité intégrale, l'intention de faire proliférer de nouvelles formes inédites en pleine connaissance des limitations de cette totalité. Le reproche adressé par Hegel aux romantiques de Iéna coupables du péché de « mauvais infini » (provenant de la doctrine de Fichte), trouve un écho dans la réplique de Mikhaïl Bakhtine (*alias* Pavel Medvedev) qui flagelle le « mauvais infini » du modèle formaliste de l'évolution littéraire [20].

*

Il plane ici une sorte de sentiment apocalyptique : les membres de l'OPOÏAZ se sentent les derniers hommes après le déluge. Chklovski en fait état en 1922 dans une lettre à Jakobson :

> *Le déluge s'achève.*
> *Les bêtes sortent de leurs arches de Noé : les impures ouvrent des cafés.*
> *Les pures qui ont survécu publient des livres.*
> […]
> *Nous avons survécu à beaucoup de choses.*
> *Nous avons su donner notre enfant à des étrangers pour qu'il ne soit pas taillé en pièces.*
> *Et il est resté chez les étrangers, au contraire de ce qui est raconté dans ce gros livre que mon père lisait de droite à gauche, que ma mère lisait de gauche à droite et que moi je ne lis pas du tout.* [21]

C'est la communauté des derniers hommes qui ont survécu, des hommes qui se savent en exil dans le pays des Pharaons. Ils se savent élus et trop peu nombreux. Ils sentent la force de leur autonomie et de leur alliance. Chklovski écrit à Jakobson :

> *Nous écrivons nous-mêmes, nous imprimons nous-mêmes, nous vendons nous-mêmes.*
>
> *Et nous avons nous-mêmes sauvegardé notre vie.*
>
> *Nous savons maintenant comment est faite la vie, comment est fait* Don Quichotte, *et comment est faite une automobile, nous en avons vu de toutes les couleurs et nous savons ce que c'est qu'une véritable amitié.*
>
> *Reviens.* [22]

L'idée d'une communauté, du travail en commun, de l'accord (la *Stimmung* des romantiques) constitue le leitmotiv de ces textes. Chklovski à Jakobson : « Reviens. / Sans toi dans notre ménagerie il manque une bonne bête joyeuse. [23] » Ou encore : « Tu verras tout ce que nous avons fait ensemble […] / Je te raconterai tout cela en faisant longuement la queue à la Maison des savants. Nous aurons beaucoup de temps pour parler. / Nous installerons un poêle chez toi. / Reviens. [24] » Ou encore dans une autre lettre de Chklovski à Jakobson : « […] Toi et moi — nous étions comme les deux bielles d'un même cylindre. Cela peut arriver dans la vie des locomotives. On t'a dévissé et on te garde à Prague comme un ustensile. […] Cher Roman ! Pourquoi travailler si l'on n'a personne à qui le raconter ? Je m'ennuie beaucoup sans toi. […] Les oiseaux se tiennent à la branche même quand ils dorment. C'est ainsi qu'il faut se tenir l'un à l'autre. […] Nous sommes peu nombreux. Je me perds comme un mérinos perd sa laine sur les chardons. […] Ah ! Romka, la douleur m'a éveillé, je me suis réveillé. [25] »

La réponse de Jakobson à Chklovski en 1928 reprend le motif d'une alliance ressentie comme la condition du travail théorique : « C'est tout juste maintenant que le travail des formalistes aurait dû commencer véritablement et non pas dans le sens de l'accumulation de détails et de centaines d'exemples ni dans le sens de la fabrication de manuels de synthèse, mais simplement parce que jusque-là on travaillait à tâtons, c'était pour nous des années de recherche, et maintenant que les problèmes sont mis à nu — c'est l'éclatement. [26] »

Ces lettres sont aussi une incitation permanente à la réflexion collective comme en témoigne, entre autres, cette lettre à Boris

Eichenbaum : « Contredis-moi, Boria, je t'aime beaucoup et j'ai toujours tort quand je discute avec toi. Je n'ai raison que sur l'essentiel. Le *skaz*, ce n'est pas juste, et Lermontov, ce n'est pas juste. Parce que Lermontov n'a jamais existé, non plus que la métrique. Tu sais tout cela, mais tu fais tout à ta manière. Je suis prêt à entendre de ta part non seulement des objections, mais aussi des reproches, je ne crois pas avoir totalement raison. Moi, je n'ai pas de bagage personnel, et j'achète tout simplement dans une petite boutique le matériau dont j'ai besoin. Tu dois écrire non seulement très bien mais excellemment. Pourquoi ne réponds-tu pas à mes lettres, après tout je t'écris sur l'essentiel, sur ce sans quoi on ne peut pas dîner. [27] »

Mais l'objet essentiel de ces envois est le souci théorique. En dépit de leur tonalité lyrique ces lettres constituent avant tout un espace de réflexion en commun. Ainsi, Chklovski écrit à Eichenbaum : « Je vais t'écrire au sujet du *skaz* [récit en discours rapporté]. Tu définis le *skaz* comme une visée dans la narration orientée vers l'oralité. Mais même si cela était vrai, comment pourrait-on considérer le *skaz* en dehors du sujet ? […] Tout notre travail vise à réunir les procédés, vise à établir qu'il n'y a ni matière ni énergie, ou, en tout cas, qu'il y a un équivalent thermique de l'unité de travail. [28] » Ou dans un autre envoi à Eichenbaum :

> *Boris. Au départ nos travaux étaient simples. Nous analysions l'œuvre en tant que telle, considérant qu'elle commence par le titre et s'achève par la signature de l'auteur ; ou bien nous analysions le procédé, supposant qu'il est toujours le même, où qu'on le trouve. Je choisissais à dessein des exemples tirés des œuvres des peuples et des époques les plus divers, je prenais à dessein des exemples qui ne soient pas liés génétiquement. Il était important d'établir l'unicité des procédés. Nous démontrions le caractère esthétiquement clos des œuvres et leur répétitivité esthétique. Mais les théories existent pour systématiser les faits, pour trouver les moyens de prévoir les séries de ces faits. Le matériau nous a forcés à complexifier le travail. Il est apparu qu'une œuvre littéraire n'est jamais perçue de façon isolée, sa forme est perçue sur le fond d'autres œuvres ; nous avons introduit chez nous la notion d'évolution littéraire ; puis tu as précisé mon idée, ayant commencé un travail sur les genres, et Iouri a soulevé la question des* « *parodies* ». […] *Les faits ont commencé à se*

mettre mieux en place. Mais nous en sommes arrivés à avoir un point de vue ambigu. […]

Nous avons commencé par étudier l'œuvre en elle-même, et maintenant nous étudions les revues. La notion de forme s'est élargie. Il me semble que notre travail est juste. Mais il faut prendre conscience de l'évolution de notre travail. Tes travaux à toi et les travaux de Tynianov semblent être logiquement justes : ils sont fondés sur un matériau abondant et visent à l'épuiser. Tu travailles sur Tolstoï et tu considères qu'il faut maintenant abandonner ce travail parce que tu n'as pas accès aux brouillons et aux journaux intimes. À mon avis ce n'est pas tout à fait juste. Avant de recourir au matériau des journaux intimes, il faut établir s'ils constituaient à l'époque un fait littéraire. Lorsque nous analysons une œuvre littéraire, nous devons prendre en considération la forme littéraire canonique à laquelle elle s'oppose, la ligne littéraire cadette à laquelle elle est liée, mais tu ne dois pas prendre en considération les œuvres faites avec une autre visée. Il est peu probable qu'il soit juste d'utiliser les variantes dans le travail. Elles facilitent le travail en montrant les parties mobiles de l'œuvre, mais même en les intégrant dans notre travail comme un des faits de l'évolution littéraire, nous devons nous souvenir quand même que les œuvres existent sans elles, qu'elles nous mènent à la psychologie de la création. Il me semble que le travail par la méthode qui cherche à épuiser le matériau est méthodologiquement instable. En fin de compte il est aussi erroné d'analyser un seul écrivain. S'il est difficile de se procurer un matériau quelconque, il faut savoir s'en passer en construisant cette phase de l'étude sur un autre matériau. Maintenant, au sujet des journaux intimes. Ils sont bien sûr intéressants. Mais est-il juste de considérer la déclaration de l'écrivain sur sa dépendance à l'égard d'un autre auteur comme un élément qui établit des faits ? Au contraire il se réfèrera à un autre et se repentira du péché d'un autre. Il semble que nous en soyons arrivés au crime de psychologie. [29]

Le laboratoire de l'écrivain n'est pas dans ses journaux intimes, mais dans la littérature. Le fait même du lien d'une œuvre littéraire avec le temps et avec la tradition relève de la forme et non pas de l'histoire. L'œuvre littéraire se détache de

> *son arrière-plan. La parodie existe en dehors du matériau parodié. Une œuvre littéraire peut changer son arrière-plan. Par conséquent il faut étudier les lois qui gouvernent les relations de l'œuvre à son arrière-plan et non pas un lien historique particulier. L'histoire de la littérature est toujours à faire* […] *mais il faut la dépasser.* [30]

L'espace de ces lettres est aussi le lieu où l'on règle ses comptes avec les anciens alliés comme par exemple avec Lev Iakoubinski qui a abandonné le camp formaliste pour le puissant parti de la japhétologie présidé par l'académicien Nikolaï Marr. Chklovski à Iakoubinski : « Ami, je ne deviendrai pas un marxiste conséquent et je ne te le conseille pas non plus. En ce qui nous concerne il vaut mieux ne pas suivre, mais poursuivre la recherche. C'est un calembour, bien sûr. Mais qu'est-ce qu'un calembour ? C'est le croisement de deux champs sémantiques dans un signe verbal. Le jeu consiste à sentir l'inégalité sémantique. Il y a là encore un autre mode de pensée. "Quels beaux cheveux vous avez", disais-je à un journaliste. "Je n'ai pas de cheveux, j'ai du poil", répondit-il. "Du poil" — ça ne convient pas, ça ne pousse pas sur la tête. Cet homme peu intelligent attribuait une autre signification au doublet. Le synonyme cherche son emploi, cherche sa signification [...]. Il semble que chez vous (chez Marr) on en parle, il semble qu'on peut formuler comme suit votre pensée : le doublet contribue à la création d'une nouvelle notion (dans l'histoire des langues en règle générale). Réponds à cela. […] [31] »

Les comptes rendus réciproques élargissent l'espace des lettres critiques. Les formalistes essaient de renforcer leur nouveau projet critique en prenant pour objet les textes littéraires des formalistes eux-mêmes. La théorie formaliste suit de près la pratique formaliste : l'une et l'autre nouent une alliance de soutien mutuel. Ainsi, dans l'essai « Sur le roman historique et sur Iouri Tynianov. Le sujet du roman *La Mort du Vazir-Moukhtar* » (qui fait partie du livre *Fin du baroque,* Leningrad, 1932) Chklovski accentue — ou crée ? — la spécificité du nouveau roman historique, celui de Tynianov, par rapport au roman historique traditionnel où les « romanciers historiques, à la recherche de la liberté du sujet, ont souvent fondé leur roman sur un héros non-historique, sur un personnage non-attesté, en faisant parfois de celui-ci la clé d'un événement historique. » Dumas-père peut être considéré ici comme l'exemple classique.

> *Le roman de Tynianov n'a pas de tels héros ajoutés, pas de seconds rôles. Il est entièrement documenté. L'abondance de repères fixes, la fidélité à la trame historique prédéterminent le déroulement de l'action. C'est pourquoi le roman est construit quelque peu différemment.* […] *Dans le roman de Tynianov le sujet est construit au moyen de la projection d'une situation déterminée sur une autre situation. Le sujet est programmé, son dessin est révélé dans l'introduction au roman.* […] *Le roman est construit comme l'étude d'une équation. On prend la formule de l'époque et on la mène jusqu'à son terme. Elle met au jour des épisodes isolés.* [32]

Ou encore dans la « Postface sur le *Lieutenant Kijé* et *Une Majesté de cire* » Chklovski écrit :

> *Les romans historiques aujourd'hui sont habituellement une factographie historique. Une factographie bigarrée et psychologisante. Iouri Tynianov construit autrement.* […] *Iouri Tynianov a probablement pris ces anecdotes non pas dans des réécritures mais dans leur publication originale dans les* Antiquités russes. *Son travail ne consiste pas à contourner les sujets des anecdotes isolées, mais réside dans leur contamination et dans leur transposition.* […] *Et ce qu'il y a de mieux dans ce livre, c'est la sécheresse avec laquelle il est écrit. Le livre ne donne que l'essentiel. Le récit se distingue qualitativement des matériaux sur lesquels il est fondé. Il n'est nullement égal à leur somme. Dans tout l'ensemble des romans historiques russes, c'est probablement un exemple unique.* [33]

La comparaison avec un point de vue du camp adverse fera sentir la différence de ton et de *Stimmung* entre les « formalistes » et les « anti-formalistes ». Voici l'avis de Mikhaïl Bakhtine sur un roman de Tynianov dans un entretien avec ses disciples entre 1922-1927 : « *Kioukhlia* [*Le Disgrâcié*] présente les mêmes caractères que la trilogie de Merejkovski, c'est un assemblage de matériaux selon un certain schéma. Mais tandis que chez Merejkovski les matériaux sont sérieux, chez Tynianov ils sont mauvais et le schéma lui aussi est mauvais. Celui qui est familier des archives et des manuscrits de Pouchkine et sur Pouchkine, voit tout de suite que ce roman est nul. Qu'est-ce qui peut sortir de ce travail fait à la va-vite ? Tynianov n'est pas un maître : il n'a ni le style ni la langue qui lui permettraient de produire une œuvre artistique. *Kioukhlia* peut tout juste servir de livre de lecture pour les classes de l'enseignement secondaire. Léon Tolstoï qui disposait d'une érudition et de moyens exceptionnels et qui avait appris l'hébreu à un âge avancé a cependant travaillé de nombreuses années sur les matériaux réunis pour *Guerre et Paix*. Tynianov, lui, a achevé son œuvre en deux semaines. Même un petit prodige doit élaborer tous les matériaux qui existent sur le sujet et pour cela il faut prendre le temps nécessaire. C'est pourquoi *Kioukhlia* est parfaitement dénué de valeur et inutilisable même à l'école. Pour les classes de débutants il est incompréhensible et à un degré plus élevé il est trop peu sérieux. Alexis Tolstoï a compris la difficulté de représenter des personnages historiques et c'est pourquoi il ne les a esquissés que fugacement. Son Nicolas II ne parle pas, il se contente de quelques gesticulations. Tolstoï connaissait personnellement le tsar mais il avait compris combien de matériaux il aurait fallu étudier pour introduire un personnage historique dans un roman. Tynianov a travaillé à la hâte et c'est pourquoi ses héros n'ont pas l'air de personnes réelles. [34] »

La critique formaliste reste idéologique et interne ; néanmoins, les désaccords n'y manquent pas. Chklovski, porte-parole du groupe et gardien de la pureté de la doctrine, se montre fort critique là où il croit trouver chez ses compagnons d'armes des déviations par rapport aux principes formalistes comme par exemple, selon Chklovski, dans le récit *Une Majesté de cire* :

> *Par son début,* Une Majesté de cire *est le meilleur livre de Tynianov. C'est la première fois que Catherine Ire est devenue un fait et la première fois que la terre tourne autour du soleil.*
>
> *Les connaissances historiques, les détails découverts, les documents élucidés sont devenus de l'ordre du sensible.*
>
> *Mais il y a dans ce livre une défaillance. Cette défaillance est perceptible dans la deuxième partie, celle du cabinet de curiosités. Les monstres, empruntés au livre* Le Cabinet de Pierre le Grand *mais atténués et corrigés, échappent alors à la main experte de Tynianov pour rejoindre le cabaret du roman historique banal, dans le sillon rebattu des « curiosités ».* […] *Gardez-vous du « baroque ». Ne foulez pas le champ des morts.* […] *Ne foulez pas le champ des mots étrangers.* […] *Ce champ est*

> *mortel. J'avais raison quand j'écrivais à Eisenstein au sujet du baroque.* […] *Si vous voulez voir vos propres fautes, regardez les imitateurs qui courent plus loin que nous et qui parfois nous entraînent à leur suite.* [35]

Dans une brève note intitulée « Iouri Tynianov » et qui fait partie du texte *Fin du baroque,* Chkloski revient sur le « danger du baroque » :

> *Iouri Tynianov écrit* Une Majesté de cire, *son meilleur livre.*
>
> *Il y a là une Catherine Ire admirable, que l'on voit ainsi pour la première fois.*
>
> *Mais l'époque de Pierre n'est-elle qu'un cabinet de curiosités conservées dans l'alcool ?*
>
> *Le cinéma, le musée des figures de cire, l'expressionnisme allemand déterminent Iouri Tynianov.* [36]

Mais — de l'accord avant toute chose. Ainsi, Boris Eichenbaum consacre en 1929 un article à Chklovski-écrivain (« Sur Viktor Chklovski »), texte qui se transforme vite en hymne à l'amitié et aux années de *Sturm und Drang* formaliste :

> *Chklovski n'est pas seulement un écrivain mais une figure particulière de l'écrivain. En ce sens sa situation et son rôle sont exceptionnels. En d'autres temps il eût été un « voltairien » pétersbourgeois, un décembriste, il aurait vagabondé avec Pouchkine dans le Sud et se serait battu en duel comme lui ; homme de notre temps, il habite évidemment à Moscou et écrit sur sa vie, bien que, pour citer Dante, il ait à peine atteint le milieu du chemin. En d'autres temps on l'aurait appelé un « maître à penser ». En notre époque sévère et austère on l'appellera sans doute un « maître de la phrase », tant sa manière est entrée non seulement dans la littérature mais dans les échanges épistolaires, la vie quotidienne, la conversation, les exposés d'étudiants* […].
>
> *Rares sont ceux qui entreprennent de faire l'éloge de Chklovski dans la presse car tous ceux qui écrivent* […] *doivent avant tout se libérer de lui. On se plaint de lui comme d'une injustice du sort. Il en a irrité beaucoup : les uns parce que, ne sachant ni l'anglais ni l'allemand, il a été capable de redonner vie à Sterne, les autres, parce que, ayant écrit des*

> *travaux remarquables sur la théorie de la prose, il s'est révélé lui-même un excellent praticien. [...]*
>
> *Chklovski n'est pas du tout dans la ligne de l'écrivain issu de l'intelligentsia traditionnelle russe. C'est un professionnel jusqu'à la moelle des os* [...] *C'est un écrivain au véritable sens de ce mot : quoi qu'il écrive, chacun sait que c'est Chklovski qui l'a écrit. C'est physiologiquement un écrivain parce qu'il a la littérature dans le sang, non dans le sens où il serait un « homme de lettres » jusqu'au bout des doigts, tout au contraire : la littérature lui est inhérente, au même titre que la respiration, la démarche.* [...].
>
> *La nouvelle génération combat Chklovski parce qu'elle doit inventer quelque chose qui lui soit propre. C'est bien sûr la meilleure preuve de ce que Chklovski a incarné l'esprit de sa génération. S'il n'est pas encore un classique* [...] *c'est qu'il est un classique de demain.* [37]

Ainsi, s'établit l'alliance de la théorie et de la littérature, de l'écrivain et du héros littéraire, de l'homme et du personnage.

*

Les « philologues gais » (ce sobriquet donné aux formalistes par certains contemporains fait allusion à la *gaia scienza* nietzschéenne) réalisent cette nouvelle communauté du savoir et du destin partagés, ce destin conceptuel commun. Ils ont besoin de cette multiplicité simultanée des formes, de ce jeu de facettes qui se reproduisent à l'infini. Le sens aigu du devenir littéraire, de sa propre historicité est à l'origine de la conception formaliste du « fait littéraire ». Cette nouvelle alliance se réalise par les mots échangés qui acquièrent une valeur particulière du fait qu'ils expriment et incarnent un type précis de conscience de soi. S'écrire est nécessaire pour penser car, pour ces sensualistes du texte, l'essentiel est de créer un support externe à leur idée. Peu avant son élimination par le pouvoir, la métaréflexion s'accroît au sein de l'OPOÏAZ qui évolue vers une sorte d'« écriture à contrainte » : le nouveau genre s'articule comme résistance aux conditions externes de « non-liberté » et comme prise de conscience du destin commun qui sera désormais « formaliste ».

Sergueï TCHOUGOUNNIKOV

1. Les lettres de Viktor Chklovski aux membres de l'OPOÏAZ ont été publiées pour la première fois par A. Galuškin et A. Tchoudakov à partir de la version manuscrite dans : V. Chklovski, *Le Décompte de Hambourg*, Moscou, 1990. Notre traduction des citations de Chklovski se fonde sur cette édition.
2. V. Chklovski, *Le Décompte de Hambourg*, op. cit., p. 516.
3. *Ibid*., p. 309.
4. *Ibid*., p. 312.
5. *Ibid*.
6. Chapitre du livre *La Troisième Fabrique* (1925-1926) repris dans : V. Chklovski, *Le Décompte de Hambourg*, op. cit.
7. Jakobson dans sa réponse à Chklovski (1928) commente l'idée de la « non-liberté » en ces termes : « Je comprends ce qu'est le lin qu'on rouit et qu'on brise, mais il me semble que cette fois c'est allé trop loin. » (Roman Jakobson, *Teksty, dokumenty, issledovanija / Texts, documents, studies,* Moskva, Rossijskij Gosudarstvennyj Gumanitarnyj Universitet, 1999, p. 121-122.
8. Roma, Romka : diminutifs du prénom Roman.
9. V. Chklovski, *op. cit*., p. 145-146.
10. *Ibid.,* p. 145-146.
11. La théorie de N. Marr postule que toutes les langues du monde ont été engendrées par des croisements réciproques à partir d'un nombre limité d'éléments initiaux.
12. V. Chklovski, *op. cit*., p. 312-314.
13. En 1928 Jakobson se prononce ainsi sur ce tournant : « La peur des problèmes, le désir absurde d'expliquer une série par une autre, c'est-à-dire le petit jeu : où sont les clés ? cherche là-bas. En un mot, un exercice bureaucratique. Tout cela est compréhensible du point de vue historique. Mais regrettable. » (Roman Jakobson*, Teksty, dokumenty, issledovanija,* op. cit., p. 121-122).
14. En France Tzvetan Todorov a souligné plusieurs fois les homologies fonctionnelles entre les théories de la langue et de la littérature de ces deux courants à partir des *Théories du symbole* (1977), mais aussi dans *Les Genres du discours* (1978), *Mikhaïl Bakhtine. Le principe dialogique* (1981), *Critique de la critique* (1984), ainsi que dans la préface au livre de R. Jakobson, *Vie dans le langage. Autoportrait du savant* (1982). La confirmation de cette filiation vient presque simultanément du camp des philosophes. L'anthologie importante des textes romantiques, *L'Absolu littéraire. Théorie de la littérature du romantisme allemand*, publiée en 1978 par Philippe Lacoue-Labarthe et Jean-Luc Nancy renforce cette prise de position. Les affirmations des poéticiens reçoivent le fondement philosophique fondamental pour le contexte français et de même le « droit de cité » dans le monde intellectuel. Le premier romantisme allemand, et les développements exposés dans l'*Athenäum* (concepts de critique, de genre, de poésie, de symphilosophie) sont perçus désormais comme ouverture dans la modernité critique. Sur les rapports romantisme / formalisme, voir aussi : E. Holenstein (dans : R. Jakobson, H. G. Gadamer, E. Holenstein, *Das Erbe Hegels II*, Frankfurt am Main, 1984) ; A. Hansen-Löve, *Der russische Formalismus*, Wien, 1978, *I.4* ; *II* ; L. Dolezel, *Occidental poetics*, London, 1990, p. 53, p. 124 ; J.-M. Schaeffer, *La Naissance de la littérature. La théorie, esthétique du romantisme allemand*, 1983 ; J.-M. Schaeffer, *L'Art de l'Âge moderne*, Paris, 1992, p. 11-24 ; p. 368-375 ; S. Tchougounnikov, « Le formalisme russe entre la morphologie allemande et le structuralisme naissant », *Protée*, vol. 31, n° 2, Montréal, 2003, p. 83-95 ; S. Tchougounnikov, *Entre « organicisme » et « post-structuralisme » : deux âges du discours russe-soviétique sur le langage et la littérature (1914-1993)*, Thèse de doctorat de 3e cycle présentée à l'EHESS de Paris, 2002, p. 69-229.

15. R. Ayrault, *La Genèse du romantisme allemand*, vol. 2, Aubier, Paris, 1976, p. 40.
16. *Ibid.*, p. 40. Le Non-Moi est pensé par Fichte comme l'antithèse immédiate de la thèse du « Moi ». Le Moi qui « vit les contenus de sa conscience comme autant d'aspects de lui-même » se scinde en deux termes opposés qui reflètent son désir de complémentarité et de synthèse. La synthèse du Moi et du Non-Moi constitue la connaissance du monde sous la forme de la pénétration réciproque de la pensée et du donné. *Cf.* Fichte, « Einige Vorlesungen über die Bestimmung des Gelehrten » in : *Geschichte der philosophie in Text und Darstellung, Deutscher Idealismus*, B. 6, Ph. Reclam jun., Stuttgart, 1985, p. 178-180.
17. G. Gusdorf, *Le Romantisme 1. Le savoir romantique*, Paris, Payot & Rivages, 1993, p. 447.
18. G. Gusdorf écrit à ce propos : « La correspondance des romantiques allemands, en particulier dans le groupe d'Iéna, est le lieu d'une vérité à l'état naissant, où s'élaborent les perspectives maîtresses du mouvement » (*ibid.*, p. 447).
19. R. Samuel cité par Gusdorf, *ibid.,* p. 448. Et Gusdorf de continuer : « Moyen de communication, la lettre énonce une vérité en communication, lieu de rencontre entre l'expéditeur et le destinataire ; selon Novalis, "toute vraie lettre est poétique par nature", moyen d'approche de la connaissance de jour en jour, journal intime à deux, ou à plusieurs… » (*ibid.*, p. 448).
20. *Cf.* P. Medvedev (M. Bakhtine), *Formalnyj metod v literaturovedenii* (La méthode formelle en sciences de la littérature) dans : M. Bakhtine, *Tetralogija* (*Tétralogie*), Moskva, Labirint, 1998, p. 283.
21. V. Chklovski, *op. cit.*, p. 146.
22. *Ibid.*
23. *Ibid.*
24. *Ibid.*
25. *Ibid.*, p. 310-311.
26. Dans : Roman Jakobson, *Teksty, dokumenty, issledovanija*, op. cit., p. 121-122.
27. V. Chklovski, *op. cit.*, p. 304.
28. *Ibid.*, p. 303.
29. Dans le texte original : *psiholo žestvo* formé sur le modèle de *mu želo žestvo* — « crime de pédérastie » ou *skotolo žestvo* — « crime de zoophilie » : donc, un « crime de psychologie ».
30. *Ibid.*, p. 307-308.
31. V. Chklovski, *op. cit.*, p. 306-307.
32. V. Chklovski, *op. cit.*, p. 465-466.
33. V. Chklovski, *op. cit.*, p. 468-469.
34. Notre traduction se fonde sur l'édition suivante : M. Bakhtine *Sobranie sotchinenii*, « Zapiski lekcij po istorii russkoi literatury », Moscou, Russkie slovari, vol. 2, 2000, p. 410-411.
35. V. Chklovski, *op. cit.,* p. 468-470.
36. *Ibid.*, p. 452.
37. La première publication : *Moï vremennik. Slovesnost'. Nauka. Kritika. Smes'* (Mes carnets. Littérature. Théorie. Critique. Mélanges) Izdatelstvo pisatelej v Leningrade, Leningrad [1929]. Notre traduction se fonde sur l'édition suivante : B. Eichenbaum, *Moï vremennik* (Mes carnets), Saint-Pétersbourg, Inapress, 2001, p. 135-137.

« EN PHASE AVEC L'ÉPOQUE », MAIS SANS L'EMPHASE DE L'ÉPOQUE

Chklovski dans les années trente

Depuis environ une dizaine d'années, on remarque un intérêt croissant des études sur l'art et la société soviétique pour la décennie des années trente, intérêt qui a largement profité de l'ouverture des archives. Les travaux sur les itinéraires des artistes, la censure et l'autocensure, sur les conditions d'exercice du travail intellectuel, sur le rapport à l'institution, les transformations du champ de la critique contribuent peu à peu à complexifier et nuancer le tableau qui s'imposait autrefois. Les circonstances de l'introduction du réalisme socialiste sont à présent mieux connues, ce qui ne signifie pas que les chercheurs aient trouvé des alternatives aux schémas interprétatifs traditionnels : rupture *versus* continuité (d'une décennie à l'autre) ou abdication *versus* résistance (au niveau des itinéraires personnels). Le champ de l'esthétique reste prisonnier du champ politique qui fournit en dernier ressort la principale explication au changement de paradigme comme aux aléas d'un destin de créateur.

La prégnance de ces lectures se révèle particulièrement lorsqu'on se penche sur une figure comme celle de Viktor Chklovski : en dépit de certaines publications récentes, l'image du renégat s'impose toujours pour la période postérieure aux années vingt. Celle-ci s'appuie principalement sur une interprétation erronée d'un texte fameux, « Monument à une erreur scientifique », publié en 1930. Or loin d'être un acte de reniement des positions de l'OPOÏAZ, on sait maintenant qu'il s'agit d'une reformulation, certes un peu contournée, de la plate-forme Tynianov-Jakobson qui devait servir à relancer l'activité du groupe (au reste, la critique contemporaine de la parution de l'article n'avait pas été dupe). Cette nouvelle lecture, qui s'appuie tant sur une analyse du texte et de son accueil, que sur des sources archivistiques n'a pourtant pratiquement rien changé au statut de leur auteur et de ses textes de la période des années trente, en réalité mal connus, mais globalement ramenés à une série de *mea culpa* successifs.

C'est pour interroger ces schémas que l'on a choisi ici de présenter un texte inédit du fondateur de l'OPOÏAZ, rédigé entre la deuxième moitié de 1932 et le début de 1933, qui témoigne précisément de cette transition esthétique. Chklovski y interprète la décennie révolue à travers l'époque du baroque, en reprenant à l'historien d'art Heinrich Wölfflin, abondamment traduit en russe depuis les années dix, certains traits caractéristiques : détail, fragment, multiplicité des éléments qu'il oppose à la continuité, au lien logique, à la visée de l'unité. Mais alors que Wölfflin voyait ces oppositions comme significatives de la transition entre Renaissance (règne de la « continuité ») et Baroque (triomphe du « fragment »), Chklovski renverse le modèle et fait de la « continuité » le trait principal de l'époque qui s'ébauche devant ses yeux. Deux ans plus tôt déjà, réfléchissant à la rupture que constituait, pour les hommes de sa génération, la mort de Maïakovski, il écrivait : « Devons-nous considérer notre époque comme révolue ? Ce n'est pas un hasard si Maïakovski avait autant de mal à construire l'intrigue de ses poèmes. Les hommes de notre époque, les hommes du détail intensif — sont des hommes du baroque. Sergueï Mikhaïlovitch Eisenstein, auteur de merveilleux fragments de film, en a pris conscience avec moi et en a fait une théorie. La théorie des attractions. Les détails et la généralisation, dont parlait déjà Léon Tolstoï, se livrent un combat. [1] »

Cette façon de lire une époque à travers une autre témoigne de la proximité, de l'intimité même que Chklovski entretenait avec le passé, sentiment qu'il partageait avec les autres membres du noyau fondateur de l'OPOÏAZ. On pensera à la façon dont Eichenbaum comparait les années vingt du XXe siècle avec la même décennie du XIXe siècle, ou dont Tynianov interprétait la différence entre Khlebnikov et Maïakovski à travers le conflit qui avait opposé plus d'un siècle auparavant les poètes « archaïstes » aux « novateurs ».

Dans le texte que nous présentons, c'est l'avant-garde dans son ensemble, depuis le futurisme des années dix jusqu'à ses avatars de la fin des années vingt, tous domaines confondus (théâtre, cinéma, littérature), qui est rapprochée de l'esthétique du baroque. Pareil rapprochement ne peut s'opérer qu'au prix d'une certaine schématisation, et d'une sorte de réduction à un dénominateur commun. C'est le reproche que Tynianov lui adresse dans une lettre : « Eisenstein chez toi ressemble à Meyerhold qui ressemble à Olécha. Olécha à moi et Babel à Mandelstam. On ne comprend plus qui est où. Et qui écrit, représente ou édite quoi. [2] » Néanmoins c'est Eisenstein qui constitue, selon Chklovski, le paradigme de cette esthétique et ce n'est pas un hasard si la deuxième partie du texte se présente sous la forme d'une lettre adressée au réalisateur. Pour la première fois, ce terme de baroque est d'ailleurs utilisé par Chklovski en 1929, dans un article consacré au film *Octobre* : « Eisenstein a créé un film de style “baroque soviétique”. On a l'impression que la révolution d'Octobre a été faite par des statues. Des statues mythologiques, historiques, en bronze, juchées sur des toits, des lions sur des ponts, des éléphants, des idoles, des statuettes. Un meeting de sculptures. Un meeting de statues dans un magasin de vaisselle. [3] » C'était également à Eisenstein qu'il se référait dans le texte consacré à Maïakovski, cité plus haut.

La notion de continuité évoquée par opposition s'appuie en revanche sur une seule figure, mais que l'auteur juge emblématique. Il s'agit de Stanislavski. Son art de la mise en scène et l'engouement nouveau qu'elle susciterait, sont pour Chklovski symptomatiques de ce qu'il appelle ailleurs un « nouvel âge classique » et qui n'est autre que l'art des années trente. Ce terme de continuité renvoie principalement aux débats autour de la notion de « sujet », qui se développent entre 1931 et 1934 dans les milieux cinématographiques, bien plus que dans les milieux théâtraux ou littéraires. Rappelons que le terme russe de « sujet » [*sioujet*] connaît deux acceptions : l'une, répandue dans le langage courant, peut être grossièrement ramenée au sens du français « intrigue ». L'autre, développée par Chklovski et d'autres membres de l'école formelle, l'oppose à la « fable » (suite d'événements dans l'ordre chronologique de leur déroulement) : le « sujet » est l'un des moyens de mise en forme de la fable. Selon Chklovski, le cinéma novateur que pratique Eisenstein consiste à nourrir le sujet par l'introduction de matériaux extérieurs à la fable.

Ces excroissances ne visent pas la mise en valeur de l'intrigue principale. Et c'est par le montage que ces greffes livrent leur sens, tant au niveau de la construction d'ensemble qu'au niveau de l'unité de base. Dans cette partie de sa réflexion, Chklovski prend appui sur les propositions du « montage intellectuel » qu'Eisenstein développe à partir de 1928. Il convient à ce propos de souligner la dette intellectuelle de Chklovski dans la seconde moitié des années vingt à l'égard tant des films que de la réflexion théorique d'Eisenstein, même s'il en reformule toujours les propositions dans ses propres termes.

Mais à partir de 1929, avec la mise en cause du cinéma « formaliste » c'est la notion même de montage (*i.e.* montage d'éléments non contigus ou sans lien direct à l'intérieur de l'univers fictionnel) qui est attaquée, tandis que l'on prône, dans le discours critique et institutionnel, le retour à l'intrigue traditionnelle. Cette mutation se traduit par une valorisation du film « captivant » qui aboutira en 1934 à une mise en cause du cinéma documentaire dans son ensemble (dans le « plan thématique » fixant les orientations annuelles de la production, ce genre connaîtra une baisse de crédits et de métrage).

La notion de « continuité » évoque également la distinction, empruntée à Bergson, que Chklovski opérait dans les années dix entre « continu » et « discontinu » : pour qu'il y ait de l'art, le monde devait être appréhendé au moyen de la « vision » (par opposition à la « reconnaissance »), sous la forme d'un « flux continu ». Se fondant sur le caractère discontinu des images impressionnées sur la pellicule, Chklovski concluait en déniant au cinéma tout caractère artistique. Mais après 1923 (date du livre *Littérature et cinéma* d'où proviennent ces analyses), Bergson est remisé aux oubliettes, et il serait difficile d'interpréter en 1932 la notion de continuité, telle que Chklovski la développe dans ce texte, dans un sens bergsonien. « Continu » et « discontinu » renvoient ici clairement à l'opposition entre une esthétique prônant l'unité narrative et une autre, liée au futurisme et désormais condamnée, exaltant le montage de fragments.

L'ensemble des textes de Chklovski des années trente est d'ailleurs dominé par cette interprétation de la poétique de l'avant-garde : sujet réduit à un prétexte à l'attraction, développement autonome du fragment, intérêt pour les brouillons, esthétique du grotesque, intention polémique ou parodique par rapport à l'héritage classique, fonctionnement « hiéroglyphique » des objets auxquels est accordée la préférence, au détriment du héros et de l'acteur comme supports de l'intrigue.

Mais l'originalité de ce texte est sans doute de déceler dans la nouvelle « continuité » son caractère construit, riveté, assemblé, composé, d'où les images d'architecture et de forme typographique qui viennent sous la plume de Chklovski, tandis que l'esthétique de l'avant-garde, et celle du montage même, évoquent chez lui la suppression des ligatures, et du coup, l'idée de flux.

Ici Chklovski ne cherche pas à expliquer les raisons de ce tournant. Dans d'autres textes de la même époque, il avance deux explications d'ordre différent : l'une est purement sociale et tient au changement de lectorat ou de « spectatorat », l'autre est plus clairement politique et renvoie à une volonté imposée d'en haut. Dans le premier cas, l'arrivée d'une masse de lecteurs récemment alphabétisés qui seraient en position de « découvrir » les classiques et non pas, comme sa génération, en position de « reconnaissance » (selon les oppositions introduites dans ses premiers textes des années dix entre « vision » et « reconnaissance », « usure » et « défamiliarisation »). Ce genre d'explication atteste avant tout de l'effort de Chklovski pour reformuler dans ses propres termes quelques lieux communs du discours officiel. L'explication politique, évoquée de façon allusive dans un seul texte à notre connaissance, établit un lien entre ce tournant esthétique et la résolution d'avril 1932 : en résumant grossièrement, l'esthétique de l'avant-garde aurait été à ce moment précis définitivement battue en brèche. On peut s'étonner que Chklovski interprète dans ce sens une décision qui, en éliminant le groupe doctrinaire de la RAPP, donna, pour quelques mois au moins, l'impression d'une victoire aux compagnons de route et leur fournit l'espoir d'une libéralisation [4]. Mais, moins peut-être que la date précise — l'époque du « baroque » lui paraissait déjà révolue au moment de la rédaction de son livre sur Maïakovski, autrement dit dès l'été 1930 —, l'important est que Chklovski évoque une incidence du politique sur le changement esthétique.

À une première lecture un peu rapide du texte, on peut en conclure que Chklovski salue ce changement et appelle les artistes à « rattraper le tramway » (telle fut bien l'interprétation de Tynianov). En réalité, le texte est éminemment ambigu. Le préambule, sorte de bref essai poétique mêlant impressions quotidiennes et évocation du passé artistique, fonctionne de manière très allusive. Le sentiment de

« déboussolement » face à l'avancement accéléré des chantiers de reconstruction de la ville fait place à une opposition entre cette construction d'aujourd'hui, interprétée comme quadrillage, articulation, emboîtement, et la tentative futuriste d'autrefois, qui à l'inverse visait à supprimer les structures syntaxiques traditionnelles de la langue et les signes de ponctuation, afin de créer d'autres liens entre syllabes. Le paragraphe s'achève sur une évocation de l'écrivain Senkovski, probablement déjà sibylline en 1932-1933. Or le passage auquel renvoie de manière allusive Chklovski contient un véritable hymne à la poétique du fragment, considéré comme « roi de la littérature moderne » et « sommet du beau » ! D'où la conclusion de Chklovski, grave, mais inattendue et énigmatique pour le lecteur non averti : « je n'ai pas peur ».

L'*ambiguïté* est néanmoins bien présente. D'une part, toute la deuxième partie appelle clairement à faire le deuil de cette poétique. D'autre part, sur cette question précise de l'esthétique du fragment, Chklovski n'a pas toujours été favorable au travail d'Eisenstein ou de Meyerhold. Les critiques qu'il émet en 1932-1933 sont largement à rapprocher de textes antérieurs à 1926 : il avait commencé par reprocher à *La Grève* son manque de continuité narrative, de même, la mise en scène du *Revizor* de Gogol par Meyerhold souffrait selon lui d'un mépris pour l'intrigue, si bien que « les détails en avaient eu raison ». Au cinéma, pendant assez longtemps, le lien référentiel paraissait à Chklovski trop pesant pour que cet art puisse se passer d'une intrigue solide. Enfin, les scénarios auxquels lui-même collaborait dans les années vingt relèvent, à quelques exceptions près, d'un modèle assez traditionnel privilégiant la continuité narrative. Mais, à partir de 1926, il souligne que ces « erreurs » qu'il relève chez Meyerhold ou Eisenstein, n'ont rien de fortuit, et sont au contraire caractéristiques de l'époque. Peu à peu il en vient à affirmer que « le point d'attaque du travail de l'écrivain n'est plus le sujet, mais les moments pris séparément. L'œuvre se décompose en numéros de variétés. » Il voit une nouvelle voie de la prose russe dans « le carnet de notes de l'écrivain, sans intrigue, sans fable, avec un sujet fondé sur l'opposition d'un fragment à un autre ». « Nous vivons actuellement une période de non-perceptibilité de la forme du sujet, qui a quitté le champ clair de notre conscience, tout comme nous avons cessé de ressentir dans la langue ses formes grammaticales.

[…] Nous avons besoin de revivifier l'art par le transfert de ses priorités sur d'autres moments. À l'heure actuelle, nous fixons non pas la construction, mais le matériau d'une œuvre. [5] » Et le travail d'Eisenstein constitue un modèle qui influence les autres arts, particulièrement la littérature.

Les revirements de ce parcours se retrouvent dans l'ambiguïté du texte présenté ici. Sans nier son appartenance à la poétique des années dix et vingt, Chklovski n'a aucune raison de la fétichiser ou de lui demeurer à tout prix fidèle. En évoluant, il cherche à rester en tant que créateur, critique et théoricien, en phase avec son époque, ce qui n'a rien d'étonnant pour celui qui affirmait : « L'époque ne peut pas se tromper. L'époque ne peut pas être coupable envers moi. On ne peut pas dire : "La compagnie n'observe pas la cadence, seul le capitaine marche au pas." Je veux parler avec mon époque, je veux comprendre sa voix. [6] » Par ailleurs, changement, évolution, ne signifient pas affadissement ou simplification. Il n'est jamais question chez Chklovski de viser une simplicité qui rendrait l'œuvre immédiatement accessible aux masses : à rebours du fameux slogan prônant un cinéma « compréhensible pour des millions », il insiste en toute occasion sur la complexité accrue que requiert « l'effet de simplicité », et sur la nécessaire difficulté de perception de toute œuvre d'art novatrice pour ses contemporains. Son projet de film consacré à Stepan Razine, écrit au début des années trente, mêle ainsi matériau historique et folklore dans une composition très savante, avec un sujet arborescent qui multiplie les personnages épisodiques et dont il relie les ramifications par des échos thématiques ou métaphoriques. Il sera refusé, comme la grande majorité de ses scénarios des années trente.

Précisons que ce texte est une version remaniée d'un article paru dans la *Gazette littéraire* quelques mois plus tôt [7] auquel Tynianov avait réagi vivement dans une lettre. La brouille entre les deux amis allait durer presque deux ans. Cette seconde version devait constituer l'introduction d'un recueil d'articles consacrés à la prose soviétique contemporaine qui resta inédit. Dans son remaniement, Chklovski intégra la réaction de Tynianov, sans le nommer directement. On peut y voir bien sûr cette tendance de l'écriture de Chklovski à transformer tout fait de sa vie personnelle en matériau de réflexion et fait de littérature. On remarquera aussi que Chklovski pratique depuis ses premiers textes cet art du remaniement ou du réemploi avec une visée légèrement différente. Mais ce texte est aussi caractéristique de son écriture des années trente, qui voit se développer tout un réseau d'allusions implicites à des raisonnements élaborés antérieurement, et d'ellipses qui misent sur la mémoire du lecteur pour laisser prudemment certaines notions, ou certaines assertions dans le « hors-texte ». Plus généralement, la richesse et la multiplicité des références avec lesquelles il opère, ses analogies inattendues (ici entre l'urbanisme et la typographie), ses images prises successivement au propre et au figuré (le tramway qui passe), ses passages continuels d'un champ à l'autre (cinématographique, littéraire, architectural, théâtral), font de ses textes des objets énigmatiques, d'une lecture malaisée au premier abord. S'il prend acte du retour de « l'art de la continuité », lui-même, dans son écriture scénaristique comme dans ses textes théoriques ou critiques, reste indéfectiblement attaché au « baroque », à la poétique du fragment.

Valérie POZNER

1. *Quête d'optimisme* [Poiski optimizma], Moscou, 1931.
2. Lettre du 9 août 1932, citée dans l'édition du recueil de textes de Chklovski choisis et commentés par Al. Galouchkine, *Gambugskij schet*, Moscou, 1990, p. 535.
3. « Des lois de construction des films d'Eisenstein », *Sovetskij èkran*, 1929, n° 6.
4. Et dont il bénéficia personnellement, au moins dans ses activités cinématographiques, en obtenant de nouvelles commandes de scénarios et en étant réélu au bureau de l'organisation professionnelle des cinéastes (ARK).
5. Introduction au recueil resté inédit *De la prose russe contemporaine*, in *Gamburskij ščet*, Moscou, 1990, p. 191-197.
6. *Troisième Fabrique*, Paris, L'Esprit des péninsules, 1999, p. 26.
7. Ce premier article avait pour titre « De ceux qui empruntent une seule et même voie sans le savoir. La fin du baroque », *Literaturnaja Gazeta*, n° 32, 17 juillet 1932.

VIKTOR CHKLOVSKI

De la maladie des gens forts. Du baroque. De sa fin.

Moscou l'été

Le tramway déjà vide, nocturne et diaphane, file au bord de l'asphalte luisant, planté d'ombres — ombres des arbres, dont on sait qu'ils sont verts.

Quelqu'un dont j'avais déçu les attentes dans un de mes articles, m'a rétorqué que j'écrivais comme un expressionniste allemand de second ordre [1].

De zone B, pour ainsi dire.

Un « toi-même » songeur pèse sur la littérature russe.

Il pleut par intermittence, les nuages s'étirent au-dessus de Moscou, ils arrivent après un séjour au couchant ; on croirait qu'ils rentrent d'un match de foot.

Ils passent derrière les grues à béton, hautes et effilées, très belles.

C'est quand on reste à Moscou l'été, et qu'on s'égare plusieurs fois de suite dans les ruelles en chantier, qu'on perd ses points de repère… c'est quand on s'égare dans Moscou où même l'humus a changé, où une rue ne se reconnaît plus qu'à ses arbres (eux, on ne les surélève pas), que vient l'idée du temps.

Elle réside à côté de l'idée de « qui ».

« Qui », et aussi « que », suivis d'une virgule, ou d'un point, il y a là beaucoup de « têtes-de-clou », de cadrats, ce ne sont pas des caractères, on les place dans la forme pour tenir serrée la composition et qu'elle ne s'éparpille pas.

Les futuristes voulaient affranchir la langue russe des lois de la ponctuation, la laisser voguer de manière différente.

Les signes de ponctuation, après tout, ce ne sont pas des lois de la pensée ni des lois de la nature.

Il y a longtemps qu'on aurait dû les briser, ces cloisons mortes qui laissent filtrer le sens mais qui se substituent aussi à lui.

Je sais ce que Senkovski a écrit du pronom « icelui » et je n'ai pas peur [2].

Lettre à Sergueï Mikhaïlovitch Eisenstein

Ami, contemporain,

Patron de dix années de cinématographie soviétique. Maître.

Stanislavski travaille actuellement rue du Chambellan, rebaptisée passage du Théâtre d'Art.

Il y a un an ou deux, ce détail avait pour moi un intérêt historique.

Il imagine aujourd'hui que le Sélifane de Tchitchikov, lorsqu'il porte les malles dans la demeure de la Korobotchka, est tout heureux de se retrouver au chaud [3].

Tandis que la Korobotchka sort en courant tout effrayée, croyant que la foudre a frappé sa maison.

Le livre de Stanislavski part dans tous les sens [4], on dirait un catalogue de mises en scène, mais son théâtre possède une logique quant à la disposition des fragments.

Il sait que les fragments n'existent pas.

Les liens qu'invente Stanislavski sont souvent erronés et contradictoires : Sélifane est heureux d'être au chaud, la foudre a frappé la demeure de Korobotchka — l'une des explications appartient à l'automne ou à l'hiver, l'autre à l'été.

Mais ce besoin d'assujettir un fragment à un autre fait de Stanislavski un homme d'aujourd'hui.

Vsevolod Emilievitch Meyerhold peut encore rattraper le tramway, personne ne parle aussi bien que lui pendant les répétitions, et il n'y a pas de théâtre plus théâtral que le sien.

Mais le monde s'éparpille entre les mains de Meyerhold.

Le metteur en scène étouffe les mots.

Le jeu redouble le jeu, sans entrer dans le jeu [5].

De même, au Théâtre Roustaveli, on joue *Les Brigands*. Les brigands perchés sur des branches sont habillés comme des voyous, mais quand ils doivent parler, ce sont d'autres brigands, enveloppés de capes de velours, qui entrent en scène [6].

Le spectacle ne tient pas dans la durée impartie, les acteurs n'ont pas le temps de prononcer leurs monologues, et la coupe de l'art n'est emplie que de mousse.

Il arrive quelquefois chez Meyerhold qu'au milieu du drame anéanti surnagent des fragments prodigieux d'un monde dramaturgique englouti.

Le vieux débat que menaient déjà les hindous, celui bien connu de Diderot à propos de l'acteur et de l'émotion — c'est le même qu'aujourd'hui autour du fragment et de l'essentiel.

J'ai eu l'occasion de travailler avec Vsevolod Emilievitch Meyerhold et le jeune écrivain Iouri Guerman [7]. V.E. fournissait d'extraordinaires indications, mais toute leur logique restait cantonnée au fragment, à l'expression corporelle, et s'il renforçait un détail, il n'en donnait pas la lecture.

C'est un très grand metteur en scène, mais ce n'est pas un lecteur.

Un seul morceau de dramaturgie parvenait jusqu'au spectateur — le dialogue entre l'architecte et le buste de Goethe.

Il réussissait à passer. C'était peut-être dû à la taille du buste.

Une seule vie et un seul succès, c'est trop peu pour le grand homme qu'est Meyerhold. Lev Nikolaevitch Tolstoï a eu au moins trois vies.

Au cinéma, le fragment, l'attraction, le « truc », le cadre, étaient nos outils de pensée, et ceux qui nous servaient à faire penser les autres. Nous projetions exprès des films dé-montés, nous avions raison à notre manière de détruire les cloisons, de les supprimer. C'est peut-être ainsi qu'on fabrique du sucre à partir de betteraves.

Vous, vous êtes passé de la méthode de l'émotion transmise par l'expression corporelle au cinéma intellectuel [8].

Vous vous êtes récemment passionné pour Zola [9].

Mais Zola est lui aussi un grand énumérateur et désignateur d'objets. En cela, le naturalisme est baroque.

Vous avez appliqué la méthode excentrique. Les voyous de *La Grève* continuent de crier chez Babel, chez Pavlenko [10].

Votre escalier, avec ses monstres, est lui-même devenu un recueil de règles.

Votre insurrection, dans *Octobre*, était un combat héroïque contre de la vaisselle.

Vous avez fait irruption dans le palais, et vous n'avez pas su maîtriser la quantité d'objets qui s'y trouvaient.

Croix, éléphants, femmes nues au buste voilé, côtoyant bidets, paons et baisers de marbres… tous les objets avaient deux adresses, deux citoyennetés, ils étaient comme dédoublés.

Vous avez vaincu Kerenski, mais vous avez tant relevé le pont que l'art s'est trouvé impuissant à prendre le Palais d'Hiver.

L'accent artistique et l'accent sémantique ne coïncidaient plus [11].

Vous êtes un grand artiste. Il est vrai que les gens aiment voir le neuf de la manière dont eux-mêmes l'imaginent. Ceux que vous avez entraînés à votre suite vous gênent, vous paralysent.

Mais l'époque du baroque est révolue. Comme est révolu le temps du détail intensif. Voici venu l'art de la continuité.

Les gens liés à l'art du détail, du sujet affaibli, sont encore, par leur talent, par leur qualité artistique, les artistes les plus forts de l'Union.

Mais on voit déjà des signes d'affaiblissement de cette qualité artistique.

Moins nécessaires, ils deviennent moins forts. Et il ne servirait à rien de nier cette nouveauté et de vouloir remontrer leurs erreurs à ceux qui aujourd'hui, sans y réussir totalement, aspirent à la composition d'ensemble, ne cherchent pas à restreindre leur thématique ni à réduire son arbitraire.

Traduit du russe par Valérie Pozner

1. Il s'agit de Iouri Tynianov. Dans la première version, publiée le 17 juillet 1932, Chklovski écrivait : « Le cinéma, le musée des figures de cire, l'expressionnisme allemand définissent Iouri Tynianov. » Tynianov, touché au vif par ces remarques, retourne dans une lettre à son ami son analyse de la littérature contemporaine : « Tu exiges que tous soient plus actifs, plus calmes, n'écrivent pas par fragments, etc. (toi-même écris par fragments)… Mon cher, tu souhaites à Dieu sait qui, à une soi-disant nouvelle époque ou à un rococo à venir que tes amis, sous le nom de baroque, cèdent leur place. Dans leur liste, je figure à ta place. C'est effectivement la fin du baroque. Mais si je ne savais pas que j'empruntais la même voie qu'Olécha, je sais en tout cas que je ne suis pas la tienne. » (Lettre du 19 août 1932).

2. Chklovski renvoie ici au chapitre introductif des *Voyages fantastiques du Baron Brambeus*, d'Ossip Senkovski (1835), trad. Paul Lequesne, Paris, L'Esprit

des péninsules, 2000. Senkovski y raille le style littéraire empesé qui infeste la langue littéraire russe et y prend la défense du « fragment » : « Il est sur terre des gens pesants, immobiles, coulés dans du bronze, qui se disent posés et solides, qui voudraient que tous les plaisirs fussent d'un seul long morceau, comme la colonne Alexandre, et ne conçoivent pas la poésie du fragment. Ce sont en général de grands protecteurs des *cestui*, des *icelui*, et autres pronoms affectionnés des chicaneurs, et furieux contre moi parce que j'ai osé bousculer l'objet de leur tendre tutelle, sans doute s'armeront-ils aussi contre mon système de fragments. Apprenez-leur donc, de grâce, que le fragment n'est rien d'autre que le représentant de notre culture, le résultat de notre persévérance à nous occuper utilement, le roi de la littérature moderne, le sommet du beau. »

3. Il s'agit du spectacle de Stanislavski, dont la première avait eu lieu le 28 novembre 1932, d'après l'adaptation par Mikhaïl Boulgakov des *Âmes mortes* de Gogol. Les membres de l'OPOÏAZ avaient une vision assez négative de l'œuvre de Boulgakov, en qui ils voyaient un restaurateur des formes classiques. Son arrivée au Théâtre d'art fut ressentie par Chklovski comme un autre symptôme de la transition.

4. *Ma vie dans l'art*, de Konstantin Stanislavski, publié pour la première fois en 1926, venait de connaître une réédition en 1931.

5. Ce n'est pas la première prise de position négative de Chklovski à l'égard de Meyerhold : *cf.* quatre articles publiés entre 1920 et 1926 sur les spectacles mis en scène d'après *Les Aubes* de Verhaeren, *La Forêt* d'Ostrovski, *Le professeur Boubous* de Faïko et *Le Révizor* de Gogol. L'un des reproches formulés était déjà de faire disparaître la structure des pièces au profit d'une suite de numéros de divertissement, de réduire les textes à de simples prétextes. Chklovski oppose à ce choix une adaptation polémique des œuvres classiques (voir p. ex. son travail sur *La Fille du capitaine* de Pouchkine).

6. Il s'agit d'une mise en scène du drame de Schiller, sous le titre *In tirannos !*, due à Sandro Akhmételi au Théâtre Roustavéli de Tiflis (la première eut lieu le 9 février 1933, Chklovski vit le spectacle en avril). Le spectacle fut présenté l'été 1933 à Moscou et Léningrad où il fut taxé de « formaliste ».

7. Il s'agit de la mise en scène de *L'Introduction* au Théâtre de Meyerhold dont la première eut lieu en janvier 1933. Le jeune Iouri Guerman avait écrit la pièce d'après un canevas de Chklovski.

8. Chklovski se réfère ici d'abord à la théorie du « montage des attractions » (1923) ainsi qu'au « Montage des attractions au cinéma » (1924) (en fr. in *Au-delà des étoiles*, Paris, coll. 10 / 18, U.G.E., 1974, p. 115-121 et 127-144), puis à la théorie du « cinéma intellectuel » qu'Eisenstein développe dans la deuxième moitié des années vingt, méthode permettant d'exprimer des notions abstraites à partir de la confrontation de deux représentations concrètes. Ce travail joua un rôle essentiel dans l'évolution de la pensée de Chklovski sur le cinéma. C'est particulièrement dans le projet de film sur *Le Capital* de Marx (Barthelemy Amengual, *Que viva Eisenstein !* Lausanne, L'Âge d'homme, 1980, p. 585-606) que cette théorie trouve à s'exprimer, ainsi que dans les textes de 1928 « Notre *Octobre*. Par-delà le joué et le non-joué » (en fr. in *Au-delà des étoiles*, op. cit., p. 177-182), « I.A. 28 » (en fr. in *Eisenstein dans le texte*, *Cinémas*, vol.11, n° 2-3, p. 147-160), et dans les textes de 1929 « Hors-cadre » (in *Le film : sa forme, son sens*, Paris, Ch. Bourgois, 1976, p. 33-45), « Perspectives » (*Au-delà des étoiles*, op.cit., p. 185-199) et « Dramaturgie der Film Form » [Stuttgart], *in* François Albera, *Eisenstein et le constructivisme russe*, Lausanne, L'Âge d'homme, 1990.

9. Lecteur assidu de Zola, Eisenstein s'y réfère dès *La Grève* (1924). Mais c'est particulièrement dans ses cours à l'École de cinéma en 1928-1929 où il procède

à une analyse des romans de Zola, et à la charnière des années vingt et trente qu'il réfléchit à « l'imagicité » de Zola, à son travail avec les objets, les détails du quotidien qui, pris dans leur état de « sortie hors de soi », permettent d'atteindre le « pathétique ». Eisenstein compare de façon récurrente la méthode de Zola avec celle de ses films, particulièrement *Le Cuirassé Potemkine*. On trouvera en français l'essentiel de cette réflexion dans le chapitre « Les vingt piliers de soutènement », rédigé en 1929 puis repris dans les années quarante pour *La non-indifférente nature*, vol. 1, Paris, collection 10 / 18, 1976, ainsi que dans le chapitre intitulé « L'organique et le pathétique », enfin dans le texte « Le cinéma et la littérature (De l'imagicité) », rédigé en 1933 et publié en français dans le recueil *Eisenstein, le mouvement de l'art*, textes réunis par Fr. Albéra, Paris, Le Cerf, 1986, p. 21-33.

10. Chklovski fait allusion aux récits d'Isaac Babel parus au début des années trente (« La fin de l'hospice » et « Ivan et Maria »), liés au cycle antérieur des *Contes d'Odessa* ; ainsi qu'au récit de Piotr Pavlenko *Les Barricades* (1932). Dans les années trente, Eisenstein collabore avec Babel pour la deuxième version du *Pré de Béjine* ; il avait déjà eu plusieurs projets d'adaptations dans les années vingt. Il collaborera également avec Pavlenko pour *Alexandre Nevski*. Chklovski avait déjà commenté ce passage des « voyous » dans *La Grève*, dans lequel il décelait un relent d'esthétisme inutile et une reprise de clichés cinématographiques : « Eisenstein », *Kino-journal ARK*, n° 2, février 1926, p. 5-6. La requalification de cette scène en « excentrique » renvoie ici au travail de la FEKS (Fabrique de l'Acteur Excentrique, fondée en 1921 à Pétrograd par Grigori Kozintsev et Leonid Trauberg), et peut-être à leur film *La Roue du diable* (1926) dont l'action se déroule dans le monde de la pègre. Dans les articles précédents, Chklovski rapprochait cette scène du cinéma américain (dont s'inspirait d'ailleurs ouvertement la FEKS) ou des films de Vladimir Gardine, généralement décriés par l'avant-garde.

11. La position de Chklovski vis-à-vis d'*Octobre* ne cesse d'osciller, entre le reproche de faiblesse dramaturgique et la reconnaissance de la nouveauté des procédés. Néanmoins il prend la défense d'Eisenstein dans la revue *Novyj Lef*, en 1927, où, contre Ossip Brik qui reproche au réalisateur ses compromis avec le cinéma de fiction (notamment pour avoir fait jouer le personnage de Lénine par un acteur), il salue le style métaphorique et novateur du film, et soutient la fécondité de la méthode du cinéma intellectuel : « Il y a là une liberté géniale dans le traitement des objets. [...] Le cinéma a cessé d'être de la photographie. Il a acquis son mot, et l'escalier du Palais d'hiver signifie exactement ce que veut Eisenstein. » (« Ochibki i izobretenija [Des erreurs et des trouvailles] », *Novyj Lef*, 1927, n° 11-12, p. 29-33).

Iouri Tynianov.

DES ATOMES POUR UN CHEF-D'ŒUVRE

La Mort du Vazir-Moukhtar de Iouri Tynianov

> *J'avoue une tentation : donner au monde en rapprochant le télescopique du microscopique [...] la forme des choses les plus particulières, les plus asymétriques et de réputation contingentes [...] comme par exemple une branche de lilas, [...] un trou de serrure avec une clef dedans.*
>
> Francis Ponge (1928)

PRÉMISSES : LA RELATIVITÉ MICROSCOPIQUE

On peut savourer une littérature par touches éparses. On la goûte peut-être mieux quand on en saisit l'unité. On goûte mieux *La Mort du Vazir-Moukhtar* (1927) quand on embrasse l'époque — *grosso modo* : 1880-1980. Comme celles de Ponge, les lignes qui suivent, extraites de l'ébauche d'autobiographie que Tynianov écrivit en 1939, permettent d'approcher l'essence du siècle (et surtout pas d'expliquer le *Vazir* par la vie de son auteur) :

« Je suis né en 1894 dans la ville de Réjitsa [...] C'était une petite ville vallonnée, très hétéroclite. Sur une colline — les ruines d'un château livonien, en bas — les ruelles juives, et de l'autre côté de la rivière un ermitage de Vieux-Croyants. Avant la guerre la ville faisait partie du gouvernement de Vitebsk, à présent c'est la Lettonie. Dans la ville coexistaient des Juifs, des Biélorusses, des Russes, des Lettons, plusieurs siècles et plusieurs pays. Les Vieux-Croyants ressemblaient aux archers de Sourikov [...] C'étaient des Russes de grande taille, des hommes du XVIIe siècle, vieux, portant de longs caftans, des chapeaux à larges bords, de longues barbes en pointe [...]. Non loin de l'ermitage des Vieux-Croyants, des Hassidim discutaient pour savoir s'il était permis de mélanger la laine et le lin dans les vêtements. [...]

« Je suis né encore assez tôt pour assister à des mystères. Des cordonniers et des boulangers revêtaient des costumes et des bonnets en papier, se munissaient de lanternes, de glaives en bois et venaient frapper le soir à votre porte pour jouer la mort d'Artaxerxès. […]

« Les marches de la ville s'appelaient l'Amérique, et leurs habitants — les Américains. C'était un autre pays. La misère y dépassait les limites de l'entendement, et les gens le quittaient pour l'Amérique. Je me rappelle le quai de la gare, les femmes hurlant comme si elles pleuraient un mort, les trains en partance […]. Ceux qui restaient ne vivaient que pour cette Amérique, ils vivaient en Amérique plus qu'en aucun autre lieu. Depuis cette époque je connais l'ancienne province. […]

« 1905 est restée pour moi une année ferroviaire, faite de talus, de fumées, de buissons nocturnes, de bâillements lointains et tremblés des locomotives à vapeur. La catastrophe était juste derrière l'arbuste de la nuit.

« En 1912 j'entrai à l'université de Saint-Pétersbourg : faculté d'histoire et de philologie, département des études slaves. […] Je poussais les portes au hasard. […] J'assistais à des conférences, inaugurales et autres ; celles du biologiste Doguel, du chimiste Tchougaïev, et, à l'Institut de physique, celles du physicien Borgman. […] Dans mon département, les cours que je fréquentais le plus étaient ceux de Venguérov ; c'était non un professeur enfermé dans sa fonction, mais un vieux littérateur qui aimait à parler de ses rencontres avec Tourguéniev. […] Je me mis à étudier Griboïedov et fus atterré par l'incompréhension qui l'entourait, par la dissemblance entre ce qu'il avait écrit et ce que les historiens de la littérature avaient écrit sur lui. […]

« Si je n'avais pas eu l'enfance que j'ai eue, je n'aurais pas compris l'histoire. S'il n'y avait pas eu la révolution, je n'aurais pas compris la littérature. [1] »

Résumons avec une équation : province + enfance = histoire. Moins arithmétiquement : l'essence du siècle, c'est le plain-pied microscopique : on ne comprend l'histoire que niveau à niveau avec ses molécules. Stendhal et Tolstoï ont amorcé le mouvement : l'histoire, ce n'est pas Napoléon. À partir de 1880 les artistes affirment le plan-à-plan décentré, petit, quotidien, provincial, enfantin, intime, onirique. L'intimité, la province, l'enfance, le rêve, on les trouve désormais chez Rozanov, Musil, Queneau, Platonov, Giono, Kundera, Kharitonov et tant d'autres.

La dimension microscopique, Tynianov la découvre dans l'analyse théorique avant de la pratiquer dans le roman. Deux exemples attestent l'abandon de la physique littéraire classique pour la descente dans l'infiniment petit.

a. Dans le domaine de la poétique diachronique, le savant innove en refusant les enfilades de célébrités, ce qu'il appelle « l'histoire des généraux [2] » : pour comprendre non seulement l'évolution de la littérature mais le fait même de l'apparition des « vedettes », il est indispensable de fréquenter la province et les arrière-cours. Non qu'il faille se contenter d'une telle fréquentation ou faire passer l'arrière-boutique pour la vitrine : de 1914, date de son exposé sur *L'Invité de pierre* au séminaire pétersbourgeois du professeur Venguérov, à 1943 où la mort interrompt le travail sur le roman *Pouchkine,* Tynianov ne cesse d'explorer Pouchkine. Mais il porte un intérêt tout aussi constant aux seconds couteaux, aux phénomènes périlittéraires. Parmi d'autres, l'étude sur *Les archaïstes et Pouchkine* (1926) démontre magistralement ce qu'il y a de lent et tâtonnant travail souterrain avant l'éruption.

b. Dans le domaine de la poétique synchronique, et plus précisément de l'analyse du langage poétique, Tynianov montre que le mot n'est pas, loin s'en faut, l'unité la plus petite du vers ou du poème. C'est sans doute sur ce point que l'auteur du *Problème de la langue du vers* (1924, plus connu en traduction française sous le titre *Le Vers lui-même* [3]) a été le mieux entendu par la descendance sémioticienne : « Il est erroné de partir du mot comme de l'unique élément indivisible de l'art littéraire, [...] on aurait tort de le prendre pour "la brique avec laquelle on construit l'édifice". Cet élément est divisible en "éléments verbaux" beaucoup plus fins. » (*Vers,* p. 69) Dans la seconde partie de l'ouvrage intitulée « Le sens du mot dans le vers », le théoricien, microscope en main, se livre à un véritable travail atomique : le mot se décompose en unités plus petites appelées selon le cas *traits principaux de signification, traits secondaires, traits fluctuants.*

PRÉMISSES : ACQUIS ET LIMITES DE LA RELATIVITÉ MICROSCOPIQUE

Provincial de naissance, Tynianov écrit en 1930 dans un témoignage sur sa méthode d'écriture romanesque : « J'aime les provinciaux en qui l'histoire se stratifie maladroitement et qui pour cette raison virent brutalement. [4] » L'histoire est un abysse océanique : la province en est la profondeur, la capitale — la surface. « Les choses importantes se manifestent parfois sous des formes éphémères et modestes. Les grands mouvements eux-mêmes commencent-ils vraiment par apparaître à la surface ? En profondeur les choses changent, à la surface l'eau se ride légèrement ou même ne bouge pas. » *(CNE,* p. 163).

Le microscope provincial est le meilleur outil pour observer les changements, le passage d'une époque à l'autre, la relativité. Qu'est-ce que la relativité ? C'est la structuration synchro-diachronique de la réalité, de l'histoire : la diachronie est faite de synchronies, l'histoire, notamment celle de la littérature, est faite d'époques, et chaque époque-système-synchronie a ses lois [5]. Histoire de la littérature : tâche banale ? Discipline scolaire ? Non il y va, on le verra, du sens. Quelle sorte de sens ?

Le Sens qui ne se conçoit pas sans la pensée de l'unité.

Pour rendre compte de l'unité de l'œuvre, le théoricien Tynianov utilise le concept de *Principe de construction* ; Eichenbaum et Chklovski pratiquent le même terme ou des termes voisins comme *principe constructif ou organisateur* ; Valéry à la même époque parle de *puissance de transformation* [6]. Cela signifie que tous les éléments de l'œuvre (lexique, personnages, style, structures narratives, prosodie, posture d'énonciation, etc.) ont le même « gène », partent du même principe de construction et sont, pour cette raison, indissociables, pris dans un ensemble que Tynianov qualifie métaphoriquement de « dynamique », c'est-à-dire composé de corrélations : « La forme de l'œuvre doit être perçue comme dynamique » *(Vers,* p. 44). *Mon rêve familier* de Verlaine est organisé selon le principe de construction oxymorique du Précis-Indécis : tel est le « gène » commun à l'alexandrin fluidifié par les trois accents, au rêve étrange mais pénétrant, à la femme insaisissable mais statufiée, au nom inconnu mais « doux et sonore ». (Jacques Réda parle de cette « note fondamentale susceptible de consonner avec tous les accords qu'une œuvre met en jeu [7] »). En bref, le principe de construction est une abstraction (mais efficiente), une efficacité (mais idéelle), comme le phonème en linguistique. Il est le plan d'architecte dans la maison construite — partout si vous regardez, nulle part si vous touchez.

Mais au fait : chaque époque (synchronie) littéraire n'aurait-elle pas, elle aussi, son principe de construction ? Si oui, ne pourrait-on pas concevoir l'histoire (la diachronie) de la littérature comme une chaîne d'époques ?

Tynianov et Eichenbaum connaissent bien le XVIIIe siècle russe (Lomonossov, Derjavine, Karamzine). Pour ce qui est des XIXe et XXe siècles, Eichenbaum a étudié de près Gogol, Lermontov, Nekrassov, Leskov, Tolstoï, Tchekhov, Akhmatova ; Tynianov — Pouchkine, Küchelbeker, Tiouttchev, Nekrassov, Khlebnikov, Maïakovski ; Chklovski — Dostoïevski et Tolstoï, les futuristes. À eux trois (et quelques autres encore dont Jakobson, Tomachevski, Trénine, Vinogradov) ils pourraient, à la fin des années vingt, composer une histoire de la littérature russe. En septembre 1928 Tynianov pousse à la roue. Il prépare, pour raisons médicales, un voyage en Europe centrale et correspond avec Jakobson dans la perspective d'une rencontre. Le 12 novembre 1928, de Berlin où il se trouve pour soigner sa sclérose en plaques, il écrit à Chklovski : « Sur quoi vas-tu travailler maintenant ? Je songe à une *histoire de la littérature.* Je veux en parler à Roman Jakobson. [8] » Fin décembre 1928 il voit Jakobson à Prague : il ressort de l'entrevue les fameuses thèses communes sur *Les problèmes de l'étude de la littérature et de la langue.* Mais l'histoire de la littérature russe elle-même ? Conçue, mais avortée. Raisons exogènes, certes (dispersion, crise, glissement d'Eichenbaum vers le biographisme, adversité politique) ; mais aussi endogènes, dont la principale semble être celle-ci.

Le concept de Principe de construction, quand il est pensé et employé selon son idéalité, est un remarquable outil, mais il est symptomatique que Tynianov, qui, de l'œuvre, l'a pourtant étendu au mode d'écriture (vers ou prose [9]), ne l'ait pas appliqué aux époques-synchronies littéraires. Et pourquoi ne l'a-t-il pas fait ? Parce qu'il a confondu la forme dynamique, corrélative, idéelle (le principe de construction) et la forme matérielle (celle du gant-forme qu'on met sur la main-contenu). Parce qu'il n'a pas vu que le principe de construction était non une forme-gant, mais une forme-sens — ce que j'appellerai pour ma part, et faute de mieux pour l'instant, un *eïdos.*

Faute d'avoir pris toute la mesure de l'idéalité, Tynianov, pourtant passionné d'histoire, inventeur des concepts fondateurs d'évolution littéraire et d'époque-système, n'a jamais été en mesure d'indiquer le principe de construction de telle ou telle époque-système.

Nous tenterons, sur le *Vazir,* d'étayer l'hypothèse que le Sens (esthétique) d'une œuvre (qui est différent des petits sens sémiotiques disséminés en son sein) est une variation originale sur le Sens de l'époque-système, qu'il ne se construit qu'en relation de consonance transformatrice avec cet *eïdos* synchronique et que l'unité (qui n'est pas unicité) et l'objectivité (synchronique) du Sens sont à ce prix. Construire des histoires des littératures serait tout sauf un exercice scolaire, même si collégiens, lycéens et étudiants gagneraient à disposer de tels ouvrages : il s'agirait de répondre enfin à l'urgence du Sens.

La relativité macroscopique

Voici une expérience : d'avance pardon pour le « je » qui la relate. En lisant les littératures russe et française depuis les années 1880 (par exemple Albert Cohen et Alexandre Soljénitsyne, sans parler du Tchéco-français Milan Kundera), je me suis aperçu progressivement, lentement qu'elles étaient habitées-unifiées par une idée contradictoire : misère de l'être *et* grandeur du devenir, relativité du donné *et* absolu de la création. Solal crée un merveilleux amour en détruisant l'amour. L'homme-rien, dont la chair est broyée par le Goulag, devient l'homme-tout en décidant de ne pas être un salaud. Plus le temps passait, plus l'intuition du néant-base-de-l'être se confirmait [10]. Zamiatine déclare par exemple en 1922 : « N'est-il pas naturel que dans la philosophie du néoréalisme il y ait en même temps l'amour de la vie et le dynamitage de la vie par la plus terrible des dynamites : le sourire ? [11] » Je me proposais une formulation plus précise, oxymorique : la *relativité absolue.* Zamiatine m'encourageait en parlant de la « très misérable grandeur [12] » de l'homme.

Hypothèse : l'*eïdos* de l'époque littéraire 1880-1980 est l'oxymore de la relativité absolue.

Et puis voilà que récemment je tombe, chez Sartre, sur les termes mêmes de l'hypothèse. (Sauf que par historicisme, l'auteur de *Qu'est-ce que la littérature ?* fait partir la synchronie 1880-1980 de la Seconde Guerre mondiale.) Année 1948 :

> *Nous avons une tâche [...] c'est de créer une littérature qui rejoigne et réconcilie l'absolu métaphysique et la relativité du fait historique [...]. Mais nous qui voulons [...] soutenir nos pensées par ces*

> *expériences fictives et concrètes que sont les romans, nous disposions, au départ, de la technique [...] d'un univers en repos ; or dès 1940, nous étions au centre d'un cyclone. Embarqués sur un système en pleine évolution, nous ne pouvions connaître que des mouvements relatifs. [...] Puisque nous étions situés, les seuls romans que nous pussions songer à écrire étaient des romans de situation, sans narrateurs internes ni témoins tout-connaissants ; bref, il nous fallait [...] faire passer la technique romanesque de la mécanique newtonienne à la relativité généralisée, peupler nos livres de consciences à demi lucides et à demi obscures.* [13]

On voit ici, comme dans les éprouvettes transparentes d'un laboratoire, ce qu'est un *eïdos*, une forme-sens : à la fois une forme (« technique romanesque ») et un sens (« la relativité généralisée »). L'être est d'une relativité, d'une légèreté insoutenable, la création est absolue. En littérature, la création se fait avec le verbe, avec le nom (*et verbum caro factum est*) : le nom devient chose, la synchronie moderne est donc (nouvellement) nominaliste.

Le Vazir

Il était une fois un homme ayant réellement existé, nommé Alexandre Griboïedov (Moscou 1795-Téhéran 1829), écrivain d'exception, grand politique et diplomate. Écrivain d'exception et pourtant, à quelques poésies près, auteur d'une seule comédie : *Le Malheur d'avoir de l'esprit* (écrit de 1822 à 1824, censuré, joué pour la première fois après la mort de Griboïedov en 1831, publié en 1833 [en français chez Gallimard / La Pléiade, 1973]). Les futurs insurgés de décembre 1825 (voyez la suite) boivent avec délices le petit lait satirique du *Malheur* ; ils en connaissent les vers par cœur. La pièce a une telle densité de matière qu'elle bouleverse le théâtre russe — *Boris Godounov* n'arrive qu'en 1825. Un signe : la moitié de ses vers sont passés en proverbes. Pour ceux qui sont peu familiarisés avec la Russie, avec Griboïedov, on imaginera les grandes pièces de Molière condensées dans quelques fables de La Fontaine et multipliées par la passion politique de Hugo ou Lamartine.

Cet homme-là est proche des « décembristes », jeunes officiers nobles mais souvent d'esprit républicain qui, le 14 décembre 1825 sur la place du Sénat à Saint-Pétersbourg, se soulèvent contre le régime autocratique pour demander, entre autres, une constitution.

Événement mythifié par l'historiographie soviétique comme annonçant téléologiquement la révolution d'octobre 1917 ? Sûrement. Mais ici peu importe. La révolte a eu lieu, a échoué, a été sévèrement réprimée. Des morts. Une commission d'enquête. Un jugement. Cinq pendus. Les autres — dégradés, exilés en Sibérie ou dans le Caucase.

Griboïedov est entendu par les juges du tsar. Il s'en sort. Mais la question se pose toujours, la grande question qui travaille chacun de vous, de nous, et Tynianov en particulier, surtout dans le processus d'ossification que connaît la Russie soviétique des années vingt : qu'ai-je fait, que puis-je faire de ma vie ? Comment la créer sans me renier ? Mon *Malheur* n'est toujours pas publié. J'ai un projet de mise en valeur de la Transcaucasie : si la littérature ne me réussit pas, peut-être aurai-je plus de chance avec la Politique économique. Il faudrait que le tsar entende le projet, le soutienne et me missionne. L'atmosphère de l'époque est étrange (au fait, quelle époque : 1820 ou 1920 ?) : les décembristes savent (ils ont lu ma pièce en manuscrit) ce que je pense des conditions de vie des Russes, mais ils ne me témoignent qu'une confiance modérée (eh oui, j'ai été blanchi par la commission d'enquête). Le tsar, lui, m'a blanchi, mais il sait ce que je pense ; de ce côté-là aussi, méfiance.

1826-1828 : la Russie guerroie contre la Perse. La Russie vainc. Mars 1828 : le diplomate Griboïedov rapporte à Saint-Pétersbourg le traité de paix de Tourkmentchaï.

C'est là que commence le roman de Tynianov. Ce n'est pas un roman biographique sur la vie de Griboïedov, c'est un condensé de Griboïedov, la dernière petite année de sa vie et sa mort fin janvier 1829.

Selon le traité, la Perse doit payer un tribut de guerre. Elle se fait tirer l'oreille. Ça tombe bien : le négociateur Griboïedov a bien travaillé, il faut lui donner du galon. Il y a trois types de promotion : pour le serviteur fidèle, efficace et discret — promotion vraie. Pour le fidèle, efficace mais qui fait des vagues — promotion-placard. Pour l'emmerdeur, certes efficace, mais dont la loyauté est sujette à caution — promotion-volcan : le placard, on peut en sortir, le volcan, on y reste, et pour l'éternité. Le tsar nomme Griboïedov ambassadeur à Téhéran-sur-Volcan, à l'époque on dit non pas « ambassadeur », mais ministre plénipotentiaire, en persan : Vazir-Moukhtar.

Ah Griboïedov a des ambitions ?... Eh bien on va voir comment il se débrouille pour récupérer l'or et les diamants.

Il se débrouille mal ; la foule, réduite à la misère par la guerre, par la défaite et les prélèvements du vainqueur, entre en éruption ; le Shah laisse faire. L'ambassade russe est massacrée.

La dimension « miacroscopique »

Commençons par ce qui saute aux yeux : le roman, poétique, est écrit en phrases-paragraphes qui sont comme des vers ou des versets. Un chercheur perspicace a indiqué la valeur des phrases-paragraphes de Chklovski-critique : « Ses phrases sont moins liées entre elles qu'avec le sens de l'ensemble. C'est pourquoi chacune commence et constitue un paragraphe. [...] Ce style est profondément lié à sa manière d'introduire des matériaux hétérogènes et inattendus. La prose de Chklovski a élargi l'idée que nous nous faisions des types de liens entre unités narratives et des possibilités qui existaient d'introduire dans le texte critique des informations venant des branches les plus diverses du savoir. [14] »

La phrase-paragraphe du romancier Tynianov est un vers, et un vers se caractérise, comme le théoricien du vers Tynianov l'a établi, par la stricte égalité de ses éléments : dans un vers de six ou treize pieds (peu importe), les quatre syllabes du trivial « jarnicoton » sont rigoureusement égales aux quatre syllabes de la grande « philosophie ». Dans le verset de Tynianov, le télescopique, pour rappeler Ponge, est égal au microscopique ; et quand le macro- et le microscopique se mêlent, cela donne le « miacroscopique ». Les matériaux sont là hétérogènes, inattendus, et égaux : Napoléon égale une redingote qui égale des nuages, et un visage égale la prose latine. Le tout égale Pouchkine, qui n'est pas nommé, puisque c'est lui qui à partir de 1830 crée la simplicité latine de la prose russe. Griboïedov s'est arrêté à Moscou pour deux-trois jours avant d'apporter le traité de paix à Pétersbourg ; il en profite pour rendre visite à un grand personnage de 1812 et du Caucase, le général Ermolov. Il attend dans le cabinet du général, dont les murs sont ornés de portraits de Napoléon :

> *L'attente fut longue. Cela n'avait rien de blessant, le maître de maison était occupé. Napoléon était sur tous les murs, la redingote aussi grise que les nuées de Moscou, le visage aussi simple que la prose latine.*

> *Une prose que la Russie n'avait pas encore atteinte.* (I / 3, p. 40) [15]

En 1924, dans l'article critique *L'intervalle* consacré aux poètes russes de son époque et dédié à Boris Pasternak, Tynianov écrit à propos du procédé de la contiguïté dans les vers du dédicataire : « Le réservoir d'images chez Pasternak est particulier, le choix se fait selon un trait fortuit, les choses y sont reliées de façon très lâche, elles ne sont que voisines, elles ne sont proches que par contiguïté (la seconde chose dans l'image est très quotidienne et abstraite) ; et le hasard se révèle être un lien plus fort que le lien logique le plus étroit. [16] » En 1928, dans un article-préface sur Khlebnikov : « Khlebnikov mêle de façon païenne et enfantine le petit et le grand […] Le fortuit devient pour [lui...] l'élément principal de l'art. […] Il donne sens […] à la contingence des conversations de rues et aux événements de l'histoire mondiale. […] C'est pourquoi il n'y a pas pour lui de choses "triviales" […] : ni condescendance, ni respect excessif. Il est tout contre et de plain-pied. [17] »

On croirait Tynianov (ou Ponge !) écrivant sur *La Mort du Vazir-Moukhtar*.

Autre aspect du miacroscopique — le travail atomique en vertu duquel certains mots ordinaires prennent une importance télescopique. Exemple : brouhaha (en français dans le texte russe). En soi anodin, le mot comporte ici toute une réflexion sur le pouvoir, la politique, l'homme dans l'histoire, le destin. C'est le début du roman ; Griboïedov est à Pétersbourg ; il remet le traité de Tourkmentchaï à Nesselrode, ministre des Affaires étrangères. Ce dernier a-t-il une vision politique ? Dieu l'en garde ! La seule politique de Nesselrode, c'est de conserver son portefeuille. Que faut-il à un ministre pour cela ? Le calme à tout prix. Surtout pas de vague, pas de bruit, pas de guerre. Il trouve très bien que Griboïedov ait mis fin à la guerre avec la Perse, mais maintenant il ne désire plus qu'une chose : que Griboïedov retarde le plus longtemps possible la guerre qui s'annonce avec la Turquie : « Pour lui, la guerre n'était que confusion, imprévu, brouhaha. » (II / 1, p. 71). Définition de *brouhaha* : risque de perte du pouvoir.

Quelques jours plus tard, Griboïedov retrouve le ministre et le directeur de la section Asie, Rhodophinikine, pour leur présenter son projet économique. Quel est le parcours de Rhodophinikine ? « Sous Alexandre Ier, il était resté dans l'ombre, les affaires d'Asie n'étaient pas à la mode, tandis qu'à présent, son heure était venue, celle du brouhaha asiatique, et Nesselrode était incapable de faire un pas sans lui. » (II / 13, p. 139-140). Définition de *brouhaha* : guerre, mais aussi ambition, destin.

La « subjectivité »

Comme le miacroscopique (désormais sans guillemets) est l'indistinction entre le petit et le grand, le « sobjectif » est la fusion entre l'objectif et le subjectif. La frontière disparaît entre fiction et document, entre littérature et essai : Barthes et Soljénitsyne certes, mais aussi Kundera. Et avant les trois : Khlebnikov, Chklovski, et Tynianov. Que d'essais historico-théoriques dans le *Vazir* ! Ce n'est plus un roman, mais une *Encyclopaedia vaziriana* : qu'est-ce que le Caucase (IV / 11) ? Définissez le concept de trahison (X / 3). Qu'est-ce qu'un eunuque (VI / 7, VIII / 5) ? Qu'est-ce qu'un ministre sans portefeuille (VI / 9) ? Retracez l'histoire de la Perse (VI / 1, 2, 3). Définissez le concept de sourire (II / 13). Le concept d'amour (VIII / 3). Qu'est-ce qu'une maison (IV / 3) ?

La sobjectivité (désormais sans guillemets) résulte de ce que Sartre appelle, on l'a vu, la « relativité généralisée » : les romans situés s'écrivent « sans narrateurs internes ni témoins tout-connaissants » et sont peuplés « de consciences à demi lucides et à demi obscures ». Cette nouvelle vision appelle un nouveau mode énonciatif : le MI3, qui est le *monologue intérieur à la troisième personne* pour parler de soi-même. On trouve le MI3 chez Pasternak, Nabokov, Marguerite Yourcenar. Et dans le *Vazir*.

Janvier 1829 : Griboïedov est à Téhéran depuis environ un mois. Il réfléchit : comment faire pour collecter l'argent des réparations de guerre sans humilier les Persans ? Il croit trouver la solution : le traité, tout le traité, mais rien que le traité. Certitude en main, il voit l'avenir avec confiance :

> *À présent sa carrière est assurée. Thaddée et Mère seront aux anges, et il ne parlera à personne de ses frayeurs.*
> *Voyez comme les choses tournaient.*
> *Qu'est-ce que Teïran ?*
> *C'est purement et simplement la ville de Téhéran.*
> *Mère savait qu'il était ambitieux. Il avait le goût de la hiérarchie sur les lèvres. Encore un peu, et il allait se sentir la soif de protéger,*

> *il voulait proposer le docteur Adelung pour quelque décoration.* (IX / 14, p. 582)

Ce n'est pas du monologue intérieur à la première personne, ce n'est pas du style indirect libre puisque le locuteur parle de « Mère » : c'est du MI3, porté par un personnage parfaitement sobjectif, assez subjectif pour pouvoir désigner sa mère par le mot « Mère » (en russe « mamen'ka »), assez objectif pour pouvoir se désigner soi-même à la troisième personne (*il* ne parlera à personne, *il* était ambitieux). Double point de vue digne de la peinture de Chagall ou Picasso. Voici ce qu'en dit Marguerite Yourcenar (presque sartrienne !) : « Si l'on fait parler le personnage en son propre nom, comme Hadrien, ou si l'on parle, comme pour Zénon, dans un style qui est plus ou moins celui de l'époque, au style indirect, qui est en réalité un *monologue à la troisième personne* du singulier, on se met à la place de l'être évoqué. [18] »

Ce MI3, Tynianov l'avait remarqué (sans lui donner ce nom, certes) dans la prose de Pastemak, plus précisément dans *L'Enfance de Luvers* (1922). L'enfance... décidément. Tout est filtré, dans cette œuvre, par la conscience lucide et obscure de la petite fille. Exemple : « Elle venait de sentir que tout à coup elle ressemblait terriblement à maman [en russe : *mama*] [19] ». Commentaire de Tynianov dans *Le littéraire aujourd'hui* (1924) : « Ici, le psychologisme extrême mène au fantastique du quotidien. Si vous regardez le monde à travers un microscope, vous verrez un monde particulier. Telle est *L'Enfance de Luvers* de Pastemak. Tout est vu à travers le microscope d'un âge de transition » *(PHLC,* p. 161, *Relativité,* p. 208). On dirait Tynianov commentant *La Mort du Vazir-Moukhtar.*

La relativité relative : le néant

Un point peu considéré jusqu'à présent (dans la « tynianovologie » comme dans les cercles plus larges) : Tynianov, en digne habitant du XXe siècle, est attiré par la lumière noire du néant, par la fragilité de la mémoire [20]. Pas de psychanalyse sauvage ici : la passion est avant tout une interrogation sur les pouvoirs de l'art. Témoignage : « L'homme qui s'intéresse à l'histoire a du mal à croire à son existence. En effet, reste-t-il sur terre des traces telles que nous puissions dire avec certitude par exemple que tel ou tel homme y a vécu ? [21] » Ailleurs : « Le plus difficile est d'obliger un homme à croire dans le fait : le fait de son existence. Non qu'il ne sente pas qu'il existe : il sent sa respiration, sa chaleur […] Mais à combien de kilomètres et d'années à la ronde existe-t-il ? Cela dépend de la personne. Il y a un diamètre de la conscience » *(CNE,* p. 158). Tynianov — ceux qui ont lu *Le Lieutenant Kijé* et *Une majesté en cire* le savent — a une affection particulière pour la dimension « zéro », celle qui s'exprime dans le *Comte Nuline* (1825) de Pouchkine ; en avril ou mai 1928, il écrit à Chklovski : « J'ai écrit […] un article sur Pouchkine […]. La version courte sera pour le dictionnaire Granat (qui me l'a commandé [paru en français dans *Europe* juin-juillet 1999, M.W.]), la version intégrale fera partie de mon recueil. […] Dans l'article il y a un passage qui me tient à cœur : "*Le Comte Nuline* est une expérimentation sur l'histoire comme matériau..." En ce moment, je termine le *Vazir* » *(Souv.,* p. 22-23). On note le voisinage révélateur du *Comte Nuline* et du *Vazir.*

Le roman de Tynianov est une mise en scène du néant. Griboïedov en est obsédé, terrifié ; à Tiflis, dans un accès de fièvre, il rêve : il voit son père qui, penché sur son lit d'enfant, ne le voit pas. Le motif est annoncé dès le prologue mozartien où l'auteur-narrateur expose sa théorie de la relativité : à une époque vous êtes tout, à la suivante vous n'êtes plus rien. Ce n'est pas là propos d'Ecclésiaste, parce qu'on peut dire aussi : à une époque vous n'êtes rien, à la suivante vous êtes tout. Rien n'est vain, il s'agit simplement de déterminer ce que vous pouvez faire, physiquement et moralement, dans les conditions nouvelles :

> *Sur une place glaciale, décembre 1825 vit disparaître les hommes de 1820.*
>
> *Les pères courbèrent la tête, les fils se mirent en mouvement.*
>
> *Et il y avait des vides.*
>
> *Derrière ces vides, rares furent ceux qui surent discerner que les pères, […] fragiles comme l'épée, s'étaient vidés de leur sang, que le sang du siècle s'était transposé.*
>
> *Les fils n'avaient que deux ou trois ans de moins que leurs pères. Par les bras de leurs esclaves et des prisonniers de guerre, […] ils lancèrent l'hélice de la fabrique et de l'usine. Environ 1830, l'on sentit monter une odeur d'Amérique, une fumée d'Indes Orientales. […]*
>
> *[…]*
>
> *Les hommes de 1820 eurent la mort difficile, parce que leur époque avait succombé avant eux. […]*
>
> *Heureux ceux de 1820 qui étaient tombés en chiens jeunes et fiers.*

> *Effrayante était la vie des* convertibles, *la vie des hommes de 1820 dont le sang se transposait ! [...]*
> *Le temps fermentait. [...]*
> *Rien n'est plus proche de la puanteur que les plus subtils arômes.*
> *Un vieux vinaigre d'Asie court dans mes veines, et mon sang circule avec lenteur, comme à travers un désert d'empires dévastés.* (Prologue, p. 15-20).

Des vides, la mort, la puanteur des excréments, un désert : le propos est explicite. Le motif court à travers tout le roman. Au début, Tchaadaïev souhaite à Griboïedov la bienvenue à Moscou, « notre Nécropole » (I / 5, p. 57), ville des morts où « tout est trompeur, tout vacille » (I / 4, p. 47), l'auteur du *Malheur* lui raconte sa vie de diplomate, sa mission itinérante en Perse, les milliers de verstes parcourues. Tout cela pour quoi ? « Je ne parviens pas à me trouver moi-même » (I / 5, p. 52).

Plus tard, préparant son départ pour la Perse, le futur ambassadeur demande au docteur Adelung s'il accepterait de l'« accompagner dans un royaume inexistant » (II / 9, p. 125). Chez Tynianov, le monde est précaire, peuplé de fantômes comme chez Nabokov. À Tiflis, une nuit, Griboïedov prend le temps de la réflexion ; il se sent seul : « D'où venait ce froid, ce courant d'air vide qui l'isolait des autres ? » (IV / 5, p. 285). Peut-être de sa décision d'accepter le poste de Vazir ? Décision gorgée de sens, notamment « esth-éthique » : esthétique parce qu'il a laissé tomber la littérature, éthique parce qu'entre le tsar et les décembristes — où se trouve-t-il exactement ? Preuve de « l'esth-éthique » — cette interrogation concomitante sur *Le Malheur d'avoir de l'esprit* : « Ce mot maladroit, rageur [...] était-il donc destiné à peser à tout jamais sur lui ? » (IV / 5, p. 284-285). La question est tellement importante que Griboïedov est saisi de transcendance : il regarde le ciel nocturne, et qu'y voit-il ? Une réminiscence kantienne : « Des étoiles aussi insolites que la loi morale » (IV / 5, p. 285). (Là il faudrait digresser : il y a dans le *Vazir* toute une histoire et une théorie des étoiles ; exemple : dans la forteresse de Tiflis le général-gouverneur Sipiaguine tient prisonniers trois khans persans, trois prisonniers si bien traités qu'ils ont quelqu'un pour leur faire la cuisine la nuit et en plein air : « Dans le grand chaudron noir [...], de sa cuillère à sauce, le tournebroche brasse les étoiles » [IV / 8,

p. 290]. Qui oserait nier que le ciel de l'histoire commence à nos pieds, que l'art culinaire fasse partie de la problématique kantienne ? Telle est la loi de la sobjectivité miacroscopique.)

Et encore : comment oublier le néant sexuel ? Le harem de Feth-Ali-Shah à Téhéran est une armée, avec grades et calendriers menstruels. Qui peut commander une telle armée ? Ni un homme, ni une femme : un eunuque (VI / 7, p. 454). Dieu sait les ravages du néant. Les chevaux castrés « ont la mémoire courte, mais longue est la mémoire de l'homme et terribles les lacunes de son corps » (VII / / 5, p. 526). Un présage de plus pour dire ce qu'annonce le titre du roman. Le motif de l'eunuque a bien évidemment une valeur symbolique : Griboïedov n'est-il pas un politicien impuissant ? Plus grave : n'est-il pas un artiste infécond ?

LA RELATIVITÉ HISTORIQUE : ENTRE NÉANT ET ÊTRE

Être l'artiste de sa vie, la créer : tel est le cœur sémantique du *Vazir.* Comme tous les grands romans du XXe siècle, celui-ci est un *Künstlerroman.* Ce n'est pas un hasard si le poète Küchelbeker est au centre du premier roman de Tynianov, le dramaturge et poète Griboïedov au cœur du second, Pouchkine — du troisième.

On l'a vu dans le prologue : 1820 n'est pas 1830, chaque époque a ses lois, elles sont d'airain, et il n'est pas facile de créer sa vie à cheval sur les deux : « Effrayante était la vie des convertibles. » (Se) créer, c'est changer. Mais comment changer sans (se) renier ? Où est la frontière entre les deux ? Exemple plus récent : 1920 en Russie a ses lois, 1930 en a d'autres (malgré les réserves que Nadejda Mandelstam et Soljénitsyne apportent à la démarcation). Dans les années vingt Tynianov et ses amis peuvent encore créer leur vie en créant une littérature et une nouvelle science de la littérature. Dans les années trente, c'est beaucoup plus difficile, voire impossible (Tynianov lui-même est peu novateur en littérature comme en poétique dans la dernière grosse décennie de sa vie : 1930-1943). Que faire ? Vivre dans la (seconde) capitale Leningrad, sous les yeux d'autorités écrasantes, continuer à parler publiquement — c'est nécessairement s'exposer à *se renier,* au moins partiellement. Bakhtine, lui, est exilé en province (revoilà la province), il ne publie pas, mais œuvre en silence. Qui sait si cette production certes silencieuse mais conforme à la conscience n'est pas plus féconde que des publications à miconscience ? Se renier, disions-nous. Le problème, c'est que l'homme n'est pas seul, il est pris dans un réseau (des réseaux) : se renier, c'est trahir les autres. Voilà le grand mot(if) de la relativité absolue selon Tynianov : la trahison.

On ferait fausse route si l'on croyait que Tynianov s'érige en procureur des traîtres. Pour les uns, vous évoluez, pour les autres votre évolution est une trahison. Le ton de l'auteur-narrateur est rigoureusement neutre, expérimentateur : je mets les personnages les uns en face des autres, et je regarde ce que ça donne. Ermolov, artisan parmi d'autres de la victoire sur Napoléon, est considéré comme un traître par Nicolas Ier (I / 3, p. 43). Le même Ermolov reproche à Griboïedov d'avoir renié 1820 pour se tourner vers l'argent et Nesselrode : « Les temps ont changé, les hommes aussi. Vous comme les autres » (I / 3, p. 42). Changement ou trahison ? Un *kourour* persan égale environ deux millions de roubles-argent. Le diplomate Griboïedov n'y est pas allé avec le dos de la cuillère dans les négociations de paix, en particulier dans la fixation du montant des réparations de guerre. D'où le propos prémonitoire d'Ermolov :

> — *Combien de kourours avez-vous extorqué aux Persans ?*
> — *Quinze.*
> — *C'est beaucoup. On n'a pas le droit de ruiner les peuples vaincus.* (I / 3, p. 43).

Un soir à Pétersbourg, de retour à son hôtellerie, Griboïedov trouve une lettre. Elle vient d'un certain Samson Makintsev, ancien soldat de l'armée russe, qui s'appelle maintenant Samson-Khan. Samson explique que son ancienne patrie est la Russie, mais que la Russie lui a donné tellement de coups de verge qu'il est devenu Persan et musulman. Dix ans plus tôt Griboïedov l'a insulté et humilié devant son altesse Abbas-Mirza, héritier du Shah. À présent il est général et dirige tout un bataillon d'anciens Russes qui « ont élu pour patrie la Perse et non la Russie » (II / 11, p. 131). Il s'est déjà battu victorieusement contre le général russe Véliaminov. Samson écrit au diplomate non pour l'injurier, mais pour que celui-ci fasse savoir à Nicolas Ier que le traité de Tourkmentchaï prévoit certes le rapatriement des Russes de Perse, mais attention : les gens comme lui sont Persans à présent. Et ils sont prêts à se défendre le sabre à la main.

Est-il traître, Samson qui déserte l'armée russe parce qu'il estime « qu'un soldat c'est aussi un homme, et que ça, on a tendance à l'oublier » ? Est-il loyal, Griboïedov qui sert loyalement la Russie ? Où sont la loi, le critère ? Dans la politique ou la morale ? Qui trahit-on quand on bouge : son peuple, son pays ou seulement ses gouvernants ?

Dire qu'il y a encore des gens (et pas forcément là où on les attend) pour croire que la patrie est dans le sang et qu'il y a une âme russe. Comme si cette âme était autre chose qu'une construction historique, et donc provisoire, comme si l'âme et la patrie ne se créaient pas, telle une œuvre d'art.

À l'instar de la phrase d'Ermolov sur la ruine des peuples vaincus (qui ne songerait à l'Allemagne de 1918 dont la ruine humiliée fut le marchepied d'Hitler ?), l'avertissement de Samson est prémonitoire. Le destin est-il implacable ? Pas sûr.

Pour l'instant, on ferait encore fausse route si l'on croyait que, de la relativité, Tynianov s'effondre dans un relativisme cynique : à chacun ses impératifs, les traîtres n'en sont pas, fais ce que voudras pour satisfaire tes ambitions, et la fin justifie tes moyens.

Les ambitions, Tynianov s'abstient de les sanctifier comme de les diaboliser. Elles ne sont que l'autre nom de l'énergie vitale de la création. La « créambition », indissociablement esth-éthique, est relative à ses buts. Qui juge de cette relativité ? Le tribunal. Un tribunal dont l'absolu est relatif et la transcendance — immanente : la conscience. Le prologue l'a annoncé : pour les pères, les « nuits étaient remords et lourds sanglots qu'ils nommaient conscience » (p. 16). D'où les dédoublements. À Téhéran, Griboïedov bénéficie d'un cabinet de travail tapissé de miroirs colorés ; cela favorise l'examen de conscience, et le juge est sévère : a-t-il fait le bon choix, entre littérature et politique, entre politique et création amoureuse avec sa toute jeune femme Nina, laissée derrière lui à Tabriz ? A-t-il raison d'exiger le paiement des kourours, de ruiner ainsi le peuple vaincu, d'insister pour que le Shah lui livre Samson ?

> *Multiplié par dix et colorié, le Vazir-Moukhtar ne faisait pas particulièrement plaisir à Alexandre Griboïedov.* (IX / 5, p. 553).

> *Voilà que sa conscience se dressait devant lui. [...]*
>
> *— Eh quoi, ta vie est manquée. [...] Pourquoi as-tu abandonné ton enfance ? [...] Pourquoi as-tu épousé [...] cette fillette, et l'as-tu abandonnée ? Maintenant, elle est enceinte, elle souffre, elle t'attend. [...] Que t'a fait Samson ? Il faut montrer plus de bienveillance, mon cher, même lorsqu'on est un haut fonctionnaire.*

— *Mais c'est que j'ai connu un grand échec littéraire [...].*
— *Et si tu te sauvais ? [...]*
— *Loin de moi cette coupe.*
— *Tu te vantais de révolutionner toute la littérature russe, de la ramener aux sources populaires, tu voulais des chansons, un théâtre de chez nous.* (X / 12, p. 610-611).

La relativité historique : le festin raté

On ne dira jamais assez la richesse eïdologique de Pouchkine. Avec l'oxymore central que façonne le *Festin pendant la peste* (1830-1831), le poète enjambe gaillardement Chateaubriand, Balzac, Stendhal et marque le terrain pour Baudelaire. Aragon, qui aurait voulu écrire le *Vazir* (cf. sa préface à la traduction de Lily Denis), a traduit *Le Festin* :

Dans le combat même on se saoule,
Aux bords noirs du gouffre où l'on roule...

Je préfère la traduction de Marina Tsvétaïeva, plus dense, concise :

Chantons l'ivresse du combat,
Du précipice sous nos pas...

Au prêtre qui essaie de le ramener dans le droit chemin (« Votre festin et vos chants de débauche // Sont une insulte à ces lieux endeuillés » par la peste), le président objecte en 1830 à coups de fleurs du mal :

... ici tout me retient
Le désespoir, les souvenirs atroces
L'attrait secret de voluptés nouvelles,
Le bienfaisant poison de cette coupe.

Le chaos-gouffre de Castoriadis et sa puissance de création sont tellement pressants chez Pouchkine qu'on en viendrait à douter que la synchronie de la relativité absolue commence seulement dans les années 1880 (en Russie), ou dans les années 1850 (en France). Mais il n'y a pas de sobjectivité miacroscopique en 1830 : Pouchkine a eu l'intuition du programme, il sera réalisé par d'autres.

Dans les environs de Tiflis, une épidémie de peste s'est déclarée. Griboïedov a planté sa tente dans la zone de quarantaine. Avec qui s'apprête-t-il à festoyer ? Avec l'entourage du général Paskévitch, commandant en chef des armées russes en Géorgie. Qui compose cet entourage ? Des traîtres, transfuges, renégats, déserteurs ou peut-être tout simplement des convertibles.

> *Seul le vent de la peste a pu les réunir. Seul Alexandre Griboïedov a pu les faire asseoir côte à côte.*
>
> *Il a installé le colonel Espejo, qui s'est battu pour le roi Ferdinand d'Espagne, à côté du sous-officier Cuartano qui, étant colonel au service de la Russie, s'est battu contre le roi Ferdinand d'Espagne, ce pour quoi, à son retour en Russie, on l'a destitué.* (V / 18, p. 413)

Il y a là aussi des médiocres : Martinengo, charlatan, faux docteur, qui courtise par calcul la riche madame Castellas dont le mari est manufacturier de la soie à Tiflis ; Boutourline, mouchard envoyé dans la région par Tchernychov, ministre de la guerre et ex-juge des décembristes. Bref, ce n'est pas le festin pendant la peste — à peine un verre de vodka pendant un rhume. À Tiflis on a l'oxymore faiblard, l'ivresse petite, la relativité relativiste. À preuve — les étoiles à la fin du simulacre de banquet : « Les étoiles étaient aussi vieilles qu'une femme après une mauvaise nuit » (V / 18, p. 416). Heureusement qu'il y a de pieuses personnes pour réinjecter un peu d'absolu :

> *Alexandre Griboïedov se tenait très droit devant un Allemand. [...]*
>
> *— Exzellenz, dit l'Allemand, je suis un pauvre tenant de la secte du Wurtemberg. Nous sommes ici en exil. Je sais que vous partez pour la Perse.*
>
> *— Que voulez-vous ? demanda doucement Griboïedov.*
>
> *— Nous croyons en la venue du Christ en Perse. Si vous entendez parler de lui, Exzellenz, écrivez-le moi. C'est un pauvre homme qui vous le demande. Je m'appelle Meyer.* (V / 18, p. 417).

Aragon, qui aurait voulu écrire le *Vazir,* a répondu aux attentes de monsieur Meyer en composant *La Semaine sainte*. On imagine le rôle du prénom dans l'élection du personnage principal : *Théodore* (Géricault), le *don de Dieu.* Et l'ami de Théodore ne s'appelle-t-il pas Robert *Dieudonné* ? Quand l'absolu de la création transfigure la relativité, la mort n'existe plus ; dans le poème *Notre saint métier* Akhmatova pose que « la mort n'existe pas » ; Iouri Jivago, poète, professe la même foi devant Anna Gromeko agonisante. Aragon : « Mourir ? On ne meurt pas puisqu'il y a les autres. [...] L'Homme est ressuscité. [22] » Et pourtant ça avait mal commencé. On sait la relativité du printemps 1815 — une tempête telle que le sous-lieutenant Théodore Géricault en a le vertige. L'Ogre remonte sur Paris. Qui est encore avec Louis XVIII ? Qui est déjà avec Buonaparte ? Prenons l'exemple de Ney : maréchal d'empire dès 1804, rallié à Louis XVIII en 1814, à l'Ennemi du genre humain le 13 mars 1815. Évolution ou trahison ? Écho de Tynianov, Théodore s'interroge à la mi-mars 1815 :

> *Trahir ? Quand avait-il trahi, Ney, hier ou l'an dernier ? Il y avait une telle confusion en toute chose : tel qui était un héros la veille, le lendemain on le tenait pour un traître. Et ceux qui changeaient de camp étaient-ils vraiment des traîtres ? L'an dernier, c'était qu'ils suivaient peut-être la volonté du peuple, cette soif de la paix, cette fatigue... [...] Tant de traîtres, ce n'est pas possible. À partir de quel grade est-ce que cela commençait, la trahison ? Les soldats couverts de médailles, les invalides qu'on rencontrait partout dans leurs débris d'uniformes, leur misère évidente, des traîtres ?* [23]

L'original est au chapitre X du *Vazir,* où le narrateur-historien Tynianov parle, à la différence de Théodore, du haut du XXe siècle :

> *Déjà au siècle dernier le mot « trahison » semblait emprunté à quelque tradition lointaine. [...]*
>
> *Samson-Khan dont Alexandre Griboïedov, l'ami de Thaddée* [Boulgarine, collaborateur de la police politique du tsar, M.W.], *voulait obtenir l'extradition, n'était pas considéré comme un traître parce qu'il avait trahi la Russie, mais parce qu'il avait trahi les empereurs Paul, Alexandre et Nicolas. [...]*
>
> *L'espace et le temps ont sur le mot « trahison » des influences diverses. L'espace le rend court et terrible. Une nuit, un soldat passe dans le camp adverse [...]. Quelques centaines de mètres en dehors des routes [...] le changent à tout jamais. Ce qui se brouille et se perd, ce ne sont pas les frontières d'un État, mais celles de l'homme.*
>
> *Thaddée, l'ami fidèle et très aimé d'Alexandre Griboïedov, Thaddée, officier de l'Armée russe passé dans le camp des Français, qui s'était battu contre les Russes en 1812 et avait été fait prisonnier par les siens, était devenu un homme de lettres russe. En huit ans, le mot « trahison » était devenu un vocable dilué [...]*
>
> *Une simple affaire de transfuge.* (X / 3, p. 591-593).

La relativité absolue

À la parution du livre, dans la Russie soviétique de la fin des années 1920, mais plus tard aussi, les critiques ont beaucoup parlé du fatalisme ou du pessimisme tragique du roman [24]. L'étrécissement de l'espace fictionnel attesterait ce pessimisme : au début les vastes steppes de la Russie, puis les espaces corsetés par les montagnes du Caucase, la Perse, Téhéran, l'ambassade avec ses trois cours, puis, lorsque la foule du *djahad* investit les lieux, deux cours, une cour et la mort.

Semblable vision ne correspond ni à l'*eïdos* de la synchronie, ni à celui du roman. Pas question de nier le rétrécissement de la géographie ni l'abondance des présages qui le balisent. Mais justement : Griboïedov est averti, mille fois prévenu. Le général Ermolov, on l'a vu, met en garde le jeune diplomate contre la tentation d'écraser le vaincu ; la conscience de Griboïedov adresse des signaux à celle du Vazir.

Pas question non plus d'exonérer l'histoire. Tynianov ne cesse de nous faire sentir que tout est historique. Pour le meilleur : les étoiles. Et pour le pire, ce qui est le plus fréquent à l'époque de Nicolas Ier (Staline ?). Le pire, c'est la répression de décembre 1825, les pendaisons, les déportations, les guerres (Perse, Turquie), la censure (*Le Malheur* étouffé), une société mise en coupe policière et militaire, la suspicion généralisée, la délation, une pression telle que même des écrivains (Boulgarine) émargent à la police politique de Benkendorff, le soldat-chair-à-canon pris dans les rivalités coloniales de la Russie et de l'Angleterre, le capitaine anglais Campbell (dans le roman McNeill) venant trouver Griboïedov à Moscou pour le menacer de mort (la paix de Tourkmentchaï fait de l'ombre aux intérêts britanniques dans la région), les assassinats à peine déguisés des trois plus grands poètes du temps : Griboïedov, Pouchkine, Lermontov. Comment voulez-vous créer quelque chose dans ces conditions ? Et pourtant...

Reprenons le prologue là où nous l'avons laissé plus haut ; l'auteur-narrateur se confie :

> *Un vieux vinaigre d'Asie court dans mes veines, et mon sang circule avec lenteur, comme à travers un désert d'empires dévastés.*
>
> *Un homme guindé, jaune, et de petite taille occupe mon imagination.*

> *Il repose, immobile, les yeux luisants, encore mal réveillé.*
> *Il a tendu la main vers les lunettes posées sur sa table de chevet.*
> *Il ne pense rien, ne dit rien.*
> *Rien n'est encore décidé.* (Prologue, p. 20)

Il faut prendre la mesure de la dernière petite phrase : le « rien » fait littéralement toute sa place à l'absolu de la décision individuelle de Griboïedov.

Le grand constat du siècle est posé par Sartre et par Soljénitsyne : c'est sous l'occupation et au Goulag que l'homme se choisit.

Tynianov fait sentir simultanément l'homme-galette sous la masse plombée de l'histoire et l'absolu de la liberté intérieure qui résiste. Résultat de la synthèse: une complexité abyssale. Qui appelle la retenue axiologique du narrateur. Le plain-pied de la saisie adoucit tellement l'ironie que même Boulgarine le flic (voyez II / 5) n'est pas loin d'être sympathique — alors Griboïedov... Griboïedov : ambitieux, hésitant, glorieux, insatisfait, calculateur, repentant, inflexible, désespéré. Coupable, mais trop humain. Comment le condamner ?

Janvier 1829 : Griboïedov est à Téhéran depuis un mois, il a obtenu en principe le paiement du huitième kourour, mais pas l'extradition de Samson ; il s'apprête à repartir, le Shah lui a accordé l'audience d'adieu, la mission fait ses bagages. Tandis qu'il donne ses instructions à Maltsov, son secrétaire qui reste pour expédier les affaires courantes, le Vazir entend une escouade passer en chantant devant l'ambassade : la chanson est russe ! Le chef des soldats ? Samson. Il est venu le défier sous ses fenêtres. Griboïedov pourrait *décider* de se montrer bienveillant (cf. supra X / 12), de se détacher de sa fonction. Non, il considère l'affront comme personnel et veut s'accorder un peu plus de temps pour obtenir l'extradition du transfuge. Décision : « Il remit son départ d'un jour » (IX / 17, p. 587). Le jour de trop.

Le tragique de Griboïedov n'est pas un tunnel dont on ne sort que droit devant. Le chemin est plein de pattes d'oie, mais à chaque fois le voyageur fait le mauvais choix. Le Vazir est ici un homme du vingtième siècle : quelle que soit la force de l'adversité politique, il est l'ultime sculpteur de son destin. Fuir et démissionner n'auraient rien de déshonorant, au contraire ! Il y songe au demeurant (cf. III / 5, X / 12). Mais la soif de reconnaissance, la tentation de réussir quelque chose, en politique si ce n'est en littérature...

Alors tragique, oui peut-être, mais moderne. Griboïedov est prisonnier non des dieux, mais de lui-même : « L'austère devoir qu'il s'était lui-même inventé l'avait entravé indissolublement. » (II / 32, p. 211).

LA RELATIVITÉ ABSOLUE : *ET VERBUM CARO FACTUM EST*

Première étape : avant que le verbe devienne chair, c'est la chair qui est thématisée. Par exemple celle de Macha, jeune paysanne des steppes de Voronèje chez qui Griboïedov s'héberge au cours de son voyage vers la Perse. Cette femme, muette comme une œuvre de l'art ou de la nature, et dont le corps parle mieux que ses lèvres, provoque un premier accès de doute : ne va-t-il pas démissionner ? Le corps de Macha « avait décidé en secret et sans rien dire que cet homme resterait chez elle [...] autant qu'il plairait à Dieu »...

> *Que Rhodophinikine et Nesselrode restent à Saint-Pétersbourg ou se rendent sur le théâtre des opérations. [...]*
> *Ils paraissaient tous très lointains, existaient-ils même ?*
> *Lui, il disparaîtrait.*
> *Mais alors qu'était-il ? Un fugitif [...]*
> *Eh bien, oui, un fugitif. L'homme se reposait.* (III / 5, p. 251)

Moment rarissime, précieux, où l'homme se repose de l'Histoire, de son illusoire et même théâtrale réalité. Voyez la contiguïté sémantique des « théâtres » de la capitale et du « théâtre » des opérations militaires (cf. II / 4, p. 82 : « L'air cinglant des ragots de théâtre avait été son école de diplomatie » ; cf. VII / 17, p. 508 : « C'est à cause de lui [l'ennui] que naissaient les guerres et les représentations théâtrales. ») Il n'y a pas de conciliation possible entre les exigences de la création (amoureuse, littéraire) et les vanités du protocole impérial ; tel est le sens des deux sous-chapitres « protocolaires » (II / 1-2 et XII / 13) qui encadrent le roman — la petitesse d'Adrien Deume n'est pas loin. C'est une parenté eïdologique forte qui aimante le *Vazir* et *Belle-du-Seigneur,* une parenté fondée, au sein de chacun des deux romans, sur l'opposition entre sphère créatrice et sphère diplomatique.

Deuxième étape : avant que le verbe ne devienne chair, c'est le nominalisme lui-même qui est thématisé. Sommé par le tsar de lui rendre la dépouille de l'ambassadeur Griboïedov, le Shah confie au chef du harem Khossrow-Khan le soin de la retrouver. Aurait-on oublié que dans le massacre la tête, les membres, le torse sont partis chacun de leur côté ? Khossrow se fait aider par Kouzinian. Dans une fosse commune ce dernier reconnaît un bras et une main avec le diamant de Griboïedov. Ça fait peu, s'attriste le Grand Eunuque. Qu'à cela ne tienne. L'Arménien avise à proximité le cadavre d'un manchot assez bien conservé ; et de consoler le Persan avec une arithmétique sommaire (le manchot + le bras endiamanté = le Griboïed) et un commentaire qui montre qu'il a compris l'essentiel du nominalisme artistique moderne : « Ce n'est pas l'homme qui importe, mais le nom » (XIII / 2, p. 688).

Dernière étape : la chair vivante est finalement celle des tissus langagiers du roman. Pour « incarner » la langue, Tynianov utilise entre autres le procédé très frappant de la dissémination de traces-refrains. Le Vazir vient d'être assassiné (chapitre XI). Le chapitre suivant s'ouvre sur la phrase « Le Vazir-Moukhtar existait encore » (XII / 1, p. 636).

Seconde occurrence :

> *Le kébabtchi* [marchand de brochettes] *avait enfoncé sa tête* [celle du Vazir] *au bout d'une perche. [...]*
> *À présent il voguait au-dessus des rues, et du haut de sa perche, riait de toutes ses dents brisées. Les gamins le visaient avec des pierres et atteignaient leur but.*
> *Le Vazir-Moukhtar existait.* (XII / 1, p. 636)

Troisième occurrence :

> *Le Vazir-Moukhtar existait.*
> *Dans la ville de Tabriz, Nina attendait ses lettres.* (XII / 1, p. 637)

Au total le « Vazir » apparaît une dizaine de fois, soumis à variations. En XII / 6 il devient Alexandre, le mari qui ne donne pas de nouvelles à sa femme Nina ; en XII / 8, il arrive à Saint-Pétersbourg avant son secrétaire Maltsov et se fait admonester par Nesselrode ; finalement, en XII / 13 Nesselrode reçoit Hozrev venu apporter les excuses du Shah, et là changement : « Le Vazir-Moukhtar ne bougeait plus d'un pouce, il n'existait pas, il n'avait jamais existé. » (p. 669)

Il s'agit, on le voit, de varier le refrain à plusieurs paragraphes de distance. La première occurrence renvoie à une réalité extérieure au texte (fictive ou avérée, peu importe), elle est reçue, de manière référentielle, comme une provocation sémantique à l'égard du lecteur qui sait que, « physiquement », le personnage n'existe plus. La seconde, par effet rétroactif, réfère à la première comme à une réalité. *Idem* pour la troisième, la quatrième, etc. Chaque suivante ne peut être comprise qu'en fonction de la précédente ou tout au moins de la première : le texte devient autoréalité, le nom devient une chose référée par le nom suivant. Le signe de la nouvelle réalité est le sens créé poétiquement, par concaténation discontinue. Le sens nouveau ici est le diamètre de l'existence des morts, diamètre variable selon qu'il s'agit des gamins de Téhéran, de Nina, de Maltsov, de Nesselrode. Cette dispersion des noms-choses est un couronnement de nominalisme dans la mesure très précise où elle confère à l'œuvre les deux caractéristiques les plus intimes de la Réalité : la variabilité et la discontinuité (même le temps, paraît-il, est granulaire : il n'y aurait pas de grain inférieur à 5.10^{-44} seconde). À la mort porteuse de relativité s'oppose, absolu, le verbe incarné qui la dit.

*

Difficile d'imaginer un Boris Godounov autre que celui de Pouchkine, un Théodore Géricault autre que celui d'Aragon. Ils ont leur chair littéraire.

Difficile d'imaginer le « vrai » Griboïedov autrement que sous les traits peints par Tynianov. Maxime Gorki écrit à l'auteur en mars 1929 : « Griboïedov est remarquable, bien que je ne me sois pas attendu à le voir ainsi. Mais vous l'avez peint de manière si convaincante que c'est probablement comme cela qu'il était. Et s'il ne l'était pas, désormais il le sera. [25] »

Marc WEINSTEIN

1. Collectif, *Iouri Tynianov écrivain et savant* (en russe), Moscou, 1966, p. 9-19. (Ici comme plus loin c'est moi, M.W., qui traduis, sauf mention contraire.)
2. Iouri Tynianov, « De l'évolution littéraire » in *Formalisme et histoire littéraire,* trad. C. Depretto-Genty, L'Âge d'Homme, 1991, p. 232. Ultérieurement dans le corps du texte : *Formalisme,* suivi de l'indication de page.
3. Iouri Tynianov, *Le Vers lui-même,* traduction coordonnée par Yvan Mignot, 10 / 18 UGE, 1977. (Ultérieurement dans le corps du texte : *Vers,* suivi de l'indication de page.)
4. Dans le recueil collectif *Comment nous écrivons* (en russe), Leningrad, 1930, p. 166. Ultérieurement dans le corps du texte *CNE,* suivi de l'indication de page.

5. Pour les détails de cette question, voir Marc Weinstein, *Tynianov ou la poétique de la relativité,* PUV, 1996, p. 16-45. (Ultérieurement dans le corps du texte : *Relativité,* suivi de l'indication de page).
6. L'auteur de *Variété* déclare : « Qu'importe la matière première, qui est un peu partout ? C'est [...] la puissance de transformation qui me touche. » Qui dit puissance, dit virtualité, et qui dit virtualité dit bien idéalité (ou principe) : « Construire, poursuit Valéry, existe entre un projet [...] et les matériaux que l'on a choisis. [Cela] doit faire songer à une commune mesure des termes mis en œuvre, un élément ou un principe [...] qui peut n'avoir d'autre existence qu'une abstraite. » (Paul Valéry, *Variété* dans *Œuvres,* tome 1, Gallimard, coll. « La Pléiade », 1957, p. 428 et p. 1182-1183).
7. Jacques Réda, *La Sauvette,* Verdier, 1995, p. 122.
8. C'est Viktor Chklovski qui cite cette lettre de Tynianov dans « La ville de notre jeunesse » *in* Collectif, *Souvenirs sur Tynianov* (en russe), Moscou, 1983, p. 24. Ultérieurement dans le corps du texte : *Souv.,* suivi de l'indication de page.
9. On trouve ainsi couramment l'expression « le principe constructif du vers » *(Vers,* p. 77). Définitions du Principe de construction du vers et du Principe de construction de la prose dans *Les Formes du vers de Nekrassov* : « La signification des mots est modifiée en poésie par la sonorité ; en prose, c'est la sonorité des mots qui est modifiée par leur signification. » *(Formalisme,* p. 208).
10. Quand on se rappelle l'étymologie du « chaos » (en grec : le gouffre, le vide, le rien, le néant), on se dit que, pour sa meilleure part, la philosophie contemporaine a bien pensé la pratique artistique moderne et sa relativité oxymorique ; Cornélius Castoriadis écrit dans *Figures du pensable* (Seuil, 1999) : le « chaos sous-tend le cosmos, [... et] l'indétermination de l'être dans ses profondeurs [...] est le corollaire de sa puissance de création » (p. 102). Le rappel du sens étymologique du « chaos » appartient au philosophe (*ibidem,* p. 281).
11. Evguéni Zamiatine, « Du synthétisme » (1922) in *Œuvres* (en russe), Moscou, 1988, p. 415.
12. *Ibidem,* p. 415.
13. Jean-Paul Sartre, *Qu'est-ce que la littérature ?*, Gallimard, 1948, p. 269-271.
14. Alexandre Tchoudakov *in* « Introduction » à V. Chklovski, *Le Décompte de Hambourg* (en russe), Moscou, 1990, p. 31.
15. Les extraits du *Vazir* sont cités d'après : Iouri Tynianov, *La Mort du Vazir-Moukhtar,* trad. Lily Denis, Gallimard, Folio, 1969, avec indication du chapitre en chiffres romains, du sous-chapitre en chiffres arabes, et de la page. Parfois la traduction de Lily Denis est modifiée dans le sens d'une plus grande adéquation à la poétique de l'œuvre.
16. Iouri Tynianov, « L'intervalle » dans le recueil *Poétique, Histoire de la littérature, Cinéma* (en russe), Moscou, 1977, p. 185. (Ultérieurement en abrégé dans le corps du texte : *PHLC*).
17. Préface aux *Œuvres* de Khlebnikov en cinq volumes (en russe), Moscou, 1928-1933, reprint Wilhelm Fink Verlag, Munich, 1968, tome 1, p. 25, 28 et 29.
18. Marguerite Yourcenar, *Les Yeux ouverts,* Centurion, Paris, 1980, p. 61 (c'est moi, M.W., qui souligne en italique). Nous n'en avons pas la place, mais il aurait fallu bien sûr consacrer quelques pages au « style qui est plus ou moins celui de l'époque » (Yourcenar) — la stylisation « façon début XIXe siècle » du tissu verbal russe du *Vazir.* Avec le MI3, cette stylisation est un facteur essentiel de synthèse entre obscurité et lucidité de la conscience des personnages, entre conscience à demi obscure plongée dans l'époque narrée et conscience plus lucide regardant 1820 du haut de l'époque de narration.
19. Boris Pasternak, *Œuvres*, Gallimard, « La Pléiade », 1990, p. 441.
20. Exception récente, G. Levinton s'est intéressé à ce motif (cf. « Sources et sous-textes dans *La Mort du Vazir-Moukhtar* » [en russe] in *Recueil tynianovien*

3, Riga, 1988, p. 6-14 ; ultérieurement ces recueils, issus de colloques sur Tynianov qui se tiennent tous les deux ans depuis 1982 dans sa ville natale Rézékhnè, anciennement Réjitsa, seront désignés par le sigle *RT,* suivi du chiffre correspondant à la place du colloque dans la série). Voir aussi du même G.. Levinton « Les sous-textes griboïedoviens dans *La Mort du Vazir-Moukhtar* » (en russe) in *RT 4,* Riga, 1990, p. 21-34.
21. Cité par M.Gasparov, « Scientificité et artisticité dans l'œuvre de Tynianov » (en russe) in *RT 4,* p. 17.
22. Aragon, *La Semaine sainte,* Gallimard, 1958, p. 583 et 597.
23. *Ibidem,* p. 25.
24. Les deux plus célèbres sont L. Tsyrline dans *Tynianov écrivain* (en russe), Leningrad, 1935 (sur le pessimisme fataliste, voir notamment les pages 26, 38, etc.) et A. Bélinkov dans *Iouri Tynianov* (en russe), Moscou, 1960 (voir notamment les pages 252-255).
25. In *L'Héritage littéraire* (en russe), tome 70, p. 458.

« NOUS AVONS DÉJÀ LE MALHEUR D'AVOIR TROP D'ESPRIT »

Lettre à Iouri Tynianov

Cher Iouri Nikolaïevitch,

Pardonnez-moi d'avoir choisi, pour m'adresser à vous une épithète un peu familière (l'étiquette voulait que j'employasse « très honoré ») mais dans le cas présent, le terme « cher » est irremplaçable car, pour reprendre votre terminologie, son trait fondamental de signification est indissociable de traits fluctuants. Vous êtes, pour la culture russe et mondiale, une figure « chère », au sens de « qui a une grande valeur ». Pour moi personnellement, vous êtes le plus « cher » (le préféré) parmi les écrivains et les théoriciens de notre siècle. Enfin, il existe une troisième signification, profondément dramatique : « qui s'obtient au prix de grands efforts ». Souvenez-vous, en 1928, vous écriviez à Chklovski : « J'exige une destinée [...]. C'est irritant, un portefeuille par terre, que personne ne ramasse. » Ce portefeuille que vous avez laissé tomber n'a pas simplement un grand prix : il faut, pour le ramasser, fournir un effort de taille. Or, l'effort répugne ; on préfère encore rester pauvre. Si donc vous êtes très cher pour les uns, pour les autres vous êtes carrément trop cher...

Le sujet du *Malheur d'avoir trop d'esprit* [1], pièce que vous avez étudiée, est encore d'actualité. Surtout dans la sphère publique et sociale, cela va sans dire. Il y eut un moment où les Tchatski actuels

1. Pièce de Griboïédov (1824), dont le héros, Tchatski, est souvent comparé au misanthrope de Molière, avec lequel il partage un rejet des règles qui régissent la société de son époque, incarnée dans la pièce par les deux personnages dont il est question plus tard, Famoussov et Moltchaline. (N.d.T.)

ont été appelés à présider aux destinées de la Russie. Mais, très rapidement, ils ont dû choisir entre monter dans le « coupé »[2] qui les aurait emportés pour l'éternité ou se métamorphoser en Famoussov et Moltchaline : « Quelle vie terrible que celle de ces *métamorphosés !...* » Visiblement, l'intelligentsia d'aujourd'hui ne se souvient guère du roman *La Mort du Vazir-Moukhtar*[3]. Mais la vie, elle, le relit — elle le recopie, même, mot à mot.

C'est pourquoi les romans historiques actuels, avec leurs « petites mères », leurs « petits pères » et leurs cavaliers de la garde, leurs illusions enfuies et autres allusions perdues, se ramènent inéluctablement à une tautologie et éveillent notre compassion quant au temps et à l'énergie consacrés à styliser tout ce raccommodage. Vous l'aviez prévu : « Je pense que le matériau historique est appelé à disparaître prochainement dans la fabrique de la littérature, au profit de la théorie. Les temps théoriques approchent. » Cela étant, en quoi *Le Vazir* n'est-il pas un roman théorique ? Le sage qui recherche le bien de la société et de la patrie sera toujours honni par le pouvoir et condamné par l'opposition, il ne peut que courir à sa propre perte, victime de forces obscures et irrationnelles. Tel est le théorème du Vazir-Moukhtar. Ou bien est-ce un axiome ?

Oui, les temps théoriques approchaient, mais sont-ils advenus ? Les philosophies, les doctrines sont de deux ordres : les unes cherchent à saisir la spécificité irréductible, l'originalité profonde de leur sujet ; les autres ramènent l'objet de leur étude à tel ou tel dénominateur commun. La science de la littérature telle que la conçoivent les membres de l'Opoïaz relève du premier type de théories, les autres écoles critiques de notre siècle ressortissent au second. Elles ne soupçonnent même pas à quel point elles sont proches les unes des autres ni qu'elles sont, toutes ensemble, aux antipodes de cette méthode de dévoilement par l'esprit du mystère de l'art qu'on désigne communément sous l'appellation de « formalisme russe ».

Je sais que des mots comme « mystère », « esprit », « émotion », etc., vous déplaisent, et que vous avez délibérément et résolument fui ce genre de nébulosités dans l'analyse littéraire. C'était tout à fait justifié, mais en même temps... comment dire ? Ce n'était pas très « pédagogique ». L'Opoïaz est devenue une école scientifique

2. La dernière tirade de Tchatski se termine par un cri : « Mon coupé ! mon coupé ! » (N.d.T.)
3. Roman de Tynianov dont Griboïédov est un des héros. (N.d.T.)

géniale, mais pas une école où l'on apprend. Vos élèves ont retiré peu de choses à votre contact, et il leur a été impossible, pour dire les choses comme elles sont, de reprendre le flambeau. Mais le problème n'est pas tant là ; ce dont je veux parler, c'est de votre auditoire mondial qui, me semble-t-il, ne s'est pas non plus approprié les idées de l'OPOÏAZ de la meilleure façon qui soit.

Je me rappelle vos paroles amères, dans un texte de 1927 : « Nous avons déjà le malheur d'avoir trop d'esprit. J'ose le dire de trois ou quatre d'entre nous. Il ne manque que les guillemets, et c'est là tout le problème. Quant à moi, je crois que je m'en passerai et que je filerai droit en Perse. [4] » Ici, il est question non des Tchatski de la politique mais des Tchatski de la théorie littéraire. Rapporté à la tragédie traversée par l'humanité durant le XXe siècle, leur drame ne paraît pas bien terrible, ni très universel. Certes, vos contemporains n'ont pas saisi votre conception de l'évolution littéraire, ils n'ont pas compris la différence entre la « successivité » du vers et la « simultanéité » de la prose [5] — et alors ? Il n'y a pas mort d'homme ! Oui, mais le théorème du Vazir-Moukhtar me paraît fonctionner à tous les niveaux et à tous les étages de l'humanité. Le malheur d'avoir trop d'esprit sans guillemets (d'ailleurs, dans mon enfance je croyais, je ne sais pas pourquoi, qu'il s'agissait d'un seul substantif « malheurdavoirtropdesprit », comme le « moïdodyr [6] » de Tchoukovski) est un universel, se réalisant sous des formes éminemment variées. La « Perse », c'est aussi mourir en camp ou à la guerre, mourir précocement d'une sclérose, mourir d'un infarctus après une apparition en public, s'éteindre lentement dans une solitude de quatre-vingt-dix ans et un oubli respectueux…

Après que vous eûtes en 1928 développé avec Roman Jakobson les thèses des *Questions sur l'étude de la littérature et de la langue*, le versant littéraire de ce projet grandiose, étourdissant au sens tatlinien du terme, est resté totalement lettre morte : et pour la science de la

4. Allusion à la biographie de Griboïédov. (N.d.T.)
5. Une des oppositions fondamentales de l'analyse tynanovienne de la « langue du vers ». Michel Aucouturier en donne l'explication suivante : « le vers décompose en éléments distincts la chaîne sonore dont les articulations sémantiques tendent au contraire à rendre la perception simultanée (nous percevons globalement un énoncé "prosaïque", sans nous arrêter aux sons dont il est l'addition). » *Le Formalisme russe,* Paris, 1994, p. 55. (N.d.T.)
6. Littéralement, le « lave-jusqu'aux-trous », personnage d'un récit pour enfants de K. Tchoukovski, qui ressemble à un lavabo. (N.d.T.)

littérature, en Russie comme en Occident, c'est à ce tournant que *la diritta via era smarrita*[7]. Pour moi, ce drame, dans toute son étroitesse, est partie prenante de la tragédie du siècle, du malheur universel d'avoir trop d'esprit. Pourquoi, après tout, fallait-il absolument qu'il en soit ainsi, pourquoi tout cela ne pouvait-il finir autrement ?

L'OPOÏAZ a découvert une loi fondamentale de la littérature et de l'art, l'opposition intrinsèque entre le matériau et le procédé. Pour moi, c'est la découverte esthétique la plus importante non seulement du XXe siècle, mais de tous les vingtièmes siècles, c'est-à-dire de toute l'ère chrétienne. Une découverte dont la portée ne peut se comparer qu'à la *Poétique* d'Aristote. En science, rien n'est définitif et il se peut qu'un jour l'on propose une explication encore plus spécifique de l'essence de la littérature. Cependant, au jour d'aujourd'hui, la conception du matériau et du procédé reste l'explication la plus profonde de l'identité irréductible de la littérature, c'est elle qui apporte l'éclaircissement maximal, en tout cas pour ceux qui l'ont comprise, qui se la sont appropriée non seulement par la raison mais par le cœur — pardonnez-moi une fois encore ce terme non scientifique.

L'antithèse « matériau-procédé » constitue un modèle dynamique reflétant le processus de création des œuvres littéraires lui-même. Je suis persuadé que la distinction du matériau et du procédé existe organiquement dans la conscience ou dans le subconscient de tout individu doué de facultés créatrices ; simplement, dans leur majorité, les écrivains n'essaient pas de développer leurs capacités d'analyse et de réflexion, mais consacrent toute leur énergie au matériau, auquel ils vouent un amour et un intérêt sans faille. Plus encore : le modèle « matériau-procédé » est profondément humaniste, il suppose un don esthétique en chaque lecteur. Je pense que tout individu capable de percevoir la littérature comme un art ressent la frontière entre facteurs matériels et facteurs formels, même s'il ignore tout de cette terminologie et, plus généralement, de la science de la littérature. Le cas des spécialistes de la littérature est plus complexe : ils en appellent à la terminologie comme à un argument d'autorité alors même qu'ils ne possèdent pas les facultés mentales et spirituelles

7. « La voie droite était perdue » (Dante, *Enfer*, I, 3.)

qui lui correspondent. Ce sont eux qui ne vous ont pas compris, et dans leur majorité, continuent à ne pas vous comprendre.

Cela fait de nombreuses années que je recherche une méthode pour expliquer cette antithèse fondamentale de l'Opoiaz. Comment faire au plus simple, montrer les choses du doigt : ça, c'est le foin, ça, c'est la paille — ça, c'est le matériau, ça, c'est le procédé ? Quand il remonte aux sources, le lecteur est souvent rebuté par une forme de brillante supériorité intellectuelle : les métaphores de Chklovski (« opposer un monde à un autre ou un chat à une pierre revient au même ») nous ensorcellent, mais n'aident pas à comprendre. Je dirais la même chose de l'analyse du *Manteau* par Eichenbaum [8] : il faut, pour en venir à bout, disposer déjà d'une certaine expérience de l'analyse littéraire, d'une sensibilité esthétique acérée…

Peut-être faut-il commencer par les constructions les plus simples, les organismes les plus élémentaires ? Par les épigrammes, ou — mieux encore — par les proverbes. Prenons celui-ci, par exemple : *« Nié vsi**a**k Tar**a**ss podpiév**a**t' gor**a**zd »* [9]. Ses procédés sont le rythme, la rime, une extrême concision. Ses matériaux sont un « a » éclatant qui revient quatre fois, ce Tarass lui-même, choisi parmi une infinité de prénoms pour des raisons essentiellement phonétiques. L'idée formulée relève également du matériau. Elle aurait aussi bien pu se dire hors de la sphère artistique, avec des moyens élémentaires. Comme proposition logique, elle n'a besoin ni d'un Tarass, ni d'un jeu sur les consonnes et les voyelles. Du point de vue artistique, elle est bien insignifiante, plutôt triviale et ne vaut qu'en tant que prétexte à la création d'une construction discursive dynamique.

Il est vrai qu'en me lançant dans ce genre de vulgarisation, la peur ne me quitte pas : ne suis-je pas moi-même à vos yeux un « Tarass », peu habile à « reprendre en chœur » le chant de l'Opoïaz ? Mais qu'y puis-je : la littérature, comme la science ou la pédagogie, ne vont pas sans risque… Il n'existe sans doute pas d'autre chemin que celui qui conduit du plus simple au plus

---

8. Boris Mikhaïlovitch Eichenbaum (1886-1959). L'article dont il est question ici, intitulé « Comment est fait *Le Manteau* de Gogol », publié dans la revue *Poétika* en 1919, peut être considéré comme un manifeste du formalisme. (N.d.T.)
9. Littéralement : « Tous les Tarass ne sont pas forts pour reprendre en chœur ». (N.d.T.)

compliqué. Ou alors, je ne peux m'empêcher de penser à cette anecdote que l'on m'a racontée il y a peu : il s'agit d'un russisant américain qui soutient sa thèse, un travail de dix ans, et ne cesse de répéter, en parlant de Gogol, « l'imperméable, l'imperméable ». C'est qu'il ne connaissait du *Manteau* que la traduction anglaise. Je ne pense pas qu'il ait pu comprendre quoi que ce soit, même en traduction, à l'article d'Eichenbaum, « How Gogol's Overcoat' Is Made. » Il lui faudrait retourner au cours préparatoire pour comprendre qu'une « chinel' [10] », ce n'est pas un *« overcoat »*, ni même un « imperméable » ; Gogol l'a fabriquée à partir des sons « ch », « n », « l ». Boris Mikhaïlovitch trouvait cela trop évident ; il avait tort.

L'antithèse du matériau et du procédé, c'est une vision double, redoublée, une vue stéréoscopique de l'art. Mais ces lunettes magiques doivent être adaptées à la vision de chacun, avec ce que cela implique de strictement individuel. Et là, c'est étrange mais il est plus facile de parler avec des gens simples qu'avec de grands savants. Le simple dira honnêtement si oui ou non il voit en relief. Le professeur ou l'académicien, lui, n'admettra pas même qu'on lui pose la question, dusse-t-il ne rien voir, ne rien ressentir de cette tension dynamique entre le matériau et la construction, bref dusse-t-il rester d'une frigidité esthétique totale.

On dit banalement que pour devenir ichtyologiste, point n'est besoin d'être poisson. Le fait est que Chklovski, Eichenbaum dans une certaine mesure (je ne pense pas tant au roman *L'Itinéraire vers l'éternité* ou aux poèmes de jeunesse qu'à *Mes annales* avec sa composition dynamique, le jeu sur les genres, l'humour créateur), et vous êtes trois poissons qui avez raconté votre monde intérieur dans un langage humain. Ce fut une avancée trop grandiose pour l'ichtyologie ! En outre, votre activité d'écrivain (à tous les trois) n'a aucunement nui à l'aspect scientifique de votre travail puisque vous avez été capables de revenir avec beaucoup d'exactitude sur votre nature créatrice, vous avez su prendre de la distance pour

10. Titre, en russe, du *Manteau* de Gogol. Le mot *chinel'*, féminin, désigne plutôt une capote militaire. L'étudiant américain, dans son ignorance, utilise le mot russe plus couramment utilisé pour désigner un « manteau » (*pal'to*) que nous avons traduit par « imperméable » à la fois pour conserver le sel de l'anecdote, mais aussi parce que *pal'to* désigne un vêtement plus léger que *chinel'*. On peut lire sur ce titre et sa traduction anglaise les pages savoureuses que Nabokov consacre à Gogol dans ses *Lectures on Russian Literature*. (N.d.T.)

l'observer et la décrire. Cela n'aurait aucun sens de vous reprocher aujourd'hui de n'avoir pas su, avec une patience toute pédagogique, enseigner l'art de la nage aux « ichtyologistes » — jeunes et vieux — qui gravitaient autour de vous et avaient peur de l'eau. Mais je tiens aussi à souligner que votre malheur ne vient pas seulement de trop d'esprit mais aussi d'un excès de cette même énergétique émotionnelle que vous avez si facilement mise entre parenthèses. Avec votre « million de souffrances [11] », vous étiez bien naïfs, à votre façon, d'attendre de la compréhension de ces classes pauvres et moyennes, habitées par une seule et misérable émotion, l'envie et la haine des « millionnaires ».

D'ailleurs, si quelqu'un a su vous comprendre, avec son esprit, mais aussi de tout son instinct esthétique, c'est bien Bakhtine. Non seulement lorsque, sous le masque de Medvedev [12], il attaquait le « formalisme », mais antérieurement, lorsque dans un article de 1924 (qui n'a été publié que cinquante ans plus tard) il évoquait la nécessité d'« entrer en créateur » dans le matériau. La terminologie diffère, mais le fond ne change guère. Le matériau et le procédé ne sont pas des catégories abstraites, mais des réalités intrinsèques, chacun est donc libre de leur donner le nom qu'il veut.

La frigidité de la conscience esthétique scientifique prit progressivement, à partir de 1928, la forme d'un courant qui reçut le nom de structuralisme. Le choix de cette appellation suit, j'imagine, la règle du *canis a non canendo*, car les représentants de ce courant étaient bien moins intéressés par la structure spécifiquement artistique que l'OPOÏAZ. Pour autant « après le formalisme vint le structuralisme » fut vite un lieu commun des études littéraires dans le monde entier, et l'on vous décerna le titre de « Saint Jean-Baptiste du structuralisme [13] ».

Pour résumer, le structuralisme n'a pas réussi à maîtriser l'antithèse du matériau et du procédé, n'a pas saisi la nature de l'effort créateur en dehors duquel toute dynamique artistique est impossible.

---

11. L'auteur reprend ici le titre d'un article de Gontcharov (1872) sur *Le Malheur d'avoir trop d'esprit*. (N.d.T.)

12. Allusion au livre *Formal'nyj metod literaturovedenia* (« La Méthode formelle en science de la littérature »), publié à Léningrad en 1928 et signé par Pavel Medvedev, ami et disciple de Bakhtine. (N.d.T.)

13. P. Steiner, *Russian Formalism. A Metapoetics*, Ithaca, London, 1984, p. 20.

La structure ne se comprend pas par l'esprit, quand il s'agit d'une structure esthétiquement signifiée. Le structuralisme s'est intéressé au versant sémantique de la littérature et de l'art, ce qui eût été en soi très bénéfique, si l'on avait tenu compte de ce présupposé essentiel : la sphère sémiotique se rapporte intégralement au versant matériel de la création, et non à son côté « constructiviste ». La critique structuralo-sémiotique n'a pas appliqué le théorème de Chklovski : « Dans une œuvre littéraire l'idée est soit un matériau au même titre que le côté phonétique et acoustique d'un morphème, soit un corps étranger. » En suivant ce théorème, ils auraient inéluctablement été conduits à admettre que la création n'est pas la transmission du sens mais son dépassement, que la comparaison artistique (le plus important et le plus fréquent des procédés) rend caduque la distinction entre les éléments qui sont porteurs de sens et ceux qui ne le sont pas, et que la « sémanticité » absolue de l'art n'est qu'une supposition par principe indémontrable. L'expression « système des signes », rapportée à l'art, n'est pas tant, je le crains, une définition scientifique qu'une métaphore, dont l'action, en plus, est limitée dans le temps : son pouvoir explicatif a aujourd'hui disparu.

Au final, le structuralisme n'est pas allé plus loin que l'Opoïaz ; au contraire, il est en fait revenu à ce modèle non spécifique, utilitaire et profane, « le fond et la forme », qu'il a revêtu de toute une série d'oripeaux terminologiques. Percevant l'art comme un moyen de communication, le structuralisme a, une fois de plus, subordonné la fonction esthétique à des objectifs non artistiques. (Pour moi, je le confesse, votre concept de « déformation » s'étend à tout l'aspect communicationnel de l'art ; il faut juste savoir généraliser. L'art à son plus haut niveau se manifeste peut-être dans les « interstices » de la communication, dans ces situations où, de la « compréhension » nous faisons un pas vers une incompréhension féconde, conscients de l'absurdité et de la vanité de toutes nos « interprétations » et de tous nos « déchiffrages » et reconnaissant, « par-delà » notre perception « matérielle » limitée, de nouvelles lois).

Lorsque l'on me demande quel est le rapport entre le formalisme et le structuralisme, je réponds qu'il y a un rapport de cent pour un en importance et en utilité. Personnellement, en tant que lecteur et homme de lettres, le structuralisme ne m'a révélé aucun des mystères de l'art, il ne m'a jamais permis de mieux comprendre un texte littéraire, un écrivain en particulier, un moment historique. Combien de dissertations creuses et compliquées j'ai lues pour rien ! D'où, peut-être, cette rage folle de ma part. Sans doute le formalisme est-il pour beaucoup un breuvage trop roboratif : ils ne le goûtent que dilué à un pour cent. Le mérite du structuralisme est peut-être d'avoir laissé la théorie de la littérature, après 1928, là où elle en était, ce qui l'a empêchée de reculer bien plus loin ? À l'heure actuelle, le paysage post-structuraliste, en Russie, est bien morne. C'est même pire, si cela se trouve. Nos zélateurs de la mode ont entendu le mot « déconstruction » et ils sont prêts à déchirer leurs pantalons pour courir derrière Derrida. Pendant ce temps, à l'Ouest se fait jour une réaction négative à toute décomposition analytique des textes. L'approche bêtement biographique, la description littérale des *realia* est à nouveau à la mode ; cela donne des choses du genre « Pouchkine et les poux », « Le gros bétail à cornes chez Tolstoï et Pasternak »... Des aspects qui ont certainement leur intérêt, mais qu'on ferait mieux d'étudier sans toucher à la littérature.

Parlons un peu d'autre chose. Chez nous, de grands connaisseurs du processus scientifique raisonnent ainsi : les membres de l'OPOÏAZ se sont querellés tant et plus, ce qui les a conduits à leur perte. Je considère au contraire comme une véritable chance que de tels géants aient pu sur une durée relativement longue emprunter le même chemin et suivre la même démarche intellectuelle. Même si, évidemment, la rupture entre Chklovski et Jakobson représente un grand drame. Tout naturellement, la partie progressiste de l'opinion publique a adopté la position de Jakobson sur la situation. Quant à moi, je n'arrive pas à oublier cette phrase de Chklovski, prononcée au printemps 1982 : « Roman Jakobson est parti et là-bas... Ils ne vont pas être contents, mais je le dis quand même : là-bas, il s'est lotmi... lomanisé. » Il voulait parler de I. M. Lotman [14], envers lequel il est évidemment injuste : j'en viendrai bientôt à son importance historique.

Le mieux est l'ennemi du bien. Et réciproquement. Pour cette raison, de bons savants deviennent parfois les ennemis de collègues meilleurs et géniaux. « Pour être académicien, il nous faudrait être deux fois plus bêtes et trois fois plus nuls. Laissons cela à

14. Iouri Lotman (1922-1993), fondateur de l'école de Tartu qui reprend, dans les années 60, l'héritage du formalisme. (N.d.T.)

15. Viktor Jirmounski (1891-1971), germaniste, ami d'Eichenbaum, mais qui prendra ses distances avec le formalisme. (N.d.T.)

Jirmounski [15] » : voilà ce qu'écrivait Chklovski, toujours en cette fameuse année 1927. Les opposants de l'OPOÏAZ (Jirmounski, Vinogradov, Bakhtine) étaient de vrais philologues, ils aimaient le mot, mais ce dernier ne le leur rendait pas avec le même éclat qu'aux trois chevaliers du formalisme.

En Russie, il est dit que nous préférons combattre non pas tant ceux auxquels tout nous oppose que ceux dont nous sommes intrinsèquement proches, mais avec lesquels nous connaissons des divergences conceptuelles. Si je place très haut les conceptions audacieuses de Bakhtine sur le rire, je trouve que, du point de vue de « la philosophie de l'acte » son livre medvédiévien de 1928 est à double tranchant. Il a été récemment réédité et dans sa préface, l'auteur du commentaire nous invite à « comprendre le sens ambivalent, "sérieusement dérisoire" du "marxisme" de Bakhtine » [16]. Pour moi, ce n'est pas si drôle, et rien moins que sérieux : l'enjeu n'est pas de placer des figures de style mais de comprendre tout ce que la situation a de dramatique. Le conflit entre Bakhtine et l'OPOÏAZ s'apparente à l'incompréhension mutuelle du Vazir-Moukhtar et du décabriste Bourtsov.

Mais pauvre Bakhtine ! À qui échut une gloire superficielle et déplacée [17]. Des dizaines, des centaines de bavards nous rebattent les oreilles avec une obstination toute monologique de leur « dialogue » et agrandissent en irresponsables ce piège qu'est la notion de « responsabilité ». Cela ne fait rien : nous autres formalistes et tynianoviens saurons nous souvenir de Mikhaïl Mikhaïlovitch, même aux moments difficiles, lorsque la mode sera passée et que l'explosion bakhtinienne se sera apaisée.

Ainsi donc, qu'avons-nous aujourd'hui à offrir, comme on dit, à part un banal « bakhtinisme » ? On s'ennuie au royaume de la science de la littérature. Avoir des idées n'est plus au goût du jour. Les petites affaires, les moqueries, un grand orgueil, ça oui… Le genre dominant, c'est le long commentaire de texte agrémenté d'une série de considérations et de comparaisons contingentes. Le procédé artistique n'est toujours pas devenu, comme le rêvait le Jakobson de la première période, le « héros » de la science de la littérature. L'histoire de la

---

16. P..N. Medvedev (M. M. Bakhtine) *La Méthode formelle en science de la littérature*, commentaires de V. Makhline, Moscou, 1993, p. 194.
17. Je me suis exprimé là-dessus il y a trente ans dans l'article « La Parole et la gloire » (*Novy Mir*, 1981, n° 4).

métaphore, de la métonymie, de l'hyperbole dans la littérature russe n'a toujours pas été écrite. Il y a certes un procédé qui a connu une grande fortune, c'est celui de la citation : on cherche partout, maintenant, des relations « intertextuelles », sans tenir compte, naturellement, du facteur dynamique : si l'auteur a échoué à s'approprier la parole d'un autre, à en faire un matériau subordonné à son dessein, la citation, la réminiscence n'est qu'une « pièce toute neuve sur une vieille chemise ». Comme si la littérature en son entier n'était qu'une affaire de singe ou de perroquet... Un nouveau Khlebnikov passerait aujourd'hui inaperçu et serait mal vu : il cite peu et n'invoque pas le nom de Dieu en majuscules à chaque ligne. La critique continue à juger selon des paramètres matériels et non sur la construction.

Le tempérament théorique est presque tombé à zéro. Il faudrait peut-être atteindre franchement ce zéro et repartir du début ? C'est ainsi, me semble-t-il, que procédait Lotman sur la fin, se débarrassant de toutes les saletés sémiotiques pour revenir à une simple description des faits à la Venguérov [18]. « Le sémillant Sémion de retour au petit séminaire » — et nous avec ? La critique littéraire redouble depuis plus d'un siècle.

Un jour, Lidia Nikolaïevna Tynianova nous a montré un petit carnet intime relié en cuir avec l'inscription allemande, « Tagebuch ». Sur la première page, on y voyait vos poèmes drolatiques puis, après une interruption d'un an, une déploration en vers, où le pauvre « Tagebuch » se plaint de ce que personne ne veuille le remplir, avec des rimes amusantes sur « Tagebuch ». Dommage, je ne m'en souviens plus, et je ne l'avais pas noté...

Malgré tout, j'aime bien lire les opuscules étrangers sur le « formalisme russe » (puisqu'ils préfèrent l'appeler comme cela). C'est passionnant d'observer comme le système conceptuel de l'Opoïaz se modifie dans les différentes langues. La question de la traduction ne se limite pas à son caractère linguistique. Par exemple, la traduction anglaise de *Problème de la langue du vers*, par Michael Sosa et Brent Harvey, n'est pas mal du tout. Mais on a

18. Venguerov, Semion (d'où les allitérations qui suivent) : critique littéraire (1855-1920). (N.d.T.)

absolument besoin aussi de traductions du russe vers le russe, qui seraient autant de tentatives d'appropriation, d'adaptation. Sinon, de tout le livre, on n'aura retenu que « le resserrement de la série vers » et encore, sans trop comprendre : faire voir au lecteur ce « resserrement », l'aider à s'en délecter, voilà ce que nous ne savons pas faire…

Venons-en aux monographies consacrées à l'OPOÏAZ. Il est intéressant d'y suivre la trace de votre « pré-histoire », de vos « racines ». Krystyna Pomorska a vu dans les idées de l'OPOÏAZ l'aboutissement de tout le « siècle d'argent », en partant du symbolisme. Il n'y a rien à dire là-dessus, mais Viktor Erlich avait fait remarquer auparavant que le « formalisme » avait des fondements historiques encore plus reculés : « Au XVIIIe siècle, la polémique critique concernait plutôt des questions de prosodie et de langue que des questions idéologiques. De même, à l'époque de Pouchkine […], la critique était essentiellement esthétique. [19] » Cela vient d'une certaine manière étayer votre rime « Arzamas [20] / OPOÏAZ » mais confirme aussi que le « formalisme » est un phénomène profondément russe, ce que n'ont pas voulu et ne veulent toujours par admettre nos « chefs de la science ». Nos instituts de littérature institutionnels sont dirigés non par des savants mais par des cadres, très soucieux du « cinquième point » [21], et absolument incapables de comprendre la « russitude » du point de vue de l'esprit. Ils ne méritent d'ailleurs pas que l'on parle d'eux.

L'ouvrage d'Aage Hansen-Löve est très « nourrissant » : il montre nettement que Tynianov et l'OPOÏAZ ne sont pas des frères jumeaux et que les idées profondément individuelles ont elles aussi leur rôle à jouer. Il souligne en particulier l'importance de « la notion tynianovienne d'"équivalent", qui ne s'est pas implantée dans la terminologie des autres formalistes [22] ». Je pense que ce « détail » recèle un germe de vérité fondamental : la question de l'équivalence, de l'égalité conventionnelle d'éléments de valeur

19. V. Erlich, *Russian Formalism. History-Doctrine*, 3e éd., La Haye, 1969, p. 4.
20. École littéraire russe (1815-1818) qui compta Pouchkine parmi ses membres et s'était donné pour but, de donner plus de liberté à la langue poétique, de la rapprocher du russe parlé. (N.d.T.)
21. La nationalité, sur le passeport russe. (N.d.T.)
22. A. Hansen-Löwe, *Der Russische Formalismus. Methodologische Rekonstruktion seine. Entwicklung aus dem Prinzip der Verfremdung,* Vienne, 1978, p. 322.

différente est un point clé pour la théorie de la comparaison artistique, théorie dont il est étrange qu'elle n'ait pas été plus développée. Les degrés de l'équivalence purement artistique des idées, des émotions, des images, des sujets, c'est tout un univers théorique qui se dévoile…

Mais voici ce qui me dérange et m'inquiète : l'étude du « formalisme russe » demeure malgré tout une branche rétrospective de la slavistique. Quant à appliquer les idées de l'Opoïaz à l'analyse de textes de prose ou de poésie étrangères, par exemple, il n'en est jamais question. Je me revois, il y a six ans de cela, avec un collègue français, Marc Weinstein : nous attendions le bus, chez nous, à Krylatskie Kholmy, les yeux tristement tournés du côté de Montmartre. « Je suis peut-être fou ? a demandé Marc. (Je remarquerai entre parenthèses que le motif de la folie est immanquablement présent dans les situations de "malheur d'avoir trop d'esprit" !). Mais je ne comprends pas, a-t-il poursuivi, pourquoi ils n'utilisent pas tout cela : la théorie de l'évolution littéraire, la conception du rapport entre le vers et la prose ? » Je l'ai tranquillisé en lui disant que tant qu'il restait deux ou trois fidèles partisans de Tynianov (à l'époque, Kavérine était encore vivant), l'espoir était permis.

Marc Weinstein, en ce temps-là, avait déjà écrit quelques articles audacieux (l'un d'entre eux est consacré au problème du matériau, chez Bakhtine et chez vous), et son livre sur Tynianov comme fondateur de la poétique contemporaine doit bientôt sortir [23]. Je prévois un choc frontal entre les idées de l'Opoïaz et la conjoncture post-structuraliste qui règne actuellement sur les études littéraires. Il est aussi inévitable qu'indispensable.

Nos célèbres « tynianovistes », M. O. Tchoudakova et E. A. Toddess ont rédigé à l'occasion de conférences en votre honneur un questionnaire intéressant. Il comporte treize points, ce qui est heureux, car c'est jusqu'à présent le chiffre de votre destin. J'ai répondu facilement et catégoriquement à toutes les questions, mais l'avant-dernière, personnelle et intime, a produit sur ma sensibilité et sur ma mémoire un effet tout à fait proustien. Il s'agissait de la première rencontre avec la prose et les idées de Tynianov, des premières

23. Ce livre a paru depuis : Marc Weinstein, *Tynianov ou la poétique de la relativité*, P.UV., 1996. (N.d.T.)

impressions. Je dois avouer que, comme sans doute beaucoup de gens de mon âge et qui mènent mon genre de vie, les véritables souvenirs ne me visitent quasiment plus. Les souvenirs que nous feuilletons ne sont que des citations, des choses dont nous nous étions déjà souvenus au moins une fois. Et soudain, cette question à laquelle le cadre théorique et scientifique du questionnaire ne préparait pas, a fait ressurgir ce souvenir…

J'ai onze ans, et sur une plage de Crimée, je lis un livre à la couverture verte : Korneï Tchoukovski, *Souvenirs*, Moscou, 1958. Il se termine sur une étude tout juste écrite et publiée ici pour la première fois, « Tynianov ». J'ai eu très peur de cet homme sévère, et son regard scrutateur m'a privé pour longtemps de confort intérieur. Collégien, j'ai lu sa prose, qui là encore, a laissé pas mal de questions sans réponse. En première année d'université, je travaillais sur la théorie et l'histoire de la parodie, j'ai lu *Dostoïevski et Gogol*, puis *Archaïstes et novateurs* en entier, ainsi que *La Poésie qui n'en est pas*. J'ai eu de la chance de connaître Tynianov de première main et non par des citations tirées de leur contexte. Je n'ai pas compris, honnêtement, *Le Problème de la langue du vers*, ni pendant mes années d'études, ni pendant ma thèse, et je me sentais d'une indécrottable stupidité tout en me réclamant, comme beaucoup alors, de Bakhtine. J'ai commencé à avoir des lueurs vers trente ans. À l'assaut de cet Everest, j'ai acquis quelques aptitudes, que j'ai ensuite entrepris d'enseigner à d'autres. Mon cas est, je crois, assez caractéristique : ils seront encore nombreux, je pense, ceux qui emprunteront le chemin si naturel qui mène du simple au complexe, d'une première profondeur à une profondeur plus grande encore, de Bakhtine à Tynianov.

J'ignore ce que vous pensez de l'épigramme composée sur vous par Alexandre Arkhangelski à la fin des années vingt :

Il est jeune. Quelque cent trente années.
On ne peut plus érudit et intelligent.
D'une poussière d'archive il est auréolé,
Qui nous parle de Griboïedov et de son temps.

Comme parodiste, Arkhangelski est un virtuose (je pense qu'on peut le comparer à Kozma Proutkov), ses épigrammes sont plus faibles, et celle-là, pour le coup, m'a toujours paru ratée. « Érudit et intelligent » est un compliment bien plat, « la poussière des archives » est on ne peut plus déplacée… Mais le premier vers, ce me semble, n'est pas dépourvu de signification. « Quelque cent trente années », c'est l'âge qu'avaient Pouchkine, Baratynski à l'époque où fut publié ce poème ; or ils sont incontestablement vos contemporains, dans le temps historique long. De Pouchkine, vous avez dit un jour : « Il est encore très jeune, ce vieillard ! » Je me permets de renvoyer cette description à Iouri Tynianov, incroyablement jeune et frais, en sa centième année.

Vous aurez encore beaucoup de travail à accomplir au XXIe siècle : c'est ainsi que je vois la grande destinée à laquelle vous êtes appelé. En Russie, il se passe toujours cent ans durant lesquels on ne comprend rien ni personne, puis ça s'arrange. Cela vaut pour les gens et pour les idées. Vers 2013, 2016, l'idée de l'OPOÏAZ aura cent ans. Je suis sûr que d'ici là ils seront légion ceux dont le sens esthétique aigu leur permettra de distinguer sans difficulté le matériau de la construction, l'art du non-art. Au « Chien errant »[24], le mot ressuscitera[25] mais cette fois, ce sera pour toujours. Je rêve que nous nous retrouvions, avec Viktor Borissovitch et Boris Mikhaïlovitch[26], à la Maison des Arts, pour y parler de la construction du vers, à la lumière d'une chandelle dont la flamme ne se serait pas éteinte depuis cette époque. Et lorsque sonnera votre cent-trentième année, on célébrera le centenaire de *Problème de la langue du vers* et ce livre « secret » apparaîtra soudain comme une découverte éblouissante. Mais bien sûr, vos chers Pouchkine, Koukhlia[27] ou Vazir-Moukhtar seront plus proches des hommes libres du troisième millénaire que des pauvres captifs du XXe siècle.

À bientôt, cher Iouri Nikolaïevitch !

Vladimir NOVIKOV

Traduit du russe par Coralie Vauchelles

NB. Ce texte de Vladimir Novikov a été écrit en 1994, année du centenaire de la naissance de Iouri Tynianov.

---

24. Nom d'un café de Saint-Pétersbourg, centre de la vie littéraire des années révolutionnaires. (N.d.T.)
25. Allusion au livre fondateur de Chklovski, *La Résurrection du mot*. (N.d.T.)
26. Chklovski et Eichenbaum. (N.d.T.)
27. Surnom du poète Kuchelbeker (1797-1846), auquel Tynianov consacra un roman traduit en français sous le titre *Le Disgracié*. (N.d.T.)

BORIS EICHENBAUM

Leskov et la prose contemporaine

I

Otto Ludwig avait déjà distingué deux types de prose narrative selon le rôle joué par la narration : celui du « récit en tant que tel » (die eigentliche Erzählung), et celui du « récit scénique » (die szenische Erzählung). Dans le premier cas, c'est l'auteur (ou le conteur) qui s'adresse à des auditeurs et la narration est un des éléments morphogènes : peut-être le plus important. Dans le deuxième cas, c'est le dialogue entre les personnages qui se trouve au premier plan, et la partie narrative est réduite au commentaire qui entoure et explique ce dialogue : elle remplace en fait les didascalies. On obtient quelque chose d'analogue à la forme dramatique non seulement parce que l'accent est mis sur le dialogue, mais aussi parce que l'élément narratif est remplacé par l'élément représentatif : l'action n'est pas racontée au lecteur (ce qui est le cas dans l'épopée), elle s'accomplit devant ses yeux, comme sur une scène.

Cette différence peut paraître négligeable tant que la théorie de la prose se limite aux problèmes de construction. Mais elle devient capitale lorsqu'on touche aux problèmes plus fondamentaux qui sont organiquement liés à la théorie de la prose narrative. Si la théorie de la prose se trouve jusqu'à présent à un stade embryonnaire, c'est parce que les éléments morphogènes n'ont pas été étudiés. La théorie de la forme et des genres poétiques découle du rythme : elle a une base conceptuelle solide que n'a pas la théorie de la prose. Le sujet (ou *fable*) n'est pas assez fermement lié au mot, ce n'est donc pas lui qui peut servir de point de départ à l'analyse de toutes les variétés de la prose narrative. C'est pourquoi je crois que la question de la *prose narrative* peut servir de point de départ à l'élaboration d'une théorie de la prose.

Si l'on pose le problème de la prose narrative, le degré de proximité entre la narration et le discours oral du conteur prend une importance fondamentale. En effet, la prose narrative a largement utilisé pour son propre compte les possibilités de la culture écrite et imprimée ; elle a développé des formes impensables en dehors de cette culture. La poésie, à un degré ou à un autre, a toujours été *dite* ; elle vit donc en dehors de l'écrit, en dehors des livres, tandis que les formes et les genres de la prose narrative sont pour la plupart complètement déconnectés du discours oral et basés sur un style écrit particulier. Le récit de l'auteur s'oriente soit vers la forme épistolaire, soit vers la forme de mémoires ou de carnets, ou encore d'essais descriptifs, de feuilletons, etc. Ce sont là des formes écrites du discours : tout est fait pour un *lecteur* et non pour un *auditeur*, pour l'écrit et non pour l'oral. D'un autre côté, les dialogues des personnages (pour peu qu'ils soient construits sur le principe de la conversation et qu'ils aient la coloration syntaxique et lexicologique correspondante) introduisent dans la prose des éléments du discours et du récit vivants : le conteur ne se limite pas à une narration, il transmet aussi les paroles des acteurs [1]. Dans ce genre de dialogue, il suffit d'accorder un espace plus large à l'un des locuteurs pour se rapprocher encore plus du récit oral. Cette proximité peut même devenir constitutive, lorsque toute la nouvelle est construite autour du personnage d'un conteur, spécialement introduit par l'auteur dans la logique du sujet ou intervenant sans aucune motivation interne.

On obtient ainsi une sorte de tableau global des différentes variétés de la prose narrative. La question du roman s'en trouve éclairée de façon très curieuse. La nouvelle italienne des XIIe-XIVe siècles s'est développée directement à partir du conte et de l'anecdote, et n'a pas perdu son lien avec la forme primitive du récit oral. Sans être mise spécialement en forme pour ressembler au discours oral, elle correspondait tout à fait, par le caractère de la narration, aux manières sans prétention du conteur qui veut raconter une histoire avec des mots simples. Elle ne comprenait ni description détaillée de la nature, ni digression philosophique ou lyrique. Il n'y avait pas non plus les dialogues que nous sommes habitués à rencontrer dans les nouvelles contemporaines ou les romans. C'est à partir d'un recueil de nouvelles comme le *Decameron* que s'est développé le vieux roman d'aventures : il consiste à enfiler plusieurs épisodes reliés lâchement entre eux par la présence d'un même héros tout au long du roman ; il suffit de donner de l'importance à l'encadrement du récit et au système de motivations internes (Viktor Chklovski). Là non plus le principe du récit oral n'est pas détruit : le lien avec le conte et l'anecdote n'est pas complètement rompu.

Le roman prend un autre caractère à partir du milieu du XVIIIe siècle et surtout au XIXe siècle. La culture livresque développe les formes de l'essai, de l'article, du récit de voyage, des mémoires etc. La forme épistolaire donne la possibilité d'introduire dans le sujet la description minutieuse de la vie intérieure, du milieu ambiant, des personnages, etc. (par exemple chez Richardson). La forme des carnets ou lettres de voyageurs donne libre cours aux descriptions encore plus détaillées des mœurs, de la nature, des habitudes etc. Les études de mœurs et les feuilletons prennent une grande extension vers le début du XIXe siècle. On appellera par la suite « physiologies » ces études exemptes d'intentions moralisatrices ou didactiques mais centrées sur la description détaillée de la vie urbaine dans toute sa diversité : ses couches sociales, ses classes, ses jargons, ses spécificités etc. C'est à partir de ce matériau quotidien et psychologique que se renouvelle le roman du XIXe siècle : romans de Dickens, Balzac, Tolstoï, Dostoïevski. Les essais anglais de type *Life in London* (Pierce Egan), les descriptions françaises de Paris (*Le Diable à Paris, Les Français peints par eux-mêmes*, etc.), les « physiologies » russes, — voilà les sources de ce type de roman. À côté de cela persiste, il est vrai, un roman qui remonte au type ancien du roman d'aventures : tantôt il prend la forme du « roman historique » (Walter Scott), tantôt il se sert des formes déclamatoires, ou bien encore il développe une forme particulière de narration lyrique ou « poétique » (Victor Hugo). Le lien avec la parole est conservé bien que cette parole soit orientée vers la déclamation et non vers le récit oral : quant aux romans de type descriptif ou psychologique, ils ont un caractère définitivement livresque, et tout lien avec l'oral est perdu.

Ce genre de roman utilise beaucoup les descriptions et les portraits psychologiques, mais il fait aussi grand usage de dialogues. Ces derniers se développent parfois comme une simple conversation servant à définir les personnages d'après leur façon de parler (Tolstoï) ; ou bien ils sont en réalité une forme masquée de récit oral sans rien de « scénique ». Parfois aussi ils prennent une forme purement dramatique : leur fonction principale n'est pas de définir un personnage d'après son discours mais de faire avancer l'action, et en cela ils sont l'élément morphogène déterminant.

Ainsi le roman rompt-il totalement avec la forme narrative : il se transforme en une combinaison de dialogues scéniques et d'abondantes didascalies qui commentent le décor, les gestes, l'intonation etc. Des pages et des chapitres entiers sont emplis de « conversations » dans lesquelles le narrateur se borne à des remarques explicatives de type : « dit-il — répondit-elle ». On sait que les lecteurs cherchent dans ce type de roman l'illusion d'une action scénique ; bien souvent ils ne lisent vraiment que ces « conversations » et sautent toutes les descriptions, ou bien ils ne les considèrent que comme des indications scéniques. Conscients de ce fait, certains écrivains abandonnent spontanément la description pour la forme dramatique. Zagoskine écrit : « Non, quand tout le monde parle, le récit est parfaitement déplacé. Toutes ces explications : "Dit-il, interrompit-elle, objecta-t-il, approuva-t-elle" ne font que gêner et embrouiller le lecteur ; qu'il me soit donc permis de me tourner vers la forme dramatique habituelle. Ce sera plus clair et plus simple. » (*Moscou et les Moscovites*). Ailleurs : « … en rapportant une conversation isolée, et surtout si toute une compagnie y prend part, nous devons, contraints et forcés, citer très souvent les noms des participants et surtout répéter sans cesse : "Untel a dit, Unetelle a répliqué…" ; pour éviter ces répétitions parfaitement inutiles, mieux vaut, sauf peut-être pour quelques récits, utiliser la forme dramatique ».

Le roman européen du XIXe siècle est en réalité une forme syncrétique qui ne possède que quelques éléments de la narration et parfois s'en écarte complètement [2]. Son développement est à son apogée vers les années soixante-dix du XIXe siècle ; depuis, en fait, nous vivons sur sa lancée sans même imaginer qu'il pourrait exister d'autres formes ou d'autres genres de prose narrative. Cependant ce type de roman se désagrège à vue d'œil, se différencie : on voit de nouveau proliférer d'une part des formes mineures proches du récit oral, d'autre part des mémoires, récits de voyages, correspondances, essais ; ce qui constituait un sujet de roman émigre de plus en plus souvent dans les scénarios cinématographiques ; c'est un fait extrêmement significatif, car il prouve qu'il est possible de traduire une œuvre verbale de ce type dans une langue « muette ». Il est significatif aussi qu'après *Anna Karénine* Léon Tolstoï se soit mis à écrire des pièces de théâtre et des « récits populaires ». Mais ce qui est le plus caractéristique et le plus frappant, c'est l'émergence de phénomènes tels que Dahl, Gogol, Leskov, d'écrivains-ethnographes comme Pavel Melnikov-Petcherski, Pavel Iakouchkine, S. Maximov et tous les autres. Occultés par le développement et la force d'inertie du roman, ces phénomènes remontent à présent à la surface en guise de nouvelle tradition : en effet, la prose contemporaine reconnaît l'importance fondamentale des problèmes liés à la forme narrative et au récit oral. En témoignent les contes et les récits de Rémizov et de Zamiatine, les derniers écrits de Gorki, les essais de Prichvine, les récits de Zochtchenko, de Vsevolod Ivanov, Leonov, Fédine, Nikitine, Babel, etc.

II

Différents principes de prose narrative se combattent ou se succèdent en Russie tout au long du XIXe siècle. L'un d'entre eux présente un intérêt particulier pour notre propos : c'est le principe du *skaz*. J'appelle *skaz* la forme de prose narrative qui dans son vocabulaire, sa syntaxe et le choix des intonations est orientée vers le discours oral du narrateur. Ainsi sont laissées de côté (car construites sur d'autres principes) les nombreuses formes de narration où l'auteur n'a pas pour but de donner l'illusion d'un discours parlé, — bien qu'il puisse s'adresser au lecteur, engager la conversation avec lui, etc. Sont exclues également les formes narratives à caractère déclamatoire et la « prose poétique », qui s'orientent plutôt vers l'art oratoire ou le monologue lyrique. Je m'arrêterai ici sur le type de prose narrative qui s'écarte fondamentalement du discours écrit, et qui fait du conteur en tant que tel un personnage réel.

L'apparition d'éléments du *skaz* dans la prose narrative ne présente pas seulement un intérêt pour la classification : elle est essentielle pour résoudre la question générale et théorique qui m'intéresse ici. D'une part, elle marque un transfert du centre de gravité qui passe de la fable au mot (donc du « héros » à la manière de raconter de tel ou tel événement, incident, etc.) ; d'autre part, elle témoigne d'une libération par rapport aux traditions de la culture du livre, de l'imprimé : c'est le retour à la langue parlée vivante, en dehors de laquelle la prose narrative ne peut avoir ni existence, ni développement autre que provisoire et contingent.

J'ai déjà noté que les dialogues peuvent être considérés comme une étape vers le *skaz* à condition qu'ils ne soient pas construits sur le principe de l'action scénique mais sur le principe de la description, à travers ses répliques, d'un individu présenté comme le narrateur. À cet égard les « enquêtes dialoguées » que l'on rencontre chez Leskov sont typiques. Un personnage raconte, son récit étant toujours orienté par les questions de l'interlocuteur :

> — *Alors, vous l'avez quittée tout de suite, cette maison ?*
> — *Non, au bout de six semaines.*
> — *Et vous vous entendiez bien avec les gens ?*
> — *Oh, je ne parlais à personne.*
> — *Pas même à table ?*
> — *Je mangeais avec le commis.*
> — *Comment ça, avec le commis ?*
> — *À dire vrai, dans l'arrière-cuisine. Mais ça m'était égal. Je ne me vexe pas.*
> — *Jamais ?*

Suit un grand passage sans questions. Puis de nouveau :

> — *Qu'est-ce qu'elle vous a dit, votre mère ?*
> — *C'est qu'après, je ne l'ai même pas vue. Je suis sorti de l'office et je suis parti comme ça à pied, directement à Koursk.*
> — *Mais ça fait combien de verstes ?*
> — *Cent soixante-dix ; mais mille sept cents, ça aurait été pareil.*
> (Le Bœuf musqué).

Il faut le souligner, Leskov lui-même pensait que le plus grand mérite de ses œuvres était la justesse du discours, et il insistait sur cette particularité de son style narratif : « Savoir poser sa voix, pour l'écrivain, c'est être capable de maîtriser la voix et la langue de son héros et de ne pas passer des altos aux basses. Je me suis efforcé de développer ce don en moi et je pense être arrivé à ce que mes prêtres parlent la langue du clergé, mes paysans, comme des paysans, les parvenus et les bateleurs, avec des fioritures de style, etc. Quand c'est moi qui parle j'utilise la langue des anciens récits, et, dans mes écrits purement littéraires, une langue influencée par le slavon et les tournures populaires. C'est pourquoi on me reconnaît immédiatement dans le moindre de mes articles, même si je ne les ai pas signés. Cela me réjouit. Il paraît qu'on me lit avec plaisir. C'est parce que nous avons tous, mes héros et moi-même, notre propre langue. En chacun de nous elle est posée de façon adéquate, en tout cas avec soin. Quand j'écris, j'ai toujours peur de détonner ; c'est pourquoi mes petits-bourgeois parlent comme ceux de leur classe ; et les aristocrates qui zézayent et prononcent le "r" à la française parlent chez moi à leur manière... Étudier le discours de chacun des représentants des innombrables classes sociales et des groupes particuliers n'est pas chose facile. Cette langue populaire vulgaire et alambiquée dans laquelle sont écrites tant de pages de mes ouvrages, je ne l'ai pas inventée : je l'ai volée au paysan, au semi-intellectuel, au conteur, au fol-en-Christ et au tartufe... J'ai passé des années à collecter les mots, les proverbes et les expressions isolées que j'ai attrapées au vol dans la foule, sur les bateaux, dans les conseils de révision et les monastères... Attentivement, des années durant, j'ai épié la façon de parler et la prononciation des Russes aux différents degrés de l'échelle sociale. Chez moi ils parlent tous à leur manière, et non de façon littéraire. Pour un écrivain, maîtriser la langue de l'homme de la rue est plus difficile que d'employer la langue littéraire. C'est pourquoi nous avons peu d'artistes du verbe, de ceux qui possèdent un discours vivant et non purement littéraire. [3] »

Ces paroles de Leskov montrent que le dialogue n'était pas pour lui une forme scénique, mais narrative : c'était un procédé de narration et de personnalisation du discours. Il se risqua une fois à écrire une pièce (*Le Prodigue*, 1867), ce qui le posa en concurrent d'Ostrovski, mais par la suite il ne revint pas à la dramaturgie. Tirant les conséquences logiques du développement que connaisait la narration, il s'éloigna également du roman qu'il remplaça par la « chronique ». Il en parle très clairement dans l'introduction aux *Feux follets* (1875) : « ... des histoires comme la mienne, on en rencontre par bribes dans beaucoup de romans contemporains ; et pour ce qui est de la nouveauté, je ne vais sans doute rien raconter que le lecteur ne sache déjà ou même n'ait vu personnellement, mais je le raconterai autrement que dans les romans ; c'est cela qui peut présenter un certain intérêt, peut-être même de la nouveauté, et même — une leçon. Je ne couperai pas certains événements pour en magnifier d'autres car je n'y serai pas forcé par la forme artificielle, antinaturelle du roman qui exige une fable achevée et la concentration de toute chose autour d'un centre principal. Cela ne se passe pas ainsi dans la réalité. La vie humaine est comme un parchemin qui se déroule, et moi je la déroulerai au fil de mes récits. »

L'introduction par l'auteur d'un locuteur spécial chargé de la narration est une forme extrêmement répandue. Cependant cette forme a très souvent un caractère purement conventionnel (comme chez Maupassant ou Tourguéniev) ; au plus, elle prouve la vitalité de la tradition qui consiste à prendre pour narrateur un personnage particulier de la nouvelle. Dans ces cas-là le narrateur est bien encore l'auteur, et la motivation initiale joue le rôle d'une simple introduction. Ainsi, *Andreï Kolossov* de Tourguéniev est-il raconté par un certain « petit homme blême » qui propose à une assemblée de jeunes gens de raconter chacun une rencontre avec une personne remarquable. Puis il commence son récit : « Le petit homme nous regarda tous, leva les yeux au plafond et commença ainsi : “Il y a dix ans, mes chers amis, j'étais étudiant à Moscou” »..., etc.

La réalité du narrateur semble confirmée ensuite par le fait que les auditeurs l'interrompent par diverses exclamations et remarques (« Au fait, au fait, lui criions-nous, ce ne seraient pas tes aventures à toi que tu voudrais nous raconter, par hasard ? ») ; mais en réalité la participation des auditeurs, tout comme la motivation donnée dans l'introduction, ne sont que pure convention. C'est l'auteur qui se tient derrière le narrateur. Au cœur même du récit du « petit homme » apparaissent des tournures incompatibles avec la narration parlée et qui dénoncent le caractère conventionnel de la motivation : « Entre-temps la nuit était tombée. À droite, des lumières brillaient dans la brume, on voyait s'élever les églises innombrables de la grande ville ; à gauche deux chevaux blancs paissaient dans le pré, devant nous s'étendaient des champs couverts de vapeurs grises. » C'est du discours littéraire ordinaire, sans coloration spécifique d'intonation ou de syntaxe, inhérent à la description et sans aucune particularité lexicale qui pourrait caractériser la façon de parler du narrateur. Cela continue plus loin : « C'était un jour d'automne, gris, mais calme et doux. De fines tiges jaunes se balançaient tristement au-dessus de l'herbe pâlie ; sur les branches sombres, dénudées des noisetiers sautillaient d'agiles mésanges ; des alouettes attardées couraient affairées sur les sentiers, un lièvre se frayait prudemment un chemin dans la verdure, un troupeau errait paresseusement dans les chaumes. » On peut observer la même chose dans les *Trois portraits*, où l'auteur a besoin de cinq pages entières d'introduction pour « motiver » le narrateur ; la même chose dans *Le Juif*, etc.

Je vais donner à présent un exemple de rupture de style : le passage du récit oral à un discours littéraire type. Cet exemple est d'autant plus intéressant qu'il est tiré d'une œuvre de jeunesse de Leskov, écrite à une époque (1863) où il se laissait encore séduire par le roman et se préparait à faire concurrence à Tourguéniev. Cette œuvre (*Vie de paysanne*) débute tout à fait comme un *skaz* : « C'était un tout petit bonhomme, ce Kostik de Rioumine, et mauvais avec ça, fallait pas s'y frotter ! Chez eux il y avait la mère, Maria Petrovna, le Kostik, donc, et puis les deux frères cadets, Piotr et Iégor, et la sœur, Nastia. La Petrovna était vieille-vieille, très malade, — des étouffements, qu'elle avait ; Piotr et Iégor, c'était des jeunets en apprentissage, l'un chez le cordonnier, l'autre chez le charpentier. Des petits gars futés, oui, et ils apprenaient bien… Leur vie, qu'est-ce qu'on peut en dire… des hauts et des bas, mais ce qui les minait le plus, les paysans de Rioumine, c'était d'être tellement à l'étroit. Bon, c'est vrai, les pièces, le paysan n'y est pas habitué, il a son isba, tout y est, et puis au moins c'est tout de la même famille, mais là à Rioumine il n'y en avait que deux, des isbas : dans l'une il y avait deux familles, dans l'autre, trois. Serrés comme des sardines, et puis les chicaneries, les colères, les gros mots, — c'était pas une vie ! ». Tout ici (syntaxe, intonation, vocabulaire) veut donner l'illusion d'un récit parlé (le *skaz*) et d'un narrateur réel dont la langue a une coloration folklorique. Mais ensuite on tombe sur des passages incompatibles avec ces principes, comme par exemple : « Le ciel bleu pâle est voilé de nuages blancs tout déchiquetés : l'air est saturé d'une chaleur vivifiante, et l'on sent l'odeur puissante de la terre au dégel. Au-dessus des clairières, tout en haut, s'égosillent les alouettes, et sur les bancs de terre près des isbas, en troupes innombrables, cédant au charme des pulsions printanières, se bousculent les moineaux voluptueux. Tout veut vivre, tout va vivre ; tout aspire à vivre. On sent partout que le temps d'aimer est là, le temps des sombres désirs, languides, — le temps d'une mélancolie affreuse pour ceux qui n'ont personne avec qui partager leurs joies et leurs peines. » En passant à la description, Leskov a brusquement quitté le système du *skaz* et s'est mis à parler dans la langue littéraire habituelle.

Il est intéressant de remarquer que, lors d'une rédaction ultérieure, Leskov s'est encore éloigné davantage du principe du *skaz* en introduisant de nouveaux passages, écrits dans une langue tout à fait littéraire qui remplace même ça et là les tournures du récit direct. Dans le chapitre VII on trouve cette interpolation : « La difficulté de la route avivait la fatigue ; la respiration se faisait courte, et dans la poitrine, parfois, quelque chose vous poignait et vous brûlait, une douleur taraudante après laquelle on se sentait de nouveau bien, heureux comme après un baiser désiré. On avait envie de se laisser tomber sur place et de dormir comme une souche en écoutant, dans le silence sacré du champ endormi, le soupir des mottes de terre qui s'affaissaient en se dégelant. Le faible scintillement de la neige recouverte d'un léger crêpe de deuil produisait une impression maladive »… etc. La troisième partie, dans le texte de 1863, commençait ainsi : « Elle était vraiment très bien, la petite maison de Sila Ivanytch Krylouchkine, à O. C'était une maison en bois à un étage »… etc. Dans le texte revu, nous avons à la place : « *Il a été dit précédemment* que dans la ville de O. vivait un médecin respecté de tous, Sila Ivanytch Krylouchkine. Il habitait dans une petite maison qui lui appartenait, et qui »…etc. [4]

Nous trouvons un exemple analogue dans la nouvelle rédaction d'une autre œuvre de jeunesse de Leskov : *Plein la caboche, le diable en poche* (*L'Abeille du Nord*, 1863, n° 17). Le texte original est construit sur le même principe que celui de *Vie de paysanne* : « Chez nous dans les fermes de Hostomel, mais pas seulement là, dans toute la région et même jusqu'à Rybnitsa, une fille plus belle que Pacha, il n'y en avait pas. Pour une beauté, c'était une beauté ! Grande, bien plantée, blanche de visage, des yeux bleus comme le ciel, des sourcils soyeux, des cheveux épais, tout noirs, et sa poitrine ! Si on avait un peu trop lorgné sa poitrine pendant la journée, on avait la tête qui tournait, tournait ! et ce n'était même pas la peine de se coucher. À ce qu'on dit, il y a un bon moyen pour ça, compter les moutons, mais là, ça ne marchait pas. » Dans la variante plus tardive, tous les passages caractéristiques de ce premier paragraphe ont été coupés, ainsi que la fin (à partir de : « À ce qu'on dit »…). Ailleurs, de la phrase : « Quand on a emmené le fils, la vieille est revenue et s'est mise à injurier Pacha, dégoiser des malédictions, à s'en boucher les oreilles ! » il ne reste plus que : « Quand on a emmené le fils, la vieille est revenue et elle a maudit durement Pacha ». Au lieu de : « Elle lui a mis une telle torgnole que c'est tout juste s'il n'a pas été valdinguer sur la route. — Toi, qu'il a dit, tu peux faire marcher ta langue, je t'empêche pas, mais ma gueule, pas touche » on trouve : « Elle lui donna un soufflet. [5] »

La position dominante peut être occupée par n'importe quel élément morphogène qui est alors fondamental pour le sujet ou la construction. La fable n'est qu'un cas particulier de la construction. Le *skaz* met au premier plan les éléments de la langue qui reculent naturellement au second plan dans les genres où prédominent la fable, la description ou la représentation. Ces éléments sont l'intonation, la sémantique (l'étymologie populaire, le calembour), le lexique, etc. C'est pourquoi on observe l'essor du *skaz* durant les périodes où les grandes formes romanesques, pour une raison ou une autre, ne sont plus viables. L'apparition de Tchékhov après Tolstoï et Dostoïevski a mis en lumière le glissement de la prose russe vers la forme courte (l'anecdote) ; pour la prose qui a suivi, le problème de la forme narrative est devenu essentiel.

III

Les paroles de Leskov citées plus haut nous montrent, entre autres, que le *skaz* est caractérisé par l'utilisation du discours oral à fortes connotations sociale ou professionnelle : discours de paysan, de semi-intellectuel, de petit-bourgois, de prêtre, etc. En fait, le principe du *skaz* exige que le discours du narrateur soit marqué non seulement dans le domaine de l'intonation et de la syntaxe mais aussi dans celui du lexique : pour que l'orientation vers la parole, le discours oral, soit effective, le narrateur doit apparaître comme le dépositaire d'une phraséologie particulière, d'un vocabulaire particulier. Cela fait que le *skaz* a très souvent (mais pas toujours) un caractère comique : il tranche sur les formes littéraires canoniques, il apparaît comme leur déformation, comme un parler défectueux, « fautif ». La perception du mot en est exacerbée : l'effet comique, comme toujours, transfère notre attention de l'objet, du concept, à l'expression elle-même, à la construction verbale ; il nous présente une forme en dehors de toute motivation interne. Leskov, qui voulait absolument rendre le mot perceptible, utilise largement ce procédé et donne volontiers la parole aux beaux-parleurs, aux péroreurs qui écorchent les mots et s'expriment avec toutes sortes de fioritures. L'emploi des « étymologies populaires » est d'ailleurs chez lui un des ressorts principaux du *skaz*.

À côté de son fameux *Gaucher*, il y a chez Leskov une œuvre oubliée du même style, écrite dans la même période : *Léon, fils de majordome* [6]. Leskov dit dans sa préface : « … les récits de ce type concernent des personnages dont le genre de vie est inconnu aux faiseurs de légendes et dont le peuple a une idée très naïve, enfantine. C'est pourquoi la fable est elle-même pleine d'insuffisances et de contradictions, et la langue émaillée de scories bizarres, de mots mal employés provenant d'une société très mêlée. Cela vient évidemment de ce que les conteurs s'efforcent désespérément d'adopter le ton de la couche sociale dans laquelle ils prennent leur personnage. N'ayant pas les moyens de maîtriser le niveau réel de la langue parlée par ces gens, ils imaginent qu'ils vont réussir à rapporter leurs paroles, leur discours vivant, en leur prêtant les mots les plus extraordinaires et les plus alambiqués possible pour que cela ne ressemble surtout pas au discours ordinaire. Cela constitue un trait typique de la *littérature populaire orale* qui présente des acteurs coupés de la vie du peuple, et c'est à cela que le lecteur sera immanquablement confronté et devra se résigner dans l'histoire de *Léon, fils de majordome.* »

Et c'est vrai qu'à chaque instant nous rencontrons des mots et des expressions déformés. Le cas le plus fréquent est sans doute celui du mot étranger compris à travers une « étymologie populaire ». Voici le début de cette « légende » : « Léon était vif et habile en tout. Au-dessus de lui il y avait un Leibmeister, mais c'était plutôt Léon qui dirigeait tout ce qui concernait le service, parce que ce Leibmeister était un grand seigneur et ne comprenait rien à rien, il fallait qu'il demande toujours tout, et il ne savait pas à qui. Léon, lui, avait de l'expérience, il provenait d'une vieille et authentique souche de serviteurs à la Cour, et il était aussi célèbre par sa lignée que par son savoir-faire. » Ensuite arrivent des mots comme *orfraie* (Hoffrau, dame d'honneur), *lycérine* (glycérine), *cheval de son* (d'arçons) ou des expressions comme *une soirée d'étudiants bon marché*, *un tricorne haut-de-forme*, *il a une migraine à la tête*, etc. L'épouse de Léon déforme les mots à la française : « … comme elle n'avait à la maison personne avec qui parler français, elle s'était mise, par dépit, à prononcer du nez les mots russes les plus simples : *blain-ni* pour blini, *botainki* pour batinn'ki [les bottines], *tulupe* pour touloupe. »

Les formes de *skaz* qui ne sont pas marquées par ce genre de comique verbal ont d'habitude un fond stylistique soit folklorique, soit professionnel. Tels sont *L'Ange scellé* ou *Au bout du monde* de Leskov, les contes de Dahl, etc. À la fin du XIXe siècle, après l'épanouissement du roman psychologique (descriptif et représentatif), la forme de *skaz* connaît une renaissance, surtout sur une base folklorique, comme dans les contes de Rémizov. Mais en même temps, et c'est caractéristique, la prose « littéraire » commence à évoluer du côté de la prose « ornementale » : c'est la « prose poétique » d'André Biély et de ses imitateurs [7].

Rémizov s'en tient au *skaz* non seulement dans ses contes, mais aussi dans ses récits, bien qu'il ne soit pas toujours conséquent. Les débuts de ses récits portent l'empreinte de la syntaxe et de l'intonation de contes : « La maison des Diviline est près de la rivière. Vieille, grise, écaillée. Tout le monde la connaît. » Ou bien : « C'est sûr, tous ceux qui sont allés à Blagodatnoïe diront du bien du vieux domaine de Borodinskoïe, — et sans se forcer, encore !… Là-bas il y a tout ce qu'il faut, et même plus, et tout marche comme sur des roulettes. Le pays de cocagne ! » Ou encore : « Il fait bon vivre à Batyev : c'est gai, là-bas. Il y a tout ce qu'il faut, et en quantité encore : des bois tout autour, la rivière à deux pas. Du poisson plus que tu ne peux en prendre, du gibier tant que tu veux. Mais il y a quelque chose qui ne va pas : pour s'amuser, il n'y a rien. Et si tu t'amuses quand même, ne va pas te plaindre après si ça tourne mal, tu l'auras bien cherché. » La tradition des titres « leskoviens » renaît : « Le Tambour perpétuel », « La Princesse Mymra », « Emaliol », « Tchertykhanets ». L'orientation vers le mot est évidente.

De Rémizov en passant par Zamiatine, les formes de *skaz* se transmettent à la jeune génération d'écrivains chez qui elles se combinent parfois avec de la prose ornementale, déclamatoire et « poétique », comme chez Pilniak et Vsevolod Ivanov. Ce *skaz* ornemental (qui déjà n'a presque plus rien de commun avec le discours parlé) devient pour un temps une forme narrative très répandue. Il garde des traces du substrat folklorique et des intonations de récit oral, mais le conteur en tant que tel en est absent. Il en résulte une sorte de stylisation du *skaz*. Ainsi chez Nikitine : « Sur le débarcadère, un crâne baille de toute sa mâchoire : c'est la maison Pazov, l'auberge. Sur la façade s'écaillent deux paires de poteaux, jadis on les avait chaulés pour imiter une colonnade. Devant la maison, une clairière desséchée. Et sur le perron, toujours assis sur les marches, il y a le vieux... », etc.

Ou bien : « Il y avait tellement de neige près du bois que même si on y avait lâché un régiment de gaillards en bottes d'airain, piétine que je piétine, ils n'auraient pas pu tasser, tracer de chemin. » Tous les écrivains contemporains, presque sans exception, ont sous une forme ou sous une autre écrit à la manière du *skaz*. Certains, comme Fédine (dans *Blinki*), réalise le *skaz* en utilisant surtout les formes syntaxiques du discours oral ; d'autres, comme Vsevolod Ivanov, mettent l'accent sur le vocabulaire.

Il faut faire une mention particulière des récits de Zochtchenko qui renouvellent le *skaz* comique en remontant soit à Leskov, soit à Gogol. Ses histoires drôles ont conquis la scène, elles font partie du répertoire des chansonniers et se sont pratiquement affranchies de l'écrit. Le personnage du narrateur n'y est absolument pas motivé par une introduction quelconque de l'auteur, il s'adresse directement à l'auditeur : « Moi, je peux tout... Si je veux, je peux travailler la terre, et avec la technique dernier cri, encore ! Si je veux, je peux faire n'importe quel métier... j'ai des mains en or, tout me réussit » (*Récits de Nazaire Ventrebleu).* Son narrateur a des tics de langage, des mots qui reviennent tout le temps, comme : « j'sais bien », « c'est sûr », ou des tournures caractéristiques : « pas comme moi ». Avec cela, il se sert d'intonations variées et vivantes et d'expressions parlées caractéristiques : « Et moi, alors ? Moi, question bottes, c'est dans le lac. » Dans d'autres cas le narrateur n'est pas réel au point qu'on puisse prendre le *skaz* pour la notation directe d'un discours oral, mais l'orientation est nette, bien que non motivée : « Le pope ne payait pas de mine. Vraiment pas. Il était petit (sa femme, il lui arrivait à l'épaule), et en plus, rouquin. Oh, elle ne se privait pas de le lui reprocher ! C'est quand même étonnant : les hommes, il n'y a plus que des minus de nos jours. » (*La Poissonne*).

Cette tendance au *skaz* qui a gagné tant de terrain dans la prose narrative actuelle montre qu'on ne se satisfait plus du discours littéraire traditionnel. Il ne faut donc pas s'attendre à un essor du roman dans un proche avenir. À partir du *skaz*, la tendance naturelle est de se diriger vers de nouvelles formes narratives de style écrit. Nous observons cela chez Gogol, quand il passe des contes ukrainiens à *Mirgorod* et au *Manteau*. Cette évolution semble déjà se dessiner chez Zochtchenko ; son récit *Une nuit terrible* n'est pas écrit comme un récit oral ; mais il y a au premier plan la voix de l'auteur qui dialogue avec son lecteur : « On écrit, on écrit, et pourquoi, — mystère. Ici le lecteur ricane : — Et l'argent, qu'il dit. L'argent, eh, tordu, tu l'empoches ? Tu te fais du lard ? — Ah, mon cher lecteur... L'argent, qu'est-ce que c'est ? » ..., etc. Au premier plan est l'intonation, bien que le récit ne soit pas orienté vers le *skaz.*

Le problème de la forme narrative est bien le problème fondamental de la prose russe contemporaine. Ce n'est pas pour rien que nous la voyons se jeter convulsivement du pathos déclamatoire au *skaz*, de l'« isographie ornementale » à un style volontairement sec et concis, de la langue de la « prose poétique » aux dialectes provinciaux, aux jargons, à la langue de la pègre, etc. La fable est passée au second plan. Nous avons affaire à un nouveau développement des formes narratives qui fait revivre les traditions de Dahl, de Gogol et de Leskov.

À côté de cela, c'est vrai, il y a des tentatives de renouveler le roman d'aventures et le roman policier. Mais dans la plupart des cas ces tentatives ont un caractère « théorique » exagéré ; elles sont provoquées par le désir ou l'espoir de conquérir un lecteur déçu de la littérature russe, et de conquérir l'« Occident ». Dans certains cas le roman policier utilise une langue professionnelle ; alors notre attention se détourne des héros et de leur destin pour se fixer sur le lexique et on aboutit à une sorte de compromis original (*La Fin d'un gandin*, de Kavérine). Si nous nous tournons vers le roman d'aventures, nous ne trouvons pas de sujet construit sur une fable et un héros, pas d'intrigue, mais quelque chose de plat, de linéaire : une chronique d'où sont absentes les perspectives psychologique et événementielle. Le « roman à sujet » manque actuellement d'espace où se développer : il faudrait que son matériau se renouvelle à partir de genres particuliers, comme par exemple les vieilles études « physiologiques ».

IV

La différence entre la narration qui possède un caractère livresque et la narration orientée vers le récit oral, le *skaz*, nous semble suffisamment illustrée par le contenu de cet article. Il reste à tirer quelques conclusions.

En utilisant les possibilités de la culture livresque et le développement de quelques formes et styles écrits, la prose narrative tend à construire de grandes formes syncrétiques qui perdent tout lien avec la narration en tant que telle. On obtient les formes du roman basé sur la description et la représentation : elles sont comprises comme la combinaison d'indications scéniques et de dialogues. L'originalité par rapport aux formes dramatiques n'est préservée que par une liberté de déplacement dans le temps, une possibilité de parallélismes entre les lignes de la fable, etc., c'est-à-dire par l'utilisation de divers procédés de composition impossibles au théâtre. Cependant beaucoup de ces procédés (ne serait-ce que le parallélisme) sont parfaitement légitimes et possibles au cinématographe, qui possède de plus quelques avantages techniques sur le livre. D'un côté, le cinématographe a porté un rude coup au livre, mais de l'autre il a rendu la prose littéraire au mot, à la narration. Il s'est produit une sorte de différenciation d'éléments qui se trouvaient jusqu'alors amalgamés dans une entité synthétique. La narration est rentrée dans ses droits, — et elle s'est tournée vers le *skaz*.

Cela ne signifie évidemment pas que la prose narrative doive absolument se limiter au *skaz*. Ce n'est pas lui qui importe, mais *son orientation vers le mot, l'intonation, la voix*, même transformés par l'écrit. C'est la base naturelle et indispensable de la prose narrative. Le *skaz* n'est important que pour *démontrer* ce principe et pour donner la possibilité de s'éloigner du vieux syncrétisme. Le fondement de la prose narrative doit être recherché dans « la façon de poser la voix » dont parlait Leskov, qui doit être perceptible aussi bien dans les mots du récit que dans le dialogue des personnages. Comme n'importe quel autre naturalisme, le naturalisme stylistique (le rendu de la voix du narrateur) marque le refus des vieux canons littéraires.

Nous vivons à une époque de mutations et de retours inattendus aux siècles éloignés, aux traditions oubliées, à des questions que les hommes du XIXe siècle jugeaient résolues une fois pour toutes. Souvent, c'est un peu comme si nous reprenions tout depuis le début, — et c'est là la force historique de notre temps. Nous percevons beaucoup de choses différemment : entre autres, le mot. Notre relation au mot est devenue plus concrète, plus charnelle, plus physiologique. Au cinéma nous l'oublions, mais nous y portons d'autant plus d'attention au théâtre, dans la littérature, sur la tribune. Après le cinématographe, la mimique théâtrale nous paraît bien pâle, mais par contre le mot s'est renforcé et enrichi. Nous voulons l'entendre, le soupeser comme un objet. Ainsi l'écrit retourne-t-il à la littérature, et la narration au récit.

Traduit du russe par Anne-Marie Tatsis-Botton

« Leskov i sovremennaja literatura » a initialement paru dans *Literatura*, Leningrad, 1927. Ce texte a été traduit d'après : B. Ejxenbaum, *O literature*, Moscou, 1987, p. 409-424.

1. Voir dans l'ouvrage de K. Hirzel (*Der Dialog. Ein literarhistorischer Versuch*, 1895) ses réflexions sur l'immense rôle du dialogue en tant que genre dans l'histoire de la prose : les formes figées de la langue littéraire s'y trouvent détruites au profit d'éléments de la langue populaire et familière. Il cite en exemple les dialogues de Machiavel, les fameuses conversations de Castiglione écrites pour contrer l'hégémonie du dialecte toscan dans la littérature italienne, des dialogues espagnols dirigés contre le latin, etc.
2. Il est intéressant de relever que définir le roman comme une forme syncrétique n'est pas une nouveauté. Je citerai S. Chevyrriov : « À notre avis, le roman est le fruit d'un mélange nouveau, bien de notre époque, de tous les genres littéraires : il admet également des éléments épiques, dramatiques et lyriques. L'élément prédominant donne son caractère au roman : on peut donc parler de romans épiques, comme par exemple *Wilhelm Meister* de Goethe ou *Don Quichotte* de Cervantes ; il y a des romans lyriques — je citerai *Les Souffrances du jeune Werther* du même Goethe ; quant aux romans de Walter Scott, on peut les qualifier de dramatiques, car c'est le drame qui leur donne leur coloration particulière, sans exclure les autres éléments. » (*Le Moscovite*, 1843, I, p. 574).
3. A. I. Faresov, *À contre-courant,* Saint-Petersbourg, 1904, p. 273-275.
4. Le roman a été édité sous son nouveau titre, *L'Amour en chaussons de tille : roman paysan* ; nouvelle rédaction, avec une postface de P. V. Bykov, Leningrad, *Vremja*, 1924.
5. Je cite les corrections d'après l'exemplaire appartenant à P. V. Bykov ; Leskov les a notées de sa main sur l'ancien exemplaire imprimé.
6. *Léon, fils de majordome (Un rapace à table). Légende populaire de notre temps.* In *Livre commémoratif* de E. N. Akhmatova, 1881 (éditeur des *Romans choisis*). Ce récit ne figure pas dans les *Œuvres complètes* de Leskov.
7. Quelque chose d'analogue se produit dans les années trente : l'existence simultanée d'écrivains comme Dahl et Marlinski.

D.R.

Gueorgui Petroussov : *Isaac Babel* (1933).

VIKTOR CHKLOVSKI

Isaac Babel
Romance critique

Je trouve dommage d'observer Babel fixement. Il faut respecter la réussite de l'écrivain et donner au lecteur le temps de tomber amoureux de l'auteur avant qu'il ne devine sa réussite.

J'ai scrupule à observer Babel fixement. Dans sa nouvelle *Le Fils du rabbi* on peut lire cette phrase : « Les filles, plantées sur leurs jambes arquées de femelles sans malice, observaient froidement ses parties génitales, cette virilité flétrie, tendre et crépue de Sémite délabré. »

Et pour mon article sur Babel je prends un élan lyrique.

Il était une fois la vieille Russie, immense, pareille à une montagne aux contours flous et aux pentes labourées.

On avait écrit sur elle au crayon : « Cette montagne sera sauvée ».

Ce n'était pas encore la révolution.

Une partie de ceux qui avaient écrit cela au crayon collaboraient à *Letopis*. On y voyait rôder Gorki, revenu depuis peu en Russie, voûté, mécontent, malade, écrivant l'article « Deux âmes ». Article complètement erroné.

On y rencontrait la toute jeune Larissa Reisner (c'était avant qu'elle ne prenne la forteresse Pierre-et-Paul). On y voyait Brik qui venait du 7 de la rue Joukovski, on m'y voyait moi-même avec mon pantalon et mon blouson de cuir provenant de la division des blindés. La revue était remplie d'une littérature molle, une sorte de pâte feuilletée qui ne ressemblait même pas à du vieux foin. Les gens qui écrivaient là ne se distinguaient les uns des autres que par leurs noms de famille.

Mais il y avait aussi Bazarov, Soukhanov qui mordait comme un taon et Maïakovski.

Dans un des numéros parut un récit de Babel. Il était question de deux filles qui ne savaient pas comment se faire avorter. Leur père était procureur au Kamtchatka. Ce récit fut remarqué et resta dans les mémoires. J'ai rencontré Babel en personne. De taille moyenne, le front haut, la tête volumineuse : pas du tout le visage d'un écrivain. Vêtu de sombre, il parlait de façon suggestive.

Survint la révolution et la montagne fut rasée. Certains continuaient à courir après le crayon à la main, mais il n'y avait pas de support pour écrire.

C'est alors que Soukhanov se mit à la tâche. Sept volumes de souvenirs. On raconte qu'il les a rédigés d'un coup et pour les temps à venir parce qu'il avait tout prévu.

Je rentrais du front. C'était l'automne. La revue *La Vie nouvelle* paraissait encore.

Babel y écrivait des chroniques : « La vie nouvelle au quotidien. » Au milieu de la révolution il était le seul à garder son sang-froid stylistique.

Il écrivait comment on cultive aujourd'hui la terre. C'est alors que j'ai fait connaissance de Babel de plus près.

C'était un homme dont la voix marquait de l'intérêt pour son interlocuteur, il n'était jamais ému et il aimait l'emphase.

L'emphase lui était indispensable comme à d'autres leur datcha.

Je rencontrai Babel pour la troisième fois à Pétrograd en 1919. En hiver Pétrograd était plein de neige. On aurait dit que la ville se dressait comme une barrière de chemin de fer pour couper la route aux grandes masses de neige. En été le ciel pesait sur Pétrograd comme un couvercle bleu. Les cheminées ne fumaient pas, le soleil restait cloué à l'horizon. Pétrograd était vide — ses habitants étaient au front. La flamme verte de l'herbe se tordait autour des pierres du pavé et s'élançait vers le soleil.

Les ruelles se changeaient en prairies.

Devant l'Ermitage on jouait aux quilles sur le pavé en bois sonore et disloqué. La ville était envahie par la végétation comme un camp abandonné par les troupes.

Babel habitait avenue du 25 Octobre, au numéro 86.

Il vivait seul dans des pièces meublées, les autres occupants ne faisaient que passer. Des servantes débarrassaient sa table, nettoyaient les chambres, sortaient des seaux où flottaient des restes de nourriture.

Babel vivait, observait en prenant son temps les fornications faméliques de la ville. Sa chambre était propre. Il me racontait que les femmes se donnaient généralement avant six heures, car plus tard il n'y avait plus de tramway.

Il n'avait pas le sentiment d'être coupé de la vie. Mais il me semblait qu'au moment d'aller se coucher, il signait la journée qu'il venait de vivre, comme un récit. Le métier imprimait sur l'homme la marque de ses outils.

Sur la table de Babel il y avait toujours un samovar et souvent du pain. C'était alors une rareté.

Il aimait recevoir des invités. On rencontrait souvent chez lui un ancien chimiste, adepte de Tolstoï, jamais à court d'anecdotes invraisemblables, qui avait insulté le duc de Baden et qui avait quitté la Suisse pour se présenter devant le tribunal et y soutenir ses accusations (on le jugea déséquilibré et pour toute condamnation on lui confisqua son laboratoire) ; c'était en outre un mauvais poète et un critique de second rang. Ce personnage des plus incroyables s'appelait Piotr Storitsyne. Babel s'était entiché de Storitsyne. Il y avait aussi Kondrat Iakovlev, un autre visiteur encore, moi-même, et il venait des habitants d'Odessa invalides, personnages tout prêts pour des récits, de même que divers autres Odessites racontant les histoires que Babel écrivit sur eux par la suite.

Babel écrivait peu mais avec acharnement. Toujours le même récit sur deux Chinois au bordel.

Il aimait ce récit comme il aimait Storitsyne. Les Chinois — et les femmes — se transformaient. Ils rajeunissaient, vieillissaient, cassaient les vitres, frappaient les femmes, arrangeaient les choses de telle ou telle façon.

Il en résultait toute une série de récits au lieu d'un seul. Un beau jour d'automne ensoleillé Babel partit, laissant ses Chinois en rade et me léguant son chandail gris et son sac de voyage en cuir. Plus tard Iouri Annenski m'emprunta ce sac de voyage sans retour. On n'eut plus aucune nouvelle de Babel, comme s'il était parti au Kamtchatka raconter au procureur l'histoire de ses filles.

Un jour, un Odessite de passage, après avoir joué aux cartes toute la nuit chez des connaissances à moi et emprunté au matin ce qu'il avait perdu la nuit, raconta en témoignage de reconnaissance que Babel traduisait peut-être du français, ou bien fabriquait un livre de récits à partir d'un recueil d'anecdotes.

Puis quand je passai par Kharkov, blessé, j'entendis dire que Babel avait été tué dans la Cavalerie Rouge.

Le destin, sans se hâter, nous a tous disposés de cent diverses manières.

Je rencontrai de nouveau Babel en 1924. J'appris de lui qu'on ne l'avait pas tué, bien qu'on l'ait battu très longtemps.

Il était resté le même. Il se mit à raconter de manière encore plus intéressante.

Il avait rapporté deux livres d'Odessa et du front. Les Chinois étaient oubliés et s'étaient réfugiés dans un récit quelconque.

Ses nouvelles œuvres sont écrites de main de maître. Je doute que quelqu'un écrive mieux en ce moment chez nous.

On le compare à Maupassant, car on sent l'influence française et l'on se hâte de citer une référence élogieuse.

Je propose un autre nom : Flaubert. Le Flaubert de *Salammbô*. Du plus superbe livret d'opéra.

Les bottes de cavalerie les plus luisantes, semblables à des jeunes filles, la plus colorée des culottes bouffantes, pareille à un étendard dans le ciel, même un incendie éclatant comme un dimanche — rien ne peut être comparé au style de Babel.

Étranger venu de Paris (mais d'un Paris qui ignorerait l'existence de Londres), Babel a vu la Russie telle qu'aurait pu la voir un écrivain français affecté à l'armée de Napoléon.

On n'a plus besoin de Chinois, les Cosaques sortis des illustrations françaises sont venus les remplacer.

Les experts en caresses disent qu'on caresse bien avec des mots grossiers.

« Le sens et la force de l'emploi d'un mot avec une coloration lexicale opposée à l'intonation résident précisément dans le sentiment de cette non-coïncidence. » (I. Tynianov, *Problème de la langue du vers*). Le sens du procédé de Babel consiste dans le fait qu'il parle avec la même voix des étoiles et de la blennorragie.

Les passages lyriques ne sont pas son fort.

Ses descriptions de Brody, du cimetière juif abandonné, ne sont pas très bonnes.

Dans ses descriptions Babel utilise un registre élevé et nomme beaucoup de belles choses. Il écrit : « Nous marchons ensemble dans un jardin d'enchantements, dans l'indescriptible splendeur de la forêt finnoise. Jusqu'à notre heure dernière nous ne verrons rien de plus beau. Et vous, ne voyez-vous pas les bords gelés et roses de la cascade, là-bas, près de la rivière ? Ce saule pleureur penché au-dessus de la cascade, n'en voyez-vous pas les ciselures japonaises ? Les troncs rouges des pins sont couverts d'une couche de neige où fourmille un scintillement granuleux. Il commence par une ligne livide, au contact de l'arbre, et à la surface, onduleuse comme une ligne tracée par Léonard de Vinci, il est couronné par le reflet des nuages flamboyants. Et le bas de soie de mademoiselle Kirsti, et la ligne de sa jambe déjà pulpeuse ? »

Il est vrai que ce passage se termine ainsi : « Achetez-vous des lunettes, Alexandre Fiodorovitch, je vous en conjure ! » (« La ligne et la couleur. »)

Intelligent, Babel sait, par son ironie marquée au bon moment, justifier la joliesse de ses récits.

Sans cela, on aurait honte en les lisant.

Il devance nos objections et il écrit lui-même sur ses tableaux : *Opéra.*

« La ville calcinée, colonnes rompues et crochets fichés en terre des auriculaires sinistres et séniles, me semblait flotter dans l'air, intime et étrange comme un rêve. L'éclat nu de la lune coulait sur elle avec une force intarissable. La moisissure grise des ruines fleurissait comme le marbre d'un banc d'opéra. Et, l'âme inquiète, j'attendais que sortît des lourds nuages un Roméo de satin, chantant l'amour tandis que dans la coulisse un électricien morose poserait le doigt sur l'interrupteur de la lune. [1] »

J'ai comparé *Cavalerie Rouge* et *Tarass Boulba* de Gogol : il y a une ressemblance dans l'emploi de certains procédés. Chez Babel, la nouvelle « La lettre » où le fils tue le père reprend en le transformant le sujet de Gogol. Babel emploie aussi le procédé gogolien de l'énumération des noms de famille qui vient peut-être de la tradition classique. Mais les énumérations chez Babel se terminent par un brusque changement de ton. Voici ce qu'écrit le cosaque Melnikov :

« Trente jours que je me bats en arrière-garde, couvrant l'invincible Cavalerie Rouge sous le feu effectif des fusils, de l'artillerie et des aéroplanes ennemis. Il est tué, Tardy, tué aussi Loukhmaninov, tué Lykochenko, tué Goulevoï, tué Trounov et l'étalon blanc n'est plus sous moi, si bien que, conformément aux variations de la fortune des armes, ne t'attends pas, camarade Melnikov, à revoir ton cher commandant de division Timochenko, mais nous nous reverrons, disons-le carrément, dans le royaume des cieux, malgré que, à ce qu'on raconte, chez le vieux là-haut dans les nues, c'est pas un royaume mais un bordel en bonne et due forme, et puisque sur terre les chaudes-pisses ça ne manque pas non plus, il est probable que nous ne nous reverrons plus. Sur ce, adieu, camarade Melnikov. [2] »

Tous les cosaques chez Babel sont beaux, insupportablement et indiciblement beaux. « Indicible » est le mot préféré de Babel.

Et ils sont tous décrits par contraste avec un arrière-plan évoqué allusivement.

Babel utilise deux contradictions qui remplacent chez lui le rôle du sujet : 1° le style et la vie quotidienne ; 2° la vie quotidienne et l'auteur.

Il est étranger dans l'armée, un étranger qui a le droit de s'étonner. Il souligne en décrivant le quotidien militaire « la faiblesse et le désespoir » du spectateur.

Outre *Cavalerie Rouge*, il y a chez Babel les *Contes d'Odessa*. Ils sont remplis de descriptions de bandits. Babel a besoin du pathos des bandits, de leurs frusques bariolées, comme justification de son style.

Si le commandant de la division chausse des « bottes qui ressemblent à des jeunes filles », de leur côté « les aristocrates de la Moldavanka étaient sanglés dans des gilets cramoisis, des vestons de couleur rouille enserraient leurs épaules d'acier et du cuir bleu azur craquait sur leurs pieds osseux » (« Le Roi »). Mais Babel est étranger dans les deux contrées. Il est un étranger même à Odessa. On lui dit ici : « […] Oubliez que vous avez des lunettes et que l'automne règne dans votre âme. Cessez de faire du scandale à votre table de travail et de bégayer en public. Figurez-vous pour un instant que vous faites du scandale sur la place publique et que vous bégayez sur le papier. »

Certes, ce n'est pas un portrait de Babel.

Babel lui-même n'est pas ainsi, il ne bégaie pas, il est courageux, je crois même qu'il « peut passer la nuit avec une femme russe et que cette femme russe sera satisfaite ».

Car la femme russe aime l'éloquence.

Babel fait semblant d'être un étranger, parce que ce procédé, comme l'ironie, facilite l'écriture. Mais Babel ne s'autorise pas l'emphase sans ironie.

Lorsqu'il décrit une danse, il écrit en dissimulant la musique et s'arrange en même temps pour présenter l'affaire sur un registre élevé. C'est sans doute à l'épopée qu'il a emprunté le procédé des réponses qui reproduisent la question.

Il recourt partout à ce procédé. Dans les *Contes d'Odessa,* Bénia Krik s'exprime ainsi :

« Gratch lui demanda :

— Qui es-tu, d'où viens-tu et de quel bois te chauffes-tu ?

— Essaie-moi, Froïm, répondit Bénia, et cessons d'étaler de la bouillie sur une table propre.

— Cessons d'étaler de la bouillie, répondit Gratch, je t'essaierai. »

Les cosaques parlent de la même manière dans « La lettre ».

« Et Senka a demandé à Timothée Rodionovitch :

— Vous vous sentez bien, cher papa, en mon pouvoir ?

— Non, dit le père, je me sens mal.

Alors Senka a demandé :

— Et Fédia, quand vous l'avez torturé, est-ce qu'il se sentait bien ? Et vous, cher papa, avez-vous pensé que vous vous sentiriez mal un jour ? »

Les livres de Babel sont de bons livres.

La littérature russe est grise comme un moineau. Il lui faut des culottes bouffantes cramoisies et des bottines en cuir bleu azur. Elle a besoin aussi de ce que Babel a compris quand il a laissé ses Chinois s'arranger comme ils voulaient et a rejoint la Cavalerie Rouge.

Les héros littéraires, les jeunes filles, les vieillards, les jeunes gens et toutes leurs situations sont usés jusqu'à la trame. La littérature a besoin du concret et du croisement avec la nouvelle vie quotidienne pour mettre au monde une forme nouvelle [3].

Traduit du russe par Sergueï Tchougounnikov

Ce texte est extrait du *Décompte de Hambourg*, Moscou, 1990, p. 364-369. Première publication : *LEF*, n° 2, 1924.

1. *Cf.* « Le soleil de l'Italie », in *Cavalerie Rouge.* (N.d.l.R.).
2. *Cf.* « Histoire d'un cheval, suite » in *Cavalerie Rouge.* Chklovski cite ce texte dans sa version parue au printemps 1924 sous le titre « Timochenko et Melnikov ». (N.d.l.R.).
3. Babel a maintenant changé mais cet article est le meilleur que j'aie jamais écrit à son sujet. (N.d.A.).

IOURI TYNIANOV

Réduction du personnel et autres textes

Réduction du personnel

I

Pas d'affolement — littéraire. Je parle de réduction du personnel littéraire — réduction substantielle, au demeurant. Le *héros russe* est congédié. Mais, encore une fois, il ne faut pas prendre les choses à la lettre, car, bien entendu, je parle du héros des romans, des nouvelles, etc. et non de héros réel.

Si j'étais à la place du Gossizdat [1] je lancerais un concours pour la création d'un héros russe. Toutefois, si l'on considère les barèmes du Gossizdat, d'une part, et l'état actuel de la littérature russe, d'autre part, on peut être assuré à l'avance que ce concours ne donnerait pas de résultat satisfaisant. Et d'ailleurs, à quoi bon des concours ? On peut toujours en lancer, on n'en voit pas l'aboutissement. Chez Dickens, un directeur de théâtre commande à Nicolas Nickleby d'« écrire une pièce où il y ait à tout prix un tonneau et une pompe à incendie ». — « Comment ça, un tonneau, une pompe à incendie ? » — « J'ai acheté un superbe tonneau et une superbe pompe et je veux que les spectateurs les voient. » Mais il n'est pas toujours possible d'insérer un tonneau et une pompe à incendie dans une pièce de théâtre, même si ce tonneau est hors pair et la pompe d'importance mondiale.

Ainsi donc, la critique commande du roman russe. Elle est lassée des petites nouvelles, des nouvelettes, appelez cela comme vous

1. Les éditions d'État. (N.d.T. pour cette note et les suivantes).

voulez. Le critique comme le lecteur, et même l'écrivain, sont devenus insensibles à la forme brève : ce genre a cessé d'exister. Lorsque Tchekhov eut écrit en tout et pour tout deux petites pages, qui, à elles seules, constituaient un récit, il éprouva certainement une grande joie. C'était une nouvelle forme, un genre nouveau. Et nous nous sommes si bien habitués aux récits d'une page, d'une demi-page, de deux lignes que nous nous demandons pourquoi il n'y aurait pas plus court, ou même rien du tout.

Il nous faut du roman pour retrouver le goût du genre littéraire. Or le roman a besoin d'un héros. Nous avons rejeté l'exotisme (*Leningrad*, *L'Athénée* et *Littérature mondiale* [2] nous ont gavés d'exotisme, à tel point que même l'Atlantide a pris pour nous le goût de la bouillie de millet). Il nous faut donc du roman russe. Or, dans un roman russe, le personnage principal ne saurait être un étranger, même s'il s'appelle Fiodorov et même s'il est de Moscou. C'est donc un héros russe qu'il nous faut.

II

L'histoire du héros russe est déplorable et digne de retenir l'attention de Zochtchenko [3]. Après avoir longuement séjourné parmi les jeunes filles russes de Tourgueniev, il est demeuré longtemps à bâiller aux corneilles en compagnie d'Oblomov au point d'en oublier qu'il était un véritable héros littéraire puis, chemin faisant, il s'est retrouvé pris dans l'*Histoire de l'intelligentsia russe* [4] où il est resté jusqu'à *Tchekhov et nos jours* [5]. La tentative héroïque de Gorki pour lui coudre une toge de gueux s'est, elle aussi, soldée par un échec (Chklovski a fort bien comparé Gorki à Dumas). Cette toge, cousue avec trop de minutie, pourvue de grands trous, se défit bientôt. Après quoi… mais ici le cours des événements s'enveloppe de brouillard et nul ne sait ce qui advint par la suite. Tout ce qu'on sait, c'est que le héros s'est dissous rapidement dans l'humour, qu'il est devenu l'objet d'analyses psychologiques sarcastiques et a fini par déchoir définitivement. Toutes les tentatives pour lui redonner une stature de

2. Maisons d'édition des années vingt qui publiaient surtout des traductions.
3. Célèbre écrivain humoriste qui sera en 1946 victime des anathèmes de Jdanov.
4. Ouvrage d'Ovsianiko-Koulikovski envisageant toute l'histoire de la littérature russe comme une succession de types psychologiques.
5. Allusion à l'ouvrage de K. Tchoukovski *De Tchekhov jusqu'à nos jours* (1908).

héros ont toujours abouti à en faire ou un étranger ou un paysan sibérien encroûté parlant un dialecte inintelligible. Il n'en est pas meilleur pour autant et, tout récemment encore, Boris Eichenbaum l'a agressé en disant de lui que « soit il fait du trafic, soit il cherche un emploi ». Effectivement, il cherche un emploi dans le roman russe et ne parvient pas à le trouver (on sait du reste que le roman russe n'est pas encore disponible et c'est peut-être lui qui cherche le héros).

III

L'ancienne critique demandait au héros quel était son emploi (ou bien pourquoi il n'en avait pas) et blâmait sa conduite. La nouvelle critique demande même ce que faisait le père du héros. Le héros pourrait évidemment répondre qu'il est un héros littéraire et que son activité est exclusivement littéraire, mais on lui objectera, non sans exaspération, que cela est bon pour un héros occidental, mais que lui est un héros russe du roman russe, ce qui n'a rien à voir.

Il est bien dommage qu'il en soit ainsi. Nous avons complètement oublié l'ancien joyeux héros des joyeux romans d'aventures. Nous avons séjourné si longtemps au sein de l'*Histoire de l'intelligentsia russe* que c'est tout juste si les pouchkinistes ne s'apprêtent pas à publier une étude sur la parentèle d'Eugène Onéguine et les mémoires authentiques de Zaretski et de Monsieur Guillot sur la mort de Lenski [6]. Il est arrivé au héros russe une aventure extraordinaire : il a déchiré les pages du roman, est sorti, s'est ébroué et s'est mis à déambuler à son gré. L'agitation psychologique autour des détails impressionnistes et le miroir déformant du *skaz* sont les traces de la pression qu'il exerçait.

Suffit ! le héros a reçu son congé. Nous ne commenterons plus son comportement dans les colonnes de la presse. Mais il y a un autre héros, de formation plus ancienne, plus joyeux et plus sociable.

Lorsqu'en se développant le sujet nous entraîne de force dans le cercle de l'action, le héros devient le point d'appui que nous suivons à la trace. Chose curieuse, l'auteur ne s'attarde pas un instant sur lui, ne nous accable pas avec la description de ses sourcils ni de ses souffrances et, pratiquement sans le connaître, nous sommes résolument de son bord, en sympathie avec lui et nous cheminons *en*

---

6. L'un des personnages principaux d'*Eugène Onéguine.*

sa compagnie à travers tout le roman. À partir du moment où l'auteur l'a choisi pour héros, même si ce n'est qu'un simple nom, la charge d'intérêt et d'amour se trouve de son côté. (Que certains auteurs de scénarios de cinéma se souviennent qu'il ne faut pas faire d'un scélérat une figure centrale, car toute la sympathie du spectateur se portera vers lui.) Bénie soit la « fadeur » de certains anciens héros que les lycéens n'étaient pas astreints à « caractériser » dans leurs rédactions ! Et cependant, ils possèdent bien une caractéristique, non pas de par leurs « traits de caractère » ni par leur « activité » ; c'est un subtil « caractère verbal » qui se dégage immanquablement d'un tel héros. Moins l'auteur s'y attarde, plus le héros est indispensable comme point d'appui et plus il est cher au lecteur. Un théoricien des années vingt du siècle passé a très justement défini le héros comme le point de *« convergence imaginaire »* du roman.

Les « caractères » persévérants, le psychologisme descriptif, l'ethnographie sibérienne et les pipes anglaises, y en eût-il treize [7], ne résolvent pas le problème du roman et de son héros. Soit ils donnent une « convergence effective », soit rien. La « convergence effective » est lourde, gauche, on l'a assez vue, parce qu'elle déambule chaque jour sur la perspective Nevski. Mais sans cette convergence, on referme le livre à la cinquième page. Le joyeux héros « imaginaire » des romans à fable, compagnon de route sûr, sans prétention et plein de vigueur doit remplacer le héros russe, congédié pour inaptitude et pour lequel il n'y a pas d'emploi.

PRÉFACE AU LIVRE *PROBLÈME DE LA LANGUE DU VERS* (1924)

L'étude du *vers* a fait de grands progrès au cours de ces derniers temps ; elle est appelée à constituer, dans un avenir proche, tout un domaine, même si la conquête en est récente.

En marge de ces travaux se trouvait, jusqu'à présent, l'étude de la sémantique poétique (science de la signification des mots et des groupes de mots en poésie, ainsi que de leur développement et de leur changement).

7. Allusion au roman d'Ilya Ehrenbourg, *Treize pipes* (1923).

Le dernier phénomène significatif à cet égard fut la *théorie* de l'image, représentée principalement par Potebnia. Les imperfections de cette théorie apparaissent désormais plus ou moins clairement. En effet, si l'on entend par *image* aussi bien une expression ordinaire du langage parlé qu'un chapitre entier d'*Eugène Onéguine*, on en vient à se demander en quoi consiste la spécificité de l'image *poétique*.

Pour Potebnia, cette question n'existait pas, pour la simple raison qu'il avait déplacé le centre de gravité en dehors des limites de telle ou telle *construction*. Toute image, toute œuvre poétique convergent vers un point, *vers l'idée* qui se trouve au-delà des limites de cette image ou de cette œuvre. Ce point X offrait un vaste champ aux spéculations métaphysiques de signe X. En réalité, cela revient à éliminer subrepticement le *dynamisme* de la poésie, car si l'image aboutit à X, l'important n'est plus le déroulement de l'image (ni l'image elle-même), mais cet X concomitant (simultané). Cet X est en dehors de l'image ; par conséquent, des images aussi nombreuses qu'on voudra peuvent converger vers cet X.

Le prix que Potebnia paie pour être sorti de la notion de construction est la confusion au sein d'un même phénomène de différentes constructions, de la langue parlée et du vers, qui, en se mélangeant, se bousculent et s'obscurcissent au lieu de s'éclairer réciproquement.

La théorie de Potebnia a sombré dans cette contradiction. Après lui, l'étude du sens du langage poétique avança à tâtons. C'est de ce même défaut, à savoir l'ignorance de l'aspect *constructif* du langage, que souffre une autre tendance parmi celles qui tâtonnent aujourd'hui : celle qui consiste à étudier le langage poétique du point de vue de la conscience linguistique individuelle du poète. On ne peut examiner les associations psychologiques, les enchaînements de groupes de mots de tel ou tel poète et faire passer cela pour une étude sémantique du langage poétique qu'en remplaçant le poème par le poète et en supposant que ce dernier est mû par une conscience linguistique individuelle monolithique et immuable, indépendante de la construction dans laquelle il évolue. Or, la conscience linguistique peut varier selon la *structure* dans laquelle elle se meut. Un même poète produira un enchaînement d'images différent suivant le genre littéraire auquel il s'adonne, prose ou vers.

Un travail véritable vise à étudier les traits spécifiques de la signification des mots en fonction de la structure du vers.

Voilà pourquoi j'oppose à l'abstraction « le langage », la « langue du vers » concrète et pourquoi je récuse la notion floue de *« poésie »*, terme qui a fini par acquérir une résonance impliquant un jugement de valeur et par perdre son volume et son contenu réels; je la remplace par une des catégories formelles fondamentales de l'art du verbe: le vers.

Mon premier chapitre tente d'élucider le facteur structurant du vers, qui donne forme (ou, plus exactement, déforme) les autres facteurs.

Le second chapitre touche au cœur de la question, c'est-à-dire aux changements spécifiques subis par le sens du mot sous l'influence du facteur structurant du vers.

Mon travail a été achevé au cours de l'hiver 1923. Depuis, j'ai publié plusieurs livres et articles plus ou moins en rapport avec ce même sujet. Je ne m'en suis servi que partiellement.

J'ai lu certaines parties de mon travail à l'OPOÏAZ et à la Société des belles-lettres auprès de l'Institut d'Histoire des arts de Russie et je remercie les membres qui ont bien voulu participer au débat sur mon travail.

J'adresse mes remerciements tous particuliers à S.I. Bernstein pour ses précieux conseils et ses remarques.

Je dédie mon travail à la société à laquelle il est étroitement lié, à savoir l'OPOÏAZ.

1923

LE SCÉNARIO

1. Un metteur en scène faisant dans le monumental était mécontent de l'expression trop littéraire de son scénariste:

— Qu'ai-je à faire de ce style, pourquoi tous ces détails ? Écrivez simplement: il entre, il s'assoit, il tire un coup de revolver. Le reste est mon affaire.

Un autre metteur en scène, attaché à la vie quotidienne celui-là, mais également reconnu, disait:

— L'intrigue ? [8] Qu'ai-je besoin d'une intrigue ? Je peux moi-même vous en fournir trente sur-le-champ. Non, dégottez-moi tous les détails. Le reste est mon affaire.

Tous deux avaient probablement raison.

8. Nous choisissons de traduire le mot *fabula* par « intrigue », tout en renvoyant le lecteur à l'explication de la notion de *fable* chez les formalistes, *supra* p. 148.

2. Je regrette de ne pas connaître le nom de ces deux scénaristes inconnus, qui sont peut-être les meilleurs d'aujourd'hui. Ils ne seraient, du reste, probablement pas conscients de leur importance. L'un d'eux avait envoyé comme livret un exemplaire complet de la *Neuvième Symphonie* (sans couverture), l'autre, un *Alphabet du communisme* (relié).

Là encore, ils avaient probablement raison.

3. Seuls ont tort ceux qui disent qu'il n'y a pas encore de scénarios chez nous. En réalité, tout le monde écrit des scénarios, en particulier ceux qui vont de temps à autre au cinéma. On trouvera difficilement un homme ambitieux qui n'ait pas écrit au moins une fois un scénario. Il y a beaucoup de scénaristes et beaucoup de scénarios. Mais il y en a peu de valables.

4. Les raisons à cela sont nombreuses et les deux exemples évoqués ci-dessus mettent en relief la principale : nul ne sait ce qu'est un scénario, c'est pourquoi il est difficile de dire comment il doit être. Certes, on peut prendre sur les rayonnages n'importe quel livre, fût-ce un ouvrage bibliographique, et le débiter en séquences. Ce qui est encore plus facile, c'est de reprendre un quelconque film existant et de l'adapter aux circonstances présentes. (C'est ce qui se fait dans les scénarios « comiques » pour grand public : on prend Charlie Chaplin, mais en réalité ce n'est qu'une pâle imitation de Charlie Chaplin, en fait c'est tout simplement Bêtasson [Gloupychkine][9], et on l'introduit dans la vie quotidienne soviétique.) Mais cela pose l'importante question non seulement du tout-venant des scénarios, mais du scénario en général.

5. Le cinéma s'est lentement affranchi de l'emprise des arts voisins, de la peinture, du théâtre. Il lui faut à présent s'affranchir de la littérature. Le cinéma demeure aux trois-quarts ce qu'était la peinture des Ambulants : il est littéraire.

Le léger virage au bleu[10] disparaît enfin, même dans les scènes marines. On voit de moins en moins de paysages de cartes postales à l'écran.

Même changement de la structure théâtrale des dialogues. Il est de plus en plus rare de voir sur l'écran les bouches s'ouvrir démesurément pour une conversation sincère.

---

9. Ainsi appelait-on en Russie le personnage principal des films de Max Linder.
10. Technique consistant à teinter légèrement certaines séquences d'un film.

Il faut qu'il en soit de même avec l'intrigue littéraire. L'approche doit changer, car le déroulement et les lois du déroulement d'un sujet cinématographique sont spécifiques. L'« intrigue » littéraire n'entre pas dans le cinéma avec toutes ses particularités, mais avec certaines d'entre elles seulement.

Même les « classiques » ne doivent pas être « portés à l'écran » de façon illustrative : les procédés littéraires ou les différents styles ne doivent être que des stimulateurs, des ferments pour les procédés et les styles propres au cinéma (pas tous les procédés littéraires, bien entendu, de même que les « classiques » ne fournissent pas tous un matériau pour le cinéma). Le cinéma peut donner une *analogie* du style littéraire dans son propre plan.

6. Nous n'avons pas encore de genres cinématographiques clairement définis, or ce sont précisément eux qui doivent dicter les principes de construction du scénario. Une intrigue donnée ne peut pas s'inscrire dans n'importe quel genre, ou, plus exactement, c'est le genre qui, soit justifie l'intrigue, soit la prive de toute vraisemblance. Le metteur en scène fâché contre l'« expression littéraire » avait tort. Tant que la question du genre n'est pas claire (notamment pour les metteurs en scène), le scénariste doit non seulement développer l'intrigue, mais suggérer le genre, ne serait-ce que par des analogies.

7. Les notions de thème et de matériau ne sont pas délimitées dans la conscience collective. L'idéologie fait partie d'un film non pas sous la forme d'un thème abstrait, mais grâce à un matériau et à un style concrets. Or, on compte sur les doigts de la main les scénarios qui partent du matériau et non du thème. Les deux scénaristes dont il a été question plus haut ne sont pas une exception, mais un symbole.

8. Tant que l'on n'aura pas reconsidéré la question de la relation du cinéma à la littérature, le meilleur scénario tiendra le milieu entre un roman gâché et un drame inabouti. Le meilleur scénariste se situera quelque part entre le dramaturge raté et le romancier lassé des belles-lettres.

Mars 1926

CINÉMA : SUJET ET FABLE

Metchnikov avait pour auteur favori Dumas. Il affirmait que c'était l'écrivain le plus tranquille : « On y tue cinq personnes par page et ce n'est pas terrifiant du tout. »

Les films à « sujet captivant » ont, en réalité, une toute petite envergure : l'inévitable course-poursuite, une chasse plus ou moins réussie et, presque toujours, un *happy end.*

La question du sujet est tout aussi critique dans le domaine du cinéma que dans la littérature : on considère qu'une chose contient un sujet si le nœud de l'intrigue est complexe. Mais l'intrigue n'est pas le sujet. Dans *Le Nez* de Gogol, le schéma de l'intrigue rappelle jusqu'à l'indécence le délire d'un fou : le nez du commandant Kovaliov disparaît, plus tard on le retrouve sur la perspective Nevski, puis, alors qu'il s'apprête à monter dans une diligence pour s'enfuir à Riga, on l'arrête et l'agent du quartier le rapporte dans un mouchoir au commandant. Il va sans dire que pour qu'un tel délire devienne un élément d'une œuvre artistique, il fallait des conditions particulières de style, de langue, d'assemblage et de mouvement du matériau.

Lorsqu'on oblige les écoliers à résumer l'intrigue de *La Fontaine de Bakhtchissaraï*, on oublie que Pouchkine en avait délibérément estompé le dénouement en ne le livrant que par allusion, à mots couverts. Détruire cette allusion en lui substituant la franche constatation d'un « fait » revient à faire subir au matériau une violence naïve. On entend généralement par intrigue le *schéma* de l'intrigue. Il est plus juste de considérer que l'intrigue n'est pas le schéma, mais l'ensemble du bâti de l'œuvre. Alors que le sujet est la dynamique d'ensemble de l'œuvre, qui procède de *l'interaction* entre le mouvement de l'intrigue et le mouvement d'amplification et de retombée des masses stylistiques. L'intrigue peut n'être que pensée sans être donnée ; le spectateur la devine à la façon dont le sujet se déroule, ce qui constitue un moteur encore plus puissant pour le sujet qu'une intrigue qui se déploie ouvertement devant le spectateur.

L'intrigue et le sujet sont excentriques l'un par rapport à l'autre.

Dans *La Baie de la mort* [11], un épisode, qui n'a pas la moindre importance pour l'intrigue, à savoir celui où le matelot tire de sa poche une bouteille au lieu du revolver attendu, est donné dans un style tel qu'il passe à travers l'intrigue principale et la relègue à l'arrière-plan. Ce n'est nullement une mauvaise chose, c'est simplement un résultat qui donne à réfléchir sur les relations entre l'intrigue et le sujet. Dans *La Roue du diable* [12], l'intrigue, qui se

11. Film d'Abram Room (1926) auquel V. Chklovski collabora pour les sous-titres.

12. Film de Grigori Kozintsev et Leonid Trauberg, d'après une nouvelle de V. Kavérine, 1926.

déroule lentement, est donnée à un rythme endiablé. L'erreur est que ce rythme est le même tout du long (il n'y a pas d'accélération, c'est une frénésie statique), mais le procédé en lui-même est légitime et peut servir de point de départ pour autre chose.

Poursuites, captures, châtiment du vice et triomphe de la vertu commencent à rendre le cinéma lassant, de même que l'abondance de sang, qui ne tardera pas à nous laisser indifférents. (Ce faux sang de cinéma… L'art est soumis à l'action de l'habitude). Le moment est proche où le spectateur s'ennuiera pendant la poursuite la plus infernale d'un avion aux trousses d'une automobile et de l'automobile aux trousses d'un fiacre. Lorsqu'on s'habitue à un procédé artistique, on aperçoit toujours derrière ce procédé la main de celui qui y recourt, metteur en scène ou scénariste — la main qui tire les fils.

Si le héros, promis à une mort certaine, s'enfuit en automobile, le spectateur dira : « Dans le film que nous avons vu dernièrement, on s'enfuyait aussi. L'autre s'en est tiré, celui-ci s'en tirera aussi. » Quand on tuera sous les yeux du spectateur cinq personnes d'un coup, il dira : « Ce n'est pas tant que ça, dans le film que nous avons vu dernièrement… » Le spectateur discernera, derrière les combinaisons de l'intrigue, l'intervention contraignante de l'auteur, ce qui conduira à un autre traitement du sujet. On en viendra à une intrigue simple comme deux et deux font quatre, quasi statique, donnée dans un sujet qui ira en s'amplifiant, véritablement « captivant ». Sans poursuite ni même effusion de sang obligée.

Mars 1926

Traduit du russe par Anne Souvorof

Ces textes de Iouri Tynianov sont extraits de *Poétique / Histoire de la littérature / Cinéma*, Naouka, Moscou, 1977.

POÈMES DES FORMALISTES

Viktor Chklovski

Je suis vêtu de gris et je me suis transformé en armure grise de
la Russie.
Et on me met avec d'autres dans un train de troupes et des gens me
pleurent.
C'est la Russie qui m'offre son premier baiser de mort.
Et les Russes meurent comme des loups, et ni Aksakov ni Brehm
n'ont dit vrai des loups lorsqu'ils ont dit qu'ils meurent en silence.
Cela parce qu'on ne peut arracher à nos grands hommes un cri ni
pétrir cette terre misérable de leur sang
Et dans les tranchées, buvant l'eau des traces de pas, meurent les
Russes comme des loups dans les chausse-trapes, en silence.
Et je suis lié à eux par la patrie et par la troupe.

1915

*

C'est en vain que l'automobile enroule les courants gris de la route
sur ses pneus crissants.
L'angoisse nous a liés-noués fortement tous les deux.
Si nous pouvions trouver le breuvage fait de la suave herbe-
désamour,
nous le partagerions comme on boit la coupe de mariage.
Ou dire une formule magique d'oubli en nous tenant par la main.
Ou te déposer dans une caverne rocheuse après t'avoir endormie.
Et alors nous nous serions séparés simplement aisément comme
se séparent en mer des bateaux aux voiles différemment orientées.

1915

Iouri Tynianov

Épigrammes

S'ils ont à Paris le maréchal Foch,
Nous avons chez nous l'écrivain G. Fisch ;
Alors à quoi bon notre Olga Forch
Va-t-elle à Paris, et pour y quoi fiche ?

*

Arrête-toi, passant, devant ce caillou blanc :
Ici dort Fédine à tous ressemblant.

*

Si tu n'es pas d'accord avec ton époque,
Troque !

*

Et l'anneau de Saturne s'est dit : « Sans doute
Saturne m'irait bien en compagnon de route ! »

Boris Eichenbaum.

Boris Eichenbaum

Les chevaux de feu ont brisé
Leur chaîne multiséculaire
Et jubilant se sont élancés
Dans la steppe soudain ouverte.

Devant leur galop furieux
S'écartent toutes les cités,
Les chevaux ensauvagés ignorent
Le cri du désespoir et du labeur.

Un homme est là privé d'espoir,
Déplorant sa maison en cendres.
Aucun fouet ne peut faire peur
À ces coursiers déchaînés.

Ils foncent les troupeaux de flamme
Que nul encore ne défit !
Et leur col libéré ondule
Qui n'a pas connu de harnais.

*

Sur la Néva hurle la sirène,
Les nuages voisinent la terre.
Je vois les genoux de fonte
Du grand tsar sur le rocher gris.

Sur le sol, c'est mon ombre qui tourne,
Depuis longtemps déjà je suis pétrifié ;

En une lignée obscure et sauvage
Subsiste ma part impériale.

Et là-bas dessus l'eau figée
Où il n'est ni hommes, ni feux,
Moi aussi d'un licou de fer
Je retiens le coursier fougueux !

*

Qu'il est terrible de rester assis à son bureau
Et d'entendre en bas glapir un limonaire.
Une page tourne après l'autre, et ces chansons
Mènent leur ronde en un tourbillon frénétique.

Les mots se mettent à danser, le murmure tragique
Parvient à mon oreille ainsi qu'un vieux rire usé.
Oublié ce qui fut : désir, acquis, coutume,
Et c'est ainsi pour moi, pour toi, pour lui, pour tous.

Il geint le limonaire dolent, plaintif et faux,
La valse poitrinaire brame toujours de même :
Je lis *La Mort de Wallenstein* et le Danube
Tantôt s'engouffre dans ma chambre et tantôt frappe le pavé.

Et la voyante force tant sa voix sauvage,
Et le mur répond si bien d'un cri pétré,
Que ni Schiller, ni Wallenstein ne me font plus pitié ;
Mon âme est tel un limonaire traînarde et froide.

Épigramme sur lui-même

Les anniversaires de Victor Hugo
Et de Nicolas Gogol
Ne m'ont procuré, je le dis tout de go,
Ni pain, ni même alcogol.

1952

Traduit du russe par Léon Robel

ALEXANDRE POUCHKINE

LE PRISONNIER DU CAUCASE

Dédicace à N. N. Raievski *

Ami, reçois clément l'hommage
De ma libre muse. Proscrit,
Je te consacre cet écrit,
Un chant fruit du loisir et d'un lyrique ouvrage.

Quand innocent, amer, on me laissait gisant,
Quand murmurait partout la sourde calomnie,
Quand me glaçait la félonie,
Quand l'amour au rêve cuisant
Me mettait cruel au supplice,
Près de toi je trouvai havre et calme propice.
Grâce à ton amitié mon cœur se reposa.
L'orage qui m'avait abattu s'apaisa
Et je bénis les dieux dans cette paix complice.

Exilé chagrin loin de toi,
J'écoutais rêveur dans mes rimes
Revivre le Caucase en moi.
Le *Bechtou*, sombre ermite aux grandioses cimes,
Qui surplombait *aouls** et champs de ses cinq fronts,
Me semblait un nouveau Parnasse.
Oublierai-je les flancs rocailleux de ses monts,

Les herbages jaunis, la source qui jacasse,
Les torrides déserts, les lieux où je connus
À tes côtés le jeune envol de l'âme ;
Où pillent des bandits tout à coup survenus ;
Où dans l'isolement s'enflamme,
Sauvage, l'inspiration ?
Dans ces vers tu verras une évocation
Des heures qui me furent chères,
Des passions et leurs discords,
Des songes familiers, des douleurs familières,
Et d'un cœur aux secrets ressorts.

Tout autre fut ta voie, et tu grandis à peine
Que tu suivis ton père, un héros. Sur ses pas,
Tu te jetas, heureux élu, tête hautaine,
Sous les traits ennemis, dans de sanglants combats.
La patrie eut pour toi, pour tes saintes blessures
Et tes exploits futurs un accueil attendri.
Déjà persécuté, moi, je restais marri,
En butte aux ignorants haineux, aux flétrissures.
Armé de patience et le cœur insoumis,
J'attendais que vînt l'embellie,
Et le bonheur de mes amis
Dissipait ma mélancolie.

Première partie

Dans l'*aoul*, assis sur le seuil,
Les Tcherkesses oisifs reposent.
Les enfants du Caucase causent
D'exploits guerriers porteurs de deuil,
De la beauté de leur cavale,
Du plaisir des frustes amours.
Ils évoquent le cours des jours,
La mâle razzia qui dévale,
Les mauvais tours des chefs rusés,
Les coups des sabres aiguisés,
La flèche qui frappe précise,

Les cendres des hameaux rasés,
Les yeux noirs d'une esclave exquise.

Dans le silence on s'entretient.
La lune dans la brume roule.
Un cavalier soudain déboule.
Il tient un prisonnier qui vient
Au bout de la corde qu'il traîne.
« Un Russe ! » Au cri du ravisseur,
L'*aoul* accourt vers le chasseur,
Et chacun alors se déchaîne.
Le prisonnier muet, figé,
Reste là, du sang plein la face.
Pas plus qu'un mort il n'a bougé.
Il ne regarde pas la masse
Qui s'égosille et le menace.
Sur lui passe un songe mortel,
Un souffle pestilentiel.

Le captif demeure la proie
D'un lourd évanouissement.
Sur sa tête midi flamboie
D'un éclatant rayonnement.
Mais en lui remonte une sève.
Il gémit. Sa lèvre a frémi.
Chauffé par un soleil ami,
Le pauvre garçon se soulève.
Il jette de faibles regards
Sur la montagne qui se dresse,
Inaccessible forteresse
Et nid de tribus de pillards
Où le Tcherkesse est hors d'atteinte.
Comme en un rêve convulsif,
Il se souvient qu'il est captif.
Il entend la chaîne qui tinte
À ses pieds entravés. Ce bruit
Lui dit l'évidence exécrée.
Sur lui se fait comme une nuit.
Adieu, toi, liberté sacrée !
Captif !

Près des maisons il gît
Sous une épineuse clôture.
Nul guet. On est à la pâture.
Dans le hameau nul ne surgit.
La plaine aussi s'étend déserte.
La verdure l'a recouverte.
Monotone sur les plateaux
Court une crête de coteaux.
Entre eux dans des lointains sans bornes
Se perd, solitaire, un sentier.
Le jeune cœur du prisonnier
Est étreint par des pensers mornes…

Ce sentier s'en va vers les lieux
Où passa fier, insoucieux,
Le temps de sa chaude jeunesse.
Il y connut la prime ivresse,
S'éprit de bien des êtres doux,
Subit la douleur qui vous broie,
Et gâcha dans d'âpres remous
Espérance, désir et joie,
Puis enferma ses meilleurs jours
Au fond de son âme flétrie.

Il sonda les gens, leurs discours,
Sut le prix de la tricherie,
Car plus d'un ami le flouait.
Songes d'amour ? Folle méprise !
Las d'être l'éternel jouet
Du vain tumulte qu'on méprise,
Du ressentiment déloyal,
Du potin sournois, de l'injure,
Il fuit, ami de la nature,
Le monde et le pays natal,
En quête d'un coin solitaire,
Pensant goûter la liberté.

Ô liberté ! Sur cette terre,
Toi seule tu l'avais tenté.

Blasé du rêve et de la lyre,
Les sens brisés dans le délire
Des passions, empli d'émoi
Il suivait tes chants. Avec foi
T'adressant un brûlant hommage,
Il étreignait ta fière image.

Son destin s'est joué. L'espoir ?
Toutes ses sources sont taries.
Et vous, ultimes rêveries,
Vous voir n'est plus en son pouvoir.
Captif ! Nuit, il attend ton règne :
On va décider de son sort.
Que le feu de ses jours s'éteigne !
Oui, que survienne enfin la mort !

Dans les monts le soleil se couche.
Au loin résonnent des propos.
On revient des champs. On débouche
Sur l'*aoul* dans l'éclair des faux.
Dans les maisons le feu s'allume.
Puis le bruit perd de sa vigueur.
Tout se tait. La nuit se consume
Dans une paisible langueur.
Sautant sur les rocs dans sa course,
Loin, là-bas, miroite une source.
Le Caucase s'est endormi.
Un voile nuageux l'habille.
Mais qui, sous la lune qui brille,
S'en vient en tapinois parmi
Les maisons dans la nuit épaisse ?
Le Russe s'éveille. Du chef,
Muette, une jeune Tcherkesse,
L'œil tendre, fait un salut bref.
Il se tait. Son regard se lève
Sur elle : ne serait-ce un rêve ?
Ses sens las l'auraient-ils berné ?
La lune a bien du mal à luire.
Le réconfortant d'un sourire,

Le geste doux, buste incliné,
La belle lui porte à la lèvre
Une coupe de *koumys** frais.
La boisson salubre est tout près.
Mais non ! Ce qu'il boit, l'âme en fièvre,
Ce sont les sons charmeurs, légers,
Et le regard câlin qui joue.
Les propos lui sont étrangers.
Pourtant, tels le feu de la joue
Et la prunelle, la voix dit :
« Revis ! » et le ragaillardit.
Malgré sa force qui défaille,
Il suit l'ordre ami sans façon,
Prend la bienfaisante boisson,
Calmant la soif qui le tenaille.
Puis sa tête s'appesantit
Là, sur la pierre qui se dresse,
Et son regard las aboutit
Sur la juvénile Tcherkesse.
Bien longtemps, coite, l'air pensif,
Elle demeure à son côté,
Comme si le jeune captif
S'en trouvait tout réconforté.
À nouveau ses lèvres esquissent
Un propos d'une douce voix.
Elle soupire et les pleurs glissent
Sur son visage mainte fois.

Le temps a passé comme une ombre.
Le captif reste, enchaîné, près
Du troupeau, là, des jours sans nombre.
Au fond d'un antre humide et frais,
Il s'abrite à la saison chaude.
Mais quand le croissant argenté
Sur les sommets noirs luit et rôde,
La belle vient de ce côté,
Lui portant d'une vive allure
Miel fragrant, et *koumys,* et vin,
Et boule de mil blanche et pure.

Ils font en secret un festin.
Son obscur discours accompagne
Le parler des signes, des yeux,
Un parler tendre et gracieux.
Elle lui chante la montagne,
La Géorgie heureuse. Et lui,
Il suit le langage d'autrui
D'une mémoire impatiente.
La jeune fille, âme innocente,
Découvre amour, félicité.
Mais la passion a quitté
Depuis longtemps le jeune Russe.
Cet amour neuf et sans astuce,
Son cœur ne peut le partager.
Craindrait-il de voir surnager
Un attachement qu'il oublie ?

Tout doux notre jeunesse plie
Bagage, et notre ardeur s'éteint.
La gaieté, subite embellie,
Encor bien des fois nous étreint.
Mais vous, impressions vivantes,
Élans du tout premier amour,
Flammes des extases ferventes,
Vous disparaissez sans retour.

Sa destinée est bien cruelle,
Et le captif semble accablé.
Affres des fers et feu rebelle,
Dans son cœur il a tout celé.
Errant parmi les mornes roches
Dans l'air frais des petits matins,
Au-delà des monts les plus proches
Il fixe les sommets lointains
Gris, bleus, vermeils. Tableaux sublimes !
La neige couvre tous les flancs
De ses éternels tapis blancs.
Vrais nuages figés, les cimes
Paraissent aligner leurs rangs.

Au centre l'Elbrouz bicéphale
Dresse sa hauteur glaciale.
Il brille dans le ciel d'azur,
Énorme, grandiose et pur.
Quand annonciateur d'orage
Le tonnerre vient à rager,
Le captif, assis sans bouger,
Contemple à ses pieds le village
Où flotte un nuage assombri.
Sur les champs monte la poussière.
Le cerf, empli d'épouvante, erre
À la recherche d'un abri.
Sur les pics les aigles s'envolent
Et s'en vont glatir dans le ciel.
Les rafales qui se désolent
Couvrent les appels du cheptel.
Soudain pluie et grêle déboulent,
Et les éclairs zèbrent leurs flots.
Sur les flancs minés par les eaux
Les rochers séculaires roulent.
Des torrents se forment, s'écoulent.
Là-haut, seul, le captif, scrutant
La nuée en furie, attend
Le retour de l'astre solaire
À l'écart des coups de tonnerre.
Et ce labeur cyclopéen
Lui cause un plaisir sans mélange.

Mais avant tout l'Européen
S'intéresse à ce peuple étrange.
Il observe, escortant ses pas,
Croyances, savoir, habitudes.
Il aime ces mœurs simples, rudes,
L'accueil qu'on ne refuse pas,
La soif ardente de combats,
La libre agilité du geste,
Les pieds légers et les bras lourds.
Il suit des yeux, avec les jours,
Le cavalier qui franchit, preste,

Steppes et monts des alentours.
Cape noire et bonnet hirsute,
Il se prépare pour la lutte,
Penché sur l'arçon du coursier,
Le pied souple dans l'étrier.
Son maintien unit la noblesse
À l'austère simplicité.
Tout bardé d'armes, le Tcherkesse
En éprouve joie et fierté.
Il a mousquet, poignard, cuirasse,
Lasso, arc du Kouban, carquois.
Son sabre est fidèle à sa place,
Qu'il dorme ou fasse des exploits.
Il n'est jamais rien qui lui pèse.
C'est un roc. Piéton ou monté,
Il est toujours le même, à l'aise,
Tenace, plein de fermeté.
Danger pour l'indolent cosaque,
Son bien, c'est son cheval gaillard
Issu du troupeau montagnard,
Loyal ami, sûr à l'attaque.
Le pillard se cache rusé
Dans la grotte ou dans l'herbe fraîche.
Sur le voyageur médusé
Il s'abat vif comme la flèche.
Il frappe l'homme, violent.
D'un coup sa victoire se forge.
Il traîne du lasso sifflant
Sa victime au fond d'une gorge.
Son cheval file au grand galop.
Flamme, audace ? Il n'en a que trop.
Il passe partout : marécages,
Taillis, ravins, à-pics, bocages.
Une trace de sang le suit.
Dans les prés son sabot résonne.
Arrivant au torrent qui bruit,
Il plonge dans l'eau qui bouillonne.
Le captif roulant vers le bas,
Vite à bout de force, ingurgite

L'eau trouble, implorant son trépas.
La mort répond à son invite,
Mais le coursier, d'un mouvement,
Le sort sur le bord écumant.

Quand sur les monts s'étend la nue
Cachant la lune et son halo,
Sautant sur la souche cornue
Que l'orage a jetée à l'eau,
Le Tcherkesse que la nuit masque
Lie à ces racines son casque,
Ses cape, arc, carquois, bouclier,
Et cotte, tout l'arroi guerrier,
Et bondit lui-même à leur suite
Dans le courant qui prend la fuite.
Il nage, muet, sans effort.
La nuit noire lui fait escorte.
Le torrent qui gronde l'emporte
Dans l'inconnu le long du bord,
Vers la colline où des cosaques,
Appuyés sur leur javelot,
Regardent les ondes opaques.
Tache sombre errant sur le flot,
L'attirail du maraudeur vogue…
Mais qu'évoque ton monologue,
Cosaque ? Combats d'autrefois,
Bivouacs des guerres meurtrières,
Régiments pendant les prières,
Pays natal ? Songe sournois !
Adieu, vous tous, libre village,
Paisible Don, toit des aïeux,
Bataille et belle au doux visage :
Le Tcherkesse est là, captieux.
La flèche sort du carquois, vrille
L'air. Le cosaque a culbuté.
Le tertre est tout ensanglanté.

Mais parfois, au calme, en famille,
Lorsque le temps s'est assombri,

Le Tcherkesse reste à l'abri
Devant l'âtre où la flamme brille.
Attardé dans le mont désert,
Soudain descend de sa monture
Un homme allant à l'aventure,
Quêtant fourbu gîte et couvert.
Alors le maître affable invite
Le visiteur, hospitalier,
Lui verse un vin de grand mérite,
Un bon *tchikhir** de son cellier.
Dans l'air enfumé l'hôte goûte
Sous son caftan un bon sommeil
Et, sur cet accueil, au réveil
Il se remet bientôt en route.

Pour la fête du clair Baïram,
Les jeunes enfants de l'Islam
Font jeu sur jeu selon les règles.
Tantôt, le carquois plein, zélés,
De leurs traits qui fusent, ailés,
Dans le ciel ils percent les aigles.
Tantôt, au flanc abrupt d'un col,
Impatient chacun s'aligne,
Puis on s'élance sur un signe
Et, tel le daim frappant le sol,
On court, cognant du pied sans trêve
Dans la poussière qui s'élève.

Mais la paix qui n'en finit pas
Pèse au cœur né pour les combats,
Et les distractions oisives
Font parfois place aux heurts sanglants.
Les sabres luisent, turbulents,
Entre les furieux convives.
Les captifs ont le cou tranché,
Et les enfants hurlent de joie.

Le Russe suit, l'air détaché,
Les ébats où le sang festoie.

Il aimait jadis ces jeux fiers,
Brûlant de voir la mort en face.
Victime de l'honneur vorace,
Il sortait pistolets ou fers,
Attendant la balle mortelle
De l'adversaire, ferme et froid.
Ce qu'aujourd'hui peut-être il voit
En esprit, ce qu'il se rappelle,
Ce sont les amis près de lui,
Les banquets pleins d'exubérance…
Regrette-t-il le temps enfui,
Temps qui leurra son espérance ?
Aurait-il soif de tout savoir
De ces ébats simples et rudes ?
Découvre-t-il dans ce miroir
Ce peuple aux frustes habitudes ?
Les élans de son cœur, secret,
Il les garde en lui, les réprime.
Sur son front haut rien ne paraît.
Il semble que rien ne l'anime.
Les Tcherkesses, l'œil incisif,
Devant son indolente audace,
Décident de lui faire grâce.
C'est un murmure admiratif
Qu'ils échangent sur le captif.

DEUXIÈME PARTIE

« Tu connais, belle montagnarde,
Douceur de vivre, émois du cœur.
Ton œil ardent et pur regarde
L'ami, plein d'amour, de bonheur.
Quand il vient et baise ta lèvre
Dans la nuit où tout reste coi,
Tu brûles de désir, de fièvre.
Plus rien n'existe autour de toi. »
Elle dit : « Ton âme est emplie,
Cher captif, de morosité.

Mets ton front sur mon sein. Oublie
Ta patrie et ta liberté.
Avec joie, ô mon roi, je porte
Mes pas vers le lieu que voici.
Aime-moi. Jamais nul ici
N'a baisé mes yeux de la sorte.
Dans la quiétude du soir
Nul jeune Tcherkesse à l'œil noir
Ne s'était glissé sur ma couche,
Au fait de mon humeur farouche,
De ma beauté à l'abord fier.
Je sais le sort qui peut m'attendre :
Les miens, abrupts, veulent me vendre
À celui qui ne m'est pas cher
Et qui vit en terre étrangère.
Je prierai mon père et mon frère,
Sinon, mon poignard, le poison…
Un bras plus fort que la raison
Me pousse vers toi tout entière.
Cher captif, mon cœur te chérit.
Tu sus enchanter mon esprit. »

Il regarde sa belle amante.
Plongé dans sa réflexion,
Muet, plein de compassion,
Il écoute sa voix aimante.
Songeur, il voit se bousculer
Les souvenirs d'heures passées.
Un jour il sent même couler
Un flot de larmes angoissées.
Car il a gardé dans son sein
L'image d'un amour stérile.
Il narre enfin tout son chagrin
À la Tcherkesse juvénile :
« Oublie un malheureux. Amours
Et transports, je n'en suis pas digne.
Ne gâche pas tes meilleurs jours.
Cherche un autre ami, fais-lui signe.
Sa flamme pourra supplanter

Le deuil glacé de ma nature.
Et fidèle il saura goûter
Ta beauté, chère créature,
La flamme de tes mots épris
Le feu des baisers attendris.
Sans désir, sans foi, jadis proie
Des passions, je dépéris.
Un amour fiévreux et sans joie,
Tu vois, m'a rendu malheureux.
Quitte-moi. Pourtant plains ton piètre
Ami, son destin douloureux.
Hélas, que n'as-tu pu paraître,
Pauvre amie, avant ces instants,
Quand je croyais dans l'espérance
Et dans les rêves exaltants.
Mais l'espoir n'est plus qu'apparence.
Oubliant la félicité,
Je perds goût pour la volupté,
Figé face à tout émoi tendre.
Aux baisers vivants comment tendre
Des lèvres mortes ? Qu'il est dur
De voir, sans s'émouvoir, s'épandre
Les larmes d'un être si pur,
De s'endormir, l'âme dolente,
Aux bras d'une amante brûlante,
En rêvant, vainement jaloux,
D'un autre être adoré de vous !

Quand longuement, avec tendresse,
Tu bois mes baisers et m'étreins,
Quand pour toi les instants d'ivresse
S'évanouissent, prompts, sereins,
Alors distrait, mélancolique,
Versant des pleurs silencieux,
Je revois l'image angélique
Comme en songe devant mes yeux.
Je l'appelle, je veux la suivre,
Muet, mais elle disparaît.
C'est pensant au spectre secret

Qu'à toi dans l'oubli je me livre.
Je le vois, errant, me hanter
Quand je pleure sur la colline.
Je sens le désespoir monter
Au fond de mon âme orpheline.

Laisse-moi, chargé de mes fers,
À ces rêves où je m'enferme,
Aux souvenirs, aux pleurs amers,
Tu ne peux pas y mettre un terme.
Je devais faire cet aveu.
Pardonne-moi. Ta main ! Adieu.
Crois-moi, la femme ne déplore
Que peu l'amour quand il a fui.
L'amour passe, survient l'ennui.
La belle alors s'éprend encore. »

Muet, sanglotant sans pleurer,
Se fige l'être juvénile.
Un reproche vient affleurer
Dans son regard trouble, immobile.
Son jeune visage a blêmi,
Et sa main glacée a frémi
Entre les mains qui la retiennent.
Puis enfin accablés lui viennent
Des mots, reflets de son émoi :

« Russe ! Ignorant ton cœur, pourquoi
Me suis-je pour toujours livrée
À toi ? Peu de temps enivrée,
J'ai mis ma tête sur ton sein.
Le sort ne m'a, dans son dessein,
Donné que peu de nuits de joie.
Faut-il que jamais je ne voie
D'autres nuits, sombre pour toujours ?
Que ne l'as-tu, captif, flouée,
La pauvre fille peu douée,
Par un charitable recours
Au silence, ainsi qu'à de feintes

Caresses. Mes humbles étreintes,
Mon amour eussent apaisé
Ton mal. J'eusse veillé, fidèle,
Sur ton repos, ami brisé.
Tu n'as pas voulu. Cette belle,
T'aime-t-elle ? Es-tu si grisé ?
Qu'est-elle pour que tu t'émeuves
Ainsi ? Je comprends tes épreuves,
Mais pardonne-moi ce sanglot.
Ne raille pas mon sombre lot. »

Elle fait silence. Une plainte
Fait suffoquer la pauvre enfant
Qui reste là, comme étouffant,
Et gémit d'une voix éteinte,
Sans vie, étreignant ses genoux.
Le prisonnier d'un geste doux
Relève alors l'infortunée :
« Ne pleure pas. La destinée
Me poursuit. Car je fus rongé
Par un amour non partagé,
Et je connus seul la souffrance.
Oublié dans la steppe immense,
Je me meurs tel l'âtre enfumé
Loin de mon pays bien-aimé.
C'est ici que mon existence
Prendra fin. Les fers des proscrits
Rouilleront sur mes os flétris. »

Déjà les astres disparaissent.
Dans l'air limpide au loin se dressent
Les pics neigeux des puissants monts.
Ils se quittent sans un mot, baissent
Le regard, inclinent le front.

Le Russe autour de l'*aoul* erre
Depuis lors, morne, dans les vaux.
Au firmament caniculaire
Se succèdent les jours nouveaux.

Les nuits passent. En vain il quête
Sa liberté. Quand dans le breuil
Le chamois, la biche inquiète
Courent la brume en un clin d'œil,
Lui, faisant cliqueter sa chaîne,
Attend qu'un cosaque furtif
Se glisse dans l'*aoul* et vienne
Hardi délivrer le captif.
Il hèle. Rien ! Tout est silence.
Seul le flot fébrile a jailli.
De peur la bête a tressailli
Et, fixant le couvert, s'élance.

Mais un jour tout se met en train.
Un ordre guerrier monte : « En selle ! »
On s'agite, on crie, on appelle.
Partout claquent les mors d'airain.
On met sa cape, sa cuirasse.
Sellés piaffent les chevaux.
Pour la razzia l'*aoul* se masse,
Et les montagnards martiaux
Descendant des monts, foule vive,
Jusqu'au Kouban, longent la rive
Et vont piller les ennemis.

Au soleil se sont endormis
Les chiens de garde. Tout s'apaise.
La marmaille joue à son aise,
Nue et bronzée. Ah ! quels ébats.
Les vieux fument à quelques pas,
La fumée en montant tournoie.
Ils écoutent en paix le chœur
Familier des belles. Le cœur
Des vieillards rajeunit de joie.

CHANSON TCHERKESSE

Le torrent jette son sanglot.
Les monts dorment, la nuit s'est faite.

Las, le cosaque a mis la tête
En appui sur son javelot.
Veille, cosaque ! Au bord du flot
Le Tchétchène est là qui te guette.

Cosaque, vogue sur l'esquif.
Passe dans l'onde l'épuisette.
Ne nage pas dans l'eau clairette.
Tu te noierais, inattentif,
Tel l'enfant dans le flot rétif.
Le Tchétchène est là qui te guette.

On peut voir sur ces bords sacrés
De riches bourgs quand on s'arrête.
Les belles font la ronde en fête.
Chanteuses russes, oh ! courez
À la maison. Vite, rentrez !
Le Tchétchène est là qui vous guette.

Il pense assis près du torrent :
« Ah ! fuir. Mais l'instant n'est pas proche ! »
Car trop rapide est le courant,
Et les fers pèsent tels la roche.
En bas tout plonge dans la nuit,
Les pics se voilent à la brune.
Sur les demeures blanches luit
Un livide rayon de lune.
Les aigles cessent de glatir,
Le cerf s'endort sur la colline.
On entend au loin retentir
L'écho du troupeau qui piétine.

Soudain il sent quelqu'un bouger.
C'est la belle au voile léger
Qui passe pâle et se dirige
Vers lui… Comme elle s'afflige !
Le désespoir emplit ses yeux.
Elle cherche en vain des paroles.
Sur son sein et sur ses épaules

Tombent, flot sombre, ses cheveux.
Dans sa main une lime brille,
Dans l'autre un poignard apparaît.
Irait-elle, la jeune fille,
À l'exploit, au combat secret ?

Elle est devant lui, le regarde.
« Fuis, dit la belle montagnarde,
Nul par ici ne te verra.
Ne perds pas de temps. L'heure passe.
Prends ce poignard. De nuit ta trace,
Personne ne la trouvera. »

Elle reprend la lime et glisse
À ses pieds. Sa main a vibré.
Contre le métal l'outil crisse.
Elle pleure contre son gré.
Le maillon saute, le fer gronde.
« Te voilà libre, vite, pars ! »
Mais un élan d'amour inonde
Son visage et ses yeux hagards.
Elle souffre. Le vent s'enflamme,
Son voile se met à flotter.
« Je suis tien pour toujours, s'exclame
Le Russe, et ne puis te quitter.
Laissons cette contrée affreuse.
Fuis avec moi. » « Russe, jamais !
Je sus la joie et fus heureuse,
Mais tout est fini désormais.
Tout ce qui fut, la trace même
En a fondu. Tu fus épris,
Alors cherche l'autre femme, aime !
Pourquoi mes pleurs endoloris ?
Pourquoi ma douleur et mes cris ?
Adieu ! L'amour avec sa joie
T'attend pour toujours dès demain.
Oublie un cœur qui s'apitoie.
Pour la dernière fois, ta main ! »

Il étend les bras vers la belle.
En lui renaît la passion.
Le long baiser des adieux scelle
Avec ferveur leur union.
Main dans main, pleins d'une profonde
Peine, ils s'en vont muets vers l'onde.
Il plonge dans le flot rageant,
Soulevant l'écume en nageant.
Il gagne un roc sur l'autre rive
Et le saisit de ses doigts gourds.
Du torrent montent des bruits sourds.
Il entend une voix plaintive.
Il sort de l'onde, et son regard
Scrute le bord qui lui fait face.
L'écume y blanchoie et s'efface.
Mais la belle n'est nulle part,
Ni sous le mont, ni sur la berge
Qu'un silence absolu submerge.
Seul siffle le vent éthéré.
Sous la lune les eaux clapotent.
Un rond s'y résorbe, moiré.
Il comprend tout… Ses regards flottent
Sur l'*aoul* pour l'ultime adieu.
Il voit la clôture et le lieu
Où paissait le troupeau, la plaine
Où captif il traînait sa chaîne.
Il faisait la sieste abrité
Là, près d'un ru, quand le Tcherkesse
Allait chantant la liberté.

L'ombre au ciel se fait moins épaisse.
Dans le val le jour a filtré.
Le captif à l'aube se presse
Sur la sente, enfin libéré.
Déjà dans la brume étincelle
Le fusil de la sentinelle
Russe. Les cosaques guetteurs
S'interpellent sur les hauteurs.

Épilogue

La muse ainsi, frêle compagne
Du rêve, connut l'Orient
Et cueillit tout en souriant
Les humbles fleurs de la montagne.
Elle goûta le sobre arroi
D'un peuple formé pour la guerre.
La charmeuse n'hésita guère
À le revêtir devant moi.
Autour des *aouls* restés vides,
Elle erra seule dans les monts
Et prêta l'oreille aux chansons
Des belles seules et languides.
Elle aima bivouacs martiaux
Et cosaques qui s'enhardissent,
Tapage et chevaux qui hennissent,
Tertres aux paisibles tombeaux.
Reine du chant et de la phrase,
Elle garde maint souvenir
Et, qui sait, nous fera tenir
Ses chroniques : puissant Caucase,
Traîtrises, duel ancien
De Mstislav*, trépas du Russien
Près de farouches Géorgiennes,
Récits de régions lointaines.
Je chanterai le jour béni
Où humant le sang, les tempêtes,
Se dressa notre aigle à deux têtes
Contre le Caucase impuni,
Où le Terek aux eaux de glace,
Quand l'écho du canon rôdait,
Que le tambour russe grondait,
Vit au combat, empli d'audace,
Tsitsianov* paraître ardent.
Je te chanterai, commandant
Kotliarev*, fléau du Caucase.
Après toi la terre était rase.
Tu vainquis l'ennemi, rageur

Fondant sur lui comme la peste,
Puis laissas ton sabre vengeur,
Car la guerre est un jeu funeste.
Lassé par le monde, blessé
Dans ton honneur, tu te délasses
Au sein de rustiques espaces.
Mais quoi ! L'Orient s'est dressé.
Caucase, paix ! Baisse ta tête
Enneigée : Ermolov* s'apprête !

Il s'est tu, l'âpre cri guerrier.
Tout se soumet à notre glaive.
Les enfants du Caucase altier
Sont morts au combat. Tout s'achève.
Soif de fruste liberté, crêts,
Sang russe répandu, cavales
Fières, prodigieux harnais,
Rien ne vous garda de nos balles.
Le Caucase traître aux aïeux,
Tel Baty* suivi de sa horde,
Oubliera la voix de discorde,
Laissera les arcs belliqueux.
Le passant ira sans obstacle
Vers les caches des insoumis
D'alors, et les récits transmis
Raconteront votre débâcle.

Traduit du russe par Charles Weinstein

Né en 1799, Pouchkine s'initie dès le lycée à la littérature antique et se plonge dans la lecture des écrivains européens. Il commence à écrire de la poésie et se fait rapidement connaître. Certains de ses vers sont imprégnés d'un amour de la liberté qui lui vaut de se voir assigné à résidence loin de la capitale. Au cours de ce premier bannissement en Bessarabie, son supérieur l'autorise à aller prendre les eaux dans le Caucase où la Russie mène une guerre de conquête. Pouchkine y découvre des paysages grandioses et le caractère indomptable des montagnards. Il a vingt-deux ans lorsqu'il compose *Le Prisonnier du Caucase*. Le romantisme est alors à l'ordre du jour en Occident : Pouchkine lit Chénier, Byron et d'autres poètes romantiques. Dans *Le Prisonnier*, on le sent séduit par ce courant littéraire. Cependant il n'a jamais été l'homme d'une école. Il a toujours su, avant comme après *Le Prisonnier*, jouer sur plusieurs registres : élégies, épigrammes incisives, strophes à caractère philosophique, amour de la nature, hymnes à la liberté, lettres en vers à ses amis, textes amoureux, contes, théâtre, proses, sans oublier son remarquable roman en vers *Eugène Onéguine*, qu'on a pu définir comme une véritable « encyclopédie de la vie russe ». Le héros masculin du *Prisonnier du Caucase* inaugure le personnage de « l'homme en trop » qui hantera la littérature russe : « Je voulais représenter en lui l'indifférence à la vie, cette vieillesse prématurée de l'âme, qui sont les traits distinctifs de la jeunesse du XIXe siècle », a dit Pouchkine.

NOTES

Nikolaï Nikolaiévitch Raievski : ami qui accompagna Pouchkine au Caucase et en Crimée en 1820.
Aoul : village caucasien.
Koumys : lait de jument fermenté.
Tchikhir : vin rouge du Caucase.
Mstislav : prince de Tchernigor et Tmoutarakan, mort en 1036. Il vainquit en duel le prince des Kosogs, Rededia, en 1022.
Pavel Dmitrievitch Tsitsianov, Piotr Stepanovitch Kotliarev, Alekseï Petrovitch Ermolov : généraux russes qui ont participé aux campagnes du Caucase.
Baty ou *Batou* : khan qui a dirigé la Horde d'or dans sa marche vers l'Ouest au XIIIe siècle.

SUR ANTON TCHEKHOV

ESSAIS EN FORME DE BALLADE

Angelo Maria Ripellino (1923-1978) fut à la fois un remarquable poète et un éminent slaviste, auteur notemment de Praga Magica *(Plon, « Terre humaine », 1998) et des* Chemins du merveilleux *(Denoël, « Les Lettres nouvelles », 1977). Après avoir présenté un choix de ses poèmes en janvier-février 2004 (n° 897-898), nous publions aujourd'hui cette approche lumineuse de deux pièces de Tchekhov.*

La Mouette

Une rêverie sur *La Mouette* de Tchekhov ne peut que s'attarder, avant toute chose, sur le nom latin de cet oiseau : *Larus ridibundus*. Le mot russe *čàjka* est au demeurant une onomatopée. Dans ses cadences haletantes, la voix de Nina Zaretchnaïa reproduit la musicalité grinçante de la mouette, son cri rauque et plaintif, son crissement semblable à un grand éclat de rire amer. La comédie oscille entre les deux symboles de la mouette vivante *(čàjka)* et de la mouette empaillée : *čúčelo čàjki*, c'est-à-dire un fantoche de mouette. Par deux fois Chamraëv rappelle à Trigorine qu'il a fait empailler l'oiseau à sa demande et par deux fois Trigorine prétend ne pas s'en souvenir.

Cette ornithologie concerne le triangle Tréplev-Nina-Trigorine. Dès le début Nina impose le thème, quand elle affirme être attirée par le lac comme une mouette. C'est Tréplev qui tue l'oiseau. Et il pressent qu'un jour il se tuera lui-même. Le binôme formé par Tréplev et la mouette trouve son point d'équilibre en regard de l'équivalence identitaire qui réunit Nina et l'oiseau blanc sans défense. La différence tient au fait que Tréplev se détruit lui-même tandis que Nina est anéantie par Trigorine pour qui les vertiges, les angoisses et les peines de cette créature ailée ne sont qu'« un sujet pour un petit conte ». La réciprocité calculée des diverses allégories ornithologiques se manifeste également dans un détail imperceptible à la fin de la pièce : Tréplev se suicide peu après que Trigorine a affirmé ne pas se souvenir d'avoir demandé l'empaillage de la mouette.

Chamraëv s'est chargé de la taxidermie. Dans le drame de Knut Hamsun *Aux portes du royaume* (1895), Madame Kareno commande un faucon à un empailleur d'oiseaux qui exalte la vitalité hallucinante des oiseaux morts remplis de crin et d'étoupe : « Mais n'oubliez pas — dit la femme — que les ailes doivent être déployées. » Tchekhov se souvenait peut-être des entreprises asiatiques de l'explorateur Przevalski : dans les régions du fleuve Oussouri et du lac Khanka, il avait empaillé des centaines d'oiseaux. C'est ce même Nikolaï Przevalski dont le livre de voyages à travers les contrées du fleuve Oussouri (1870) a marqué d'une empreinte profonde la littérature russe moderne : la poésie de Khlebnikov et sa fabuleuse « Rus' des oiseaux » en portent notamment la trace.

En composant *La Mouette* (1895-1896), Tchekhov avait conscience de modeler quelque chose d'insolite, même si ce sentiment s'accompagnait d'une sorte de mécontentement sournois, comme en témoigne sa Correspondance. « Je l'écris avec plaisir bien que j'y transgresse terriblement les conventions scéniques. Une comédie, trois rôles féminins, six masculins, quatre actes, un paysage (la vue d'un lac), de nombreux propos sur la littérature, peu d'action, des tonnes d'amour… [1] » « Tout compte fait je ne suis pas un vrai dramaturge. [2] » « Je suis convaincu encore une fois de ne pas être, après tout, un auteur dramatique. [3] »

Bien qu'il tisse dans *La Mouette* un dense réseau de symboles, Tchekhov conserve une position ambiguë vis-à-vis du symbolisme. Un peu comme le poète-philosophe Vladimir Soloviev qui se moqua dans certaines compositions burlesques des mécanismes du symbolisme, tout en préfigurant dans ses poèmes les ressources verbales et les atmosphères blêmes d'Andreï Biély et d'Alexandre Blok qui le reconnurent comme un précurseur et un maître. Il est évident que l'onirique comédie dans la comédie de Tréplev, cet épanchement du monologue, avec sa thématique du froid et de l'effroi cosmique, avec ses pauses et son abus des répétitions suscitant l'horreur, avec son filigrane lunaire, son sentiment du destin et de l'absence de temps, renvoie à Maeterlinck et aux décadents. Et les jets de soufre liés à l'apparition du diable reprennent la symbolique des odeurs pratiquée par le Théâtre d'Art de Paul Fort.

« Pourquoi n'essayez-vous pas de mettre en scène Maeterlinck dans votre théâtre ? — écrivait Tchekhov à Souvorine le 2 novembre 1895. — Si j'en étais le directeur, en l'espace de deux années je le rendrais décadent ou je chercherais à le rendre tel. [4] » Et toujours au même Souvorine, le 12 juillet 1897 : « Je suis en train de lire Maeterlinck. J'ai déjà lu *Les Aveugles, L'Intruse* et maintenant je lis *Aglavaine et Sélysette*. Ce sont des choses étranges, extravagantes, mais qui produisent une forte impression. Si j'avais un théâtre, je mettrais certainement en scène *Les Aveugles*. [5] »

Le mot « décadent » est une insulte quand il est prononcé par Arkadina, mais pour Tréplev, il résume le désir de renouveau. La nouveauté est plus fragile, plus désarmée que la routine. Et en effet : *a*. une œuvre décadente, c'est-à-dire insolite, comme le monodrame de Tréplev, ne peut pas être jouée jusqu'au bout, elle provoque des railleries, elle est interrompue ; *b*. « tu n'es même pas capable d'écrire un misérable vaudeville » dit Arkadina à son fils : la nouveauté ne s'en remet pas aux expédients et aux astuces des genres éculés ; *c*. le petit théâtre, qui devait être le nid et le vivier de formes nouvelles, apparaît à la fin, dans la description du *mesquin* Medvedenko, comme une carcasse abandonnée et horrible, un château de cauchemar, avec ce rideau qui claque au vent — un château où semblent gémir des fantômes.

La « vue d'un lac ». Cette eau ensorceleuse incite à la rêverie mélancolique. Si dans *La Mouette*, par moments, apparaît une lueur de félicité, elle est liée au lac. Peut-être parce que, comme l'affirme Bachelard, « en immobilisant l'image du ciel, le lac crée un ciel en son sein [6] ». Selon Arkadina, sur les deux rives se dressent les villas insouciantes où, jadis, Dorn, le damoiseau, charmait les cœurs. Sur *l'autre* rive se trouve la villa où Nina a passé son enfance. Mais dans le dernier acte, sous la furie de la tempête et du vent, même le lac devient malveillant et spectral.

Par le relief donné au paysage, par les lumières atténuées et les atmosphères mélancoliques, la comédie de Tchekhov est proche de la peinture russe impressionniste — en particulier, celle de Levitan, ami du dramaturge. La prééminence accordée au paysage, qui trouble les cœurs et agite les passions des hommes, constitue un indice de l'adhésion de Tchekhov au symbolisme. À bien y regarder, même la lampe à pétrole du quatrième acte possède une irradiation symbolique — une lampe digne des Nabis, source de jeux d'ombres lugubres sur fond de tempête nocturne.

Pour paraître jeune, Arkadina porte des chemisiers *clairs*. Bien que les traducteurs négligent ce détail, il me paraît extraordinairement significatif parce qu'il indique le désir ardent de jeunesse qui anime l'actrice. Et puis ce « clair » appartient au contrepoint chromatique des vêtements des personnages féminins. Nina-la-Mouette en blanc lunaire, le blanc mélancolique de Pierrot, dans le petit théâtre au bord du lac. Et Macha en noir, un noir éternel : « Je porte le deuil de ma vie. Je suis malheureuse. »

Mais noir et blanc représentent deux aspects réversibles du malheur — et le blanc est tout piqueté de noir, de tons fuligineux. En parlant des Japonais, Bartoli affirme : « Les lamentations funèbres chez eux s'expriment en blanc, et le noir est peut-être la couleur de la joie et de la fête. [7] » Et décrivant les obsèques de la vieille mère du roi de Chine : « … un édit appela aussitôt chaque mandarin à se montrer en vêtement de deuil, c'est-à-dire à endosser une longue veste en gros coton blanc… [8] »

Tchekhov était très sensible à ces menus détails : il suffit de penser à la robe rose à ceinture verte que porte Natacha dans *Les Trois Sœurs*, symptôme de banalité et de mauvais goût. Il y a plus de douleur pour la vie qui s'enfuit, plus de désolation dans le blanc de Nina que dans le noir immuable et obsessionnel de Macha.

Parce qu'elle noue les destins de quatre artistes : Tréplev, Trigorine, Arkadina, Nina Zaretchnaïa, la comédie peut être lue également comme la synthèse de quatre vocations différentes. Un doute demeure cependant : qui des quatre est vraiment génial ? Ou peut-être les exorcismes du génie coïncident-ils avec le désert de l'échec ? À travers les réflexions continuelles des personnages sur le métier théâtral et les procédés narratifs, à travers les anecdotes de Chamraëv sur les acteurs, *La Mouette* entend être aussi un dialogue sur l'art de la scène et sur les stratégies d'écriture.

Au quatrième acte, Nina déclare que Trigorine « ne croyait pas au théâtre », au théâtre en général. Même Tréplev déteste et fuit le théâtre, mais il s'agit ici des représentations de cabotins, de la théâtralité ressassée des troupes de province et probablement des minauderies des scènes impériales. « Il n'y a pas besoin de théâtralité, mes biches… — disait doucement Tchekhov aux comédiens du Théâtre Aleksandrinski. — Il faut être simple… absolument simple…[9] » Néanmoins un théâtralisme inconscient se love entre les plis de la comédie, repérable jusque dans le goût du déguisement : en refaisant le pansement de Tréplev, Arkadina dit : « C'est comme si tu avais un turban. » Le petit théâtre sur le lac au clair de lune anticipe le *balagànčik*, la baraque de foire d'Alexandre Blok.

Quant à Chamraëv, dans la bataille contre le théâtre banal, il est au fond un allié de Tréplev. Si ce dernier attaque Arkadina et ce qu'elle représente, il le fait au nom de l'avenir et parce qu'il aspire à des formes nouvelles. Chamraëv s'oppose à elle en louant la génération passée, les « chênes puissants » qui sont au contraire, pour Arkadina, des hâbleurs antédiluviens.

« Petit-bourgeois de Kiev ! Parasite ! » hurle à son fils Arkadina, en le méprisant comme fourrier d'un courant rénovateur qui pourrait l'envoyer aux oubliettes. Mais Trigorine dit avec plus d'exactitude : « Il y a chez lui quelque chose d'étrange, d'indéfini, qui parfois ressemble même à un délire. » Tréplev, intolérant, névrosé, ombrageux, convaincu d'être un dramaturge raté, un prosateur incapable, vit par saccades, par tressauts, par coups d'ailes, zigzaguant comme une mouette.

Il semblerait que son inquiétude, ses affres et son cri de perdition naissent du manque d'instruments disponibles, c'est-à-dire de ces artifices, de ce métier, qui appartiennent à Trigorine capable d'utiliser, avec une habileté imperturbable, les tourments d'une jeune fille amoureuse pour en tirer « un sujet pour un petit conte ». L'encre circule comme du sang noir dans l'écriture fiévreuse de

Tréplev, tandis que chez Trigorine tout est calme et bien réglé selon des principes sûrs et des procédés éprouvés.

Vassili Rozanov affirme : « Il me semble que les hommes de lettres sont de plus en plus des *brandeljàsy*. Ce qui est remarquable dans ce phonème c'est qu'il n'exprime et ne signifie rien. Mais en raison même de cette qualité, il sied parfaitement aux littérateurs. [10] » Trigorine est un *brandeljàs*. Dans la vie : indécis, aboulique, inerte, mou, se résignant et renonçant facilement, et bien qu'un brin minable, séducteur de jeunes filles à l'esprit fantasque. Comme romancier : avide de prendre des notes, de mettre à profit les petits événements, pressé par l'habitude de barbouiller du papier à tout prix, afin qu'il ne manque pas une toge aux poissons et que le caviar ne meure pas de froid, — esclave des règles, pris au piège et obsédé par son propre métier. Il pourrait répéter avec Rozanov : « Je porte la littérature comme mon cercueil, je porte la littérature comme ma tristesse, je porte la littérature comme ma nausée. [11] » Car « le talent, involontairement, dévore la vie d'un écrivain. Il dévore le bonheur, il dévore tout. Le talent est un destin. Une sorte de destin enivrant. [12] »

Casse-pieds, vaniteuse, hyperboliquement avare, Arkadina n'aime le théâtre que parce qu'il lui offre l'occasion de se mettre en vue. C'est le succès qui l'attire et non pas le texte qu'elle interprète. Et, se rappelant les représentations à Kharkov, elle jacasse comme une pie, parle à tort et travers de l'enthousiasme avec lequel on l'a reçue et du chic de sa mise. Cloîtrée dans son propre égoïsme, elle peut rester longtemps à jouer au loto, tandis que le désastre s'amoncelle dans le ciel de la comédie.

Mais Nina Zaretchnaïa est inquiète comme une mouette suspendue à la crinière du vent. Hagarde et haletante, en fuite perpétuelle. Elle arrive toujours à l'improviste, avec impétuosité. « Tu viens d'entrer — tranchante comme un "me voilà" », pourrions-nous dire avec Maïakovski [13].

La comédie dans la comédie, qu'elle déclame dans le petit théâtre au bord du lac, est imprégnée de cette indétermination que l'on retrouve dans toutes les tirades tchekhoviennes sur le bonheur de l'avenir. Cependant, ici, le futur en partie se réalise : il n'est pas seulement une promesse brumeuse ou le terme d'une trajectoire infinie. Il se réalise et il apparaît désolant et funeste. Tréplev se suicide et Nina ira jouer dans un théâtre de province, à Eletz, ville de marchands, se perdant ainsi dans la crasse d'un monde trivial. Et pourtant son ultime monologue, tourmenté, entrecoupé de pleurs, plein d'itérations mélodiques et de crissements de mouette, ne bannit pas l'espérance. Les chagrins et l'âpreté de la vie ont renforcé la foi de Nina dans sa vocation d'artiste.

Macha n'a pas de penchant artistique : elle aime la comédie de Tréplev parce qu'elle aime Tréplev. Mais, dans ce rébus d'amours entrecroisées, il y a un moment, au début du troisième acte, où le destin de Macha semble lui aussi effleurer Trigorine. Une soudaine sympathie réciproque les rapproche. Si Nina voit dans Trigorine une idole inaccessible, le romancier n'est pour Macha qu'« un homme simple ». Au quatrième acte, Trigorine lui demandera, sans obtenir de réponse, si elle est heureuse maintenant qu'elle est mariée. D'ailleurs, elle qui s'habille en noir, hagarde, reniflant du tabac et s'exprimant avec des phrases dignes d'une romance pathétique, elle a besoin de consoler sa mélancolie ; c'est pourquoi elle sympathise avec Trigorine et se confesse à Dorn, dont le langage aussi charrie des bribes de romances embuées de larmes.

Si Arkadina, dans sa vanité, se proclame jeune, les jeunes comme Macha et Tréplev sont fatigués, ils se sentent vieux. Macha a la sensation d'être née depuis longtemps et de traîner sa vie « comme une lourde queue de robe qui n'en finirait pas ». Tréplev est convaincu d'avoir déjà quatre-vingt-dix ans. Mais en général tous les héros de *La Mouette* se plaignent de ne pas avoir vécu comme ils le désiraient, ils soupirent devant le temps qui s'enfuit et leur vie qui passe, ordinaire, monotone, sans fureurs : une « vie de goujon », dira Sorine. Le passé les remplit de mélancolie et ils pleurent des amours malheureuses. En somme, ils ne font que « philosopher ».

La Mouette est également une allégorie féroce de ce mal inévitable, de ce feu de résine fumeux et ivre qu'est l'entichement d'un quadragénaire pour une jeune fille, et réciproquement, l'infatuation extatique d'une jeune fille pour un quadragénaire. Dans l'amour de Nina qui incarne la jeunesse, Trigorine cherche l'évasion et un nouveau printemps. Nina, la jeunesse, repousse le jeune Tréplev amoureux pour s'enfuir avec Trigorine, à qui Arkadina, âgée elle aussi de quarante ans, s'accroche désespérément de peur de le perdre, en faisant déferler sur lui un océan mielleux de tendresses, de cajoleries habiles.

La jeunesse refuse les compromis : Tréplev choisit la mort, Macha se revêt d'un immuable crêpe de deuil, Nina trouve la force de rompre avec sa famille et d'affronter la rudesse de la vie, les offenses, les désillusions (et elle ne cessera pas d'aimer Trigorine, même quand il l'aura abandonnée). Tandis que Trigorine, l'idole quadragénaire, avec sa fastidieuse canne à pêche, sa mollesse, sa résignation facile, ses froides ferveurs, ses sautes d'humeur, son indécision, est un *brandeljàs* : des mécanismes d'horloge, de belles phrases et aucune âme.

On relève toute une série de triangles : Nina-Trigorine-Tréplev ; Arkadina-Nina-Trigorine ; Macha-Tréplev-Medvedenko ; Dorn-Paulina-Chamraëv. Même Sorine, à la fin, avoue avoir été amoureux de Nina. Ce carrousel amoureux donne à la comédie un rythme syncopé, haletant, animé d'une constante inquiétude. Quand ils se retrouvent en couple (Nina et Tréplev, Nina et Trigorine, Trigorine et Arkadina, Dorn et Paulina), les personnages ont toujours peur que quelqu'un, à l'improviste, puisse les surprendre.

Le motif du départ continuellement remis contribue à accroître l'instabilité et l'incertitude du canevas dramatique. Arkadina veut et ne veut pas, Trigorine ne veut pas, mais ensuite tout le monde part : même Nina, et plus tard, à la suite de Nina, Tréplev. Les héros tchekhoviens sont enclins à migrer comme les rennes. Le mariage désespéré de Macha avec Medvedenko est une sorte de départ immobile. Pourtant au quatrième acte, ils reviennent tous. Même Nina, quoique ce soit désormais comme une étrangère. Et il y aura à la fin de nouveaux départs : Trigorine ira à Moscou, poussé par l'anxiété d'écrire et écrire encore, afin qu'il ne manque pas une toge aux poissons et une tunique aux olives ; à bord d'un wagon de troisième classe Nina ira jouer du théâtre dans une ville de marchands ; Tréplev descendra au tombeau.

Avec ses discours incessants sur le salaire et l'existence misérable des instituteurs, Medvedenko est pour Tchekhov un balourd, c'est le parangon de l'esprit pratique qui ignore tout idéal. En s'enflammant pour les rêveurs et les lunatiques, Tchekhov traite toujours avec mépris les personnages de l'acabit de Medvedenko. Ce sont des créatures attentives à la seule « sagesse du corps », elles ne ressentent pas les impératifs de l'absolu et des questions fondamentales. Voilà pourquoi, au quatrième acte, en montrant l'hésitation de Medvedenko à rentrer chez lui dans le fracas de la tempête, Tchekhov souligne avec un dépit évident la lourdeur de sa présence.

Au dernier acte, au moment même où le drame s'épaissit, Tchekhov expose en effigie trois moments de la Banalité, trois « tableaux » obscènes : le loto, pendant lequel Arkadina déblatère sur ses succès d'actrice ; le dîner léger, auquel Tréplev refuse de participer ; de nouveau le loto, alors que Tréplev, après avoir déchiré ses manuscrits, va se donner la mort. Dîner et loto sont pour Tchekhov les indices de cette trivialité invétérée, de ce triomphe de la futilité et du comestible, qui brisent l'inspiration et les impulsions et bafouent le désespoir. Ce qui est frivole, ce qui est viscéral provoque toujours sa hargne.

La monotonie hagarde avec laquelle Macha scande les numéros du loto, comme si elle récitait un rosaire funèbre, qui convient parfaitement à son habit noir, très noir ; la valse mélancolique que Tréplev exécute au piano dans une autre pièce de la maison ; la tempête qui sévit sur le lac ; la maigre lueur de la lampe à pétrole ; les répliques essoufflées, pressantes et craintives de Nina ; les mots ambigus — « Une course d'obstacles » — que Dorn prononce à la fin, tout en cherchant à déplacer le fauteuil qui bloque la porte : tout cela fait du quatrième acte une sorte de plaintive « sonate des spectres ».

Oncle Vania

Le personnage principal d'*Oncle Vania* (1896) n'est pas Oncle Vania, mais le Professeur. Sa respectabilité illusoire, sa maladresse, son accoutrement et ses manières cérémonieuses donnent à Sérébriakov un caractère de clown hautain. Sa première entrée (« Il fait chaud, il fait lourd, mais notre grand savant sort en manteau, avec des caoutchoucs, des gants et un parapluie ») peut être considérée comme une véritable entrée clownesque. Parfois, il nous fait penser à l'un des Fratellini [14], parfois à l'un de ces personnages patibulaires des gags chaplinesques. Le jeu avec le plaid, l'attirail des flacons médicaux, les sermons emphatiques, la réplique avec laquelle Maria Vassilievna prend congé de lui (« Faites-vous faire une nouvelle photographie ») : nombreux sont les éléments qui concourent à mettre en évidence le ridicule et la bouffonnerie de cette « tanche savante », de ce hâbleur que j'imagine avec une énorme tête d'âne au sommet de laquelle ondoie une épaisse crinière rousse.

Avec son aversion habituelle pour les champions de la fausse sollicitude, Tchekhov s'ingénie à nous le rendre odieux. En contraste avec les paroles que Marina adresse à Teleguine : « Nous sommes tous les pique-assiette du Bon Dieu », en prenant congé d'Astrov le Professeur fera retentir sa vaine prosopopée : « Il faut agir, mes amis ! Il faut agir ! » « Agir », ce slogan plein d'alacrité et d'arrogance que la vieille Maria Vassilievna, admiratrice de Sérébriakov, s'est approprié, est naturellement le contraire du « travail » auquel s'agrippe Oncle Vania pour tenir tête au désespoir.

Capricieux, pleurnicheur, despotique, enclin à dispenser des préceptes et à souiller les efforts d'autrui au contact de son égoïsme, rabâcheur d'idées chapardées, toujours impatient de faire étalage de phrases creuses et de pensées sans poids comme : « Accrochez, si j'ose dire, vos oreilles au clou de l'attention », le Professeur appartient à l'immense famille des tartufes mesquins et des cuistres qui brident les aspirations des hommes. Astrov, un peu ivre, voudrait que Teleguine joue de la guitare, mais ce n'est pas possible, parce que dans la maison « tout le monde dort ». La même nuit Eléna Andréevna désire se mettre au piano mais « c'est impossible », parce que le Professeur « est malade » : « la musique l'irrite ». Ce mot : « Impossible », murmuré lugubrement par Sonia à la fin du deuxième acte semble vouloir signifier l'inévitable soumission de l'homme, son inaptitude désolante à briser les interdits et à braver les abus de pouvoir.

Le Professeur est une triste baderne, un propre à rien. Il envahit non seulement la villa mais l'univers entier avec le cauchemar de sa Podagre de foire. Au deuxième acte, pendant la nuit, en contraste avec l'orage qui rafraîchit la terre, la Podagre de Sérébriakov surgit et se met à croître, carnavalesque, arrogante, fantôme d'insomnie, se métamorphosant presque en un énorme fétiche autonome. Elle est l'émanation du Professeur, son prolongement infect qui étouffe sa famille et ses proches.

Par moments, Monsieur Podagre, le clown goutteux, semble une excroissance du personnage de Trigorine. Gribouilleur de traités moutonniers, clampin maraudant des idées chez différents auteurs, le Professeur débite du vent comme Trigorine et il est comme lui démangé par le prurit d'écrire. Pendant son insomnie il pense avec insistance au livre de Batiouchkov dont il aura besoin le lendemain. D'après ce que dit Oncle Vania, dont l'attitude colérique à l'égard du professeur ressemble à celle de Tréplev à l'égard de Trigorine, on a l'impression que ses recherches sont oiseuses et superflues : « il parle et écrit sur les arts, sans rien y comprendre ». Autant s'amuser à étudier les écailles mortes des poissons ou l'arrière-train des lucioles. Comme Trigorine, le Professeur est hanté par le besoin de noircir du papier que l'on empilera ensuite, une feuille après l'autre, sur les balances graisseuses d'un épicier. Comme Trigorine, il s'est servi de sa célébrité postiche pour embobiner une jeune femme. Mais curieusement, si dans *La Mouette* les vicissitudes de Nina apparaissent à Trigorine comme « un sujet pour un petit conte », ici, c'est la biographie du clown-professeur qui devient pour Oncle Vania un « sujet magnifique ».

Il ne faut pas oublier que même dans les drames, Tchekhov insère des situations et des comparses de vaudeville. Comme les personnages de ses vaudevilles, au plus vif de l'âpre dispute avec Sérébriakov, au troisième acte, Oncle Vania boit de l'eau. Teleguine provient directement des faubourgs vaudevillesques, c'est le bon bougre un tantinet phraseur, l'optimiste satisfait et écervelé. Son surnom, Gaufrette (*Vaflja*, de l'allemand *Waffel*), ne se réfère pas seulement à son visage marqué par la petite vérole, mais également à sa nature de bon diable, de bonne pâte, de brebis au pâturage.

Il s'est résigné à sa laideur et à sa condition actuelle d'écornifleur, et il a même accepté avec patience la trahison de sa femme, tout en éduquant les enfants qu'elle a eus avec l'homme de son choix. « Le temps est délicieux, les petits oiseaux gazouillent, l'entente et la paix règnent parmi nous », déclare Teleguine plein de béatitude : mais Tchekhov s'empresse de tourner en dérision ces propos radieux. Peu après, pendant la nuit, la bourrasque éclatera, et Eléna Andréevna dira deux fois : « Il n'y pas d'harmonie dans cette maison. » Ces « petits oiseaux » restent le symbole d'une bonhomie balourde, d'un impossible *aimons-nous tous*, comme plus tard, dans le théâtre de Soulerjitski et Vakhtangov, le « grillon du foyer ».

Dans les amphigouris scolastiques et les papotages de Teleguine sur le beau temps, sur l'infidélité, sur la dévotion à la science (quand il intervient mal à propos dans le dialogue comme un « contre-pitre » de Sérébriakov), on peut voir des indices de niaiserie vaudevillesque, mais aussi des étincelles d'absurdité et de *nonsense* qui accroissent la désolation. Lorsque Teleguine compare la dispute entre le Professeur et Oncle Vania à un tableau d'Aïvazovski, peintre de marines, son propos ressortit, quoique dans le registre grotesque, au même principe de dissonance et d'écart sémantique qui inspire la réplique désespérée et poignante d'Astrov sur l'Afrique — un principe auquel Tchekhov a souvent recours dans *Oncle Vania*, pour dilater la magie de l'incongruité.

Les personnages d'*Oncle Vania* constituent un clan de farfelus. C'est Astrov qui impose le thème du « farfelu » au premier acte : « autour de toi, il n'y a que des farfelus, rien d'autre que des farfelus » et il le reprend au quatrième acte quand il hurle à Oncle Vania qui se croit fou : « Tu es un pitre », avant d'ajouter que « la condition normale de l'homme » est « d'être farfelu ».

La démarcation entre ces termes est du reste assez faible. Du farfelu au pitre, on le constate surtout dans le personnage de Vania, la distance est courte. Le Professeur dira d'Astrov qu'il est un « idiot », mais Astrov au fond se montre superbe dans son rôle de farfelu et prétend ne pas l'être seulement quand il a bu. Il termine ses palabres sur les forêts en observant : « En fin de compte, ce ne sont peut-être que des idées loufoques. »

Chez les personnages masculins de ce drame, l'extravagance est tellement enracinée que tous (Astrov, Oncle Vania, Teleguine, Sérébriakov) pourraient porter, comme dans le *Godot* de Beckett, des chapeaux melons biscornus. Mais les femmes n'échappent pas non plus à ce sort. Sonia est elle aussi une originale, avec sa foi douceâtre de suffragette et de vieille fille et avec ses discours empressés, dignes de l'Armée du Salut. Certains signes extérieurs et des détails vestimentaires révèlent l'extravagance : « les moustaches énormes » d'Astrov, la végétation sauvage, la « cravate de dandy » d'Oncle Vania — un ornement sur lequel Tchekhov insista : non pas des bottes graisseuses mais une « cravate merveilleuse [15] ».

C'est la banalité d'une existence de philistin qui rend les hommes farfelus, c'est « l'ennuyeuse, la stupide, la crasseuse » vie de province où errent « des taches grises » et des « physionomies somnolentes ». La pièce de Tchekhov reflète la stagnation, la torpeur de la Russie à la fin du XIXe siècle. « Je me rappelle bien — écrivait Mandelstam — les années sourdes de la Russie : les années quatre-vingt-dix, leur lenteur exaspérante, leur calme maladif, leur provincialisme profond — une crique tranquille, dernier refuge d'un siècle agonisant. [16] » Mais le thème de l'extravagance se voit doté d'une valeur plus ample, au point d'exprimer la condition commune de l'homme que les malheurs de la vie transforment peu à peu en créature excentrique.

Oncle Vania, caractère exacerbé et névrotique, est assez proche de Tréplev dans son instabilité, avec en plus le regret d'une vie gaspillée. Toutefois, il y a chez lui un côté Paillasse qui pourrait rappeler les bouffons dostoïevskiens. En réalité, bien qu'il appartienne avec Sonia à la catégorie des anges, il a quelque chose de collant, de rampant, de mielleux. Son désespoir et son humiliation n'empêchent guère qu'il paraisse parfois mesquin et presque lâche. Certaines de ses répliques hypocrites l'illustrent bien : « C'est bon, c'est bon, je m'excuse », ou bien : « Voyons, voyons, ma joie, je vous demande pardon… »

Dans le conflit terrible qui l'oppose au venimeux Sérébriakov, aux yeux de qui il passe pour « la dernière des nullités », dans ce combat où l'on cacarde comme des oies, Oncle Vania donne parfois dans le comique. Il passe de la stupeur au sarcasme et aux notes suraiguës de la colère, il invoque sa mère dont il recherche (comme Tréplev) en vain le soutien, et toute sa conduite prend un air emphatique et strident, malgré la douleur véritable qui la sous-tend. Et quand il affirme : « Si j'avais vécu normalement, je serais devenu un Schopenhauer, un Dostoïevski… », on a l'impression de réentendre le « *vranið* », les sornettes d'un Khlestakov, quand il se vante d'être l'ami de Pouchkine.

Quand il s'emporte, nous ne savons pas s'il veut vraiment tirer sur le Professeur ou s'il ne se propose pas plutôt de le rater, de n'inspirer que de la frayeur à toute la famille avec les coups de feu de son revolver, de la frayeur et rien d'autre. Et sa plainte, plus tard, pour avoir tiré deux fois sans atteindre sa cible n'est peut-être que de la simulation. Son agitation et son trouble s'expliquent du reste par le désir spasmodique qui le tourmente. Désir d'une femme, parce que depuis des années, dans cette campagne éloignée, Oncle Vania n'a probablement pas troussé de jupon.

Mais le comble de la bouffonnerie d'Oncle Vania est l'instant où il apparaît comme sorti d'un vaudeville, avec un petit bouquet de roses, devant Astrov qui embrasse Eléna Andréevna. Avec un bouquet de roses à la Tourgueniev et, sans doute, avec un chapeau melon étriqué. Plus tard, en embrassant de nouveau Eléna, Astrov lui dira avec une âcre dérision : « Puisque nous sommes seuls et que l'oncle Vania n'est pas encore entré avec son bouquet… » Pourtant, cet homme humilié et ridicule n'est pas si éloigné de l'Officier en redingote et haut de forme qui dans *Le Rêve* (1901) de Strindberg, attend infiniment et sans espoir l'insaisissable chanteuse Victoria, tenant à la main un bouquet de roses qui se fanent.

La pièce de Tchekhov possède une abondante réserve d'angélologie ingénue, laquelle verse souvent dans le mélodrame. Quand Oncle Vania parle de sa sœur morte, la première épouse du professeur, et la compare aux « anges purs », on se souvient des « Anges purs ! anges radieux ! » du *Faust* de Gounod.

Le chef de file des anges est Sonia, grande consolatrice, personnage lilial, d'une douceur presque excessive, digne consœur des silhouettes languissantes de Dante Gabriel Rossetti et de Fernand Khnopff. À condition de ne pas perdre de vue qu'elle est, elle aussi, une extravagante, on comprendra mieux sa tirade sur les contrées enchantées au climat toujours serein et surtout sa tirade finale sur la quiétude de l'outre-tombe. À moins que dans la première on ne veuille percevoir une trace extrême de la façon dont les estampes folkloriques (*lubòčnye kartinki*) et la littérature russe (par exemple, au XVIIIe siècle, Soumarokov) idéalisaient la *zamòrskaja stranà*, ces contrées d'outre-mer où règnent le bonheur et la perfection. À moins aussi qu'on ne veuille créditer la dernière tirade, avec son « ciel rempli de diamants » et sa musique d'anges, d'un vague reflet de symbolisme.

Avec sa litanie finale (projection dans le temps) Sonia, certes, veut combler l'abîme, le vide du « ils sont partis » (projection dans la distance). Mais à nos oreilles cette litanie résonne comme une homélie douceâtre, comme le baume verbeux d'une novice, en somme comme une extravagance. On voudrait répondre à Sonia avec les paroles de Plasfodor à la fin du deuxième acte de la comédie de Witkiewicz, *Pragmatyści* (*Les Pragmatistes*, 1919) : « La chose la plus étrange qui existe est la vie. Je n'ai aucun besoin de l'outre-tombe. Nous ne réussirons jamais à approfondir l'éternité, et l'au-delà, s'il existe, n'est qu'une variante de l'ici-bas. Ce n'est pas en cela que réside l'étrangeté de l'existence. Ce n'est qu'un croquemitaine pour enfants, une série de mystères de troisième classe, de spectres pour séance de spiritisme. Oh, comme tout cela m'ennuie ! » Si l'on considère le penchant de Tchekhov pour les ambiguïtés, on devrait demander à Sonia d'introduire un soupçon d'ironie, un zeste de doute dans sa religion (qui du reste est une variante de la tension d'Astrov vers l'avenir) et dans le *fortissimo* pathétique de son délire final.

Indignée par le comportement d'Oncle Vania, Eléna Andréevna s'exclame : « Même un ange perdrait patience. » Mais à vrai dire, à la différence de Sonia, elle appartient à la famille des démons, qui surviennent pour troubler les eaux stagnantes des anges.

L'arrivée d'Eléna Andréevna et de Monsieur Podagre représente l'intrusion du démoniaque dans la torpeur et la monotonie des jours. Ils corrompent la faible ardeur de ceux qui travaillent, ils détournent chacun de ses occupations parce que le démoniaque est complice de l'indolence. Eléna Andréevna « a la paresse de vivre » — « en marchant, elle vacille de paresse ». Le démoniaque investit même la nourriture : depuis que le Professeur et son épouse sont arrivés, Oncle Vania mange « toutes sortes de ragoûts ». Et même le microcosme du samovar que gouverne un autre ange, la nourrice Marina, est bouleversé par cette présence. Incroyablement, le samovar trône encore sur la table en pleine nuit.

Mais le renversement est fugace : après le cacardage des oies, après le paroxysme et la pyrotechnie d'Oncle Vania, les démons s'en vont, tout reprend son cours ordinaire, l'angélologie a le dessus et déborde dans le cantique entonné par Sonia : « Nous nous reposerons ! » Si au contraire les démons restaient, « une immense dévastation se déchaînerait », affirme Astrov.

Qu'Eléna Andréevna soit un démon, cela est mis en évidence par les paroles des anges à son propos. Sonia la tient pour « une enchanteresse ». « Du sang de sirène coule dans vos veines » lui dit Oncle Vania. Par sa beauté ambiguë, son démonisme et sa paresse, elle s'apparente aux femmes des tableaux de l'Art Nouveau. Derrière son attitude réservée, on devine parfois toute la rancœur d'une créature dégoûtée par un mari podagre et l'on décèle simultanément un appétit sexuel.

Au début du deuxième acte, quand l'orage nocturne va éclater, irritée par les jérémiades du Professeur, elle *ferme* la fenêtre, comme si par ce geste elle voulait exprimer l'étouffement de ce mariage. De la même façon Strindberg, dans *Le Rêve*, indique l'asphyxie du mariage en faisant coller des bandes de papier sur chaque fissure et ouverture de la chambre nuptiale. Une fois qu'ont cessé les énervements de l'orage, Eléna Andréevna *ouvre tout grand* la fenêtre, respire à pleins poumons, pousse une exclamation qui ressemble à un hennissement et pose immédiatement la question : « Où est le docteur ? » Tout cela indique non seulement la libération d'un cauchemar, mais aussi une sexualité vibrante et inassouvie.

Ainsi, un clown et une sirène perturbent une aquarelle assoupie. Et il nous paraît donc bizarre d'entendre Eléna Andréevna dire : « Je n'ai été qu'un personnage épisodique. » Il est étrange aussi qu'elle se compare à l'oncle Vania (« parce que nous sommes tous les deux agaçants et ennuyeux »), rapprochant ainsi le démon de l'ange trouble. Étrange, si l'on repense à ses manœuvres — quand bien même inconscientes — pour séduire Astrov sous prétexte d'aider Sonia, qui n'est pour lui qu'une marionnette asexuée, et si l'on n'oublie pas que c'est elle qui sème la pagaille. Du reste, comme viatique pour l'existence, une seule phrase de la sirène est plus efficace et plus suggestive que tous les discours lyriques de l'ange Sonia : « Il faut avoir confiance en tout le monde, ou alors la vie devient impossible. »

La beauté est assiégée par la banalité. Et chez Tchekhov les indices majeurs du banal sont toujours boire, manger et dormir. Comme Nietzsche l'affirma dans *Ecce Homo :* « Tous les préjudices viennent des intestins. » Eléna Andréevna se plaint de cette vie végétative et Oncle Vania aussi, qui attribue sa folle envie de mets épicés à la présence du Professeur. Pour la nourrice Marina, le départ des démons coïncide avec la possibilité de manger à nouveau des nouilles dont elle est gourmande. Et même la sirène ne se soustrait pas à la « physiologie » du banal : « Tout son travail — affirme Astrov — consiste à manger, dormir, se promener… »

Si l'on se concentre sur Astrov, le drame se révèle comme une image de la déchéance de la beauté. Selon les mots du Poète dans *Le Rêve* de Strindberg, « tout ce qui est beau doit maintenant s'effondrer dans la boue ». Ici, le motif des forêts entre en jeu. Elles semblent avoir dans *Oncle Vania* la même fonction que le lac dans *La Mouette* — une rêverie végétale après la rêverie lacustre. La tirade d'Astrov sur les forêts est un monologue virtuose, une cantilène enchantée, comme la comédie dans la comédie de Nina dans le petit théâtre au bord du lac. Et le sens est celui-ci : la coupe des forêts équivaut au délabrement et à la mort de la beauté.

Le rôle d'Astrov est riche de longs passages lyriques, comme la description du cartogramme qui, par le foisonnement de ses couleurs, ressemble à un tableau impressionniste ; ou comme les visions fréquentes d'un avenir lointain et heureux, si irritantes pour une époque qui revendique le *« Paradise now »*. Le penchant d'Astrov pour les prophéties est lié à son caractère farfelu. On se demande pourtant s'il croit vraiment à des horoscopes si vagues et imprécis. Mais le commerce avec l'avenir est une prérogative de tous les personnages de Tchekhov. Même la vieille Maria Vassilievna « cherche dans ses livres savants l'aurore d'une nouvelle vie ». Même Oncle Vania, bien qu'il méprise toute « philosophie », à un certain moment commence à délirer à propos d'un réveil lumineux. En réalité, avec sa dure expérience de médecin, Astrov n'est pas un homme qui se fait trop d'illusions. Le présent est sombre, avec les forêts qui meurent, avec la beauté détruite. Le bonheur dans le temps présent, ce serait pour Tchekhov une soumission au coup de force de la banalité et à son abus de pouvoir. Il faut donc renvoyer le bonheur au futur, étouffer le désespoir avec des mirages, même s'il est évident que dans deux ou trois cents ans rien n'aura changé — car l'homme devra toujours passer par le chas d'une aiguille.

Bien qu'il soit le plus travailleur et le plus pratique, même Astrov a un grain de bêtise, une pointe de comique et, en tant que farfelu, il penche parfois vers la pitrerie incarnée par le personnage éponyme. Il ne faut pas idéaliser son amour pour la « prédatrice », la « belle fouine soyeuse ». C'est un feu de paille, un caprice, une convoitise passagère. Les personnages d'*Oncle Vania* ne cherchent pas à forcer le destin. Il n'y a pas de Nina qui court après Trigorine. Et il ne vaut même pas la peine d'imaginer qu'une fois sortie du drame, Eléna Andréevna rencontrera Astrov « à Kharkov, à Koursk ou ailleurs ». De tout ce bouleversement, il ne restera à la sirène qu'un crayon, qu'elle emporte en souvenir de la « peinture » d'Astrov, un objet minuscule et insignifiant si on le compare à la « dévastation » que sa présence démoniaque allait déchaîner.

Dans *Oncle Vania* les amours s'entrelacent comme dans *La Mouette* : deux femmes (Eléna Andréevna, Sonia) aiment le même homme (Astrov), deux hommes (Astrov, Oncle Vania) aiment la même femme (Eléna Andréevna). Mais les anges (Sonia, Oncle Vania) ne trouvent ici-bas aucun répondant, d'où la litanie finale : « Nous nous reposerons… nous nous reposerons. » Despotisme de l'âge : liée au pénible char de la Podagre, Eléna Andréevna ne se soustrait pas à l'oppression du Professeur décati. Mais Nina, au contraire, rejette la jeunesse amoureuse de Tréplev pour courir après Trigorine, quadragénaire et mollasson.

Dans ce drame les variations météorologiques et l'alternance du jour et de la nuit ont une signification symbolique. À la chaleur et au beau temps du début correspond à la fin une déchirante mélancolie automnale, avec une mélodie désolée où se mêlent les adieux et les premiers symptômes de la longue léthargie de l'hiver qui approche. Le beau temps est la surface, l'extériorité souriante. Du reste, observe l'oncle Vania, « c'est un temps magnifique pour se pendre ».

Les haines, les conflits, les turbulences amoureuses se déchaînent avec l'orage dans la Nuit de la Podagre, nuit d'insomnie, scandée par la question : « Quelle heure est-il ? » Question insistante et obsessionnelle comme les numéros du loto dans *La Mouette* et comme « ein, zwei, drei » répété par Charlotte dans *La Cerisaie*. La fin de l'orage, qui a imprégné d'ozone l'atmosphère suffocante, chassant les relents de la Podagre professorale, suscite chez les deux femmes un désir de musique. Il restera insatisfait. Comme s'il y avait un lien entre les gouttes de pluie et les larmes, ce désir musical s'accompagne d'un présage de pleurs. Car « ce n'est pas possible ». « Ce n'est pas possible. » C'est l'outrecuidance du vieux savant qui l'interdit.

Au cours des deux nuits, au deuxième et au quatrième acte, brillent des petites flammes de bougies. Plus ces petites lueurs seront inquiétantes et plus la scénographie paraîtra nue et irréelle. Il y a des fantômes dans *Oncle Vania.* L'ouvrier mort lors d'une anesthésie au chloroforme apparaît à Astrov. Oncle Vania entrevoit dans le visage de Sonia l'effigie de sa défunte sœur. Il y a un ton spectral dans le « piou… piou… piou » répété par Marina pour appeler la poule et ses poussins afin que « les corbeaux ne les capturent pas ».

Tchekhov accroît les pouvoirs de l'incongruité, les irradiations spectrales, articulant souvent les répliques en deux temps discordants et dissonants avec un contraste qui équivaut à un saut dans le vide, à une chute sémantique vertigineuse. Un exemple-clé est le moment où Astrov, dans la nuit d'automne, dans la maison triste et déserte, parce que le vacarme a cessé et que les démons sont partis, après avoir annoncé qu'il lui fallait mener son cheval chez le maréchal-ferrant, s'exclame de but en blanc, en regardant la carte de l'Afrique : « Et dire que dans cette Afrique, en ce moment, il doit faire une chaleur infernale ! »

L'Afrique torride et lointaine, l'immensité transie de la Russie, « une cage avec un étourneau », la solitude, la faible lumière, l'hiver qui approche, et une angoisse qui serre comme un nœud coulant. Et la guitare. Et l'extravagance des deux anges absorbés dans la comptabilité de factures absurdes comme s'il s'agissait d'un baume consolateur. Et la dérision de ce sermon tombal. Mon Dieu !

Angelo Maria RIPELLINO

Traduit de l'italien par René Corona

1. À Alekséj Sergéevič Suvorin, 21 octobre 1895, in *Čechov i teatr*, Moskva 1961, p. 81.
2. À Eléna Michajlovna Šavrova, 18 novembre 1895, in *op. cit.,* p. 82.
3. À Alekséj Sergéevič Suvorin, 21 novembre 1895, in *op.cit.*, p. 83.
4. *Op.cit.*, p. 82.
5. *Ibid.* p. 95-96.
6. Gaston Bachelard, *L'Eau et les Rêves,* Paris 1942, p. 67.
7. Daniello Bartoli, *L'Asia*, in *Trattatisti e narratori del Seicento,* édition de Ezio Raimondi, Milano-Napoli 1960, p. 376.
8. Daniello Bartoli, *La Cina*, in *Trattatisti e narratori del Seicento*, p. 459.
9. Cf. Evtichij Karpov, *Istorija pervogo predstavlenija "Čajki",* in *Čechov i teatr*, op. cit., p. 238.
10. Vasilij Rozanov, *Uedinënnoe*, Petrograd 1916, p. 47.
11. Vasilij Rozanov, *Opavšie list'ja* (1913), Berlin 1929, vol. I, p. 148.
12. *Ibid.*, I, p. 331.
13. Vladimir Majakovskij, *Oblako v štanach* (*Le nuage en pantalons*) v. 113-14.
14. Cf. Tristan Rémy, *Les Clowns*, Paris 1945, p. 212-37.
15. Cf. Konstantin Stanislavskij, *Moja žizn' v iskusstve* (1924), Moskva 1962, p. 284.
16. Osip Mandel'štam, *Šum vremeni* (*Le Bruit du temps*) (1925).

Notice biographique

Né à Palerme en 1923, Angelo Maria Ripellino grandit en Sicile jusqu'en 1937, date à laquelle ses parents s'installent à Rome. Ses études sont brillantes, il parle plusieurs langues et il partage son temps entre différents intérêts qui vont du jazz au théâtre. Après un engouement pour la littérature espagnole, en 1945 il se spécialise dans les littératures slaves avec un mémoire sur la poésie russe du XXe siècle. C'est aussi vers cette époque-là que se font jour les premiers symptômes de la tuberculose dont il souffrira. En 1946, il se rend à Prague pour se spécialiser en tchèque et rencontre Elisa Hlochova qui deviendra sa femme en 1947. En 1950, il publie son premier livre, *Histoire de la poésie tchèque contemporaine* et il commence une carrière universitaire tout en continuant à traduire de nombreux poètes et écrivains (Pasternak, Maïakovski, Biély, Blok, Hašek, Holan…) En 1960 paraît son premier recueil de poèmes *Non un giorno ma adesso*. En 1965 il doit interrompre ses travaux pour être hospitalisé dans un sanatorium à Dobris, à quarante kilomètres de Prague, où il échappe de peu à la mort. De cette expérience naissent les vers de *La Fortezza d'Alvernia* (1967), son deuxième recueil. Après l'invasion soviétique il quitte la Tchécoslovaquie qui lui sera désormais interdite à cause de sa prise de position en faveur du peuple tchèque. Il meurt à Rome le 21 avril 1978. Autres recueils de poèmes : *Notizie dal diluvio* (1969), *Sinfonietta* (1972), *Lo splendido violino verde* (1976) et *Autunnale barocco* (1977). Il faut citer également un pur chef-d'œuvre, *Praga Magica* (1973) et de remarquables essais consacrés en particulier au théâtre russe d'avant-garde et à Vélimir Khlebnikhov. Ses réflexions sur *La Mouette* et *Oncle Vania* sont extraites de *Saggi in forma di ballate* © Einaudi, Turin, 1978. D'Angelo Maria Ripellino, *Europe* a publié « Pasternak-Keaton » dans son n° 767 (mars 1993) et « Ornithology et autres poèmes » dans son n° 897-898 (janvier-février 2004).

D.R.

Sergueï Samokine : « *Vers les étoiles* ».
Le monument aux cosmonautes (1990).

JEUNES POÈTES RUSSES

MOSCOU-BABYLONE

Ils ont entre vingt-cinq et quarante ans. La plupart vivent à Moscou. Réunis dans cette brève anthologie, ils témoignent de la vitalité de la jeune poésie russe. D'autres poètes de leur âge auraient pu trouver place à leur côté dans un plus vaste panorama : Mikhaïl Gronas, Nikolaï Zviaguintsev, Alexandra Petrova, Alexandre Skidan… Mais ce premier groupe de douze ouvre la partie. Et déjà nous pouvons prendre la mesure de ce qui a surgi de nouveau en Russie depuis une quinzaine d'années.

Lorsque cette génération a commencé à faire entendre sa voix, la scène poétique était dominée par quelques poètes majeurs ne se réclamant d'aucun groupe — si ce n'est, peut-être, « l'union des loups solitaires » dont parla un jour Mikhaïl Aïzenberg —, tandis que d'autres s'inscrivaient dans des mouvances dont le critique Mikhaïl Epstein a brillamment tenté de définir les caractéristiques [1]. Les deux courants principaux furent sans aucun doute le conceptualisme (Dmitri Prigov, Lev Rubinstein) et le métaréalisme (Ivan Jdanov, Alexeï Parchtchikov, Vladimir Aristov, Arkadi Dragomochtchenko…)

Le conceptualisme manipule comme autant d'artefacts ou de *ready made* les clichés idéologiques qui saturent l'existence sociale. Il expose sous sa lampe scialytique les stéréotypes du discours. Et du même coup, il fait du vide le fondement paradoxal de sa poétique. Il faut citer ici une remarque d'Ilya Kabakov, à l'époque où l'URSS approchait de sa fin : « Quiconque vit dans ce pays mène consciemment ou non son existence sur deux plans : 1° le plan de ses relations avec autrui et avec la nature ; 2° le plan de ses relations avec le vide. » De cette subversion par le vide, on citera à titre d'exemple, parmi les milliers de poèmes de Prigov, son « Dialogue n° 5 » :

STALINE *Il n'y a pas de bonheur sur terre !*
PRIGOV *Pas de bonheur !*
STALINE *Alors qu'y a-t-il ?*
PRIGOV *Qu'y a-t-il ?*
STALINE *Il y a Staline !*
PRIGOV *Il y a Staline !*
STALINE *Et qu'est-ce que Staline ?*
PRIGOV *Qu'est-ce que Staline ?*
STALINE *Staline est notre gloire militaire !*
PRIGOV *Gloire militaire !*
STALINE *Staline est la plus haute aspiration de notre jeunesse !*
PRIGOV *La plus haute aspiration de notre jeunesse !*
STALINE *Il chante dans la bataille et la victoire !*
PRIGOV *Victoire !*
STALINE *Notre peuple suit Staline !*
PRIGOV *Il le suit !*
STALINE *Staline, qu'est-ce d'autre ?*
PRIGOV *Qu'est-ce d'autre ?*
STALINE *Les trois grands principes !*
PRIGOV *Les trois grands principes !*
STALINE *Staline, qu'est-ce d'autre encore ?*
PRIGOV *Qu'est-ce encore ?*
STALINE *Les cinq grandes idées !*
PRIGOV *Les cinq grandes idées !*
STALINE *Les sept grandes lettres !*
PRIGOV *Et que se passerait-il si on enlevait une lettre ?*
STALINE *Que se passerait-il ?*
PRIGOV *Ça donnerait Taline !*
TALINE *Taline !*
PRIGOV *Et si on enlevait une autre lettre ?*
TALINE *Une autre lettre ?*
PRIGOV *Ça donnerait Aline.*
ALINE *Ça donnerait Aline !*
PRIGOV *Et une autre encore ?*
ALINE *Une autre encore ?*
PRIGOV *Ça ferait Line.*
LINE *Ça ferait Line !*
PRIGOV *Et si on enlève une lettre de plus ?*
LINE *Une de plus ?*
PRIGOV *Ça fait Ine.*

INE *Ine ?*
PRIGOV *Et une autre lettre ?*
INE *Une autre ?*
PRIGOV *Ça fait Ne.*
NE *Ne !*
PRIGOV *Et encore une ?*
NE *Encore une ?*
PRIGOV *Ça fait E.*
E *Ça fait E !*
PRIGOV *Et encore une ?*

Le conceptualisme enregistrait, non sans génie, non sans humour, une défaite de la raison et de l'utopie, mais se trouvait historiquement dans l'impossibilité d'esquisser des fondations futures. Aujourd'hui, comme l'indique le titre d'une anthologie publiée en 2000 par Dmitri Kouzmine, la jeune génération plante « des clous de tapissier sur le cercueil du conceptualisme » (*Obojnyj gvozdik v grob konceptualizma*). Sans faire preuve du moindre optimisme face à l'état du monde, elle tente malgré tout de frayer un chemin de paroles. Elle cherche des horizons au-delà du désenchantement.

L'autre courant majeur des années quatre-vingt, le métaréalisme, a pour caractéristique d'explorer la réalité dans ses dimensions plurielles et d'envisager le temps et l'espace comme un immense continuum où tous les trajets mentaux et toutes les connexions sont possibles. Le métaréaliste Sergueï Soloviov déclarait : « Il faut commencer par réaliser que nous ne vivons pas dans un monde mais dans une multitude de mondes… il s'agit de prêter une oreille attentive à ces mondes, à la manière dont ils s'interpénètrent en nous. » Comme l'a finement observé Epstein, pour les métaréalistes « le temps est un delta dont les eaux lentes roulent vers un océan où les vagues se meuvent en toutes directions dans un espace infini ».

Tandis que les conceptualistes travaillent sur les idéologèmes et la vertigineuse vacuité du sens, mais aussi sur une oralisation et une relative théâtralisation du poème (Lev Rubinstein lisant ses célèbres « fiches »), les métaréalistes visent au contraire un surcroît de sens et exploitent les ressources des mythologèmes et de l'image poétique. L'image, chez eux, semble échapper au registre de la métaphore, du symbole, de l'allégorie, sa fonction principale consistant à croiser tout aspect de la réalité avec un autre aspect et à activer au sein de cette « métaréalité » la circulation des énergies.

Quelques vers du « Regard » d'Ivan Jdanov auraient ici valeur de paradigme :

> *Le regard est parti et l'arbre s'est figé,*
> *l'abeille s'est traversée elle-même en se posant*
> *sur la fleur et tombant dans le fond de son âme*
> *la pierre s'est craquelée sous le pied et s'est tue,*
> *et puis le silence a trouvé la solitude.* [...]
>
> *Des arbres vont paraître au bout de la parole,*
> *et ils seront soudés à elle par la gelée,*
> *je ne pourrai jamais moi-même les rejoindre.* [2]

Conceptualistes et métaréalistes ont été lus par la jeune génération, tout autant que des poètes comme Iossif Brodski, Guenrikh Sapguir, Guennadi Aïgui, Olga Sedakova ou Elena Schwarz. La jeune génération ne tourne en vérité le dos à personne. Non pas qu'elle avance à reculons, mais parce qu'elle semble puiser à toutes les sources : Derjavine, Maïakovski, Akhmatova, la chanson punk, les dessins animés, l'intime et l'autobiographie, la grisaille quotidienne, la splendeur des anciens mythes, les expérimentations verbales, la fresque et la miniature, etc. En lisant cette anthologie, on appréciera la singularité des univers, la diversité des formes et des accents.

Kirill Medvedev se distingue par sa poésie sobre et incisive, par sa manière d'enraciner une méditation philosophique dans l'expérience quotidienne la plus banale. Son approche du monde est fragile, incertaine (« je crois », « il me semble »...) mais son art témoigne d'un tempérament résolu : « si tu écris des poèmes / selon moi, / tu ne peux pas avoir de doutes, / sinon tu risques fort / de n'arriver à rien... » Chez Alexandre Oulanov, le poème en prose se déploie en apologues ou en furtives narrations qui sont autant d'épiphanies nimbées de mystère. L'image n'est pas séparée de la suggestion auditive et semble au contraire engendrée au cœur des cellules sonores et rythmiques. Andreï Sen-Senkov est un maître de la miniature qui observe les objets sous des angles multiples. Son approche kaléidoscopique, toujours attentive et souvent facétieuse, le mène à pas légers des territoires du réel à ceux de l'imaginaire : « les vers libres / sont de petites astuces techniques / grâce auxquelles / on peut par exemple / glisser la lune sous son bras ». Chez Véra Pavlova l'ardeur spirituelle est indissociable de l'érotisme et la limpidité du vers s'accorde à sa concision aphoristique. Véra Pavlova avait d'abord pensé être musicienne : son audace va de pair avec un sens exquis de la pudeur, son jeu est d'une exactitude passionnée. C'est la relation amoureuse homosexuelle qui devient *leitmotiv* chez Dmitri Kouzmine, avec ses épures intimistes qui semblent tracées d'un seul geste. L'homosexualité est présente aussi, mais sublimée, dans le poème de Sergueï Krouglov où s'opère, à travers la figure de l'adolescent Ganymède, une fascinante fusion du mythe et des rituels quotidiens. Chez Stanislav Lvovski, la disparition des signes de ponctuation fait d'emblée sentir son impact : émotions et fragments de réalité s'interpénètrent, tandis que s'estompent les contours rassurants des choses. Le poème devient une expérience de l'indéterminé, nous obligeant à considérer le monde sous des perspectives mobiles. Chez Evguénia Lavout, on ne manquera pas d'être particulièrement attentif au deuxième poème de la sélection, d'une densité lumineuse et cryptique — quoique librement écrit, ce poème est écrit *comme* sous la censure : il réclame une oreille fine, mais l'on peut y entendre une parole qui résonne pour toute une génération, et qui en dit long sur le regard qu'elle porte sur la Russie d'hier et d'aujourd'hui.

Notre intention n'est pas de commenter chaque poète accueilli dans ces pages, d'en orienter la lecture avant même qu'on les découvre, mais tout simplement de souligner, à travers quelques exemples, la diversité des poétiques et des voix. C'est une partie du spectre de la jeune poésie russe qui s'offre ici à notre regard. Entre ardeur et désenchantement, espérance et inquiétude, harmonie et dissonance, on ne doit pas douter que cette poésie allume de nouveaux feux après le temps des illusions perdues.

En 1989, autour de Dmitri Kouzmine, des poètes qui avaient alors de seize à vingt ans fondaient à Moscou le cercle « Babylone », voué à s'étendre, à publier une revue, à organiser des lectures et des festivals, à faire place sous son toit à des poètes de toutes tendances. Cinq ans plus tard une maison d'édition vit le jour (ARGO-RISK). En 1997 fut ouvert sur l'internet [3] un site remarquable — www.vavilon.ru — où se côtoient, avec abondance de textes, des poètes de toutes générations. En 1999, lors du dixième anniversaire de « Babylone », Dmitri Kouzmine passa le témoin à son cadet Danila Davidov, alors âgé de vingt-deux ans. Au printemps 2004, l'infatigable Kouzmine a proclamé à Moscou la fin de « Babylone » : « À présent, tous les écrivains qui avaient pris l'initiative de ce projet ont passé le cap de la trentaine. Nous avons donc décidé de nous saborder, car une nouvelle génération se manifeste déjà. Ceux qui ont aujourd'hui vingt ans forment en effet une génération différente. » *Vse plokho* — « Tout va mal » —, pour reprendre le titre d'un livre de Kirill Medvedev ? Peut-être pas !

Jean-Baptiste PARA

1. *Cf.* Mikhaïl Epstein, *Postmodernism : New Perspectives on Post-Soviet Culture*, New York, Oxford, Berghahn Books, 1999.
2. Trad. Olga Severskaïa et Jacques Darras, in *Panorama poétique de la Russie moderne*, In'hui & Le Cri, 1998.
3. « L'actuel foisonnement [de la poésie russe] tient pour beaucoup à l'Internet : la publication en ligne, fort courante, précède ou accompagne la publication papier, et permet une circulation décentrée dans l'immense espace russe », observe Hélène Henry (« Poésie contemporaine, une éclosion de talents », dans le numéro spécial « Russie des livres » du magazine *Page*, novembre 2004).

Repères biographiques

Véra Pavlova est née à Moscou en 1963. Musicienne et musicologue, diplômée de l'Académie de musique Gnessin, elle est l'auteur d'une thèse sur les dernières œuvres vocales de Chostakovitch. Elle a fait partie pendant dix ans d'une chorale orthodoxe. Encouragée par Aram Khatchatourian, elle a d'abord pensé devenir compositeur. Elle a publié son premier livre en 1997 et a reçu en 2000 le grand prix Apollon Grigoriev. En français : *L'Animal céleste*, anthologie poétique (L'Escampette, 2004).

Alexandre Oulanov est né en 1963. Il vit principalement à Samara, où il a enseigné à l'Université des sciences et techniques aérospatiales. Actuellement, il travaille à Kharbin, ville du nord-est de la Chine où Cendrars accompagna « le voyageur en bijouterie », selon la *Prose du transsibérien*. Critique littéraire, traducteur (les *Sonnets à Orphée* de Rilke, Paul Valéry…) Alexandre Oulanov a publié à ce jour quatre livres de poèmes en vers et en prose

Sergueï Krouglov est né en 1966 en Sibérie. Il vit à Minusinsk, dans le bassin de l'Ienisseï. Diplômé de l'Université de Krasnoïarsk, il a d'abord exercé le métier de journaliste. Ses poèmes ont paru dans des revues et des almanachs. Ordonné prêtre de l'Église orthodoxe en 1999, il semble avoir renoncé depuis à toute activité littéraire.

Andreï Sen-Senkov est né en 1968 à Douchanbé (Tadjikistan). Il est poète et photographe. Diplômé de l'Institut médical de Iaroslavl', il exerce la profession de pédiatre et d'acupuncteur. Il a publié quatre livres de poèmes en vers et en prose et pratique également la poésie visuelle. En 2002, il s'est installé à Moscou, après avoir résidé plusieurs années dans la région de Voronej.

Dmitri Kouzmine, né en 1968, vit à Moscou. Poète, traducteur, critique littéraire. Il dirige les éditions Argo-Risk qui publient des auteurs russes contemporains, et tout particulièrement des poètes. C'est à son initiative que fut fondée en 1989 l'union des jeunes écrivains « Babylone ». On lui doit aussi la création sur internet d'une remarquable anthologie de poésie russe moderne (www.vavilon.ru).

Stanislav Lvovski est né en 1972. Il vit à Moscou. Après avoir été professeur de chimie, il travaille aujourd'hui dans la publicité. Il a publié trois livres de poèmes et de proses et a traduit des poètes américains, en particulier Charles Reznikoff et Charles Bukowski. Il a conçu des maquettes de livres pour les éditions Argo-Risk, a participé en 1989 à la fondation de « Babylone » et est membre du comité de rédaction de la revue littéraire *TextOnly*.

Evguenia Lavout est née en 1972 à Moscou, Germaniste et angliciste, diplômée de la Faculté de philologie de l'Université d'État de Moscou, elle est actuellement journaliste et traductrice. Elle a publié deux livres de poèmes et collabore à *TextOnly*.

Boris Ryzji est né en 1974 dans l'Oural. Il a vécu à Sverdlovsk, ville qui a repris le nom d'Ékaterinenbourg et qui est devenue dans les années quatre-vingt-dix un fief de la nouvelle mafia russe. Boris Ryzji a évoqué sa ville dans nombre de ses poèmes : jardins publics, trams de nuit, usines et cinémas, voyous tatoués et grands buveurs... Sa voix a des accents de déchirante nostalgie et de vertigineuse douceur, notamment dans les poèmes où affleurent souvenirs d'enfance et prémonitions d'une mort précoce. Boris Ryzji s'est suicidé en mai 2001. Le prix Palmyre du Nord lui a été décerné à titre posthume.

Kirill Medvedev est né à Moscou en 1975. Diplômé de l'Institut de Littérature. Poète et critique, on lui doit également des traductions de Lawrence Durrell et de Charles Bukowski.

Polina Barskova est née en 1976. D'une étonnante précocité, elle a publié ses premiers poèmes à l'âge de dix ans. Diplômée de la Faculté de Philologie de l'Université de Saint-Pétersbourg, elle réside actuellement en Californie. Parmi ses livres : *Noël* (1991), *Souvenir* (1996), *Evradei et Orfika* (2000), *Airs* (2001).

Danila Davidov est né en 1977 et vit à Moscou. Poète en vers et en prose, critique littéraire, il a été en 2000 le premier lauréat du prix national « Débiout » décerné à un jeune écrivain. Il est membre de l'équipe rédactionnelle de l'almanach *Sixième colonne*. Il collabore également à *TextOnly* et au bulletin d'information *La Vie littéraire à Moscou*.

Dina Gatina est née en 1981. Elle vit à Engels, ville qui fut la capitale de l'ancienne République allemande de la Volga. Auteur de poèmes et de proses brèves, elle est également peintre. Elle pratique la lecture de ses propres textes en compagnie de musiciens et s'est déjà produite sur scène à Moscou, Saratov, Saint-Pétersbourg, Vladimir, etc. Des traductions françaises de ses poèmes figurent au sommaire du n° 235 de la revue *Missives*, « Écritures et paroles de la Volga ». Elle a participé en 2004 au Festival Est-Ouest qui se tient chaque année à Die.

Véra Pavlova

Je pense qu'il viendra en hiver.
De l'insoutenable blancheur du chemin
surgira un point, noir jusqu'aux larmes.
Pendant longtemps, longtemps, il se rapprochera,
son arrivée aura l'ampleur d'une absence.
Pendant longtemps ce ne sera rien d'autre qu'un point
— un grain de poussière ? une vive douleur aux yeux ?
Il y aura la neige, seulement la neige,
pendant longtemps il n'y aura rien,
puis il écartera le rideau de neige
et trouvera ses trois dimensions.
Il se rapprochera — plus près, encore plus près.
C'est tout. Plus près serait impossible.
Il avance, avance —
immense déjà.

*
* *

La bougie se consumait sur la table
et nous aurions voulu nous étendre
pour qu'au plafond nos ombres
s'étreignent aussi.
Peine perdue !
À moins de prendre appui sur la table,

juste en surplomb de la bougie ?
Comme ça, oui. Mais là-haut
seuls s'entrecroisent nos bras.

*
* *

Refuser un rendez-vous
donne droit à un rendez-vous.
Refuser une étreinte
donne droit à une étreinte.
Refuser l'acte charnel
donne droit à l'acte charnel.
Viens demain, bien-aimé,
ensemble nous perdrons
tous ces droits d'un seul coup.

*
* *

Les plus beaux vers sont ceux que j'écris
sur des surfaces tendres
avec la pointe souple de la langue : calligraphie
sur ta bouche, ton torse, ton ventre…
Ô mon aimé, sagement j'ai tracé mes lettres.
Veux-tu voir s'effacer entre mes lèvres
ton point d'exclamation ?

Traduit du russe par Jean-Baptiste Para

Alexandre Oulanov

Les poissons s'écorchent le front sur tes os de verre. En vieillissant l'air endure un jaunissement intérieur. À la nuit virginale succède une aube violente. Des pommes dépenaillées et des talons durs te poursuivent, mais ton ciel est à sept heures moins dix.

Tout ce que tu peux faire — aller à la rivière. Et si tu as connu la joie de dormir dans une maison étrangère, le jour t'accueillera. Mais le cercle du temps se dissout dans tes rêves et le vent disperse les pages au-dessus de tes mésanges.

Si tu connais toute chose, dis-moi quel est mon nom.

Les œuvres complètes de la neige reposent dans tes mains.

*

* *

Le temps remue sans cesse dans le corps fluide d'un serpent. Il n'a pas d'enjambée, ne tourne pas comme une roue, mais procède plutôt en vagues visibles sous sa peau grenue et qui laissent au sol une trace ondulée. Achille ne rattrapera pas la tortue, contrairement au serpent qui le fait sans effort, quand chaque atome de son corps adhère à sa course. Le temps contient tout et le serpent connaît toute chose. Il s'insinue sur des sentes étroites et son attaque est rapide et précise. La voix de ses écailles est celle du sable que l'on verse.

Lorsque le temps se repose, il s'enroule dans un escargot. Ce capiton silencieux est propice à ses rêves. Les rêves les plus sereins sont ceux que l'on fait sous l'eau et c'est pourquoi les escargots de mer sont les plus beaux. Des caillots de temps se disséminent sur les fonds marins, sur les feuilles de vigne, sur les pages, se lovent dans le O ou sortent et s'en vont par les cornes du V.

Quand un serpent et un escargot se rencontrent, ils se taisent. Une conversation entre un éveillé et un dormeur est impossible. Le serpent connaît l'escargot — il connaît aussi tout le reste. L'escargot voit souvent le serpent dans ses rêves — il voit aussi tout son savoir. L'un et l'autre s'éclipsent dans un sourire et poursuivent leur chemin.

Traduit du russe par Jean-Baptiste Para

Sergueï Krouglov

Si proche est le temps où nous étions ensemble.
Dans ma maison en bordure de la ville, là où persiste
le calme, nous buvions du thé en silence.
Tu dessinais sur la table avec des allumettes brûlées :
un visage, l'esquisse d'une encolure,
une rose — on devinait le reste.
Tu es si jeune encore, Ganymède ! Pourquoi
t'ai-je laissé partir dans la nuit ?
Pouvais-je te retenir ?
Ton verre de thé presque vide,
tu as frotté une allumette, mais pour rien au monde
tu n'aurais allumé la suivante.
La pureté du style, voilà ce qu'il y avait entre nous.
Et l'art, en quelque mesure, nous rendait ennemis
lors de nos rares rencontres autour du thé.
Nos joutes, notre passion, nos regards,
la petite flaque brune sur la toile cirée,
ta jeunesse, tes dents fortes, tes gestes,
ta jeunesse surtout !... et le thé, les tasses
couleur de safran, la baguette de verre
pour mélanger le breuvage, tout prenait
la dimension d'un mythe, Ganymède.

Tu m'as fièrement lancé que tu allais mourir.
Oh ! quel charme, quelle tristesse !
Je te connais mieux que tu ne te connais
et vois des cérémonies de thé futures, même si
je ne dessine pas aussi bien que toi avec des allumettes.

Ceux que la mort épargne dans leur jeunesse
jouent à d'autres jeux, crois-moi.
Tu es le désir des dieux. Pourquoi
n'ai-je pas compris, cette nuit-là,
quand pâle et silencieux tu es sorti
dans les ténèbres, passant du seuil
à la déserte voie pierreuse, sans te retourner ?
Sur le pas de la porte je t'ai appelé,
mais toute parole était vaine. Tu as suivi plus loin la route
puis il y eut un cri d'aigle, un vent fétide, un battement
d'ailes gigantesques, des serres enfoncées
sous ta nuque, un envol dans les froides
solitudes de l'air, le désarroi, une chaleur
d'anus, l'horreur — le dieu !...

Je sais où tu es à présent, Ganymède.
C'est une autre nuit et j'observe ta course
dans le mouvement des feuilles de thé
à la surface de l'eau. Une nouvelle rencontre
nous est promise. Bientôt. Le sais-tu :
le thé que tu n'as pas bu n'a pas moisi.
Je brûle les allumettes l'une après l'autre
et je termine ton dessin : le visage,
la rose, le cri d'horreur et d'indignation,
le vent, l'aigle et l'adolescent.
L'art est une préface aux plaisirs des dieux.
Il est l'alliance des âges.
Il exige la nuit, les brèves mais nécessaires absences.
La jeunesse, dans le froid et le non-amour,
par fureur s'élève de plus en plus haut,
vers les déserts de l'air et de l'idéal.
J'ai presque terminé le dessin, mais tu l'aurais
mieux réussi que moi. Reviens vite,
je prépare du thé.

Traduit du russe par Jean-Baptiste Para

Andreï Sen-Senkov

M-M-Musique

La musique est la pratique aveugle de la métaphysique, de la philosophie inconsciente...

A. Schopenhauer

le violon a serré
l'archet contre lui
à peu près comme
une femme seule
délaissée oubliée transie
étreint sa couverture

*

les touches se soulèvent descendent
se soulèvent descendent et tombent
comme si voulaient s'envoler
des larmes
aux ailes atrophiées

*

une sonate lunaire
une pâle allemande
née pour mourir vierge
supérieure d'un lunaire
monastère
dans le pays des petits et des grands
beethoven

*

le violoncelle après le concert
a l'odeur de la tasse de thé
que boit mon aimée

*

la musique c'est c'est c'est
un contenu liquide
sang qui afflue
du nœud-papillon déchiré
du chef d'orchestre

*

les larmes
sont des pastorales
qui ruissellent
des yeux clos
d'un laideron

*

le trombone
est
une déviation physiologique
dans la zone érogène
du jazz
noir

*

la lune
était plate
comme le fond du chapeau d'un musicien des rues
dans lequel des femmes mollement
jettent les empreintes de leurs doigts
sous forme
de pièces en argent

*

il y a une chose importante
la chose la plus importante
c'est une chose importante
elle est signalée avec franchise
par de petites mottes d'encre
à l'intérieur d'un cahier de partitions
comme le lac tchad
à l'intérieur
de l'afrique

*

violon
chaleur que l'on peut
toucher
violon
créature sans sexe
comme
l'ange du Seigneur

*

le piano
grain de beauté
sur le corps ivoirin de la musique
est capable de résonner
comme les récits de nabokov
lus
à voix haute

*

chez moi
il y a
bach
et un tube de peinture mauve
or ce n'est pas du tout

un tube mais un tapis
enroulé dans un tube
où se morfond à coup sûr
un minuscule musulman

*

l'oreille musicale
est sans doute
la capacité de voir
dans les représentations du zéro
les seins de toutes les mères
qui ont porté
et portent
le nom de marie

*

la baguette du chef d'orchestre
en volant vers les hauteurs disparaît
et s'embrase
au-dessus de l'orchestre
comme
l'étoile au-dessus
de bethléem

Traduit du russe par Jean-Baptiste Para

Dmitri Kouzmine

En souvenir d'Evgueni Kharitonov *

Il ne faut jamais écouter ce que disent les fleurs
A. de Saint-Exupéry

Le grand Pan est mort.
Le petit Mozart
qui dormait dans les trains, les gares,
a grandi d'un seul coup.
Il s'est coupé les cheveux à la mode.
Il a présenté son passeport pour le voyage.
Il faut revenir en arrière.

Le restaurant est fermé. Le voisin sent le bouc.
La dieu qui reste sur sa faim appuie sa tête
sur les valises des autres passagers
et s'endort. Son maillot déchiré
révèle dans l'ajour une peau blanche d'innocence
avec un grain de beauté près de la colonne vertébrale.

Je suis né jardinier.
Toutes les fleurs m'ont tourné le dos.
Il n'y a plus personne pour jouer de la flûte.

*
* *

Nous allions à la gare en métro.
Et tu me disais combien tu aimes le métro tu me le répétais sans fin.
Une goutte de ta salive
est tombée sur ma lèvre
comme un petit point froid
(comment a-t-elle fait pour se refroidir dans son vol ?)
C'est tout ce qui m'est resté de toi.

*
* *

Je me répète sans cesse
comme un exorcisme :
tu as tout,
tu as tout :
une maison, une famille, de l'amour, un travail
et de loin en loin des poèmes,
tu as tout,
même en ce moment tu as tout,
ce n'est pas grave si tu es assis
seul depuis trois heures ou presque
au comptoir de ce bar *gay*.

Traduit du russe par Jean-Baptiste Para

* Evgueni Kharitonov (1941-1981), poète et prosateur, pionnier de la littérature *gay* en Russie. Ce poème s'inspire à la fois de « Larmes sur les fleurs » de Kharitonov et du « Mozart enfant » de Saint-Exupéry, dans *Terre des hommes*.

Stanislav Lvovski

au matin
naviguer au fil de l'eau regarder les hauteurs
où les nuages s'affairent où souffle le foehn
à la maison où les conversations s'animent
en dévoilant les cartes du jour
deviner la direction des gouffres la profondeur des vents
dans la maison où vit le Seigneur
l'amour l'emporte sur la mort

*
* *

les sonneries de l'école

sur l'atlas d'un matin d'école
suintent les banlieues somnolentes le bruit sourd des usines
pièces vides
l'albumen coagulé de la lumière du jour
rassemble encore les noms affectueux
éparpillés sur le papier blanc de l'hiver
inconcevablement lointain
vers le soir
la braise de la cigarette s'éteint enfin

*
* *

aube
le vasistas avec sa blancheur promet

encore quelques rencontres dans les maisons populaires
et une courte mémoire nous sommes seuls
en ce lieu natal
d'enfances parfumées par les médicaments
où des créatures mystérieuses et effroyables
disent devine devine
dans quelle main je cache ton salut

*
* *

comme un petit dieu de bois il enrobera mon âme
de chair rouge et me donnera à boire du sublimé corrosif
mais je garderai les yeux ouverts :
un Ange vole, Lumière divine ;
j'enduirai ses lèvres de fromage blanc et dirai :
fais que je redevienne un tout petit enfant
pour que je n'aie plus honte de verser tant de larmes

*
* *

la patrie est un tribunal
où l'on pèse notre mélancolie et notre inhabileté
sur les petits calices des coïncidences

*
* *

les enfants   ont de la peine pour Dieu
parce que Sa famille était pauvre
et n'avait pas de quoi   acheter des jouets

Traduit du russe par Jean-Baptiste Para

Evguenia Lavout

Luther

Luther dort. Sur l'oreiller sa grosse tête
est ronde comme une pierre.
Il rêve de rues, de visages, de mots,
de murmures, de rumeurs, d'une foule, d'une hache.

Sur l'oreiller, contre sa tête, deux poings.
Le cercle de son cou est moite.
Son corps inquiet remue sous le drap.
Une lune bleue est pendue à la fenêtre.

Minuit. Une souris essaie d'abord sa chaussure
puis s'amuse d'un chicot de cierge. Noël est passé.
Le diable entre avec un sachet de noix
et s'assied flegmatique à ses pieds.

Mais Luther a la tête pleine de vapeurs.
Il grelotte. Il transpire. Le diable
fourrage dans son sac, attrape une noix
et la croque, simple routine.

Le prédicateur tourmenté frissonne.
Son front humide est baigné
par le clair de lune, par le ciel
où l'oiseau gris de l'angoisse

tournoie au-dessus de l'église, puis dévale l'espace,
pousse des soupirs et des cris perçants
comme la sirène du véhicule invisible
d'où sortira Dieu dans un instant.

*
* *

nous sommes tous les enfants de quelqu'un nous avons gardé
 l'habitude
de préférer secrètement les allumettes aux briquets
de marcher pieds nus de passer des nuits sans dormir
de susurrer des choses convenables à qui veut nous entendre
on nous a baignés à tour de rôle dans des cuves piriformes
nos étés s'étiraient dans de frustes maisons de bois aux couleurs
 délavées
alentour flottaient des odeurs d'immondices
et grande fut la stupeur d'apprendre
que nous étions devenus rois

que faire maintenant de cette capitale étendue à nos pieds ?
la sonder avec le rayon d'une roue de bicyclette ?
construire sur son front une maisonnette en carton ?
est-ce pour cela que nous avons étudié sous la férule ?
que nous avons chanté, mangé du pain cru et noué des liens
 d'amitié ?
dieu protège la ville, laissons-là en paix —
l'essentiel est ce que je t'offre en cet instant :
en guise de camouflage habillons-nous de paroles écrites,
évitons l'inceste sans dire un mot de plus
car le blâme qui approche est pire qu'un pensum —
ouvre encore la bouche et c'est à peine
si tu auras le temps de gémir : « où sommes-nous tombés ? »

la liberté grésille dans le transistor
les enfants cherchent quelque chose à manger
il fait jour sur la terrasse et la toile des cartes
qui portent l'empreinte des comptes d'hier,

il fait jour sur les cigarettes « Prima », les miettes de gruau
le matelas à rayures se dévoile sous le drap
la sente des cabinets s'illumine du jaune des fleurs d'aneth

je suis assise sur le seuil les bras croisés
devant moi trône une vasque brisée

De l'amour

Ta chapka avait l'odeur des papillons morts
Les mains molles du marchand trahissaient une inflexion vulgaire
Il semblait grotesque de vouloir toucher du doigt
Ton absence de torse

Lorsque tu n'étais pas là, c'était comme une famine
Lorsque tu étais là, toute provende refroidissait et pourrissait
On aurait dit qu'un ange ouvrant le ciel entre ses jambes
Mouillait d'urine ma maison

Traduit du russe par Jean-Baptiste Para

Boris Ryzji

La Russie est un vieux cinéma

La Russie est un vieux cinéma.
Qu'un souvenir ou l'autre te revienne
le fond du décor est toujours le même:
les vétérans assis jouent aux dominos.

Quand il sera temps pour moi de boire et de mourir,
les lilas tituberont dans le vent
et le gamin en short qui traversait la cour
s'enfuira cette fois par des rues sans retour.

Où donc a-t-il fichu le camp ?
songera le vétéran à barbe grise.
Et le temps qu'il fourre dans sa poche les friandises
je serai déjà passé au premier plan.

Premier Mai

Enfance d'or, fête du Premier Mai —
De cela au moins tu dois te souvenir, tu ne peux l'oublier…
Parce qu'aujourd'hui on ne va pas à l'école.
Parce que l'air a des parfums de bonheur et de pluie.
Parce que ton ballon monte haut dans le ciel.
Parce que Lénine porte une veste froissée.
Parce que les œillets sont des fleurs étranges
Et que personne ne t'entend pleurer…

Mai 1995

Deux anges

… J'aimais le conte des frères cygnes,
les collines de neige, les lampions, les pétards,
les toboggans, les jouets, les fanfares,
les bonbons, les craquelins, les insignes.
… Je souffrais d'angine pendant des semaines
et les affres de l'enfer pouvaient durer toute la vie
pourvu que quelqu'un reste assis sur mon lit
sans lâcher mes mains tenues dans les siennes.

Quand meurent les fontaines…

Quand meurent les fontaines
— les lions, les tritons, les dragons —
sais-tu dans quel pays d'ombre
elles poussent leurs longs gémissements ?
Dans le jardin séculaire l'automne est venu.
La grenouille gîte dans les taillis.
Oh ! garde-toi de bondir et de toucher terre,
je suis à ton oreille un simple murmure
et ce n'est que douceur si vers toi je m'incline,
automnal et sans force,
comme si quelqu'un avait encore brisé
un morceau de ma vie :
« Plus on avance, plus c'est pénible.
Bientôt la neige couvrira tout —
le palais, l'herbe rase, les allées,
la grenouille et l'homme.
Dans le brouillard tu confondras
mon visage et les larmes.
Quand meurent les fontaines
il est d'usage de pleurer. »

Peterhof, septembre 1994

Traduit du russe par Jean-Baptiste Para

Kirill Medvedev

il me semble avoir saisi
le sens du vide
en marchant l'autre jour
sur le boulevard rojdestvenski :
je longeais les immeubles
et soudain j'ai senti
comme un vide qui s'ouvrait
dans l'espace nu
entre les maisons ;
j'ai tout de suite perçu
que ce vide auparavant
n'existait pas à cet endroit,
mais pendant longtemps
je n'ai pu comprendre
ce qu'il y avait eu d'abord
à sa place ;
puis je me suis rappelé
que
là,
près du monastère,
deux jours plus tôt,
des moines s'affairaient
à couper un arbre,
je n'y fis pas attention
et passai justement

sous l'arbre qu'ils sciaient
et qui d'ici peu
s'abattrait sur le trottoir ;
je poursuivis mon chemin
mais un moine
qui se tenait un peu en retrait
me regarda
et me fit un signe de la tête,
car cet arbre dans sa chute
aurait pu m'écraser ;
et voilà qu'aujourd'hui
de retour dans les parages
j'ai senti ce vide
avancer vers moi,
j'ai perçu
comme une brèche ensorcelée
en lieu et place des arbres
et au même instant
j'ai eu la vision très nette
des arbres qui se dressaient à cet endroit
et auxquels je ne faisais pas attention
quand je passais à côté ;
j'ai même entendu leur bruit,
senti leur odeur, et j'ai pensé
que pour qu'il advienne
quelque chose
(une émotion, une secousse
intérieure,
un crépitement,
une torsion,
un spasme de l'âme,
une interruption
ou peut-être
un branle-bas infernal)
quelque chose d'autre
doit d'abord se produire,
manifestement le vide
doit émettre une lueur
semblable à une hallucination

et il me semble aussi
qu'un échec cuisant
est un préalable nécessaire :
alors l'esprit humain
(la machinerie de l'esprit humain,
son énorme et capricieuse
machinerie)
peut se mettre à travailler
à l'endroit même où quelque chose
a été soustrait à l'homme,
c'est-à-dire, en fin de compte,
en un lieu
vide
(il est préférable que l'homme soit privé
de ce qu'il n'a jamais aimé,
ou mieux encore
de ce qu'il n'a même pas connu) ;
après cette émotion
liée au vide
qui s'était ouvert pour moi
à la place des arbres coupés par les moines,
il me semble
avoir vraiment compris
le sens du vide

Traduit du russe par Jean-Baptiste Para

Polina Barskova

Soir à Tsarskoïe Selo

Akhmatova et Nedobrovo
Se promènent dans le parc à la tombée du jour.
(L'endroit réclame une indication scénique
Par exemple : « Un parc. Septembre. »)
Nedobrovo est inquiet : des commérages en sont la cause,
Les nouvelles du front aussi, et son dernier article.
Le trouble d'Akhmatova a d'autres raisons :
La ligne oblique de l'horizon, ce banc
Né d'une excroissance du chêne malade,
Le tourment d'un vers resté en suspens.
Il dit : « Demain je serai au "Chien errant".
Viendras-tu ? » Et tandis qu'il guette la réponse
Anna observe son ombre fine comme du verre
Puis annonce d'une voix claire : « Ce jour
Aura été un jour pour rien. »
Le cœur de l'homme n'est pas serein :
Dira-t-elle oui ? dira-t-elle non ?
Le refus pour Anna ne fait plus question.
Le ciel rejette ses lourdes brumes,
Pareil à la montgolfière qui lâche du lest,
Rebelle et habile face au péril.
Nedobrovo arrache de son cou
L'écharpe qui l'irrite, l'étouffe, incongrue.
Il veut savoir ! Elle — ne veut pas.

Elle marmonne déjà, résolue,
La fin de ce vers plein d'esprit
Et soudain, ô mon Dieu, elle rit, elle rit…
La nuit est tombée — elle leur lèche les pieds.

Traduit du russe par Jean-Baptiste Para

Note : Nikolaï Nedobrovo était un célèbre critique russe. Anna Akhmatova conserva précieusement l'article qu'il avait consacré à son *Rosaire* en 1915. (N.d.T.)

Danila Davidov

Personne ne pouvait penser que le Messie
aurait été philologue. On le voyait plutôt mineur, ouvrier.
Des anges aux ailes d'acier
chevauchaient une aiguille.

Frappe le tambour ! Fais bruire le dictionnaire !
Les maltraités obtiennent le respect.
Sur la place centrale, près de la fontaine,
répète : A, B, C.

Instantanément le papier fond dans la bouche,
l'estomac redoute d'apprendre les langues.
Ce n'est pas une croix qu'on élève vers le ciel, c'est une rotative.
Ne m'abandonne pas au destin.

10 mars 1998

*
*   *

un homme est venu   un homme à la peau blanche
aux dents en or au cœur moisi
il nous donna une machine
pour coudre les lambeaux
de peur gluante de peur poisseuse
cette peur prochaine qui violera
toute crainte dans un éclat de rire

un homme est venu il a dit : cousez une couverture
je vous l'achèterai   vous recevrez en échange
un monceau de couvertures normales et de mille couleurs
je conduirai un troupeau de rennes j'apporterai de pleins coffres de perles
nous avons cousu l'édredon de peur
nous l'avons vendu et maintenant
nous ne craignons pas les conséquences

*
* *

les élèves ont attrapé un diable
ils l'ont apporté au prof de physique
qui a dit : mais pourquoi diable
me l'apportez-vous

remettez-le vite à la prof de biologie
(elle n'a pas la cote dans l'établissement)
sur ces mots ses jambes flageolent, il fumerait bien une clope
mais c'est interdit et son paquet est vide

*
* *

dans les solitudes il eut une vision :
un homme grand et maigre coiffé d'une bassine de barbier
qui chevauchait un canasson
et près de lui sur un âne un myrmidon ventru
du soir au petit matin ils luttèrent contre une créature invisible
jusqu'au moment où s'alluma au-dessus de leur tête
une ampoule électrique de 220 W

Traduit du russe par Jean-Baptiste Para

Dina Gatina

Au fait si on admet
qu'un homme est un être
en forme de cylindre
(et pas une sphère, oui, oui, c'est connu)
on peut en tirer la conclusion que l'homme
est un être traversable, avec deux galettes
sur la tête et sous les pieds.
C'est comme si on cassait une assiette pour soi-disant
reconstituer la taille
(mais nous autres connaissons bien sa véritable destination !),
se poser sur une moitié, mettre l'autre
sur son occiput et demander à sa sœur de vous enrouler
dans le tapis — c'est très probablement ça
qui est un vrai homme.
On peut aussi arriver à la position
verticale ou bien horizontale, c'est comme
chacun préfère.

*
* *

des mains trouées
cela plaira au contrôleur
il fera venir une mésange
pour rire

et une cigogne avec son vase
auprès de mon petit frère
qui est enseveli dans la terre jusqu'au torse
mon gentil pauvret
transmettra par radio
que voilà mes mains sont trouées
mes pieds aussi

*
* *

c'est bon de dessiner :
sur les arbres des pommes, des champignons, des écureuils,
sur l'eau des canards, des lotus, un croiseur,
sous l'eau une ondine, un scaphandrier, un poisson,
dans le ciel un soleil, une lune, des nuages, des oiseaux, un avion,
un hélicoptère, une fusée, Gagarine :
c'est le premier mensonge de joie qu'on connaît,
le premier mensonge d'enfance —

après les pommes ont disparu des sapins,
après les poissons ont eu des ouïes,
après les poissons eux-mêmes ont disparu
parce qu'ils sont sous l'eau et qu'on ne les voit pas.

*
* *

le pied se pose
sur la place exactement confiée à cela
se pose en fraîcheur
ici
on a balayé repeint ça a séché
et le pied
est peut-être
une araignée terriblement maigre
fauche fauche petit pied
un coup d'œil

et on a aussitôt envie de rentrer sous la couverture
envie de framboises chaudes
d'un rhume
léger léger.
ça va mieux

*
* *

la porte a claqué du bec.
sortir de la chambre semble-t-il
seulement ne pas sortir de la chambre
quel temps
étrange
seulement que l'on voie s'il vous plaît
un morceau de couloir
la porte a craqué une noisette
à ma demande
elle s'est trouvée vide
et le maître de maison non plus n'y était pas
jamais peut-être
à ma demande
à ma tête
la porte a claqué, a sursauté
porte, pardon, pardon.

Traduit du russe par Léon Robel

DIRES ET DÉBATS

LA RÉVOLUTION DE 1905

Entretien avec François-Xavier Coquin

Un siècle déjà qu'éclataient les premiers soubresauts révolutionnaires en Russie. François-Xavier Coquin[1] *souligne dans cet entretien que si la révolution de 1905 préfigura celle de 1917, elle ressortit également à un tout autre contexte dans la mesure où, douze ans plus tard, les rapports de force entre partis politiques étaient bouleversés, les revendications sociales exacerbées face à l'inertie de l'autocratie tsariste. « Disparate et même incohérente », la singularité de cette révolution de 1905 fut quelque peu escamotée par la réécriture de l'Histoire à travers le prisme bolchevique. C'est l'occasion, en cette année de commémoration, de reprendre l'analyse de l'avènement révolutionnaire dans un empire russe encore largement rural à cette date.*

Claude LISCIA

Claude LISCIA. — *Quelles furent les forces politiques à l'origine de cette révolution ?*

François-Xavier COQUIN. — Les partis politiques étant interdits, les débuts de la révolution de 1905 se sont déroulés en dehors des partis révolutionnaires, en cours de formation à l'étranger et dont l'autorité en Russie était des plus limitées. Par contre, il existait une opposition libérale légale, née au lendemain de l'émancipation des serfs en 1861 et de la création des zemstvos [2] en 1864, qui avait largement remis à la classe nobiliaire la gestion du plat pays, des campagnes. En effet les propriétaires fonciers nobles (*pomeščiki*) avaient été dépossédés de la plupart de leurs privilèges avec l'abolition du servage, et certains d'entre eux avaient compensé cette perte en s'érigeant en porte-parole du pays pour réclamer des libertés publiques. Les zemstvos s'étaient donc trouvés à l'origine de tout un courant libéral qui anima la révolution durant les premiers mois de 1905. Ces libéraux disposaient d'une presse influente qui, en s'entourant des précautions qu'imposait la censure, parvenait à exprimer un certain nombre d'aspirations démocratiques et se posait en champion d'une réforme constitutionnelle et parlementaire. Or le Dimanche rouge prit tout le monde au dépourvu : ces ouvriers qui avaient défilé quelques années plus tôt à Moscou pour déposer des gerbes devant le monument d'Alexandre II, le tsar libérateur, déclenchèrent à Saint-Pétersbourg une grève générale qui déboucha sur cette journée du 9 janvier 1905 et sur le massacre qui s'ensuivit. Jusque-là le mouvement de protestation sociale avait été surtout porté par la paysannerie avec ses insurrections et ses émeutes plus ou moins récurrentes. Avec le Dimanche rouge, la ville et le monde ouvrier firent leur apparition sur la scène politique et révolutionnaire. Cependant paradoxalement, ce ne furent pas les élus des municipalités, les doumas, créées au début des années 1870 qui prirent la tête de l'agitation révolutionnaire, mais les nobles responsables des zemstvos. Et ils inspirèrent de leur libéralisme plus ou moins radical cette avalanche de motions et de pétitions à l'adresse du souverain, qui avait été suscitée par l'oukase du 18 février 1905 où le tsar faisait une première concession politique en invitant le pays à élire ses représentants à une instance législative dont la nature restait encore à déterminer, et à formuler au préalable ses desiderata concernant la bonne marche de l'État.

— *Sans doute le malaise était-il grand parmi ces nobles ?*

— C'est assez difficile à dire. De même que la société russe était fragmentée et compartimentée, car c'était une société d'ordres, et les différents secteurs de la population se connaissaient mal et n'étaient pas habitués à dialoguer entre eux, de même coexistaient au sein des zemstvos des antagonismes : d'un côté les nobles partisans des valeurs autocratiques qui considéraient que la Russie avait toujours été structurée par ordres et que seul l'Empereur représentait l'ensemble de la population ; de l'autre les nobles réformateurs et libéraux qui recommandaient l'abaissement des frontières entre les ordres, et une certaine égalisation sociale ; sans oublier à leur gauche les Unions des différentes professions libérales en cours de formation qui exerçaient une pression en faveur d'une monarchie constitutionnelle et ne répugnaient pas à des alliances avec les partis révolutionnaires ; car, aussi longtemps que l'ennemi principal était l'autocratie, on remettait à plus tard le soin de se démarquer entre courants d'opposition. Les nobles des zemstvos et tout le libéralisme russe — ce sera sa tragédie — recherchaient plutôt un compromis avec l'autocratie en espérant qu'elle évoluerait vers un régime constitutionnel. Or, si en 1905 personne n'imaginait son renversement, en 1917 les modérés se verront privés de l'appui de la monarchie, dont la disparition va affaiblir considérablement le camp libéral qui ne pourra plus compter sur le prestige du tsar pour circonscrire les mouvements populaires et révolutionnaires.

— C'est au cours de cette révolution de 1905 que les soviets se sont créés spontanément, en dehors des organisations politiques : quelle fut la position de Lénine et des bolcheviks face à cette forme qu'ils n'avaient pas prévue ?

— Comme le Dimanche rouge, l'apparition des soviets obéit à une forme de spontanéité. Cependant le mot soviet est un terme ancien dans la langue russe, désignant toute forme d'assemblée délibérative, de conseil. Par contre, ce terme apparaît dans le sens actuel en mai 1905 durant la mémorable grève des ouvriers tisserands d'Ivanovo-Voznesensk, ville d'environ 100 000 habitants, gros centre de filature et de tissage de la Russie situé à une centaine de kilomètres au nord-est de Moscou. Ces ouvriers présentaient des revendications dans le sillage des grèves du Premier mai, qui avait été pour la première fois célébré ouvertement dans plusieurs villes. Et sur les indications de l'inspecteur de fabrique de la province qui préférait avoir affaire à un comité mandaté plutôt qu'à une masse d'ouvriers, les grévistes avaient élu des délégués. Néanmoins l'apparition de ce soviet était moins inattendue qu'il n'eût semblé, car les liens avec la campagne étaient plus étroits dans les villes de province que dans les gros centres industriels et les deux capitales. Et ces ouvriers d'origine paysanne avaient reconstitué un mode de délibération calqué sur le *mir*[3] : ils étaient tous électeurs et débattaient en plein air ; aussi s'étaient-ils rassemblés dans une grande prairie en bordure de la ville. Ce premier soviet avait connu un certain retentissement qu'il ne faudrait pourtant pas exagérer : la presse y avait fait écho, mais de façon irrégulière et intermittente. Il se maintint durant près de deux mois sans rien obtenir ; et, las d'attendre des concessions du patronat, les ouvriers avaient fini par renoncer à la discipline imposée initialement par le bureau du soviet. Aussi, début juillet, ce dernier avait-il prononcé sa dissolution à la suite de scènes de désordres, d'alcoolisme et de violences, qui avaient entraîné des heurts avec les forces de l'ordre. Il sera suivi par un deuxième soviet un peu plus fructueux dans une ville de filature au nord d'Ivanovo, Kostroma. Ce nouveau soviet obtint quelques concessions et publia même à l'intention de ses mandants une petite feuille, les *Izvestia* du soviet de Kostroma — c'est la première fois que ce titre, qui signifie les Nouvelles, apparaît. Donc à la fin du printemps, on avait eu affaire à deux soviets dont personne ne prévoyait la postérité.

Directement concernés par le cours des événements, les états-majors des deux ailes du parti social-démocrate venaient de tenir leur congrès, les mencheviks à Genève, les bolcheviks à Londres ; et ils allaient prendre des positions divergentes. Les mencheviks considérèrent ces soviets nouveau-nés comme un moyen pour la classe ouvrière de faire son auto-éducation économique, sociale et politique et de s'opposer aux libéraux et à la bourgeoisie, qui du reste était embryonnaire. Ils incitèrent les ouvriers à créer leurs soviets comme des écoles d'apprentissage les préparant à constituer des troupes solides pour un parti de masse sur le modèle de la social-démocratie allemande. Au contraire, aux yeux des bolcheviks, cette spontanéité révolutionnaire cadrait mal avec la conception du parti énoncée en 1902 par Lénine dans *Que faire ?* Ces révolutionnaires professionnels que Lénine avait encouragés par ce manifeste à prendre la tête du mouvement ouvrier regardèrent d'un œil méfiant ces soviets, car le parti bolchevik représentait à leurs yeux la conscience politique et révolutionnaire, qu'ils ne voulaient pas subordonner à la spontanéité ou à l'inexpérience des ouvriers. Cette différence d'appréciation eut ses répercussions après la fameuse grève générale de l'automne 1905 déclenchée conjointement par les milieux ouvriers et l'ensemble des Unions professionnelles et qui avait arraché à Nicolas II le manifeste du 17 octobre, connu sous le nom de « Manifeste des libertés ». De ces événements découleront les deux principaux soviets : le premier, issu de cette grève générale, fut celui de Saint-Pétersbourg, influencé par les mencheviks ; il n'obtint que peu de résultats, mais exerça un attrait considérable en offrant pour la première fois à la population ouvrière de la capitale l'occasion d'être représentée de façon bien différente des processions porteuses de suppliques à l'instar de celle qui avait été à l'origine du Dimanche rouge : c'est ainsi qu'il invita la population de la Russie à retirer ses économies des banques pour étrangler le gouvernement confronté à une situation financière préoccupante et en train de négocier un emprunt avec les banques étrangères. Le Premier ministre Witte réagit brutalement au défi en dispersant le soviet et en emprisonnant environ la moitié de ses députés au début du mois de décembre 1905. Tout autres le caractère et le sort du soviet de Moscou, qui obéit à des mots d'ordre bolcheviques, tel le slogan d'insurrection armée qui remontait à la fin du XIXe siècle et que Lénine venait de reprendre à son compte. En réalité Lénine ne rentrera en Russie qu'en novembre après l'amnistie du 21 octobre, et ce fut par l'intermédiaire de ses partisans qu'il invita ce soviet de Moscou à déclencher un soulèvement armé pour renverser l'autocratie et imposer un régime révolutionnaire socialiste. Mais le pouvoir tsariste s'était ressaisi : l'armée était en voie de rapatriement et le gouvernement écrasa cette tentative insurrectionnelle. Ce fut ce qu'on pourrait appeler la semaine des barricades, dans deux quartiers ouvriers essentiellement, où l'insurrection fut écrasée dans le sang après quelques jours de combat. Néanmoins le souvenir de ces deux soviets restera vivant dans la mémoire de la classe ouvrière et douze ans plus tard les partis révolutionnaires inviteront aussitôt les ouvriers à reconstituer à Saint-Pétersbourg, puis en province, les soviets de 1905. Sans ce précédent, la révolution de 1917 n'aurait pas démarré comme elle le fit, avec la multiplication des soviets, qui bloqua l'évolution vers le libéralisme voulue par le premier gouvernement provisoire.

— Cette révolution de 1905 n'a-t-elle pas révélé la spécificité russe par rapport aux pays d'Europe occidentale ? À savoir l'importance de la paysannerie, le peu d'existence de la classe moyenne, la faiblesse du capitalisme.

— En ce qui concerne le capitalisme, il est évident que la Russie était loin d'être fortunée et n'a pas connu un capitalisme aussi puissant qu'en Europe occidentale. Ou plutôt, le pays possédait d'immenses richesses naturelles, mais peu de capitaux. C'est pourquoi son industrialisation avait été largement financée par les capitaux étrangers. Et surtout ce qui manqua en 1905 comme en 1917, c'était une bourgeoisie. Il n'y avait pas en Russie l'équivalent des bourgeoisies occidentales « conquérantes » pour reprendre le terme de Charles Morazé, sûres d'elles-mêmes, bien pourvues en capitaux, incarnant les idées de suffrage universel, de démocratie constitutionnelle et disposant de moyens pour les imposer. La bourgeoisie russe n'était qu'un pâle décalque des bourgeoisies occidentales, à tel point qu'on peut se demander si elle existait réellement. Il existait certes des industriels et des commerçants, voire des bourgeois fortunés, mais non une classe bourgeoise porteuse d'idéaux politiques, et aspirant à l'émancipation de l'ensemble du pays. Car, s'étant développée sous l'aile protectrice de l'autocratie, la bourgeoisie n'avait jamais cherché à s'opposer au régime tsariste. Cette carence s'est reflétée dans la faiblesse politique des doumas urbaines qui n'avaient jamais osé affronter le pouvoir tsariste, puisqu'il leur assurait notamment la docilité du monde ouvrier. Hormis quelques bourgeois cultivés, animés d'une volonté émancipatrice, la bourgeoisie urbaine vivait dans l'ombre de l'autocratie, à la différence des libéraux des zemstvos qui contestaient l'autocratie en souhaitant non pas tant d'ailleurs son renversement, que sa transformation en une monarchie constitutionnelle.

— *Est-ce pour cette raison que la voie libérale a échoué ?*

— Disons pour une raison connexe. Jusqu'en 1917, en dépit de la Douma gouvernementale créée à la suite de la révolution de 1905, le peuple russe n'avait jamais disposé de réelles libertés publiques, et son expérience politique était des plus rudimentaires. Aussi, en 1917, les élites libérales ne purent s'appuyer sur lui pour réaliser leurs idéaux constitutionnels. En effet une révolution purement politique n'avait guère de sens pour le peuple russe qui rêvait avant tout de révolution sociale : pour les soldats la révolution signifiait la paix ; pour les paysans, la terre ; pour les ouvriers, la participation à la gestion des entreprises, voire l'éviction des propriétaires. À ces revendications s'ajoutait en 1917 celle du pain. Du reste, en 1917, Lénine n'a pas cherché à agir contre la volonté des classes populaires, il s'est conformé à leurs aspirations, qui inclinaient vers une révolution sociale ou socialiste — resterait à déterminer le sens exact de ce terme. Au fond, il existait une forme de maximalisme spontané au sein d'un peuple russe privé de toute culture politique réelle, ignorant les pratiques démocratiques, l'arithmétique parlementaire, les compromis, les équilibres, les discussions de coulisse pouvant aboutir à la formation d'un ministère de coalition. Et le gouvernement provisoire a manqué de temps pour engager la Russie dans une voie constitutionnelle — d'autant que la guerre le déstabilisait. À propos de sa réforme agraire — qu'on juge souvent avec trop d'indulgence —, Stolypine lui-même disait qu'il aurait besoin de vingt à trente années de paix avant de parvenir à l'inscrire dans le paysage rural russe. De même en 1917, les libéraux comptaient prendre appui sur le tsar pour contenir l'explosion des forces populaires ; mais ils n'ont bénéficié ni de temps ni du concours de la monarchie qui s'était effondrée.

— *Dans vos écrits, vous contestez l'idée que la révolution de 1905 serait la répétition générale de celle de 1917, comme l'avait présentée Lénine.*

— Aussi peu que la Révolution française, la révolution de 1905 n'a jamais été homogène en regroupant les différents secteurs du pays. Ce fut une révolution disparate, et même incohérente, dans la mesure où la population s'exprima en ordre dispersé. Cet aspect-là n'a nullement été retenu par Lénine après octobre 1917. Il n'a voulu retenir de 1905 que ce qui pouvait passer pour l'annonce, la préfiguration de 1917, bref sa « répétition générale », niant par là même sa spécificité et essayant d'emblée de la dépasser. Alors qu'en 1917 le premier gouvernement provisoire, formé de ministres libéraux, a voulu refaire la révolution politique de 1905, mais en l'élargissant si possible pour créer un régime de droit et de liberté, Lénine a nourri une tout autre ambition : il a mis aussitôt la révolution sociale à l'ordre du jour tout en la replaçant dans une autre perspective et en la présentant comme l'héritière de celle de 1905 — ce qu'elle n'est pas. Fondamentalement, 1905 traduisait l'aspiration du pays à s'émanciper du joug de l'autocratie et à revendiquer plus de liberté — de façon très claire pour certaines élites, de façon plus confuse et progressive pour les classes populaires. D'un côté les libéraux constitutionnels souhaitaient associer les élites, au sens large du terme, au gouvernement du pays à travers un régime représentatif et une révolution essentiellement politique. De l'autre la paysannerie conserva longtemps sa confiance à l'autocratie dont elle attendait l'expropriation des terres seigneuriales et l'amélioration de son sort, et ce jusqu'à la dissolution de la deuxième Douma en juin 1907 — encore qu'il soit difficile de dater exactement quand elle se détourna du régime. Par contre le Dimanche rouge constitua une césure pour la classe ouvrière, qui se détacha dès lors plus ou moins complètement de l'autocratie et devint disponible pour de nouvelles alliances ; de là sa réorientation vers les sociaux-démocrates qui jusque-là n'avaient guère prise sur elle. En somme, le monde ouvrier russe s'est transformé en classe ouvrière à travers trois épisodes clefs : le 9 janvier avec la supplique au tsar, le soviet de Saint-Pétersbourg en octobre, enfin en décembre la semaine des barricades à quoi se ramène « l'insurrection de Moscou » comme on l'appellera de manière emphatique par la suite. Le pays évoluait en 1905-1906 à des rythmes différents, et ce décalage explique l'échec final de cette première révolution.

— *Les paysans n'étaient-ils pas attachés au tsar parce qu'il les avait libérés du servage ?*

— C'est indéniable. Néanmoins, de tout temps les paysans russes ont vu dans le tsar un protecteur, car son autocratie était fondée sur une sorte d'idéal démocratique : le nivellement des classes sociales. Tous, officiers militaires, officiers civils, marchands, paysans ou autres, étaient soumis au service du tsar qui pouvait les abaisser ou les élever souverainement en fonction de leurs mérites. Aussi les paysans avaient-ils l'impression, à la fois à tort et à raison, que le tsar se souciait d'eux ; et ils en attendaient leur émancipation, qui est intervenue — non sans retard — en 1861. C'est pourquoi ils n'ont pas emboîté le pas aux révolutionnaires populistes des années 1860-1870 ; et, encouragés à faire valoir leurs desiderata au cours de l'année 1905, ils insistèrent constamment dans leurs motions sur leur loyalisme envers le tsar tout en présentant des revendications sociales très larges, voire en réclamant un régime représentatif. En somme cette révolution de 1905 fut une explosion spontanée partant dans tous les sens. Et il faudrait ajouter les revendications spécifiques des différentes nationalités qui introduisirent un peu plus de disparité et de désordre.

— Au XIXe siècle, ces mouvements révolutionnaires émanaient essentiellement de cercles d'intellectuels ?

— Oui, fondamentalement, étant entendu qu'un intellectuel était celui qui avait fréquenté l'Université, ou même simplement fait des études secondaires... Certains intellectuels radicaux, dont Tchernychevski était le maître à penser, considérèrent à tort l'émancipation de 1861 comme une supercherie, dans la mesure où les paysans n'avaient obtenu qu'une partie des terres nobiliaires. Une parenthèse sur cette question : les paysans étaient des serfs, mais leurs relations avec le seigneur variaient selon que celui-ci résidait sur ses terres ou était représenté par son intendant. Certains seigneurs étaient humains, d'autres beaucoup moins... Certains paysans s'entendaient si bien parfois avec leur seigneur qu'avant de piller et de mettre à sac son domaine, ils commençaient par le prévenir. Et surtout les paysans disposaient d'un espace où ils pouvaient évoluer en marge du servage, ils avaient l'usufruit d'une fraction du territoire de la commune qu'ils cultivaient pour eux-mêmes. Ils étaient asservis, contraints de cultiver les terres du seigneur, redevables de corvées, mais ils disposaient de la maîtrise d'une partie des terres villageoises où le seigneur ne s'immisçait pas — quitte à s'immiscer dans la vie personnelle des serfs, ce qui arrivait assez souvent. Il convient de distinguer ces deux plans : les paysans étaient convaincus que le tsar les avait émancipés malgré les seigneurs, aussi ne faisaient-ils pas confiance à ceux-ci en tant que groupe social, sans préjuger toutefois des relations personnelles entre tels paysans et leur seigneur. Or les initiateurs du mouvement populiste appartenaient à la classe cultivée et nobiliaire, et ne bénéficiaient nullement de la confiance du monde paysan. Ainsi, lors de la fameuse « marche au peuple » de 1874, les paysans dénoncèrent aux forces de police ces jeunes seigneurs qui leur tenaient des discours révolutionnaires. Profondément déçus, les populistes se détournèrent pour un temps des paysans pour s'adresser aux ouvriers d'origine paysanne. Et c'est par ce biais qu'ils s'implantèrent dans le monde ouvrier, non sans grandes difficultés d'ailleurs : ils étaient surveillés et poursuivis par la police, et en outre les ouvriers n'étaient pas toujours d'accord avec leur propagande socialiste. Néanmoins ils ont bénéficié auprès d'eux d'une certaine audience, ce qui n'était pas le cas parmi les paysans. D'abord parce qu'ils ne parlaient pas leur langue et ignoraient complètement leurs usages. Et si vers la fin des années 1870 la propagande populiste reprit pied peu à peu dans les campagnes, ce fut à partir de brochures réalisées dans le langage des paysans et attentives à leurs aspirations. L'une des principales, intitulée *Une mécanique rusée*, partait de données très concrètes tenant compte de la psychologie paysanne : à quoi servent les impôts ? À payer les bureaucrates qui vous oppressent. Qui sont les plus riches ? Les propriétaires fonciers. Est-ce qu'ils paient des taxes, eux ? Non, c'est vous les plus pauvres, les déshérités qui les supportez, de même que le service militaire. C'est ainsi que non plus les populistes, mais les socialistes révolutionnaires, leurs successeurs, parvinrent au tournant du siècle à s'introduire dans les campagnes. Tandis que les sociaux-démocrates, à la suite du Dimanche rouge et de leurs congrès de Genève et de Londres, gagnèrent progressivement à partir de l'été 1905 l'audience de la classe ouvrière qui était en quête d'une idéologie de rechange.

— *Vous évoquiez le mouvement des nationalités ?*

— Vaste sujet, les différentes nationalités n'ayant pas la même histoire face au tsarisme, et se situant à des niveaux culturels et sociaux différents. Le pays le plus avancé sur le plan politique et social, c'était la Pologne qui n'avait jamais accepté les partages du XVIIIe siècle. Aussi les Polonais emboîtèrent-ils le pas aux troubles consécutifs au Dimanche rouge, afin de protester contre l'oppression tsariste et de condamner les méthodes bureaucratiques de russification. Ce fut un sursaut national pour revendiquer par de violentes émeutes et manifestations l'indépendance nationale. Les Pays baltes, eux, se trouvaient dans une situation bien différente : ils étaient dominés par les barons baltes, une noblesse d'origine germanique qui remontait à l'époque de la domination suédoise sur la Baltique. Les Russes les ayant arrachés à la Suède, les habitants de ces pays s'accommodaient jusqu'à un certain point de la domination tsariste, et réclamaient plutôt des aménagements et une forme d'autonomie. Quant au Caucase, où les antagonismes ethniques et religieux brouillaient les clivages sociaux, il fut le théâtre en 1905 d'une véritable explosion de violences, dont les puits de pétrole arméniens firent les frais. Les musulmans, Tatars et Azéris notamment, se heurtèrent âprement aux Géorgiens et aux Arméniens, peuples chrétiens, qui réclamaient une dose variable d'autonomie, sans pour autant renoncer à la protection du pouvoir orthodoxe qu'était l'autocratie. En Asie centrale, au contraire, ce ne sont pas les populations musulmanes, faiblement politisées, qui se sont soulevées, mais les ouvriers russes, les cheminots le long du transsibérien et les colons paysans venus de Russie. Aussi, après 1905, constatant qu'ils étaient restés calmes, le pouvoir tsariste va miser sur les musulmans en développant leurs écoles confessionnelles et en favorisant leur encadrement par le clergé musulman. Du coup, les élites intellectuelles musulmanes naissantes, craignant la domination du clergé conservateur, résistèrent à cette politique tsariste et favorisèrent une forme de renaissance musulmane au nom de valeurs nationales. Si bien que les effets de la révolution de 1905 ne s'y feront sentir qu'ultérieurement et notamment en 1917. En somme la situation était réellement complexe.

— Au-delà de l'épisode célèbre grâce au film d'Eisenstein de la mutinerie du cuirassé Potemkine, le mouvement de résistance des soldats fut-il important ?

— Pas vraiment. Il y eut des mutineries, mais limitées. La guerre russo-japonaise, en se prolongeant, était coûteuse en hommes et en prisonniers; et le gouvernement tsariste fut contraint de multiplier les levées de recrues parmi les classes plus âgées ou parmi ceux qui avaient échappé à la conscription, ce qui déclencha du mécontentement dans les campagnes, concernées au premier chef. Sans prendre une ampleur considérable, les principales mutineries eurent lieu à la périphérie parmi les nationalités, surtout du côté des Polonais qui prirent langue avec les Japonais en vue d'affaiblir le régime autocratique. C'est là un aspect non négligeable, mais marginal. Par contre lors du rapatriement des troupes, on assista à des cas d'indiscipline et à des débordements ; certaines unités s'efforcèrent même d'implanter de petits soviets locaux, en particulier le long du transsibérien. Mais les deux généraux russes chargés de nettoyer le trajet du transsibérien balayèrent ces résistances à partir de chacune de ses deux extrémités en s'appuyant sur les troupes restées fidèles au tsar. Si bien que les mutineries ne menaceront jamais ni l'empire ni le déroulement des opérations militaires.

— *En conclusion, quelle fut la leçon de 1905 pour les révolutionnaires de 1917 ?*

— Chaque camp tira des leçons différentes de la révolution de 1905-1906. Les libéraux et futurs constitutionnels-démocrates (ou « cadets »), qui en 1905 avaient été laminés entre le maximalisme de l'autocratie et celui des révolutionnaires, tentèrent en 1917 de réaliser une nouvelle révolution de 1905, de caractère avant tout politique et libéral, mais sans les soviets. Ils échouèrent plus radicalement encore. En effet si le premier gouvernement provisoire de 1917 promulgua un certain nombre de mesures libérales — suppression des ordres sociaux et de la police politique, égalité des citoyens entre eux, suffrage universel, etc. —, il perdit vite le contrôle de la situation et s'effondra pour n'avoir pas redistribué la terre comme le voulaient les paysans, aboli l'absolutisme patronal comme le réclamaient les ouvriers, ni résolu le problème de la guerre. Alors qu'en 1905 les différents mouvements populaires n'avaient pas su constituer un front uni, en 1917 ils réussiront à se coaliser sous la bannière social-démocrate, et surtout bolchevique, pour venir à bout du gouvernement provisoire.

En fait mencheviks et bolcheviks s'étaient opposés sur l'interprétation de la révolution de 1905, et leurs désaccords éclatèrent en 1917. Pour les premiers, l'échec de 1905 résultait d'une précipitation excessive à évoluer vers des formes politiques plus avancées. L'insurrection de décembre 1905 à Moscou leur semblait avoir été une erreur, et cette impatience révolutionnaire avait, à leurs yeux, favorisé la restauration de l'autocratie. Aussi, après 1905, leur hantise fut de ne pas aller trop vite ni trop loin pour éviter de dresser contre eux les forces conservatrices et réactionnaires qui n'auraient pas manqué, pensaient-ils, de les étouffer à nouveau le jour venu. Au contraire, à travers l'expérience des soviets, de l'insurrection et des soulèvements qui s'étaient déroulés un peu partout, les bolcheviks ont estimé possible d'aller au-delà de la seule révolution démocratique, qualifiée de bourgeoise. À partir de 1905, Lénine réfléchit sur ce phénomène des soviets et voulut les institutionnaliser pour en faire les ferments d'une reconstruction de l'État sur des bases socialistes. Si les bolcheviks restèrent en marge de la révolution de février 1917, le retour de Lénine six semaines plus tard imposa un cours très différent avec ses thèses d'avril que ses principaux lieutenants rechigneront tout d'abord à avaliser. Lénine, en refusant toute confiance même conditionnelle au gouvernement provisoire et en se prononçant pour un régime soviétique à travers le slogan « Tout le pouvoir aux soviets », orienta le pays vers la révolution d'Octobre. Or, incontestablement, les forces populaires étaient plus proches des appels de Lénine à se révolter, à constituer un gouvernement entièrement socialiste qu'elles ne l'étaient des élites libérales et même des mencheviks, qui étaient habités eux aussi par la peur panique d'un déferlement populaire incontrôlable, à la Pougatchev. En effet, les violences irrationnelles qui avaient marqué, surtout dans les campagnes, la révolution de 1905-1906 avaient effarouché les élites. Aussi certains intellectuels avaient-ils cherché à poser de nouveaux jalons pour se redéfinir par rapport aux forces populaires — ce terme de « jalons » acquit même une certaine célébrité, puisque ce fut le titre d'un recueil paru en 1909 à l'initiative de quelques publicistes et marxistes critiques, tel Berdiaev. Ainsi avaient-ils pressenti qu'une nouvelle révolution risquerait d'échapper aux élites qui se croyaient appelées à la guider. Et Nicolas II lui-même avait été plus d'une fois averti que le peuple était sur le point de rompre ses digues. Preuve que la révolution d'Octobre ne découlait pas de la seule volonté de Lénine, mais répondait à des aspirations enracinées dans le tréfonds de la conscience et de l'expérience populaires.

François-Xavier COQUIN

Propos recueillis par Claude Liscia

1. Historien, François-Xavier Coquin est professeur honoraire au Collège de France. Citons parmi ses écrits : *1905. La Révolution russe manquée* (Bruxelles, Éditions Complexe), *1905, la première révolution russe* (Éditions IES). *La Révolution russe* (PUF, « Que sais-je ? »).

2. *Zemstvos* : conseils locaux élus d'une part dans les districts par la population répartie en trois catégories — propriétaires, citadins, paysans, avec un système censitaire assurant la prépondérance des nobles — et d'autre part dans les gouvernements par les représentants des zemstvos de district.

3. *Mir* : commune rurale chargée notamment de gérer et de répartir le terroir communautaire.

LA MACHINE À ÉCRIRE

L'HOMME DÉFIGURÉ

Andreï Guelassimov

Lisant le roman de l'écrivain russe Andreï Guelassimov, *La Soif* (Actes Sud), je pensais au *Feu* d'Henri Barbusse. Ces deux ouvrages où la guerre est présente, sont certes fort différents. *Le Feu* nous plonge dans le terrible décor des tranchées et des terres dévastées mais possède, en dépit de la tragédie qu'il décrit, une sorte de confiance, de sérénité humaine qui compense l'horreur du conflit mondial. *La Soif* — et déjà le titre est significatif — se situe en dehors de la guerre de Tchétchénie et ne nous mêle pas de tout près aux opérations militaires mais à leurs conséquences. Pourtant, le conflit avec ses violences et ses tristesses est là, bien présent, derrière chaque mot que prononce pour nous le narrateur, Kostia, un ancien tankiste dont le visage a été brûlé horriblement, et qui a réussi à survivre ainsi que trois autres de ses camarades rescapés.

Une première similitude importante entre les deux récits : la langue, loin de tout académisme. L'argot des poilus que Barbusse fait revivre avec une remarquable habileté — je l'ai entendu dans la bouche de mon père — dans les dialogues des combattants, et qui a pour nous une valeur historique incontestable, correspond dans le roman de Guelassimov, et cette fois-ci dans sa quasi-totalité, à l'emploi d'un parler très rudement expressif. Il s'agit évidemment pour nous d'un argot d'aujourd'hui que l'excellente traductrice Joëlle Dublanchet me paraît avoir adapté avec maîtrise.

Dans *La Soif*, cette langue que je qualifierai de noire, exprime bien, me semble-t-il, la caractéristique générale de ce récit russe, fort noir lui aussi et comme pétri d'une sombre émotion. Il l'exprime doublement en l'accusant et en lui ôtant d'une certaine façon son caractère insupportable ; la saveur argotique atténue parfois la violence de la tragédie. Dans le roman de Guelassimov, la langue est plus que jamais à la fois masque et révélation : expression masquée d'un milieu séparé, violemment séparé, du monde normal, humain ; révélation dramatique d'une puissante émotion intérieure. Cette langue traduit avec la plus horrible et la plus sobre éloquence, l'inhumanité de la guerre.

Car c'est bien là ce que ces pages veulent exprimer et le titre même en annonce à la fois le dérisoire et la quasi inguérissable douleur : la première page du récit nous le dit où l'on voit le misérable héros Kostia en train de bourrer son vieux réfrigérateur bourdonnant d'une quantité de bouteilles de vodka. La « petite eau » comme on dit en russe, et la soif qu'elle suscite reviendront beaucoup dans les pages qui vont suivre. « La vodka, c'est comme la crasse, on en trouve partout. » Elle est à la fois présente et absente, une des obsessions de cette sinistre aventure.

L'autre obsession, évidemment, c'est la guerre, à la fois absente et présente, elle aussi. La guerre qu'on découvre dans les affreuses blessures qu'elle a causées, et par l'invincible et ignoblement goguenarde tristesse qu'elle a laissée dans les esprits. Si dans *Le Feu*, la guerre est constamment présente dans les décors, les pensées et les mots, dans le roman de Guelassimov elle est rappelée, suggérée et l'horreur n'en est pas moins forte.

> *Dans la salle à côté de moi, il y avait un type des forces spéciales de la police... Il était suspendu dans une sorte de hamac parce qu'il avait été écrasé par la roue arrière d'un camion et qu'il ne restait plus rien de son bassin. Tous les os avaient éclaté... Comme ces jouets dont les enfants ne veulent plus et qu'on jette dans un coin.*

Le rappel des jouets d'enfants ne surgit pas par hasard. Le narrateur revient souvent sur son enfance, ses parents et surtout son père dont la figure élégante et joliment bronzée repasse souvent dans la mémoire du mutilé. On signalera au passage que *La Soif* est aussi un roman sur la figure du père — vrai père, père absent, ou père de substitution —, tout autant qu'une interrogation sur la notion de visage, un des grands thèmes de la culture russe, ne serait-ce qu'à travers l'art des icônes.

Et c'est ici une autre obsession réelle et symbolique que cette question du visage et, en l'occurrence, de la monstruosité d'un visage. D'une « gueule cassée » que nul ne remercie, que rien ne compense ou ennoblit : « Vous avez mis des lunettes pour que personne ne voie ce que vous avez sur la figure... Et moi, bordel de merde, quelles lunettes il faut que je porte ? Qu'est-ce que vous en avez à foutre de ces lunettes ? Vos enfants ont peur de vous ? Vos femmes vous regardent avec horreur ? C'est vous peut-être que les voisins appellent quand leurs enfants ne veulent pas dormir ? C'est à vous qu'on a retiré le maillot en même temps que la peau ? Si vous saviez comme vous me faites chier avec vos histoires de fric, vos silences, vos sales gueules. » En vérité, les « sales gueules » que le mutilé invective, ce sont celles justement qui ne sont pas défigurées et repoussantes.

La rencontre symbolique de la guerre et de l'enfant est bien dans cette affreuse scène où la voisine appelle le mutilé pour qu'il fasse peur à son jeune fils et l'oblige à aller dormir, c'est-à-dire à « fermer les yeux ». Et c'est rappeler d'une dure façon, la funeste tragédie de la guerre où le fils meurt avant le père, où la jeunesse rencontre son contraire, la mort. Malherbe avait dit cela : « Et vos jeunes beautés flétriront comme l'herbe / Que l'on a trop foulée et qui ne fleurit plus. »

La sinistre figure d'un visage détruit, d'un visage inhumain est un thème fréquent dans la littérature russe. On le retrouve sous des apparences diverses chez Dostoïevski, chez le Gogol des *Âmes mortes*, c'est-à-dire des figures absentes, chez le Saltykov-Chtchédrine de *La Famille Golovlev* sans parler de nombreux romans de la dernière guerre. En fait, c'est ce grand thème de la guerre qui défigure et détruit qu'on retrouve dans bien des œuvres françaises depuis l'évocation par Victor Hugo du champ de bataille de Waterloo « où l'on entrevoyait des blessures difformes », jusqu'à George Sand ou Flaubert (« Cette boucherie inhumaine me met le cœur en loques »), de Romain Rolland à Malraux, Camus et quelques autres.

Dans *La Soif*, le monde rassurant du quotidien, de la vie pacifique, s'efface ; il n'est plus qu'une série de notations fugitives. La vie des enfants tourne avec une extrême banalité autour des Pokemon, des tortues Ninja, « des chips, du coca-cola, des bonbons ». Toujours le dérisoire par rapport à la présence puissante de la guerre.

J'ouvre la bouche. Sur le visage de Pacha — une expression d'horreur. Il éteint le feu sur moi à mains nues. Je veux fermer les yeux mais je n'ai plus de paupières. Elles ont brûlé...

— Nom de Dieu ! Tu es complètement brûlé. Je croyais que tu étais mort ! Kostia, pardonne-moi ! Je croyais que tu étais mort !

Ce petit livre terrible dans sa brièveté et sa sécheresse, est comme ses grands prédécesseurs témoignage et avertissement. La mort y est rapide et facile. Dans un pays d'« habiles artisans », on atteint vite l'horreur et l'habileté humaine est vite créatrice de néant : « Deux jours plus tard, le lieutenant était tué. Deux balles. Même pas un fusil de sniper. Ils tuent avec une simple kalachnikov à cinq cents mètres de distance. Et leurs lance-grenades, ils les font avec de simples tuyaux. »

La facilité et la brièveté d'apparition d'un tel néant nous concernent toujours. Cette Tchétchénie est plus proche de nous que nous ne le pensons. Même si elle n'a pas pour nous l'évidence sanglante de la guerre immédiate.

Guelassimov nous montre un visage défiguré qui est devant nous et qui sera demain peut-être notre visage. Qui sauvera les rescapés errants qu'il nous décrit ? Quelle foi ? Quelle raison ? À nous d'y réfléchir.

Pierre GAMARRA

LES QUATRE VENTS DE LA POÉSIE

LE VERS SANS CRISE DE NERFS

Jacques Réda, Gérard Titus-Carmel

J'aime ce défi, la rime. On la croyait exténuée, vouée aux oubliettes, mise an rancart, démonétisée. Eh bien non, elle survit. Ce n'est ni une relique ni un artifice désuet. Mais une manière de mobiliser et de modéliser les mots. Elle ne survit pas comme un ornement : elle a le pouvoir d'animer le poème, de l'accorder à sa tension profonde. Voyez Jacques Réda. Il est de ceux, peu nombreux, qui la pratiquent avec persévérance, et loin de nuire à leur talent, elle le met en valeur comme une audace maintenue. Ce poète la conduit avec une aisance si parfaite, qu'elle est sous sa main une automobile de race, encore que pour sa part il préfère le cyclomoteur à la Mercedes dernier cri.

Pour quelques-uns qui font profession de régenter la poésie, d'en exclure tour à tour la strophe, l'alexandrin, l'émotion, la réalité, le lyrisme, la rime demeure un objet de suspicion. Le champ poétique a parfois l'allure d'un camp retranché, ou d'un champ de mines. Jacques Réda s'en moque. La prosodie est sa compagne familière, ni une muse ni une acrobate. Un instrument de musique qu'il module à son gré. Il y éprouve une certaine griserie ? Sans doute. Mais tant pis pour ceux qui font grise mine. Le minimalisme n'est pas son fort. Il aime le dru du langage, sa rondeur, sa saveur de naissance, son onctuosité. Le vers est pour lui ce qui coule de source, d'une source dont on peu cependant réguler le débit. D'où l'humour de son dernier titre, *L'Adoption du système métrique* (Gallimard) qui ne prétend donner aucune leçon, mais constate que si les règles de la métrique existent, c'est pour s'en servir au mieux et que les améliorer ou les renouveler ne signifie pas obligatoirement les réduire à néant. Le mètre n'est pas forcément *le maître* pour Jacques Réda, mais c'est une structure utile et exigeante qui peut aiguiser le regard. Le mètre est une contrainte, mais c'est aussi une liberté que l'on se donne. On l'adopte comme un orphelin à qui l'on offre un foyer d'accueil. Ou comme un étalon de platine mis au bercail du pavillon de Breteuil. Quelle est la proportion d'un vers alexandrin par rapport au méridien terrestre ou au trajet parcouru par la lumière pendant l'énonciation des douze syllabes rituelles ? Voilà un exercice intéressant que Jacques Roubaud se plairait sans doute à développer…

Jacques Réda quant à lui, se garde de théoriser, mais il a sur la place et l'utilisation du *e* muet dans le phrasé poétique, sur l'élasticité du vers et ses cadences, des idées précises dont nous fait part une note explicative sur son mode d'emploi du vers régulier, que recommande « le caractère anonyme et collectif de sa lente élaboration. Il participe ainsi du commerce humain dans ses pratiques les plus soutenues… » Je m'accorde d'autant plus volontiers avec cette définition qu'elle ne se résume pas à la « lente élaboration » où l'on pourrait voir une besogne et une routine, mais qu'elle fait la part de l'hédonisme en désignant « le corps d'une volupté qu'on partage avec le langage, première et peut-être suffisante manifestation de la *poésie* en tant que passage d'une réalité dans les mots… »

Réda, il est vrai, et depuis longtemps, fait partie du paysage, tant pour la poésie que pour la prose, les deux étant chez lui langues courantes douées d'une même élégance et de cette vertu très rare que l'on appelle l'équilibre. Il fait partie du paysage, tout en gardant une certaine hauteur, celle d'un talus des bords de l'autoroute qui lui permet d'observer la circulation fébrile des bolides de la modernité tout en continuant son petit bonhomme de chemin sur ce cheval de Troie qu'est son vélomoteur.

C'est avec ce véhicule pacifique qu'il s'introduit partout chez cet ennemi qu'on nomme l'inconnu. Car ne nous y trompons pas, ce flâneur des deux rives (en particulier celles du canal de l'Ourcq) est en même temps un conquérant. Dans la filiation directe d'Henri Calet ou du Léon-Paul Fargue du *Piéton de Paris*. Il ne se cantonne pas aux beaux quartiers, ni à ceux qu'Aragon, dans *Le Paysan de Paris* explora pour y relever les empreintes du merveilleux en maraude. Réda inspecte les arcanes plus triviales, modestes ou tragiques de la banlieue, entre Montreuil et Bagnolet (« À Bagnolet tout est laid ! » écrivit naguère Jacques Audiberti, autre brillant adepte du vers régulier).

Son itinéraire d'observateur — presque entomologiste — des faits, gestes, personnages quotidiens et donc anti-héros des rues de Paris ou des zones plus ou moins déshéritées et méconnues de la périphérie, le propulsa d'arrondissement en arrondissement, dans des artères obscures ou quasi anonymes (la rue Titon, par exemple) dont il dit : « Or le dessein profond de la rue est sa disparition, à un degré presque mystique. Elle n'y réussit qu'à moitié, en imprimant dans la mémoire de celui qui l'emprunte la trace d'un lieu manquant. »

En vérité le dessein profond de Jacques Réda, et il y réussit avec maestria, est la notation *in vivo* et la transcription d'une mythologie urbaine et suburbaine qui doit moins au surréalisme d'antan qu'à une perception suraiguë des réalités contemporaines de notre environnement, de notre habitat, de nos habitudes de vie, des transformations qu'elles subissent inéluctablement et qui surgissent parfois comme des aberrations : ainsi de la disparition d'une gare, du jour au lendemain, phénomène courant, dont Réda dépeint admirablement l'étrangeté et l'absurdité.

Il n'est pas besoin de courir au diable Vauvert pour devenir ce témoin et ce découvreur qui désigne nos malaises et notre mal-être. Réda ne fait aucunement profession d'écologisme militant. Mais il aperçoit et décrit tous les signes de la dégradation et de l'entropie qui atteignent non seulement la nature mais la société dite civilisée. Bien entendu, ce que cherche et ce qui aimante Réda ce n'est pas seulement la noirceur qui incite au pessimisme, c'est aussi la grâce d'un décor, d'une rencontre imprévue qu'il se plaît à décrire avec un réalisme minutieux souvent doublé d'ironie ou de malice. Son dernier récit, *Le Lit de la reine* (Verdier) est moins nomade mais appartient au même type de vision qui renforce l'impression vécue au moyen de l'inventaire : « Les trois hôtels dont j'ai parlé ne se ressemblaient pas que par leur raison sociale (indiquant souvent l'origine de leur propriétaire, ou fondateur), ni même, à l'intérieur, par un type de confort assez vétuste, témoin d'une ancienne opulence doucement humiliée par la poussière et l'érosion (tapisseries aux couleurs éteintes, fauteuils de cuir profonds et défoncés, tapis usés jusqu'à la trame, portes d'armoires refusant de s'ouvrir ou ne voulant pas se fermer, robinetterie monumentale et caverneuse) etc. » La poésie de Jacques Réda, elle aussi, s'attache à l'apparence du désordre, mais afin de démontrer que ce désordre recèle autre chose : un langage, et donc un rythme.

Mais au fond du désordre même il y a nombre, mètre,
Mesure, où que l'on ait planté la pointe du compas,
De ce qui meut le tourbillon des âges et des astres.
Ce rythme nous arpente, il tient nos souffles et nos pas.

Remarquons en passant que ce qui arpente l'arpenteur est un long et fluide vers de quatorze pieds, d'ordinaire peu usité dans cette forme symétrique. Réda, éternel marcheur et routier du vers, a fait de sa vie un voyage. Il l'explique : « Mais tout m'escorte et rien ne manque à mon récit. / Car c'est plutôt en moi le monde qui voyage. » Le poète, à ses pas, soulève une poussière de nostalgie, qui n'est point cependant paralysante, saturée qu'elle est d'un humour en coin et d'un fantastique de biais : « Ne pas pouvoir quitter une gare est affreux, / Surtout quand elle brûle et que des vols de freux / Tourbillonnent autour de ses locomotives… » Nostalgie d'enfance en premier lieu qui évoque les cinés d'antan et leurs actualités où le jeune spectateur pouvait un jour entrevoir sur l'échelle de coupée d'un paquebot une fillette qui était alors la princesse Elizabeth. Les salles de cinéma et les fantasmes que répandaient leurs images d'abord muettes ont laissé dans l'esprit du poète des traces propres à d'insolites recompositions. Les images filmées ne sont-elles pas de permanents voyages ?

Or le voyage s'effectue aussi par le rail, d'où ces apparitions de poteaux, de gares, de caténaires numérotés. Le paysage est quadrillé, quand il n'est pas l'objet d'un éventrement systématique :

La tête basse, il passe à travers les démolitions
Pour atteindre un grand terre-plein que des engins d'un jaune
Opaque ont aplani, déblayé, poussant dans la zone
Environnante le rebut où jadis nous cassions

À la masse tel bout qui pouvait être encore utile.
Mais cet homme n'est pas un ferrailleur des jours fériés.
Plutôt, si j'en crois son allure, un de ces ouvriers
Amateurs dont le chalumeau poétique mutile
Des épaves…

Le poète, témoin de ce qui change, de la terre qui se venge en modifiant son climat : « L'excès tient la lumière et la température ; / La nature dément les lois de la nature… » Il me semble que sur son parcours croisent des ombres familières : celle du Villon des « Testaments », du Baudelaire des « Tableaux parisiens », d'Apollinaire et de Fargue. Quand bien même le vers dût-il, ici et là, affronter le risque des chromos à la Coppée : « À neuf heures du soir, un dimanche, en été, / Comment trouver une boulangerie ouverte », encore qu'il énonce un fait irréfutable de la vie sociale ! Il lui arrive de succomber à ce que Rimbaud appelait la *vieillerie poétique*, mais il s'agit plutôt de l'ancienneté de ses privilèges érodés. Par contrecoup le vers se trouve vivifié par la franche manière dont il s'inscrit dans une tradition, sans lui sacrifier le moins du monde sa personnalité, par le naturel et l'art subtil qu'il déploie dans chacune de ses composantes. Et cela nous apporte quelque chose d'inappréciable : la fraîcheur et la force d'un tempérament qui, lui, ne vieillit pas.

*

Qu'un artiste peintre soit en même temps un poète, cela ne constitue pas une nouveauté en soi. Mais pour Gérard Titus-Carmel, la poésie est loin d'être un violon d'Ingres ou un passe-temps. C'est plutôt le passe-muraille d'une forme de création à une autre. Il ambitionne dans l'écriture poétique (qui n'est pas sans rapport avec sa vision de plasticien) une œuvre à part entière, dont les éléments nous montrent peu à peu leur imbrication et leur évolution, depuis les premiers recueils, à partir des années quatre-vingt, publiés d'abord chez des éditeurs de qualité mais peu ou prou « marginaux », tels La Main courante, Brandes ou Champ Vallon. À partir de 2000, me semble-t-il, cette œuvre prend davantage d'ampleur et une tonalité très singulière avec les titres publiés chez Obsidiane : *La Rive en effet* (2000), *Demeurant* (2001) et le dernier en date *Manière de sombre* où désormais le doute n'est plus permis : l'originalité de Titus-Carmel éclate et se situe non seulement dans son timbre de voix, dans sa palette verbale, si j'ose dire, où se conjugue l'intimisme amoureux, érotique ou existentiel, et une constante échappée dans des paroxysmes ou des excès d'une imagination qui ne veut rien laisser échapper du monde. Ce qui le caractérise, c'est aussi la construction et l'équilibre sans défaut d'un langage qui semble obéir aux règles de la prosodie dite régulière, mais en même temps les transgresse. Les vers de Titus-Carmel, ailes à géométrie variable (ils vont parfois jusqu'aux limites rythmiques de la prose) sont de véritables entités métriques de son invention. Le poète a sans doute contribué au vote de l'abolition de la rime considérée par beaucoup comme un esclavage. Mais il refuse catégoriquement le laisser-aller à quoi d'autres s'adonnent.

Manière de sombre (qui peut faire penser à manière noire) présente de longues laisses aérées — double interligne — de vers alexandrins, dits blancs, par défaut de clochette finale, ce qui ne gêne en rien leur scansion mélodique, malgré d'innombrables distorsions qui évitent le tac-tac-tac-tac du métronome et des césures obligées. Par exemple : « Seulement le cœur battant du monde réel » où le *e* muet de *monde* souligne la rupture. Ou encore : « J'entendais craquer la falaise au bord des mots » — ici, le clivage du *la* joue le même rôle. C'est ainsi que rajeunit le vieil Alexandre, ce qui ne l'empêche pas de chanter sur le mode baudelairien ou éluardien plutôt que racinien : « Des mèches de la mort tendues sur la mémoire. »

Dans les poèmes en prose qui alternent avec les vers de *Fougères*, le jeu multiple et contradictoire de la mémoire ne cesse d'être mis en avant : « Et tant je lamine mes yeux à cette jalousie qu'aujourd'hui encore le regard me brûle de seule mémoire. » En vers : « Quand la mémoire brutalement se retourne / Sur l'empire d'absence et affouillant ce vide / Jusqu'au cœur de ton nom à présent soulagé. » On voit qu'il n'y a pas exclusion systématique de l'alexandrin, mais mutabilité. Ce qui est chanté, pour l'essentiel, dans cette manière de sombre qui est une manière de voir à travers l'ombre, le clair-obscur, le demi-jour, c'est la complicité et les complexités de l'amour, la difficulté du langage à l'approcher, encore plus à le traduire : « Dans cette marche à l'étoile ainsi nommais-tu / Ton voyage les yeux toujours perdus violets / Dans la sauvagerie de l'instant qui devient / Ombre pure derrière soi et qu'on mesure / En chemin aux premières gelées de la langue. »

Devra-t-on faire grief au peintre / poète d'écrire ce qu'on appelle communément de « beaux vers » ? Sauf à tomber dans le nihilisme de cet « écart absolu » qu'évoque Titus-Carmel, touchant plutôt les rapports du couple.

Il emploie pour s'en défendre la forme la plus régulière : « Je me suis prononcé pour les formes rompues / Pour les fragments et les tessons tous bris d'images / Où j'identifie ma peine de n'accorder / Certain crédit qu'à notre histoire éparpillée. » Histoire éparpillée qui ne peut se concevoir que par des concordances fragmentaires, des éclats ou des tessons du réel incrustés dans la parole, des fulgurances à fleur de peau et à fleur de mots. Les fulgurances participent de la démarche du poète : elles règlent son humeur et son humour. Elles illuminent le tissu parfois très compact du discours (par exemple celui de *Demeurant*, aux vers dépliés à l'ample respiration). On admire chez Titus-Carmel l'exactitude et la rigueur du vocabulaire, le déploiement à la fois rhétorique et confidentiel de son langage, où l'ambiguïté et l'ombre même sont des sauvegardes : « Encore à sauver comme plantes de décombres / Car sais-tu vraiment pourquoi je m'obstine ainsi / À quadriller l'espace du monde tangible / Si ce n'est pour te reconnaître dans ses rets. »

Charles DOBZYNSKI

LE THÉÂTRE

PARTIR, REVENIR

Le chemin de Damas, mise en scène de Robert Cantarella

Le Chemin de Damas de Strindberg a tout pour effrayer un metteur en scène. Tout d'abord, cette énorme trilogie exigerait une représentation de huit à neuf heures si l'intégralité du texte était retenue. L'expérience a déjà été tentée mais elle ne peut être qu'exceptionnelle. Il reste donc la possibilité de jouer séparément l'une des trois parties, voire deux parties ensemble. On peut également couper le texte afin de le réduire à une durée supportable pour le spectateur. C'est ce choix, le plus dangereux assurément, qui a été retenu par Robert Cantarella et son dramaturge, Julien Fišera [1]. Au terme des trois heures et demie du spectacle, on peut affirmer sans l'ombre d'un doute que le « montage » effectué par les deux adaptateurs est parfaitement réussi. Les coupures ont été effectuées judicieusement et ne nuisent en rien à la compréhension de la pièce. Je devrais dire aux compréhensions qu'on peut en avoir. Et là réside la seconde difficulté majeure qui s'est posée au metteur en scène. En 1898, lorsque Strindberg écrit les deux premières parties (la dernière sera écrite entre 1901 et 1904) il traverse une période de crise et de doute, qui touche aussi ses orientations esthétiques. *Le Chemin de Damas* en fait foi, écartelé qu'il est entre deux esthétiques contradictoires. Les expériences naturalistes continuent d'intéresser Strindberg, alors même que son intérêt s'éveille pour les travaux des symbolistes. À ce moment-là, il refuse de choisir (choisira-t-il jamais d'ailleurs ?) et décide d'explorer à la fois les deux voies. C'est bien ce qui fait la beauté et la complexité de cette œuvre. C'est aussi ce qui fait de cette pièce une véritable gageure pour un metteur en scène.

Le chemin que Strindberg nous invite à suivre en sa compagnie n'est pas, comme le titre pourrait le laisser penser, celui qui fera de Saül le persécuteur Paul l'apôtre. Ici nulle chute, nul aveuglement, nulle révélation finale. Le chemin que parcourt l'Inconnu, écrivain admiré et scandaleux, double de Strindberg, ne va nulle part. Celui qui se présente comme un libérateur des âmes, en proie à des persécutions incertaines, ne va que vers lui-même, et il n'est pas sûr que les péripéties qui font le sujet de la pièce lui fassent découvrir en lui quelqu'un d'autre que celui qu'il était au début. L'Inconnu restera jusqu'au bout, pour lui aussi, l'Inconnu. Il aura pourtant vécu de nombreuses rencontres et séparations avec des personnages, dont pas un seul ne peut l'accompagner durablement. Il faut renoncer à raconter l'histoire. Quant à sa structure, Strindberg évoque le Kierkegaard de *La Reprise*, ouvrage où le philosophe danois prend acte de l'impossibilité de recommencer là où l'on s'était arrêté, l'impossibilité de retourner à la bifurcation pour changer de route. Disons simplement que l'Inconnu rencontrera la Dame, la fera divorcer d'avec son mari, l'épousera, la quittera et la retrouvera plusieurs fois. Sa route croisera également le premier mari de son épouse, des ecclésiastiques, un mendiant, un fou et bien d'autres encore. Dans la troisième partie, on le verra aux prises avec le Tentateur. Strindberg fréquente à Paris les milieux occultistes. L'Inconnu quant à lui se livre à l'alchimie, avant de se tourner vers la religion. La fin, équivoque à souhait, laisse la voie ouverte à toutes les interprétations.

Robert Cantarella a su se mettre entièrement au service d'un texte complexe et ambigu. Il a choisi de le donner à entendre vraiment. Particulièrement dans la manière dont il a dirigé les comédiens. Utiliser les procédés, désormais classiques, de la distanciation dans le jeu des acteurs était tout à fait judicieux dans ce cas. Cela permet au spectateur d'être placé comme face au texte, sans qu'on lui impose une lecture, forcément réductrice. Cela n'a été rendu possible, bien évidemment, que grâce à une distribution irréprochable. À commencer par Jacek Maka (l'Inconnu), à qui revenait la tâche de jouer un rôle particulièrement exigeant. Il s'en tire on ne peut mieux. Les autres comédiens ont su offrir la même qualité de jeu et cette homogénéité a été l'une des clés de la qualité du spectacle. Je citerai particulièrement Florence Giorgetti, Wolfgang Menardi et un extraordinaire Émilien Tessier. Un autre aspect sur lequel il convient de s'arrêter est le travail des décors. On ne saurait faire trop d'éloges au scénographe, Laurent P. Berger. L'évolution du décor depuis la première partie jusqu'à la troisième est pleine de sens. Il se compose de trois éléments principaux. Au début de la pièce, c'est une reproduction photographique d'une rue aujourd'hui. Puis on passe à une toile peinte représentant un paysage forestier. Enfin un décor que je qualifierais de symbolique, dont les éléments sont beaucoup moins figuratifs. Le passage du premier « thème » au second, puis du second au troisième, se double d'un approfondissement progressif de la scène, avec en outre des modulations, modifications, retours en arrière. Ce qui est donné à voir ici, c'est cette complexité esthétique de la pièce, dont je parlais plus haut. Nul doute que la mise en scène de Robert Cantarella fera date. En tout cas on peut d'ores et déjà dire que ce spectacle est l'une des plus belles réussites de cette saison.

Place des Héros, mise en scène d'Arthur Nauzyciel

On joue beaucoup Thomas Bernhard depuis quelques années. On en oublierait presque que la découverte de celui qui est considéré aujourd'hui comme un auteur majeur de notre temps ne date que d'une vingtaine d'années, et que les débuts furent difficiles pour les metteurs en scène courageux et clairvoyants qui voulurent le faire connaître. Il convient de citer avant tout ici Henri Ronse, qui le premier a monté en France *L'Ignorant et le Fou* (en 1978), et Alain Ollivier dont la mise en scène pour la même pièce, jouée en 1982, a davantage retenu l'attention du public. Il est juste de citer ces noms au moment où la dernière pièce de Bernhard, *Place des Héros*, obtient la consécration de l'entrée au répertoire de la Comédie-Française [2].

À l'heure où, un peu partout en Europe, le fascisme et le nazisme semblent exercer une fascination grandissante, à l'heure où le révisionnisme et le négationnisme semblent gagner du terrain, certaines pièces prennent une résonance très particulière. C'est le cas de *Dehors devant la porte*, pièce écrite par Wolfgang Borchert en 1946 [3]. C'est davantage encore le cas de *Place des Héros* de Thomas Bernhard. Commandée à son auteur par son ami Claus Peymann, alors directeur du Burgtheater (l'équivalent autrichien de la Comédie-Française), pour commémorer le cinquantenaire de l'Anschluss, la pièce fit scandale lors de sa première le 4 novembre

1988. C'était peu de temps après l'élection de Kurt Waldheim à la Présidence de la République et les révélations sur le rôle qu'il a joué durant la Seconde Guerre mondiale.

Comme souvent chez Bernhard, l'action est terminée lorsque la pièce commence. Le professeur Josef Schuster s'est jeté de la fenêtre de son appartement donnant sur la Heldenplatz (la place des Héros). Il s'agira maintenant de comprendre ce qui s'est passé. Trois scènes, trois dialogues entre des proches du professeur permettront de savoir ce qu'il a voulu fuir en son ultime exil. Après l'Anschluss, cet universitaire Juif autrichien a dû partir avec son épouse pour Oxford. De retour en Autriche, il a tenté de vivre à Vienne, mais Hedwig, sa femme, lorsqu'elle se trouve Place des Héros est victime d'hallucinations. Lors de crises douloureuses, elle croit entendre les voix de la foule venue acclamer Hitler le 15 mars 1938. Ils se préparent donc à retourner en Angleterre. Les malles sont prêtes, mais le professeur Schuster s'est jeté par la fenêtre. Dans la première scène, on assiste à un dialogue entre la gouvernante du professeur et sa bonne dans l'appartement de la Heldenplatz. Ce qu'elles disent de lui nous fait découvrir un être maniaque et tyrannique. Lucide jusqu'au cynisme également. Les choses deviendront plus claires lors de la deuxième scène. Anna et Olga les deux filles du professeur discutent dans un jardin public après l'enterrement de leur père, en attendant leur oncle. Elles font un constat terrible concernant la situation de l'Autriche contemporaine. La discussion roule sur l'oncle Robert, frère du professeur Josef, qu'elles tiennent pour un jouisseur, refusant de voir en face l'Autriche telle qu'elle est. Ce dernier arrive, et l'on découvre, en même temps que les deux femmes un homme parfaitement lucide et profondément résigné. C'est là, avec l'apparition de ce personnage, que le réquisitoire commence. Car c'est bien de cela qu'il s'agit. Aucune voix discordante ne viendra tempérer la terrible radicalité du propos de Thomas Bernhard. L'Autriche d'aujourd'hui est pire que celle de 1938. Les gens y sont encore plus antisémites. Catholiques et sociaux-démocrates ne sont que des nazis qui, dans le meilleur des cas, s'ignorent. En chaque Autrichien sommeille un nazi, qui n'attend que celui que Bernhard appelle le metteur en scène : « Le metteur en scène viendra / et les enfoncera définitivement dans l'abîme. » Nul n'y peut rien, tous sont d'accord lors de la scène finale, le repas qui suit les obsèques.

Le théâtre aussi est impuissant, pour lequel Thomas Bernhard a toujours eu le même rapport d'amour-haine que pour l'Autriche elle-même.

Ce testament désabusé de Thomas Bernhard, qui est mort le 12 février 1989, trois mois après la première de sa pièce, est servi ici par une mise en scène sobre et subtile d'Arthur Nauzyciel. Ceux qui avaient pu apprécier la saison dernière la belle mise en scène qu'il avait créée pour *Oh les beaux jours !* avec Marilù Marini trouveront ici un travail très différent certes, mais une même qualité. Les décors d'Éric Vigner sont de ceux qu'on n'oublie pas (en particulier celui de la deuxième scène). La distribution est de grande qualité. Particulièrement remarquables sont les jeux de Thierry Hancisse (Lukas, le fils du professeur Schuster) et surtout de François Chattot. Ce dernier, engagé comme pensionnaire en juin 2004, donne à l'oncle Robert la vraie dimension de son personnage.

Place des Héros est assurément une pièce qu'il faut voir, car elle relève de ce que j'appellerais le théâtre de la vigilance. Et le spectateur sera amené de lui-même à établir des parallèles et à comprendre que l'Autriche n'est pas seule en cause. Cette histoire est aussi la nôtre.

Karim HAOUADEG

1. La pièce a été jouée au Théâtre National de la Colline du 19 novembre au 19 décembre 2004. Elle sera reprise au Théâtre National de Strasbourg du 25 avril au 4 mai 2005.

2. La pièce est jouée en alternance Salle Richelieu jusqu'au 7 avril.

3. Créée dans une mise en scène de Laurent Hatat au Nouveau Théâtre de Besançon le 10 novembre 2004, elle a été jouée au Théâtre de la Commune à Aubervilliers du 20 janvier au 13 février 2005. On pourra la voir les 15 et 16 mars 2005 au Bateau-Feu, Scène nationale de Dunkerque.

LE CINÉMA

TRAJETS ET TRAJECTOIRES

Le voyage et l'itinérance ont constitué, depuis l'Antiquité, des ressorts dramatiques de choix pour exprimer l'évolution des sociétés, et les héros de ces périples qui, d'Homère à Wim Wenders, nourrissent notre culture, sont devenus les archétypes d'un rapport au monde, à la société, au temps.

Les cinéastes dont il sera question aujourd'hui appartiennent à des univers esthétiques et culturels très différents. Le Suisse Jean-François Amiguet avait été remarqué en 1987 avec *La Méridienne*, suite de variations nonchalantes sur des thèmes rohmériens. L'*opera prima* de l'Américain Todd Solondz, *Bienvenue dans l'âge ingrat* (1996) offrait une peinture acide et lucide d'une adolescente. Dans leurs dernières créations, ces deux cinéastes auscultent un certain mal-être contemporain, plus personnel pour le premier et plus social chez le second.

Au sud des nuages, de Jean-François Amiguet s'attache à un groupe de montagnards suisses âgés de cinquante à soixante-dix ans, encore très vigoureux, des êtres solitaires et silencieux, qui décident, pour remettre en jeu leur quotidien morne ou fuir des drames (la perte de son bétail pour Adrien, la maladie d'un ami…), de faire un long voyage en train jusqu'en Chine. Avant le départ, l'un des hommes se désiste et est remplacé par Roger, le neveu d'Adrien, un jeune citadin aux idées différentes de celles de ses aînés.

Ce qui frappe, dans le film d'Amiguet, c'est la faible perméabilité des voyageurs au milieu ambiant, ou en tout cas leur difficile empathie avec les territoires traversés. Le cinéaste a opté pour ce parti pris durant les deux premiers tiers de son long-métrage. Le premier arrêt se situe encore en Suisse. Les voyageurs, qui ne sont plus que quatre, ne parlent que de problèmes personnels, de leur village, des menus différends qui les opposent. Le deuxième arrêt est en Russie. Là, deux des bourlingueurs rebroussent chemin, laissant Adrien et Roger poursuivre seuls l'aventure. Les deux démissionnaires ne peuvent franchir cette frontière aux confins de l'Europe. Ils sont allés aussi loin qu'ils ont pu, c'est-à-dire jusqu'à un endroit où persistent encore, en creux, des traces de leur univers. Au-delà de la Russie, ils redoutent de se retrouver face à l'inconnu.

Adrien, peut-être parce qu'il n'a plus rien à perdre — sa femme est décédée, son troupeau a été décimé —, décide de continuer. Les buts du jeune Roger sont plus équivoques : goût du tourisme dépaysant ? Ou occasion rêvée de dialoguer avec cet oncle qui n'a jamais voulu le comprendre, sans qu'on sache s'il s'agit d'un simple conflit de générations ou de malaises plus profonds ? Amiguet, cinéaste discret, travaille beaucoup sur le non-dit.

Lorsque le train s'approche d'Oulan-Bator, Roger prend la défense d'une jeune Mongole, Odma, battue par un de ses compatriotes. La confrontation entre l'oncle et le neveu a alors lieu. Adrien reproche à Roger de se mêler de ce qui ne le regarde pas. Le vieil homme n'est guère enclin à sortir de sa forteresse intérieure et à s'ouvrir au monde. Il ira, néanmoins, à la recherche d'Odma avec son neveu. La famille de la jeune femme est composée de chasseurs. Adrien se joint volontiers à eux. Les montagnes, les sentes parcourues rappellent celles de son village. Partout où il va, Adrien cherche des traces de ce qu'il connaît déjà. Roger, jeune homme cosmopolite, trouve sa place là où ses sentiments le guident. Il reste auprès d'Odma. Adrien continue, seul, jusqu'à Pékin.

La fin demeure ouverte. Ayant appris, en téléphonant chez lui, qu'un ami cher est mort, Adrien s'assoit sur un banc et raconte son histoire à une Chinoise qui ne comprend rien. Depuis le décès de sa femme, la solitude dans laquelle il s'est réfugié paramètre son univers psychologique. Les espaces géographiques et culturels parcourus demeurent pour lui de pures abstractions. Il n'est pas au monde. Il est confiné dans ses habitudes. Lui qui vivait sur ses terres comme un roi solitaire, quel long chemin devra-t-il accomplir pour renouer avec lui-même et avec autrui ?

Au naturalisme d'*Au sud des nuages* succède la sophistication de *Palindromes*. Après deux films choraux sur le malaise des couches moyennes américaines (*Happiness*, 1998 ; *Storytelling*, 2001), Todd Solondz nous propose une série de variations, de remises en perspective et d'hypothèses nouvelles sur son personnage d'adolescente en crise de *Bienvenue dans l'âge ingrat,* revisitée aujourd'hui, près de dix plus tard, avec en arrière-fond le climat né des attentats du 11 septembre. Le film s'ouvre par une référence directe à Dawn Wiener, le personnage central de ce film fondateur. Elle n'a pu supporter de ne pas être aimée des autres et s'est suicidée. L'héroïne de *Palindromes,* Aviva, douze ans, évoque le souvenir de Dawn avec sa mère. Rien n'indique cependant que les personnages de ces deux films se connaissaient. Dawn est devenue une sorte de mythe dans l'univers cinématographique de Solondz.

Le cinéaste adopte une hypothèse de travail qui peut surprendre et perturber notre attention durant le premier tiers du film : Aviva est interprétée par des actrices différentes, des enfants, des adolescentes, des adultes, des caucasiennes et des noires. On est surpris par cette fragmentation de l'identité du personnage central alors que le récit reste, lui, assez linéaire. La force du cinéaste résidait, jusque-là, dans la peinture d'une mosaïque de caractères (cf. *Happiness*) par de subtils décadrages et glissements au sein de la narration. On se demande, au début, si cette distanciation para-brechtienne sert ou dessert le film.

Solondz s'explique. La société américaine est tellement complexe que seule l'allégorie peut permettre d'en saisir quelques aspects. « Mon choix, dit le cinéaste, s'est fait en fonction des contrastes. Face au camionneur, je voulais une Aviva vulnérable, sincère, émotive. Chez Mama Sunshine, je voulais qu'Aviva soit Gulliver à la table des Lilliputiens. Je voulais *Alice au pays des merveilles*, *Huckleberry Finn* ou *Le Magicien d'Oz*… »

Ici, le trajet est à la fois géographique et culturel. Aviva veut avoir un enfant. Sa mère l'oblige à avorter. Elle s'enfuit et change d'identité physique à chaque séquence tout en demeurant intérieurement la même. Elle croise la route d'un camionneur délinquant sexuel qu'elle retrouve dans la séquence-clé du film, chez Mama Sunshine, une femme apparemment très généreuse qui accueille des enfants infirmes et défavorisés. Son époux, archétype du prédicateur américain, se présente un peu comme le gourou de cette caverne d'Ali Baba qui n'est pas sans rappeler le *Freaks* de Tod Browning (1932), mais avec une idéologie ambiguë. Les enfants défavorisés sont censés accepter dans la joie leur infortune. On leur assène qu'ils trouveront en Dieu grâce et bonheur.

La force de Solondz réside dans le fait qu'il se situe à la frontière de l'explicite, aux confins des drames. Le mari de Mama Sunshine est, certes, très inquiétant, mais l'auteur nous le laisse simplement supposer. Un médecin, qui a examiné Aviva, a remarqué les traces de son opération ainsi que les rapports sodomites qu'elle a eus avec le déviant. Bo Sunshine dit seulement : « C'est une enfant prostituée. J'ai admis quantité de gens chez moi, mais jamais de prostituées ! » Quid de sa générosité ? Ces simples remarques nous glacent et l'on peut imaginer que ce pasteur assoiffé d'autorité veut s'assurer une emprise complète sur les âmes. Solondz griffe volontairement les évangélistes américains, dont certains ont aidé à la consolidation du pouvoir de G. W. Bush. Cependant, Aviva reviendra chez elle — d'où le titre, *Palindromes* —, emmenant avec elle tous ces « gens du voyage ».

Quoique différents dans leur esthétique, leurs projets et leurs développements, *Au sud des nuages* et *Palindromes* tracent une même ligne et nous entretiennent de la difficulté de sortir de soi. Le monde extérieur — ses espaces chez Amiguet, ses drames et contes chez Solondz — conduit chacun à se retrouver face à soi-même. Pour Adrien, le voyage en Chine est certainement le dernier : loin de son alpage du val d'Hérens, il s'est penché sur lui-même et a vu un vieillard encrassé dans ses habitudes, impuissant à sortir de l'impasse. Aviva a accompli un trajet initiatique. Ce qu'elle a vécu n'est pas très encourageant pour elle. Mais, en quelque manière, elle a appris à connaître le monde, ou du moins une certaine Amérique.

Raphaël BASSAN

LA MUSIQUE

LE PREMIER OPÉRA DE SAINT-SAËNS

Saint-Saëns a souffert dans la seconde moitié du XXe siècle d'un relatif oubli. On le trouvait trop classique, on gardait de lui l'image du patriarche pontifiant. Bien caractéristique, par exemple, le fait que Roland de Candé, dans son *Histoire universelle de la musique*, cite une lettre de Saint-Saëns qui, effectivement, ne lui fait pas honneur. Le 27 décembre 1915, le musicien écrivait à Fauré : « Je te conseille de voir les morceaux pour deux pianos, *Noir et Blanc*, que vient de publier M. Debussy. C'est *invraisemblable*, et il faut à tout prix barrer la porte de l'Institut à un Monsieur capable d'atrocités pareilles ; c'est à mettre à côté des tableaux cubistes. » Le rapprochement avec le cubisme n'était pas si mal venu ! Et maintenant, au contraire, on a tendance à voir dans Saint-Saëns tout ce qui annonce Debussy. Certes, on lui reproche encore de n'avoir pas compris le *Sacre du printemps* et d'être, selon l'expression de François-René Tranchefort, « le symbole vivant de l'académisme sous la Troisième République ». Mais l'erreur n'est-elle pas de figer un artiste à un moment de sa carrière, celui où il est le plus connu, ou bien de vouloir classer des précurseurs ou des émules : c'est un moyen facile de rationaliser l'histoire de la musique comme celle de la peinture ou de la littérature. Essayons pourtant de voir Saint-Saëns « tel qu'en lui-même », et peut-être de préférence tel qu'il fut dans sa jeunesse.

Né en 1835, il est d'abord un jeune musicien prodige qui se signale par une extrême « facilité » — ce qui, suivant ses biographes, est avancé comme une qualité ou un défaut. À vingt-cinq ans, il est célèbre et admiré par des musiciens qui n'ont rien de conventionnel : ainsi par Berlioz et par Liszt. Il combat alors pour la musique nouvelle, passe pour révolutionnaire, et rencontre pour le Prix de Rome les mêmes obstacles qu'avait connus Berlioz. Organiste à Saint-Merri, puis à la Madeleine, il devient en 1861 professeur de piano à l'École Niedermeyer où il formera Fauré et Messager. Il est élu à l'Institut en 1881. Sa longue vie — il meurt en 1921 — lui aura permis d'assister à l'essor du cinéma : il écrit en 1908 la première musique de film pour *L'Assassinat du Duc de Guise*. Il laisse une œuvre considérable de musique de chambre, pour violon ou violoncelle et piano, et aussi, ce qui constitue son testament musical, trois sonates qui chacune, avec l'accompagnement du piano, met en valeur un instrument à vent : hautbois, clarinette, basson. On ne sait pas toujours qu'il a écrit une douzaine d'opéras, dont *Henri VIII* (1883) et *Phryné* (1893). On ne joue plus guère que *Samson et Dalila*, créé en décembre 1877 à Weimar, grâce à l'appui de Liszt. Et voici que nous découvrons *La Princesse jaune* à l'Opéra-Comique où cet opus avait été donné pour la première fois en 1872.

Il s'agit d'un opéra en un acte, sur un texte de Louis Gallet, remarquable librettiste. Il met en scène un jeune bourgeois hollandais, Kornélis qui, au lieu de s'intéresser à sa cousine Léna, est amoureux de la princesse Ming. L'opium aidant, il vit en plein rêve, transporté plusieurs siècles auparavant ; mais Léna saura habilement, en revêtant un kimono, l'amener à retourner à la réalité présente. Saint-Saëns a découvert le Japon grâce à l'Exposition universelle de 1867. *La Princesse jaune* est son premier opéra-comique. Le compositeur ne craint pas, bien au contraire, de faire scandale, en mêlant exotisme, paradis artificiel et sensualité orientale. Il utilise des motifs musicaux de l'Extrême-Orient, recherche les couleurs de l'orchestration dans une sorte d'impressionnisme musical.

Cette œuvre pleine d'humour a été admirablement servie par les jeunes instrumentistes de l'orchestre Ostinato, sous la direction de Jean-Luc Tingaud. Sa rencontre avec Manuel Rosenthal, disciple de Ravel, situe ce chef d'orchestre dans un courant qui restitue à Saint-Saëns toute sa première originalité. Il a déjà donné à l'Opéra-Comique, en 2002, des œuvres de Rosenthal, Massenet, Massé, Duteurtre : il aime sortir des sentiers battus. On peut entendre sur CD ses excellents enregistrements de la *Sapho* de Massenet (Festival de Wexford) et de *La Périchole* [1]. Aurélia Legay a tenu le rôle de Léna. Elle a une formation non seulement de chant (Conservatoire National Supérieur de Paris), mais aussi de danse et de théâtre. On apprécie sa grande présence scénique. Son répertoire est varié, elle a chanté aussi bien dans le *Thésée* de Lully, avec William Christie, que dans *Orphée et Eurydice* de Gluck ou dans *La Belle Hélène* au Théâtre du Châtelet, où elle reprendra, lors de la saison 2005-2006, le rôle de Proserpine dans l'*Orfeo* de Monteverdi. Alexander Swan est un excellent ténor dont la formation est à la fois anglaise et française, et qui s'est illustré, lui aussi, dans des rôles très variés. Ils font preuve l'un et l'autre, dans *La Princesse jaune,* de la jeunesse et de la poésie que nécessitent leurs rôles.

Comme ce petit opéra dure à peine une heure, il est précédé d'un récital de mélodies de Saint-Saëns sur des poèmes de Victor Hugo — qui permettent déjà d'apprécier tout le talent d'Aurélia Legay et d'Alexander Swan — et de plusieurs œuvres orchestrales, toujours de Saint-Saëns : *Une nuit à Lisbonne* (barcarolle pour orchestre), *Le Rouet d'Omphale* (poème symphonique), une *Romance* pour flûte et orchestre, avec l'excellent Philippe Pierlot, une *Tarentelle* éblouissante pour flûte, clarinette (Florent Héau) et orchestre. De quoi découvrir encore d'autres aspects de Saint-Saëns. On félicitera l'Opéra-Comique de permettre la découverte d'œuvres peu jouées : ces derniers mois, par exemple, *Passionnément,* comédie musicale en trois actes d'André Messager, *La Farce du poirier* et *La Botte secrète* de Claude Terrasse, *Les Noces de Jeannette* de Victor Massé. Il y a beaucoup de demeures dans la musique lyrique, et il ne faut en délaisser aucune. Une version de concert, avec une mise en scène réduite, mais suffisamment suggestive, peut apparaître comme une solution pour faire sortir de l'oubli ces œuvres dont l'intérêt musical n'est pas négligeable.

Béatrice DIDIER

1. L'enregistrement de *Sapho* est édité par Fone, celui de *La Périchole* par Mandala / Harmonia Mundi.

PASSION ET COMPASSION CHEZ JEAN RUSTIN

Le visage est un passage vers l'autre.
Emmanuel Levinas

Jean Rustin n'est-il pas connu depuis une dizaine d'années pour la même mauvaise raison qui en faisait dans les décennies précédentes un peintre méconnu : le scandale d'une sexualité crûment, obstinément étalée dans les corps nus ou dénudés qu'il peint tableau après tableau ? Serait-il aussi célébré aujourd'hui s'il s'était contenté de présenter ces mêmes corps privés de ce qui demeure, pour nous, difficile sinon impossible à voir sans malaise, pour ne pas dire dégoût ou répulsion : cette part la plus animale qui est la nôtre et que nous refusons de regarder en face tout en ne pouvant en détacher les yeux ?

Ce que nous nommons « obscène », vient non de la chose elle-même mais du regard jeté sur elle. La chose, ici, c'est cette exhibition de notre nudité et l'effroi qu'elle suscite, parce qu'elle nous renvoie au mystère de la génération et à l'épaisseur nocturne de cette matière contre laquelle toute notre humanité n'a cessé de se dresser pour se construire et s'affirmer. D'où les dualismes qui, depuis plus de vingt-cinq siècles, nous parasitent : le sacré et le profane, l'humanité et l'animalité, l'âme et le corps, l'esprit et la chair, la pensée et le sentiment, le fond et la forme, etc., quand tout n'est que le continu d'un seul et même mouvement. Comme la peinture de Rustin qui ne se réduit ni à la crudité ou à la cruauté de ses représentations d'un côté, ni à la beauté du travail pictural de l'autre, mais à leur intime et indissociable unité.

C'est ainsi que l'une des constantes de sa palette, le rose, ne peut être considéré dans sa dimension purement chromatique. Mettant en rapport, par une suite d'échos ou assonances visuelles disséminés sur la toile, les muqueuses du haut (paupières, lèvres, langues) et celles du bas (glands, lèvres, vulves), autrement dit les parties « nobles » et les parties « honteuses », il est un vecteur de sens, puisqu'il gomme les différences, les oppositions sur lesquelles se construit notre perception et toute notre vison occidentale du monde. Rustin ne nous confronte pas à l'homme « civilisé », cet être double, fruit d'une obsédante ségrégation entre le montrable et le non montrable — donc à une vision morale et idéologique du réel —, mais à un être tout entier livré au regard dans sa foncière contingence et qui, face aux forces déformantes et invisibles du dehors, à l'irrémédiable déréliction de son destin, révèle sa radicale nudité: celle d'une chair distendue, fripée, ravinée par l'implacable devenir qui, à chaque instant et à son insu, le dépossède de ce qu'il est.

Regardez ces portraits : enfants ou vieillards ? Hommes ou femmes ? Peu importe. *Ecce Homo.* Voici la forme humaine en proie aux affres du temps : corps impudiques affalés sur des chaises, contre des murs, vautrés sur des lits ou couchés sur le sol, comme incapables de se redresser sous le poids qui les écrase ; visages troués d'ombre ou difformes, comme tuméfiés, bouches grandes ouvertes sur leur cri silencieux, têtes presque exclusivement chauves comme préfigurant le crâne qu'elles finiront par être… Tout, dans cette présentation de la forme humaine relève, chez Rustin, du genre pictural de la « Vanité ». À cela près que, comme il le dit lui-même, « la fin des idéologies, la fin de toutes croyances — dans le monde occidental — donnent un sens tout différent à ce mot de Vanité, beaucoup plus grave et plus profond. Un sens qui souligne pour nous l'absurdité de la vie et de la mort. »

Comment mieux définir notre angoisse devant cette solitude insupportable, ce silence déchirant, cette déchéance physique qui sont au centre de tout son travail ? Devant ces espaces clos — salles vides aux murs qu'une porte souvent entrebâillée ouvre sur une obscurité sans issue, à-plats de fonds sans profondeur — occupés par une ou deux figures comme jetées là dans l'ombre, ou dans l'aveuglement d'une lumière insoutenable. Et qu'ont-ils, ces êtres sans défense, pour s'en protéger sinon leur pauvre nudité, leurs mains souvent obsessionnellement occupées à toucher, tripoter ce reste de vie qu'est leur sexe (quand elles ne sont pas prises dans les raies blanches d'une camisole de traînées blanches) — et leurs yeux ? Ces yeux épouvantés ou désespérés, vides ou traversés d'une infinie tristesse, qui nous fixent comme pour nous dire: cet être difforme, ce presque monstre qui te regarde, c'est toi. Je suis ton miroir. D'où le malaise qui, ajouté à l'exhibition d'une sexualité triste et sans retenue, fait le pouvoir de fascination — attraction et répulsion mêlées — de ces tableaux.

Pourtant — et c'est ce qui me semble distinguer profondément Rustin de Bacon dont il est proche parfois —, cette peinture n'est ni agressive ni violente. Apparent paradoxe — et ces cris ? Et ces visages horrifiés ? Et ces sexes béants? — que lève la peinture elle-même. Car le rose des corps semble, dans les dernières œuvres, déborder les formes, répandre sa chaleur légère et sa douceur à travers le froid et la dureté des bleus mats et sombres. Comme si, par-delà ou en deçà de l'agression des images, une tendresse discrète mais profonde traversait cette peinture, apprivoisant l'horreur qu'elle ne cesse de présenter, transformant la touche qui, contrairement à la maîtrise apparente qu'elle avait dans les œuvres des années quatre-vingt, s'est mise aujourd'hui à vibrer, trembler, frotter, caresser, comme celle des plus grands maîtres à leur apogée : le dernier Greco, le dernier Velázquez, le dernier Titien, le dernier Rembrandt, le dernier Goya… Parce qu'elle déborde les contours qu'elle ne remplit pas puisqu'elle les engendre, elle est la trace immaîtrisée, irrationnelle, d'un passage. Celui d'une présence entièrement incarnée dans le moindre centimètre carré de toile. Si Jean Rustin peint dans la longue tradition médiévale et renaissante des représentations de la Passion — corps écartelés assistés de présences atones ou effarées, Vierges obscènes, Saint-Sébastiens hagards livrés aux flèches invisibles et beaucoup redoutables de la déchéance et de la décrépitude, — sous cette obsédante figuration passe, à même la peinture, une *compassion*, une fraternité devant la mort proches, dans la musique qu'il aime tant, de celles d'un Schubert.

Alors, oui. De Rustin il faut tout prendre : ses portraits désolés, ses nus d'hospices et d'asiles d'aliénés, ses sexes flaccides ou qui bâillent et, d'un même mouvement, parce qu'ils en sont indissociables, ses compositions closes, sa palette éteinte mais traversée d'éclaircies délicates, sa touche troublée, troublante, toujours plus visible, d'une savante maladresse et qui, du fond obscur, appelle l'ovale lacté de tel visage, l'effleure, le fait venir à la pauvre lumière crépusculaire de l'existence humaine, le déforme, le caresse sans fin, comme si, finalement, dans ce seul acte — celui de donner forme — se trouvait le secret de l'art et de la vie.

Jacques ANCET

NOTES DE LECTURE

Poésie

Jacques LÈBRE : *La mort lumineuse* (L'Escampette, 15 €).

Dans son sixième recueil, *La mort lumineuse,* composé en cinq mouvements, Jacques Lèbre s'inscrit dans une poétique du fait divers intime, infime, à bout portant, comme déclencheur de l'interrogation existentielle. Deux démarches d'écriture sont à l'œuvre : prosaïsme revendiqué dans les quatre premiers ensembles, prosodie d'une facture musicale dans les quatorze sonnets qui constituent le dernier volet. Il n'y a ici, semble-t-il, comme dans la totalité de l'ouvrage, aucun formalisme délibéré mais la volonté de cerner au plus juste les perceptions et les signes parfois énigmatiques du monde visible. Le parti pris avoué à mi-parcours, un rien provocateur, peut surprendre : « Mais c'est l'été et je ne sais pas si je suis capable / d'écrire un poème prosaïque… » Patience, je vous prie !

Ainsi, dans « Les Hiéroglyphes d'une vie », poème de la première section intitulée *L'absence de circonférence*, l'auteur évoque, avec le regard fraternel d'un Georges-Louis Godeau ou Gabriel Cousin, un jeune clochard témoin de son passage avec une femme aimée : « car plus qu'à elle, plus qu'à moi, c'est à notre rencontre / qu'il souriait, à sa façon toute discrète, il participait lui / aussi, lui aussi, connaisseur de la vie et de ses hiéroglyphes. »

Dans la deuxième section, *Un écho de la mer dont je suis loin*, le poète a placé en exergue une citation extraite de *Gisants* du poète Michel Deguy, traduction transparente du pari de pouvoir tout dire sans la recherche trompeuse d'une sublimation esthétisante : « et je voudrais que le poème se fasse roman pour y attirer les gestes de la cuisine, les propos de téléphone, l'emploi du vent, l'insignifiance de ce qui nous sépare de la mort ». Car c'est bien « la réalité du monde filtrée par l'éclatement des sensations » qu'il s'agit de restituer : « dire JE ne rendra jamais compte du monde / dans sa totalité d'une seule seconde déjà passée ». Mais il n'est pas question de refuser de se coltiner à la complexité du réel en mouvement perpétuel. L'écriture développe son propre questionnement, voire sa remise en question permanente : « … la poésie ? Peut-elle être une coupe longitudinale / de sentiments ou d'émotions éprouvés sur plusieurs jours ? » L'auteur n'est pas dupe de l'écart entre l'être et l'expression de l'être, entre ce qui est et le langage : « l'illusion n'est jamais que la caresse d'un esprit / qui tend toujours l'autre joue à la gifle du réel ». Il dresse aussi métaphoriquement un contrepoint entre le corps nu d'une femme et un match de foot suivi d'un œil à la télévision : « … je me disais que de l'abandon où nous sommes, de fait, / nous n'avions pas d'autre choix que l'action, / et que c'était ou bien vous nier, ou bien vous créer, / si je ne suis pas maître des battements de mon cœur / qui ne sont qu'un écho de la mer dont je suis loin ». Dans tout corps à corps avec la mort, la femme est présente, comme il est commun, d'Éros à Thanatos, et l'auteur de privilégier « ce moment particulier / où une femme commence d'occuper ton esprit, / où elle devient pluie dans ton imaginaire, douce d'abord / puis de plus en plus dure sous les nuages de circonstances ». D'un non-événement, surtout s'il s'agit d'une « première fois », le poète souligne qu'il peut devenir « stèle, plantée en terre de mémoire ». Toute poésie, on le tient de Goethe, est donc bien là aussi de circonstance !

C'est à André Frénaud que Jacques Lèbre emprunte l'épigraphe qui ouvre la troisième section, éponyme, du recueil, *La mort lumineuse* : « La mort de la vie, c'est la mort de la mort. Dernier passage et rien enfin. » Si l'auteur exprime un apparent détachement par rapport à sa propre disparition, comme s'il devait un jour « entendre les os craquer / entre les mâchoires d'une benne à ordures / sans que cela [lui] fasse ni chaud ni froid », ou bien, s'il assimile le corps humain à « une usine », il montre ailleurs où se situe la sensibilité éprouvée face à la dimension tragique de l'existence, lors de la disparition d'un être cher, évoquant l'exemple du peintre précurseur de notre modernité : « Paul Cézanne n'a pas suivi le cortège, / dans le cercueil il n'y avait qu'une dépouille. / Avec sa douleur, il était sur le motif / et sa mère était dans le chant des oiseaux. » Tel un stoïcien d'aujourd'hui, balançant entre doute et ataraxie, le poète nous livre cet aphorisme intime : « La mort seule est sûre / et tu ne te sens pas mûr. » Pourtant la familiarité avec la mort remonte à l'enfance avec le souvenir des premières leçons paternelles de jardinage autour d'une église. Ainsi, apprend-on que les ossements exhumés de l'ancien cimetière, « on les jetait dans un coin. »

Dans la quatrième section, *Déception des ombres*, l'auteur revient sur la représentation de la mort avec cette autre métaphore baudelairienne : « les os deviennent flûtes / par où chante toute l'inanité d'une existence ». Décrypter le réel passe, bien sûr, par le corps lui-même et l'esprit saisis au prisme de la rêverie philosophique : « … si la raison, si le cœur sont des plaques tectoniques, / pourquoi se heurtent-elles dans les bas-fonds de nous-mêmes / en nous laissant soudain dans la faille immense du jour ? » Va-et-vient entre l'intime et l'humaine condition, de la conscience de soi à l'approche idéologique des réalités sociales.

Mais c'est le cinquième et dernier mouvement du recueil qui lui confère une portée plus large, échappant au ressassement de la difficulté d'être. Le chant s'inscrit alors dans une construction en boucle comme la circulation sanguine elle-même ici invoquée. *Le cœur, cette pompe* réunit quatorze sonnets libres dont chaque dernier vers est repris comme premier du sonnet suivant, jeu formel mais où la réussite est totale parce que le rythme et la raison se fondent en un chant profond de l'âme. L'écriture procède alors d'une visitation profane, sans mystère sacré : « ce passage dont parlait Frénaud / ce passage que se fraie peu à peu la parole… » Et le poète cultive fort à propos la métaphore de l'écriture comme signe de la maladie qui le ronge, observation clinique formulée à la troisième personne : « Parce qu'il ne sait pas d'où lui viennent ces sonnets, / il se demande si la poésie ne serait pas une incubation / et si la page n'est pas blanche comme un lit d'hôpital. » La gravité du propos n'exclut pas l'humour : « Mais que le poème n'éternue pas si le poète a la grippe. » L'auteur évoque aussi la disparition de deux aînés venus d'ailleurs, poètes vaincus, suicidés de la société comme disait Artaud de Van Gogh. Ainsi sont réunis Paul Celan et Ghérasim Luca, poètes de la judéité inscrite comme signe indélébile de malédiction à l'heure de la barbarie nazie et qui, tous deux, choisirent de mettre fin à leur existence dans les eaux troubles de la Seine : « simple constat auquel il faudrait s'en tenir, n'est-ce pas, / simple télex tombé des téléscripteurs puisque, n'est-ce pas, / on la connaît la musique, la chanson qui rime avec Aragon ». Dans le dernier sonnet, l'auteur revient à son expérience intime de la disparition avec le coup de téléphone annonçant l'hospitalisation de son père suite à une attaque d'arythmie cardiaque. Le cœur du géniteur lui aussi défaillant, devient symbole de l'ultime passage qui tous nous obsède : « cet organe spongieux / qu'il faudrait faire sécher sur un banc, au soleil ». Refus du pathétique ou approche autre des émotions les plus secrètes de l'être ? Le poète, sans débordement, touche juste parce qu'il ne livre aucune des clés de notre fureur ou lenteur de vivre à en mourir.

La mort lumineuse, tragi-comédie mentale, en cinq actes : la nôtre ! D'une voix très proche, à la lisière du souffle, Jacques Lèbre parle fraternellement en nous…

MÉNACHÉ

Sergueï ESSENINE : *Journal d'un poète*. Traduit du russe et présenté par Christiane Pighetti (La Différence, 20 €).

En ces années vingt qui comptèrent en Russie une pléiade de poètes avec Blok, Maïakovski, Mandelstam, Akhmatova ou Tsvetaïeva, Essenine fut le plus populaire. Un de ses contemporains relate le charisme de ce dandy élégamment habillé qui, une nuit de 1924, vint réciter ses vers aux sans-abri de la capitale : d'abord indifférent au cycle *Moscou des cabarets*, le « tout Moscou des bas-fonds » vibra à l'évocation des ciels de sa contrée natale, la région de Riazan, ou des inquiétudes de sa mère, sortant sur la route dans « son caraco tout vieillot » pour guetter le retour de son fils.

Sergueï Essenine fut élevé par un grand père paysan, pieux, adepte de la dissidence des vieux-croyants, mais aimant la fête, les ripailles et les chants et recevant à sa table le tout-venant des pèlerins et vagabonds. Sa poésie hérita de cette foi en Dieu, mais aussi en la nature à travers le lyrisme d'hymnes à la terre natale ; et s'y exprime ce goût de l'errance, des beuveries, des chahuts qui le fit passer pour *hooligan* — titre d'un de ses poèmes. En outre ses trois oncles lui administrèrent une éducation à la dure, raconte-t-il : à trois ans il était juché à cru sur un cheval lancé au galop ou jeté dans l'eau loin de la rive du fleuve. « Ainsi n'eussé-je été poète / j'eusse à coup sûr été voleur et truand… / Mais aujourd'hui que se défont / les liens d'années de turbulence / toute mon intranquillité, mon insolence / ma force passent dans mes poèmes. » Car, toujours accompagné de sa *talianka* (accordéon à un seul clavier), l'enfant eut précocement la passion de la langue, fréquentant la bibliothèque du prêtre vieux-croyant, interrogeant les plus âgés sur les formes dialectales qu'ils utilisaient, s'intéressant au vieux-slave et aux chansons. De sorte que naquit de ces multiples influences « un scandaleux grand-russien de poétereau ».

Christiane Pighetti a choisi de présenter les poèmes tel un journal au fil des années, et de publier le texte russe en regard de sa traduction. Né en 1895, se suicidant par pendaison trente ans plus tard, Sergueï Essenine vécut à un rythme accéléré une vie sentimentale scandée d'idylles, de mariages et de ruptures, de naissances dont il se préoccupait peu ; et une vie confrontée aux tourments de l'Histoire, subissant les famines, ballottée entre espoirs et désillusions. Ainsi son poème *Inonie* datant de janvier 1918 célèbre un messianisme révolutionnaire associant le Christ et l'avènement d'un nouveau Nazareth, d'une foi « ignorant croix et tourments ». Une page après, on peut lire la détresse, l'horreur dans *Caravelles-Haridelles* écrit en septembre 1919 : « Si la faim suintant de murs en ruine / s'agrippe d'aventure à ma chevelure / je croquerai une moitié de ma jambe / et vous offrirai l'autre en pâture. » Et de conclure : « Mieux vaut pour moi crever avec vous ici / que de la terre aimée ramasser une pierre / pour la lancer sur mon fou de prochain. »

Pourtant, si son mariage avec la danseuse Isadora Duncan lui permit de partir en Europe, il s'y sentit enfermé dans un Occident « de cauchemar » où il se refusa à apprendre une autre langue pour conserver la pureté de sa langue maternelle. Il en revint, mais alors dans *Retour au pays*, dans *Rus' des Soviets*, il conte combien il se sent étranger à cette Russie soviétique en train d'émerger — dans un climat de stalinisme naissant, peut-on ajouter aujourd'hui. Accès de mélancolie, crises de delirium s'accentuant, les derniers poèmes sont hantés par « l'homme noir » et le pressentiment d'une mort tragique, qui fut au demeurant le lot de cette brillante génération de poètes : Blok mourut de désespoir en 1921 ; Maïakovski se suicida en 1930 ; Mandelstam mourut en 1938 dans un camp sibérien de transit vers le goulag ; atteinte du mal du pays après s'être exilée en 1925 à Paris, Tsvetaïeva regagna l'URSS en 1939 et se suicida deux ans plus tard après la déportation de ses proches…

Claude LISCIA

Zéno BIANU : *La Troisième Rive* (Fata Morgana, 12 €).

Ce texte apparaît à la lecture, et plus encore à l'audition, comme un vertige rythmique, une danse de mots qui ne sont pas reliés syntaxiquement, et qui admettent en eux peu de verbes, tous au présent, sauf dans la dernière séquence. Les mots éclatent donc l'un après l'autre, comme autant de présences qui émanent d'un point absolu dont la quête fait l'objet de la première séquence, « Un point ouvert dans le ciel » : « Le commencement du commencement / le point ardent / irrémédiable », « point-foyer / point porteur de tout / point / d'un retour à tout. » On reconnaît ici le « point » des ésotéristes, qui réunit les contraires, dynamise le monde, « mord l'infini ». Celui de la méditation orientale, dont la recherche, sans complaisance ni divertissement, n'a pas tant été le fait des surréalistes que celui des poètes du Grand Jeu. Elle est risquée : « il est grand temps / de rassembler l'éparpillement / de mettre sa peau sur la table ». Elle est révolte : il faut « terrasser toutes les idoles ». Elle s'exprime ici en paroles, certes, mais accompagnées par des signes qui mettent en jeu les nerfs et le corps : « le tiret / d'Emily Dickinson / griffant l'illimité », les « marques d'ongles éperdues / derrière chaque syllabe ».

Mordre l'infini, d'abord dans les constituants de son corps (« Poudre d'infini », « Chair d'infini » correspondent au « dissous et coagule » des alchimistes), puis dans son espace (« Lisière d'infini », « cœur d'infini »), enfin dans sa perfection, mais après la dure remontée qu'elle implique depuis le lieu de la mort (« or d'infini », « jour d'infini ») : telle est la progression en spirale que nous offrent les parties du recueil.

Aucune abstraction en lui. Les strophes de longueur irrégulière, faites de mètres eux-mêmes irréguliers, fondent leur danse sur un principe de répétition. Ainsi, les strophes des trois premières parties citées commencent par un « Pas seulement » suivi d'un mot, le second vers débute par un « mais » suivi d'un autre mot, lequel sera repris en premier dans la strophe suivante : « Pas seulement le ciel / mais la langue sous le ciel… // Pas seulement la langue / mais le oui sous la langue… // pas seulement le oui / mais les yeux sous le oui… » Rythme respiratoire, unissant la continuité au changement. Le « Jour d'infini », lui, relatant la difficulté de remonter des failles de la mort, de l'instable, est scandé par la répétition du « oui » consentant après l'effort, puis de l'évocation de la « figure » réunissant les contraires, englobant « tous les battements du cœur du monde ».

Et puis, où serait l'abstraction dans ce foisonnement des choses, loup, étoile, miel et rosée, os et langue dans notre corps ? La conclusion évoque, dans une série de « elle disait » comme réponse à une citation de Lokenath Bhattacharya « Qu'a dit la foudre… Que disait-elle ? », une façon de vivre et de comprendre l'univers : savoir mortelles les formes de ce monde, y compris nos paroles, mais comprendre qu'il y a dans cet éphémère fortement vécu la source d'un dynamisme inépuisable : « peut-être / le désespoir n'existe pas / peut-être / la mort n'est qu'un phosphène / une brèche / pour respirer autrement ». Et se saisir de la joie de ce qui est passager, c'est aussi participer à l'universel : « elle disait enfin / danse les noms / des naissances passées / laisse la nuit expirer / le ciel s'engloutir / dans le sourire de l'aimée / allez / que le souffle jaillisse ». Difficile et réussie fermeture, dans un double mouvement d'arrêt et d'impulsion, du texte qui s'élançait dans sa spirale !

Aussi bien, ce que l'on peut considérer comme la réussite du recueil tout entier, c'est que sa richesse poétique n'a en rien souffert de la difficile quête qu'il retrace. On trouve de ces réussites dans les textes de l'Inde, connus et récités de tous. Mais c'était vraiment une gageure que d'écrire en français une poésie de même souffle, et qui demeure belle et entraînante pour le lecteur ou l'auditeur.

Marie-Claire BANCQUART

Vénus KHOURY-GHATA : *Quelle est la nuit parmi les nuits* (Mercure de France, 14,50 €).

Vénus Khoury-Ghata tient une place éminente dans la poésie méditerranéenne francophone. Les voix méditerranéennes ont toujours apporté à l'écriture française ce plus de lumière totale et subtile mais aussi ce sang séché et jamais caché par les familles dont il reste le symbole secret. Le matriarcat règle la petite histoire et le quotidien, c'est-à-dire l'essentiel et les corps cachés y sont plus nus qu'ailleurs. Le patriarcat, lui, n'est qu'une tyrannie qui reste monothéiste pour oublier le sourire des dieux du bonheur. Le silence, autre élément de ce monde ne vient pas des sages mais des humbles de la terre qui ont abandonné une mer parce qu'elle leur racontait de trop belles histoires.

Ce qui soumet le temps au quotidien se suffit à lui-même. Il sait donner la vie et prendre la mort et celle-ci n'a plus la force absolue pour faire taire les mots mais apprend à poser son regard calme et sans âge sur la poésie. C'est aussi la grande leçon de ceux qui racontent. Elle commence avec Homère, chez qui les mourants comme les disparus perdent leur argile et retrouvent la chaleur de la chair et du sang pour chanter le verbe, seul capable de donner leurs noms aux choses.

Quelle est la nuit parmi les nuits est un retour à tous ces gestes qui ont fait le monde, lents et chargés de tous les instants de la vie. Chaque chose dit son nom juste, essentiel, et la parole rencontre son double, sa vérité.

La première partie (« Orties ») est un long poème narratif. Présence de la mère morte qui traverse le pays en guerre pour venir faucher les orties qu'elle n'avait pu arracher de son vivant. Poème poignant et cruel, cocasse et douloureux : « Mère de rien du tout / qui traverse les années avec son tablier décoloré / une serpillière dans une main / sa dignité dans l'autre / mère célébrant la nuit avec sa lampe à trois mèches / aplatissant la grisaille / la couchant sur le sol mauvais / en terre battue / pour mieux écouter la respiration des morts / la dispute des vents souterrains… »

Une autre section (« Inhumations ») raconte les enterrements dans son village natal, au nord du Liban. Pays riche en cascades et en vallées, mais pauvre en terres arables. Le temps manque pour suivre la défunte. On continue à faucher. On pensera à elle le soir, une fois le blé rentré, les outils rangés dans la grange. « Ils ont salé la neige salé l'agneau du banquet noir / posé une coupe sur le toit pour l'obole de la lune / enfermé l'eau et l'enfant qui éclaboussaient les murs de leurs cris // Ils l'ont serrée dans un drap rêche comme les salines des mers pauvres / l'ont emportée sur leurs épaules avec les relents du café et de la cardamome prisée par les anges / ils l'ont réunie // Ils ont traversé un désert deux steppes trois dunes et une vallée si étroite qu'ils faillirent la renverser / puis enterrée à reculons là où s'arrête le pouls de la terre / à un jet de sanglots de sa cuisine / sous le caroubier inconsolable / avec la bassine rouge des ablutions / les miaulements blancs du chat. »

Le livre s'achève sur la splendeur et la grâce légère des « Variations autour d'un cerisier », le poème prenant alors les accents du conte ou de la légende : « Le cerisier ce matin nous fit ses adieux / il partait pour l'Amérique // à quoi attacherons-nous l'âne demanda la mère / à l'ombre de son tronc répondit le père… »

Dimitri ANALIS

Gérard BAYO : ***Instant donné*** (éditions en Forêt / Verlag im Wald).

L'ouvrage, publié en Allemagne, paraît en édition bilingue, la traduction étant due à l'éditeur, Rüdiger Fischer. Dès le titre, celui-ci prend une option : *Instant donné* = *Geschenkter Augenblick*, « instant offert » et non « certain instant ». Le lecteur français doit-il se rallier à cette coloration imprimée à l'ensemble du livre ? Probablement non et il préférera garder la polysémie du mot « donné ». Dans un sens, il s'agit bien de l'instant remis en don à nous autres mortels, pour qui il n'est pas de retour : cette idée revient avec insistance, elle inspire une supplication adressée au « sans-retour éternel ». Dans un autre sens, c'est à un instant donné que le poète saisit le monde dans son regard, avec acuité et précision. Et les deux sens, dans le livre, ne s'éloignent pas l'un de l'autre : « Dans ton visage la lumière, / la nôtre, celle // qui toute / appartient au mortel. Ciselés derrière / les peupliers // noirs, les clochers. »

Un autre thème récurrent est que la terre n'existe que par la présence humaine. Il n'est pas question seulement du paysage — notion et mot que le Moyen Âge a ignorés — mais de la terre même, considérée dans le rapport consubstantiel que les humains ont avec elle, de sa perpétuation dans leur mémoire. « Si nous cessons / de naître, Macha, jamais la terre / n'aura été. » En cela, elle est à part des autres planètes, qui « hors / du temps se côtoient / s'observent ».

De cette planète nôtre, divers lieux sont mentionnés, un port de la presqu'île de Quiberon, d'autres endroits en Bretagne, un village des Ardennes, le miroir de Scey près d'Ornans, une rade, une source, la neige sur la mer, chacun d'eux est comme un instantané, chacun d'eux est ou fut un instant donné, en même temps que menacé ou déjà repris.

La terre est vie, elle est mort aussi, les deux sont inséparables. « En nous seuls, ô mort, / tu es au monde » puisque seuls les humains ont conscience de la mort. Cette dernière est évoquée souvent dans *Instant donné*, dont un poème « en mémoire de toi » laisse supposer qu'elle n'est pas seulement un objet de méditation, mais l'expérience concrète de la mort de l'autre. Elle n'a pas accès à la lumière, elle est l'interruption de l'échange, de la parole.

Le « tu » de Gérard Bayo est énigmatique en ses désignations multiples. Tantôt il s'adresse à une femme, Macha, tantôt à un ami ou peut-être au locuteur lui-même, tantôt à une entité innommée, à qui il est demandé de rassembler, aussi de commencer, qui est seule à parler dans le chaos qui remonte des enfers.

Quel qu'il soit, « tu » peut-il sauver le monde actuel ? « Le danger croît / où nul ne sait. // Pas si / invisible que ça / l'enfer. » Que peuvent les mots du poète ? On les a vus, au cours des pages, ayant pour attribut la douleur, ne pouvant s'abreuver à la lumière. L'ultime poème ne ranime pas l'espoir : « Des mots de mort / inapparente restent tapis, demeurent // aux miens confondus. » En ce cas, dira-t-on, pourquoi écrire ? C'est l'énigme qui trace son chemin tout au long du livre, en une écriture justement très belle.

Françoise HÀN

ROMANS

Antonio TABUCCHI : ***Tristano meurt***. Traduit de l'italien par Bernard Comment (Gallimard, 16,90 €).

C'est un long monologue que nous propose Antonio Tabucchi dans son dernier roman. Peu avant de mourir, en proie à la gangrène et à des céphalées, assommé de morphine, Tristano accepte, afin de lui donner sa propre version des faits, de rencontrer un écrivain qui l'a mis en scène dans un roman. Or cette rencontre doit se faire sous certaines conditions : pas d'enregistrement, pas d'interventions ou de commentaires de la part de l'écrivain, ainsi que Tristano, face à ses silences, le lui rappelle : « il est vrai que tu obéis à la consigne que je t'ai donnée quand je t'ai fait venir, bouche cousue ». Il ne s'agira donc pas d'un entretien mais d'une longue confession, sans cesse interrompue et sans cesse reprise, au gré des fatigues et des lassitudes de Tristano.

Si Tristano choisit de se confesser, c'est qu'il souhaite rectifier l'image donnée de lui dans le roman, apporter certaines précisions et rétablir des vérités. Tristano, ancien résistant, est en effet devenu une sorte de légende, légende que le roman a confirmée : « l'écriture fausse tout, vous les écrivains vous êtes des faussaires ». Mais conscient de la vanité et de l'impossibilité d'une telle entreprise (« Je me disais que j'allais rétablir les équilibres. Quelle stupidité, comme s'il y avait dans la vie des équilibres à rétablir... »), lui-même continuera, sinon à bâtir sa légende, du moins à laisser planer des ambiguïtés : « le reste du récit je vais l'inventer, comme ça, pour parler, tu vois je suis honnête, je t'avoue que je suis en train de l'inventer ». Mais ces inventions n'ont pas pour but de dresser un portrait hagiographique de celui qu'il fut, bien au contraire : il n'a aucune complaisance vis-à-vis de son passé et si une certaine nostalgie pour sa jeunesse semble parfois affleurer, il n'en est jamais la dupe. De cela témoigne aussi la distance qu'il prend par rapport à celui qu'il fut et qu'il évoque, dont plusieurs dizaines d'années le séparent : il parle de lui à la troisième personne et, suivant le fil de sa mémoire, navigue d'une époque à une autre, épaississant davantage et souvent de façon volontaire le mystère.

Au centre de ce mystère que demeure Tristano se trouvent les raisons de son engagement dans la résistance : l'a-t-il vraiment choisi ou n'a-t-il été que le jouet de circonstances ? Ainsi se rappelant le coup de fusil qui fut le départ de sa légende : « un millimètre par-ci et tu es un héros, un millimètre par-là et tu es un lâche ». Tristano ne sait plus vraiment (mais l'a-t-il jamais su ?) ce qu'est l'héroïsme, il ne sait pas non plus pourquoi ou pour qui il a combattu : « je me suis engagé dans une aventure qui ne me regarde pas, j'ignore pourquoi, lorsque nous étions dans les montagnes tout était si clair, ou du moins cela semblait l'être, et à présent plus rien n'est clair, et je veux comprendre ». Et ce ne sont pas ses réflexions sur l'état actuel de la démocratie qui vont le rassurer.

D'autres facettes du personnage resteront elles aussi dans le flou et ne seront révélées, parfois partiellement, qu'au fur et à mesure des monologues : les femmes qui ont accompagné son parcours et ses engagements, auxquelles il donne parfois plusieurs noms, le thème récurrent de la trahison, le parcours de son fils adoptif. En effet, plus qu'un texte sur l'engagement, ce livre est un récit de et sur la mémoire, une réflexion sur la vérité, sur le témoignage. Ainsi pour Tristano « la vie est davantage faite de ce dont on ne se souvient pas que de ce dont on se souvient » et les souvenirs surgissent par associations, mêlant ce qu'il a vécu à ses rêveries et à ses délires, sans cesse interrompus par des remarques sur le présent ou sur ses souffrances physiques. Plus que la réalité compte ce qu'on en dira, ce qui en restera, c'est-à-dire ce qu'en fera l'écrivain : « une fois écrites les choses deviennent vraies ». Conscient de la fragilité de son témoignage face à ce qui est déjà de l'histoire, Tristano, dernier protagoniste et dernier témoin, qui attend la mort sans appréhension, déclare ainsi à son confident : « Choisis à ta guise, de toute façon qui pourra te démentir ? »

Bertrand TASSOU

Tonino BENACQUISTA : ***Malavita*** (Gallimard, 19 €).

Tonino Benacquista nous a longtemps raconté des histoires ! À preuve ses quatre polars publiés entre 1989 et 1992 (un par an, donc). À preuve également *Saga* (1997), désopilante apologie, en acte, de la fiction — qui couronne logiquement cette première période. La deuxième manière est inaugurée par un recueil de nouvelles au titre symptomatique : *Tout à l'ego* (1999), où il lance les questions qu'il approfondira dans *Quelqu'un d'autre* (2002) sur les contours de l'être humain, ses zones d'ombre, ses trous noirs...

Malavita se présenterait alors à la croisée des chemins de l'auteur : il y reprend certains ingrédients d'un polar de 1991, *La Commedia des ratés* — le questionnement sur « l'italianité », par exemple — mais il continue aussi à documenter son enquête sur les contradictions qui nous secouent. Ici le F.B.I. a eu pour mission d'insérer dans l'onctueux bocage normand un repenti de la mafia, Frederick Blake, afin de le protéger de ses anciens amis lancés à ses trousses. Or ce dernier n'est pas tant en butte à la férocité des tueurs qu'à la noire sauvagerie qui jaillit en lui quand il entreprend de rédiger ses mémoires. Le fait qu'à la fin ce soit sa chienne Malavita (selon le nom qu'il lui a donné) qui le débarrasse du dernier « affranchi » de la Malavita (« un des nombreux noms que les Siciliens ont donné à la mafia ») sonne un peu comme une revanche, une ironie comique oserait-on dire : les personnages de Tonino Benacquista avancent — malgré la mauvaiseté de la vie. Sans cynisme, ils tentent tous de progresser vers leur but, fût-il lointain. À la fin de ses aventures, ici, Mr. Blake choisit pour nouvelle identité Bill Brown. Bill est le diminutif de William (the will : la volonté, en anglais) et son nom renvoie à une couleur, le marron, moins sombre que le noir approximatif de Blake (*vs* Black). C'est peu, certes. Mais c'est une lecture que l'on fait volontiers.

Thierry ROMAGNÉ

ESSAIS, DIVERS

Évelyne BLOCH-DANO : ***Madame Proust*** (Grasset, 20,90 €).

Les parents de Marcel Proust sont morts à deux ans d'intervalle, il y a un siècle, et ce livre leur rend hommage, tout particulièrement à la mère de Marcel, dont on sait quelle place elle a tenue dans la vie et les affections de son fils. Et nul n'ignore qu'il a amplement puisé dans son histoire personnelle pour bâtir son grand roman, faire vivre (et mourir) ses personnages. Mais ici nous découvrons dans quelle mesure il a transposé la réalité. La famille de Jeanne Weil, mère de l'écrivain, est de ces juifs alsaciens installés sur le territoire français où ils ont acquis l'état-civil et les droits du citoyen. Même s'ils observent les rites de leur religion, ils se disent assimilés. Nathé Weil, coulissier à la Bourse de Paris, a décidé de marier sa fille Jeanne à un non-juif et choisi le docteur Adrien Proust, fils d'un épicier d'Illiers, chef de clinique, agrégé de médecine. Elle a 21 ans et lui 36. Intelligente et cultivée, Jeanne apporte à son mari sans fortune une dot substantielle. Le mariage civil est célébré le 3 septembre 1870. Bientôt la jeune femme est enceinte. Mais la pénurie de nourriture est telle qu'au lieu de grossir, elle commence par maigrir. Pendant le siège de Paris, on mange ce qu'on peut trouver, presque rien. Cette carence a-t-elle eu une influence sur l'état de santé du futur écrivain ? Son frère Robert, né deux ans plus tard, est un garçon robuste qui deviendra médecin comme son père. Tous deux sont baptisés. L'enfant malade (il souffre d'asthme) est l'objet d'une sollicitude particulière. Un privilège dont il use et abuse, la fameuse scène du baiser du soir, au début de *La Recherche*, nous en donne une idée. Plus tard, il écrira dans une lettre : « Toute notre vie n'avait été qu'un entraînement, elle à me passer d'elle pour le jour où elle me quitterait [...] Et moi, de mon côté, je lui persuadais que je pouvais très bien vivre sans elle. » Cette double simulation traduit bien la vérité de leurs rapports.

L'ouvrage d'Évelyne Bloch-Dano fait une large place à deux personnages que le roman néglige ou ignore, le père et le frère. Et confirme ce que nous savions déjà, la fusion, dans le livre, de la mère et de la grand-mère, mortes de la même maladie. Nous apprenons aussi que les séjours à Illiers datent de l'enfance du romancier, relayés ensuite par des visites à Auteuil où l'oncle Louis possède une grande maison avec un jardin dont une porte est surmontée de l'immortelle clochette. Si Marcel, contrairement à son double littéraire, a fait son service militaire, il a toujours refusé d'entrer dans la vie active, d'exercer une profession. Sa première publication, *Les Plaisirs et les Jours*, ne laisse pas encore deviner l'écrivain qu'il sera. Ni, ajouterai-je, *Jean Santeuil* ne permet de prévoir *À la recherche du temps perdu*. Au contraire, c'est à partir de celle-ci que l'on saisit dans sa plénitude le génie qui a métamorphosé un roman bien fait, attachant, et, faut-il dire ? sage, en une œuvre qui domine son époque. La réalité des faits a laissé place à la vérité du livre.

Un autre sujet de préoccupation pour les parents est l'homosexualité de leur fils. On sait que ces relations « contre nature » scandalisent l'entourage. La transposition littéraire permet à la fois de les dire et de les taire. Quant aux habitudes de Marcel, travailler la nuit et dormir le jour, sa mère les juge incompatibles avec la vie réglée des autres membres de la famille, sans parler de la domestique gênée dans ses activités ou gênant l'écrivain qui repose.

D'un certain point de vue, il n'y a dans la vie que de l'ordinaire. Et le romancier en a fait de l'extraordinaire. Le beau livre d'Évelyne Bloch-Dano nous le confirme. Ajoutons qu'il comporte une bibliographie, des notes, un index et des tableaux généalogiques dont l'un nous montre qu'à une certaine époque, Marcel Proust et Karl Marx ont eu un ancêtre commun.

Nelly STÉPHANE

Philippe NIOGRET : ***La revue* Europe *et les romans français de l'entre-deux-guerres (1923-1939)*** (L'Harmattan, « Espaces littéraires », 28,30 €).

Les Presses de la Sorbonne Nouvelle viennent de publier un bilan de la recherche doctorale en littérature française du XXe siècle (SELF XX, *La Traversée des thèses*, 2004). Divers intervenants y déplorent la rareté de thèses récentes en histoire littéraire, sur les périodiques, sur les rubriques littéraires et théâtrales des grands journaux. Plus généralement, la thèse « nouveau format » implique des conditions de recherche et d'écriture qui ne donnent pas les mêmes fruits que les anciennes thèses d'État. Ce qui entraîne des avantages et des désavantages. D'un côté, les travaux deviennent plus lisibles, même par un public de non spécialistes, et se prêtent davantage à la publication ; de l'autre, il leur manque souvent le souffle des anciennes thèses, leur base de données encyclopédique, la connaissance approfondie qu'on reconnaissait, en arrière-plan, à leurs auteurs.

Le volume *La revue* Europe *et les romans français de l'entre-deux-guerres*, version abrégée du résultat de la recherche doctorale de Philippe Niogret (sous la direction de J.-Y. Tadié, Université de Paris IV), présente les bonnes caractéristiques à la fois des anciennes et des nouvelles thèses. Car ce n'est pas (seulement) un volume sur la revue *Europe* : c'est une fresque, la fresque d'un monde en mutation tel qu'il apparaît, raconté ou critiqué, dans les pages d'une revue de culture, entre 1923 et 1939. Tous les grands personnages et les grands débats de l'entre-deux-guerres s'y retrouvent ; Philippe Niogret partage d'ailleurs l'opinion de Jacques Robertfrance (secrétaire de rédaction d'*Europe* de 1927 à 1932), selon laquelle « il n'est pas de grand roman qui ne soit un témoignage, le moins récusable, de l'époque où il fut conçu ». Mais, d'autre part, c'est un volume agile, bien écrit, savamment découpé, qui se lit volontiers. Qui s'est prêté à merveille à l'édition, et qui semble répondre directement aux sollicitations de la SELF XX.

On remarquera qu'il ne s'agit pas de l'étude technique ou critique d'un périodique. Philippe Niogret s'est par ailleurs bien gardé de raconter l'histoire de la revue *Europe* pendant l'entre-deux-guerres, chose faite grâce à l'effort de Nicole Racine, de Michel Trebitsch et de Marie-Cécile Bouju. Ses véritables objets sont le roman français et l'univers historique, social et culturel qu'il reflète entre 1923 et 1939, et son travail s'inscrit dans le vaste cadre de l'histoire des idées et des intellectuels.

Les trois premiers chapitres concernent la Première Guerre mondiale, les romans qu'elle a inspirés et la sensibilité d'après-guerre. Au lendemain du premier conflit mondial, le débat est particulièrement chaud sur les origines et sur les responsabilités du grand massacre. *Europe*, revue internationaliste par définition et pacifiste dès la première heure, ne peut qu'intervenir activement dans cette controverse, d'autant plus qu'elle est créée sous l'égide de l'auteur d'*Au-dessus de la mêlée*. Dans un article au titre emblématique « Patrie européenne », qui paraît dans le premier numéro de la revue, le rédacteur en chef René Arcos écrit : « Les nations vivent dans l'ignorance complète les unes des autres, et il est admis que c'est une des principales causes des guerres. » *Europe* naît donc comme une tentative de réponse à la guerre, dans la mesure où elle promeut la connaissance et le dialogue, ferments de paix. La connaissance d'abord : voilà pourquoi la revue publie le dossier de l'affaire Demartial, ou encore les *Carnets* de Georges Louis, ambassadeur de France à Saint-Pétersbourg ; voilà pourquoi elle se fait le porte-voix des dénonciations de Jean de Pierrefeu (*Plutarque a menti*) et du Lieutenant-colonel Meyer (*Nos chefs de 1914*). *Europe* recense différents ouvrages antimilitaristes (*La Peur* de Gabriel Chevallier, 1929), mais aussi des textes plus ambigus, comme par exemple *Le Songe* de Montherlant (1920) ou *La Guerre à vingt ans* de Philippe Barrès (1924). Philippe Niogret clôt le chapitre consacré aux romans sur la guerre par deux réflexions critiques : la première sur la valeur du témoignage, la seconde sur l'esthétique (réelle ou supposée) propre aux romans inspirés par le grand conflit. Le chapitre sur la sensibilité d'après-guerre, qui s'ouvre sur la question de la rupture entre les générations, introduit des tendances nouvelles comme Dada, le Surréalisme mais rend aussi compte, plus en général, de tous ces auteurs que Philippe Niogret définit comme « romanciers de l'inquiétude » : René Crevel, auteur de *Détours* (1924) ; André Malraux, dont l'inquiétude s'exprimerait dans *La Voie royale* (1928) ; et bien sûr Marcel Arland, qui a signé, outre *L'Ordre* (1929), un célèbre article « Sur un nouveau mal du siècle » (*NRF*, 1924).

Aux yeux de maints intellectuels, la Grande Guerre représente la faillite de la civilisation occidentale, d'où l'intérêt croissant de beaucoup d'entre eux pour un Orient tantôt rêvé, tantôt réel. Pendant deux décennies, *Europe* restitue de multiples visions et conceptions de l'Orient (que ce soit l'Extrême Orient, l'Inde ou le monde islamique) et devient la tribune d'un débat fécond sur l'exotisme en littérature (*cf.* chapitre IV). Les critiques attribuent une autre responsabilité à l'expérience des combats : celle d'avoir engendré, par réaction, une vague de sensualité qui aurait bouleversé les mœurs et contribué à faire évoluer les rapports entre hommes et femmes (chapitres V et VI). La libération des mœurs se manifeste bien sûr en littérature aussi ; la question qui se pose de manière plus poignante concerne l'influence des livres en ce domaine, et donne à des personnalités aussi fortes qu'André Gide et Henri Massis l'occasion de se faire face.

Après un bref chapitre consacré à l'esthétique romanesque de l'après-guerre (une question sans doute trop vaste et trop complexe pour être davantage approfondie), Philippe Niogret analyse la manière dont *Europe* a réagi vis-à-vis de divers phénomènes qui dépassent l'univers littéraire : le renouveau catholique, l'engagement politique des intellectuels, le marxisme et la révolution. La question du renouveau catholique touche directement la revue, à l'esprit laïque et rationaliste, mais dont certains collaborateurs se sont convertis. De plus, en 1927, la revue inaugure une nouvelle rubrique, intitulée « La chronique des idées », où il est de fait question, pendant au moins un an, du christianisme, dans une optique que Romain Rolland ne manque pas de critiquer sévèrement. « Les écrivains et la politique » (chapitre IX) : dans l'entre-deux-guerres, ce binôme a été souvent mis en discussion (notamment par Rolland lui-même, auteur de la *Déclaration pour l'indépendance de l'esprit*, puis par Julien Benda dans *La Trahison des clercs*). D'autre part, la prise de conscience de l'oppression coloniale, ou encore la fascination pour le modèle soviétique sont à la source de l'inspiration créative de nombreux auteurs. Ainsi, la revue *Europe* se trouve-t-elle directement concernée par la controverse que suscite la publication de *Vers l'autre flamme* de Panaït Istrati, ensuite par l'affaire Victor Serge. Cette dernière section du chapitre IX introduit déjà le suivant, intitulé « Marxisme et révolution », où il est question, entre autres, des possibilités de dialogue entre catholiques et communistes.

Pour ce qui est des rapports entre les romanciers et le peuple (chapitre XI), diverses questions préoccupent les intellectuels de l'entre-deux-guerres : peut-on réconcilier la culture et le peuple ? Faut-il inventer, pour ce dernier, une nouvelle culture ? Existe-t-il vraiment une culture bourgeoise et, par opposition à celle-ci, une culture prolétarienne ? À la fin des années vingt, le *Manifeste du roman populiste* réactualise tous ces points d'interrogation, et provoque une vive réaction de la part de ceux qui, comme Henry Poulaille, aspirent à une plus grande reconnaissance de la littérature prolétarienne. Dans la seconde moitié des années trente, divers romans commencent à se réclamer du réalisme socialiste (chapitre XII) : vis-à-vis de ces derniers, et malgré son engagement politique évident, *Europe* fait preuve d'une grande liberté, n'hésitant pas à critiquer certaines faiblesses.

Consacré au « renouvellement du roman », le dernier chapitre de ce volume fait le point des grandes questions concernant le roman en tant que tel (forme et contenu) qui ont divisé les intellectuels de l'entre-deux-guerres dans toute l'Europe : si certains romans français ont sûrement changé le cours de l'histoire littéraire (par exemple *Les Faux-Monnayeurs* de Gide), l'influence des romanciers anglais, russes et allemands ne peut pas être sous-estimée.

Le vaste tableau que Philippe Niogret brosse de la littérature française entre 1923 et 1939 ne saurait se limiter aux seules questions directement abordées dans les articles parus dans *Europe*, qui servent en quelque sorte de révélateur. C'est pourquoi l'auteur s'empresse de citer d'autres sources, externes à la revue : des articles ou comptes rendus écrits par les collaborateurs d'*Europe* mais publiés ailleurs, leurs correspondances, leurs manuscrits inédits. Ainsi, par exemple, Philippe Niogret aborde les articles que Jean Guéhenno donne à *Europe*, mais aussi, indirectement, ses volumes les plus célèbres, comme *Caliban parle* ou *L'Évangile éternel* ; les chroniques des romans de Marcel Arland sont commentées en tenant compte de ce que l'auteur a lui-même écrit dans ses *Essais critiques* ; l'évaluation de l'esthétique romanesque telle qu'elle était discutée dans l'après-guerre s'appuie sur les textes critiques de différents auteurs, français mais aussi étrangers, comme Carl Einstein, Alfred Döblin et Virginia Woolf.

Pour restituer cette fresque, Philippe Niogret a lu des dizaines et des dizaines de romans, dont la plupart sont aujourd'hui quasi introuvables, voire presque totalement oubliés. Ce volume contient le résumé d'un grand nombre d'entre eux : il s'agit d'une base de données immense et très précieuse qui ne pourra que ravir tous les chercheurs qui travaillent sur la littérature française de la première moitié du XXe siècle. Grâce à cet apport documentaire inestimable, non seulement le volume de Philippe Niogret sera-t-il apprécié, mais il ne vieillira pas.

Maria-Chiara GNOCCHI

Jacques BODY : *Jean Giraudoux* (« Biographies », Gallimard, 39 €).

Depuis l'entre-deux-guerres et quasiment jusqu'à la fin du XXe siècle, le prestige de Jean Giraudoux (1882-1944) est resté immense et indiscuté. À tel point, même, qu'il paraît douteux que les nouvelles générations puissent s'en faire une juste idée. Il représentait un des modèles-types du « grantécrivain » (pour reprendre le mot forgé par Dominique Noguez). Son théâtre, surtout, qu'on reprenait constamment, semblait ne devoir jamais vieillir. Telle réplique fameuse, qui clôt l'*Électre* de 1937 — « Cela s'appelle l'aurore » — allait fournir le titre d'un roman à succès d'Emmanuel Roblès (1952), puis d'un film de Buñuel (1956). Plus près de nous, en 1969, il y eut encore une *Folle de Chaillot* hollywoodienne (avec Katharine Hepburn) et quelque peu ajustée aux goûts du jour (avec affrontements de rue, façon mai 68). Cette renommée inouïe et internationale se trouverait-elle aujourd'hui menacée ? Un critique du *Monde* n'hésitait pas à parler récemment (24 septembre 2004) de Giraudoux comme d'un auteur « démodé ». Une reprise d'*Ondine*, dans le même temps, diversement appréciée, ne permit pas d'éteindre la rumeur : un autre chroniqueur jugeait la pièce pesante et tarabiscotée... Évitons ici le terme éculé de « purgatoire », pour constater que cet éloignement ne touche pas le seul Giraudoux. D'autres écrivains de la même strate, naguère encore tenus pour majeurs, ont insensiblement perdu, eux aussi, de leur ancienne aura : Gide, Martin du Gard, Jules Romains, Georges Duhamel... Il n'y a là sans doute qu'une assez banale évolution « générationnelle », comme on dit.

Sans nous préoccuper davantage des appréciations conjoncturelles des uns ou des autres, il convient d'en revenir à Giraudoux seul. L'œuvre était déjà largement connue, publiée en Pléiade, démultipliée en nombreux livres de poche, prétexte à multiples essais. Mais, bizarrement, il n'existait — du moins en France — aucune grande biographie de l'auteur. Pour combler cette lacune, Jacques Body était à coup sûr le mieux armé, et de longue date. Son travail est un vrai monument (plus de 800 pages). Il savait les écueils du genre, et que Giraudoux lui-même se défiait de ces biographes qui prétendent « réduire en un tour de main le mystère des êtres » (p. 815). La rigueur s'imposait, et le doigté. Jacques Body n'hésite pas à nous rapporter une foule d'événements minuscules, mais sur un ton alerte, vif, pétillant : on ne s'enlise pas dans les détails, et on ne les expose plaisamment qu'après minutieuses vérifications. Habile entrelacement des faits et des citations car l'œuvre est constamment maintenue au premier plan, et aussi les réactions qu'elle a suscitées. Souvent, le biographe entre directement en scène, pour exprimer sa satisfaction ou sa perplexité : nombre d'apartés — entre crochets — témoignent de ses réactions avec drôlerie. Bref, on ne s'ennuie guère.

Grande cause d'interrogations sur le modèle : les femmes. Elles tiennent dans cette vie une place si considérable que J. Body s'en trouve parfois gêné, et l'avoue sans fard. Giraudoux eut beaucoup de maîtresses, Hélène de Beauvoir entre autres, la sœur du « Castor ». Certaines révélations sidèrent le lecteur : ainsi le fait que telle Isabelle lui « tombe dans les bras » le 3 septembre 1939, soit le jour même de l'entrée dans la Seconde Guerre mondiale. Par-delà les histoires d'alcôve, ce qui nous frappe aujourd'hui, c'est l'étendue de son influence. Au cours des années trente, son rayonnement n'a fait que croître. Il n'est pas seulement un écrivain déjà vénéré, ni un diplomate important, mais un personnage public de tout premier plan, avec presque (en 1939) un statut de quasi-ministre. Son biographe se montre ébahi (et nous avec lui) de son mode de relations avec éditeurs, gens de théâtre comme Louis Jouvet, ou politiciens : il traite avec eux, non en subordonné, ni même d'égal à égal, mais comme un maître avec ses disciples. Sans pour autant se montrer autoritaire ou cassant : il est au contraire la courtoisie même, et la bonne grâce, mais en maintenant une habile distance. Veut-on une preuve de son poids social ? C'est grâce à lui qu'Aragon, inculpé en 1932 pour son poème « Front rouge », ne sera jamais inquiété, et l'affaire discrètement classée. Il intervient aussi en faveur de Breton alors que le groupe surréaliste n'avait pas toujours été tendre avec lui. Sans doute reconnaissant, Aragon restera en contact avec lui jusqu'à la fin (il meurt le 31 janvier 1944), et témoignera ardemment en sa faveur lorsqu'émergeront après la Libération des soupçons de « collaborationnisme » ; il ira jusqu'à écrire que Giraudoux avait eu une « activité résistante gardée très secrète » et qu'il fut « empoisonné par la Gestapo […] selon le témoignage formel de son médecin » (*Confluences*, spécial Giraudoux, 1944). Thèse, précisons-le, que rien n'est venu confirmer par la suite. Les griefs de sympathies pour le nazisme — fondés sur le très ancien attachement de Giraudoux pour la civilisation germanique — s'effondreront assez vite, mais l'accusation d'antisémitisme résistera plus longtemps, du fait de quelques écrits difficilement récusables. Passe qu'il ait employé quelquefois le terme « juif », mais dans *Pleins Pouvoirs* (1939), il n'avait pas hésité à dire clairement son accord avec la politique « raciale » de Hitler, et la phrase restera longtemps accrochée à ses basques. Au passage, il avait nommé et pointé du doigt un Bernard Natan (qui allait, on le sait, disparaître à Auschwitz trois ans plus tard). Imputation qui n'était pas son seul fait : à l'époque, tout le monde réagissait ainsi (Bernard Natan, c'était « l'escroc Natan »), et par exemple Roger Vailland (dans *Paris-soir*, 6 septembre 1939), ou même la plupart des historiens jusqu'à une date récente (Sur cette question, voir le récent ouvrage d'André Rossel-Kirchen, *Pathé-Natan, la véritable histoire*, 2004). Face aux assauts, J. Body défend vaillamment son auteur et se montre souvent convaincant, notamment en rappelant qu'« en 1912 les meilleurs dreyfusards emploient le mot *juif* sans vergogne » (p. 263) ou bien en soulignant qu'en 1935 la CGT de Léon Jouhaux « demande la réduction de la main-d'œuvre étrangère, appuyée par des gens comme Pierre Mendès-France ou Roger Salengro » (p. 611). Profitons-en pour saluer l'extrême richesse des notes de ce volume ; bien souvent, elles n'apportent pas seulement une référence, mais un éclairage différent. Regrettons simplement qu'elles soient rejetées en fin d'ouvrage par l'effet d'une fâcheuse et très incommode coutume gallimardienne.

À distance et par-delà les controverses, quelle image Giraudoux nous laisse-t-il ? Celle d'un écrivain subtil, souvent drôle, étincelant d'intelligence, profondément « humaniste », avec le sens — aussi — qu'on donnait jadis à ce mot, pour renvoyer aux humanités gréco-latines : « Dans le genre fantaisies homériques et pastiches de versions grecques pour lauréats du concours général, Giraudoux est insurpassable », note Jacques Body avec lucidité (p. 464). L'actuel déclin programmé des langues anciennes explique-t-il, au moins en partie, le progressif éloignement de l'auteur d'*Électre* ? Pas seulement. Il se trouve aussi que ses livres et ses pièces renvoient fréquemment à une « actualité » qui n'en est plus du tout une à nos yeux : les séquelles de la première guerre mondiale, l'approche inéluctable de la seconde, les rivalités politiques des années vingt et trente. Ainsi, le fait que *Bella* transpose presque directement l'affrontement entre Briand d'une part, Poincaré et Berthelot d'autre part, voilà qui est à coup sûr du chinois pour un lecteur d'aujourd'hui.

Heureusement, il est un autre visage de Giraudoux qui mérite de survivre, et certaines de ses propositions conservent, elles, une véritable actualité. Citons J. Body : « l'adaptation des espaces neufs à la vie moderne, la santé publique par l'hygiène et le sport, l'intégration des immigrés, la sauvegarde de la planète par la défense de la nature, la protection des espèces en voie de disparition, la lutte contre la pollution, le refus de l'uniformisation et de la marginalisation des individus, tant déments que miséreux, l'exception culturelle… » (p. 814). Allons, Giraudoux n'est pas simplement une de ces « vaches sacrées » qu'on nous a appris révérer aveuglément. Ni un de ces auteurs vermoulus et moisis dont il faudrait à tout prix se déprendre. Il détient encore un vrai message : c'est ce que montre cette très riche biographie, qui fera longtemps référence.

Alain VIRMAUX

Renaud MACHART : ***John Adams*** (Actes Sud, « Classica », 15 €).

Renaud Machart est souvent Outre-Atlantique et aime la vie culturelle américaine. Souvent entre passé et présent, il dirige la collection discographique « INA, mémoire vive ». Il est l'auteur de travaux sur Poulenc et fin connaisseur des musiques anciennes.

C'est vers un monde singulier qu'il nous entraîne ici. Acuité de vision, style précis du journaliste au *Monde*, mais aussi passion éclairée, son livre brosse par touches rapides les étapes, les découvertes, les mutations des œuvres du compositeur américain John Adams qui sont comme des témoignages ou des flashs dans la vie tendue de notre temps. Œuvres nimbées d'étrangeté, de nonchalante tristesse, insolentes parfois. Renaud Machart souligne que John Adams demeure peu connu en France, malgré *Nixon in China* (Opéra de Lyon, 1991), et *El Niño* (donné au Théâtre du Châtelet) qui constitue « le sommet de son œuvre à ce jour ».

John Adams, dans cet essai, joue un rôle actif : extraits d'entretiens, correspondance… Cela fait penser à une écriture en éventail, plutôt qu'à un *work in progress*. Auteur et compositeur nous parlent comme si nous connaissions bien ces musiques, c'est aussi ce qui stimule notre lecture. C'est un procédé de séduction, car Renaud Machart aime véritablement John Adams. Les mots qu'il choisit pour évoquer les « arabesques arabisantes », le « basson obligé » dans l'opéra *The Death of*

Klinghoffer « flottant dans l'air du soir, le lac du ciel », tireraient cette musique vers les Impressionnistes. Debussy, Ravel, Poulenc sont là, dans le souvenir, mais plus proche encore Toru Takemitsu dont la musique est un miroir fluide. Elle a touché John Adams.

Le compositeur parle de son père et écrit *My father knew Charles Ives* pour orchestre (2003). Il parle d'Aaron Copland qu'il admire, de Steve Reich et Terry Riley qui le précèdent… Le portrait se précise. John Adams, né en 1947, « est un homme doux et infiniment patient ». C'est aussi un rebelle, sa musique est « poignante ». Avant tout cette stèle funèbre, *On the Transmigration of the Souls,* en hommage aux victimes des attentats du 11 septembre. Litanies des noms, noms sans corps, sirènes, brouillard de sons irréels...

Comme Ravel et Poulenc, « deux Janus absolus », écrit Renaud Machart, John Adams échappe fréquemment à l'idée qu'on se fait de lui… Tour à tour « élégiaque ou insolent », il passe du tragique au populaire. Luciano Berio mieux que personne — selon moi — a saisi la tradition populaire de la jeune Amérique et je pense à *Coro* en lisant certaines pages du livre de Renaut Machart. Je pense à Cage et à Ligeti quand il est question du dénuement, de la « pauvreté ».

Les œuvres de John Adams ont parfois suscité des polémiques, peut-être à cause des sujets. Ainsi *The Death of Klinghoffer*, opéra dont l'action se situe sur un bateau de croisière détourné par des terroristes palestiniens qui finissent par passer par-dessus bord le corps handicapé d'un passager juif américain qu'ils ont abattu. Toute musique engagée ouvre sur ce débat. Que peut exprimer la musique ? Rien, disait Stravinsky qui pourtant mettait des titres à ses œuvres et ballets.

Martine CADIEU

Élise et Célestin FREINET : ***Correspondance 21 mars 1940-28 octobre 1941***, éditée par Madeleine Freinet (PUF, 35 €).

Quand éclate la Seconde Guerre mondiale, Célestin Freinet est déjà connu pour ses activités pédagogiques novatrices qui lui ont, au cours des années précédentes, valu des déboires avec l'administration et la justice. Le 20 mars 1940 la police de Vichy l'arrête comme militant communiste. Il ne sera libéré que le 29 octobre 1941 après avoir été, au gré des circonstances, enfermé dans différents camps. Durant ces longs mois il entretiendra avec Élise, sa femme et collaboratrice la plus proche, une correspondance quasiment quotidienne. C'est cette abondante correspondance, précieux témoignage sur un couple et son époque, que publie aujourd'hui leur fille, Madeleine Freinet.

Témoignage tout d'abord sur l'état d'esprit de la population durant la « drôle de guerre » et après l'invasion de la France. Célestin Freinet s'interroge longuement sur les raisons de son arrestation et de sa détention. S'il a été un sympathisant communiste, ce fut toujours en tant que « communiste anarchisant » et ses travaux et innovations pédagogiques n'ont « jamais ni approuvé, ni suivi les choix du Parti ». Or c'est son communisme qui sera cause de son arrestation et ses tendances anarchistes qui lui vaudront sa libération tardive. De plus si Freinet regrette au début de sa captivité son inaction forcée contre « cet hitlérisme que nous avons toujours combattu », ses convictions et celles de sa femme se feront, l'enfermement et l'isolement aidant, les événements s'aggravant, moins nettes et montreront le désarroi idéologique dans lequel se sont trouvés beaucoup de Français. Ainsi Élise regrette l'« excès de richesse et la fantaisie formidable » auxquels les Français se sont habitués avant guerre et si elle reste une « inconditionnelle admiratrice de Staline » (nommé dans la correspondance Jousé ou Beppe, pour Joseph, afin d'échapper à la censure) elle n'est pas sans placer quelque espoir dans « la société collective annoncée par Pétain ». Pour tous les deux, anéantis comme tant d'autres par l'invasion du pays, « le gouvernement de Pétain est vraiment le gouvernement le plus souhaitable pour la France », lui seul a « l'autorité qui lui permet d'essayer de sortir de l'ornière ». Cela s'accompagne assez souvent d'un éloge appuyé des valeurs de la civilisation rurale opposées à la ville et au monde des usines : nous sommes toutefois ici plus proches des positions de Giono à la même époque que de Pétain.

De telles remarques suivent souvent des périodes de découragement auquel le couple s'efforce pourtant de ne pas céder. Quand Élise suggère à Célestin de s'exiler au Mexique, il lui répond : « notre place est ici » et constate ailleurs que le travail est la « seule façon de protéger son intelligence dans ces temps barbares ». Sa fonction de pédagogue, qu'il n'oublie jamais, va en effet être un des éléments qui lui permettront de tenir. Dès son arrivée dans le camp il va s'efforcer de mettre en place des cours d'alphabétisation et d'écriture. Il participera à des débats sur les techniques d'éducation, se fera envoyer tant bien que mal des revues pédagogiques et mettra en scène avec des pensionnaires du camp plusieurs pièces de théâtre. C'est dans les camps aussi que, profitant de ses moments de calme et d'isolement, il commencera à travailler à ses *Souvenirs d'enfance* et à *L'Éducation du travail*. Il essaiera aussi de maintenir en activité la Coopérative de l'enseignement laïc de Vence avec l'aide d'Élise, restée sur place, malgré les tracasseries financières, administratives et policières.

Ces lettres offrent de nombreuses observations sur la vie quotidienne des deux éducateurs durant cette période. Les Freinet ont en effet recueilli de nombreux enfants (réfugiés de la guerre d'Espagne, élèves dont les pensions ne seront plus payées) qu'il faut bien continuer à nourrir malgré les difficultés de ravitaillement. Élise Freinet montre là un grand courage et une grande humanité et fait preuve d'abnégation et d'une réelle ingéniosité. Elle s'inquiète aussi de la santé de Célestin qui avait été grièvement blessé lors de la Première Guerre mondiale et craint que les rigueurs de la détention ne lui soient fatales. Elle veille de loin sur lui et, végétarienne convaincue et militante, lui envoie comme elle peut de l'argent et de la nourriture qui l'aideront à survivre dans des conditions d'hygiènes parfois difficiles.

Ces lettres, beau témoignage d'espoir, montrent l'attachement de deux êtres qui ne se verront quasiment pas durant un an et demi (Élise ne pourra rendre visite à son mari que deux fois) mais resteront proches grâce à leurs lettres et à leur foi commune en leur travail pédagogique. Saluons aussi dans cette édition les notes qui n'hésitent pas, non sans malice et respect, à montrer les travers d'Élise et Célestin et qui sont une marque de l'affection que leur porte Madeleine Freinet.

Bertrand TASSOU

Erika TUNNER : ***Thomas Bernhard. Un joyeux mélancolique***, 16 €. ***Carrefours de rencontres. De Stefan Zweig à Christa Wolf. Les littératures allemandes et autrichiennes du XXe siècle***, 21,50 € (L'Harmattan, collection « Les mondes germaniques »).

Les éditions L'Harmattan inaugurent une nouvelle collection, « Les mondes germaniques », codirigée par Françoise Rétif et Gérard Laudin, avec ces deux ouvrages d'Erika Tunner, universitaire, essayiste et critique littéraire, spécialiste du romantisme et des littératures de langue allemande du XXe siècle.

Thomas Bernhard, un joyeux mélancolique, biographie ? essai ? un peu des deux. Réunissant des articles parus dans diverses revues, des conférences, des textes inédits et trois chapitres en allemand en fin de volume, Erika Tunner brosse le portrait de ce grand écrivain et dramaturge autrichien mort en 1989 au moment même où sa dernière pièce *Heldenplatz* (*Place des Héros)* [1], déchaînait le scandale en Autriche. À travers l'exploration d'une œuvre très abondante, nous découvrons un écrivain mais également un être humain avec ses contradictions, ses pulsions, ses faiblesses, ses aspirations, son mal d'être.

Thomas Bernhard hanté par le suicide et la mort, mais qui éclate de rire pour se libérer de l'absurde, de l'absurdité de vivre. « Il n'y a rien à exalter, rien à condamner, rien à accuser, mais il y a bien des choses risibles : tout est risible quand on pense à la mort. » Et comme dirait Démocrite : « je ris d'un unique objet, l'homme plein de déraison ». Sa condition d'enfant illégitime, puis une grave maladie contractée à l'adolescence ont sans doute poussé à l'extrême cette position. Dilemme entre la vie et la mort, la jeunesse et la décrépitude.

L'écrivain règle aussi ses comptes avec son pays. Il se moque de l'Autriche des valses et des pâtisseries légères, du Beau Danube bleu, car cette Autriche c'est aussi celle de *Heldenplatz* où 25 000 Viennois accueilleront Hitler dès le lendemain de l'Anschluss, celle de Mauthausen, avec chambres à gaz, gibet et laboratoires pour cobayes humains. Cette Autriche du sourire, cette délicate Autriche, c'est aussi celle de l'antisémitisme : « la haine du juif est la nature la plus pure / absolument authentique / de l'Autrichien ». Thomas Bernhard est aussi très critique vis-à-vis du système éducatif autrichien et considère que les lycées sont des lieux où l'on travaille à la corruption de la nature humaine…

Diplômé du Mozarteum de Salzbourg, une de ses grandes passions fut la musique. Il réfléchit à la virtuosité, mais la virtuosité pour la virtuosité peut faire perdre son âme au musicien devenu machine.

Le regard que le romancier porte sur les hommes n'est pas très optimiste. Mais ce pessimisme n'est-il pas simplement de la clairvoyance comme l'affirme Erika Tunner ? Sous le regard de Bernhard, l'homme est un cobaye pour l'homme, un champ d'expérience, car nous vivons dans une société de chasse, une *Jagdgesellschaft* et chacun traque sa proie. Aucune communication avec les autres n'est possible, même s'ils sont bavards à l'excès, car toujours le besoin de s'imposer, de dominer l'emporte.

Tout au long de l'ouvrage, on devine une connivence entre Thomas Bernhard et Erika Tunner : « j'ai eu l'impression de découvrir quelqu'un qui était un peu mon double », « je crois avoir perçu chez lui une évolution que j'ai connue moi-même ».

Dans *Carrefours de rencontres*, le lien entre les textes écrits à différentes époques et parus dans des revues comme *Europe, Austriaca, Le Magazine littéraire, Allemagnes*

1. Après *Déjeuner chez Wittgenstein*, montée en septembre dernier au Théâtre Montparnasse par Hans Peter Cloos et programmée sur la chaîne Arte en fin d'année, *Place des Héros* se joue à la Comédie-Française dans une mise en scène d'Arthur Nauzyciel. Lire la chronique « Théâtre » de Karim Haouadeg dans ce même numéro d'*Europe*.

d'aujourd'hui, Germanica, ou ayant fait l'objet de communications à des colloques, est la diversité de la langue, celle de l'auteur et celle des écrivains qu'Erika Tunner nous propose de rencontrer dans des villes au riche passé culturel mais qui gardent encore les cicatrices de l'histoire, Vienne, Prague, Berlin, mais aussi Paris où se retrouveront en exil bon nombre d'écrivains chassés de leur pays par le nazisme.

Allons à la rencontre de Stefan Zweig, sans doute le plus célèbre des auteurs de langue allemande de son époque, ami de Romain Rolland et comme lui profondément européen. Il ne pourra résister à la vague de folie collective qui déferlera sur l'Europe et sur le monde dans les années trente. Ses derniers mots sont néanmoins porteurs d'espoir : « Je salue tous mes amis ! Puissent-ils encore voir l'aube après la longue nuit ! Moi, dans mon impatience, je les précède. »

Avec Hertha Pauli, c'est l'errance des nombreux intellectuels juifs, allemands, à travers l'Europe brune qu'Erika Tunner évoque et dont le bout du tunnel, le refuge, pour un court laps de temps, sera Paris. Mais Paris à son tour occupée, c'est le départ pour le Sud et pour Marseille, la rencontre avec Varian Fry, reponsable en France de l'« Emergency Rescue Commitee » organisé avec l'aide de la First Lady, Eleanor Roosevelt, après l'appel lancé à Thomas Mann installé aux États-Unis par Hertha Pauli et ses amis dans sa lettre « Au nom de nous tous… »

Nous voici à Prague avec Johannes Urzidil, « pays accueillant tous nos rêves ». Lui aussi doit quitter sa ville et son pays pour arriver aux États-Unis après un périple à travers l'Italie et l'Angleterre. Dans *Triptyque de Prague*, nous déambulons dans les vieilles rues obscures, dans le quartier des alchimistes. Urzidil nous fait rencontrer Franz Kafka au détour d'une de ces rues où le réel côtoie le fantastique, où tout se métamorphose.

Au fil des pages, *Carrefours de rencontres* nous invite également à retrouver Hugo von Hofmannsthal, Peter Handke, Reiner Kunze, Uwe Johnson, Peter Huchel, Wolfgang Koeppen, Christa Wolf, Martin Walser et Jean Améry. La richesse des matériaux est remarquablement maîtrisée, filtrée, organisée.

À travers ces deux ouvrages, le lecteur découvrira une littérature de langue allemande vivante, féconde, inquiète : elle dévoile les fissures de notre existence, ronge les certitudes, enrichit nos réflexions. Erika Tunner sait lier érudition et subtilité de l'analyse. Une lecture captivante.

Jeanne-Simone MANFERDELLI

CATALOGUE

Nos	Titres	Dates		Prix €
Hors série	Algérie : Littérature & Arts			18,30 €
Hors série	Le Premier roman			15 €
Hors série	Paul Eluard			18,30 €
Hors série	Europe 1923-1998. Actes du colloquede la Sorbonne			12,20 €
563	Agrippa d'Aubigné	Mars	1976	14 €
566	Blaise Cendrars	Juin	1976	18,30 €
601	Théophile Gautier	Mai	1979	14 €
609-610	Saint-Simon	Janv.-Fév.	1980	14 €
619-620	Hetzel	Nov.-Déc.	1980	14 €
623-624	Alfred Jarry	Mars-Avril	1981	14 €
625	Littérature de Bretagne	Mai	1981	14 €
636	Pierre Véry	Avril	1982	14 €
643-644	Eugène Sue	Nov.-Déc.	1982	14 €
649	De l'Italie : vingt ans de poésie	Mai	1983	14 €
654	Le Moyen Âge maintenant	Octobre	1983	14 €
662-663	Mémoires imaginaires	Juin-Juillet	1984	14 €
664-665	Le roman noir américain	Août-Sept.	1984	14 €
666	Littérature de Cuba	Octobre	1984	14 €
669-670	Littérature occitane	Janv.-Fév.	1985	14 €
671	Victor Hugo	Mars	1985	14 €
672	Chine : une nouvelle littérature	Avril	1985	14 €
673	Jules Laforgue	Mai	1985	14 €
676-677	Virginia Woolf / Gertrude Stein	Août-Sept.	1985	14 €
678	Zol a/ Poésie coréenne	Octobre	1985	14 €
679-680	René Crevel	Nov.-Déc.	1985	14 €
681-682	H.-G. Wells / Rosny aîné	Janv.-Fév.	1986	14 €
683	1936, arts et littérature	Mars	1986	14 €
684	Jacques Audiberti	Avril	1986	14 €
685	Machado / Guillen / Alberti	Mai	1986	14 €
686-687	Heinrich von Kleist	Juin-Juillet	1986	14 €
688-689	Jean Tardieu	Août-Sept.	1986	14 €
690	Littérature d'Argentine	Octobre	1986	14 €
691-692	Ronsard / Scève	Nov.-Déc.	1986	14 €
693-694	Mme de Staël	Janv.-Fév.	1987	14 €
695	Littérature de Norvège	Mars	1987	14 €
696	Victor Segalen	Avril	1987	14 €
698-699	Henri Michaux	Juin-Juillet	1987	14 €
702	Littérature de Tunisie	Octobre	1987	14 €
703-704	Le Mélodrame	Nov.-Déc.	1987	14 €
705-706	René Char	Janv.-Fév.	1988	14 €
707	Le Fantastique américain	Mars	1988	14 €
708	Littératures d'Afrique du Sud	Avril	1988	14 €
709	Saint-Pol-Roux / André Suarès	Mai	1988	14 €
714	Raymond Roussel	Octobre	1988	14 €
715-716	La Révolution française	Nov.-Déc.	1988	14 €
717-718	Aragon romancier	Janv.-Fév.	1989	14 €
720	La bande dessinée	Avril	1989	14 €
722-723	URSS : Littérature et Pérestroïka	Juin-Juillet	1989	14 €
724-725	Jorge Amado	Août-Sept.	1989	14 €
726	Le théâtre ailleurs, autrement	Octobre	1989	14 €
727-728	André Malraux	Nov.-Déc.	1990	14 €
732	Rétif de La Bretonne	Avril	1990	14 €
733	Écrivains des États-Unis	Mai	1990	14 €
734-735	André Frénaud / Guillevic	Juin-Juillet	1990	14 €
736-737	Lewis Carroll	Août-Sept.	1990	14 €
738	Vivre le français	Octobre	1990	14 €

N^{os}	Titres	Dates		Prix
739-740	Charles Perrault	Nov.-Déc.	1991	14 €
741-742	Robert Musil / Hermann Broch	Janv.-Fév.	1991	14 €
743	André Breton	Mars	1991	14 €
744	Herman Melville	Avril	1991	14 €
746-747	Arthur Rimbaud	Juin-Juillet	1991	14 €
748-749	Jacques Prévert	Août-Sept.	1991	14 €
750	Henry Miller	Octobre	1991	14 €
751-752	Littérature d'une fin de siècle	Nov.-Déc.	1992	14 €
753-754	William Faulkner	Janv.-Fév.	1992	14 €
755	Francis Ponge	Mars	1992	14 €
756	L'invention de l'Amérique	Avril	1992	14 €
757	Rabelais	Mai	1992	14 €
758-759	Joseph Conrad	Juin-Juillet	1992	14 €
760-761	Baudelaire	Août-Sept.	1992	14 €
762	Roger Martin du Gard	Octobre	1992	14 €
763-764	Littératures des Pays baltes	Nov.-Déc.	1992	14 €
765-766	Virgile	Janv.-Fév.	1993	14 €
767	Boris Pasternak	Mars	1993	14 €
768	Littérature de Grande-Bretagne	Avril	1993	14 €
769	Philippe Soupault	Mai	1993	14 €
770-771	Samuel Beckett	Juin-Juillet	1993	14 €
772-773	Guy de Maupassant	Août-Sept.	1993	14 €
774	Yannis Ritsos	Octobre	1993	14 €
775-776	Chateaubriand	Nov.-Déc.	1993	14 €
777-778	Pierre Reverdy	Janv.-Fév.	1994	14 €
779	R.-L. Stevenson	Mars	1994	14 €
780	Littérature suédoise	Avril	1994	14 €
782-783	Le Grand Jeu	Juin-Juillet	1994	14 €
784-785	Paul Nizan	Août-Sept.	1994	14 €
786	Le vaudeville	Octobre	1994	14 €
787-788	Les Frères Grimm	Nov.-Déc.	1994	14 €
789-790	Georges Bernanos	Janv.-Fév.	1995	14 €
791	Vladimir Nabokov	Mars	1995	14 €
792	J. Supervielle / O.V. de L. Milosz	Avril	1995	14 €
793	Littérature suisse	Mai	1995	14 €
796-797	1945-1995 Les Écrivains et la Guerre	Août-Sept.	1995	16,77 €
798	Valery Larbaud	Octobre	1995	14 €
799-800	Saint-John Perse	Nov.-Déc.	1995	14 €
801-802	Madame de Sévigné	Janv.-Fév.	1996	15 €
803	F. S. Fitzgerald / J. Dos Passos	Mars	1996	15 €
804	Walter Benjamin	Avril	1996	15 €
805	Charles Trenet	Mai	1996	15 €
806-807	Sport et littérature	Juin-Juillet	1996	15 €
808-809	Jean Genet	Août-Sept.	1996	15 €
810	Littérature du Danemark	Octobre	1996	15 €
811-812	Marivaux	Nov.-Déc.	1996	15 €
813-814	Faust	Janv.-Fév.	1997	15 €
815	Italo Calvino	Mars	1997	15 €
816	USA: Nouvelles voix du Sud	Avril	1997	15 €
817	Rudyard Kipling	Mai	1997	15 €
818-819	Fernand Léger	Juin-Juillet	1997	16,77 €
820-821	Jazz & Littérature	Août-Sept.	1997	15 €
822	Byzance	Octobre	1997	15 €
823-824	Bernard-Marie Koltès	Nov.-Déc.	1997	15 €
825-826	Stéphane Mallarmé	Janv.-Fév.	1998	16,77 €
827	Benjamin Fondane	Mars	1998	16,77 €
828	Kateb Yacine	Avril	1998	16,77 €
829	Jules Michelet	Mai	1998	16,77 €
830-831	Giacomo Leopardi	Juin-Juillet	1998	15 €
832-833	Aimé Césaire	Août-Sept.	1998	15 €
834	Écrivains d'Israël	Octobre	1998	16,77 €

N^{os}	Titres	Dates		Prix
835-836	Sade / Le Grand-Guignol	Nov.-Déc.	1998	16,77 €
837-838	Les Tragiques grecs	Janv.-Fév.	1999	16,77 €
839	Octave Mirbeau / Louis Guilloux	Mars	1999	16,77 €
840	Ibsen	Avril	1999	16,77 €
841	Jean Giraudoux	Mai	1999	16,77 €
842-843	Pouchkine	Juin-Juillet	1999	18,30 €
844-845	Jack London	Août-Sept.	1999	16,77 €
846	Albert Camus	Octobre	1999	16,77 €
847-848	Michel Leiris	Nov.-Déc.	1999	16,77 €
849-850	Littérature & philosophie	Janv.-Fév.	2000	18,30 €
851	Hölderlin / Robert Desnos	Mars	2000	18,30 €
852	Voix d'Espagne	Avril	2000	18,30 €
853	Charles Ferdinand Ramuz	Mai	2000	18,30 €
854-855	Antoine Vitez / Anna Seghers	Juin-Juillet	2000	18,30 €
856-857	Bertolt Brecht	Août-Sept.	2000	18,30 €
858	August Strindberg	Octobre	2000	18,30 €
859-860	Roger Caillois	Nov.-Déc.	2000	18,30 €
861-862	Paul Celan	Janv.-Fév.	2001	18,30 €
863	Jean Potocki	Mars	2001	18,30 €
864	Littératures de l'Inde	Avril	2001	18,30 €
865	Homère	Mai	2001	18,30 €
866-867	Littérature d'Autriche	Juin-Juillet	2001	18,30 €
868-869	Edgar Allan Poe	Août-Sept.	2001	18,30 €
870	La science-fiction	Octobre	2001	18,30 €
871-872	Junichirô Tanizaki	Nov.-Déc.	2001	18,30 €
873-874	Antonin Artaud	Janv.-Fév.	2002	18,30 €
875	L'ardeur du poème	Mars	2002	18,30 €
876	Droit & Littérature	Avril	2002	18,30 €
877	Armand Gatti	Mai	2002	18,30 €
878-879	Nâzim Hikmet / Jacques Decour	Juin-Juillet	2002	18,30 €
880-881	Valère Novarina	Août-Sept.	2002	18,30 €
882	Gustave Roud	Octobre	2002	18,30 €
883-884	Henri Calet	Nov.-Déc.	2002	18,30 €
885-886	Choderlos de Laclos / Thaïlande & Laos	Janv.-Fév.	2003	18,30 €
887	Karen Blixen	Mars	2003	18,30 €
888	Raymond Queneau	Avril	2003	18,30 €
889	Robert Walser / Birmanie & Cambodge	Mai	2003	18,30 €
890-891	Yves Bonnefoy	Juin-Juillet	2003	18,30 €
892-893	Ingeborg Bachmann	Août-Sept.	2003	18,30 €
894	Jean Cocteau	Octobre	2003	18,30 €
895-896	Emmanuel Bove	Nov.-Déc.	2003	18,30 €
897-898	Robert Pinget / Jean Grenier	Janv.-Fév.	2004	18,30 €
899	Yvan Goll	Mars	2004	18,30 €
900	Le romantisme révolutionnaire	Avril	2004	18,30 €
901	Jacques Derrida	Mai	2004	18,30 €
902-903	Pétrarque	Juin-Juillet	2004	18,30 €
904-905	Mythe et mythologie dans l'antiquité	Août-Sept.	2004	18,30 €
906	Ludwig Wittgenstein	Octobre	2004	18,30 €
907-908	Pierre Jean Jouve / Psychanalyste et écrivain ?	Nov.-Déc.	2004	18,30 €
909-910	Jules Verne	Janv.-Fév.	2005	18,50 €
911	Les formalistes russes	Mars	2005	18,50 €
912	Les surréalistes belges	Avril	2005	18,50 €

Dépôt légal : Mars 2005
Commission paritaire n° 64837
Gérant de la SEP Europe :
Marcel Saint Pol

PAO : *SPC*
Imprimé par Corlet
Numéro d'imprimeur : 82731
Imprimé en France